외솔 최현배의 문학·논술·논문 전집 4

- 논문 편

외솔 최현배의

문학·논술·논문 전집 4
논문 편

최현배 지음
외솔회 엮고 옮김

채륜

외솔 최현배의 '문학·논술·논문 전집'을 내면서

　우리 회의 숙원이던 외솔의 '문학·논술·논문 전집'을 여러분께 드리게 되었습니다. 이 책들은, 먼저 나온 《외솔 최현배 전집》이 저서 중심으로 엮어진 것과는 달리 '시·시조·수필'을 묶어 〈문학〉편으로, '논설문·설명문' 등을 묶어 〈논술 1, 2〉편으로, 작은 논문들을 묶어 〈논문〉편으로 엮었습니다. 그렇게 분류한 것은, 단지 방대한 분량을 한 권으로 만들기 어려운 까닭도 있고, 내용이 달라서인 까닭도 있습니다. 그 책임은 오직 우리 외솔회 편집진에 있습니다.

　글쓴 이의 생각과 가르침에 흠집이 되지 않도록 하기 위하여, 원래 실려 있던 신문이나 잡지, 책들에 있는 글들을 원래 모습 그대로 살려 옮겼습니다. 단 그 당시 편집이나 인쇄 때문에 나타난 잘못만은 고치고, 원문이 맞춤법이나 표준어 등 제 규정 때문에 달라져서 생긴 것들은, 이해를 돕기 위하여 고친 곳도 있습니다. 글 쓴 시절의 상황 때문에 한자로 쓴 것은 괄호 안에 한글로 바꾸어서 넣었습니다. 시조에 붙어 있는 각주들은 '외솔 최현배 선생 기념사업추진위원회'에서 낸 《외솔 최현배 시조집》에 있는 것을 그대로 옮기고, 없는 것은 보탰습니다.

　외솔 최현배 선생님은 1894년(고종31년) 10월 19일, 경남 울산 하상면 동리에서 최병수님의 맏아드님으로 태어나셨습니다. 이 해는 갑오경장이 일어나서, 폐쇄적인 조선 사회에서 새로운 세계로 나아가는 여명이 열리는 때였으니, 외솔의 개척적이고, 개방적이며, 혁명적인 일생이 우연이 아닌 셈입니다.

선생님은 어려서 고향에 있던 서당에서 한문을 배우고, 초등 교육을 마친 후 1910년 관립 한성고등학교에 다니는 한편, 보성학교 '조선어 강습원'에서 주시경 선생의 강의를 들으며, 애국사상을 정립하였고, 평생 국어 연구와 올바른 쓰기에 매진하는 계기를 갖게 되었습니다. 또한 1908년에 만든 '국어연구학회'가 나중에 '한글모'로 이름을 바꾸었는데, 여기에 가입하여, 한국어를 배우고 연구하였으며, 1913년 '조선어 강습원'에서 '높은 말본'의 과정을 이수하였습니다.

1915년 관립 한성고등학교(경성고등보통학교)를 졸업한 선생님은, 관비 유학으로 '히로시마 고등사범학교 연구과'를 거쳐, '교토 제국대학 철학과'를 졸업하고, 대학원에서 공부하는 등 학자로서의 기틀을 갖추어 나갔으며, 1925년에 졸업논문으로 '페스탈로찌의 교육학설'이라는 졸업논문을 썼습니다.

일본 유학 중 교육학을 접하면서, 민족 계몽의 필요성을 깨달아, 1920년에 사립 동래고등보통학교 교원으로 부임하여, 우리말을 가르치며 연구하였고, 1925년부터 1926년까지 '조선 민족 갱생의 도'라는 장편의 논문을 동아일보에 연재하였습니다. 그리고 국어의 문법 체계를 세울 목적으로 《우리말본》의 저술을 계속해 나갔습니다. 또한 1926년 '조선어학회'의 전신인 '조선어연구회'의 회원이 되어, '한글'지를 창간하고, '한글날' 제정에 참여하였습니다. 1926년 연희전문 교수가 되었으며, 《우리말본》을 집필하여 교육하는 한편, 1929년 조선어 사전편찬회의 준비위원 및 집행위원으로 활동하면서, 1933년까지 '한글 맞춤법 통일안'을 이루어 내기 위해 진력하였습니다. 그리고 마침내 1937년 《우리말본》을 출판하는 등 겨레말을 지키기 위해 헌신적인 노력을 하였습니다.

그러나 1938년 이른바 '흥업구락부'사건으로 경찰에 검거되어, 옥고를 치르고, 연희전문학교 교수직에서 강제 퇴직 당하였습니다. 이렇게 실직해 있는 중에도 선생님은 한글을 역사적으로 또 이론적으로 연구한 《한글갈》을 짓기 시작하여, 1942년 출판하였고, 같은 해 10월 다시 '조선어학회 사건'으로 검거되었습니다. 이 사건으로 선생님은 해방이 될 때까지 옥고를 치러야 했습니다. 이러한 노력으로 일제 36년의 지배를 받고도, 우리는 한 국가로서의 위신을 살리고, 우리 언어의 말본 체제를 만드는 데 성공할 수 있었습니다.

선생님은 해방 후 미군정정 편수국장, 대한민국 수립 후 문교부 편수국장을 지냈으며, 이후 연세대학교 교수, 부총장 등을 역임하면서, 연구와 교육활동을 계속하였습니다. 정부는 선생의 공훈을 기려, 1962년 건국훈장 독립장을 서훈하였으며, 1970년 돌아가신 후 국민훈장 무궁화장을 수여하였습니다.

이처럼 선생님은 우리 말·글의 연구에 큰 업적을 남기신 큰 학자이시자, 나라와 겨레의 사랑에 모든 삶을 바친 애국자이십니다. 그러나 이미 돌아가신 지가 오십 여 년이 지나다 보니, 그 분의 가르침과 얼과 학문이 많이 잊혀져 갑니다. 이제 다시 이 전집의 펴냄을 계기로 하여, 많은 분들이 외솔에 대하여 알게 되고, 나라와 겨레와 우리 말·글에 대해서 사랑하는 마음을 가지게 되기를 바랍니다.

2019년 3월

외솔회 회장 성 낙 수 씀

차례

일러두기

- 이 책은 외솔 최현배 선생이 남긴 글 중 '작은 논문'들을 묶은 것이다.
- 원문에 충실함을 글자 옮김의 기본으로 삼았으나, 당시의 편집 혹은 인쇄상의 문제로 생긴 잘못은 고쳐 넣고, 〈한글 맞춤법 통일안〉이 나오기 전에 쓴 글의 띄어쓰기는 읽는 이의 이해를 위하여 될 수 있는 대로 지금의 맞춤법을 따랐다.
- 원문 가운데 단독 한자로 적힌 부분은 한글로 될 수 있는 대로 음을 달아 읽기 쉽게 하였다.

가로글씨의 理論(이론)과 實際(실제) (1)

(一(일)) 한글의 字形(자형)의 特徵(특징).

(二(이)) 最小限度(최소한도)의 고쳐야 할 것.

(三(삼)) 語學會(어학회)의 決定案(결정안).

네째 조각　　가로글씨와 마춤법.

(一(일)) 낱말은 完全(완전)히 한 덩이로 할 것.

(二(이)) 낱말은 完全(완전)히 各各(각각) 띄어씰 것.

다섯째 조각　　가로글씨와 월점치기(句讀點使用)

【잡이】 "쓰다"로써 "書(서)"와 "用(용)"의 두 가지의 뜻으로 두루씀은, 더구나 글을 論(논)함에 있어서는, 混同(혼동)으로 因(인)한 模糊(모호)와 不利(불리)가 많다. 그러므로, "쓰다"(用)와 "씨다(書)"의 두가지로 區別(구별)하여 씀은 極(극)히 必要(필요)한 일이다. 이는 다만 理論上(이론상)으로 必要(필요)할 뿐 아니라, 京畿道(경기도) 漢江(한강) 以南(이남) 地方(지방)에서는 實際(실제)로 分明(분명)히 이를 區別(구별)하며, 또 慶尙道(경상도), 黃海道(황해도)에서도 "書(서)"를 "씨다"로 한다. 금번 표준말 査定(사정)에서는, 時期尙早(시기상조)의 理由(이유)에서 이를 아직 區別(구별)하지 아니하였다. 그러나, 나는, 上記(상기)의 理論(이론)과 實地(실지)의 두 가지 根據(근거)에서, "쓰다"(用)와 "씨다"(書)의 分化(분화)가 將來(장래)에 표준말로 採用(채용)되기를 主張(주장)하는 바이다. 그래서, 이 글월에서는, 特(특)히 그 分棟(분동)의 必要(필요)를 實感(실감) 시키기 爲(위)하여, 두 가지를 갈라썼으니, 讀者(독자)는 그리 아시기를 바란다.

머리말

　내가 우리 한글의 가로씨기를 처음으로 주장하기는 시방으로부터 열다섯해 전이었다. 곧 大正(대정) 十一年(십일년) 여름에 東都留學生夏期巡廻講座(동도유학생하기순회강좌)에 叅加(참가)하여 各地(각지)로 돌아다니면서 이를 주장하는 同時(동시)에, 그 字體(자체)까지 보였더니, 이를 들은 地方(지방) 사람들은 대단히 못마땅하게 생각하였었다. 一文字(문자)란 옛날 聖人(성인)이 만들어내는것인데, 어디 一個(일개)의 學生(학생)이 그런 僭越(참월)한 짓을 한단 말인가? 하는 理由(이유)에서. 그러나, 쉬지 않고 나아가는 時代(시대)의 科學的(과학적) 精神(정신)은 우리글의 가로씨기에 多大(다대)한 關心(관심)을 가지게 되어, 그 소리가 날로 점점 높아가서 오늘에 와서는 當然(당연)한 尋常事(심상사)가 되어버린 觀(관)이 없지 아니하다. 그러하나 도리켜 살피건대, 가로글씨의 理論(이론)의 科學的(과학적) 具體的(구체적) 體系(체계)는 오늘에도 아직 展開(전개)시킨 것이 없는 듯하다. 이제, 그 때에 東亞日報(동아일보) 紙上(지상)에 發表하였던 낡은 原稿(원고)를 옆에 놓고, 그간에 더 보고 깨치고 생각한 바를 叅酌(참작)하여, 바로 한글의 가로씨기를 주장하는 理論的(이론적) 根據(근거)와 및 그 方法(방법)을 體系的(체계적)으로 敍述(서술)함이 또한 쓸데없는 일이 아닐 것 같다.

X　　　X

　한글의 가로글씨라 하면, 하나는 오늘과 같이 낱내(音節)를 한 덩이로 하되, 그것의 줄(行)을 내리줄(縱行)로 하지 말고, 가로줄(橫行)

로 하는 것이요, 또 하나는 모든 글자를 그 낱소리(字母)로 풀어서 純全(순전)히 가로 벌려 씨는 것이니, 이에는 또 猶太文字(유태문자), 시리아글자, 아라비아의 여러가지의 글자 모양으로 오른쪽에서 왼쪽으로 나아가는 것과, 英(영), 佛(불), 獨(독)의 글씨와 같이 왼쪽에서 오른쪽으로 나아가는 것과의 두 가지가 있다. 그런데, 내가 여기에서 주장하는 가로글씨는 이 맨 끝의 것—西洋(서양)의 알파벳과 같이 왼쪽에서 오른쪽으로 나아가는 方法(방법)의 가로글씨이다.

첫째 조각 가로글씨 主張의 根據

내리글씨(縱書)를 버리고 가로글씨(橫書)를 주장하는 理論的(이론적) 또 實際的(실제적) 根據(근거)는 다음과 같다.

(一(일)) 소리의 나는 理致(이치)와 一致(일치)한다

우리의 말의 소리는 차례있게 한결로 달아나는 것이니, 이를 적는 소리글의 차례도 한결로 적는 것이 마땅하다. 이렇게 씨자면, 위에서 아래로 내리씨거나 아래에서 위로 치씨거나, 또 왼쪽에서 바른쪽으로 가로씨거나(橫書하거나), 바른쪽에서 왼쪽으로 가로씨거나, 다 마찬가지가 될 것이다. 그러하니, 다음에 적는 여러가지의 理由(이유)에서 왼쪽에서 바른쪽으로 가로씨는 것이 가장 좋은 것이다. 그런데, 오늘날까지 우리들이 써오는 우리글씨는 소리의 나는 차례대로 한결로 씨지 아니하고, 왼쪽에서 바른쪽으로 가로써가다가, 그 폭이 너무 넓을 듯하면, 그만 아래로 내려가서 또 왼쪽에서 바른쪽으로 가로씬다. 이를테면, "닭"이란 말을 그 소리나는 차례대로 적을 것 같으면, "ㄷㅏㄹㄱ"이나 "ㄷㅏㄹㄱ"이 되겠거늘, 이를 꼭 "닭"으로 적는것은 다만 모든 글씨를 等邊四角形(등변사각형)(□)이 되도록만 하고자 한 때문이다. 訓民正音(훈민정음)에 "· ㅡ ㅗ ㅜ ㅛ ㅠ란 첫소리 아래에 붙여쓰고, ㅣ ㅏ ㅓ ㅑ ㅕ란 첫소리의 오른쪽에 붙여 쓰라" 한 것이 全然(전연)히 字形(자형)을 正方形(정방형)으로 하고자 함에서 나온 것이니, 이는 오로지 漢字(한자)의 影響(영향)이라고 생각한다. 訓民正音(훈민정음)의 鄭麟趾(정인지) 序(서)에 "字倣古篆(자방고전)"이라 함은 이를 가리킴이다. 世宗大王(세종대왕)께옵서 世界(세계)에서 類例(유례)없는 科學的(과학적)인 字母文字(자모문자)를 創製(창제)하여 놓으시고, 그 綴法(철법)만은 象形文字(상형문자)인 漢字(한자)의 範疇(범주)를 벗어나지 못하였음은 實(실)로 時代眼目(시대안목)이 그렇게 만든 것이라 아니할수 없다. 만약, 世宗大王(세종대왕)께서 오늘에 다시 오신다면, 當然(당연)히, 가로글씨(橫書(횡서))를 主張(주장)하실 것은 의심할 餘地(여지)가 없는 바이다.

(二(이)) 가로글씨는 씨기가 쉽다

첫째, 生理的(생리적)으로 보건대, 사람의 팔굼(肱)을 一定(일정)한 자리에 붙이고서, 그 아래 팔을 움직여서 글을 씀에는 가로씨는(橫書하는) 것이 세로씨는(縱書하는) 것보다 훨씬 有利(유리)하다. 곧 그 運動(운동)의 範圍(범위)가 上下(상하)보다 左右(좌우)가 數(수)倍(배)로 넓으며, 運動(운동)이 便易(편이)하며, 따라 씨기의 速度(속도)가 빠르다. 만약, 팔굼의 位置(위치)를 上下(상하)로 옮긴다면, 그 運動(운동)의 範圍(범위)는 相當(상당)히 넓어지겠지마는 努力(노력)과 時間(시간)이 많이 虛費(허비)되어서, 씨기의 速度(속도)가 훨씬 줄어지지 않을 수 없나니, 이는 우리가 先生(선생)의 講義(강의)를 筆記(필기)하는 經驗(경험)에 비추어보면, 넉넉히 알 바이다.

다음에, 오른쪽에서 왼쪽으로 가는 것보다 왼쪽에서 오른쪽으로 나아가는것이 훨씬 有利(유리)하다. 이는, 붓을 運動(운동)함을 따라 종이 위에 들어나는 글씨의 모양이 온전히 分明(분명)히 잘 보이기 때문에, 作字(작자)를 잘 해갈 수 있기 때문이다. 이 理致(이치)는 오늘의 한글의 내리글씨에서도 이미 實現(실현)되었나니, 곧 모든 글자(音節式)는 반드시 다 왼쪽에서 오른쪽으로 써가기로 되어 있고, 오른쪽에서 왼쪽으로 써가는 것은 도무지 없다. 漢字(한자)의 構成(구성)에서도 特別(특별)한 劃(획)을 除(제)하고는 다 이러하다.

끝으로 가로글씨는 소리없는 ㅇ을 쓰지(使用하지) 아니하기 때문에, 쓸데없는 수고와 時間(시간)을 節約(절약)하게 되는 利益(이익)이 있다. 오늘의 내리글씨에서는 이 소리값도 없는 ㅇ의 셈이 퍽 많아서, 거의 全數(전수)의 十分(십분) 一(일) 以上(이상)을 차지하게 된다. 이를 省略(생략)함은 큰 便利(편리)가 될 것이다.

(三(삼)) 가로글씨는 내리글씨보다 보기가 훨씬 쉽다

첫째, 形態上(형태상)으로 보아, 두 눈이 水平(수평)으로 나란히 박혔으며, 한낱의 눈은 또한 세로 찌어지지 않고 가로 찌어졌으니, 가로 보는 것이 세로 보는 것보다 視野(시야)도 넓으며, 運動(운동)도 便利(편리)할 것이요, 다음에, 解剖上(해부상)으로 보면, 눈통(眼窩) 안에는 눈알(眼球)을 놀리는 힘줄이 눈아래 上下(상하)와 左右(좌우)로 다 있는데, 上下(상하)에는 약한 힘줄이 각각 하나씩이요, 左右(좌우)에는 그보다 數(수)倍(배)나 튼튼한 힘줄이 各各(각각) 둘씩이나 있으니, 이는 눈알의 左右運動(좌우운동)이 上下運動(상하운동)보다 數(수)倍(배) 容易(용이)함을 보이는 것이요, 또 進化論的(진화론적)으로 본다면, 左右運動(좌우운동)을 實際(실제)로 數(수)倍(배)나 많이 하기 때문에, 그 힘줄이 그만큼 더 發達(발달)한 것이라 할 수 있을 것이다. 一事實(사실)로, 우리의 眼前(안전)에 열린 世界(세계)는 縱(종)의 世界(세계)가 아니요, 橫(횡)의 世界(세계)이다. 그래서 우리의 眼界(안계)가 橫(횡)으로 더 크며, 우리의 눈알의 運動(운동)도 上下(상하)로보다 左右(좌우)로 함이 훨씬 많음은 分明(분명)한 事實(사실)이다.

心理學者(심리학자)의 錯覺研究(착각연구)에 依(의)하여, 健全(건전)한 사람이라도 반드시 잘못 본다는, 이른 正常錯覺(정상착각) 가운데 여기에 關係(관계)되는 보기(例(예))를 들면, 이러하다:

垂直線(수직선)은 水平線(수평선)보다 過大視(과대시)된다. 一한 水平線(수평선)을 긋고, 그 中央(중앙)에 그 水平線(수평선)과 같은 길이의 垂直線(수직선)을 세우면, 그 垂直線(수직선)이 水平線(수평선)보다 길어보인다. 眞正(진정)한 正方形(정방형)은 縱(종)이 길어 보이고, 눈으로 보아서 正方形(정방형)을 그려놓으면, 實際(실제)는 幅(폭)이 넓다. 이는 다 눈을 垂直(수직)으로 運動(운동)시키는것이 水平(수평)으로 運動(운동)시키는것보다 困難(곤란)한 때문에, 더 疲勞(피로)를 느끼는 때문이다.

이 理致(이치)를 글에 가져온다면, 다른 條件(조건)이 다 같다면, 내리글씨를 보는 것이 가로글씨를 보는 것보다 힘이 많이 들며, 疲勞(피로)가 速(속)히 온다 할 것이다.

(四(사)) 가로글씨는 박기(印刷하기)가 쉽다

첫째, 活字(활자)의 數(수)가 比較(비교)할수 없을 만큼 적어진다.

오늘의 한글이 모두 스물 넉字(자)인즉, 活字(활자)의 種類(종류)도 스물 넷이면 고만일 것이다. 혹 便宜(편의)를 따라 數(수)種(종)을 더 한다 하더라도, 설흔자를 넘지 아니할 것이다.

둘째, 活字(활자)의 數(수)가 적으니, 그것을 設備(설비)하기에 소용 되는 工場(공장)의 面積(면적)이 적어도 좋을 것이다.

셋째, 採字(채자)와 植字(식자)에 품(手數)이 훨씬 經濟(경제)될 것 이다. 活字(활자)의 數(수)가 적으니, 採字(채자)와 植字(식자)의 人員 數(인원수)가 적어도 좋을 것이요, 그것을 排置(배치)한 空間(공간)이 적으니, 東奔西走(동분서주), 左顧右眄(좌고우면)의 勞苦(노고)와 時 間(시간)이 經濟(경제)될 것이다.

넷째, 活字(활자)의 種類(종류)가 적으니, 그만큼 印刷上(인쇄상) 誤 字(오자)가 나는 比例(비례)가 적어질 것이니, 준보기(校正)가 쉬우며, 思想(사상)의 發表(발표)와 傳達(전달)의 正確性(정확성)이 많아진다.

다섯째, 위와 같은 條件(조건)으로 因(인)하여, 印刷所(인쇄소)의 設立(설립), 經營(경영)이 容易(용이)하여지며, 印刷(인쇄)의 費用(비 용)이 低廉(저렴)하여지며, 印刷物(인쇄물)이 빨리 나오게 된다. —印 刷所(인쇄소)의 經營(경영)이 容易(용이)하므로 印刷所(인쇄소)의 設 立(설립)이 많아질 것이요, 印刷(인쇄)의 費用(비용)이 싸므로 책 값이 싸질 것이요, 책 값이 싸므로 사보는 사람이 많아질 것이요, 社會 的(사회적)으로 讀書量(독서량)이 增加(증가)하므로, 印刷所(인쇄소)의 經營(경영)은 더욱 좋게 되며, 책 값은 더욱 싸게 되어, 그 社會(사회) 의 文化(문화)는 急速度(급속도)로 發展(발전)될 것이다.

그러한데, 한글의 내리글씨를 쓰는(使用하는) 오늘날의 實際形 便(실제형편)을 보라. 그 얼마나 不便(불편)하며, 얼마나 不利(불리) 한 條件下(조건하)에서, 조선의 印刷業者(인쇄업자)가 呻吟(신음)하는

가? 스물 넉자인 한글을 낱내(音節)를 標準(표준)하여 쓰기 때문에, 實際(실제)에 쓰이는 活字數(활자수)가 三千(삼천) 以上(이상)이 되어, (만약, 그 可能(가능)한 音節(음절)을 다 活字化(활자화)한다면, 그 數(수)가 實(실)로 一萬(일만) 一千(일천) 一百(일백) 八十(팔십) 七字(칠자)이나 된다), 世界(세계)에서 類例(유례)없이 字數(자수)가 많으니, 어려운 저 漢字(한자)의 實際(실제) 使用(사용)되는 字數(자수)와 同等(동등) 以上(이상)이 된다. 이렇게 생각하여도 좋은 글을 잘못 쓰는(使用하는) 惡結果(악결과)가 끔찍한데, 朝鮮(조선)의 印刷工場(인쇄공장)은 百倍(백배) 以上(이상)으로 增加(증가)된 朝鮮文字(조선문자)에다가, 다시 저 어렵고 어수선한 同數(동수) 假量(가량)의 漢字(한자)를 幷用(병용)하고, 거기에 다시 假名(가명) 五十字(오십자)와 로마字(자) 二十(이십) 六字(육자)를 加(가)하여 使用(사용)한다. 이리하여, 約(약) 八十種(팔십종)의 活字(활자)에 각각 大小(대소)의 號(호)가 六七種(육칠종)이 있으며, 또 간혹 正草(정초)의 字種(자종)의 다름조차 있어서 한 三萬種(삼만종)의 活字(활자)가 使用(사용)된다. 그리하여, 오늘의 서울 안의 有數(유수)한 印刷所(인쇄소)는 實(실)로 이렇듯 끔찍한 活字(활자)의 排置(배치)로 말미암아, 그 貴重(귀중)한 넓은 面積(면적)이 疊疊(첩첩)한 活字山脈(활자산맥)으로 化(화)하고, 探字工(채자공), 植字工(식자공)은 이 골작 저 골작에서 틈틈이 끼어있음을 보지 않는가? 朝鮮(조선)의 活字(활자)의 種類(종류)는 實(실)로 全世界(전세계)에 가장 많다 하겠다. 이는 太半(태반)이 내리글씨의 罪(죄)가 아니고 무엇인가?

다섯째, 가로글씨라야 능히 타입우라터(typewriter), 리노타입(linotype)과 같은 文明(문명)의 利器(이기)를 使用(사용)할 수 있다. 이러한 文明利器(문명이기)의 利用(이용)할 수 있고 없음이 얼마나 그 社

會(사회)의 實際生活(실제생활)을 便利(편리)하게 할는지는 그것을 아직 쓰지 아니하는 社會(사회)에서는 잘 깨치지 못할는지 모르지마는, 만약, 이것을 朝夕(조석)으로 利用(이용)하는 西洋(서양)—가령 米國(미국)의 社會(사회)에서 이 利用(이용)을 一時中止(일시중지)시킨다면, 그 影響(영향)이 얼마나 클것인가. 바꿔 말하면, 우리도 가로글씨로 하여서 이러한 文明利器(문명이기)를 利用(이용)하게 된다면, 그 얼마나 便利(편리)하고 有益(유익)할것일가?

오늘날 사람의 文字生活(문자생활)은, 그 發達(발달)의 程度(정도)가 나아감을 따라, 손으로 씨기(記寫(기사))보다 機械(기계)로 박기(印刷)가 더욱 많이 利用(이용)됨은 누구를 勿論하고, 다 잘 아는바이다. 近世(근세)의 印刷術(인쇄술)의 發達(발달)은 實(실)로 近世文明(근세문명)의 産母(산모)가 되는것이라, 그러한즉, 一社會(일사회)의 文字(문자)가 박기에 쉽고 어려움은 그 社會(사회)의 文化發展(문화발전)에 큰 關係(관계)가 있는것이다. 그러므로, 가로글씨가 내리글씨에 比(비)하여, 設令(설령) 다른 點(점)은 다 마찬가지라 하더라도, 이 박기 優越(우월)함의 한가지만으로 써도 능히 그 左右(좌우)를 決定(결정)할수 있을것이라 생각한다.

(五(오)) 가로글씨는 읽기가 쉽다

다시 말하면, 가로글씨는 소리글의 뜻글만들기(表音文字의 表意文字化)가 가장 完全(완전)히 되어서, 글씨와 생각과의 一致(일치)가 緊密(긴밀)하여지기때문에, 그 글의 뜻잡기(意味把握)가 빨리 되는 利益(이익)이 있다.

마춤법(綴字法)의 原理(원리)로 보아서, 낱말(單語)을 한 덩어리로 따로 써야 할것은 우리의 이미 잘 아는바이다. 이는 오늘의 내리글씨에서도 그리할수 있는 일이다. 그러나, 낱내(音節)를 單位(단위)로 하는 오늘의 내리글씨에시는, 아무리 한 낱말을 한 덩어리로 써 놓는다 하더라도, 그것이 完全(완전)히 一體(일체)가 되지 못하고, 그 無意味(무의미), 無效果(무효과)의 각 낱내(音節)가 여전히 獨立的(독립적) 存在(존재)를 維持(유지)하고 있기 때문에, 우리가 이것을 읽을 적에 그 한덩어리를 생각(觀念)의 表意的(표의적) 記號(기호)로 대번에 잡아가지지 못하고, 공연히 그 낱낱의 글자(即(즉) 音節)를 表音的(표음적) 記號(기호)로 音讀(음독)함으로(勿論(물론) 익숙한 읽기에 있어서는, 반드시 一一(일일)이 그렇게 하는 것은 아니지마는) 말미암아, 그 온 덩어리의 뜻을 잡는 順序(순서)로 되게 되어, 읽기에 不利(불리)함이 적지 아니하다. 大體(대체), 낱말을 적은 글은 그것이 아무리 소리글일지라도, 讀書心理(독서심리)에 있어서는 그 소리보다 그 뜻의 記號化(기호화)로 보게 됨은 實驗心理的(실험심리적) 硏究(연구)의 밝힌 바이다. 그러므로, 한낱의 낱말 안에서 다시 그 構成部分(구성부분)인 낱낱의 낱내(音節)를 따로따로 밝혀 씀은 다만 그 온 덩어리의 表意的(표의적) 記號化(기호화)에 妨害(방해)가 될 뿐이어서, 讀書上(독서상) 不利(불리)를 오게 할 따름이다.

이렇게 말하면, 혹은 다음과 같이 抗辯(항변)할이가 있을 것이다. 곧 이를테면, "나무"의 "나"와 "무"는 도무지 아무 뜻이 없으니까, 따로 씨는것이 無意味(무의미) 또는 不利(불리)하겠지마는, "열매", "웃음"같은 것은 그 각 낱내가 語源的(어원적)으로 뜻과 用(용)이 있으니까, 따로 씨는것이 讀書(독서)에 有利(유리)할 것이라고. 이것은 물론 一理(일리)가 없지 아니하지마는, 이것으로써 全體(전체)를 規律(규율)할 수 없으며, 또 우리의 읽기의 便不便(편불편)은 반드시 語源的(어원적)으로 뜻잡기의 便不便(편불편)에 매인 것이 아님을 알아야 한다. 다시 말하면, 사람의 말은 다 무슨 淵源(연원)이 없지 아니하겠지마는, 오늘날에 우리가 그 낱낱의 語源(어원)을 알수 없는것이 얼마나 많으며, 또 語源(어원) 아는것이 반드시 얼른 우리의 귀에 들어오는것도 아니며, 또 우리의 읽기는 반드시 語源的(어원적) 把握(파악)을 要(요)하는것도 아니다. 西洋(서양)에서는 낱말의 낱내가름(音節分析)과 말밑가름(語源分析)은 그 말광(辭典)같은 데에서나 하니, 이만 하여도 족하다 할 것이다.

【붙임】 吳天錫(오천석)님의 가로글씨와 내리글씨의 씨기와 읽기의 心理(심리)를 實驗(실험)한 報告(보고)(普專學會論集(보전학회논집))에 依(의)하면, 내리글씨가 가로글씨보다 약간 낫다 하였다. 그러나, 그 이른 가로글씨란 것은 오늘의 낱내덩이(音節單位)의 마춤(綴字)을 다만 줄을 가로 잡았을 따름의 것이니, 내가 여기서 말하는 가로글씨와는 같지 아니하며, 또 現在(현재)의 旣得(기득) 習慣(습관)과 文學(문학)의 排置(배치) 及(급) 運筆(운필)의 順不順(순불순)의 關係(관계)도 있으니까, 그 結論(결론)도 그 報告者(보고자)가 이미 말한 바와 같이, 一般的(일반적) 純然(순연)한 體書論(체서론)에 아무 左右(좌우)할 힘을 가질 수 없는 것이다.

西洋(서양)의 어떤이의 읽기 實驗(실험)의 結果(결과)는 가로글씨와 내리글씨와가 마찬가지였다 함은 듣기는 하였으나, 내가 아직 그 報告文(보고문)을 보지 못하였기 때문에, 여기에서 批評(비평)할 수 없다.

(六(육)) 가로글씨는 오늘의 마춤법의 苦痛(고통)을 많이 輕減(경감)한다

가로글씨에서는 한 낱말은 純全(순전)히 한덩이로 씨기(書하기) 때문에, 풀이씨(用言)의 줄기(語幹)와 씨끝(語尾)을 갈라씨지 아니하며,

또 ㅇ를 쓰지(使用하지) 아니하기 때문에, "아行(행)"으로 써 그 말밑을 밝히던 일은 아주 없어지고 만다. (그 자세한 것은 다음에 차차 말하겠다). 따라서, 바침을 올려야 할가, 내려야 할가, 하는 어려움은 아주 없어진다. 이를테면, 오늘의 내리글씨에서는 "같으니"와 "가트니", "떨어지다"와 "떠러지다", "걸음"과 "거름"이 어느것이 옳은가? 어느 쪽으로 하여야 할가가 어려운 물음이 되어있지마는, 가로글씨에서는, 그것은 당연히 각각 ㅇ를 업새고서, 한줄로 벌려적으면 그만이 될 것이다. (ㄱㅏㅌㅡㄴㅣ, ㄸㅓㄹㅓㅈㅣㄷㅏ, ㄱㅓㄹㅡㅁ) 이것은 적잖은 效益(효익)이 되는 것이라 하겠다.

(七(칠)) 世界(세계)의 數百(수백)種(종) 文字(문자)는 가로글씨가 가장 自然的(자연적)임을 證示(증시)한다

英京(영경)에 있는 內外國聖書公會(내외국성서공회)에서 發行(발행)한 萬國語福音(만국어복음)(The Gospel in Many Tongues 1912年版(년판))를 보니, 그 책은 요한福音(복음) 三章(삼장) 十六節(십육절)의 譯例(역례) 四百(사백) 九十(구십) 八種(팔종)을 모은 것인데, 그것은 四百(사백) 三十(삼십) 二種(이종)의 國語(국어) 及(급) 方言(방언)을 數百種(수백종)의 文字(문자)로 表記(표기)한 四六版(사육판) 壹百(일백) 十頁(십엽)의 小冊子(소책자)이다. 이제 그 책을 펴어보면, 한장 한장씩 장이 넘어감을 따라, 形形色色(형형색색) 奇奇怪怪(기기괴괴)한 그림 같은 文字(문자)(!)가 갈수록 더욱 奇絶怪絶(기절괴절)의 極(극)을 다툼을 본다. 이렇듯 奇異(기이)하고 數(수) 많은 글자 가운데서, 내리글씨로 된 文字(문자)는 겨우 蒙古文字(몽고문자), 滿洲文字(만주문자), 漢字(한자), 한글, 假名(가명)의 數種(수종)에 그치고, 그 나머지 數百(수백)의 文字(문자)가 全部(전부) 가로글씨로 되어 있다. 이는 곧 全世

界(전세계)의 各處(각처) 各種族(각종족)들이 數千(수천)年間(년간)에 그 自然的(자연적) 思考(사고)와 自然的(자연적) 方法(방법)에 依(의)하여 각기 必要(필요)한 日常用(일상용)의 文字(문자)를 案出(안출)한 것이 거의 全數(전수)가 다 가로글씨로 된 것이니, 가로글씨는 다만 理論的(이론적) 遊戲(유희)도 아니며, 西洋文字(서양문자)의 單純(단순)한 模倣(모방)도 아니며, 實(실)로 全世界(전세계) 人類(인류)의 自然的(자연적) 文字(문자)임을 이에 明白(명백)히 證明(증명)됨을 認識(인식)하지 아니할 수 없다고 생각한다. 東洋文字(동양문자) 특히 漢字(한자) 勢力(세력)에 眼界(안계)가 局限(국한)된 우리들에게는 가로글씨가 혹 "新奇(신기)한 一藝(예)"로 보일는지 모르겠지마는, 한번 눈을 높이 들어, 往古來今(왕고래금)의 全世界(전세계) 全人類(전인류)의 文字界(문자계)에 視線(시선)을 보낼 것 같으면, 우리의 가로글씨의 주장은 當然(당연) 또 自然(자연)한 일이라 아니할 수 없으리라고 믿는다.

이에 우리의 가로글씨의 주장은, 그 理論的(이론적) 根據(근거)가 當然(당연)할 뿐 아니라, 그 事實的(사실적) 根據(근거)도 確然(확연)한것임이 充分(충분)히 證明(증명)되었다.

-〈한글〉 5권 1호(1937)-

가로글씨의 理論(이론)과 實際(실제) (2)

둘째 조각 가로글씨의 原理(원리)

그러면, 위에 풀이한 根據(근거)에서 된 가로글씨는 그 自體(자체) 안에 어떠한 原理(원리)를 갖후어야 할가? 나는 이에 關(관)하여, (一(일)) 分化(분화)의 原理(원리), (二(이)) 運筆(운필)의 原理(원리), (三(삼)) 視覺(시각)의 原理(원리), (四(사)) 美(미)의 原理(원리), (五(오)) 實用(실용)의 原理(원리)의 다섯 가지를 들어 말하고자 한다.

(一(일)) 分化(분화)의 原理(원리)

이는 各(각) 글자가 分化(분화)가 잘 되어서 差異(차이)가 分明(분명)하여, 分別(분별)이 잘 나며, 따라 認識(인식)이 잘 되기에 必要(필요)한 原理(원리)이다. 이를 列擧(열거)하면, 다음과 같다.

(1) 各(각) 글자가 제각기의 特色(특색)이 있어야 함.

(2) 本體(본체)가 되는 線(선)(本體線)에서 얼마는 올라가고, 얼마는 내려감이 좋음.

온 누리의 가로글씨 가운데서, 印度(인도)의 各(풀이) 文字(문자)와 같이, 本體線(본체선)이 上部(상부)가 齊一(제일)하여 위로 올라가는 글자가 全(전)혀 없고 (나의 無識(무식)한 눈에는 다만 符號(부호) 같은 것을 若干(약간) 위에 더한 것이 있을 따름이다), 아래로만 내려가기가 있는 글자도 있으며, 시리아文字(문자)(同書 四頁(동서 사혈))와 같이 거의 모두 위로만 올라간 것도 있으며, 수마트라文字(문자)(同書 八頁(동서 팔혈))와 같이 세로 긋는 획이 없고 모두 가로 비주름하게 누운 획으로 되어서, 도무지 위아래에로 나가는 획이 없는 것도 있으니, 그 大多數(대다수)의 文字(문자)는 다 上下(상하)로 오르내림이 있으니, 이도 또한 分化(분화)시키려는 人間(인간) 意圖(의도)의 自然(자연)의 發露(발로)라 하겠다

그러나, 그 오르내림의 比例(비례)가 얼마나 되면, 가장 理想(이상)일가? 이에 對(대)하여는 나의 淺識寡聞(천식과문)으로서는 아무 아는 것이 없으며, 아무 實驗的(실험적)으로 硏究(연구)한 것도 없다. 理想的(이상적) 比例(비례)는 全然(전연) 캄캄하다. 다만 오늘에 文學的 機能(문학적 기능)을 世界的(세계적)으로 가장 高度(고도)로 發揮하는 로마글자 二十 六字(이십 육자)(小字 正書(소자 정서))를 보면, 全字數(전자수)에 對(대)한 百分比(백분비)가 위로 올라가는 글자가 約 三十 五(약 삼십 오) 퍼센트, 아래로 내려가는 글자가 約 二十 三(약 이십 삼) 퍼센트이다. 그 合計(합계)가 五十 八(오십 팔) 퍼센트이니, 上下(상하)로 나간 것이 全數(전수)의 半(반)이 좀 더 되는 셈이요, 위로 올라간 것이 아래로 내려간 것의 約(약) 5/3이니, 위로 올라간 것이 아래로 내려간 것보다 훨씬 많은 셈(이는 곧 本體線(본체선)의 下部(하부)가 齊一(제일)하여 統一(통일)을 이름을 뜻한다)이다. 그러나, 이러한 比例數字(비례 수자)는 그 各個 文字(각개 문자)를 同等(동등)으로 보고 한 것이므로 그 로마字(자)를 使用(사용)하는 各(각) 國語(국어)에 있어서 그 各個 文字(각개 문자)의 使用(사용) 度數(도수)가 一定(일정)하지 아니한 때문에, 實際(실제) 行文(행문)에서의 上下突出(상하돌출)

의 比例(비례)는 各國(각국)이 一定(일정)하지 아니할 것은 明白(명백)한 理致(이치)이다. 그러므로, 이 로마글자가 甲(갑) 國語(국어)에서는 썩 좋아도, 乙(을) 國語(국어)에 있어서는 좋지 못할 수도 있을 것이다. 그런데, 이제, 다시 大略(대략) 英獨語(영독어)의 行文(행문)을 보건대(鄭寅承(정인승)님의 簡單(간단)한 統計(통계)에 依(의)함), 英文(영문)에서는 그 全體(전체)에 對(대)한 百分比(백분비)가 上(상)은 三十 七(삼십 칠), 下는 五이요, 獨文에서는 上이 二十 六(이십 육), 下가 四(사)이다. 佛文(불문)에서는 (나의 簡單(간단)한 統計(통계)에 依(의)함) 上이 二十 九(이십 구), 下(하)가 五(오) 퍼센트이다. 다 올라간 것이 내려간 것보다 그 比(비)가 훨씬 많음을 보겠다.

이제, 우리는 그에 關(관)한 理想的(이상적) 比例(비례)는 全然(전연)히 모르니까, 우선 아수운대로 英獨佛文(영독불문)의 比例(비례)에 接近(접근)시키면, 正中(정중)은 맞후지 못할 망정 큰 틀림은 免(면)할 수 있으리라고 생각할 수 있다. 이를 常識的(상식적)으로 말하자면, 이러할 것이다. 上下(상하)로 나감은 分比(분비)를 爲(위)함인데, 만약 그 나감이 너무 많을 것 같으면, 이는 도리어 分比(분비)를 消滅(소멸)시킴이 되겠은 즉, 全數(전수)의 半分(반분) 假量(가량)이 나가되, 위로 나가는 것(實際(실제)의 行文(행문)에 있어서)이 아래로 나가는 것의 五部(오부) 以上(이상)이 되게 하여 基本線(기본선)이 下部(하부)에서 齊一(제일)하게 보이어서 統一(통일)을 이루도록 함이 現代人(현대인)의 眼目(안목)에 近理(근리)하게 보이는것이라 하겠다 함에 있다.

(3) 잔글자(小字)와 큰글자(大字)와의 區別(구별)을 들 것이다.

잔글자 밖에 또 큰글자를 따로 둘 必要(필요)가 과연 있을가? 이는 잔글자와 큰글자를 쓰는(使用(사용)) 西洋(서양) 사람들의 사이에 생긴 물음이라 한다. 그래서, 그 硏究(연구)의 結果(결과)는 그럴 必

要(필요)가 없다 하므로 되었다 한다. 그러나, 나는 아직 그 硏究(연구)의 方法(방법)과 理論(이론)의 根據(근거)를 잘 모르니까 여기서 明確(명확)히 그것을 批評(비평)할 수는 없다. 다만, 나의 생각으로 보건대, 줄끝(行末)에는 끝점이 있으니까, 줄머리에 特(특)히 큰 글자로 비롯하지 않더라도 그 줄머리임이 分明(분명)히 들어난다든지 또 홀로이름씨(固有名詞)는 特(특)히 큰 글자로 적지 않더라도 큰 支障(지장)이 없다든지, 東洋(동양)에서는 모두 이러한 區別(구별)이 없건마는, 아무 탈이 없다든지, 큰 글자를 쓰는(使用하는) 獨逸(독일)에서는 모든 이름씨(名詞)는 다 큰 글자로 씬다(書한다)든지 따위의 까닭으로서는 큰 글자 無用(무용)의 正當(정당) 또 充分(충분)한 根據(근거)가 될수는 없는 것이다. 이는 마치 自行車(자행차), 自動車(자동차), 人蔘(인삼), 鹿茸(녹용)이 아니라도 살아가는 나라가 있다고 해서 自行車(자행차), 自動車(자동차), 人蔘(인삼), 鹿茸(녹용)이 必要(필요) 없다고 하는 것이나 다름이 없는 소리가 되고 마는 것이다. 우리는 어떤 드문 경우의 소용을 爲(위)하여 毒物(독물)도 貴藥(귀약)으로 保存(보존)하거든 하물며 文字生活(문자생활)에서 날마다 날마다 의례로 만나는 區別(구별)의 必要(필요)를 爲(위)하여, 큰 글자의 存置(존치)를 거리막을 理由(이유)가 조금도 없다고 생각한다. 다만 問題(문제)는 그만한 必要(필요)를 위하여 큰 글자 學習(학습) 및 使用(사용)의 이만한 수고를 兒童(아동)과 成人(성인)에 짐지을 必要(필요)가 있다 함에 있을 따름이다. 그러므로, 나는 큰글자를 따로 들 必要(필요)가 있음을 주장하는 同時(동시)에, 그 字形(자형)은 다만 크기만으로써 本體(본체)를 삼고, 다른 점은 될 수 있는 대로 작은 글자의 그것과 全等(전등) 또는 近似(근사)하여 이를 學習(학습)하기에 별로 딴 勞力(노력)을 虛費(허비)ᄒ지 않도록 함이 좋겠다고 생각한다. 이는 또 오늘의 英字(영자)의 一般的(일반적) 傾向(경향)과도 一致(일치)한 점이다.

(4), 박음글자(正字)와 흘림글자(草字)와를 따로 둘 것이다.

박음글자(略(략)하야 박음)는 박기(印刷)에만 專用(전용)하는 것이니, 運筆(운필)의 原理(원리)의 要求(요구)는 없고, 오로지 視覺的(시각적) 蠅理(승리)의 要求(요구)가 十分(십분)으로 實現(실현)되어야 하는 것이요, 흘림글자(略(략)하야 흘림)는 주장으로 손으로 씨기(手寫)에 쓰이는 것이니, 視覺的(시각적) 要求(요구)를 多少(다소) 犧牲(희생)하고라도, 運筆(운필)의 原理(원리)의 要求(요구)가 많이 實現(실현)되어야 하는 것이다. 만약 이 두 가지의 要求(요구)가 同時(동시)에 完全(완전)히 實現(실현)될 것 같으면, 구태여 두가지의 글자 꼴을 따로 둘 必要(필요)가 없겠지마는(만약, 그리 될수 있다면, 박기와 씨기의 경우에 두루 한가지만을 쓰고(使用)하고 보기 때문에, 學習(학습)의 輕減(경감)은 勿論(물론)이요, 그 視覺的(시각적) 練習(연습)의 機會(기회)가 二倍(이배)가 增加(증가)하게 되어서, 읽기(讀書)의 能率(능률)이 훨씬 나아갈 것이다). 이는 到底(도저)히 期待(기대)할수 없는것임은 東西洋(동서양) 古今(고금) 文字(문자)의 自然的(자연적) 分化的(분화적) 發達(발달)에 비추어 보아서 넉넉히 짐작할 일이다.

(二(이)) 運筆(운필)의 原理(원리)

이는 글자를 씨는(書하는) 손의 要求(요구)이니, 特(특)히 흘림글자에서 實現(실현)되어야 할 原理(원리)이다. 그리고, 큰 글자보다도 작은 글자가 갖후어야 할 原理(원리)이다.

(1), 劃(획)의 方向(방향)이 極(극)히 平滑(평활)하고 또 서로 잇기 쉽도록 되어 있어야 한다.

가로글씨는 내리글씨 特(특)히 저 象形文字(상형문자)인 漢字(한자)에 比(비)하여, 그 획은 方向(방향)이 極(극)히 簡單(간단)하다. 이는 붓을 띄지 않고 잇달아 씨려니까, 저절로, 그 方向(방향)이 簡單(간단)하지 아니할 수 없기 때문이다. 그래서, 左旋(좌선)과 右旋(우선)의 曲線(곡선)이 가장 많고, 垂直線(수직선), 橫直線(횡직선)은 다만 不得(부득)한 境遇(경우)에 쓰는(使用하는) 것이니, 極(극)히 少數(소수)에 不過(불과)한다. 이 簡單(간단)한 획으로 미끄럽게 잇달아 씨기(書하기)는 쉬운 일이지마는, 이와 同時(동시)에 채워야 할 分化(분화)의 原理各字(원리각자)의 特色(특색)을 잘 들어내게 하기는 매우 어려운 일이다. 그래서 우리 한글의 가로글씨의 흘림은 考案(고안)하면 저절로 로마字體(자체)와 비슷하게 됨은 이때문이다.

(2), 획에는 大小(대소)가 있음이 좋다.

(3), 획은 簡單(간단)함이 좋다. 그러나, 너무 간단하기만 하여서는 各字(각자)의 特色(특색)을 낼 수가 없게 된다.

(4), 글자꼴(字形)이 一定(일정)하여야, 익히기와 씨기에 좋다.

(三(삼)) 視覺的 原理(시각적 원리)

이는 눈의 要求(요구)이니, 보기 쉽도록 되어야 한다는 原理(원리)이다. 이는 흘림글자에서도 相當(상당)히 채워지기를 要(요)하는것이지마는, 그보다도 훨씬 더 많이, 박음글자에서 채워져야 할 原理(원리)이다.

(1) 그 획이 空間(공간)을 둘러싼 形狀(형상)의 글자가 잘 보인다.

이는 西洋(서양) 心理學者(심리학자)들의 硏究(연구)의 結果(결과)이다. 卽(즉), O, m, P 따위가 i, j, L 따위보다 잘 보인다 하는 것이다. 이 原理(원리)는 讀書心理上(독서심리상) 매우 重要(중요)한 原理(원리)이다. 그러나 同時(동시)에 다른 原理(원리)-分化(분화)의 原理(원리)가 完全(완전)하지 못하면 이것만으로 좋은 效果(효과)를 낼 수는 없는 것이 a, w, d와에서와 같다.

(2), 획에 굵고 잔 것이 있음도 보기에 좋다.

(3), 굽은 줄(曲線)은 곧은 줄(直線)보다 눈의 運動(운동)이 圓滑(원활)하게 되기 때문에 보기 쉽다.

(四(사)) 美(미)의 原理(원리)

이는 아름다움을 要求(요구)하는 原理(원리)이다. 어떻게 생각하면, 美感(미감)의 原理(원리)는 다른 原理(원리)에 比(비)하여서, 매우 가벼운것 같기도 하지마는, 그 實(실)은 決(결)코 그렇지 아니하다. 東洋(동양)에서 漢字(한자)의 書道(서도)란 것이 거의 藝術(예술)의 境界(경계)에 接近(접근)한 觀(관)이 있음은 우리의 잘 아는 바이다. 이제, 우리는 이러한 立場(입장)을 떠나서 純然(순연)히 實際的(실제적) 立場(입장)에 서서 보더라도, 글자가 이 美感(미감)의 原理(원리)를 갖훔은 그 글자 本然(본연)의 職能(직능)을 다함에 매우 緊要(긴요)한 條件(조건)이 되는 것임을 認定(인정)하지 않을 수 없는것이다.

(1) 획은 大部分(대부분)이 굽은줄(曲線)이라야 한다.

곧은 줄(直線)은 굽은 줄보다 아름답지 못하다. 비겨 말하면, 곧은 줄은 知(지)와 意志(의지)를 表(표)하고, 굽은 줄은 情(정)을 表(표)한다. 곧은 줄은 眞理(진리)를 表(표)하고, 굽은 줄은 美(미)를 表(표)한다 할 수 있다. 그러하여, 곧은 줄은 嚴格(엄격)의 느낌을 주고, 굽은 줄은 愉快(유쾌)의 느낌을 준다. 그리하여 曲線美(곡선미)는 우리의 讀書子(독서자)에게 疲勞(피로)를 가져옴이 적어서, 讀書(독서)의 能率(능률)이 나아가는 實際的 效果(실제적 효과)를 가져온다.

(2) 획이 自然的(자연적)으로 굵고 가늚이 있어야 한다. 劃(획)이 一樣(일양)으로 조금도 굵고 가늚이 없을 것 같으면, 이는 씨기(書하기)에 어려울뿐 아니라, 보기에도 變形(변형)이 없으므로 아름답지 못하며 실증이 나기 쉽다.

(3) 基本線(기본선)이 있어서 글줄이, 그 위에 간즈런하게 얹힐 것.

알아보기 쉽게 하노라고, 分化(분화)의 原理(원리)에 依(의)하여, 基本線(기본선)의 우아래로 나가는 획이 있어야 하겠지마는, 많은 글자는 밑줄(基本線)의 위에 나란히 있어서 本體線(본체선)(몸줄)을 이루어야 한다. 美感(미감)은 變化(변화)를 要求(요구)하는 同時(동시)에 秩序(질서)와 統一(통일)과 調和(조화)를 要求(요구)하는 때문이다.

이러한 統一(통일)을 이루는 밑줄(基本線)을 中央(중앙)의 몸줄(本體線)의 위쪽(印度(인도)의 文字(문자) 모양으로)에 할가, 또는 아래쪽(英獨佛(영독불)의 로마字(자) 모양으로)에 할가? 다시 말하면, 아래로 내려가는 획이 많도록 할가, 위로 올라가는 획이 많도록 할가? 이것이 理論的(이론적)으로 明確(명확)히 말하기는 어려우나, 大略(대략) 英獨(영독)의 글자 모양으로 아래로 基本線(기본선)을 두고서 그 줄 위에다가 글을 씨는(書하는) 것이 적어도 오늘의 慣習(관습)으로 보아서, 便利(편리)하리라고 생각한다.

(五(오)) 實用의 原理(실용의 원리)

이것은 實用(실용)의 見地(견지)에서 捉用(착용)되는 原理(원리)이니, 곧 各(각) 글자의 된 成績(성적)의 系列(계열)의 順字(순자)가 그 各(각) 글자의 자주 쓰이는 변수의 系列(계열)의 順字(순자)와 一致(일치)함을 理想的(이상적)이라 하는 것이다.

다시 말하면, 가장 많이 쓰이는 글자가 그 된 품이 가장 좋고, 그 다음으로 자주 쓰이는 글자가 그 다음으로 잘 되고, 그러하게 나아가아, 가장 드물게 쓰이는 글자기 가징 나쁘게 되는 것이 合理的(합리적)이다. 그래서 가장 잘못된 글자는 가장 드물게 쓰이기 때문에, 우리가 그 不利(불리)를 입는 일이 極(극)히 적게 되며, 가장 잘 된 글자가 가장 자주 쓰이기 때문에 우리가 그 利益(이익)을 입음이 많게 된다는것이다. 西洋 心理學者(서양 심리학자)의 硏究(연구)에 依(의)하면 오늘날에 가장 널리 쓰이는 로마字(자)는 英語(영어)에 있어서 이 實用(실용)의 原理(원리)와 相距(상거)가 멀다 한다.

나의 調査(조사)에 依(의)하면, 우리 한글의 낱낱의 글자의 쓰이는 번수로서의 차례잡기(次字排定)는 다음과 같다. (朝鮮語文硏究 參考 (조선어문연구 참고))

ㅏㄴㄱㅣㄹㅅㅓㅡㄷㅗㅁㅇㅎㅈㅂㅜㅕ채ㅣㅑㅔㅖㅍㅌㅛㅚㅘㅖㅠㅝㅟ ㄲㄸㅋㅆㅃㅉㅙㅞㅒ

이러한 즉, 한글의 가로글씨의 된품(成績)의 차례잡기가 이 번수의 차례잡기와 一致(일치)하면 理想的(이상적)일 것이다.

세째 조각 한글의 가로씨기

(一(일))

우리 한글은 근본 낱소리글(字母文字)이면서, 그 마춤법은 날내(音節)를 標準(표준)하여서 그 字形(자형)이 五方形(오방형) 안에 들도록 만들었기 때문에

1, 直線(직선)이 直角的(직각적)으로 서로 交叉(교차)된 것이 大部分(대부분)이요.

2, 曲線(곡선)이 매우 적으며

3, 홀소리 글자는 空間(공간)을 둘러싼 것이 도모지 없으며,

4, 겨우 점 하나의 있고 없음으로 써 서로 區別(구별)되며,

6, 소리 값이 없는 ㅇ이 공연히 홀소리에 붙어 쓰임

의 特徵(특징)을 가지고 있다.

(二(이))

이제, 이러한 直線直角的(직선직각적) 文字(문자)를 가로씨자면, 모름지기 曲線圓形的(곡선원형적) 文字(문자)로 變更(변경)하여야 할 것이니, 그 일이 결코 쉬운 일이 아니다. 이에 最少限度(최소한도)로 고치지 아니할 수 없는 몇 가지만을 고치자면, 다음과 같다.

1, 홀소리 "ㅡ"는 그대로는 무슨 표(곧줄표) 같아서, 도무지 글자 같지 아니하니, 반드시 어떠한 모양으로든지 꼬브려서 굽은 줄을 만들어야 할 것이다.

2, 소리 값 없는 "ㅇ"을 없이 할것이니, 그 까닭은

1, 소리 값이 없음.

2, 공연한 수고를 많이 하는 것.

3, 이것을 두면, "아이"(ㅇㅏㅇㅣ)와 "애"(ㅇㅐ)의 "오아"(ㅗㅇㅇㅏ)와 "와"(ㅘ)따위의 區別(구별)이 됨은 利點(이점)이라 하겠으나, 그것 때문으로 해서, 마춤법의 不便(불편)을 여전히 ㅡ 아니 도리어 많이 甘受(감수)할 必要(필요)가 없는 것이다. 그러고, 그 利點(이점)이 된다는 區別(구별)은 다른 方法(방법)으로써 변통 할수가 있을 것이다.

3, ㅇ은 모양이 아름답고, 또 잘 보인다 할 수도 있지마는, 그 잘 보이는 것이 값어치는 조금도 없으니, 이는 實用(실용)의 原理(원리)

에 아주 어그러진 것이다.

4, "ㅇ"은 그 꼴이 "ㆁ"과 비슷히기 때문에, 그 실상 있는 "ㆁ"의 잘 보이는 性能(성능)을 滅殺(멸살)하는 不利(불리)가 있다.

5, "아이"와 "애", "어이"와 "에", "오이"와 "외" 따위를 區別(구별)하기 위하여, 옛날부터 써오는 딴이(ㅣ)를 따로 들 것이다. 곧 딴이(ㅣ)가 따로 있을 것 같으면, ㅇ이 없더라도 "아이"(ㅏㅣ)와 "애"(ㅐ)가 절로 분간 될 것이다.

6, "오아"와 "와", "우어"와 "워"를 분간하기 爲(위)하여, 이 때의 "오""우"는 반홀소리이니, 그 위에다가 무슨 표를 하면 좋을 것이다.

(三(삼))

위의 네 가지의 變更(변경)은 最少(최소) 限度(한도) 것이어니와, 만약 全般(전반)에 亘(긍)하여 가로글씨의 原理(원리)에 맞도록 하려면, 결코 容易(용이)한 일이 아니다. 最近(최근) 十餘年 以來(십여년 이래)로 이에 興味(흥미)를 가지고 그 改定(개정)을 試案(시안)한 이가 적지 아니하다. 朝鮮語學會(조선어학회)에서도 五年 前(오년 전)부터 各人(각인)의 私案(사안)을 내어놓고, 그 박음글자와 흘림글자를 根本的(근본적)으로 理想化(이상화)하려고 퍽 많은 애를 썼으나, 드디어 그 成案(성안)을 보지 못하였더니, 昨年 十一月(작년 십일월)에 비로소, 다음과 같은 박음글자의 臨時案(임시안)을 얻어 이를 우선 試用(성용)하기로 하였다.

ㄱㄴㄷㄹㅁㅂㅅㅇㅈㅊㅋㅌㅍㅎ ㅏㅑㅓㅕㅗㅛㅜㅠㅡㅣㅐㅔㅚㅟ

먼저, 이 案(안)의 要點(요점)을 說明(설명)하건대,

(1), "ㅡ"는 꼬브려서 "∪"로 하였으며,

(2), 반홀소리 "ㅗ" "ㅜ"의 뒤에 "∪"표를 더하여, **"ㅛ" "ㅩ"**로 하였

나니, 이것은 제 홀로 읽지 아니하고, 반드시 그 다음의 홀소리와 거듭하여 읽는다. 그 보기

　　　ㅘ, ㅓㅣ, (=와, 워)

반홀소리표(半母音票)가 없을 것 같으면, 그것은 따로 소리난다. 그 보기

　　　ㅘ, ㆍㅜㅓ, (=오아, 우어)

(3), 다른 홀소리의 뒤에서 그것과 거듭하기에만 쓰이는, 이른 딴 이(ㅣ)를 예사의 "ㅣ"보다 좀 짜르게 하였으니, 이 짜른 "ㅣ"가 있거든 반드시, 그 앞의 홀소리와 거듭하여 읽을 것이다. 보기 :

　　　ㅏㅣ, ㅑㅣ, ㅓㅣ, ㅕㅣ, ㅗㅣ, ㅛㅣ, ㅜㅣ, ㅠㅣ, ㅟ, ㅘㅣ ㅓㅣ,

　　　(=애, 얘, 에, 예, 외, 죄, 위, 위, 외, 왜, 웨,)

그러하고, 긴 "ㅣ"는 반드시 따로 제대로 소리낼 것이요, 決(결)코 그 앞의 홀소리와 거듭하지 아니한다. 그 보기 :

　　　ㅏㅣ, ㅑㅣ, ㅓㅣ, ㅕㅣ, ㅗㅣ, ㅛㅣ, ㅜㅣ, ㅠㅣ, ㅟ, ㅘㅣ, ㅓㅣ, (=아이, 야이, 어이, 예이,

　　　오이, 요이, 우이, 유이, 으이, 와이, 워이)

【잡이】만약, 理論的(이론적)으로 본다면, "애, 에, 외"는 "ㅏ, ㅓ, ㅗ"가 딴이"ㅣ"와 거듭하여서, 그 中間(중간)의 소리 곧 "ㅏ, ㅓ, ㅗ"도 아니요, 또 "ㅣ"도 아닌 딴 홑홀소리(單母音) "ㅐ, ㅔ, ㅚ"로 나는 것이니, 이는 아무리 길게 내더라도, 다른 소리로 變(변)하지 아니하고, 한결 같은 한 소리로 날 뿐이다. 그러나, "위" "의"는 "ㅜ"와 "ㅣ", "ㅡ"와 "ㅣ"가 서로 거듭하여 그 中間(중간)의 홑홀소리로 나는 것이 아니요, "ㅜ"와 "ㅡ"가 먼저 짜르게 나고 곧 이어서 "ㅣ"가 나는 것이니, 이를 길게 내면, "ㅣ"만 남아 길어진다. 다시 말하면, 이 때의 "ㅜ" "ㅡ"는 반홀소리이요. 그 "ㅣ"는 앞에 말한 딴 이가 아니라, 예사의 "ㅣ"이다. 그러므로, "위, 의"는 『ㅟ, ㅟ』로 적을 것이 아니요, 마땅히

"ㄷㅣ, ㄷㅣ"로 적어야 할 것이다. 그러고, **ㅜㅣ, ㅟ**를 쓴다면(使用한다면), 이는 普通(보통)의 "위, 의"가 아니라, 全羅地方(전라지방) 같은 데에서 흔히 소리내는 特別(특별)한 "위, 의"(곧 中間(중간) 홀홀소리)일 것이다. — 나 個人(개인)의 私見(사견)으로는 이 理論(이론)대로 함이 科學的 原理(과학적 원리)에 合致(합치)하여 좋겠다 생각하지마는, 全員多數(전원 다수)의 意見(의견)은 現下(현하)의 便宜(편의)를 좇아 앞에 풀이한대로 定(정)하였으니, 우선 그대로 實行(실행)하여 볼 것이다.

(4), 소리값 없는 ㅇ을 아주 업새고, 그 대신에 소리값 있는 이응(ㆁ)의 모양을 아주 ㅇ으로 하였음. 곧 동그래미는 언제든지 이응으로 읽을 것이다.

(5), 몸줄에서 올리고 내리는 것은 다 든과 같이 되었다.

모든 닿소리 글자는 다 몸줄에 그냥 두되, 다만 꼭지에 점이 있는 것(ㅊ, ㅎ)은 그 自然(자연)의 모양에 따라, 그 점을 위로 올리기로 하였으며,

ㅏㅑ와 ㅓㅕ와는 다만 點(점)의 左右(좌우)로써 서로 區別(구별)하였은즉, 그 特色(특색)을 만들기 爲(위)하여, ㅏㅑ는 위로 올리고, ㅓㅕ는 아래로 내리었으며,

ㅗ와 ㅛ, ㅜ와 ㅠ가 그 形式(형식)이 近似(근사)하여, ㅛ는 ㅗ의 竝立(병립), ㅠ는 ㅜ의 竝立(병립)과 같으므로, 그 區別(구별)을 짓기 爲(위)하여, ㅛㅠ의 한 획을 길게 하였으며,

ㅓㅕㅠ가 이미 내려갔으니, 이만만 하여도 벌써 내려간 것의 比(비)가 너무 많아졌다. 그래서 예사의 "ㅣ"는 위로 올릴수 밖에 없게 되었다.

이리하여, 모두 스물 일곱 자 가운데서, 위로 올라간 것이 여덟 자 곧 全數(전수)의 約 三十(약 삼십) 퍼센트이요, 아래로 내려간 것이 석

자, 곧 全數(전수)의 約 十一(약 십일)퍼센트이다. 그러하니, 올라간 것이 내려간 것의 약 三倍(삼배)이요, 上下(상하)로 나간 것의 合計(합계)가 全數(전수)의 約 四十一(약 사십일)퍼센트이다. 이 各個(각개) 글자를 同 價値(동 가치)로 보는 固定的 靜的 統計(고정적 정적 통계)이다. 이를 만약 各字(각자)의 實際(실제)에 使用(사용)되는 번수의 比例(비례)에 비추어서, 그 運用的 動的 統計(운용적 동적 통계)를 만든다면, 다음과 같이 된다. (上(상)과 下(하)의 各字(각자)의 百分比(백분비) 數字(수자)는 『朝鮮語文研究(조선어문연구)』에 依(의)함)

ㅑ ㅕ ㅛ ㅐ ㅎ ㅊ

"上(상)" 10+1+1+7+1+3+2=25

"下(하)" 5+3+0,3+1+0,4=9,7

ㅓ ㅕ ㅠ ㅔ ㅖ

곧 上(상)이 二十五(이십 오)퍼센트이요, 下(하)가 約 一〇(약 일십)이다.

우리는 元來(원래) 이 오르내림의 理想的 比例 數字(이상적 비례 수자)를 알지 못하기 때문에 이것이 그 理想的(이상적) 條件(조건)에서 어떠한 距離(거리)에 있는지를 評(평)할 수는 없거니와, 앞에 말한 英佛獨語(영불독어)에서의 文字(문자)의 오르내림의 比例(비례)와 그리 멀지 아니함을(내림이 約(약) 倍(배)로 많다)알지니, 이로써 한번 試用(시용)하여 볼만하다고 생각함도 忘斷(망단)이 아니라 할 것이다.

要(요)컨건, 이 案(안)은 目下(목하)의 實行(실행)의 便利(편리)를 爲主(위주)하여, 될수 있는 대로 그 本形(본형)을 그대로 두고, 위에 말한 바와 같은 最小限度(최소한도)의 變改를 더한 것이니, 이를 앞에 말한 가로글씨의 原理(원리)에 비추어 본다면, 不備(불비)한 점이 퍽 많다 하겠다. 그러니, 우선 이를 試案(시안)으로 하여, 얼마동안 施行(시행)하여 보면, 그 不完全(불완전)한 點(점)을 차차 發見(발견)하게 될 것이요, 그 흘림글씨도 여러 사람으로 말미암아 考案(고안)이 되어서, 後日(후일)에 完全(완전)한 박음과 흘림의 글자 꼴이 決定(결정)되리라고 믿는다.

-〈한글〉5권 2호(1937)-

가로글씨의 理論(이론)과 實際(실제) (三(삼))

네째조각 가로글씨와 마춤법

한글을 가로글씨로 고치고 보면, 그 마춤법에도 얼마큼의 變動(변동)이 생기게 된다. 이는 元來(원래) 오늘의 마춤법이 必然的(필연적)으로 오늘의 낱내 本位(본위)의 내리글씨에서 그 性質上(성질상) 생기는 問題(문제)를 다루어서 내리글씨에서 適當(적당)한 處理(처리)를 한 때문에, 이를 한 번 가로글씨로 고쳐놓은 以上(이상)에는, 그 내리글씨에서 適當(적당)하다고 認定(인정)한 處理(처리)가 아무 意味(의미)를 가지지 못하기 때문에, 저절로 그 處理(처리)를 고대로 墨守(양수)할 必要(필요)가 없게 된 때문이다. 이제"한글 마춤법 통일안"에서 고쳐야 할 점에 對(대)하여 나의 私見(사견)을 베풀기로 하겠다.

(一(일)) 낱말은 完全(완전)히 한 덩이로 할 것

내리글씨에서 낱내(音節)를 標準(표준)하여 글을 씨기 때문에, 아무리 낱말은 한 덩이로 한다는 原則(원칙)을 認(인)하더라도, 정말 完全(완전)히 한 덩이로 하지 못하고, 혹은 둘, 혹은 셋, 혹은 넷…의 낱내로 갈리게 되었다. 보기: 사람, 까마귀, 딱다구리…와 같이. 이제 가로글씨에서는 當然(당연)히 이것들이 純然(순연)한 한 덩이로 된다. 보기: ㅅㅏㄹㅏㅁ, ㄱㄱㅏㅁㅏㄱㅜㅣ, ㄷㄷㅏㄱㄷㅏㄱㅜㄹㅣ, ……와 같이.

이와 같이, 낱말은 完全(완전)히 한 덩어리로 하게 된 結果(결과)로, 다음과 같은 마춤법의 고침이 생기지 않을 수 없다.

(1) 줄기(語幹)와 씨끝(語幹)의 갈라적기의 必要(필요)가 없어진다. 그 보기:

잡다－ㅈㅏㅂㄷㅏ, 잡은－ㅈㅏㅂ∪ㄴ, 잡으니－ㅈㅏㅂ∪ㄴㅣ.

앉다－ㅏㄴㅈㄷㅏ, 앉은－ㅏㄴㅈ∪ㄴ, 앉으니－ㅏㄴㅈ∪ㄴㅣ.

(2) 한 낱말 안에서 바침의 올림으로 말미암아 그 말밑(語源)을 밝히던 성가심도 없어진다. 그 보기:

○떨어지다－ㄷㄷㅓㄹㅓㅈㅣㄷㅏ, 돌아가다－ㄷㅗㄹㅏㄱㅏㄷㅏ.

먹이다－ㅁㅓㄱㅣㄷㅏ, 움직이다－ㅜㅁㅈㅣㄱㅣㄷㅏ.

○울음－ㅜㄹ∪ㅁ, 길이－ㄱㅣㄹㅣ, 놀이－ㄴㅗㄹㅣ,

같이－ㄱㅏㅌㅣ, 적이－ㅈㅓㄱㅣ.

(3) 거듭씨(複合詞)에서 소리의 變(변)함이 없는 것은 物論(물론) 그대로 달아씰 것이요, 소리의 變(변)함이 있는 것은 그 사이에 붙임표(-)를 끼우어서 그 말밑을 밝히거나, 그렇잖으면 꼭 소리대로만 달아적어서 그 말밑을 밝히지 아니하거나 할 것이다.(이에 關(관)하여서도 公定案(공정안)이 必要(필요)하겠으나, 아직은 없음)

(ㄱ) 소리의 變(변)함이 없는것의 보기:

문인－ㅁㅜㄴㅣㄴ, 닭의알－ㄷㅏㄹㄱ∪ㅣㅏㄹ,

집오리－ㅈㅣㅂㅗㄹㅣ, 손아귀－ㅅㅗㄴㅏㄱㅜㅣ

(ㄴ) 붙임표(-)를 써서 말밑을 밝히는 보기:

잣엿－ㅈㅏㅅ-ㅕㅅ, 담요－ㄷㅏㅁ-ㅛ, 앞일－ㅏㅍ-ㅣㄹ

집일－ㅈㅣㅂ-ㅣㄹ, 공일－ㄱㅗㅇ-ㅣㄹ

(ㄷ) 붙여써서 그 말밑을 밝히지 아니하고 소리나는대로 적는 보기:

　잣엿-ㅈㅏㅅㄴㅕㅅ, 담요-ㄷㅏㅁㄴㅛ, 앞일-ㅏㅍㄴㅣㄹ

　집일-ㅈㅣㅂㄴㅣㄹ, 공일-ㄱㅗㅇㄴㅣㄹ

(붙임) 여기에서 혹은 다음과 같은 물음을 낼 이가 있으리라. "그럴 테면 왜 오늘의 한글 마춤법에는 줄기와 씨끝, 말밑, 거듭씨끝 그와 같이 분간할 必要(필요)가 무엇이냐? 차라리 여기 가로글씨에서와 같이 그러한 분간을 하지 아니하는 편이 좋지 아니하였겠느냐?"

이 물음에 對(대)한 대답은 여기서 하기보다 마춤법의 통일안을 풀이하는 글월에서 하는것이 먀땅하겠기로, 여기서 나는 가늘게 들어가서 그 대답을 하려고는 아니하거니와, 다만 한 마디로써 한다면 내리글씨에서와 가로글씨에서가 그 마춤법의 守學的(수학적) 心理學的(심리학적) 條作(조작)이 매우 다르기 때문이다. 다시 말하면 마춤법은 一定(일정)하여서 表意的(표의적) 機能(기능)을 充分(충분)히 하려던, 내리글씨에서는 줄기와 씨끝따위를 분간하지 아니할 수 없기 때문이다. 만약 이것을 분간하여 적지 아니할 것 같으면, 다음과 같은 混亂(혼란)이 생긴다.

　안따(坐)(又(우)는 안싸), 안꼬(又(우)는 안쏘), 안찌 말라,

　안즌, 안즈니, 안자.

이것이 얼마나 幼稚(유치)하고 無定形(무정형), 混亂(혼란)의 마춤법인가? 到底(도저)히 讀音心理(독음심리)를 理解(이해)한 科學的(과학적) 整理(정리)의 손을 거친 마춤법은 될수 없는 것이다.

(二(이)) 낱말은 完全(완전)히 各各(각각) 띄어 씰 것이다

통일안에서는 낱말은 띄어 씬다는 原則(원칙)은 세워 놓기는 하였지마는, (1) 從來(종래)의 줄달아서 씨던 버릇이 너무 띄기를 귀찮게 여기는 편이 있음과, (2) 各(각) 낱내(音節)가 서로 떨어져 있기 때문

에, 그 사이를 분간하여서 읽을수 있음(더구나 從來(종래)의 버릇이 있음으로 해서)과의 理由(이유)에서 그 原則(원칙)이 完全(완전)히 實行(실행)되지 못하고, 몇가지의 벗어남(例外)을 두었던 것이다. 그러나 이제 새로 되는 가로글씨에서는, 만약 그따위를 분간하지 아니하고, 막 붙여 써 놓을 것 같으면, 全然(전연)히 한 덩이가 되어 버리기때문에, 그 사이를 띄어서 분간해 읽기가 썩 어려울 뿐 아니라, 다음에 차차 말할 바와 같이, 여러가지의 混亂(혼란)이 생기게 됨을 免(면)하지 못한다. 그러므로, 가로글씨에서는 그 原則(원칙)을 完全(완전)히 實行(실행)하지 아니 할 수 없는 것이라 생각한다.

(1) 생각씨(觀念詞)와 토씨(助詞)와를 띄어 씰 것이다. 보기:

손(手)은 ㅅㅗㄴ ㅜㄴ   소(牛)는 ㅅㅗ ㄴㅜㄴ

잔(盃)은 ㅈㅏㄴ ㅜㄴ   자(尺)은 ㅈㅏ ㄴㅜㄴ

솔(松)을 ㅅㅗㄹ ㅜㄹ   소를 ㅅㅗ ㄹㅜㄹ

발(足)을 ㅂㅏㄹ ㅜㄹ   바(所)를 ㅂㅏ ㄹㅜㄹ

만약, 이렇게 낱말을 띄어씨지 아니할 것 같으면, "손은"과 "소는", "잔은"과 "자는", "솔을"과 "소를", "발을"과 "바를"이 서로 區別(구별)되지 아니할 것이다.

(2) 잡음씨 "이다"도 "아니다"와 마찬가지로 띄어 씰 것이다. 그 보기:

이것이 붓이다.   ㅣㄱㅓㅅ ㅣ ㅂㅜㅅ ㅣㄷㅏ.

그것이 목이다.   ㄱㅜㄱㅓㅅ ㅣ ㅁㅗㄱ ㅣㄷㅏ.

만약, 이따위를 붙여 씬다면, "붓이다"와 "부시다", "목이다"와 "모기다"가 서로 區別(구별)이 없을 것이다. 또 設令(설령)이러한 混同(혼동)이 생기지 않더라도 잡음씨는 따로 띄어 써야 할 것이다.

(3) 불완전한 이름씨(不完全名詞)(것, 바, 줄, 수…)를 그 위의 말에 붙이지 말고, 따로 띄어 씰 것이다. 그 보기:

내가 이렇게 하는것은 무슨때문이냐.

ㄴㅐ 가 ㅣㄹㅓㅎㄱㅔ ㅎㅏㄴㅢㄴ ㄱㅓㅅ ㅢㄴ ㅁㅜㅅㅢㄴ ㄸ
ㅐㅁㅜㄴ ㅣㄴㅑ?

나는 노래할줄을 모른다.

ㄴㅏ ㄴㅢㄴ ㄴㅗㄹㅐㅣㅎㅏㄹ ㅈㅜㄹ ㅢㄹ ㅁㅗㄹㅢㄴㄷㅏ.

작은것이 큰것보다 나을수는 없소.

ㅈㅏㄱㅢㄴ ㄱㅓㅅ ㅣ ㅋㅢㄴ ㄱㅓㅅ ㅂㅗㄷㅏ ㄴㅏㅢㄹ ㅅㅜ ㄴㅢㄴ
ㅓㅂㅅㅅㅗ.

삼원 사십전.

ㅅㅏㅁ ㅜㅓㄴ ㅅㅏㅅㅣㅂ ㅈㅓㄴ.

(4) 도움풀이씨(補助用言)(아니하다, 못하다, 버리다, 주다……)도 그 위
의 으뜸풀이씨(主用言)와 띄어 씰것이다. 그 보기:

사랑하지 아니한다.

ㅅㅏㄹㅏㅇㅎㅏㅈㅣ ㅏㄴㅣㅎㅏㄴㄷㅏ.

그것을 잊어버리지 못하고,

ㄱㅢㄱㅓㅅ ㅢㄹ ㅣㅈㅓ ㅂㅓㄹㅣㅈㅣ ㅁㅗㅅㅎㅏㄱㅗ,

나도 너를 도와 줄가?

ㄴㅏ ㄷㅗ ㄴㅓ ㄹㅢㄹ ㄷㅗㅘ ㅈㅜㄹㄱㅏ?

갈바를 알지 못하였다.

ㄱㅏㄹ ㅂㅏ ㄹㅢㄹ ㅏㄹㅈㅣ ㅁㅗㅅㅎㅏㅕㅅㅅㄷㅏ.

그 사람들이 하는대로 있을듯하다.

ㄱㅢ ㅅㅏㄹㅏㅁㄷㅢㄹ ㅣ ㅎㅏㄴㅢㄴ ㄷㅐㄹㅗ ㅣㅅㅅㅢㄹ ㄷㅢ
ㅅ ㅎㅏㄷㅏ.

열어보다(試開).

ㅕㄹㅓㅂㅗㄷㅏ.

열어 보다(開而視之).

ㅕㄹㅓ ㅂㅗㄷㅏ.

보아오다.

ㅂㅗㅏ ㅗㄷㅏ.

견뎌내다.

ㄱㅕㄴㄷㅕ ㄴㅐㄷㅏ.

이와 같이, 도움풀이씨를 다 따로 띄어 씨기로 하면, 그것("열어 보다"의 "보다")이 도움풀이씨인지 그 위의 말과 同等(동등)의 으뜸풀이씨인지는, 다만 그 말의 경우와 뜻을 보아서 區別(구별)할 뿐이니라. 혹은 이것을 으뜸풀이씨는 따로 띄어 씨고, 도움풀이씨는 붙여 써서 서로 區別(구별)함만 같지 못하다 할는지 모른다. 그 움풀이씨를 위에 붙여 씨면, 그것이 으뜸풀이씨 아님만은 區別(구별)이 잘 되겠지마는, 그것이 도움풀이씨인지, 全然(전연)히 거듭씨의 한 部分(조각)인지는 서로 區別(구별)이 나지 아니한다. 곧

돌아가다.

의 "가다"가 으뜸풀이씨 아님만은 分明(분명)히 區別(구별)되지마는, 그것이 도움풀이씨인지, "돌아가다"(歸死)라는 거듭씨의 한 조각인지는 도무지 區別(구별)이 나지 아니함과 같다. 곧 -得(득)과 -失(실)이 竝存(병존)함은 마찬가지이다. 그러한즉 解決(해결)의 要點(요점)은 그것이 한 낱말이냐 아니냐를 대중삼아서 띄어 씨기로 하는 것이 가장 上策(상책)이라 할 것이다. 곧

1. 돌아가다(한낱의 거듭씨. 歸(귀), 死(사))

ㄷㅗㄹㅏㄱㅏㄷㅏ.

2. 돌아 가다(廻轉(회전)이 도니다. "가다"는 도움풀이씨이다.)

ㄷㅗㄹㅏ ㄱㅏㄷㅏ.

3. 돌아 가다(廻轉而去). "가다"가 으뜸풀이씨)

　　ㄷ ㅗ ㄹ ㅏ　ㄱ ㅏ ㄷ ㅏ.

　곧, "가다"는 으뜸풀이씨도 되고, 도움풀이씨도 되는것이니, 左右間(좌우간) 따로 써 놓고서, 그 경우를 따라서, 그 갈래를 잡을수밖에 없는것임은 明白(명백)한 言語事實(언어사실)이 그렇게 만드는 바이다. 그러나, 만일, 도움풀이씨 『가다』만을 그 위의 으뜸풀이씨에 붙여서

　　ㄷ ㅗ ㄹ ㅏ ㄱ ㅏ ㄷ ㅏ.

로 하면, 이는 두 낱의 낱말을 한 덩이로 씨기 때문에, 공연히 정말로 한낱의 낱말과 같은 꼴이 되어서, 不當(부당)한 紊亂(문란)을 이리킬뿐 아니라, 말광(辭典)으로서도 이 紊亂(문란)을 解決(해결)할수 없게 될터이니, 이는 씨갈(單語論), 말광갈(辭典學)속으로 보아서, 매우 不當(부당)한 處理(복리)라 아니할 수 없다.

　要(요)하건대, 가로글씨에서는 낱말은 한 덩이로 씨는 原理(원리)가 完全(완전)히 實現(실현)되는 것인 즉, 모든 낱말은 띄어 써야만, 行文(행문)의 낱말이 말광(辭典)의 낱말과 一致(일치)되어, 글월 가운데의 모르는 낱말은 말광을 찾아 봄으로 말미암아, 그 뜻을 깨치게 될것이다. 그러하여야 진실로 科學的(과학적)으로 整理(정리)된 말과 글이라 할 수가 있을 것이다.

-〈한글〉 5권 4호(1937)-

가로글씨의 理論(이론)과 實際(실제) (四(사))

다섯째 조각 가로글씨와 월점치기
(橫書(횡서)와 句讀點 使用(구두점 사용))

나는 내리글씨에서라도 월점치기(句讀點使用)을 하여야 한다는 생각에서, 나의 지음 "우리말본"에서 그 자세한 규칙을 풀이하였다. 그러하니까, 이제 이 가로글씨에서는 더군다나 으례 이 월점치기를 주장하지 아니할수 없다.

월점(文章點, 句讀點)은 온 누리(世界)에서 널리 쓰이는 잉글리쉬(英語)의 월점을 그대로 쓰기로 하나니, 그 모양과 이름은 다음과 같다.

(1) , 반점(Comma)

(2) ; 쌍반점(Semicolon)

(3) ·· 쌍점(Colon)

(4) . 온점 또는 끝점(Full stop or Period)

(5) ? 물음표(Note of interrogation)

(6) ! 느낌표(Note of exclamation)

(7) , 줄임표(Apostrophe)

(8) ( ) { } 〔 〕 도림(括弧(괄호))(Pareuthesis)(( )반달표,{ }활표〔 〕꺾쇠표)

(9) | 줄표(Dash)

(10) | 붙임표(Hyphen)

(11) " " 따옴표(Gutotation)

이 모든 월점의 쓰는(使用하는) 법은 잉글리쉬에서와 같다. 그러나, 그 말의 된 법이 서로 같지 아니한 즉, 나는 여기에 우리말의 보기(例)로써 이 월점치기의 법을 간단히 풀이하겠다. (그 자세한 것은 "우리말본"을 察照(참조)하라)

(一(일)) 반점(,)은 가장 짜른 멈춤(休止)을 들어내는 것이니, 그 쓰임은 대략 다음과 같다.

(1) 둘에서 둘 더 되는 임자씨(體言)가, 아무 이음토가 없이, 월 가운데서 같은 자리에서, 이어져서 쓰일 적에, 그 낱낱의 사이에 반점을 친다. 그 보기:

ㅎㅏㄴㅏ, ㅅㅔㅅ, ㄷㅏㅅㅓㅅ, ㅣㄹㄱㄴㅂ, ㅏㅎㄱㄴㅂ, ㅡㄴ ㄱㅣㅅㅜ ㅣㄷㅏ.

(하나, 셋, 다섯, 일곱, 아홉은 기수 이다)

ㄱㅣㄹㅓㄱㅣ, ㅂㅣㅗㄹㅣ, ㄷㅜㄹㅜㅁㅣ, ㅎㅘㅇㅅㅐ, ㄷㅡㄹㅣ ㄷㅏ ㄴㅏㅘ ㄴㅗㄴㄷㅏ.

(기러기, 비오리, 두루미, 황새 들이 다 나와 논다)

ㄴㅏ, ㄴㅓ, ㅎㅏㄹ ㄱㅓㅅ ㅓㅂㅅㅣ, ㄷㅏ ㅁㅏㅊㅏㄴㄱㅏㅈㅣㄷㅏ.

(나, 너, 할 것 없이, 다 마찬가지다)

(2) 같은 자리의 어떤말(冠形語)이 둘 以上(이상)이 이어 쓰일 적에는, 그 낱낱의 뒤에 반점을 친다.

저, ㄴㅏㅁㅜ ㄹㅡㄹ ㄲㅓㄲㄴㅡㄴ, ㅅㅏㄹㅏㅁㅣ ㄴㅜㄱㅜ ㅣㅗ?

(저, 나무를 꺾는, 사람이 누구이오?)

ㄴㅏ ㅢ ㅅㅏㄹㅏㅇㅎㅏㄴㅡㄴ, ㅈㅗㅅㅓㄴ ㅢ ㅏㄷㅡㄹ ㅣㄴ, ㅈㅓㄹㅡㅁㅡㄴ ㅅㅏㄹㅏㅁㄷㅡㄹ ㅕ?

(나의 사랑하는, 조선의 아들인, 젊은 사람들이여!)

(3) 같은자리의 어찌말(副詞語)이 둘 以上(이상)이 나란히 쓰일 적에, 그 사이에 반점을 친다. 그 보기:

ㅓㅂㅓㅣ ㄴㅜㄴ ㅈㅏㅅㅣㄱ ㅇㅡㄹ ㅌㅡㄴㅌㅡㄴㅎㅏㄱㅔ, ㅈㅓㅇㅈㅣㄱ
ㅎㅏㄱㅔ, ㅂㅜㅈㅣㄹㅓㄴㅎㅏㄱㅔ, ㄱㅣㄹㄹㅓㅑ ㅎㅏㄴㄷㅏ.

(어버이는 자식을 튼튼하게, 정직하게, 부지런하게 길러야 한다)

(4) 같은 갈래의 말이 짝을 지어서 나란히 쓰일 적에, 그 各(각) 짝의 다음에 반점을 친다. 그 보기:

ㅂㅏㅁ ㅣㄴㅏ ㄴㅏㅈ ㅣㄴㅏ, ㅈㅏㄴㅏ ㄲㅏㅣㄴㅏ, ㄱㅡ ㄴㅜㄴ ㅎㅏㅇㅅ
ㅏㅇ ㄱㅡ ㅏㄷㅡㄹ ㅢ ㄱㅓㄱㅈㅓㅇ ㅣㅓㅆㅅㄷㅏ.

(밤이나 낮이나, 자나 깨나, 그는 항상 아들의 걱정이었다)

ㄱㅗㅑㅇㅣ ㅎㅏㄱㅗ ㄱㅐ ㅎㅏㄱㅗ, ㅈㅣㄴㅔ ㅎㅏㄱㅗ ㄷㅏㄹㄱㅎㅏ
ㄱㅗㄴㄴㅡㄴ ㅅㅏㅇㄱㅡㄱ ㅣㄷㅏ.

(고양이하고 개하고, 지네하고 닭하고는 상극이다)

(5) 월의 첫머리에 오는 어찌말(副詞語)의 뒤에 반점을 치기도 하며, 또 월의 中間(중간)에 끼어든 어찌말의 앞뒤에 반점을 친다. 그 보기:

ㅈㅓㅇ ㄱㅡㄹㅓㄹ ㅌㅔㅣㅁㅕㄴ, ㄴㅏ ㄴㅜㄴ ㄷㅏㅅㅣ ㄱㅡ ㅣㄹ ㅔ
ㄱㅗㅏㄴㄱㅕㅣㅎㅏㅈㅣ ㅏㄴㅎㄱㅔㅅㅅㅗ.

(정 그럴 테면, 나는 다시 그 일에 관계하지 않겠소)

ㄴㅏㄴㅡㄴ, ㄲㅐㅣㅓㄴㅗㅎㄱㅗ ㅁㅏㄹㅎㅏㅈㅏㅁㅕㄴ, ㄱㅡㄴㅂㅗㄴ
ㄴ ㅂㅜㅌㅓ ㄱㅡ ㅣㄹ ㅔ ㅊㅏㄴㄷㅗㅇㅎㅏㅈㅣ ㅏㄴㅣㅎㅏㅗ.

(나는, 깨어놓고 말하자면, 근본부터 그 일에 찬동하지 아니하오)

(6) 어찌말이 그 다음에 오는 말을 바로 꾸미지 아니하고, 건너뛰어서 그 아래의 말을 꾸밀 적에, 그 어찌말 뒤에 반점을 친다. 그 보기:

저 ㄴㅡㄴ ㅈㅗㄱㅡㅁ, ㅈㅏㅣㅁㅣㄴㅏㄴ ㅣㅑㄱㅣ ㄹㅡㄹ ㄷㅡㄹㅓ ㅅㅅㅅㅗ.

(저는 조금, 재미난 이야기를 들었소)

ㄱㅡ ㅎㅏㄱㅅㅏㅣㅇ ㅡㄴ ㅁㅐㅇㅜ, ㄷㅏㄴ ㅡㅁㅅㅣㄱ ㅡㄹ ㅈㅗㅎ ㅏㅎㅏㅗ.

(그 학생은 매우, 단 음식을 좋아하오)

(7) 부르고 대답하는 말의 뒤에 반점을 친다. 그 보기:

ㄷㅓㄱㅅㅜ, ㅈㅏㄴㅔㄷㅗ ㄱㅏㄹ ㅅㅏㅣㅇㄱㅏㄱ ㅣ ㅣㅆㅅㅡㄴㄱㅏ?

(덕수, 자네도 갈 생각이 있는가?)

ㅕㅂㅗ, ㄷㅏㅇㅣㅅㅣㄴ ㄷㅗ ㄱㅏㅗ?

(여보, 당신도 가오?)

ㅖ, ㅈㅓ ㄷㅗ ㄱㅏㄹㅕㄱㅗ ㅎㅏㅂㄴㅣㄷㅏ.

(예, 저도 가려고 합니다)

(8) 그리 힘세게 하지 아니하는 느낌말(感動語(감동어))의 다음에 반점을 친다) 그 보기:

ㅏ, ㅣㄱㅔ ㄴㅜㄱㅜㅛ?

(아, 이게 누구요?)

ㅎㅡㅇ, ㅅㅓㅣㅅㅏㅇ ㅣㄹ ㅣ ㄷㅏ ㄷㄷㅡㅅ ㄱㅏㅌㅡㄹ ㅅㅜ ㅣㅆㅅ ㄴㅏ?

(흥, 세상 일이 다 뜻 같을수 있나?)

(9) 보임말(提示語)의 뒤에 반점을 친다. 그 보기:

ㄷㅗㄴ, ㄱㅡㄴㅗㅁ ㅣ ㅜㅓㄴㅅㅜ ㄹㅗㄷㅏ.

(돈, 그놈이 원수로다)

ㅈㅜㅅㅣㄱㅕㅇ, ㄱㅡ ㄴㅡㄴ ㅎㅏㄴㄱㅡㄹ ㅡㅣ ㅏㅍㅈㅏㅂㅣ ㅣㄴㅣㄹㅏ.

(주시경, 그는 한글의 앞잡이이니라)

(10) 벌린월(並列文)의 사이에 반점을 친다. 그 보기:

ㅅㅏㄴ ㅡㄴ ㄴㅗㅍㄱㄱ, ㅁㅜㄹ ㅡㄴ ㅁㅏㄹㄱㄷㅏ.

(산은 높고, 물은 맑다)

ㄱㄱㅗㅊ ㅡㄴ ㅜㅅㅡㅁ ㅡㄹ ㅜㅅㅡㅁㅕ, ㅅㅐ ㄴㅡㄴ ㄴㅗㄹㅐ
ㄹㅡㄹ ㅂㅜㄹㅡㄴㄷㅏ.

(꽃은 웃음을 웃으며, 새는 노래를 부른다)

(11) 이은월(連合文)의 사이에 반점을 친다. 그 보기:

ㅂㅗㅁ ㅣ ㅗㄴㅣ, ㄱㄱㅗㅊ ㅣ ㅍㅣㄴㄷㅏ.

(봄이 오니, 꽃이 핀다)

ㅂㅣ ㄱㅏ ㅗㄷㅏㄱㅏ, ㄴㅜㄴ ㅣ ㅗㄴㄷㅏ.

(비가 오다가, 눈이 온다)

(12) 가진월(包有文)에서는, 임자마디(體言節)와 어떤마디(冠形節)와는 그 으뜸마디에서 가르지 아니하되, 어찌마디(副詞節)만은 으뜸마디에서 반점으로 가르는 것이 原則(원칙)이니라. 그 보기:

ㅏㅁㅜ ㅅㅗㄹㅣ ㄷㅗ ㅓㅂㅅㅣ, ㅗㄷㅗㅇ ㅣㅍ ㅎㅏㄴㅏ ㄱㅏ ㄷㄷㅓ
ㄹㅓ ㅈㅣㄴㄷㅏ.

(아무 소리도 없이, 오동 잎 하나가 떨어진다)

ㅂㅏㄷㅏ ㄱㅏ ㅓㅣㄴㅡㄴ, ㅎㅗㅣㄹㅣㅂㅂㅏㄹㅏㅁ ㅣ, ㅅㅏㄹㅏㅁ ㅣ
ㄱㅕㄴㄷㅏㅣㅈㅣ ㅁㅗㅅㅎㅏㄱㅔ, ㅂㅜㄹㅓㅅㅅㄷㅏ.

(바다 가에는, 회리바람이, 사람이 견대지 못하게 불었다)

(13) 各別(각별)의 홑월(單文)들이, 그 뜻으로 서로 緊密(긴밀)한 關係(관계)가 있을 뿐만 아니라, 그 꼴이 매우 簡單(간단)한 것들은, 그 맨 끝의 월들은 말고 그 앞의 것들은, 온점 대신에 반점을 치기도 한다. 그 보기:

ㄱㅏㄴㄷㅏ, ㄱㅏㄴㄷㅏ, ㄴㅏ ㄴㅡㄴ ㄱㅏㄴㄷㅏ, ㄴㅓ ㄹㅡㄹ ㄷㅜㄱ

ㅗ, ㄴㅏ ㄴ∪ㄴ ㄱㅏㄴㄷㅏ.

(간다, 간다, 나는 간다, 너를 두고, 나는 간다)

ㅅㅏㄹㅏㅇ ㅣ ㅓㄷㄷㅓㅎㄷㅓㄴㅑ, ㄱㅣㄹㄷㅓㄴㅑ, ㅈㅈㅏㄹ∪ㄷㅓㄴㅑ?

(사랑이 어떻더나, 길더냐, 짜르더냐?)

(14) 따온월(引用文)의 앞뒤에 반점을 친다. 그 보기:

ㅊㅏㄷㅗㄹㅣ ㄱㅏ, ㄷㅓㄱㅅㅜ ㄱㅏ ㅗㄴㄷㅏ ㄱㅗ, ㅁㅏㄹㅎㅏㄷㅓㄹㅏ.

(차돌이가, 덕수가 온다고, 말하더라)

ㄱㄱㅗㅊㄴㅕㄴㅣ ㄱㅏ, "ㅈㅓㅣ ㄱㅏ ㅂㅗㅏㅅㅅ∪ㅂㄴㅣㄷㅏ," ㄱㅗ,
ㅁㅏㄹㅎㅏㅂㄷㅓㅣㄷㅏ.

(꽃녇이가, "제가 보았읍니다"고, 말합데다)

(15) 構造上(구조상) 必要(필요)한 풀이말(說明語, 陳述語)이 줄어진 경우에, 그것을 보이기 위하여, 반점을 친다. 그 보기:

ㄱㅣㅁ ∪ㄴ ㅓㅈㅓㅣ ㅏㅊㅣㅁ ㅓㅣ ㅍㅕㅇㅑㅇ ∪ㄹㅗ, ㅂㅏㄱ ∪ㄴ
ㅗㄴ∪ㄹ ㅈㅓㄴㅕㄱ ㅓㅣ ㅜㅓㄴㅅㅏㄴ ∪ㄹㅗ ㄷㄷㅓㄴㅏㅅㅅ∪ㅂㄴ
ㅣㄷㅏ.

(김은 어제 아침에 평양으로, 박은 오늘 저녁에 원산으로 떠났읍니다)

ㅓㄴㄴㅣ ㄴ∪ㄴ ㅅㅏㄴㅅㅜㄹ ∪ㄹ, ㅏㅜ ㄴ∪ㄴ ㅓㅎㅏㄱ ∪ㄹ ㅈㅏ
ㄹ ㅎㅏㅂㄴㅣㄷㅏ.

(언니는 산술을, 아우는 어학을 잘 합니다)

(二(이)) 쌍반점(;)은 반점이 들어내는 멈춤(休止)보다 더 긴 머춤이 要求(요구)될 적에 쓰이는 것이니, 그 쓰임은 대략 다음과 같다.

(1) 반점으로 끊어진 맞선마디(對立節)를 서로 가르기 위하여, 그 사이에 반점을 친다. 그 보기:

ㅂㅗㅁ ㅣ ㅗㅁㅕㄴ, ㅗㄴㄱㅏㅈ ㄱㄱㅗㅊ ㅣ ㅂㅜㄹㄱㄱㅗ; ㅕㄹ∪
ㅁ ㅣ ㅗㅁㅕㄴ, ㅣㄹㅁㅏㄴ ㄴㅏㅁㅜ ㄱㅏ ㅍㅜㄹ∪ㄷㅏ.

(봄이 오면, 온갖 꽃이 붉고, 여름이 오면, 일만 나무가 푸르다)

니ㄹㅣ ㄸ나ㄴㄴ_ㅅ하ㄱㄱ, 바라ㅁㅣ ㅂㅗㄷㅡㄹㅂㅗㄷ
ㅡㄹ하ㄴ, ㅂㅗㅁ처ㄹ ㄷㅗ ㅈㅗㅎ거니ㅑ; 하ㄴㅡㄹㅣ
ㅁ아ㄹㄱㄱㅗ, 다ㄹㅣ ㅂ아ㄹㄱㅜㄴ, 가ㅡㄹ처ㄹ ㅡㄴ 더ㅜ
ㄱ ㅏㄹㅡㅁㄷㅏㅂ다.

(날이 따뜻하고, 바람이 보들보들한, 봄 철도 좋거니와; 하늘이 맑고 달
이 밝은, 가을 철은 더욱 아름답다)

(2) 둘이나, 둘 以上(이상)의 홑월이 形式(형식)으로는 分明(분명)히
따로 선 홑월이로되, 그 뜻으로는 서로 매우 密接(밀접)한 關係(관계)
가 있는 것들은, 그 숨을 아주 끊지 아니하기 위하여, 그 맨 끝의 월
말고의 各(각) 월의 뒤에 온점 대신에 반점을 치기도 한다.

ㅅ아하ㄱㅈㅗㅇ 치ㄴㄷㅏ; ㅓㅅㅓ ㄱㅛ시ㄹ ㄹㅗ ㄷㅡㄹㅓ가ㅈ아.

(상학종 친다; 어서 교실로 들어가자)

(三(삼)) 쌍점(:)은, 筆者(필자)의 생각에, 쌍반점의 멈춤으로는 넉넉
하지 못하다고 생각될 적에 쓰이는 것이다. 그러나, 쌍점의 쓰임에
關(관)하여는 一定(일정)한 規則(규칙)이 없다.

(1) 이미 한 말의 보기를 들적에 쌍점을 친다. 그 보기:

ㄷㅗㅇㅁㅜㄹㅜㅓㄴ ㅓㄴㄴㅜㄴ ㅗㄴ가ㅈ ㅈㅣㅁㅅㅡㅇㅣ ㅣㅅㅅ
ㄷㅏ : ㅂㅓㅁ, ㅅ아ㅈ아, ㄱㅗㅁ, ㄴㅡㄱㄷㅏㅣ: , ㅋㅗㄱㄱㅣㄹㅣ, ㅁㅜ
ㄹㅁ아ㄹ.

(동물원에는 온갖 짐승이 있다 : 범, 사자, 곰, 늑대, 코끼리, 물말)

(2) 이미 대강 베푼 말에, 다시 그에 關(관)한 자세한 것을 列擧(열
거)할 적에 쌍점을 친다. 그 보기:

ㅜㄹㅣ ㄴㅜㄴ ㅗㄴ가ㅈ ㅈㅏㅣㅁㅣ ㄹㅗㄹ 다 ㅂㅗㅏㅅㅅㄷㅏ :
ㅎㅓㅣㅋㅕㅁ ㄷㅗ 치ㄱㄱㅗ, ㅁㅗㄹ아ㅣㅅㅂㅓㄹ ㅓㅣㅅㅓ ㅈㅏㅇㅣㄴ아ㄴ

ㄷㅗ ㅎㅏㄱㅗ, ㄱㅗㄱㅣ ㄷㅗ ㄴㅏㄲㄱㅗ, ㅂㅏㅣㄴㅗㄹㅣ ㄷㅗ ㅎ

ㅏㅕㅅㅅㄷㅏ.

(우리는 온갖 재미를 다 보았다: 헤염도 치고, 모랫벌에서 장난도 하고, 고기도 낚고, 배놀이도 하였다)

(四(사)) 온점(·)은 월(文(문))이 끝난것을 보이는 것이니, 그 쓰임은 다음과 같다.

(1) 베풂월(叙述文)과 시킴월(命令文)의 끝에 온점을 친다. 그 보기:

ㄱㅓㅣ∪ㄹ∪ㄴ ㅅㅏㄹㅏㅁ ∪ㄴ ㅁㅏㅇㅎㅏㄴ∪ㄴㅣㄹㅏ.

(게으른 사람은 망하느니라)

ㅈㅗㅅㅓㄴ ㅊㅓㅇㄴㅕㄴ ㅏ, ㅅㅏㅣㅇㄱㅣ ㄹ∪ㄹ ㅈㅣㄴㅈㅏㄱㅎㅏㅕㄹㅏ.

(조선 청년아, 생기를 진작하여라)

(3) 준 글자(略字)의 뒤에 온점을 친다. 그 보기:

ㅗㅈ. 8;30(오전 여덟시 삼십분)

ㅗㅎ. 7;50(우후 일곱시 오십분)

(4) 작셈(小數)에

0.5, 1.4

(五(오)) 물음표(?)는 물음과 의심을 나타내는 표이니, 물음월의 끝에 치는 것이 原則(원칙)이다. 그 쓰임은 다음과 같다.

(1) 물음월(疑問文)의 끝에 물음표를 한다. 그 보기:

ㅈㅗㅅㅓㄴㅅㅏㄹㅏㅁ ㅣ ㅣㄹㄴㅕㄴ ㅔㅣ ㅓㄹㅁㅏ ㄴㅏ ㅂㅜㄹㅓ ㄴ

ㅏㄱㅏㄹㄱㅏ?

(조선사람이 일년에 얼마나 불어 나갈가?)

ㄱ∪ㄱㅓㅅ ㅣ ㅁㅗㄹㅏㄴㄲㅗㅊ ㅣㅗ?

(그것이 모란꽃이오?)

(2) 뒤집음말(反語)의 월 끝에도 여전히 물음표를 한다. 그 보기:

ㅊㅏㅁ, ㄱㅜ ㅅㅏㄹㅏㅁ ㅣ ㄸㅏㄱㅎㅏㅈㅣ ㅏㄴㅎㄱㅓㅣㅅㅅㅅㄴ?

(참, 그 사람이 딱하지 않겠소?)

ㄱㅜㄹㅓㅁㅕㄴ, ㄴㅓㅣ ㅅㅣㅋㅣㄴㅜㄴ ㄷㅏㅣㄹㄱ ㅎㅏㄹㄱㅏ?

(그러면, 네 시키는대로 할가?)

(3) 의심나는 말이나, 셈의 뒤에 물음표를 한다. 그 보기:

ㅈㅓ ㅊㅏㄱ ㅏ ㅂㅜㅅㅏㄴ(?) ㅅㅓ ㅗㄴㅜㄴ ㅊㅏ ㅣ ㅈㅣㅛ?

(저 차가 부산서 오는 차 이지요?)

ㅁㅜㄱㅓㅣ ㄴㄴㄴ ㄷㅏㅅ ㄱㅜㄴ, ㄱㅏㅂㅅ ㅡㄴ ㅍㅏㄹ ㅜㅓㄴ(?) ㅣ
ㅗㄹㅅㅣㄷㅏ.

(무게는 닷 근, 값은 팔 원(?)이 올시다)

(六(육)) 느낌표(!)는 느낌을 들어내는 낱말이나, 월의 뒤에 쓴다(使用한다).

(1) 느낌을 들어내는 낱말이나, 월의 뒤에:

ㅎㅓㅎㅓ! ㄱㅗㅇㄷㅡㄴ ㅌㅏㅂ ㅣ ㅁㅜㄴㅓㅈㅣㄹㄱㅏ?

(허허! 공든 탑이 무너질가?)

ㄷㅗㄹㅏㄱㅏㅅㅅㄷㅓㄴ ㅂㅗㅁㅊㅓㄹㅣ ㄷㅏㅅㅣ ㅗㅏㅅㅅㄷㅗㄷㅏ.

(돌아갔던 봄철이 다시 왔도다)

(2) 느낌이 가득한 부름이나, 시킴에도 느낌표를 한다. 그 보기:

ㅓㅁㅓㄴㅣ! ㅜㅓㄴ ㄷㅏㄹㄱ ㅣ ㅎㅏㄴㅁㅏㄹㅣ ㄱㅏ ㅗㅏㅅㅅㅓㅛ.

(어머니! 웬 닭이 한 마리가 왔어요)

ㅃㅏㄹㅣ ㅣㄹㅣ ㅗㅏ!

(빨리 이리 와!)

(3) 물음에 느낌을 겸하여 나타낼적에 물음표와 느낌표를 함께 쓰는 일이 있다. 그 보기:

ㅊㅓㄴㅎㅗㄱ ㅏ ㅓㅈㅈㅣ ㄱㅣㅃㅡㅈㅣ ㅏㄴㅎㄱㅓㅣㅅㅅㅗ?!

(천호가 어찌 기쁘지 않겠소?!)

(4) 베풂(敍述)과 꾀임(請誘)에도, 特(자)히 느낌의 가락을 나타내기 위하여, 느낌표를 쓰는 일이 있다. 그 보기:

ㅍㅣㅓㅅㅅㄴㅓㅣ, ㅍㅣㅓㅅㅅㄴㅓㅣ, ㅕㄴㄱㄱㅗㅊ ㅣ ㅍㅣㅓㅅㅅㄴㅓㅣ!

(피었네, 피었네, 연꽃이 피었네!)

ㅈㅏ, ㄱㅏㅈㅏ!

(자, 가자!)

(七(칠)) 도림(括弧), ( )은, 무엇을 다른 글에서 區別(구별)해 내기 위하여, 도리어냄을 나타내는 표이니, 그 쓰임은 다음과 같다.

(1) 월 가운데에 딴 말을 끼어넣을 적에 도림(括弧)을 한다. 그 보기:

ㅎㅕㅇㅅㅓㄴ ㅣ ㄴ∪ㄴ ㅊㅓㅇㅈㅜ (ㅊㅏㅁ ㄷㄷ∪ㅅㅂㅏㄱㄱ ∪ㅣ ㄱㅗ
ㅅ ㅣㄷㅏ). ㄱㅏㅅㅓ ㅅㅏㄴㄷㅏㅗ.

(형선이는 청주(참 뜻밖의 곳이다)에 가서 산다오)

(2) 풀이(說明)가 되는 말을 끼어넣을 적에 도림을 한다. 그 보기:

ㅣㄷㅏㄹ ㅅ∪ㅁㅜㄷㅏㅅㅅㅏㅣㄴㅏㄹ(ㄱ∪ㅁㅛㅣㄹ)ㅓㅣ ㅊㅏㅈㅏ ㄱㅏㄱ
ㅣ ㄹㅗ ㅎㅏㅕㅅㅅㄷㅏ.

(이달 스무다샛날(금요일)에 찾아 가기로 하였다)

(八(팔)) 줄표(—)는 월을 中斷(중단)하거나, 도림(括弧)이나 반점보다 더 똑똑하게 월의 조각을 가를 적에 쓰이는 것이다.

(1) 도림 모양으로 말을 끼어넣을적에 쓰나니: 이 때에는 그 끼어넣는 말의 앞뒤에 줄표를 한다.

ㅊㅏㅇㅅㅜ – ㄱ∪ ㄴ∪ㄴ ㅎㅓㅣㅣㄴ ∪ㅣ ㅅㅓㅣㅅㅈㅈㅏㅣ ㅇㅏㄷ∪
ㄹ – ㄴ∪ㄴ ㄴㅏㄹ ㅁㅏㄷㅏ ㄱ∪ ㅅㅏㅇㅈㅓㅁ ∪ㄹㅗ ㅣㄹㅂㅜㄹ
ㅓ ㄱㅏㅅㅅㅓㅅㅅㄷㅏ.

(창수–그는 혜인의 셋째 아들–는 날마다 그 상점으로, 일부러 갔었다)

(2) 많은 列擧(열거) 뒤에 모두 하나로 뭉뚱그려서 말할 적에 줄표를 한다. 그 보기:

ㅂㅐㄱㄷㅜㅅㅏㄴ ㅡㅣ ㄴㅗㅍㅡㅁ, ㄱㅡㅁㄱㅏㅇㅅㅏㄴ ㅡㅣ ㄱㅣㅣ 하ㅁ, 하ㄴㄹㅏㅅㅏㄴ ㅡㅣ ㅏㄹㅡㅁㄷㅏㅜㅁ − ㅣㄱㅓㄲㅗㄷㅡㄹ ㅣ ㅈㅗㅅㅓㄴ ㅅㅏㄴㅏㄱㅁㅣ ㅡㅣ ㄷㅐㅍㅛㅈㅏ ㅣㄹㄷㅏ.

(백두산의 높음, 금강산의 기이함, 한라산의 아름다움 − 이것들이 조선 산악미의 대표자 일다)

(3) 먼저 한 말을 되풀이할 적에 줄표를 한다. 그 보기:

ㅣㄱㅓㅅ ㅡㄴ 차ㅁ ㅎㅜㄹㄹㅠㅇ하ㄴ ㄱㅡㄹㅣㅁ − 나ㅣ 가 ㅂㅗㄴ ㄱㅡㄹㅣㅁ ㄱㅏㅜㄴㄷㅔㅣㅅㅓ ㄱㅏㅈㅏㅇ ㅏㄹㅡㅁㄷㅏㅜㄴ ㄱㅡㄹㅣㅁ ㅣㄷㅏ.

(이것은 참 훌륭한 그림−내가 본 그림 가운데서 가장 아름다운 그림이다)

(4) 잇는 말을 힘세게 하기 위하여, 무던한 멈춤을 보이는 경우에 줄표를 한다. 그 보기:

ㄱㅡ ㄷㅜ ㄷㅗㄷㅜㄱㄴㅗㅁ ㅡㄴ ㅍㅣㄹㄱㅕㅇ ㅓㅣ ㄷㅏㅅㅣㅅㅓㄹㅗ ㅁㅏㄴㄴㅏㅆㄷㅏ − ㅗㄱㅈㅜㅇ ㅓㅣㅅㅓ.

(그 두 도둑놈은 필경에 다시 서로 만났다 − 옥중에서)

(5) 말을 하여가다가, 갑작이 다른 쪽으로 말을 바꿀적에 줄표를 한다. 그 보기:

ㅉㅏㅇ ㅏ, ㅉㅏㅇ ㅏ, ㄱㅗㅊㅜㅉㅏㅇ ㅏ, ㅣㄹㅣ ㅗㅁㅕㄴ − ㅏㅂㅓㅈㅣ, ㅅㅓㅇㅜㄹ ㅅㅓ ㅓㄴㄴㅣ ㄱㅏ ㅗㅏㅆㅅㅗㅛ.

(짱아, 짱아, 고추짱아, 이리 오면 − 아버지, 서울서 언니가 왔어요)

(6) 비롯하는 점에서 미치는 점까지를 보이는 경우에 줄표를 한다.

ㄴㅏㅈㅈㅓㄴ 9−11 ㅅ ㅣ

(낮전 九(구) − 一一(일일)시)

(九(구)) 붙임표(-)는 씨의 조각끼리, 또는 씨끼리를 붙여서 한 낱의 씨 또는 씨 같이 됨을 나타냄에 쓴다.

(1) 한 낱말이 줄끝에서 끊어져서 나머지 조각이 딴 줄로 넘어갈 적에, 그 줄끝에 붙임표를 한다.

(2) 홑씨의 조각(씨가지, 接辭)을 붙임에 쓰인다. (말광(辭典)같은 데에서)

ㅁㅏㅣㄴ-ㅂㅏㄹ (맨-발) ㄱㅣㄹ-ㅓㄱㅈㅣ (길-억지) ㅎㅏㅣ-ㅂ-ㅅㅅㅏㄹ (해-ㅂ-쌀)

(3) 거듭씨의 조각을 붙임에 쓰이는 보기: (말광(辭典)같은 데에서)

ㅂㅜ-ㅅㅗㄴ (부-손) ㅈㅣㅍ-ㅅㅣㄴ (짚-신) ㄷㅏㄹㄱ-∪ㅣ-ㅏㄹ (닭-의-알)

(4) 씨 끼리를 붙여서 임시로 한 씨 같이 쓰는 것의 보기:

ㅂㅓㅅㅓㄴㅏㄴ-ㄱㄱ∪ㄹㅂㅏㄱㄱㅜㅁ (벗어난-끌바꿈) ㄱ∪ㄹㅣㅁ-ㅓㅣ-ㄷㄷㅓㄱ (그림-에-떡)

(一(일)○) 따옴표(", ")(끄어옴표)의 쓰임은 다음과 같다.

(1) 다른데의 글이나, 말을 따올적에 따옴표를 한다. 그 보기:

ㅅㅗㄱㄷㅏㅁ ㅓㅔ "ㅂㅜㄷㄷㅜㅁㅏㄱ ∪ㅣ ㅅㅗㄱㅡㅁ ㄷㅗ ㅈㅣㅂㅓ ㄴㅓㅎㅓㅑ ㅈㅈㅏㄷㅏ."ㄹㅏ ㄴ∪ㄴ ㅁㅏㄹ ㅣ ㅣㅅㅅㄷㅏ.

(속담에 "부뚜막의 소금도 집어넣어야 짜다"라는 말이 있다

(2) 바로 마주 하는 말을 할 적에:

ㄱ, "ㅈㅏㄴㅓㅣ ㅓㄴㅈㅓㅣ ㄱㅏㄹㅕㄴ∪ㄴㄱㅏ?"

ㄴ, "ㄴㅏ ㄴㅏㅣㅣㄹ ㄱㅏㄱㅓㅣㅅㅅㄴㅓㅣ.

(ㄱ, "자네 언제 가려는가?"

ㄴ, "나 내일 가겠네")

(3) 책, 논문, 따위의 이름을 보일 적에:

ㄴㅏ ㄴㅜㄴ, "ㅜ리 마ㄹㅂㅗㄴ"ㅡㅣ ㅣㄴㅅㅗㅐㅣ ㄱㅏ ㄱㅓㅣ

ㅁㅣㅁㅌㅏㄹ ㅈㅓㄱㅇㅓㅣ ㅣ ㄱㅡㄹ ㅂㅜㄹ ㅈㅣㅇㅓㅅㅅㅡㄷㅏ.

(나는, "우리말본"의 인쇄소 거의 끝날 적에, 이 글을 지었다)

X   X

以上(이상)으로써 한글의 가로씨기의 필요와 원리와 글씨와 월점 치기를 대강 다 풀이하였다. 이에 그 익힘으로 한 짤막한 글을 적어 보겠다.

ㅅㅗㄹㄱㅏㅣ ㅗㅏ ㅕㅜㄱ

ㅅㅗㄹㄱㅏㅣ ㅗㅏ ㅕㅜㄱ ㄱㅏ ㅅㅓㄹㅗ ㅊㅣㄴㄱㅜ ㄹㅜㄹ ㅁㅏㅣㅈㅣㄱ
ㅗ, ㄱㅏㄱㄱㅏㅣ ㅈㅣㄴㅏㄱㅓㅣ ㄷㅗㅣㅓㅅㅅㅜㅂㄴㅣㄷㅏ. ㅅㅗㄹㄱㅏ
ㅣ ㄴㅜㄴ ㄴㅗㅍㅜㄴ ㄴㅏㅁㅜㅅㄱㅏㅈㅣ ㅕㅣ ㅈㅣㅂ ㅂㅜㄹ ㅈㅣㅅㄱ
ㅗ, ㅕㅜㄱ ㄴㅜㄴ ㄴㅏㅁㅜ ㅁㅣㅌ ㄷㅓㅁㅂㅜㄹ ㅕㅣㅅㄱㅗ ㅅㅏㄹㅏㅅ
ㅅㅜㅂㄴㅣㄷㅏ.

ㅎㅏㄹㅜ ㄴㅜㄴ ㅕㅜㄱ ㄱㅏ ㅁㅓㄱㅣ ㄹㅜㄹ ㄱㅜㅎㅏㄹㅓ ㄴㅏㄱㅏㄴ
ㄷㅗㅣ ㅕㅣ, ㅅㅗㄹㄱㅏㅣ ㄹㅏㄴ ㄴㅗㅁ ㅣ ㄱㅡㅁㅏㄴ ㅕㅜㄱ ㅅㅏㅣ
ㄱㄱㅣ ㄹㅜㄹ ㅊㅏ ㄱㅏㅈㅣㄱㅗ ㄱㅏㅅㅓ, ㅈㅓ ㅡㅣ ㅅㅏㅣㄱㄱㅣ ㅎ
ㅏㄱㅗ ㄴㅗㄴㅏ ㅁㅓㄱㅓ ㅂㅓㄹㅕㅅㅅㅜㅂㄴㅣㄷㅏ.

ㅕㅜㄱ ㄴㅜㄴ ㄷㅗㄹㅏㄴㅏㅅㅓ ㅣㄱㅅ ㅡㄹ ㅏㄹㄱㅣ ㄴㅜㄴ ㅏㄹㅏㅅ
ㅅㅡㄴㅏ, ㅈㅓㅣ ㅎㅣㅁ ㅡㄹㅗㄴㅜㄴ ㅓㅉㅣㅎㅏㄹ ㅅㅜ ㅕㅂㅅㅓ,
ㅣ ㅁㅏㄴ ㅂㅜㄱㅂㅜㄱ ㄱㅏㄹㄱㅗ ㅈㅣㄴㅏㅆㅡㄹ ㅃㅜㄴ ㅣㅂ
ㅣㄷㅏ.

ㄱㅡㄹㅓㄴㅏ, ㅓㄹㅁㅏ ㅏㄴ ㅈㅣㄴㅏㅅㅓ, ㅅㅗㄹㄱㅏㅣ ㄱㅏ ㅅㅏㄴㅅ
ㅓㅣ ㅈㅣㄴㅏ, ㄴㅜㄴ ㄷㅓㅣ ㅕㅣㅅㅓ ㅂㅜㄹㅂㅜㅌㄴㅜㄴ ㄱㅗㄱㅣ ㅎ

ㅏㄴ ㄷㅓㅣ ㄹㅂㄹ ㅁㅜㄹㄱㅗ ㅗㅏㅅㅓ, ㄱㅡㅁㅏㄴㅈㅣㅂ ㅓㄷㅏ
ㅏ ㅂㅜㄹ ㅂㄹ ㄴㅏㅣㄱㅑ ㅁㅏㄹㅏㅅㅅㅂㄴㅣㄷㅏ.
ㅂㅜㄹ ㅂㄴ ㅅㅜㄴㅅㅣㄱㄱㅏㄴ ㅓㅣ ㅈㅣㅂ ㅂㄹ ㅎㅜㅣㅂㅅㅅㅏ, ㅅ
ㅓㅣㄲㄱㅣㄷㅏㄹ ㅂㄴ ㄷㅏㄹㅏㄴㅏㄹ ㅅㅜ ㅓㅂㅅㅓ, ㄱㅡㅁㅏㄴ ㅌㅏ
ㅈㅜㄱㅓㄱ, ㄷㄷㅏㅇ ㅂㄹㅗ ㄸㅜㄱㄸㅜㄱ ㄸㅓㄹㅓㅈㅕㅅㅅㅂㄴㅣㄷㅏ.
ㅕㅜ ㄴㅜㄴ ㅣㄱㅓㅅ ㅂㄹ ㄱㅜ ㅓㅁㅣ ㅂㅗㄴㅡㄴ ㄷㅓㅣ ㅓㅣㅅㅓ
ㄴㅡㄹㄹㅡㅁㄴㅡㄹㄹㅡㅁ ㅈㅣㅂㅓㅁㅓㄱㅓㅅㅅㅂㄴㅣㄷㅏ.

그 내리글씨.

솔개와 여우

솔개와 여우가 서로 친구를 맺고, 가까이 지내게 되었읍니다. 솔개는 높은 나뭇가지에 집을 짓고, 여우는 나무 밑 덤불에서 살았읍니다.

하루는 여우가 먹이를 구하러 나간 뒤에, 솔개란 놈이 그만 여우 새끼를 차가지고 가서, 저의 새끼 하고 논아 먹어버렸읍니다.

여우는 돌아와서 이것을 알기는 알았으나, 제 힘으로는 어찌할 수 없어, 이만 북북 갈고 지내었읍니다,

그러나, 얼마 안 지나서, 솔개가 산제 지내는데에서 불 붙은 고기 한 덩이를 물고 와서, 그만 집에다 불을 내고야 말았읍니다.

불은 순식간에 온 집을 휩싸아, 새끼들은 달아날수 없어, 그만 타 죽어 땅으로 뚝뚝 떨어졌읍니다.

여우는 이것을 그 어미 보는 데에서 늘름늘름 집어먹어버렸읍니다. (이솝이야기에서)

-〈한글〉5권 5호(1937)-

낱말에 대하여

一(일). 들어가기

말 말이란 사람의 사람의 생각과 느낌을 다른 사람에게 전달하는 수단으로서 나타내는 소리이다. 그러나, 무슨 뜻을 가진 사람의 소리가 다 말인 것은 아니다. 그 몰골이 정하지 아니하여, 모든 사람이 이를 사용 하기에 견딜만한 몰골을 갖추지 못한 것은 말이 되지 못한다.

낱말과 월 낱말과 월과의 관계는 어떠한가? 한편에는 낱말이 모여서 월을 이룬다고 생각하는 이가 있고, 다른편에는 월을 쪼갈라서 낱말이 생겨났다고 생각하는 이가 있다. 낱말이 먼저인가? 월이 먼저일가? 사람의 말이 본연의 모습은 낱말이었을까? 월이었을가? 사람의 의사를 나타냄이 말의 본바탈이라 한다면, 말의 본연의 모습은 낱말이 아니요, 월이라 하겠다. 낱말은, 우리가 말광에 찾아보듯이, 그 내용이 지적요소로 되어 있어, 거기에는 사람의 의사(뜻함)의 요소가 들어 있지 않다. 말의 본연의 모습에서는 단순한 지적요소의 표현이 아니요, 거기에는 반드시 사람의 정의적 요소가 그 나타냄의 주안이 되어 있다. 이 정의적 요소가 주안이 되어 있는 말은 곧 월인 것이다. 여기 가섭적으로 말한다면, 태초에 "말"이 있었다면, 그것은 낱말이 아니요, 월이었을 것이다. 사람은 제 스스로의 둘레에 나타나는 모든 일몬에 대하여, 욕망과 요구의 의사로 나타내는 것이 말의 시초이었을 것이다.

이제 우리가 어린이의 말함을 들어 보면, 그가 나타내는 소리는, 그 길고 짧음을 물을 것 없이, 다 한가지로 월인 것이다. 보기로, 어린아이가 "엄마!"라고 했다면, 그것은 결코 말광에 실혀 있음과 같은, 차다찬, 지적 내용의 어머니가 아니요, 그것은 반드시 "엄마, 이리 오라", "엄마, 젖 주어", "엄마, 업어 주어"······따위를 뜻한다. 또 "빠빠!"라는 어린이의 말은 결코 말광에 실혀 있는 내용과 같은 지적요소가 아니요, "빠빠 먹고 싶다", "빠빠를 다오" 따위의 정의적 요소를 그 내용으로 하는, 그 말하는 어린이의 요구의 표현으로서, 그 맞편의 어떠한 응답(의 동작)을 요구하는 월이다.

월은 태초부터 비롯한 말의 본 모습이다. 사람의 지성이 차차 발달하고, 월의 사용이 빈번함에 따라, 월과 월과의 수많은 잦은 섞갈림(서로 섞였다 갈림)에서 낱말이 차차 제 모습을 나타내게 되었다. 곧 월을 쪼갈라서 낱말이 성립된 것이다. 곧 월이 말의 본 모습이요, 낱말은 그 쪼가름(分析)의 결과이다. 말본의 갈말로서 "낱말"을 보더라도, 그것은 "말"에다가 "낱"이라는 매김을 더하여 만든 것으로서, 학문하는 이들이 새로 규정해 만든 것이다. 영어의 word의 본 뜻이 결코 "낱말"이 아니다. 그것은 말광에 1. 말, 말씨, 2. 말씀, 3. 이야기, 4. 알림, 5. 약속, 증언, 6. 명령 들로 되어 있고, 특히 말본에서는 낱말의 뜻임을 가리키고 있다. 또이취말 wort도 똑 같은 뜻으로 되어 있다. 그러므로, 낱말은 특히 Einzelwort라 하여, 그 모호함을 피하려는 일도 있다. 이에 대하여, 영어 Sentence는 1. (옛뜻에서는)의견, 의미, 2. (법률)선고, 3. (말본)월로 되어 있어, Sentence의 본 뜻은 의견의 표현이다. 여기에서 우리 사람이, 말의 본연의 모습은 Einzelwort가 아니라 Sentence 곧 월임을 단정할 수가 있다고 생각된다.

말의 낱덩이 월도 낱말도 다 말의 낱덩이(單位)이다. 낱덩이는, 그 전체의 부피(量)를 재는 데에 소용되는 셈의 낱덩이이다. 일정한 부피의 물을 재기에 소용되는 되(카)·말(斗)·섬(石)이 있음과 같이, 말씨 부피(言語量)를 재기에 소용되는 것이 곧 말의 낱덩이이다. 어떤 연설이 모두 몇 월로 되었다든지, 또는 몇 낱말로 되었다든지 하여, 그 부피로 나타내는 데에 월이나 낱말의 낱덩이됨(單位性)이 있는 것이다. 그러나, 월의 짜힘은 길고 짧음, 간단하고 복잡함의 차이가 너무나 현저하기 때문에, 그것은 낱덩이로서의 제구실을 하기에 적당한 것이 되지 못한다. 말의 낱덩이로서는 낱말이 그 가장 뚜렷한 대표적인 것이 된다.

일본의 어떤 학자는 월조각을 "文節(문절)"이라 하여, 이를 말의 낱덩이의 하나로 보는 일이 있는 모양이다. 그러나, 그의 "文節(문절)"이란 것은 치우 읽는 경우의 소리냄의 마디짐을 가지고 세운 것인즉, 그것은 낱덩이의 뜻에는 덜 맞는다. 그것은 덩이로써 낱을 이룬다 할 수 없을 뿐 아니라, 뜻으로 볼 적에는, 결코 말의 낱덩이의 한 가지라고 보기 어렵다. 그것은 다만 월의 조각으로서 한 조각은 다른 조각으로 더불어 서로 구별될 뿐인 것이니, 그것은 우리의 갈말과 같이 그저 "월조각"이라 함이 마땅하다고 생각한다.

二(이). 낱말(홀진 낱말)

낱말 낱말은 월은 다시 가늘게 쪼갈라 놓은 "낱덩이"(單位)이다. 그러면, 낱말은 무슨 표준 밑에서 월을 쪼갈라 얻은 낱덩이일가?

낱말은 소리뭇(音韻)으로 되었고, 또 뜻을 가지고 있다. 그러나, 낱말의 낱말됨의 표준은 소리뭇에 있는 것도 아니요, 뜻에 있는 것도 아니다.

(1) 낱말은 말의 낱덩이(單位)이요, 소리의 낱덩이는 아니다. 말을 이룬 한 줄의 소리를 다만 소리갈스럽게 쪼가르기만 해서는, 그 말

을 얽어 이룬 낱말의 셈과, 낱말과 낱말과의 살피(區劃)는 알 수가 없다. 보기하면, "나"노 낱말이요, "비"도 낱말인데, "나비"도 또한 한 낱말이다. 한 가지 소리 "나비"도 세낱의 딴 낱말로 되어, 하나는 동물이요, 하나는 고양이를 부르는 말이요, 또 하나는 천의 가로 넓이를 가리킨다. 또 "나비잠", "나비매듭", "나비강충이"(벌레의 이름), "나비은장-이음"(건축용어), "나비살이-고치벌"(벌의 한 가지)은 낱내의 셈은 3~7이지마는, 각각 독립한 하나의 낱말이니; 소리의 많고 적음이 낱말됨에 아무런 상관이 없음을 알겠다. 또 소리냄의 갈음도 낱말의 셈과 살피를 가름에 아무런 관계가 없으니; 영어의 a maze(迷路)가 amaize(놀래다)와, in sight(눈에 뜨힌다)가 incite(자극하다)와, a sister(누이)가 asist her(그미(彼女)를 돕다)와 각각 꼭 같은 소리로 들힘과 같다. 한말로, 낱말은 소리를 표준삼아서 이뤄진 것이 아니다.

또 맞훔법도 낱말을 규정하는 결정적 요건이 아니다. 그것은 , 더러는 관습에 의하여 정해지기도 하고 또 변동되기도 하며, 더러는 몇몇 사람들의 그때 그때의 생각대로 정해지기도 하고, 더러는 이 사람 저 사람이 쓰는 대로 따라 하는 유행으로 말미암아 변하기도 한다. 영어에서 at any rate(하옇든)는, 간혹 보는 바와 같이, at anyrate로 적히었다고 해서, 또 any one, some one이 anyone, some-one으로 적힌다고 해서, 그 성격이 무엇 달라졌다 할 수 있을가? 또 이췸말의 공용 맞훔법에서 miteinander(서로), info-lgedesen(그 결과로), zurzeit(시방은) 들이 바르다고 할 만한 충분한 까닭(이유)이 없다. 한글 맞훔법통일안에 규정된 띄어씨기도 결코 낱말 대중이 못 됨은 더 말할 필요가 없다. 보기로 "이 것이 책상이다"와 같은 것들이다.

(2) 낱말은 생각의 낱덩이도 아니다. 보기로, "그림의 떡"이 생각으

로서는 한 낱덩이이지마는, 말로서는 하나가 아니라 셋이며; "삼각형"이란 말과 "세 직선으로 둘러싸힌 도형"과가 온통 같은 뜻이다. 그러나, "삼각형"은 한 낱말이지마는, "세 직선으로 둘러싸힌 도형"은 도저히 한 낱말이 될 수 없음과 같다. 곧 생각의 내용으로써 낱말을 규정할 수도 없다. 말이 나타내는 대상물이 객관적 존재로서 하나라 하여, 그것을 나타내는 말도 또한 하나의 낱말이 되지 못함이 많다. 사람의 수는 끔찍히 많지마는, 그것을 나타내는 "사람"은 한 낱말이며, ㄱ의 아버지는 하나이지마는, 그를 나타내는 이름 "김춘식"은 세 낱말, 적어도 두 낱말이다. "신흥 자동차 주식 회사"가 하나이지마는, 그 이름을 나타내는 말 그것은 결코 하나가 아니다. 요컨대, 생각의 낱덩이도, 사물의 낱덩이도 말의 낱덩이와는 반드시 일치하는 것은 아니다.

(3) 낱말은 최소의 자유꼴이다.

뜻조각과 꼴조각 세계 말씨의 어느 갈래를 막론하고, 말씨는 반드시 다 각각 두 가지의 요소로 되어 있으니; 그것은 뜻과 꼴이다. 곧 말씨에는 뜻을 나타내는 조각(부분)과 꼴을 나타내는 조각과의 두 가지로 되어 있다. 뜻조각은 사람이 나타내고자 하는 생각의 내용을 담아 있는 조각이요, 꼴조각은 뜻조각과 뜻조각과를 짜서 생각을 나타내게 만드는 방식 곧 꼴을 나타내는 것이다. 꼴조작의 나타나는 모양은 말씨를 따라 같지 아니하다. "덧붙는 말"(添加語)에서는 토씨가 그 꼴조각을 나타내는 주요한 것이요, "굽치는 말"(屈曲語)에서는 굽침(inflection)이 그 꼴을 이루는 주요한 것이요, "떨어지는 말"(孤立語)(중국말 같은)에서는 낱말 차례(word order)가 그 주요한 것이다. 곧 중국말에서는 "낱말 차례"가 그 각 낱말을 짜아 월을 이루어서 사람의 생각함을 나타낸다. 보기로, 人殺虎(인살호)와 虎殺人

(호살인)이 그 구성 요소인 생각을 나타내는 글자(뜻조각) 셋은 서로 같지마는, 그 지리잡음이 서로 같지 않기 때문에, 그 월이 나타내는 뜻은 정반대가 된다. 다시 말하면, 중국말에는 꼴조각이 따로 있지 않고, 다만 그 낱말의 차례로써 나타내나니; 이러한 꼴조각은, 없으면서 있는 것이니, 이를 공꼴(zeroform)이라 한다.

이와 같은 공꼴은 도저히 낱말이 될 수 없음은 절로 환한 이치인 즉, 여기 낱말의 규정에서는 문제가 되지 아니한다. 또 서양말과 같은 굽치는 말에서의 꼴은 치우 낱말의 속 또는 끝에서 일어나는 굽침(flection)인 즉, 그것이 낱말을 이룰 수 없음도 밝은 이치이다. 다만 문제되는 것은 덧붙는 말에서의 토씨라는 것이다. 또 거기에 대하여, 풀이씨의 "씨끝"과 "도움줄기"같은 것도 문제가 된다고 할 수 있을 듯하다.

우에서는 뜻과 꼴과의 두 가지 요소가 모든 말씨를 얽어 이루고 있다고 보았다. 뜻조각은 말씨의 내용인 뜻을 가리키고, 꼴조각은 말씨의 얽어 짜힌 관계의 외형스런 방식의 꼴을 가리킨다. 보기하면, "사람이 보았다"에서 "사람" "보-"는 뜻조각, "이" "-았-" "다"는 꼴조각임과 같다.

말씨꼴(뜻지, 몰골지) 블루움 피일드[1]는, 모든 말씨는 어느 것이나 다 몇 낱의 말씨꼴(linguistic form : 言語形式)로 되어 있다고 하였다. 여기의 꼴(form)은 앞에서와 같은, 뜻으로 더불어 서로 엇갈리는(乖離되는) 개념이 아니요, 그것은 항상스런 뜻을 가지고 있는 소리꼴이다. 곧 그것은 내용의 뜻과 겉꼴의 소리를 함께 가지고 있는 더 쪼가

─────────────

〔발잡이 1〕 Leonard Bloomfield : 言語(언어)ㅉ205-219(Grammatical forms)三宅(삼댁), 日野(일야) 뒤침

를 수 없는 것으로서, 그 뜻으로 보아서는 semanteme(뜻지, 意義素)라 하고, 그 꼴로 보아서는 morpheme(몰골지, 形態素)이라 한다. 뜻지와 몰골지는 상관개념으로서, 뜻지가 없이는 몰골지가 없고. 몰골지가 없이는 뜻지가 성립할 수 없다.

〔잡이〕 "뜻지", "몰골지"의 "지"는 "-아지", "가지", "먼지"들의 "지"이니, 작은 것, 본밑, 가닥과 같은 뜻이 있는 뒷가지로 쓴 것이다.

자유꼴과 붙음꼴 말씨꼴은 어느게나 다 뜻과 소리와를 가지고 있지마는, 그 어떤 것은 말씀의 머리 혹은 중간에서 소리의 쉼으로써 따로 떼어서 말하여 지고, 어떤것은 결코 홀로는 말하여 지지 않고 항상 다른 꼴과 잇달아서 말해 지나니; 앞것은 자유꼴(free form, 自由形式), 뒷것을 붙음꼴(bound form, 附屬形式)이라 한다. 보기하면, "그 사람이 보았다"에서 "그", "사람", "이"는 자유꼴이요, "보-", "-았-", "-다"는 붙음꼴이다. 다시 말하면, 자유꼴은 하나의 낱덩이로서, 그 쓰힘이 자유로와, 혹은 톨로(단독으로), 혹은 다른 낱말과 이어, 하나의 월을 이루기도 하고, 서로 자리바꿈을 하기도 하고, 구실과 말꼴이 다른 여러 가지의 꼴에 붙어쓰히기(이점 뒤에 풀이함)도 한다. 자유꼴의 길이 일정하지 않다 : 보기로,

1. 학교에 가는 아이는 착하다.

2. 학교에 가는 아이는,

3. 학교에 가는 아이,

4. 학교에 가는,

5. 학교에,

6. 학교

가 다 자유꼴이다. 그렇지마는, 1.2.3.4.5는 다 낱말이 아니요, 다만 6만이 낱말이다. 또 "가는 아이는, 가는아이, 아이는 착하다."는 다

낱말이 아니다. 왜냐하면, 그것들은 각각 그 사이에 소리끊음이 있기 때문이다. 이에 대하여, "학교, 에, 가는, 아이, 는, 착하다"는 다 각각 하나의 낱말이니, 그 중간에 소리끊음이 없기 때문이다. 이에, 우리는 가장 작은 자유꼴이 낱말이라 한다. 붙음꼴은 그 노릇이 자유꼴처럼 자유롭지 못하여, 도무지 낱말이 될 수 없다.

낱말이란 무엇인가? 이에 대하여는 언어학자가 대개 제각기의 의견을 가져왔다. 그러나, 여기서 그것을 번다하게 들어 말한 겨를이 없다. 그 낱말 규정의 태도에 따라, 이를 세 가지로 가른다. 첫째는 말씨얽음설(言語構成說)의 설자리에서, 낱말은 말씀이나 월을 얽어 이루는 거리(材料)의 낱덩이라 한다. 그 낱덩이를 더 쪼가를 수가 있겠지마는, 지나치게 쪼갈라 놓으면, 그것은 월의 얽이의 직접적인 거리가 되지 못하니, 낱말은 반드시 월얽음의 직접적 거리의 낱말이 됨에 있다고 본다. 일본 야마다(山田孝雄(산전효웅) : 日本文法學槪論(일본문법학개론)ж29-38)는 그 한 사람이다. 이에 대하여, 말은 말하는 주관을 떠나서 객관적으로 존재한 것이 아니요, 그것은 말하는 주관의 말하는 경험—곧 마음의 내용을 말이나 글로 나타내고, 또는 소리나 글에서 마음의 내용을 불러 일으키는 경험이 곧 말이라 하는 말씨과정설(言語過程說)의 설자리에 서서, 낱말의 제바탈은 우와 같은 경험의 "한번의 과정"으로 성립한 것이라고 한다. 일본의 도끼에따(時枝誠記(시지성기) : 國語學原理(국어학원리) ж222-229)의 주장이다. 그러나, 그 개념화(槪念化)의 한번의 과정은 어데서 어데에 끝난다는가가 불분명하다. 세째는 근래 미국의 기술적 언어 과학의 설자리에 선 사람들이 실제로 말무리가 말하는 소리를 바로 살펴서 낱말을 규정하려는 방법이니, 그것은 글씨를 떠나서, 말씀의 쉼(Pause)과 떨어짐(isolability)으로써 낱말을 규정하는 방법이다. Charles F. Hochett

(Modern linguistic pp.166-173)는 낱말은 월의 한 조각으로서, 그 앞뒤에 쉼(pausing)이 가능한 살피(境界)를 가지고 있는, 따로 떨어짐이 가능한 것이다. 그러나, 그 쉼이란 언제나 "실제의" 것이라기보다는 "가능한" 것으로 뜻매겨져야 한다고 하였다. 여기 나의 베풂은 앞든 첫째와 세째의 설 자리를 겸한 것이다. 낱말은 월을 얽어이룬 직접의 거리로서, 따로 떨어짐의 가능성을 지니고 있어, 그 쓰힘이 매우 자유스럽고 그 말나톰(utterance)은 독자성을 지니고 있다.

따로낱말, 붙음낱말 낱말에는 따로낱말(獨立語)과 붙음낱말(附屬語)이 있다. 낱말은 여러가지 뜻에서 중요한 말씨낱덩이이지마는, 그 인정은 그리 쉽지 않은 바가 있다. 그것은 낱말의 한 가지인 붙음낱말이 따로섬(獨立性)이 여리어, 다른 낱말과 잇달아 발음됨이 예사이어서, 그 사이에 소리끊음(絶音)의 현상이 두드러지게 일어나지 아니하여(보기 : 꽃이→꼬치, 붓을→부슬, 꽃아래→꼬다래, 꽃잎→꼰닢), 저 붙음꼴(보기 : 먹으니→머그니, 먹었어→머거써)의 소리남으로 더불어 구별하기 어렵기 때문이다. 또 그 뜻에 주의하면서 하는 보통 말나톰(utterance, 發話)에서, 소리의 끊음(中斷)이 나타나는 것은 월과 월 사이, 낱말과 낱말 사이에 맞는(해당한) 부분만에서이다. 그런데, 이 붙음말의 앞에서는 그 말소리 끊음이 똑똑히 나타나지 아니하기 때문에, 어느 나라 사람이든지 그것을 두 낱말로 도막지어 분간하기란 용이한 일이 아니다. 프랑스말, 영어, 로시아말의 말무리(言衆)들이라도, 넉넉히 배우지 않은 이는 붙음말을 다른 낱말에 붙여 쓴다 한다. 또 바로적기(正書法)가 확립되어 있는 나라말에서도, "낱말이음" 곧 "이은말"이 한 "달음"(連續)으로 적히는 보기조차 없지 아니하다.

그러나, 자세히 정확히 살펴보면, 낱말을 따라, 또 경우를 따라, 다름이 있기는 하지마는, 붙음낱말의 앞에 소리끊음이 있고, 붙음낱말이 말나톰(utterance)의 첫머리가 되는 일이 있음을 확인할 수가 있나. 보기하면, "그 사람을 때렸어?"에 대하여, "아니, 그 사람이 때렸어."의 "을"과 "이"가 불분명히 말나톰도막의 첫머리에 섬과 같다.

따로낱말과 붙음낱말과의 분간하기 한도리(服部四郞(복부사랑))는, 붙음말을 붙음꼴에서 구별함에 있어, 그것에 말함의 도막이 나타나는가 않는가를 관찰하기를 그만두고, 실용적인 언어학적 방법을 제시하였다.[2] 그는 붙음말과 붙음꼴과를 구별하는 원칙 셋을 들고, 이것은 어느 나라말에서든지 통용할 수 있는 것이라 하였다. 그것에 기대어, 나는 다음과 같이 풀이한다.

〔원칙 1〕구실과 말꼴달라짐이 다른, 여러 자유꼴(결국은 여러 가지 낱말)에 붙는 것은 자유꼴(곧 붙음낱말)이다.

(ㄱ) 토란 것

의 : 사람**의**, 사람들**의**, 사람마다**의**, 교사로**의**, 진해까지**의**,

가 : 개**가**, 학자로서**가** 아니라, 어른들만**이**, 동무끼리**가**, 하는가**가**,

조차 : 너**조차**, 바람**조차**, 먹기**조차**, 학교에**조차**, 대구에서**조차**,

도 : 집**도**, 잠까지**도**, 학교에**도**, 서울에서**도**, 가겠다고**도** 아니한다, 가지**도**, 먹어**도**, 걸어**도** 간다,

고 : 오겠다**고**, 보았다**고**, 오라**고**, 왔으면**고**, 만나면**고**, 떡이라**고**,

과 : 책**과**, 종이**와**, 노래함**과**, 춤추기**와**, 집에서**와** 다르다, 비**와**.

이러한 토들은 다 하나의 자유꼴 곧 낱말-붙음낱말이라고 인정된다.

〔잡이〕(1) 자유꼴 따로낱말에 붙는다는 것만으로는 붙음낱말이 되는 것은 아니다. 보기로,

〔발잡이 2〕服部四郞(복부사랑) : 附屬語(부속어) ㅏ 附屬形式(부속형식) (言語學方法論(언어학방법론)) ㅉ461-493.

사람-사람**들**, 나날-나날**이**, 집집-집집**이**,

의 "들" "이"는 동일한 구실의, 한 종류의 자유꼴 낱말에만 붙으니까, 붙음꼴일 따름이다. 붙음낱말은 아니다.

(2) 붙음꼴에 붙는 것은, 물론 붙음꼴이다. 보기로,

먹**다**, 먹**느냐**, 먹**어라**, 먹**자**, 먹**어**, 먹**음**, 먹**을**,

먹**었**다, 먹**겠느냐**, 먹**었**어, 먹**겠음**, 먹**었을**,

"먹"이 원래 따로서는 힘이 없는 붙음꼴인 즉, 그에 붙어서만 쓰히는 "다, 느냐, 어라, 음, 을"이 다 붙음꼴이다. 그 붙음꼴들의 사이에만 끼어들어 쓰히는 "었, 겠" 따위도 다 붙음꼴이다.

갓갓**으로**(>가까스로), 비뚜**로**, 거꾸**로**(<거꿀로), 함부**로**,

홀**로**, 톨**로**, 외**로**, 실**로**, 절**로**,

의 "으로, 로" 들이 붙은자리의 것(갓갓, 비뚜, ……) 들이 다 붙음꼴인 즉, 그것에 붙는 "으로, 로" 따위는 다 붙음꼴일 따름이요, 붙음낱말은 아니다.

어떤이는 "먹" "다" 따위를 각각 낱말로 보려 든다. 그러나, 이는 지나친 쪼가름(분석)으로 낱말을 불구자로 만드는 것밖에는 안 된다. 만약 "먹"과 "다"를 각각 따로 뗀다면, 그것은 따로섬이 되지 못하고, 함께 쓰러지기밖에 못한다.

(3) 그러나,

때**로**, 때때**로**, 날**로**, 진실**로**, 지성**으로**, 진심**으로**, 사심**으로**, 자유**로**, 강제**로**, 사실**로**, 참**으로**;

생각함**으로**, 노래함**으로**,

의 "으로"는 붙음낱말이다. 그것은 여러 가지의 낱말에 꼴바꿈에 붙어서, "대패로, 칼로, 나무로, 흙으로"의 "로"와 마찬가지의 구실을 하는 것이기 때문이다.

(ㄴ) 잡음씨 "이다"

빔이나, 범들이다, 범뿐이다, 너부터이다, 너까지이다, 교사로서
이다, 경주에서이다, 하도 딱하니까이다.

이러한 "이다"가 자유꼴 곧 낱말임이 확실하다. 그러나 "이다"가
붙음낱말이냐 아니냐는 여기서 세론하지 않기로 하고, 다만 그것의
붙음말 같은 한쪽이 있기는 하지마는, 또 따로 낱말인 다른 한 쪽이
있는 것임을 일러 둔다.

일본 말

노 : 이누 **노**, 도오꾜오 **노**, 교오또 까라 **노**, 수꼬시 **노**, 이로이로 **노**,

오 : 흥 **오**, 고또모 노 **오**, 와다구시 다께 **오**, 아루까 나이까 **오**,

와 : 흥 **와**, 도오꾜오 니 **와**, 교오또 까라 **와**, 욘데 **와**, 시주까데 **와**,

다 : 흔 **다**, 요무 노 **다**, 시로이까라 **다**, 이야 **다**, 기라이 **다**, 시주
까 **다**,

조 : 흔 다 **조**, 시주까 다 **조**, 요무 **조**, 시로이 **조**,

까 : 흥 **까**, 요무 **까**, 시로이 **까**, 이야 **까**, 기라이 **까**, 시주까 **까**,

이러한 "노, 오, 와, 다, 조, 까"가 다 붙음낱말이다.

뒷끼예말의 보기를 들겠다(붙음말의 뜻을 맨 먼저 보이고, 그것이 붙
는 꼴(말씨꼴)의 뜻을 각각 그 아래에 보인다. mi~mü~mu는 묻는 토
"가"요, de~da~ta는 "에", "에도"요, dir~dur~tir~tur은 "있다",
"이다"요, sin~sın~sun도 "있다", "이다"이다.)

〈가〉 ev **mi**, evin **mi**, evden **mi**, uzun **mu**,

　　　집　　자네 집 집에서　　길다

　　　gördü **mü**, yok **mu**,

　　　보았다　　없다

〈에, 도〉 ev **de**, evin **de**, even **de**, uzun **da**, yok ta

<pre>
            집   자네 집 집에서   길게   없게
</pre>
〈이다〉 evdir, evindir, evendir, uzundur, yoktur, gelecektir,

<pre>
        집   자네 집 집에서 길게   없게   올터
</pre>
〈자네는……이다〉 talebesin usaktansin, güzeisin seviyorsun

<pre>
            학생   먼데서 온것, 깨끗하다 사랑하는 것
</pre>
이 mi, de, ~dir, -sin이 붙는꼴 어느게나 따로낱말(獨立語)인 즉, 이 꼴들은 붙음낱말로 인정된다. 뒬끼예말의 바로 적기가 -dir, ~sin을 붙음꼴처럼 다루고 있는 것(띄어씨지 않음)은 바르지 못하다.

이에 뒤치어,

geldim(내가 왔다), geldin(자네가 왔다)

gelsem(내가 오거든), gelsen(자네가 오거든)

따위의 -m, -n은 움직씨의 한정된 꼴에만 붙으니까, 붙음꼴이다. 한가지로,

evim(나의 집), evin(자네의 집)

evden(집에서), eve(집에)

의 -im, -in, ~den, ~e 들은 임자씨 또는 이름씨 된 약간의 꼴에만 붙으니까, 붙음꼴이다.

중국말의 /lá/(了)는 따로 서지는 못하지마는,

lai-la(來了, 왔다), cjwi-la(趨了, 갔다)

grwəj kai-la(물이 끓었다)

hə-la crn-la(차를 마셨다)

hwəŋ-la(붉게 되었다, 익었다)

məj-la(沒有了, 없어졌다)

ba-swəj-la(八歲了, 여덟살이 되었다)

들과 같이, 여러 가지 꼴에 자유로 붙을 수 있으니까, 붙음말로 인정

된다.

이에 뒤치어, /zǐ/(子)는,

zrwə-zy(○子, 테이블), wtǐ-zǐ(○子, 방), jǐ³ -zǐ(椅子, 의자)

jǐ² -zǐ(○○, 비누), kwaj-zǐ(○子, 저붐)

maw-zǐ(帽子, 모자), mjen-zǐ(面子, 체면)

들처럼, 그 붙는 꼴이 굼처져 있고, 그 중에는 /jǐ²/와 같은 자유꼴
이 아닌 붙음꼴도 있으니까, 붙음낱말은 아니요, 붙음꼴이라고 인
정된다.

[원칙 2] 두 꼴 사이에 딴 낱말이 자유로 나타나는 경우에는, 그
각각은 자유꼴이다. 따라 문제의 꼴은 붙음낱말이다.

영어의 보기로, the, a, of를 들어보자.

the : the man, the tall man, the old man

a : a man, a tall man, a old man

of : of house, of tall house, of old house

이뿐 아니라, 영어의 앞토씨는 "of, for, and by the peaple"에서처
럼 대등으로 거듭하여 쓰히는 점으로 보더라도, 따로섬의 성질이 센
것으로 인정된다.

로시아말의 앞토씨 S(E. with, 과), V(E. in, at, 에), a(E. about, 에 대하
여)도 이 원칙에 비추어서, 자유꼴이요, 붙음낱말임이 분명하다.

s : ssabakaj (개와), smajej sabakaj (나의 개와),

v : vgoradji (동네에), vmaljinkam goradji (작은 동네에),

a : aknjigji (책에 대해), axarosaj knjigji (좋은 책에 대하여)

　° 프랑스말 il a aimè (저는 사랑했다)

가 세 낱말로 된 것임은 다음의 꼴들과 견주어 보면 알 수 있다.

il nous a toujours aimès (저는 우리를 언제나 사랑했다)

될끼예말의 붙음낱말 dir~dur, sin~sın~sun은 앞 원칙에서 말하였거니와, 이 원칙에 기대어서도 붙음낱말임을 인정할 수 있다.

〈이냐〉 ev midir, evin midir, uzun mudur

　〈집〉　　〈네 집〉　　〈길다〉

yok mudur, gelecek midir

　〈없다〉　　〈을 터이다〉

〈자네는……이냐〉 talebe misin, uzaktan misin,

　　　〈학생〉　　〈멀리서(왔다)〉

güzel misin, seviyor musun

　〈깨끗하다〉〈사랑한다〉

(mi~mu〈가〉 묻는토, dir~dur, sin~sun〈이다〉)

이들은 바로적기로서는 ev mi dir, talebe mi sin으로 띄어씨는 것이 마땅하다. (역시서 될끼예말 dir(있다, 이다)가 낱말임을 우리는 주의 깊게 보잡는다.)

그러면, 배달말의 "그"(매김씨), "이"(토씨), "이다"(잡음씨)는 어떠하냐?

(ㄱ) **그 사람** : 그 작은 **사람**, 그 노란 옷 입은 **사람**.

(ㄴ) **행복이** : 행복**만이**, 행복**부터가**, 행복**까지가**.

(ㄷ) **집이다** : 집**만이다**, 집**까지(이)다**, 집**에서이다**.

　함이다 : 함**으로이다**, 함**에서이다**, 하기**로이다**.

의 "그"와 "사람", "행복"과 "이(가)", "집", "함"과 "이다"가 각각 낱말임이 분명히 나타난다.

이 숭녕 님은 "가", "이"를 임자씨의 자리를 나타내는 씨끝(뒷가지)으로 본다. 그렇다면, "행복만이"의 "이"는 토씨(그도 인제는 "만"을 독립한 낱말 곧 토씨로 보고 있다)가 아니요, "만"의 자리씨끝(挌語尾, 挌接辭)이란 말인가? 이론이 서지 않는다.

이 희승 님은 "집이다"의 "이다"를 씨끝이라 한다. 그렇다면, "집만이다, 집에서이다"의 "이다"는 "만"과 "에서"의 씨끝이란 말인가? "집이다", "사람이다"가 하나의 낱말(임시로 된 풀이씨)이라면, 그것을 두 쪽으로 뻐기고서 그 사이에 독립한 하나의 낱말이 끼어드는 것은, 그 낱말을 파괴하는 것이 되는 동시에, "집"과 "이다"가 각각 낱말의 조각으로서 아무런 구실도 뜻도 나타내지 못하게 된 셈이 아닌가? 도무지 서지 않는 이론이다. 저번 문교부의 소위 학교 말본 통일 위원회에서, 계획적으로 편파하게 인선된 위원으로써 겨우 한 표의 차를 도독해서, "집이다", "사람이다" 따위가 하나의 낱말이라고 하였으니, 서지 않는 이론을 간계로써 세울 수 있다고 생각한 것이니, 이는 학문을 모독하고, 진리를 조작하는 치사스런 장난에 지나지 않는 것이다. 가소 가소로다.

〔잡이〕 할도리는 이 규칙을 철저히 적용하여, 일본말 "시로꾸 나이"(희지 않다) "아까꾸 나이"(붉지 않다)의 "나이"와 "요마나이"(읽지 않다), "아까나이"(열리지 않다) 들의 "나이"와는 꼴과 뜻이 비슷하지마는, 앞것은

시로꾸 **와** 나이, 시로꾸 **모** 나이

아까꾸 **와** 나이, 아까꾸 **모** 나이

로 되니까, 붙음말이고, 뒷것은

요마-**와**-나이, 요마 **모** 나이

로 되는 일이 없으니까, 붙음꼴이다.

또 "벵꼬 수루", "산뽀 수루" 들을 각각 하나의 낱말이라고 생각하는 사람도 있으나,

벵꼬 **와** 수루 가, 벵꼬 **모** 수루 시,

산뽀 **와** 수루 가, 산뽀 **모** 수루 시

처럼 되니까, 각각 두 낱말의 이음이라고 인정된다. 또 그러나,

　　벵꼬시 와 수루 가,

로 되기도 하니, 이 경우에는 "벵꼬수루"가 하나의 낱말을 이룬 것으로 인정된다. 또 "아이수루"(愛), "소꾸수루"(屬) 들은

　　아이-와-수루 가, 소꾸-와-수루 가

로는 되지 않고,

　　아이시 와 수루 가, 소꾸시 와 수루 가

로 되니까, 각각 하나의 낱말(아이수루, 소꾸수루)이라고 하였다. ─ 그래서, 그는 "요마나이"는 한 낱말, "시로꾸 나이"는 두 낱말로 보고, "벵꼬 수루"는 두 낱말, "아이수루"는 한 낱말이라 하였다. 그러나, 이는 지나친 엄격이기 때문에, 그 규정의 실제가 알숭달숭하게 됨을 면하지 못하였다고 나는 본다. 그래서, 나는

　　"요마 나이"의 사이에는 "와"나 "모" 따위가 안 끼어들기는 하지마는, 각각 두 낱말로 보고,

　　"벵꼬오수루"의 사이에는 "와"나 "모" 따위가 끼어들기도 하지마는, 역시 하나의 낱말로 봄이 좋다고 생각된다. 그리고, "벵꼬오와 수루"가로 되는 경우에는 "벵꼬오"와 "수루"가 각각 낱말로 볼 것이다. 요컨대, 우리말에서 본다면, "운동하다, 일하다, 금하다, 속하다"를 다 한가지로 낱말로 보되, "운동하다, 일하다"는 토씨가 그 사이에 끼어들 수 있으니까, 겹친말로 보고, "금하다, 속하다"는 홑진 낱말로 볼 것이다. (뒤에 논하였음)

　　〔원칙 3〕 달아붙은 두 꼴이 서로 자리를 바꿔서 나타날 수 있는 경우에는, 두 꼴이 다 자유꼴(곧 낱말)이다.

　　가장 좋은 보기로는, 영어의

　　He has……, Has he……

It is……, Is it……

They are ……, Are they……

따위이다. 우리 말의

학교에까지……, 학교까지에……

나만을……, 날만(=나를만)…

어데에든지……, 어데든지에……

따위도 그 보기로 할 수 있다.

또이취 말의 "떨어지는 움직씨", 보기로 beiwohnen(만나다, 출석하다), anfangen(비롯하다)은 바로적기(正書法)에서 한달음(一連續)으로 씨히지마는,

Wir **wohnten** der Versammlung **bei** (우리는 그 회합에 참석했다)

Wir **fangen** unsere Arbeit **an** (우리는 일을 비롯한다)과 같이, bei 와 wohnen, an과 fangen과의 사이에 다른 낱말들이 끼어들 뿐 아니라, 두 것의 자리잡음까지가 서로 바꾸는 일이 있으니까, 의심없이 두 낱말이다. 바로적기로서도 bei zu wohnen, an zu fangen으로 해야 마땅할 것이다.

이 세 원칙은 할도리의 창안도 새 발견도 아니다. 나는 일찍 그 논문을 보기 전에 "잡음씨에 대하여"에서 그 한 가지를 논하였고, 또 토씨를 세울 적에 이를 논한 일이 있었다. 그 뒤에 예스뻴센의 "말본의 원리"에서도 이러한 설명이 있음을 보았다. 그러나, 할도리의 논문 "附屬語卜附屬形式"은 이를 온전히 조직적으로 정리해서 너른 보기들을 끄어 닥아 면밀히 다루었음은 그의 업적이라 하겠다. 이에 그것에 따라, 우리말에서의 붙음말되는 원칙을 풀이하였다. 이로 인하여, 어떠한 꼴이 단순한 붙음꼴인지 또는 붙음낱말인지가 구별될 수 있다 하겠다.

이상에서 풀이한 원칙에 따라 규정된 낱말은, 비록 따로섬의 성질이 여린 붙음말이라 할지라도, 소리 자체로서는 따로섬의 힘을 가진 낱내이며, 또 그것은 붙음과 함께 독저적 성격을 함께 가지고 있다, 보기로, "옷안"의 "안"은 따로 낱말로서의 본성을 지니기 위하여, "옷"의 ㅅ이 그대로 내려와 "오산"으로 소리남을 꺼리어 ㅅ이 ㄷ으로 바뀌어 내려와 "오단"이 됨에 대하여, 붙음말 "이"의 경우에는 "옷이"가 거침없이 "오시"로 소리내어 지니, 이는 붙음말의 성질 일부분이 소리에서 들어남이라 하겠다. 그렇지마는, 앞의 원칙 2에서 풀이한 바와 같이, "이"가 말로서의 떨어짐의 성질을 가지고 있는 동시에, 그 소리냄에서도 경우를 따라 그 뒤에는 물론이요, 그 앞에도 얼마큼의 소리끊음의 현상이 나타난다. 그러한데, 로시아말에서는 하나의 닿소리만으로 된 앞토씨(preposition) S(과), V(에), K(에서)가 있으며, 프랑스말에서는 떨어져서는 안 된다는 순 소리스런 까닭이 없음에도 매히쟎고, 결코 톨로는(단독으로는) 나타나지 않는 je(나는), tu(너는), le(남성없음씨)가 있다. 이런 것들이 다 한가지로 낱말의 자격을 얻은 것은 말로서의 따로섬의 성질을 가지고 있기 때문이다.

여기에 우리가 결코 잊어서는 안될 일은, 낱말은 거의 항상 잇달은 말씀에서 쓰히며, 그 가운데서 다른 낱말과 밀접하게 관련되어 있다는 사실이다. 이러한 다른 낱말은, 주어진 낱말의 특정의 뜻을 보이기 위하여, 도움이 되는 것이 보통이며, 또 가끔 필요 불가결하기도 하다. 말광과 언어학 논문에 보히는 것과 같은 외딴(孤立한) 낱말은 추상물이어서, 그 형식으로서는 참된 산 말과는 거의 아무런 관계도 없다.

따로낱말과 붙음낱말 붙음낱말은 붙음꼴이 아니요, 자유꼴이다. 곧 최소의 자유꼴인 낱말이다. 붙음낱말은 낱말이긴 하지마는, 그것은 제 스스로 따로서지 못하고, 항상 다른 따로서는 말의 뒤(우리 말에서)에 붙어서 쓰힌다. 이리하여, 낱말은 크게 따로(낱)말(自立單語)과 붙음(낱)말(附屬單語)과의 두 가지로 나누힌다. 따로낱말은 생각(觀念)을 나타내는 낱말이니, 제 스스로 따로서는 힘을 가지고, 말함의 첫머리에 나타남이 예사이니, 이를 또 생각말(觀念語), 바탕말(實質語), 바탕씨(實辭)의 이름이 있으며; 붙음낱말은 말함(월)의 첫머리에 나오는 일은 없고, 다만 따로 낱말의 뒤에서만 붙어 쓰히지마는, 그것이 붙음꼴은 아니요, 자유꼴이기 때문에, 그것은 붙음낱말인 것이다. 붙음말은 또 걸림말(關係語), 꼴말(形式語), 빈탕씨(虛辭)의 이름이 있다.

몰골지-낱말-갈려난말 나는 우에서 월을 쪼갈라서 낱말이 생겼다 하였다. 월의 쪼가름에 있어서, 한껏 가늘게 쪼갈라진 것의 맨 아랫 층이 붙음꼴이니, 이는 낱말의 감목(資格)을 얻지 못하는 몰골지(形態素, morpheme)이요, 그 다음의 웃 층이 붙음낱말이니, 이는 겨우 낱말의 감목을 얻기는 하였으나, 제 스스로 따로서는 힘이 없는 맨 아랫 층의 낱말이다. 이에 대하여, 예사스런 낱말은 제 스스로 따로서는 힘을 가진 동시에, 현재의 말씨의 식에서는 구조상 그 이상 더 쪼가를 수 없나니; 이런 낱말을 홑진 낱말(單純單語)이라 한다.

홑진 낱말에 붙음꼴 곧 씨가지가 붙어서 된 것은 역시 홑진 낱말이니, 이는 본 낱말에 대하여 그 "갈려난(낱)말"(派生語)이라 한다. 보기 :

○낱말+씨가지 : 목+아지=목아지〉모가지, 같다〉같이, 몯다〉모든, 남다〉나머지

○씨가지+낱말 : 덧+신=덧신, 한+길〉한길.

　　깔+보다=깔보다, 돋+보다=돋보다, 엿+듣다=엿듣다.

三(삼). 겹친 낱말(겹친말)

둘 이상의 낱말(또는 이에 준할 만한 것)의 겹침으로 이뤄진 낱말을 겹친 낱말 또는 줄여서 겹친말이라 한다.

(一(일)) 겹친말(겹씨)의 얽잇감(構成要素)의 갈래를 보면, 대략 다음과 같다(여기에는 대표스런 보기말 몇만 들고, 많은 보기는 다음의 "뜻관계" 풀이에 들기로 한다)

(1) 낱말 + 낱말

○같은 갈래 끼리

△이름씨+이름씨 : 마소, 손가락, 밤낮

△움직씨 어찌꼴+움직씨 : 넘어가다, 날아가다, 걸어가다, 잊어버리다, 져바리다

△그림씨 어찌꼴+움직씨 : 슬퍼하다, 좋아하다

△토씨+토씨 : 까지가, 부터가, 만이, 에서만, 에도

○딴 갈래 끼리(이름씨+풀이씨)

△이름씨+움직씨 : 해뜨다, 성나다, 상타다, 새보다.

△이름씨+그림씨 : 꽃같다, 불꽃같다.

△이름씨+잡음씨 : 소(이)다(미련하다), 말아니다(궁하다, 딱하다)

○딴 갈래 끼리("이름씨+풀이씨" 밖의)

△움직씨 매김꼴+이름씨 : 간밤(昨夜), 선바위.

△그림씨 매김꼴+이름씨 : 잔돈, 작은집(小家, 小室)

△매김씨+이름씨 : 새서방, 육장, 이것.

△어찌씨+이름씨 : 얼룩소, 덜렁쇠, 부슬비.

△어찌씨+움직씨(=도움움직씨) : 아니하다, 못하다.

△어찌씨+그림씨(=도움그림씨) : 아니하다, 못하다.

〔잡이〕 "얼룩소, 부슬비" 따위의 "얼룩, 부슬"은 각기 얼룩얼룩, 부슬부슬"의 준꼴이라 보았다. 만약, 이 따위를 앞가지로 본다면, "얼룩소, 부슬비"는 겹친말이 아닐 것이다.

(2) 줄기+낱말

△움직씨 줄기+이름씨 : 묵밭, 붙장.

△그림씨 줄기+이름씨 : 두텁바위.

△움직씨 줄기+움직씨 : 나들다, 나오다, 헐바리다(毀)

△그림씨 줄기+그림씨 : 검붉다, 희멀겋다.

여기 줄기도 풀이씨의 준꼴로 잡고, 낱말로 친다. 그리하여, 역시 겹친말로 다룬다.

(3) 낱말+낱말+낱말

△이름씨+이름씨+이름씨 : 고기국밥, 찹쌀떡국, 닭고기전.

△이름씨+토씨+이름씨 : 닭의장(달긔장), 달의알(달긔알)달걀), 쇠고기.

△이름씨+이름씨+토씨+이름씨 : 도둑놈의지팡이.

〔잡이〕 세 낱말이 어우른 것도 자세히 그 겹침의 경과를 살펴보면, 두 겹으로 된 것이 많다. 보기로,

찹쌀떡국=찹쌀+떡+국=찹쌀+(떡+국),

고기국밥=고기+국+밥=고기+(국+밥),

닭고기전=닭+고기+전=(닭고기)+전,

(二(이)) 겹친말의 얽잇감(構成要素) 사이의 뜻관계는 곧 같은 갈래 끼리(주로 이름씨 끼리) 겹치는 경우와 다른 갈래 끼리(그 대부분이 이름씨와 풀이씨) 겹치는 경우를 따라, 다름이 있다.

(1) 같은 갈래의 낱말 끼리 겹치는 경우에는

ㄱ. 벌림 관계

ㄴ. 가짐 관계

ㄷ. 녹음 관계

의 세 가지가 있다.

(ㄱ) 벌림 관계란, 그 얽잇감인 두 낱말이 대등하게 서로 벌려 있는 관계를 이름이니, 보기하면, 다음과 같다.

△이름씨+이름씨 : 마소, 옷밥, 형제, 부모.

△이름씨+이름씨(〉어찌씨) : 차차, 점점, 차례차례.

△이름씨+이름씨+씨가지(〉어찌씨) : 나날이, 다달이, 층층이, 집집이, 곳곳이.

△이름씨+이름씨+토씨(〉어찌씨) : 때때로.

△움직씨 줄기+움직씨 : 나들다, 오가다, 부풀다.

△그림씨 줄기+그림씨 : 검붉다, 재빠르다, 굳세다.

△매김씨+매김씨 : 한두, 두세, 서너.

△어찌씨+어찌씨 : 곧잘, 못다, 이리저리.

△토씨+토씨 : 에도, 에만, 에는, 만을, 만이, 만에.

(ㄴ) 가짐 관계란, 그 얽잇감인 두 낱말 중에 하나가 주인이 되고, 다른 하나가 그 딸림이 되는 관계, 곧 주인되는 하나가 딸림되는 다른 하나를 가지고 있는 관계를 이름이니, 보기하면, 다음과 같다.

△이름씨+이름씨 : 손가락, 돌다리, 나무다리, 봄바람, 눈썹달, 소고기, 개고기, 감나무, 배꽃, 효자, 충신.

부쇳돌, 뱃노래, 나룻배.

어찌씨+이름씨 : 부슬비, 얼룩소, 비틀걸음, 덜렁쇠.

△매김씨+이름씨 : 이것, 그것, 저것, 이승, 저승.

△움직씨 어찌꼴+움직씨 : 걸어가다, 올라가다, 들어가다, 지켜보다, 돌아서다, 닥아서다.

△움직씨 줄기+움직씨 : 돌보다, 붙잡다, 나가다, 들오다, 벗나다

앞의 경우의 앞선 이름씨는 뒤선 이름씨에 대하여, 매김씨 같은 구실을 하고, 뒤의 경우에 앞선 풀이씨는 뒤선 풀이씨에 대하여, 어찌씨 같은 구실을 한다. 통틀어 말하면, 앞선 말은 꾸밈씨의 구실을 한다.

〔잡이〕 "풀이씨+풀이씨=겹친말"의 경우에 벌림 관계는 앞의 것이 다만 줄기만 쓰히는 것(보기 : 나들다, 오가다)의 예사이니, 만약 벌림꼴을 써서 "오고가다, 나고들다"로 할 것 같으면, 그것은 겹친말이 아니요, 뚜렷한 두 낱말이니라. 가짐 관계는 앞 것의 어찌꼴을 취하는 것이 예사이로되, 간혹 어찌꼴 대신에 그 줄기만을 쓰기로 하나니, 이때는 어찌꼴 "-아, -어"가 줄어진 것으로 볼 것이니라. "나가다=나아가다", "들오다=들어오다".

(ㄷ) 녹음 관계란, 얽잇감인 두 낱말이 서로 녹아서, 이도 아니요, 저도 아닌, 다른 하나의 뜻을 나타내는 관계를 이름이니, 보기하면, 다음과 같다.

△이름씨+이름씨 : 밤낮(→늘), 세월(→시간, 장사시세)

△대이름씨+대이름씨 : 피차(→서로)

△움직씨 어찌꼴+움직씨 : 넘어가다(속다), 돌아가다(죽다)

△남움직씨 어찌꼴+도움움직씨(=제움직씨) : 엎어지다, 떨어지다, 붉어지다

△제움직씨 어찌꼴+도움움직씨(=제움직씨) : 늘어지다, 줄어지다, 벌어지다

(2) 다른 갈래 끼리 특히 이름씨와 풀이씨와가 겹치는 경우에는, 앞의 말이 뒤의 말에 대한 관계가

(ㄱ) 임자 관계(主體關係)

(ㄴ) 부림 관계(客體關係)

(ㄷ) 바탕 관계(實質關係)

의 세 가지가 있다.

(ㄱ) 임자말 관계란 것은 앞의 이름씨가 뒤의 풀이씨의 임자 되는 관계를 이름이니, 그 보기는 다음과 같다.

△이름씨+움직씨 : 해뜨다, 눈뜨다, 꽃피다, 성나다, 골나다, 죽나다, 맛나다, 재미나다, 덧없다(→무상하다), 실없다, 꾀많다, 정들다, 얼빠지다

△이름씨+그림씨 : 한없다, 그지없다, 멋없다, 손쉽다, 입싸다, 담크다, 귀밝다, 빛좋다

(ㄴ) 부림 관계란 것은 앞의 이름씨가 위의 풀이씨(남움)의 부림이 되는 관계를 이름니, 그 보기는 다음과 같다.

△이름씨+풀이씨 : 말타다, 배타다, 차타다, 상타다, 숨타다, 손타다, 선보다, 맛보다, 뒤보다, 시앗보다, 글보다, 성내다, 분내다, 잠자다, 춤추다, 바가지쓰다, 바가지긁다, 말하다, 공부하다, 노래하다, 경쟁하다 입맞후다, 윷놀다, 힘쓰다, 애쓰다

△대이름씨+움직씨 : 여보, 여봐, 여봐라

(ㄷ) 바탕 관계란 것은 이름씨와 꼴풀이씨와가 어울려서 겹친말을 이루는 경우에, 앞의 이름씨가 뒤의 꼴풀이씨의 바탕을 기워 채우는 관계를 이름이니, 그 보기는 다음과 같다.

△꼴이름씨+꼴움직씨(=도움움직씨) : 체하다(제가 아주 잘난 **체하다**), 듯하다(물건너 불보**듯하다**)

△꼴이름씨+꼴그림씨(=도움그림씨) : 듯하다(비가 올 **듯하다**), 만하다(농악놀이가 볼 **만하다**)

△이름씨+꼴그림씨 : 꽃같다(→곱다), 옥같다(→아름답다), 눈같

다(→깨끗하다), 소같다(미련하다), 불같다(맹렬하다)

　△이름씨+잡음씨 : 소(이)다(→미련하다), 돼지(이)다(→욕심궂다),

　　말아니다(→困窮하다)

　우에 든 보기말들은 다 하나의 낱말로 다뤄지는 겹친말들이다. 그 중 임자 관계와 부림관계의 보기에서는, 앞뒤 두 낱말이 각각 제 본 뜻을 지니고 있으면서, 그 쓰기버릇의 익어짐으로 말미암아, 하나의 낱말로 익은 것이요; 바탕 관계의 보기에서는 앞뒤의 말이 제 본 뜻을 지녔다고도 할 수 있겠으나, 그것은 그 특색을 강화함으로 말미암아 딴 뜻의 낱말이 되었다고 볼 만한 것들이다.

　(3) "이름씨+풀이씨" 밖의 딴 갈래 끼리의 겹친말에는 다음과 같은 것이 있는데, 그 얽잇감(構成要素)의 서로 사이의 관계는 모두 앞의 3가지 관계 중 "가짐 관계"에 딸린다. 곧 뒤의 감이 으뜸(임자)이 되고, 앞의 감이 그 꾸밈이 되어, 뒤의 감의 "가짐"이 된다.

　　△매김씨+이름씨 : 이것, 저것, 그것, 이승, 저승, 새서방, 새아기

　　　씨, 어느새, 어느덧, 삼촌(叔父), 사촌(從兄弟).

　　△움직씨 매김꼴+이름씨 : 간밤, 볼품, 선바위, 앉은바위.

　　△그림씨 매김꼴+이름씨 : 잔돈, 큰돈, 작은집, 큰집, 작은아버

　　　지, 큰아버지, 어린이, 늙은이, 다른이(他人), 어떤이(或者), 잘

　　　난이, 못난이, 빈손, 빈말, 빈터, 센말(白馬).

　　△움직씨 줄기+이름씨 : 묵밭, 붙장, 입성, 먹성.

　　△그림씨 줄기+이름씨 : 두텁바위.

　　△어찌씨+이름씨 : 설렁줄, 종종걸음, 선들바람, 얼룩소, 덜렁말

　　　(龍頭馬).

　　△어찌씨+움직씨(=도움움직씨) : 아니하다, 못하다.

　　△어찌씨+그림씨(=도움그림씨) : 아니하다, 못하다.

△그림씨 어찌꼴+꼴움직씨(=움직씨) : 슬퍼하다, 기뻐하다, 좋아
하다, 귀해하다.

(三(삼)). 얽잇감의 자리잡기

둘 넘어의 얽잇감(構成要素)이 서로, 겹치어 하나의 겹친말을 이룸
에 있어, 그 차례잡기가 어떻게 되느냐?를 살펴보면, 현재의 우리말
에서는, 임자감이 품이감의 앞에(보기 : 멋없다, 그지없다), 부림감이
풀이감의 앞에(보기 : 마음먹다, 골내다), 바탕 기움말이 기움 받는 말
의 앞에(보기 : 꽃같다, 말아니다) 옴이 예사이다. 이는 곧 오늘의 월갈
에서 월의 짜힘하고 일치한 것이다.

이스이(泉井久之助(천정구지조))에 기대면,[3] °프랑스의 땅이름
에, "빌노우브"Villeneuve)라고도 하고, 또 차례를 바꿔서 "노우브
빌"(Nuve ville)이라고도 하는 곳이 있다. "빌"은 "동네, 시"이요, "노우
브"는 "새"이다. 온통은 "새동네, 새마을"을 뜻한다. 한 가지 곳 이름
이 이렇게 두 가지 차례로 불리는 것은, 이름지을 당시의 라띤말(많
이는 중세의 라띤말)의 월갈(syntax, 文論)에서는, 매김말이 이름씨의 앞
에도 뒤에도 붙을 수가 있었기 때문이었다. 한가지로, "옛동네, 古村
(고촌)"의 뜻으로, "빌비에이유"(Ville vieiue)라는 데도 있고; 거꿀로,
"비에이유빌"(Vieiue ville)이란 데도 있다. 또이췬말에서는, 반드시 매
김말을 앞에 해서 Neustadt(새 마을) 또는 Aitstadt(오랜 마을, 古村)로
하는 것이 예사이요, 이를 거꾸로 하는 일이 없다. 또이췬말에서는
옛적부터 월갈에서 매김말은 반드시 이름씨 앞에 왔기 때문이다. 이
는 또이췬말뿐 아니라, 꼘만말 일반의 말본이었다.

옛글(古典) 끄리시아말에서는 말차례가 비교적 자유스러워서, 일

〔발잡이 3〕泉井久之助(천정구지조) : 言語(언어), 構造(구조)

반으로 월에서 움직씨 감과 이름씨 감과가 어느 편이 앞서도 상관없었다. 이는 끄라시아말에만 금치지(限하지) 않고, 인도유우럽말 일반의 오랜 본새(樣式, 方式)이었다. 그래서, 산스끄릳말(梵語)에도 한 모양의 현상이 있다. devavanda-[검(神(신), deva-)을 찬양하는(vanda-)]에서는 움직씨 감이 뒤에 있고, Ksayad vïra-[영웅(英雄) Vïra)들을 지배하는(ksayant-)]에서는 그것이 앞에 있다.

배달말의 겹친말에 이상스런 말차례가 있으니, 그것은 "겨집(女), 신발, 감발"같은 말수이다. "겨집"의 "겨"는 "겨다(在, 겨시다)"의 줄기 "겨"이요, "신발"의 "신"은 "신다"의 줄기 "신"이요, "감발"의 "감"은 "감다"의 줄기 "감"이다. 그러면, "겨집"은 집에 있는 사람, "신발"은 발에 신는 것, "감발"은 발에 감는 것을 뜻한다고 풀어진다. —그러면, 그 말차례가 오늘과 틀리는 것이 분명하니, 이것이 곧 옛날의 우리말에서 월짜힘에서의 말차례가 오늘의 그것과는 달랐음을 보임이라 할 만하다.

다시 말하면, 일반으로, 겹친말의 감차례가 그 당시의 월갈에서의 말차례하고 일치하여, 오늘의 겹친말의 말차례는, 오늘의 월짜힘의 그것과 일치하고, 옛말에서의 겹친말의 말차례는 그 옛날의 월짜힘에서의 말차례하고 일치한 것이라고 보아진다. 이러한 볼자리에서, 겹친말은 홑진 낱말과 월과의 중간에 자리하고 있는 것으로, 월과 낱말과의 관련성을 나타내어 보여 준다고 할 수 있겠다. 바꿔말하면, 겹친말은 그 당시 말무리의 낱말의식을 보여주는 동시에, 또 월의 얽잇법(syntax)을 보여 주는 것이라 하겠다.

다음에, 우에 적은 "겨집, 신발, 감발" 따위의 겹친말은 풀이씨 발달의 모습을 보여 준다는 가능성의 문제를 끄어낸다(提起한다).

이스이에 기대면,[4] 인유말(인도-유우럽말)에서는, 겹친말에서 그 씨줄기가 발가숭이(裸身)로 나타나는 것이 일반이다. 보기하면, 끄리시아말의 "아끄로-볼리스"(akró-polis)처럼 akro-는 "드높은"의 뜻을 가진 그림씨 akros의 "줄기꼴"이다. 이에 대해서, 소견을 세우는 이가 있다. 인유말의 맨 처음의 상태에서는, 뒷 시대에서 보아서는 흩스런 씨줄기 그것에 지나지 않는 것이 낱말처럼 노릇하고 있다. 여기에다가 씨끝 같은 감이 덧붙어서 낱낱의 낱말이 말본스런 성, 셈, 가리킴의 구별을 나타내게 된 것은 새로운 일이라고 말한다. 딴은 akro-polis의 -polis(洞)는 여성 이름씨이건마는, 이에 붙여진 akro-는 여성꼴 akra-로 되어 있지 않다. 이 뜻에서는, akro-polis는, 적어도 골(type, 型)로서는 Nea-polis(새 동네)보다 오램이 틀림없다. 사실로, akro-polis는 가짐자리(genative case, 屬格)에서도, akropo-lews로서 한꼴(單一形)을 지니는 것이 예사이지마는, Nea-polis는 단한꼴밖에, Neas polews라는 쪼가름꼴이 있다. 산스끄맅의 vak-pati-(소리의 노릇바치, 聲優)도 vak-가 pati-에 따라 가짐자리꼴로 된 vacas-pati에 견주어, 꼴로서는 오램에 틀림없다.

겹친말에 나타난 발가숭이 줄기꼴이, 일찌기는 독립의 낱말로서의 노릇(機能)을 다하고 있었나 않았나는, 아무런, 그것을 증명할 만한 옛 글발이 남아 있지 않으니까, 한차례는 의문으로 하지 않아서는 안 된다 하더래도, 근래 인유말의 새로운 연구에서 보면, 도리어 그 가능성이 있다. 그렇다면, 일반으로, 한 낱말이 겹친말의 한 감(成分要素)이 되기 위하여, 특별한 꼴을 가지는 것이 아니라, 도리어, 겹친말에 들어 있기 때문에, 옛스런 "낱말"의 꼴이 깊어 있는 것이

〔발잡이 4〕 泉井(천정) : 우적은 책 ㅉ15-17

라 할 수 있다. 우리말에서 보기하면, "져바리다, 헐바리다"에서 "버리다"의 옛꼴 "ᄇᆞ리다"(〉바리다)를 찾아볼 수 있으며, "없이 녀기다"에서 "여기다"의 옛꼴 "너기다"(〉네기다〉녀기다)의 옛모습이 깃어 있음을 깨칠 수가 있음과 같다.

배달말에는 풀이씨의 줄기와 한 뜻의 이름씨가 한가진(同一(동일)) 것이 적지않다. 보기:

신다(履)-신, 빗다(梳)-빗, 띠다(帶)-띠, 누비다-누비, 돌다(回)-돌, 발다(~밟다, 踏)-발(足), 밟다(抱測)-발(丈), 켜다(켜, 引鉅)-켜(層), 새다(~새오다, 嫉妬)-새(~새옴), 가리다-가리(積) (강냉이가리, 벼가리), 사리다-사라(국수한사리), 꾸리다-꾸리(실한꾸리), 저리다-저리(어깨저리), 절이다-절이(무우절이), 낚다(〉낚다)-낛(옛말 : 훈민정음(合字解낛爲鈎)의 줄기가 그대로 이름씨로 쓰히고 있다) (다만 "낛"은 이름씨 "낙시〉낚시"와 움직씨 "낚다"로, "발다"는 이름씨 "발"과 움직씨 "밟다"로, "밟다"는 이름씨 "발"(丈)과 움직씨 "밟다"로 갈렸다).

그러나, 옛말에서는 "신, 빗, 띠, 누비, 돌" 따위가 그대로 이름씨로도 쓰히고, 움직씨로도 쓰히었다고도 상상할 수 있겠다. 앞든 "신발, 감발, 겨집"같은 것은 그 자취를 보여 주는 것이라 하겠다. 만약, 그렇다면, 씨끝같은 것은 뒤에 생겨나서 발달한 것이라 할 수 있겠다.

겹친말(複合語, 合成語)은 예스런 월갈(文論)뿐 아니라, 예스런 낱말의 꼴 그것 도를 깃이는 일이 있다. 더구나, 이 경우에도 겹친말의 얽잇법은 당시의 월갈에 일치하였을 것이 틀림없다.

(四(사)) 얽잇감의 소리됨

얽잇감의 소리됨에 관하여는, "우리말본"(684-709)에서 가늘게 살핀 바가 있으니, 여기서는 그 볼점을 좀 달리하여, 간단히 다루고자 한다. 두 낱말이 겹치어서 한 낱말을 이룸에 즈음하여, 그 소리에 더러 변동이 있음을 크게, (1) 소리의 줄어짐, (2) 소리의 끼어듦, (3) 소리의 바뀜의 세 가지로 갈라서 살피고자 한다.

(1) 소리의 줄음(縮約)

○닿소리의 줄음

　솔+나무〉소나무, 불+삽〉부삽, 쌀+전〉싸전

○홑소리의 줄음

　허리+띠〉헐띠, 들어+오다〉들오다, 나아+가다〉나가다, 걸어+앉다〉걸앉다

○낱내의 줄음

　한+어머니〉할머니, 여린+무우〉열무, 여때+꺼정〉여태껏, 오라비+계집〉올께~올케

(2) 소리의 끼어듦

　ㅅ : 개+가〉갯가, 배+노래〉뱃노래, 갈비+대〉갈빗대, 나무+배〉나뭇배, 요+나라〉욧나라(遼國), 초+나라〉촛나라(楚國), 장+독〉장ㅅ독, 손+재주〉손ㅅ재주, 밤+길〉밤ㅅ길, 물+감〉물ㅅ감

　ㅂ : 조+쌀〉좁쌀, 해+쌀〉햅쌀, 저+때〉접때, 이+때〉입때

　ㅎ : 머리+가락〉머리카락, 암+닭〉암탉, 수+개〉수캐

　ㄴ : 앞+일〉앞닐, 홑+이불〉홑니불, 맏+양반〉맏냥반, 풀+잎〉풀닢

(3) 소리의 바뀜

　△ㄹㄱㄷ : 설+달〉섣달, 이틀+날〉이튿날, 술+가락〉숟가락

　△ㅅ, ㅈ, ㅊ, ㅌ〉ㄷ : 옷+안〉오단, 젖+어미〉저더미, 꽃+아래〉꼬다래, 밭+우〉바두

위의 겹친말의 소리됨은 대체로 보아, 그 발음의 편리를 얻기 위하여 그리된 것이라 하겠는데, 그 현상에서나, 그 이유에서나, 아무 뚜렷하고 일정한 규칙과 이론이 서지 아니한다. 다만, 그에 관한 말세

움을 할 수 있는 점을 들면 다음과 같다.

(1) ㅅ, ㅈ, ㅊ, ㅌ의 받침이 ㅏ, ㅓ, ㅗ, ㅜ, ㅡ로 비롯한 낱말의 우에서 이을 적에, 그 대표 닿소리 ㄷ으로 바뀜과 아랫감의 "ㅣ" 첫소리에 ㄴ이 군으로 더 생김과는 그 아랫 얽잇감(낱말)의 발음이 청각적 효과의 본성을(적어도 우리 말무리의 말마음에서) 유지하기 위함이며,

(2) ㅂ, ㅎ이 끼어듦은 옛말의 그루터기의 나타남이며,

(3) 두 얽잇감 사이에 나타나는 "사이닫침소리"(또는 사이시옷)의 구실에는 두 가지를 생각할 수 있다.

(ㄱ) 그것이 웃말의 소리를 끊음으로 말미암아 그 아랫말의 본 소리값을 유지하려 함이니; 보기로 "내(川)+가(邊)〉내가"로 한다면, "가"의 "ㄱ"이 우의 홀소리의(ㅐ)의 얼을 입어, 흐린소리로 되면, 그 소리남이 "내(川)가(土)"로 될 것이다. 사이닫침소리가 끼어듦으로 말미암아, "냇가"에서는 "가"가 확실한 맑은 성질을 지니고 있게 되기 때문에, "내의 갓"이란 뜻이 확실히 청각에 나타나게 된다.

(ㄴ) 두 얽잇감의 어우름(결항)을 굳게 한다. 보기로, "냇물, 뱃노래"에서는 아랫감의 본성 유지의 요소는 조금도 없고, 다만 그 어우름을 굳히는 일을 할 뿐이다. ―따라, 사이닫침소리를 사용한 경우에는 그것은 반드시 하나의 겹친말로 보고, 달아쓰기(連書)로 하여야 한다. 보기 :

　　○요+나라〉욧나라(遼國), 제+나라〉젯나라(齊國), 오+나라〉옷나라(吳國)

　　○내+과〉냇과(內科), 외+과〉욋과(外科), 치+과〉칫과, 이+과〉잇과(理科)

만약, 이 사잇소리를 나타내어 씨지 않으면, 위의 보기들은 각각 두 홀낱말로 보아야 한다. 보기 :

○요 나라, 제 나라, 오 나라

○서무 과(庶務科), 회계 과(會計科), 문서 과(文書科)

〔잡이〕 "뒷, 옛, 아랫, 웃" 따위는 아예 하나의 매김씨로 잡아 다룬다. 만약 이런 방식을 널리 시행한다면, 저 영어에서의 America-American, Korea-Korean, Japan-Japanese, China-Chinese 처럼, 요-욧, 오-옷, 제-젯, 서무-서뭇, 내-냇, 치-칫과 같이 다둘 수도 있다 하겠으나, 우리말, 널리는, 동양말에서는 이렇게까지 매김씨가 발달되어 있지 않다.

(五(오)) 겹친말의 통일성, 단일성의 층계성(層階性)

두(더러는 그 이상)낱말이 겹치어 한낱말을 이룬 것이 이른바 "겹친말"(複合語合成語)이다. 겹친말은 그 얽잇감의 어떠함을 막론하고 "하나의 통일성"을 가지고 있음이 그 겹친말됨의 성격인 것이다. 그러나, 겹친말의 통일성, 단일성에는 여러 층계가 있어, 그 굳고 무름의 차이가 적지 아니하다. 아예 이를 층계로 나누어 그 굳은 층계로부터 무른 층계로 나아가면서 풀이하고자 한다.

1. 그 얽이는 분명히 두 낱말로 되었으나, 그 어우름의 까닭을 설명하기 어려운 겹친말은 그 통일성이 가장 굳어, 그것이 홑진 낱말로 인정하게 되는 것이 있다. 그 보기:

겨집, 감발, 신발

나는 일찍 "신"이면 "신"이지, 거기에 "발"을 덧붙여서 "신발"이라 함은 괴이쩍다. 이것은 잘못된 말이 아닌가?고 생각한 일이 있었다. 그러나, 그 이치는 앞에서 말한 바와 같으니, 원래 하나의 겹친말임이 분명하다.

2. 얽잇감의 소리꼴에 많은 달라짐이 생긴 것은 누구나 다 한 낱말로 잡기에 주저하지 아니할 뿐 아니라, 거의 홑진 낱말로 생각한

다. 그 보기:

나막신(나ᄆ~나모~나마에 뜻없는 ㄱ-너말~녁섬, 서되~석달, -ᄉ로~ᄉ록의 ㄱ과 같은-이 덧붙은 것), 갖신(〈가죽신), 함께(〈함ᄢᅦ〈한+ᄢᅦ), 올케(〈올ᄭᅦ〈올계〈오라비계집〈올아비겨집), 할머니(〈할+어머니〈한+어머니), 쓰레받기(〈쓰레기+받기), 달걀(〈달기+알〈달긔알〈닭의 알), 일본말의 "다가야수"(耕, 갈다)는 원래 "다(田)+가에수(翻)"이지마는, 일반은 이를 겹친말로 생각하지 않고, 그저 단순한 홑낱말로 생각하며, 또이쥠말의 "junker"(귀공자, 소년귀족)은 원래 "jung(젊은)+herr(귀인, 양반)"이었다.

소리꼴에 많은 달라짐이 생겼을 뿐 아니라, 그 뜻에도 얼마큼의 달라짐이 생긴 말은 아주 딴 하나의 낱말로 본다. 그 보기:

귀하지 아니하다〉귀ᄒ지 않다〉귀찮다〉**귀찬다.**

젊지 아니하다〉젊지 않다〉점챦다〉**점잖다.**

관계하지 아니하다〉관계ᄒ지 않다〉관계챦다〉**괜찮다.**

이들의 원말과의 차이는 꼴에서 뿐 아니라, 뜻에서도 생겼나니, "귀찮다"는 귀함을 부정함에서 "성가시다"의 뜻으로, "점잖다"는 젊음을 부정함에서 "어른답다"의 뜻으로, "괜찮다"는 관여함을 부정하는 움직씨에서 "무방하다"의 그림씨로 바뀌었다. 그래서, 이런 따위는 겹친말이라기보다 차라리 홑낱말이라 할 것이다. 이 비슷한 짜힘을 가졌으나, 오늘말로써 그 겹쳐이룬경어를 풀이하기 어려운 것이 있으니, 이런 것들은 누구나 하나의 홑낱말로 보기를 주저하지 아니할 것이다. 그 보기:

하챦다, (〈하챦다〈하ᄒ지 않다〈하하지 아니하다) 언챦다, (〈?)

〔잡이〕 말꼴이 줄어졌다고, 다 반드시 하나의 낱말로 본다는 것은 아니다. 그것이 월을 간단히 하기 위하여, 임시로 줄여 붙여서 한 낱말 같이 한 것은, 겹쳐진 한 낱말로 잡지 아니한다. 그 보기:

너는 **먹잖고**(《먹지 아니하고), 그도 **간단다**(《간다고 한다).

난(나는), **날**(나를), **넌**(너는), **널**(너를), 몰라봤어.

영어의 **I'll**(〉I will, I shall), **you'll**(《you will, you shall), **you'd**(《you had), **won't**(《will not) 따위에서, 그 줄어붙음으로 해서, 그 각각의 낱말됨을 부정하지 않는다. 다른나라말에서도 다 그렇다.

3. 두 또는 세 낱말이 말본스런꼴(文法的形式)로써 서로 잇맺은 것은 하나의 겹친말로 잡기 어렵다. 그러나, 그 잇맺어 진 말이 나날의 말씨에서 자주 많이 쓰히어서, 그 소리냄이 한달음(一連續)으로 되어, 중간에 쉼(休息)이 나타나지 아니하며, 하나의 통일체로서 여러 가지 말본스런 구실을 하는 것은 역시 하나의 겹친말로 보아 다루지 않을 수 없다. 그 보기는

닭의알(달긔알〉달걀)

닭의장(달긔장)

잔돈, 큰돈; 잔소리, 큰소리; 잔말, 큰말; 작은집, 큰집; 적은집, 큰집; 들과 같다. 또 "도둑놈의 지팡이"와 같이, 그 얽잇감의 분석적 풀이로써는 그 뜻을 잡을 수 없는 것들은 대개 한 낱말로 보는 것이 편리하다.

이스이(泉井(천정))에 기대건대,[5]

프랑스말 Coup de pied는 글자 그대로 "발로 치기" 곧 "차기"임이 틀림없다.

그러나, coup de main은 글자뒤치면 "손으로 치기"이지마는, 전체로서는 뜻이 조금 달라 "奇襲(기습)"이다. 아니, "손으로 돕기"이라 하는 사람도 있다. 하여튼, 단순한 분석만으로는 바른 뜻이 잡아

─────────────

[발잡이 5] 泉井(천정) : 앞든책 ㅉ14-15

지지 않게 되었다. 이는 이미 겹친말이다. Coup d'Etat(나라에서의 타격)-"꾸우데따아"에 이르러서는 한 걸음 더 나아간 하나의 낱말로 보잖으면 안 될 정도이다.

프랑스말의 pomme de terre는, 다 아는 바와 같이, 글자대로 "땅의 능금"은 아니요 아주 다른 "감자"(마령서)를 가리키고 있다. 또이췸말에서는 이를 한 모양으로 Erd-apfel이라 한다. 감자는 유우럽에서도 새로운 외래품이기 때문에, 여기에는 월갈스런 절차의 일부를 응용해서 이름짓지 않을 수 없었다. 도마도(일년감)도 °프랑스말에서는 따로 pomme d'amour(사랑의 능금)이라고 말해지는 일이었다. 또이췸말에서도 Liebesapfel(사랑의 능금)이란 이름이 있다. 도마도에 관한 이러한 속간 생각이 유우럽 일반에 행해 진 모양이라. 동독 근처에서는 4~50 년 전까지는 이 음식물을 선량한 가정에서는 싫어했다는 이야기가 있다.

프랑스말은, 특별한 경우 외에는, 이름씨를 서로 맞붙여서 겹친말을 만들 수 없는 말씨이다. 대개는 두 낱말 사이에 de를 넣고 또는 ð를 넣는다(chou ðla crème=끄리임 바른 양배추). 월의 짜힘도 그리 되어 있으니까이다. 그래서, 자연히 겹친말로서의 말밑의식(語源意識)이 또이췸말에 비해서 세어, 쉽사리 하나의 낱말로 되어 버리지 않는 경향이 있다.(앞의 보기들에서, 그 뜻 구실은 이미 낱말이면서, 그 맞훔은 그렇지 않은 것을 본다). 오늘의 영어는 프랑스말과 또이췸말과의 중간에 있다고 할 수 있다 그러나, 고대 영어 (OE)는 이점에서는 도리어 또이췸말에 가깝다. 영어는 일반으로 말씨얽이에서 거센 변화의 역사를 가진 말씨이다.

에스뻴센에 기대면,[6] 언어학적 기준으로서, 겹친말은, 첫째, 그 두 얽이감이 항상 서로 다 붙어 있으며, 둘째, 그 말무리의 말씨의 식에서 그것을 하나의 통일체로 인정하며, 세째, 그것이 한 덩이로서 말본스런 노릇(機能)을 하는 것이어야 한다고 하겠다. 또이취말의 Grossmacht(大國)는 영어의 great power(큰 나라)와 그 굽침(inlfexion)(곧 말본스런 노릇)이 다르다. 또이취말은 die europäischen grossmächte(유우럽의 열강)로 굽침을 하지마는, 영어는 그 말차례가 달라, the great European powers로 된다. 영어 breakfast(아침밥을 먹다), vouchsafe(허락하다)는, 사람들이 그 옛꼴 He broke fast(단식을 깨뜨리다), He vouches Safe. (좋다고 보증하다)의 갈음으로(代로), He breakfasted, He vouchsafes로 사용함에 미치어, 완전히 낱말로 된 것이다. 프랑스말 républi-que, 영어 republic(공화국)은 낱말이지마는, 라띤말 res publica(공화국)은 rem publicam과 같이 굽치니까, 낱말은 아니다. 또이취말 jedermann(각사람), jedermanns(각사람의, 모든 사람의), mitternacht(밤중)—jeder는 원래 임자자리, mitter는 곳자리(dative case)—에는 안악(內部)에 굽침(inflexion)이 없음은 그 낱덩이됨(單位化)의 완성을 보이고 있다.

그런데, 이와는 반대로, 낱말이란 낱덩이(單位)에서, 더 눅은 어우름으로 보고(向하여) 나아가는 움직임도 없지 아니하다. 영어의 겹친말 임자씨의 두감 사이의 잇댓음이 옛적보다(또 현재의 또이취말과 뗀마악말보다) 눅다. 또이취말 Steinmauer, 뗀마악말 Stenmeur(돌담)은 온갖 점에서 한 낱말임에 대하여, 영어의 stone wall 그 밖의 이와 비슷한 잇맺음은 오늘에서는 차라리 두 낱말로 생각될 만하니, ston은

[발잡이 6] 에스뻴센 : 앞든책 ㅉ97-98

낱말에 대하여 | 97

두째번 말이요, wall이 첫째번 말이다. 그 소리냄의 힘울림으로써 판단할 수 있다. 또 쉐익스피어의

　　So new a fashioned robe(매우 새로운 유행복)

에서는, 좀 다른 골(型)의 겹친말(new-fashioned)의 잇맺음이 늦게 느껴지고 있는 보기를 볼 수 있다고 에스뻴센은 말하였다.

　그러나, 배달말에서 다음과 같은 보기말들은 하나의 낱말(겹친말)로 보지 않을 수 없다고 생각한다.

　　○일+하다〉일하다, 밥+하다〉밥하다, 나무+하다〉나무하다.

　　운동+하다〉운동하다, 공부+하다〉공부하다

　　○옥+같다〉옥같다, 불+같다〉불같다

　나는 일찍 이 따위를 한 낱말로 보기 위하여 "-하다"를 말만드는 뒷가지라 한 일이 있었다. 그러나, 그 사이에 토씨를 끼어 넣을 수 있음(일을 하다, 운동을 하다, …)을 보더라도 "하다"가 하나의 낱말임이 부정될 수 없겠다. 그 뿐 아니라, 그 얽잇감 사이에 딴 낱말이 끼어 들 수 있는 것은 낱말이 아니라는 규칙을 앞에서 말한 일도 있거니와, 여기의 보기들은 다 그 사이에 토씨를 끼어 넣을 수 있기는 하지마는, 우리의 실제 말살이에서는 이러한 보기말들을 분명히 월을 이루는 하나의 낱덩이로 이루고 있음이 확실한 사실이다. 보기로,

　　너를 사랑 하다.

　　백제성을 공격 하다.

로 해서는, 도저히 설명이 되지 아니하고, 반드시

　　너를 사랑하다.

　　백제성을 공격하다.

로 해야만, 그 풀이가 가능하게 된다. 이는 곧 "사랑하다, 공격하다"가 두 낱말이 아니요, 한 낱말임을 증거대는 것이다. 곧 어떤 경우에

는, 그 사이에 토가 끼어들어 두 낱말로 가르기도 하지마는, 그 겹친 것으로서의 말본스런 구실을 함을 중시하여, 역시 하나의 낱말(겹친 말)로 보아야 한다.

그렇지마는, "얼씬못한다"와 같은 것은 "얼씬"의 뒤에 한 쉼이 있음이 분명한 즉, "얼씬하지 못한다"로 보아, 두 낱말로 처리함이 마땅하다. 혹은 "얼씬을 못 한다"로 볼 수도 있을 듯하나, 그리하는 경우에는 "얼씬"이 이름씨로 되는 셈인데, 그보다는 "얼씬"을 "얼씬하지"의 준 것으로 봄이 좋겠다. "유순은 하다"의 "유순"은 원래는 이름씨인 것이지마는, 이 경우의 "유순"은 "유순하기"의 준말로 보아, "유순하기는 하다"로 풀이함이 바르다고 봄과 같다. 더구나, 저 "딱도 하다"는 "딱"을 이름씨로 볼 수는 없고, 반드시 "딱하기도 하다"로 보아야 한다.

〔잡이〕 우에서 말한 "하다"는 그 꼴로 보아서는 꼴움직씨(가을을 하다), 혹은 꼴그림씨(딱도 하다)이요, 그 속살로 보아서는 대움직씨, 대그림씨라 할 만하다. 모든 같은 갈래의 낱말의 대로 쓰히기 때문이다. 보기 : 춥기도 춥다〉춥기도 하다. 먹기는 먹는다〉먹기는 한다. 에서와 같이.

4. 두 낱의 임자씨가 서로 이어쓰히는 것은, 그 어우름의 정도를 가려잡기 매우 어렵다. 여기 보기로 "나무"에 관한 것을 들어 보겠다.

ㄱ. "신나무(훈민정음에 신爲楓), 전나무, 오리나무" 들과 같이 단독으론 쓰이지 않는 말과 "나무"와가 잇맺은 것은 하나의 낱말로 잡기 쉽다.

ㄴ. "소나무, 버드나무, 벚나무"와 같은 그 소리가 줄었거나 달라진 것은, 한 낱말로 인정하기 어렵지 않다.

ㄷ. "감나무, 배나무, 치자나무, 잣나무"와 같이, 그 앞의 감이 예사

로 쓰히는 것은 하나로 보아야 할지 둘로 보아야 할지가 매우 어렵다. 일본말에서 "구리노기(밤의 나무), 나시노기(배의 나무)"와 같은 것들은, 짜힘이 월갈스런 것으로 되어 있기 때문에 절대로 한 겹친말로 익지 아니한다. 사전에서는 다만 "구리"(밤) "나시"(배)만을 올림말로 삼고, 그 뜻매김은 식물학적으로 그 나무를 설명하고, "그 열매는 맛이 좋다" 정도로 붙일 뿐이요, 결코 "구리"와 "구리노기"(밤나무)를 따로 설명하지 아니한다. 그러나, 배달말에서는 "밤"과 "밤나무"와는 별개의 물건으로 되어 있으니, 그것과 잇맺은 "나무"는 그와 겹치어 하나의 낱덩이를 이루었다고 볼 수 밖에 없으며, 더구나, 앞에 든 "싣나무", "오리나무", "소나무"같은 것들은 따로 설명하지 않을 수 없다.

이러하여, 배달말에서는 모든 나무 이름은, 그 앞조각만으로도 넉넉히 나무를 나타낼 수 있는 "계수나무", "오동나무"같은 것까지도 때때로 올림말로서 풀이하게 된다.

그러나, 일반으로 둘 이상의 낱말이 잇맺어서 한 가지의 대상을 가리킨다면, 모두 한 겹친말로 보아야 하겠느냐? 문제는 매우 어렵다. 나는 앞에서 "삼각형"은 낱말이지마는, "세 직선으로 둘러싸힌 도형"은 낱말이 아니라 하였다. "신흥 자동차 주식회사"가 하나의 대상을 가리키기는 하지마는, 하나의 낱말이라고는 할 수 없다. 그 대상의 하나임을 이유로, 그것을 가리키는 말들을 한 낱말로 볼 수 없음은 세계 각국의 말본 이론의 공인하는 바로 되어 있다고 나는 본다.

또 그렇지마는, 둘 혹은 둘 넘어의 낱말이 항상 잇맺어져서 하나의 내용을 나타내어 쓰임이 자주됨으로 해서, 그 말무리의 말씨의식에서 다루기 만만한 하나의 낱덩이(단위)의 말로 잡아 지는 것은 역시 한 낱말로 보고 있음도 또한 사실이라 하겠다. 그 사이에 붙임소리 ㅅ(바로는 닫침소리)의 있고 없음을 상관하지 않고, "나뭇배"(나무를 실은 배), "나무배"(나무로 만든 배, 목선)가 한 가지로 하나의 겹친말로 보아진다. 또이취말에서 Lebesapfel과 Erdapfel이 한 가지로 하나의 겹친말로 보아짐과 같다. 그러면, 그 겹친말로 보아야 하는 범위가 과연 어떠하냐 하면, 이에 대하여는 명확한 답변을 하기 어렵다고 생각한다. 에스뻴센도 그의 지은 다른 책에서는 한 낱말로 보는 범위는 오로지 그 말무리(言衆)의 일반스런 말씨의식에 기대는 것이라고 말할 수 밖에 없다고 하였다. 말씨 그것이 원래 그 사회 그 사회의 일반스런 버릇임과 같이, 겹친말 그것도 또한 그 말씨 사회의 한 버릇으로 결정되는 것이라 하겠다.

"동서남북"이 "동서"와 "남북"의 둘로 보아지든지, "동", "서", "남", "북"의 넷으로 보아지든지 할 것이지, "동서남북"의 하나의 겹친말로는 보아지지 아니한다. "보통문관", "보통고시"가 각각 한 겹친말로 보아진다 해서, "보통문관시험"이 또한 하나의 겹친말로는 보아지지는 아니하고, "보통문관 고시" 또는 "보통 문관 고시"로 보아질 것이다. 일본의 야마다(山田孝雄(산전효웅))[7]가 "株式會社(주식회사)", "株式合資會社(주식합자회사)"를 각각 한 낱말로 보았음까지는 동의할 수는 있겠으나, "龍宮(용궁), 乙女(을녀), 元結(원결), 切外(절외)(キリハズレ)"가 바다풀 "大葉藻(대엽조)(アマモ)"의 별명이라 하여 한 낱말로 봄에 대하여는 동의하기 어렵다고 생각된다. 한 사람을 가리키는 이름이라 하여 한 낱말로 볼 수는 없다. "김춘식"(성과 이름) 둘 또는 "김 춘 식"(성과, 항렬의 이름과, 제 개인의 이름과) 셋으로볼지언정, "김춘식" 하나로는 볼 것이 아니며, "John Stuard Mill"을 한 낱말로

[발잡이 7] 山田孝雄(산전효웅) : 日本文法學槪論(일본문법학개론) ㅉ27

는 보지 않는다. 말이 아닌, 말이 나타내고자 하는 대상 또는 개념의 홀겹으로써 말의 홀겹을 규정하려는 것은 말씨의 세계를 생각이나 일본의 복사(複寫)로 보는 것이니, 말씨의 일반 이론이 이를 용허하지 아니한다.

四(사). 이은말(맺는말을 겸하여)

나는 이상에서 낱말의 뜻과 한계를 다루어 왔다. 낱말을 생각함에는 월을 생각하지 아니할 수 없다. 월은 말함의 첫째번스런 낱덩이(單位)이요, 낱말은 두째번스런 낱덩이이다. 낱말은 월을 짜이룬("짜이루는"이 아니다) 재료의 낱덩이다. 월이 없이는 낱말이 있을 수 없고, 낱말이 없으면 월도 또한 있을 수 없음이 오늘의 말함의 형상이다. 그러나, 원래 낱말은 월이 쪼갈라져서 생긴 것이다. 그 쪼가름은, 사람이 의식적으로 기교적으로 쪼갈랐다 하기보다는, 차라리 사람들이 말씨를 부리고 사는 동안에, 저절로 쪼갈라진 것이라 하겠다. 그러나, 보통 사람들은 제가 쓰는 말씀이 어떠어떠한 낱말로 되었다는 의식은 가지지는 아니하고, 다만 말씨갈을 다루는 사람이 그 말무리의 말씨 생활을 과학적으로 살핌으로써, 처음으로 그 낱말이 밝아 지는 것이다.

앞에서 풀이하여 온 바와 같이, 낱말에는 홀진(낱)말과 겹친(낱)말과의 두 가지가 있는데, 이 두 가지를 밝힘에 있어 첫째는 어떤 말이 낱말이냐 낱말 이하의 것이냐의 문제가 있고, 두째는 어떤 말이 낱말(겹친말)이냐 낱말(겹친말) 이상의 것이냐의 문제가 있다.

이은말 낱말 이하의 것은 붙음꼴이니, 가장 작은 뜻가진 낱덩이로서 몰골지(morphime)라 일컫는다. 낱말 이상의 것은 이은말(phrase, 連語)이라 한다. 이은말은 둘 이상의 낱말이 서로 이었으되, 하나의 겹친말로 되어 버리지는 않고, 그저 월을 짜는 도중에 있는 것이다. 보기하면, "사람이", "글을", "읽고 있다", "아름다운 꽃이", "말할 수 없이, 많이", "피었더라오"가 각각 이은말이다.

그러나, 특히 이은말(phrase)이라 하는 것은, 그 둘 넘어의 낱말들이 서로 이어, 하나의 낱말(겹친말)은 이루지 못하였지마는, 언제나 서로 이어 말씀에 나타남이 잦아, 말무리의 말씨의식에 거의 한 낱말에 가까울 만큼의 대번에 잡아 지는, 버릇익음이 되어 있는 것을 가리킨다. 따라 이러한 이은말을 특히 익은말(熟語, idiomatic phrase)이라 하기도 한다. 그 보기 :

ㄱ. 움직씨스런 이은말 :

　○가아 버리다, 가지 아니하다, 걷지 못하다, 놓아 쌓다, 벌어 먹다, 견뎌 나다, 건너가지 못하다.

　○놀아 나다, 놀아 먹다.

ㄴ. 그림씨스런 이은말 :

　○많고 많다, 검고 검다, 높고 높다, 멀고 멀다, 차디 차다, 검디 검다.

ㄷ. 매김씨스런 이은말 :

　○꽃같이 아름다운, 불같이 뜨거운, 철석같이 굳은, 불꽃같이 맹렬한.

ㄹ. 어찌씨스런 이은말 :

　○사실로, 진실로, 억지로, 자연으로, 천연으로, 허탕으로, 맨주먹으로, 밤낮으로, 이말물지로, 때로, 날로, 때때로.

　○그 때문에, 그 까닭에, 그 무렵에, 뜻밖에, 천만에, 천만 뜻밖

에, 대번에, 단번에, 조만간에, 옛날 옛적에, 엉겁결에, 각중에, 아닌 밤중에.

○아침부터 저녁까지, 하나에서 열까지.

○머 잖아, 오래지 않아, 얼마 안 되어, 기가 막혀서.

○널로 해서, 글로 해서.

○멀리 또 멀리, 빠르거나 느리거나, 이르거나 늦거나, 많거나 적거나, 하거나 말거나, 좋거나 궂거나, 지나 새나, 보나 마나.

○많고 적고, 크고 작고, 두고 두고.

○틀림 없이, 빈틈 없이 물샐 틈 없이, 쓸모 없이.

○알고 보면, 알고 보니, 까놓고 보면, 대어 놓고, 왜냐 하면.

○아닌게 아니라, 아니나 다를가, 다름이 아니라, 될수있는 대로, 하다 못해, 마지 못해, 말이 났으니 말이지.

ㅁ. 이름씨스런 이은말 :

○배추 김치, 무우 김치, 오이 짠지, 오이 소박이 김치.

○국가 비밀, 회사 사무, 학교 일지, 출장 보고, 한글 학회, 동아 일보, 조선 일보, 국어 교사.

○보통 교육 국, 국제법 전문가, 과학 연구소.

○수송 국민학교, 배재 중고등학교, 영남 주식합자회사, 주식합자 회사 이사회, 보통선거운동.

○선린 상업 고등학교, 일사 부재리 원칙, 혜화 전문학교장, 유엔 집단 안전보장 이사회, 배달말 대중말 모음, 국가 보안법, 한글 맞춤법 통일안.

한자말은 여러 낱을 서로 이어 놓아도, 그 온 통이 하나의 낱말 같은 노릇을 한다. 그래서, 겹친말과 이은말과의 구별을 하기 매우 힘든다. (쁠루움 피일드는 중국말은 홑낱내 낱말과 이은 낱말(phrase word)로 읽어짜인다고 말했다). 그 겹친말은 대개는 두 도막으로 되며, 간 혹 세 도막으로 된 것도 용허하지 않을 수 없다. 그러나, 두 도막이면 반드시 겹친말이 되는 것이 아니며, 겹친말 되기의 기준에 맞아야만 겹친말이 된다. 따라, 여기의 이은말에는 두 도막으로 된 것도 있고, 세 도막내지 네 도막 이상도 있을 수 있다.

그러므로, 두 도막의 한자음으로 된 말도 겹친말이 되지 못한 것은 이은말이 된다. 한자음으로 된 이은말은 대부분이 이름씨와 같은 노릇을 한다. 그 이은말에서 띄어쓰기의 대중은 어데에 있을가? 첫째, 홀로이름씨의 핵심이 되는 말(보기 : **한글** 학회, **동아** 일보, **수송** 국민학교, **영남** 주식합자회사, **배재** 중고등학교, ……)과, 겹친말 이상의 말과는 반드시 띄어쓰기로 한다. (끝)

-〈한글〉135호(1965)-

다시
"닥다, 닥아, 닥이다"에 대하여

나의 "안 갖은 움직씨 '닥다'에 대하여 – '닥다'와 '닥아'의 변" ("한글" 통권 118호 4289.8)에 대하여, 정 인승 님이 "'다그다'와 '다가'가 큰사전에 어찌 실렸나"를 인차("한글" 통권 119호) 발표하여, "다그다"와 "다가"를 변호하는 동시에, 나의 "닥다"와 "닥아"는 전적으로 배격하였다. 그간 다른 일에 바빴기 때문에 변론의 겨를을 얻지 못하였더니, 이제 작은 틈을 얻어, 이 글을 초할 수 있게 되었다.

⑴ "닥다"는 제움직씨임이 원칙이다.

"닥다"의 말뜻은 무슨 곳에 "가까이 이르다", "접근하다"를 가리킨다. 그리하여, 보기로

이리 좀 닥<u>으오</u>

저리로 닥<u>아</u> 서어라.

날자가 닥아 온다.

그것을 가져 닥<u>아</u> 여기 두어라.

에서, "닥으오" "닥아"는 제움직씨임과 같다.

그러나, "닥다"는 혹 남움직씨로 쓰히는 일이 없지 아니하니, 보기하면,

　　이리로 자리를 <u>닥아라</u>.

　　저리로 책상을 <u>닥으오</u>.

　　날자를 좀 <u>닥으면</u> 좋겠다.

에서, "닥아라, 닥으오, 닥으면"이 남움직씨로서 그 부림말 "자리를, 책상을, 날자를"을 가지고 있음과 같다. 그러나 남움직씨로서는 "닥이다"를 씀이 더 정확하고 마땅하고 또 보편스럽다. "닥이다"는 다음에 말하겠다.

「변호」정님은 "다그다, 다그치다"만을 세우되, 이는 다만 남움직씨일뿐이요, 제움직씨는 되지 않는다고 한다. 그리고, "닥다" 내지 "닥다"의 힘줌꼴 "닥치다"를 아주 부인하는 태도를 취한다. 그래서, 앞에 든 제움직씨의 보기 월에서도 그 "닥으오, 닥아"는 근본 제움직씨가 아니요, 남움직씨라 한다. 그는 까닭을 말한다: ―

⑴ "이리 좀 닥으오"가 말이 되는 것은 "이리 좀"이란 꾸밈말이 있기 때문이다. 만약 이에서 "이리 좀"을 떨어버리면, "닥으오"만으로는 말이 안 된다. "닥으오"가 말이 되려면 반드시 "무엇을"이란 부림말(目的語)을 기워 보아야 한다. 이는 "닥으오"가 제움직씨가 아니요, 남움직씨인 때문이다고.

그러나, 이는 억설이라고 나는 생각한다. 첫째, "이리 좀 닥으오"는 말이 되는데, "닥으오"만으로는 말이 좀 덜 분명한 것은 사실이다. 그러나, 이는 "닥으오" (맞춤은 어떻게 하든지 간에)가 남움직씨 때문이 아니요, "닥다"가 원래 공간상의 자리 잡음에 관한 말이기 때문에, 그 자리를 명시한 "이리"가 있으면, 그 뜻이 똑똑하고, 만약

그것이 없이 단순한 "닥으오"만으로는 덜 똑똑함일 따름이요, 결코 말이 안 되는 것은 아니다. 철학자 간뜨(Kant)가 말함과 같이, 원래 사람의 인식에는 그 선천적 범주(範疇 Kategorie)의 한 가지로서 "시간과 공간"을 가지고 있는데, 여기의 "닥으오"란 말은 근본부터 공간에서의 위치의 문제이기 때문에, 그 위치의 말 "이리" 따위가 있으면, 그 말뜻이 똑똑히 들어나지마는, 그렇지 않은 경우에는 너무 막연하여, 그 뜻이 똑똑하지 아니한 것이지, 결코 "닥으오"가 제움직씨가 아니요 남움직씨이기 때문에, 그런 것은 아니다. 우리가 나날의 말씨에서 가장 자주 쓰이는 "오오, 가오" 같은 말도 그 공간상 관계를 드러내어서 "이리 오오", "저리 가오", "집으로 오오", "학교로 가오"…… 로 나타내면, 그 뜻이 똑똑하지마는, 그저 다만 "오오", "가오"만으로는 그 뜻이 확실하지 못함도 한 가지 이치요, 결코 "오오", "가오"가 제움직씨가 아니요, 남움직씨이기 때문이 아님은 누구든지 인정할 것이다.

둘째로, 그뿐 아니라, "이리 좀"이 있기 때문에, 남움직씨인 "닥으오"가 말이 된다면, "먹다" "씹다" 같은 남움직씨들도 "이리 좀"을 더한다고 그 뜻이 더 똑똑해 지는 것은 아니니, 이는 "먹다", "씹다"가 근본 공간상의 문제가 아니기 때문이지, 그것이 제움직씨 때문이 아니다. 정님은 "이리 좀 닥으오"는 그 실은 "이리 좀 자리를 닥으오"이라고 해석해야만 그 뜻이 통한다고 본다. 그래서, "닥으오"는 남움직씨라고 주장한다. 다시 말하면, 그는 "닥으오"는 공간상 말인즉, 반드시 "자리를" 또는 "사이를"과 같은 공간스런 부림말을 소용하여야만 말이 된다고 해석하고서, 이 부림말을 소용하는 "닥으오"는 남움직씨라고 한다.

그러나, "닥으오"는 과연 공간상의 자리잡음에 관한 것이기 때문에, "자리를"과 같은 말을 부림말로 하지 않고는 말이 안 되는 것일까? 설령 "자리를" 따위의 부림말이 없이 말이 된다 하더라도, 그것이 부림말이 줄어진(省略된)것으로 보기 때문일까? 짧게 "닥으오"는 반드시 남움직씨로서만 해석될 것인가? 아니다. "닥으오"가 아무리 공간상의 자리잡음에 관한 말일지라도, 넉넉히 제움직씨가 될 수 있는 것이다. 또 그런 말의 어떤 것은 그 몰골(形態)은 하나이면서 부림을 소용하는 남움직씨도 될 수 있는 것이다. 보기로

　　　이리 닥으오.

의 "닥으오"는 분명히 제움직씨임이 틀림없지마는,

　　　이리로 자리를 닥으오.

의 "닥으오"는 남움직씨임과 같다. 이런 것을 앞의 "이리 닥으오"에서는 "자리를"이 줄어진 것이라고 하여 제움직씨로 보지 않고, 남움직씨로만 잡으려고 하는 것은 제움직씨와 남움직씨와의 구별에 관한 알맹이 조건을 밝히지 못한 생각이라 하겠다. 물론, 어떤 움직씨는 그것이 부림말을 줄이고서 월의 풀이가 되는 수가 있다. 보기로 "나는 막았다", "네가 잡았느냐?"에서의 "막다(防)", "잡다(捕)"는 그 부림말 "물을", "범을" 따위가 줄어진 것으로 보고서 남움직씨로 보아야 하겠지마는, 그 밖에 어떤 것들은 한가지 낱말이 부림말 없이 제움직씨로 쓰이기도 하고, 부림말을 가지고 남움직씨로 쓰이기도 하는 것이 예사이니, 보기를 들면 다음과 같다.

　　(1). 제움직씨.　　　(2). 남움직씨

　　아이가 노래한다.　　아이가 자장가를 노래한다.

　　내가 놀겠다.　　　　내가 윷을 놀겠다.

만약 (1)의 "노래하다", "놀다"는 그 부림말이 줄어진 것이라 하여

서 이를 남움직씨로 본다면, 이는 그릇된 판단이다. 이러한 이치는 저 영어에서 제 남 두 가지로 쓰이는 낳은 보기 움직씨를 찾아 낼 수 있으니,

　　　ride(乘), sing(歌), read(讀)… 심지어 eat(食)

와 같은 것이다. 이 낱말들이 부림말 없이는 제움직씨가 되고, 부림 말 있이는 남움직씨가 된다. "닥으오"가 말이 되는 것은 그것이 부림 말 "자리를" 따위를 줄인 것이기 때문이 아니라, 그것이 제움직씨이 기 때문이다. 우리의 "닥다", "닥으오"에 맞은 영어는 approach(接近, 근접)인데, 이는 분명히 제 남 두 가지로 쓰이니,

제움,	He approached to the door.
	The time of general attack approaches.
남움,	We are approaching the harbour
	He approaches his chair to mine

에서와 같으며, 일본말에서는 "近寄(근기)ん"는 제움직씨, "近寄(근기) ス"는 남움직씨로 분화되어 있다. 이러한 남의 말씨를 아울러 생각 한다면, "닥으오"가 제움직씨일 수 없다는 해석은 곡해에 지나지 않 는 것이라 하겠다. 요컨대, 움직씨의 제 남의 구별은 그 움직씨에 관 계되는 객관적 사물의 있고 없음으로써 하는 데 있지 아니하고, 그 말의 임자들의 말쓰기(言語使用의 方法)에 매인 것이다. "닥다, 닥으 오"가 제움과 남움으로 다 쓸 수 있는 것인데 다만 실제의 쓰기버릇 이 그 어느 쪽 한 가지뿐이냐 또는 두 가지이냐에 달렸을 뿐이다. 그 래서, 나는 "닥다"가 두 가지로 다 쓰이는 것은 사실이지마는 그 쓰 기버릇과 분화의 편의를 따라 "닥다"는 제움직씨로만 잡고, 그 남움

직씨로서는, 그것에 하임 도움줄기 "이"를 더한 "닥이다"로 봄이 옳다 하는 것이다.

(2), "저리 좀 닥아 서라"에서, 정말 제움직씨인 으뜸 움직씨로 쓰이었기 때문에, 꾸밈말인 "닥아"도 제움직씨인 것 같이 보이지마는, 으뜸 제움직씨가 그 앞에 남움직씨를 가지는 일은 얼마든지 있으며, 또 제움직씨도 가지는 것이다. 요는 그 합한 말이 그 앞에 다시 부림말을 가질 수 있는 것은 남움직씨인 것이다' "물러 가다. 꿇어 앉다. 걸어 앉다" 따위가 부림말을 가지지 않았더라도, 내용 뜻으로는 "있는 자리를 물러" "무릎을 꿇어", "다리를 걸어"……들 식으로 해석한다면, "닥아"도 또한 "있는 자리를 닥아", "시간을 닥아", "의자를 닥아" 들로 해석이 되는 것이다. 그러므로, "닥아 서어라"와 같은 보기로써도 "닥아"가 제움직씨인 증명이 되지 못한다고 정님은 말한다.

두 움직씨의 서로 이어 쓰임에 그 제 남의 제한이 없음은 정님의 말과 같다. 내가 든 보기말 "저리 좀 닥아 서라"에서 "닥아"가 제움직씨 "서라"와 잇기었으니, 그것(닥아)이 제움직씨란 증명을 한다고 한 것이 아님은 그 글을 읽을 줄 아는 사람이면 누구나 짐작할 것이다. 다만, 문제는 이런 보기월에서 반드시 부림말 "자리를"을 기워넣지 않더라도, "닥아"가 훌륭히 뜻을 이루어 있으니, 제움직씨이라고 한 것 뿐이다. 정님은 이런 경우에도 꼭 "자리를"을 채워 보아야만 뜻을 이룬다고 하는 모양이니, 누구가 "저리 닥아 서라"를 "저리 자리를 닥아 서라"하며, "네가 물러 가거라"를 "네가 자리를 물러 가거라"고 하여 그 부림말을 꼭 채우는 일을 하는가? 그것을 채워 넣지 않더라도, 충분히 말이 되는 것이다. 만약 꼭 그 부림말을 채워 넣어서만 말이 되는 줄로 안다면, 이는 말씨의 실제의 사용과 맞지 아니한다. 실제에서는 그 따위의 부림말을 안 기워도, 넉넉히 말뜻을 이루는 것이니, 이는 하나는 그 움직씨 "닥다"와 "무르다"(1)가 다 제움직씨인 때문이라고 할 수 있고, 또 하나는 그 "닥아서다", "물러가다"가 겹씨(複合語)로서 한가지로 제움직씨인 때문이다. 그런데, 겹씨의 제움에는 "남움직씨+제움직씨=제움직씨" 골도 없지 아니하니: 꿇어+앉다=꿇어앉다〉꿇앉다와 같다. 그래서,

  네가 꿇어앉아라.

  네가 여기 걸어앉아라.

에서는 부림말을 소용하지 아니한다:— 이러므로, 겹씨로서의 "닥아서다", "물러가다"에 부림말이 없음을 가지고는, 바로 그 "닥아", "물러"가 제움이란 증명은 되지 못하는 것이라 하겠다. 그러므로, 나는 아예 이것(닥아서다)으로써 다만 한 보기를 삼았을 따름이었음은 앞에 말한 바와 같다.

  「붙임」 "무르다"는 근본 제움직씨임이 원칙이니, 보기하면,

  무를퇴(退)(字會)

  모미 뭇두록 무르디 아니ᄒᆞᄂᆞ니사(終身而不退者) (六祖諺)

에서의 "무르다"와 같다. 이젯말에서도 "무르다"가 제움직씨로 쓰이고 있으니,

  그가 물러갔다

  너는 물러서라

에서와 같다. 이 제움직씨 "무르다"에 하임도움줄기 "리"(〈이)를 더하여 "무르이다〈물리다"로써 남움직씨로 쓰는 것이 예사이니:

  밥상을 물리다(退盤).

  귀신을 물리다(退治).

날자를 물리다(退日).

와 같다. 또 "進退(진퇴)"를 "무르 낫"이라 하는 말이 있으니, 이 때의 "무르"와 "낫"이 한 가지로 제움직씨의 줄기로써 이름씨가 된 것이다. 이를테면, "빗다"의 "빗(梳)", "신다"의 "신(履)"이 이름씨 됨과 같이. 그리하여, "물러가다"와 "낫아가다"가 한 가지로 제움직씨임이 원칙이다.

그리고, "무르다"가 또 남움직씨로 쓰임(보기: 산 물건을 무르다)과 같이 "물러가다"와 "나아가다"도 남움직씨로 쓰이기도 한다. 보기:

제움	남움
학문이 나아가다.	십리를 나아가다.
병정이 물러가다	그 곳을 물러가다

그러나, 그렇다고 해서 곧 그 밑말 "낫다", "무르다"가 남움직씨이라고는 하지 못할지니, 이제 제움직씨로서는 덜 쓰이는 "무르다"가 하임도움줄기 "리"를 더하여 널리 남움직씨로 쓰임(보기 앞에 들었음)과 같이, "낫다"도 하임도움줄기 "우"를 더하여, 남움직씨 "낫우다"(나수다)(진지상을 낫워 드린다)를 쓰는 시골이 있다. 그런데, "가다"가 제움직씨임이 원칙이로되, 간혹 남움직씨로도 쓰이나니, "십리를 못 가서 발병이 나네"에서와 같다. 제움직씨 "물러가다", "나아가다"가 또 남움직씨로 쓰임은 마치 이 "가다"가 또 남움직씨로 쓰이기도 함과 한가지 말쓰기라 할 것이다. 영어 "retreat"와 한자 "退(퇴)"와 일어 "退ク"(씨끝을 바꿔서)와가 다 제 남 두 가지로 쓰이고 있음은 우리말을 생각하는데 도움이 될 것이다. "무르다"를 오로지 남움직씨로 볼 것이 아니라, 차라리 제움직씨 (이젯말에 단독으로 쓰임이 적지마는) 로 잡고, 그것이 그대로 남움직씨로 쓰이기도 하며, 더 많이는 "무르이다〉물리다"로 하여 남움직씨로 쓰인다고 볼 것이라 한다.

⑵ "닥다"에 하임도움줄기 "이"를 더한 "닥이다"는 남움직씨 이다.

제움직씨에 한임도움줄기를 더하면 남움직씨가 되는 것은 우리 말본에서의 일반스런 법칙이다. 보기하면

죽다(死) + −이− = 죽이다.

자다(宿) + −이− = 자이다〉재다.

깨다(覺醒) + −우− = 깨우다.

남다(餘) + −기− = 남기다.

와 같다.

이제 "닥다"가 제움직씨이므로, 이에 하임도움줄기 "이"를 더하여 "닥이다"로 하면, 남움직씨가 된다. 보기:—

날짜를 <u>닥이</u>다.

그것을 이리로 <u>닥여</u>놓고 보자.

날짜를 <u>닥이</u>지 않고……

네 자리를 이리로 <u>닥이</u>고……

인데, 이 "닥이다"는 충청도 일반에 쓰이고 있는 말로서 한글학회의 천안나기(출생)인 유 제한 님이 이를 주장하고 있으며, 널리 학생들에게 물어본 결과 충남에서도 일반으로 사용되고 있는 말이다. 그뿐 아니라, 뒤에 조사표를 보임과 같이, 순수한 서울 말씨의 권위자인 정 인서 님과 권 오돈 님이 한가지로 "다그다"를 부인하고 "닥이다"를 시인하고 있다. 그러한 즉 이를 대중말로서 널리 사용할 만하다고 생각한다. 또 경향을 막론하고, "닥이다" 대신에 "당기다(引)"를 사용하고 있으나, 이는 그 뜻이 조금 달라 "닥이다"의 내용말에 지나지 아니하니, 이 경우의 대중말이라 할 수 없다. (경상도 일부에서

는 남움직씨로 "닥우다"를 쓰는 일이 있으나, 이는 취하지 아니한다.)

⑶ "닥다"는 안갖은 움직씨이요, "닥이다"는 갖은 움직씨이다.

경기도 양평 출신인 이 탁 님은 "닥다"가 갖은 움직씨로서, "닥는다, 닥게, 닥지, 닥고……로 끝바꿈한다고 한다는 말을 정 님은 들고서, 한가지로 양평 출신인 고 윤 복영 님은 이를 부인하였다 하여, 이 님의 말을 근거없는 것으로 돌리었다. 나는 아직 이 님에게 물어 보지 못하였으니, 무어라고 말하기는 어렵지마는 "닥다"를 갖은 움직씨로 쓰는 데가, 또 있을 수 있으리라고 생각된다. 원래 안갖은 움직씨란 것은 무리한 일일 것이다. 또 앞으로 그렇게 갖은 움직씨로 발달할 수도 있는 것이다. 그렇지마는 현재로 본다면, "닥다"는 아직 안갖은 움직씨의 자리에 있다. 그래서,

마침법으로서는

베풂꼴…… 닥으오.

시킴꼴…… 닥으오, 닥아라.

감목법(資格法)으로서는

어찌꼴…… 닥아.

이음법으로서는

매는꼴…… 닥으면, 닥으니.

따위가 쓰인다.

이에 대하여, "닥이다"는 갖은 움직씨로서, 아무런 막힘없이 온갖 끝바꿈을 다한다.

마침법으로서는

　베풂꼴…… 날짜를 <u>닥인다</u>.

　물음꼴…… 날짜를 <u>닥이느냐</u>?

　시킴꼴…… 날짜를 <u>닥여라</u>.

　달램꼴…… 날짜를 <u>닥이자</u>.

감목법으로서는

　어찌꼴…… 자리를 <u>닥여</u> 보시오.

　　　　　　자리를 <u>닥이게</u> 되었소.

　　　　　　자리를 <u>닥이지</u> 마오.

　　　　　　자리를 <u>닥이고</u> 싶으냐?

　매김꼴…… 자리를 <u>닥이는</u> 편이 좋겠읍니다.

　이름꼴…… 자리를 <u>닥임</u>이 어떠하오?

　　　　　　자리를 <u>닥이기</u> 싫다.

이음법으로는

　매는꼴…… 교의를 좀 <u>닥이면</u> 좋겠다.

　안매는꼴…… 좀 <u>닥이더라도</u> 별로 나을 것 없겠다.

　우리의 말씨에서는 그 밑말은 덜 쓰이면서, 그에서 번져난 말은 매우 훌륭하게 잘 쓰이는 것을 얼마든지 볼 수 있으니, 보기하면, 잘 쓰이지 않는 "쓸다ㅜ. ㄴ. (倒)"에 대하여, "쓸어지다(〉쓰러지다), 쓸어뜨리다, (〉쓰러뜨리다), 쓸리다"가 잘 쓰이며, 잘 쓰이지 않는 "빠다ㅜ.ㄴ. (沈沒)"에 대하여"빠아지다 (〉빠지다), 빠아뜨리다. (빠뜨리다)"가 안갖은 움직씨인데, 그에서 발전한 남움직씨 "닥이다"가 위와 같이, 갖은 움직씨로 쓰임은 조금도 이상한 것이 없다.

⑷ "닥다"에 힘줌도움줄기 "-치-"나, "-뜨리-"를 더하여 된 "닥치다". "닥뜨리다"는 갖은 제움직씨이다.

　제움직씨 "닥다"에 힘줌도움줄기 "-치--"나 "-뜨리-"를 더하면, "닥치다", "닥뜨리다"가 되나니: 이 "닥치다", "닥뜨리다"가 또한 제움직씨이다.

　그러나, 이 "닥치다"와 "닥뜨리다"와가 서로 똑같이 쓰이는 동시에 또 다소 서로 다르게 쓰이기도 하나니:

　(ㄱ) 같이 쓰임

　　저애들이 닥치면 싸운다.

　　저애들이 닥뜨리면 싸운다.

　(ㄴ) 서로 다름이 있이 쓰임

　　"날짜가 닥친다"에 대하여,

　　"날짜가 닥뜨린다"는 잘 쓰이지 아니하며;

　　"하여튼, 한 번 닥뜨려 보아야 알지"에 대하여,

　　"하여튼, 한 번 닥쳐 보아야 알지"가 잘 쓰이지 아니함.

과 같다. 원래, "-뜨리다"는 "-치다"에 견주어, 유의적, 능동적, 적극적 동작을 나타내는 분수가 더 세다. 보기로:—

　　깨다-깨치다-깨뜨리다.

　　자쁘다(X)-자빠치다-자빠뜨리다.

에서 "○○치다"와 "○○뜨리다"와가 서로 비슷하면서도, "○○뜨리다"가 더 셈과 같다. 그리하여, "닥뜨리다"는 "닥치다"보다 더 적극적으로 자진하여 "닥아드는" (대어드는) 뜻을 가지게 된다.

　[변론] 이에 관하여, 정 님은 "닥치다"는 "닥다"에 힘줌도움줄기 "-치-"를 더하여 된 것이 아니다. 따라, "닥다"와 "닥치다"와의 사이

에는 힘줌말 관계가 없다. 곧 "닦아" 대신에 "닦치어"를 쓸 수 없다. 부기로

    "닦아 서어라" 대신에 "닦쳐 서어라"가
    "이리 닦으오" 대신에 "이리 닦치오"가
    "가져 닦아" 대신에 "가져 닦쳐"가

쓰이지 못한다. 바꿔말하면, "닦다"와 "닦치다"와의 사이에는 힘줌 말 관계가 성립하지 아니한다. 그 까닭은,

　(1) "다그다"는 남움직씨요, "닦치다"는 제움직씨인 즉, 이 두 말이 사이에 힘줌말 관계가 성립할 수 없다.

　(2) 실제 말하는 말씨 사실에서 이 두 말의 사이의 관련성이 너무 나 동떨어진 말이어서, 그 힘줌말 관계가 성립할 수 없다고 한다.

　이러한 정 님의 베풂에 대하여, 나의 변호를 하기 전에, 먼저 힘줌 도움줄기 "-치-", "-뜨리-"의 쓰힘부터 대강 풀이하여 두어야 할 필 요를 느낀다.

　(1) 힘줌도움줄기는 모든 움직씨에 두루 쓰이는 것이 아니요, 다만 어떠한 것에만 쓰이되, "-치-", "-뜨리-"가 꼭 같이 쓰이기도 하며, 그 하나만 쓰이기도 한다.

　　(ㄱ) 밀다-밀치다-밀뜨리다
　　　　깨다-깨치다-깨뜨리다
　　　　엎다-엎치다-엎뜨리다
　　　　닦다-닦치다-닦뜨리다
　　(ㄴ) 접다-접치다-접뜨리다(X)
　　　　줍다-줍치다-줍뜨리다(X)
　　　　넘다-넘치다-넘뜨리다(X)
　　　　받다-받치다-받뜨리다(X)

[잡이] ×표는 안쓰임을 보임.

이 밖에 힘줌도움줄기가 쓰이지 않는 움직씨 (먹다, 빼앗다……)는 여기 들어 벌릴 겨를이 없겠다. "하다 따위 움직씨"에도 일반으로 쓰이지 않는 것인데, 특히 그 "하"를 없이하고서 힘줌도움줄기 "-치-"를 더하여 쓰는 몇 낱의 말이 있다. 그 보기:—

해하다(ㅜㄴ) - 해치다(ㅜㄴ)

망하다(ㅜ. ㅈ. ㄴ) - 망치다 (ㅜㄴ)

또 힘줌도움줄기는 움직씨의 줄기에 바로 붙는 것이 원칙이로되, 간혹 그 어찌꼴에 붙기도 한다. 그 보기:—

넘다-넘어치다-넘어뜨리다.

무느다-무너치다-무너뜨리다.

(2) 힘줌도움줄기가 시방 쓰이지 않는 움직씨의 줄기 또는 어찌꼴 아래에 쓰이기도 한다. 그 보기:—

쓸다(×)-쓸어치다(×)-쓰러뜨리다.

이글다(×)-이그러치다(×)-이그러뜨리다.

빠다(×) 빠치다-빠뜨리다

자쁘다(×)-자빠치다-자빠뜨리다.

헤다(〉헤어지다)(?)-헤치다-헤뜨리다.

(3) 힘줌도움줄기가 붙은 움직씨는 (ㄱ) 서로 뜻이 통하면서 다만 힘줌관계만 다른 것도 있고, (ㄴ) 원 말하고 그것의 힘줌도움줄기가 붙은 말하고가 딴 뜻으로 잘리는 것도 있으며, (ㄷ) "○○치다"와 "○○뜨리다"와 가 서로 딴 말로 잘라서는 것도 있다. 그 보기:—

(ㄱ) 닫다-닫치다-닫뜨리다(×)

깨다-깨치다-깨뜨리다

(ㄴ) 뻗다-뻗치다.

다리를 뻗다-뻗치다.

　행렬이 십리에 뻗치다-뻗다(×)

좋다-놓치다　닿다-닿치다.

감다-감치다　떨다-떨치다.

날다-날치다　걸다-걸치다.

내다-내치다　벌다-벌치다.

(ㄷ) 엎치다(ㅜㄴ)-엎드리다(ㅜㅈ)

닥치다　닥뜨리다.

밀치다　밀뜨리다.

위에서 보인 바와 같이, 힘줌도움줄기의 쓰임이, 모든 움직씨에 두루 통용하는 것도 아니며, 그 쓰이는 말에서도 일정한 규칙이 있지 아니하며; 그 뜻도 일정하지 아니하여, 단순히 그 원말의 힘줌말이라고 풀이하여서, 그 뜻이 적확히 통할 수 있는 것은 극소수에 지나지 아니하고, 그 대부분은 그 뜻과 맛이 서로 얼마큼 다름이 예사이다.

　그러한 모든것을 참작한다면, 힘줌도움줄기는 어원적으로는 (말 밑스럽게는) 그 구실이 원말에 힘줌에 있다 하겠지마는 실제 말씨 사회에서의 사용으로 보아서는, 그것들(-치-, -뜨리-)이 붙어서 된 말의 뜻은 더러는 그 원말로 더불어, 더러는 서로 끼리 더불어 갈라짐(分化)이 성립된 것이 할 만하다. 그러므로, 이 "-치-" "-뜨리-"를 도움줄기로 보지 말고, 일종의 "말만드는 뒷가지"로 보아서, 그것이 붙은 모든 움직씨는 말광(辭典)에서 각각 독립한 올림말(entry)로 삼아서, 그 뜻을 풀이함이 마땅하다고 생각한다.

　저 하임도움줄기 (이, 리, 우, 기, 히, 후, 키)는 힘줌도움줄기에 비하면 그 쓰임과 성격과 구실이 훨씬 분명한 것이지마는, 그것이 붙은 말은 다만 그 원말의 하임이라고만 뜻매겨서는 완전하지 못함이 많으니, 이를테면 "죽이다"를 다만 "죽다"의 하임, "먹이다"를 다만 "먹다"의 하임이라고 말하여서는 그 뜻이 온전히 나타나지 아니함과 같다. 곧 "큰사전"에서 보건대, "죽다"와 "죽이다"와의 뜻의 내용이 온전히 상응하지 아니함(그 정리상 모순은 여기서 논하지 아니함)이 있으며, "먹다", "먹이다"와의 사이에도 상응(相應, 서로맞음)이 아님을 보잡을 수 있다. 또 가령 영어에서 한 가지의 움직씨가 제움과 남움과의 두 가지로 쓰이는 경우에도, 그 뜻의 내용이 서로 맞음이 있지 아니하다.

Webester's New Collegiate Dictionary에서 그 보기를 보건데, see(보다)가 남움으로서는 그 뜻이 9 가지임에 대하여, 제움으로 서는 겨우 4 가지 뿐이며, read(읽다)가 남움으로서는 그 뜻이 7 가지인데, 제움으로서는 6 가지이며 take(취하다)가 남움으로서는 그 뜻이 22가지인데, 제움으로서는 겨우 8 가지이며, go(가다)가 남움으로서는 그 뜻이 18 가지인데, 제움으로서는 겨우 2 가지 뿐임과 같다. 이와 같은 내용의 차이는 다만 그 가지수의 다름에 있지 아니하고, 그 뜻의 종지가 또한 서로 다름이 있음은 더 말할 필요조차 없겠다. 한 가지 꼴의 낱말도 그 제 남을 따라 그 뜻이 서로 맞지 아니함이 있음이 다만 영어에서만 있는 현상이 아니라, 어느 나라 말에서든지 두루 있는 이니, 이론적으로 마땅히 두루 있어야 하는 현상임을 우리는 인식하여야 한다. 더구나 배달말에서와 같이 원 움직씨에 어떠한 도움줄기(이 경우에는 하임도움줄기)를 더하여서 꼴을 바꾼 움직씨(바꾸힌 움직씨)가 그 원말의 뜻에 구애되어 있지 아니할 것임은 넉넉히 짐작할 수 있다고 생각한다. 그러므로, 하임도움줄기가 붙어서 된 말들도 다 한가지로 각각 독립한 말로서 올림말을 삼아, 따로 그 뜻매김(定義)을 하여야만 된다. ─이리하여, 하임 도움줄기와 힘줌

도움줄기는 현실의 말쓰기에 있어서는 이미 도움줄기의 성격을 잃어버리고, 그만 말만드는 뒷가지의 성격을 띠게 된 것이라 하노라.

「잡이」최 현배: 우리말본 ㅉ422-431 바꾸힌 움직씨의 본대움직씨되기 일러보라.

이렇게, 힘줌도움줄기의 쓰임과 성격과 그 뜻을 상고하여 본 뒤에, 앞의 정 님이 "닥치다"는 "닦다" 또는 "다그다"와 현실적 뜻이 너무나 멀기 때문에, "닥치다"는 "닦다"의 힘줌말이라고 하기 어렵다는 소견을 살펴 보고자 한다. 그가 "닥치다"를 다만 "닦다"의 힘줌말이라고만 하여서는, 그 둘의 쓰임의 완전일치가 아님을 지나쳐 봄(看過)이 된다는 것은 나도 동의한다. 그러나, 이는 다만 "닥치다"의 경우에만 한한 것이 아니요, 그 밖의 "-치-"가 들어간 모든 움직씨는 다 한가지로 다만 원 움직씨의 하임말이라고만 뜻매겨서 안되는 것은 앞에 말한 바와 같다. 그렇지마는, 그렇다고 해서, "닥치다"가 "닦다"에 "-치-"가 붙어서 된 말임까지 부인할 수는 없는 것이다. 만약 이것을 부인한다면, "-치-", "-뜨리-"가 붙어서 된 움직씨는 모두 그 됨됨이를 부인하여야 할 것인즉, 그래서는 너무 치나친 다룸(處理)이라 아니할 수 없는 바이다. 더구나, 정 님이 제움직씨 "닥치다"가 남움직씨로만 보는 "다그다"의 하임이 아니라 함은 그로서는 당연의 결론이라고 하겠지마는, 여기에서 두 겹의 문제를 한 겹으로 간단히 처리될 수 없음은 번한 일이다.

⑸ "가져닥아"의 "닥아"도 역시 제움으로서 앞 말 "가져"와 겹쳐서 겹씨(複合語(복합어))를 이룬 것이다.

나는 전번 글에서는 "가져닥아"의 "닥아"를 도움움직씨라 하였다. 그 때의 생각에는 이 경우에 "닥아"가 "가져"의 다음에 있어서, 그 뜻을 도와 완성하는 것이니까, 도움움직씨로 볼 만하다고 속단한 때문이다. 그러나, 그 글이 발표된 뒤에 천천히 생각해 본 결과, 그 "닥아"도 역시 으뜸움직씨로서 제움직씨라고 생각하게 되었다. 그 까닭은,

⑴ "오다", "가다"가 도움움직씨로 쓰이는 경우에는 그 본래의 뜻으로써 독립스런 것이 못 되고, 다만 그 앞의 으뜸 움직씨의 내용을 이룬 움지김의 나아감(進行)을 나타냄이 될 따름이요, 제 본래의 뜻을 가지고 대등스럽게 그 앞 말과 잇맺지(連結하지) 아니한다. 보기하면,

내가 그 사람을 <u>도와</u> 온다.

그 일이 잘 <u>되어</u> 간다.

에서, 도움움직씨 "온다"는 그 으뜸움직씨 "도와"가 나타내는 내용의 움지김(돕는 일)이 지난적에서 이적(現在時)으로 계속적으로 나아감을 보이고, 도움움직씨 "간다"는 그 으뜸움직씨 "되어"가 나타내는 내용의 움지김(되는 일)이 이적으로부터 올적(未來時)으로 나아감을 보이어, 그 두 말(오다, 가다)이 제 본래의 뜻과 성격으로써 독립하여 있지 아니함이 분명하다. 그러니까, 이 때의 "오다", "가다"는 으뜸움직씨가 아니요, 도움움직씨임이 분명하다.

⑵ 그렇지마는, "가져오다" "가져가다"에서는 그 "오다", "가다"가 도움움직씨가 아니요, 으뜸움직씨이다. 왜냐하면, 이 경우에서의

"오다", "가다"는 그 앞 말의 뜻의 나아감을 보이지 아니하고, 제스스로 가지고 있는 본뜻을 그대로 나타내고 있기 때문이다. "걸어오다", "걸어가다"에서도 그 "오다", "가다"가 도움움직씨가 아니라, 으뜸움직씨임과 같다. 그런데, 이제 "가져닥아"에서 "닥아"가 그 앞말 "가져"의 나타내는 움지김의 나아감에 관한 형식스런 도움을 함에 그 주지가 있지 아니하고 다만 "어느 점에서 가까이 다다른다"와 잇맺어(연결하여) 있을 뿐인 즉, "넘어가다", "걸어가다"의 "가다"; "가져오다", "걸어오다"의 "오다"와 같이, 도움움직씨가 아니라 으뜸움직씨인 것이다. 다시 말하면, "가져닥아"의 "닥아"가 버젓한 제움직씨로서 앞의 남움직씨 "가져"와 합하여 겹씨를 이룬 것이다.

그런데, 이 겹씨 "가져닥아"는 남움직씨이니:

그 책을 가져닥아 이 책상 위에 두어라

저 책상을 가져닥아 여기 두오

에서와 같다. 그러나, 이것은 "닥다"가 남움직씨인 때문은 아니요, "가지다"가 원래남움직씨인 때문이라 하겠다.

[변론] 정 님은 다음과 같은 보기월

(ㄱ) 가져다가 놓았다. 벌어다가 쓰겠다.

(ㄴ) 집에다가 두었다. 벽에다가 발랐다.

에서 (ㄱ), (ㄴ)의 "다가"는 다 움직씨로서의 구실을 잃고 토로 전성된 것이라 한다. 곧 이 두 경우의 "다가"는 앞의 어찌말에 딸린 도움토씨의 구실을 하고 있다. 곧 "가져서, 가져도, 가져야" 또는 "집에서, 집에도, 집에야"들의 "서, 도, 야" 따위와 같은 구실을 한다.

그리고, "가다"는

그것을 가져다 어데에 두었나?

집에다 두었니?

에서와 같이 그 "가"가 줄어지고, "다"만으로 쓰이기도 하고, 또 더구나 "가져가"가 줄어들어 "갖다"로 되고, "어데에다"가 줄어들어 "엇다"로 되어,

　　갖다 주어라.

　　엇다 두었소?

와 같이 쓰인다. 이런 "다"에는 줄기도 씨끝도 없게 되어, 움직씨로서의 몰골(形態)을 갖추지 못할 뿐 아니라, 움직씨의 개념조차 인식하지 못할 형편인 즉, 이는 곧 그 "다가"가 움직씨의 본질을 잃어버리고 토로 전성된 것임을 보임이다:—

이렇게 정 님은 세운다.

　첫째 "가져닥아"의 "닥아"가 과연 토일까? 토씨의 근본 성격은 그 몰골의 변화성, 줄어짐, 간단함들의 성질에 있는 것이 아니요, 오로지 임자씨의 뒤에 붙어서, 그 자리(格)를 나타내거나, 또는 그 뜻을 돕거나 함에 있다. 그런데, 움직씨(어찌꼴)가 토로 떨어져 된 것 (보기: 부터, 조차, 마저)도 있음은 우리말에서 뿐 아니라 서양말에도 있는 현상이다. 그런데, 움직씨가 토로 되었다 함은 그것이 그 움직씨 고유의 뜻에서 좀 떨어져 나감이 있음도 그 한 조건이 된다 할 수 있겠지마는, 그보다도 그것이 다른 토와 같이 임자씨에 바로 붙어서 쓰이어서 토스런 구실을 하여야 한다. 저 "부터, 조차, 마저"가 토로 된 것이라 봄은 임자씨 뒤에 바로 붙어서 다른 토와 다름없이 쓰이고 있기 때문이다. 그 보기:—

　　감<u>부터</u> 먹어 보아라.

　　너<u>조차</u> 그러느냐?

　　하나<u>마저</u> 잡수오.

에서 "부터, 조차, 마저"와 같다. ("어데<u>로</u> 부터 왔나? 한 사람으로 부터

열 사람까지……"의 경우의 "부터"는 많이 움직씨스런 성격을 지니고 있음)
이 세 말은 도움토이기 때문에 그 뒤에 다시 자리토를 붙일 수가
있다:

    감부터를 먹어 보아라.
    너조차가 그러느냐?
    하나마저를 잡수오.

에서 "를, 가, 를"이 다시 붙었음과 같다.

그런데, 이제 "가져닥아"의 "닥아"는 결코 임자씨 밑에 바로 붙는
일이 없다. 이를테면, "학교다가……, 너다가……, 하나다가……"와
같은 쓰힘은 절대로 없다. 이는 "닥아"가 토(다가)가 아님을 가장 유
력하게 보여 주는 것이다.

정 님은 토씨 "도, 야"("서"를 들었으나, 이는 조금 다르다)가 어찌꼴
"가져"의 뒤에 붙어서 "가져도, 가져야"로 됨과 같이, "다가"도 같은
꼴에 붙어서 "가져가다"로 쓰이는, 이는 곧 "다가"가 토로 된 것임을
증명한다고 말하고 있다. 그렇지마는, 움직씨의 어찌꼴 밑에 붙는
말은 풀이씨임이 원칙이요, 토씨가 붙는 것은 한 벗어남(例外)이니,
임자씨 아래에 붙음으로써 본질을 삼는 토씨가 풀이씨의 어찌꼴 아
래에 붙는 것(가져도, 가져야)은 어찌꼴이 일반으로 임자씨와 같은 다
룸(取扱, 待遇)을 받는 것이기 때문이다. 그러므로, 어찌꼴 뒤에 쓰임
으로써 그 토씨됨을 증명한다는 것은 논리학상 부당주연(不當周延)
의 틀림을 범한 것이다. 곧 정 님의 논리를 삼단논법의 형식으로 한
다면,

    모든 움직씨의 어찌꼴에 붙어 쓰이는 것은 토씨이다(대전제)
    "다가"는 (토씨 "도, 야"와 같이) 그 어찌꼴에 붙어 쓰인다(소전제)
    그러므로, "다가"는 토씨이다(단안)

과 같이 된다, 그 대전제 "모든"으로써 매긴 전칭명제(全稱命題)로 한 것은 곧 부당주연의 틀림을 범한 것이다. 왜냐하면, 움직씨의 어찌 꼴 뒤에 붙어 쓰이는 것의 "약간의 수(곧 특칭명제로 된)"가 토씨이요, 그 전 수가 토씨인 것은 아니기 때문이다.

이김에, "가지어도, 가지어야"의 "도, 야"는 그 위의 씨끝 "-어"와 어울려서()-어도, -어야), 복잡한 씨끝으로 다룸이 말본으로서 더 합리스러운 일이다. 그리고, "서"는 근본 하나의 독립한 토가 아니요, 다만 한 뒷가지로서 말의 순서를 똑똑히 하는 구실을 하는 것이니, 보기로 "먹어서, 먹고서, 먹다가서……"의, "서"와 같다. 그래서, "서"는 독립적으로 토처럼 쓰이지 아니한다. 다만 "여기서, 학교서, ……"의 "서"는 "에서"의 준말인 것이니, 앞의 "먹어서……"의 "서"와 같이 볼 것은 못 된다.

또 정 님은 "가져다가〉가져다〉갖다"로 줄어드니, 이는 "다가"가 토임을 보임이라 한다.

그러나, 그렇지 않다고 생각한다.

(1) 말이 줄어지는 일은 결코 토에 한한 것이 아니니, 그 줄어짐으로써 토임을 증명하려 함은 부당하다(부당주연의 틀림, 不當周延의 誤謬). 이를 테면

"가지 아니하다"가 "가잖다"로 되며,

"좋다고 한다"가 "좋단다"로 되니,

이런 경우에는 어느 것이 토인가? 그 뿐 아니라,

"나는 밥을 먹었다"를

"난 먹었다"로 하기도 하니,

이런 경우에는 그 줄어진 "밥을"이 토이라고 말할 수는 도저히 없지 아니한가? 저 영어에서

I have 〉 I've

I will 〉 I'll

can not 〉 can't

의 경우에 아무런 씨가름의 변동이 생겼다고는 생각하지 아니함을 우리는 안다. 우리말에서도 "간다 한다"가 "간단다"로 줄었다고 해서, 거기에 씨가름의 변동이 일어났다고는 생각하지 아니한다.

그 뿐 아니라, "가져닥아"가 줄어서 "갖닥아"로 쓰이는 경우를 가지고 생각하건대, 그 "갖닥아" 또는 "갖다"의 "닥아", "다"가 토이라 하면, 이 말의 얼거리(構造)를 어떻게 설명할 수 있을가?

정 님에 따른다면, "갖다가"는 움직씨의 줄기 "갖()가지)"에 토 "다가" 또는 "다"가 붙었다 보는 모양이다. 그러나, 도대체 우리말에 풀이씨의 줄기에 토가 붙는 일이 하나라도 있는가? 절대로 없다. 줄어져서 몰골이 불명하게 되었다 하여서, 그만 이를 토씨라고 해서는 통하지 아니한다. 그 몰골이 줄어짐은 토에 한한 것이 아니요, 또 토는 결코 풀이씨의 줄기에 바로 붙는 일이 없다. 여기의 "갖닥아"도 줄기 "갖" 뒤에 토 "다가"(토라면 "다가")가 붙은 것이 아니려, 줄기의 뒤에 다른 풀이씨 "닥아"가 붙은 것이다. 원래 우리말에서는 두 풀이씨가 어우를 적에 앞 말의 줄기 바로 뒤에 다른 말이 바로 붙는 일은 가위 일반스런 현상이다. 보기로

검다 + 푸르다 〉 검푸르다

오르다 + 내리다 〉 오르내리다.

나다 + 들다 〉 나들다.

에서와 같다. 그러므로, "갖닥아, 갖다"도 역시 두 풀이씨의 어우름에 불과함이 몰골에서 명확정연하며, 또 동시에 개념상으로도 두 낱말의 어우름으로 풀어야만 비로소 그 말뜻이 통함을 얻게 된다.

둘째, "집에 다가", "벽에 다가"의 "다가"는 어떠한 것인가?

이 때의 "다가"도 "닥아"의 본래의 뜻을 그대로 지니고 있음은 확실하다. "벽에 닥아"는 "벽에 가까이 가져가서"를 뜻한다. (일본말에는 꼭 이렇게 사용하는 것이 있음) 그러나, 이 경우의 "닥아"는 그 앞의 토씨 "에"와 어울려서 "에 닥아"를 "에다가"로 하여 토로 볼 수 있겠다. 그래서, 그 뜻인즉, "에다가"는 "에"를 더 강하게 나타내는 토이라고 할 만하다. "다가" 만으로는 임자씨에 바로 붙어 쓰이지 않는 것이기 때문에, 절대로 토로 볼 수 없지마는, 겹씨로 된 "에다가"는 능히 임자씨 뒤에 붙어 쓰이는 토가 될 수 있다. 그러나, "에다가"를 토로 보아 다루는 것은 반드시 그리하여야만 된다는 이치는 없고, 다만 한 편의스런 다룸질(取扱方)에 지나지 않는 것이다.

그러면, 정 님이 들은 보기말 "얻다"는 어떻게 해석할 것인가? "얻다 두었니?"의 "얻다"의 되기(成立)는 다음과 같다.

어데에 닥아>어데에다가>얻다가>얻다. "어디"뒤에 바로 "다가"가 붙은 것은 무슨 까닭일가? 이는 어찌씨 "어디"는 "어데에"와 그 뜻이 꼭 같은 것이기 때문에, 어찌자리를 보이는 토 "에"가 생략될 수 있고, 그(어디) 뒤에 "다가"가 바로 붙을 수 있는 것이다. 원래 모든 움직씨는 어찌말에 바로 잇는 말이기 때문에, 여기 움직씨 "닥아"도 어찌말 "어디"에 바로 붙은 것인데, 이를 편의스럽게 토로 보았을 뿐이다. "어디"와 같이, 곳에 관한 어찌씨 위에는 다 "다가"가 바로 붙을 수 있나니:

(ㄱ)	(ㄴ)	(ㄷ)
여기에다가	여기다가	학교다가
저기에다가	저기다가	접다가
거기게다가	거기다가	서울다가

에서, (ㄱ)의 "여기,저기, 거기"는 대이름씨이니, 그 뒤에 토 "에다가"가 붙있고; (ㄴ)의 "여기, 저기, 거기"는 어찌씨이니, 그 아래 붙은 "닥아"를 움직씨로 본다면, 움직씨가 어찌씨에 붙음은 당연 또 자연의 잇맺음(連結)이라 하겠고, 그 "닥아"를 토씨 "다가"로 본다면, 어찌 뒤에 특별히 붙을 수 있는 토이라 하겠고; (ㄷ)의 "학교, 집, 서울"의 뒤에는 토 "다가"가 붙지 못함은 그것들이 어찌씨가 아니기 때문에 특별한 잇달음도 성립하지 못하기 때문이다.

⑹ "닥다, 닥치다, 닥이다, 닥이치다"와 "다그다, 다그치다"의 실재성에 관한 조사.

정 님은 "다그다, 다그치다"의 실재의 근거를 다음과 같이 세운다.

(1) "큰사전"의 밑벌(基本)이라 할 만한 "총독부 사전"에 "다그다, 다그치다"가 실려 있다.

(2) 한글학회 주간의 "조선어 표준말 사정"에서도 "다긏다"와 "다그치다"에서 뒷 것을 대중으로 채택하였다.

(3) 정 인서 님은 "다그다"만 인정하고, "다그치다"는 인정하지 않았지마는, 이 호성, 윤 복영, 한 갑수 세 분은 "다그치다"를 인정하였다. 유 제한 님은 "닥다"만을 인정하고, "다그다, 다그치다"는 인정하지 아니하며, 그 대신에 "닥이다"를 주장하였다.

이에 대한 나의 견해는 이러하다:

(1) 이른 바 "총독부사전"에 "다그다, 다그치다"가 있는 것은 사실이다. 그러나, 그 뜻은 "切望(절망)한다"고 달았으니 정 님이 말하는 것("다그다"의 힘줌만)과는 딴 말로서 "닥아치다", "죄어치다"와 비슷

한 말이라 하겠다.

(2) 학회의 표준말 사전이 "다그치다, 다궂다"로 나온 것은 사실이다. 그러나, 이는 간 이 윤제 님이 총독부의 "조선어사전"에서 뽑은 사실인데, 이를 그 사전에 있는 대로, "다그다, 다그치다"로 하지 않고 "다궂다, "다그치다"로 하여 대조시킨 것은, 그 뜻이 "미치다, 및다", "가다, 갖다"에서 "미치다"를 대중말로 채택하게 함과 같이 하고자, "다그치다"와 그것을 줄인 "다궂다"와를 대조시킨 것 뿐인데, 이 두 가지 몰골에서 "다그치다"가 문제없이 채택되었던 것이요, 또 그 뜻도 총독부사전의 그것대로 "切望(절망)"으로 달았던 것이다. ――이것을 가지고 정 님이 세우는 "다그다"의 힘준말로서의 "다그치다"의 실재성을 주장함은 어느 모로 보나 그리 무게 있는 증거라고 할 수는 없다. 그리고, 만약, 이 표준말 사정을 그렇게 중시한다면, "다그다"는 아주 부인되고 만 것이다.

(3) 통틀어 말한다면, "닥다, 닥이다, 다그다, 다그치다"가 현실의 말씨에 쓰이고 있음은 사실이다. 그러나, 그 쓰임이 두루스럽지 아니하고 곳과 사람을 따라 구구함이 사실이다. 나의 조사는 다음과 같다.

	장지영	김윤경	정인서	이종찬	홍승국	권오돈	계		유제한
							○	X	
(ㄱ) 날자를 다근다	○	○	–	○	○	X	4:2		X
날자를 다그고	○	○	–	X	○	X	3:3		X
날자를 다그면(닥으면)	○	○	○	○	○	○	6:0		–
날자를 다가(거서)(닥아서)	○	○	○	○	○	○	6:0		○
날자를 다그친다	X	X	X	X	+	○	1:5		X
날자를 다그치고	X	X	X	X	+	○	1:5		X

	장지영	김윤경	정인서	이종찬	홍승국	권오돈	계 ○	계 X	유제한
날자를 다그뜨리다	X	X	X	X	X	X	0:6		X
날자를 다그트린다	X	X	X	X	X	X	0:6		X
날자를 다가(거)친다	○	○	+	X	+	○	3:3		X
날자를 다가(거)한다	○	○	○	○	X	○	5:1		X
날자를 다기다( )닥이다)	X	X	X	X	X	○	2:4		X
날자를 다기고( )닥이고)	X	X	○	X	X	○	2:4		○
날짜를 다기치고	X	X	X	X	X	X	0:6		X
날짜를 다기치고	X	X	X	X	X	X	0:6		X
(ㄴ) 날짜가 다근다	X	X	X	X	X	X	0:6		X
날짜가 다그고	X	X	X	X	X	X	0:6		X
날짜가 다그면(닥으면)	○	○	-	X	○	○	4:2		○
날짜가 다그친다	X	X	X	X	X	X	1:5		X
날짜가 다그치고	X	X	X	X	X	X	1:5		X
날짜가 닥는다	X	X	X	X	X	X	0:6		X
날짜가 닥고	X	X	X	X	X	X	0:6		X
날짜가 닥으면(다그면)	○	○	○	X	○	○	5:1		○
날짜가 닥아(어)온다	○	○	○	○	○	○	6:0		○
날짜가 닥친다	○	○	○	○	○	○	6:0		○
서로 닥뜨린다.	○	○	○	○	○	○	6:0		○

[잡이] 장, 김, 정, 이, 홍, 권 여섯 분은 다 순수한 서울 말씨를 쓰는 사람으로서, 네 분은 나이가 70 넘은 이, 한 분은 근70, 한 분만은 근 60 이다. 다섯 분은 연세의 선생, 한 분만은 실업가의 경력을

가진 이이다. 그리고, 유님만은 충청도 말씨의 대표로 조사한 것이니, 다른 충청도 학생들도 다 동조이었다. 이는 서울 말씨와 대조 참고하기 위함이다.

"○"는 씀, "✕"는 안씀, "+"는 쓰기는 하나 뜻이 조금 다름, "-"는 더러 씀.

이 조사에 기대건대, (ㄱ) "다그다"는 남움직씨로만 쓰이고, 제움직씨로는 안 쓰인다. 그러나, 남움직씨로서는 "닥이다(다기다)"만을 세우고, "다그다"는 부인하는 이는 권, 정 두 분이다 (정 님은 "다그다"를 혹 쓴다고도 할 수 있으나, "닥이다"가 본격이라고 함). 이것을 보면, 서울 말씨에 남움직씨로 "다그다"와 "닥이다" 둘이 다 있음은 정확한 사실이다.

(ㄴ) "날짜가 닥아 온다"는 100%, "날짜가 닥으면"은 85%("닥으면"을 부인하는 이는 "닥아 오면"을 시인함)로 그 쓰임이 인정되었으니, 이는 곧 제움직씨로서 "닥다"의 있음이 확인된 것이다. 아무리 제움직씨로서의 "닥다"를 부인하고자 하더라도, 이런 월에서의 "닥다", "닥으면"을 남움직씨로는 볼 수 없을 것이다. 물론 이 경우에도 "닥다" 말고 "다그다"로써 제움직씨로 잡으려고 하겠지마는, "다근다, 다그고"가 쓰이지 아니함과 힘줌꼴이 "닥치다"에 있음과 남움직씨 "닥이다"의 있음을 아울러 생각한다면, 그 으뜸꼴이 "다그다"라기보다는 "닥다"라 함이 훨씬 합리스럽다 하겠다.

한층 더 깊이 들어가아 생각한다면, 말밑스럽게는 "다그다"가 "닥다"보다 앞선다 할 만하다. 우리말에서는 임자씨나 풀이씨나 한가지로 그 말밑에서는 닿소리로 끝진 것은 뒤에 생긴 것이라 할 만하다.

　　옛말　　　거우루(鏡(경)) 〉 이젯말　　거울.
　　　　　　　기르마(鞍(안)) 〉　　　　　　길마.

　　　　자브다(執(집)) 〉　　　　　　잡다.

이겟말에서도 두 가지의 몰골(形態)이 병행하는 말이 있으니

　　　나르다~날다(飛). 시므다~심다(植).

　　　무끄다~묶다(束). 가트다~같다(如).

　　　노프다~높다(高). 기프다~깊다(深).

　　　을프다~읊다(詠).

　　　가지다~갖다(持).

와 같은 것들이다. 함경도에서 "밥(食)"을 "바브"라 하며, 경상도 어떤 곳, 어떤 사람은 "사람(人)"을 "사라므"라 하는 것도 다 이러한 소식을 전하는 것이다.

　이와 같이, 임자씨와 풀이씨와가 한가지로 늘어진 꼴과 줄어진 꼴과의 두가지가 있는 중, 그 줄어진 것이 오늘의 대중말이 되었음이 일반스런 사실이다. 이 점을 가산한다면, 모두 네 가지 이유에서 제움직씨로서 "다그다" 보다 "닥다"가 대중스런 말꼴이라 하겠다.

　㈐ "닥다"는 또 간혹 남움직씨로 쓰임이 분명하다. 권 정 두 분이 남움직씨 "다근다", "다그고"를 부인하면서 "다그면()닥으면)", "다가서(닥아서)"는인정하니, 이는 곧 남움직씨로서의 "닥다"를 인정함이 됨이 분명하다. 곧 "닥는다", "닥고"가 인정되지 아니하면서 "닥으면, 닥아"가 인정됨은 "닥다"가 안갖은 움직씨로 쓰임을 보이는 것이 된다.

　㈑ 남움직씨 "다그치다"와 제움직씨 "다그치다"를 함께 인정하는 이는 오직 권 님뿐이요, 그 나머지 분들은 제움직씨 "다그치다"는 전적으로 부인하고 다만 남움직씨 "다그치다"도 거의 다 부인하되, 다만 홍 님만은 이를 인정하기는 하되 그 뜻이 좀 다르다 하였다. 곧 "다그치다"는 정 (인승)님이 말하는 바와 같이 "다그치다"의 힘줌말이 아니요, "닥아치다, 죄어치다 서두르다"의 뜻이라 한다. 정 님이

인정하는 어떤 안 노인의 말씀 "일을 바짝바짝 쳐 해야겠다"의 "다그치다"의 뜻도 홍 님의 뜻하는 바와 한가지이며, "큰 사전"의 밑벌이라 하는"조선어 사전"에서 "다그치다, 다그다"를 "切望(절망)한다"로 뜻매긴 것도 또한 한가지라 하겠다. 이러고 보니, 정 님이 뜻하는 바 "다그다"의 힘줌말로서의 "다그치다"의 있음은 인정되지 못한 것이라 하겠다. "다만 나의 견해에 따른다면, "다그치다"는 "다그다"에 힘줌도움줄기 "치"가 끼어들어서 된 것이라 할 수 있겠지마는, 그렇다 하더라도, 서울말로서 인정하는 이는 1/6에 넘지 못한 즉, "다그치다"의 있음은 극히 미약한 것이라 아니 할 수 없다.

(ㅁ) 제움직씨 "닥치다, "닥뜨리다"는 여섯 분이 다 인정하되, 한두 분은 "닥뜨리다"만은 "날짜가 닥뜨리다"를 인정하지 아니하고, 사람이나 물체의 경우에만 쓴다고 말하였을 뿐이다.

(ㅂ) "닥이치다" ("닥이다"의 힘줌말)를 인정한 이는 한 이(一人)도 없었으며; 또 "다그뜨리다", 다그트리다"를 인정한 이도 전연 없었고, 다만 김 님만은 그렇게 말하려면, 할 수 있을 것이라 하였을 뿐이다. 그러한 즉 "큰 사전"에 실린 "다그뜨리다, 다그트리다"는 사실적 근거가 전연 없는 유추적 과장에 불과하다 함이 바른 말이라 하겠다.

이상의 조사 연구의 결과를 종합한다면, 서울 말씨에서 "닥다, 닥아, 닥으면"은 안 갖은 끝바꿈의 제움직씨이요, "닥이다"는 갖은 끝바꿈의 남움직씨이요, "닥치다", "닥뜨리다"는 제움직씨(힘줌)임이 대중될 만하다 하겠다. 이에다가, 다시 충청 남북도의 말씨를 대표한 유 제한 님의 증언이 이와 완전 일치함을 아울러 생각한다면, 이상의 서울 말씨에서의 결론이 더욱 그 확실성 내지 보편성 그래서 대중삼을 만한 성질을 띠게 된 것이라 하겠다.

-〈한글〉127호(1960)-

朴勝彬(박승빈)님의 主張(주장)은 果然(과연) 從來(종래) 慣用(관용)에 가까운 平易(평이)한 것인가?
-그의 獨斷的(독단적) 理論(이론)에 基(기)한 實際的(실제적) 表記法(표기법)의 怪奇難解(괴기난해)를 摘發(적발)하노라-

(一(일))

甲午更張(갑오경장) 以來(이래)로 조선민족의 先覺(선각) 俞吉濬(유길준) 崔光玉(최광옥) 周時經(주시경) 여러분이 한글運動(운동)을 高唱(고창)함으로 부터 朝鮮民族(조선민족)의 文化的(문화적) 自覺(자각)이 날로날로 깊어지고 새로워져서 조선 한글의 硏究(연구)와 整理(정리)와 使用(사용)이 자꾸자꾸 發展(발전)하여 감은 現著(현저)한 歷史的(역사적) 事實(사실)이다. 朝鮮民族(조선민족)의 將來(장래)를 걱정하며, 民族文化(민족문화)의 向上(향상)을 圖(도)하며, 科學的(과학적) 理論(이론)에 根據(근거)한 民族生活(민족생활)의 發展(발전)을 願(원)하는 人士(인사)는 或(혹)은 言論(언론)으로, 或(혹)은 新聞雜誌(신문잡지)로, 或(혹)은 敎育으로, 或(혹)은 著書(저서)로, 한글運動(운동)의 深化(심화) 및 强化(강화)를 促進(촉진)하고 잇다. 이는 沈滯(침체)한 朝鮮(조선) 社會(사회)에서 한 가지의 可觀(가관)할 現狀(현상)이다.

그러나 우리 한글運動(운동)은 單純(단순)한 復活運動(부활운동)이 아니요, 科學的(과학적) 理論(이론)에 基(기)한 整理(정리) 및 普及(보급)의 運動(운동)이다. 따라 거기에는 얼마의 改革(개혁)이 잇음은 免

(면)할 수 없는 事實(사실)이다. 그리하여 이미 無法(무법)한 舊式(구식) 表記法(표기법)에 젖은 사람들은 多少(다소)의 不便(불편)을 느끼게 된 것도 事實(사실)이다. 그뿐 아니라 이 改良(개량)된 表記法(표기법)에 依(의)한 한글을 아이들이 完全(완전)히 배우기에는 前日(전일)의 不完全(불완전)한 것을 不完全(불완전)하게 배우기보다 多少(다소) 努力(노력)을 더 쓰게 됨은 事實(사실)이다. 그러나 그 改良整理(개량정리)된 한글이 어렵기 때문에 어려운 것이 아니라 完全(완전)한 것을 完全(완전)히 배우기에 힘이 더 든다는 것 뿐이다. 만약 이 改良整理(개량정리)된 한글의 學習(학습)도 完全(완전)을 期(기)치 않고 제대로 不完全(불완전)한 結果(결과)에 滿足(만족)한다 할진대 무엇 어렵다 할 것이 別(별)로 없을 것이다. 人間(인간)의 凡事(범사)는 그 最善(최선)을 期(기)하는 데에 相當(상당)한 어려움이 잇음은 免(면)치 못할 事情(사정)이다. 아무러케나 배워서 아무러케나 살아 나갈랴 하면이야 무엇이 어려울 것이며, 또 何必(하필) 改革(개혁)이니 整理(정리)니 할 것이 무엇이 잇으리오. 모든 努力(노력)은 그 事物(사물)의 向上(향상)과 發展(발전)을 꾀하는 데에 잇는 것이 아닌가 우리도 整理(정리)된 한글을 배우기에 아이나 어른이나 多少(다소)의 힘이 들 것을 認定(인정)한다. 그러나 배우기는 一時的(일시적)이요 쓰고 읽기는 一生(일생)의 일이다. 一時(일시)의 學習(학습)의 어려움을 課(과)함은 一生(일생)의 讀書(독서)와 使用(사용)에 큰 便利(편리)를 爲(위)함이니, 大易(대이), 大利(대리)를 爲(위)한 小難(소난) 小害(소해)를 犧牲(희생)함은 사람의 文化生活(문화생활)의 必要(필요)한 過程(과정)이다. 鑿山通道(착산통도)가 어려운 일 아님이 아니며, 斷河架橋(단하가교)가 어려운 일 아님이 아니로되, 財産(재산)과 人命(인명)을 버려가면서 이를 期成(기성)함은 一時(일시)의 困難(곤란)과 損

害(손해)를 犧牲(희생)하야 未來(미래) 無數(무수)한 사람의 永久(영구)한 便利(편리)와 多大(다대)한 利益(이익)을 爲(위)함이니, 이에서 人類(인류)의 文化(문화)가 發達(발달)하는 것이며, 人類(인류)의 生活(생활)이 向上(향상)되는 것이다. 만약 이러한 文化生活(문화생활)의 大原則(대원칙)을 배반하면 이는 競爭(경쟁)이 劇烈(극렬)한 現代(현대) 生活(생활)에서 落伍者(낙오자) 됨을 免(면)치 못할 것이다. 우리가 眞實(진실)한 學究的(학구적) 態度(태도)와 確乎(확호)한 科學的(과학적) 理論(이론)에서 한글을 整理(정리)하여 감은 이러한 文化生活(문화생활)의 大原則(대원칙)에 터잡은(基한) 것이다.

그러한데 人類社會(인류사회)의 改革(개혁)이 이러날 적에는, 그 改革(개혁)이 아무리 必然(필연)한 至當(지당)한 要求(요구)에서 나왔다 할지라도, 그 社會(사회)의 舊(구)勢力(세력)은 이에 不安(불안)의 反感(반감)을 가지는 것은 東西古今(동서고금)을 勿論(물론)하고 다 한 가지다. 다만 그 舊(구)勢力層(세력층)에서 自覺(자각)을 가지고 進取的(진취적) 態度(태도)를 取(취)하는 分子(분자)만이 그 새 改革運動(개혁운동)에 合流(합류)하는 것이다. 오늘날 우리의 한글運動(운동)도 亦是(역시) 一種(일종)의 文化的(문화적) 革新(혁신)이다. 民族生活(민족생활)의 將來(장래)를 爲(위)하야 民族文化(민족문화)의 積極的(적극적) 建設(건설)을 企圖(기도)하는 科學的(과학적) 進取的(진취적) 態度(태도)를 取(취)하는 分子(분자)는 그 多少(다소)를 勿論(물론)하고 우리의 한글運動(운동)을 當然視(당연시)하며 擁護(옹호)하는 줄을 우리는 안다. 그러치마는, 或(혹) 小我(소아)에 잡히어서 恒例(항례)의 不安(불안)과 反感(반감)을 가지는 이가 없지 아니하다. 그리하여 그네들은 입을 열어 한글의 科學的(과학적) 整理(정리)의 어려움만 들어 非難(비난)하랴 한다. 勿論(물론) 오늘의 整理(정리)가 아즉

完全(완전)히 다 되지 못하엿으니까, 或間(혹간) 不當(부당)한 어려움이 섞겨 잇을 줄도 안다. 그러므로 우리는 이러한 非難(비난)에도 虛心怛懷(허심탄회)로써 귀를 기우릴 雅量(아량)과 科學的(과학적) 態度(태도) 가지기를 아끼지 아니하여야 할 것이다. 그러치마는 單純(단순)한 小我(소아)에 잡힌 不安(불안)과 反感(반감)이 사람을 따라서는 간혹 없지 아니할 것이다. 그러나 이것은 決(결)코 科學的(과학적) 朝鮮(조선)의 出現(출현)을 期待(기대)하는 靑年(청년)과 進就性(진취성) 많고, 前進(전진)하는 朝鮮(조선)의 將來(장래)의 光輝(광휘)를 바라는, 老年(노년)에는 없을 것이다. 다시말하면 적기는 하지마는 얼마간이라도 그러한 숨은 不安(불안)과 反動(반동)이 잇을 것만은 事實(사실)이다.

(二(이))

이 때를 當(당)하야 微妙(미묘)한 人心(인심)의 弱点(약점)을 타서, 낡은 無法(무법)한 慣例(관례)를 尊重(존중)하며 따라 가장 平易(평이)를 正眼(정안)으로 삼는 척하는 旗幟(기치)을 들고 나서는 사람이 잇으니, 그는 곳 辯護士(변호사)를 本職(본직)으로 하고 朝鮮語學(조선어학)에 많은 趣味(취미)를 가지신 朴勝彬(박승빈)님이다. 그는 여러 가지 방책으로써 우리들의 한글運動(운동)에 反對(반대)攻擊(공격)하기를 일삼앗다. 그리하여 여러 가지 층절을 거쳐 우리들의 隱忍(은인)의 주머니도 터지게 되고 말앗다. 그래서 東亞日報社(동아일보사) 主催(주최)의 「한글綴字法討論會(철자법토론회)」가 열리게 되어, 우리 쪽에서 申明均(신명균), 李熙昇(이희승), 崔鉉培(최현배) 세 사람,

저편에는 朴勝彬(박승빈), 白南奎(백남규), 丁奎昶(정규창), 세 분이 各各(각각) 個人(개인)의 資格(자격)으로 出戰(출전)하야 十一月(십일월) 七日(칠일)부터 九日(구일)까지 사흘 동안에 每夜(매야) 七時(칠시)에서 十時(십시) 或(혹) 十二時(십이시)까지 社會(사회) 各(각) 方面(방면)의 有志(유지) 人士(인사) 數百(수백) 名(명)의 靜肅(정숙)한 傍聽(방청) 앞에서 白熱的(백열적) 論戰(논전)을 하엿다.

社會(사회) 各界(각계) 人士(인사)의 靜肅(정숙)한 聽論(청론)가운데서 우리의 찾은 眞理(진리)를 披攊(피력)하야 그 高明(고명)한 批評(비평)을 빌 機會(기회)를 얻게 되엇음은 우리의 한 快事(쾌사)로 생각하는 바다.

이 對論會(대론회)의 問題(문제)는 첫날은 並書(병서) 問題(문제), 둘재날은 겹바침 問題(문제), ㅎ바침 問題(문제), 셋재날은 用言(용언)의 活用(활용) 問題(문제)이엇는데, 그네들은 同字並書(동자병서)와 겹바침과 ㅎ바침의 不可(불가)를 主張(주장)하고, 用言(용언)의 活用(활용) 問題(문제)에 關(관)하여는 所謂(소위) 段活用(단활용)을 主張(주장)하엿음에 對(대)하여 우리 세 사람은 앞의 쎄 問題(문제)에 對(대)하여는 그 可(가)함을 主張(주장)하고, 活用(활용) 問題(문제)에 對(대)하여는 그 所謂(소위) 段活用(단활용)이란 것이 文法的(문법적)으로 何等(하등)의 價値(가치)가 없음을 말하고, 따로 用言(용언)의 活用法(활용법)을 主張(주장)하엿다.

이번의 論戰(논전)에서 그의 모든 主張(주장)이 一般(일반) 文字學(문자학), 聲音學(성음학), 言語學(언어학)의 基礎知識(기초지식)이 없이 다만 군데군데의 주먹구구式(식) 獨斷(독단)의 論理(논리)임이 餘地(여지)없이 暴露(폭로)되엇음은 그 자리에서 그 論戰(논전)을 들으신 분은 다 認定(인정)한 바이다. 이제 나는 그 자리의 兩便(양편)의

主張(주장)을 여기에 ──(일일)히 말하고저 하지 아니한다. 여기에는 다만 朴氏(박씨)의 主張(주장)이 얼마나 言語(언어)의 現實的(현실적) 事實性(사실성)을 無視(무시)하고 그 獨自(독자)의 獨斷的(독단적) 理論(이론)으로 말미암아서 過速(과속)히 歸結(귀결)된 『朝鮮文(조선문) 記寫法(기사법)』이란 것이 얼마나 常理(상리)에 어글어질 뿐 아니라 또 從來(종래)의 慣例(관례)에서 벗어남이 甚(심)한가를 밝혀 내어서 天下(천하) 人士(인사)로 하여금 그의 거짓된 標榜(표방)과 宣傳(선전)에 眩惑(현혹)되지 아니하도록 하고자 한다.

世人(세인)이 혹 朴(박)님의 主張(주장)에 贊意(찬의)를 表(표)하는 이가 잇다. 그래서 그에게 그 理由(이유)를 무르면, 朴(박)님의 主張(주장)은 從來(종래) 慣用式(관용식)대로 하는 것이기 때문에 아주 通俗的(통속적)이요, 가장 平易(평이)한 때문이라 함이 그 對答(대답)의 內容(내용)이다. 그러나 이것은 朴(박)님의 主張(주장)이 果然(과연) 從來(종래) 慣用式(관용식) 그대로 하는 平易(평이)한 通俗的(통속적)인 것인가를 조금도 實地(실지)로 檢察(검찰)하여 보지도 않고 다만 朴(박)님의 거짓 宣傳(선전)에 속은 때문이다. 그네들이 만약 朴(박)님의 主張(주장)을 實地(실지)로 아러 보앗더면 決(결)코 그러한 숭거운 贊意(찬의)를 表(표)하지 아니할 것이다. 이제 나는 이러한 이들에게 朴(박)님의 主張(주장)의 怪奇難解(괴기난해)의 內容(내용)을 숨김없이 빨갛게 들어내어 보여 들여서, 그 誤信(오신)과 虛贊(허찬)을 匡正(광정)하는 資料(자료)에 供(공)하고자 한다.

(三(삼))

첫재. 硬音符號(경음부호)한 것을 만들어서 다음과 같은 記法(기법)을 唱導(창도)한다. 例(예);

봄 〃바람(봄쌔람), 안 〃고(안쏘), 심 〃고(심쏘),

싸 쌰 써 쎠 쏘 쑈 쑤 쓔 쓰 씨

이러한 글자를 訓民正音(훈민정음)에는 勿論(물론), 한글歷史(역사) 五百年(오백년)에 아모대도 없는 것이다. 그의 理論(이론)을 正當(정당)히 밀워보면 다음과 같은 글자도 쓰게 된다. (그는 表面(표면)으로는 이것만은 認(인)치 안이하지마는). 例(예);—

싸쌰………

쌔쌔………

이것이 果然(과연) 從來(종래)의 慣用(관용)을 重(중)하는 것입니까. 또 「古訓(고훈)」을 依據(의거)하는 것이라 하겟읍니까.

둘재. 激音符號(격음부호)를 만들어 내어서 쓴다. 激音(격음)이란 것은 聲音學的(성음학적)으로는 有氣音(유기음)(Aspirate)이라 하는 것인데, ㅋ, ㅌ, ㅍ, ㅊ等(등)이다. 이 따위 소리는 ㄱ, ㄷ, ㅂ, ㅈ 들이 ㅎ과 合(합)하여 된 것임은 우리말의 實際(실제)에 그러할 뿐아니라 (例(예); —각하=가카, (그러하고=그러ㅎ고=그렇고=그러코) 世界(세계) 聲音學(성음학)에서 이를 認定(인정)한 것이며, 特(특)히 萬國聲音學會(만국성음학회) 符號(부호)를 各國(각국) 語音(어음)에 應用(응용)하여 說明(설명)한 英國(영국)의 聲音學者(성음학자) 쫀스(D.Jones)님은 조선어의 有氣音(유기음)은 世界(세계)에서 類例(유례)가 드믄 强烈(강렬)한 것이라 하야 k에 分明(분명)한 h를 더하여 kh로 表記(표기)함이 옳겟다 하엿다. (D, Jones; Lautzeicheu und ihre Anwendung in verschiedenen Sprachgebieten)

그러컬늘 朴氏(박씨)는 그의 獨斷的(독단적)인 ㅎ論(론)과 發聲音(발성음) 單一性論(단일성론)을 根據(근거)로 하야 勇敢(용감)스럽게도 이를 否認(부인)하고, 어느 聲音學(성음학) 책에서도 볼수 없는 激音調(격음조)에 關(관)한 獨特(독특)한 音理(음리)를 말하고, 따라 激音符號(격음부호)「ㄱ」를 特製(특제)하얏다. 그리하여 다음과 같은 記法(기법)을 取(취)하게 된다. (括弧內(괄호내)의 것은 우리들의 記法(기법)이니, 어느것이 더 어려운가? 여러분은 試驗(시험)해 볼지어다.)

　됴ㄱ고(좋고), 만ㄱ고(많고).

　可(가)ㄱ다(可(가)타), 便安(편안)ㄱ다(便安(편안)타).

　길이 씬ㄱ겻다(끊겻다).

　朴(박)님은 「現代評論(현대평론)」其他(기타) 雜志(잡지)에서 「ㅎ는 무엇이냐」等(등) ㅎ에 關(관)한 長篇(장편) 論文(논문)을 發表(발표)하고서 ㅎ바침 反對論(반대론)을 主唱(주창)하얏다. 世上(세상) 사람들은 첫재 그의 ㅎ바침 反對(반대) 그것에 俗見的(속견적) 好感(호감)을 가지고, 또 그의 滔滔(도도)한 數千言(수천언)의 長篇(장편) 論文(논문)에는 무슨 相當(상당)한 科學的(과학적) 眞理(진리)의 發見(발견)됨이 잇으려니! 하고 그의 說(설)을 內心(내심)으로 歡迎(환영)하는 形便(형편)이 사람을 따라서는 없지 아니하다. 그러나 事實(사실)은 사람들의 期待(기대)와는 全然(전연)히 違反(위반)되엇다. 한번 그 長篇(장편)의 ㅎ論(론)을 읽으면 그 思考方法(사고방법)과 說明方式(설명방식)이 도모지 非科學的(비과학적)임을 發見(발견)할 수 잇다. 그리하야 그 結論(결론)에 大膽(대담)한 過速(과속)한 獨斷(독단)이 되고 만 것은 덮을 수 없는 事實(사실)이다. 그뿐아니라 ㅎ는 바침이 될 수 없다는 理論(이론)에서 정말로 ㅎ바침을 全然(전연) 廢止(폐지)하고 그만 純然(순연)히 世間(세간)의 慣例(관례)대로나 썻던들 (例(예)). 「좋다」를 「조타」로, 「좋고」를 「조코」로, 「좋지」를 「조치」로나 썼던들) 그 理論(이론)은 어찌 되엇든지 간에 結果(결과)만이나마 世間(세간)의 平易化(평이화)의 期待(기대)에나 맞앗을 것을, 朴(박)님은 그리하지도 아니하고 自家(자가)의 獨特(독특)한 誤論(오론)에서 所謂(소위) 不得已(부득이)하야 特製(특제)한 激音符號(격음부호) 「ㄱ」를 使用(사용)하야

　「좋다」를 「조ㄱ다」로,

　「좋고」를 「조ㄱ고」로,

　「좋지」를 「조ㄱ지」로,

적으니, 이것들(조ㄱ다, 조ㄱ고, 조ㄱ지)이 우리들의 記法(기법)에 依(의)한 것 (좋다, 좋고, 좋지)보다 果然(과연) 쉬울가요. 世人(세인)은 空中(공중)대놓고 朴(박)님의 虛僞宣傳(허위선전)에 속지 말고, 한번 그 實際的(실제적) 處理(처리)의 結果(결과)를 몸소 살펴보고서 判斷(판단)을 내리는 것이 옳을 것이다. 무엇보다 實地(실지) 調査(조사)! 이것이 오늘날 正當(정당)한 判決(판결)의 先行條件(선행조건)이 아닌가. ㅎ은 우리의 아는 글자이요, 또 ㅎ과 ㄴ, ㄷ, ㅈ……을 連發(연발)하면 ㅋ, ㅌ, ㅊ……이 되는 것은 우리말의 實際(실제)가 그러할 뿐아니라(여러가지 方法(방법)으로 이를 實驗(실험)할 수 잇음) 歐洲(구주) 諸國(제국)의 世界(세계) 有數(유수)한 聲音學者(성음학자)들이 共認(공인)하는 바이다. 이러한 ㅎ을 내버리고서 「ㄱ」를 씀에 무엇이 저것보다 더 便利平易(편리평이)한 것이 잇을가. 우리는 「ㅎ」보다 「ㄱ」가 比較(비교)할 수 없이 더 怪異(괴이)하고 더 어려울 줄을 믿어 疑心(의심)치 아니하노라.

　그러나 慣例(관례)尊重(존중)을 標榜(표방)한 朴(박)님이 왜 이러케도로 어렵게 만들엇나? 이것이 우리의 한번 생각하여 볼만한 점이다. 朴(박)님의 說明(설명)에 依(의)하면

「조타, 조코, 조치」

로 적는 것은 文法(문법)의 法則(법칙)에 틀리니까 (곧 「다, 고, 지」란 助辭(조사)는 잇지마는 「타, 코, 치」란 助辭(조사)는 絶無(절무)하니까) 그리 적을 수는 없다. 그리하여 不得己(부득이) 特(특)히 激音符號(격음부호)를 創製(창제)하야서

「조ㄱ다, 조ㄱ고, 조ㄱ지」

로 적어 整理(정리)한 것이라 한다. 우리는 朴(박)님의 이러한 文法家的(문법가적) 態度(태도)에 對(대)하여 滿腔(만강)의 敬意(경의)를 表(표)하며, 또 그가 自家(자가)의 本旨(본지)에 違反(위반)하면서, 文法的(문법적) 表記(표기)의 切實(절실)한 要求(요구)에 依(의)하야 저 怪奇(괴기)한 激音調符號(격음조부호) 「ㄱ」의 創案(창안)을 不得己(부득이)하엿다는 그 苦衷(고충)에 對(대)하야 同志的(동지적) 同情(동정)을 禁(금)치 못하겟다. 그는 確實(확실)히 世間(세간)의 俗見(속견)에 迎合(영합)하는 거짓 政治家(정치가)가 아니요, 文法的(문법적) 理論(이론)에 基(기)하야 될 수 잇는 대로 言文(언문)을 整理(정리)하랴는 우리 文法家(문법가)의 同志(동지)임이 틀림이 없음을 나는 確言(확언)한다.

그러면 우리의 確實(확실)한 同志(동지) 朴(박)님은 무슨 까닭으로 우리들과 正反對(정반대)의 意見(의견)을 가진 이로 들어나게 되엇나?, 이는 다만 「ㅎ, 더 一般的(일반적)으로 激音(격음)一般(일반)에 對(대)하야 聲音學的(성음학적) 硏究(연구)가 조곰 不足(부족)한 所致(소치)일 따름이요, (이 点(점)은 우리의 깊이 愛惜(애석)히 녀기는 바이다.) 決(결)코 兩者(양자)사이에 文法的(문법적) 見解(견해)가 懸殊(현수)한 점이 잇는 때문은 아니다. 만약 그가 ㅎ 및 激音(격음)一般(일반)의 原理(원리)를 한 거름만 더 깨첫더면, 決(결)코 저러한 世間(세간)의

誤解(오해)를 이르키지 아니하엿을 것이다. 그러한 즉 ㅎ바침에 對(대)하야는 그와 우리와의 사이에 一致(일치)는 八九分(팔구분)이요, 不一致(불일치)는 一二分(일이분)이다. 그러므로 저번 討論會(토론회)에서 그도 말슴하섯다. 「両者(양자)의 所見(소견)은 白紙(백지) 한 장의 差(차)뿐이라」고. 참말이다! 確實(확실)히 그러타! 世人(세인)은 이 點(점)에 關(관)하야 바로 보기를 바란다.

셋재. 複雜(복잡)하고도 理致(이치)에 맞지 않은 中間音(중간음)(두 單語(단어)가 合(합)하는 경우에 그 中間(중간)에 쓰히는 소리)의 表記法(표기법): (括弧內(괄호내)는 一般(일반)의 記法(기법)이니 우리도 大概(대개) 이와 같다.)

소으나무(소나무), 나무으가지-나무〃가지-나무쌰지(나무가지).

봄〃바람→봄쌰람(봄ㅅ바람).

어제〃눈→어젤눈(어제ㅅ눈).

바다〃물→바답물(바다ㅅ물).

파주〃민씨(坡州 閔氏)→파줍민씨(파주ㅅ민씨).

讀者(독자) 여러분! 이 中間音(중간음)을 혹은 獨立(독립)한 朴氏(박씨) 特製(특제)의 硬音符號(경음부호) 「〃」로, 혹은 된시옷으로, 혹은 「ㄷ」으로, 혹은 「ㅂ」으로—이러케 여러가지로 無規律(무규율)하게 씀이 좋겟나? 우리는 그 煩雜無法(번잡무법)을 除去(제거)하고, 簡單(간단)한 處理(처리)를 從(종)하야, 從來(종래)의 慣用(관용)대로 中間(중간)시옷을 두든지, 혹은 實際(실제)의 發音(발음)대로 中間(중간)디귿을 씀이 옳다 고 생각한다. 그러므로 우리야말로 慣例(관례)와 平易(평이)를 置重(치중)하는 사람이지, 朴(박)님이 그이는 아니다.

넷재. 그의 「段活用(단활용)」에서는 原段(원단)의 音(음)(우리의 術語(술어)로 하면 語幹(어간)의 末音(말음))을 아段(단)(例(예) 去(거)가), 어段

(단)(立(립)서), 여段(단)(鉅(거)켜), 오段(단)(來(래)오), 우段(단)(借(차)쑤, 易(이)쉬우), 으段(단)(大(대)크, 深(심)기프), 이段(단)(負(부)지)의 七種(칠종)에만 限(한)하고 「애, 에, 의, 위」의 段(단)은 認(인)치 아니한다. 그 結果(결과) 다음과 같은 奇怪(기괴)한 表記法(표기법)이 들어나게 되엇다. 곳 (括弧內(괄호내)는 우리의 主張(주장)하는 表記法(표기법)이다. 서로 比較(비교)하여 보라).

날이가이다

(날이개다)

아이를자이오(朝鮮語學講義要旨(조선어학강의요지)－略號(약호)「要旨(요지)」152頁(엽))

(아이를재오)

니불이잘가이켜ㅅ소(要旨(요지) 150頁(엽))

(니불이잘개어젓소)

잠이까이다

(잠이깨다)

그릇을까이다

(그릇을깨다)

先生(선생)이性(성)나히오(要旨(요지) 188頁(엽))

(先生(선생)이성내오)

宋氏(송씨)에게보나이오(要旨(요지) 168頁(엽))

(宋氏(송씨)에게보내오)

그사람이굳서이다

(그사람이굳세다)

鍤(삽)을머이다(소書(동서) 152頁(엽))

(鍤(삽)을메다)

쌀을도이다

(쌀을되다)

사람이도이다

(사람이되다)

泰山(태산)이높다하야도하놀아래모이이로다,

<u>오</u> <u>쓰</u>고<u>쏘</u> <u>오</u> <u>쓰</u>면못오쏠理(리)업것마는,

사람이저－아니오쓰고山(산)을높다하도다 (要旨(요지) 194頁(엽))

(泰山(태산)이높다해도하날알에뫼이로다,

오르고또오르면못오를理(리)없것마는,

사람이제아니오르고<u>山(산)을높다하도다 (뫼만 높다 하더라))</u>

칼을주이고 (소書(동서) 150頁(엽) 類例(유례))

(칼을쥐고)

꽃이푸이오 (소書(동서) 193頁(엽))

(꽃이피오)

숨을수이다

(숨을쉬다)

뜀을뚜이다

(뜀을뛰다)

콩이투이다

(콩이튀다)

부모를여으이다

(부모를여의다)

이것을 보고도 如前(여전)히, 朴(박)님의 主張(주장)이 從前(종전)의 慣用(관용)을 尊重(존중)하는 理論(이론)이라 할 이가 잇을가? 어대에 그의 表記(표기)와 같은 말이 事實上(사실상) 잇기나 잇나? 朴(박)

님의 主張(주장)이 結局(결국)은 自家(자가)의 偏見(편견)에 依(의)하야 實際(실제)의 말을 제맘대로 改定(개정)하는 것임이 숨김없이 드러낫다. 「잠이 까이다」가 어째서 「잠이 깨다」를 뜻하는 것이 되며, 「쌀을 도이다」가 어째서 「쌀을 되다」의 뜻이 되는가! 우리의 눈으로 볼 것 같으면 朴(박)님은 文法家(문법가)의 本分(본분)을 잊은 越權的(월권적) 處斷(처단)을 하는 이일 따름이요, 決(결)코 決(결)코 民間(민간)의 習慣(습관)과 言語(언어)의 事實性(사실성)을 重視(중시)하는 이가 아님이 餘地(여지)없이 暴露(폭로)되고 말앗다.

다섯재. 그의 獨特(독특)한 怪論(괴론) 段活用(단활용)을 實地(실지)에 應用(응용)한 結果(결과)는 다음과 같은 表記法(표기법)(적는 법)이 되어 드러난다. (括弧(괄호) 안의 것은 우리들의 改定(개정)한 맞훔법이니, 어느것이 果然(과연)—常理(상리)와 慣例(관례)에 더 가까운가 견주어 보시기를 바란다.)

글을닐급니다(要旨(요지) 186頁(엽))

(글을읽읍니다)

나무가만히이스ㅂ니다(要旨(요지) 86頁(엽))

(나무가많이잇읍니다)

늘근漁夫(어부)가큰고기를자바쓰오(要旨(요지) 191頁(엽))

(늙은漁夫(어부)가큰고기를잡앗소)

李君(이군)이돈을바다쓰ㅁ이分明(분명)하오(要旨(요지) 188頁(엽))

(李君(이군)이돈을받앗음이分明(분명)하오)

기러기가쌔르히나라가오(要旨(요지) 186頁(엽))

(기러기가빨리나라가오)

달게머거쓰오(決(결)코 賄賂(회뢰)같은 것을 甘食(감식)하고 잘 삭이지 못하여서 도로 苦味(고미)로 化(화)하엿다는 뜻은 아니다. 다만 달게 먹

엇다는 뜻 뿐이다)(要旨 (요지) 173頁(엽))

(달게믹잇소)

비나눈이오개쓰오((要旨 (요지) 186頁(엽))

(비나눈이오겟소)

會(회)의代表(대표)로와쓰ㅂ니다(要旨 (요지) 168頁(엽))

(會(회)의代表(대표)로왓읍(습)니다)

됴흔붓을사셔씁니다(要旨 (요지) 193頁(엽))

(좋은붓을사셧읍니다)

꽃이보기됴ㄱ게푸여쓰오(要旨 (요지) 187頁(엽))

(꽃이보기좋게피엇소)

어름을노그히오(要旨 (요지) 154頁(엽))

(어름을녹히오)

나무를시므히고(소書(동서) 154頁(엽))

(나무를심기고)

구멍을머이운다

(구멍을메운다)

배를江邊(강변)에다흐히고(소書(동서) 154頁(엽))

(배를江邊(강변)에닿이고 ─대고)

下人(하인)하여서떡가루를바흐오(소書(동서) 154頁(엽))

(下人(하인)을시켜서떡가루를빻이오)

붓을달ㄱ리ㄴ다(소書(동서) 154頁(엽))

(붓을닳린다)

나에게마이힌사람

(나에게매힌사람)

그림이잘그리킨다

(그림이잘그려진다)

　讀者(독자) 여러분! 무슨 朴(박)님이 이러케 쓸 理(리)가 잇나!고 하실만큼 너무도 怪異(괴이)하지요? 그러나 이것이 決(결)코 우리의 惡意的(악의적) 僞造(위조)가 아니요, 다 그의 著書(저서)와 論文(논문)에서 나온 것 (그 가운데 갑작이 그 頁數(엽수)를 다시 찾지 못하야 頁數(엽수)를 記入(기입)하지 못한 것도 잇다.) 이거나, 그의 親認(친인)을 받은 實例(실례)이다. 이것을 보고도 오히려 朴(박)님의 主張(주장)은 여태까지의 慣例(관례)에 가까운 平易(평이)한 것이라 하며, 읽기쉽고 깨치기 쉬운 通俗的(통속적)의 것이라 할 이가 누가 잇으랴?

　여섯재. 이름씨(名詞) 記法(기법)의 怪奇(괴기)한 것의 보기 몇만 들면 이러하다.

　　수음(숨息), 소으나무(솔나무), 하누으님(하느님-하누님-하나님), 따
　　으님(딸님-따님)

일곱재. 소리의 表記法(표기법)의 奇怪(기괴)한 것의 보기;

　　나무가커쓰니째을에는녈매가녈개쓰오(要旨(요지) 164頁(엽)) (「열다」開(개)가 어째서 「녈다」인지, 그 根據(근거)가 어대 잇는지 도모지 알수 없도다. 龍飛御天歌(용비어천가)에서도 「여름」(果實(과실))이라 하엿는데),

（나무가컷으니까을에는열매가열겟소）

새쌜가ㄱ다(要旨(요지) 184頁(엽))

（새빨갛다）

녀름에는太陽(태양)이가까워디오

（여름에는太陽(태양)이가까와지오）

됴ㄱ다 잘한다, 올ㄱ디그이가그일로왓고면 (要旨(요지) 188頁(엽))

（좋다! 잘한다, 옳지, 그이가그일로왓고면）

길이슨ㄱ겻다 (ㅅ(동) 150頁(엽))

(길이깊것다)

눈이오개쓰오

(눈이오겟소)

나−가가거나그이가오디오(要旨(요지) 17頁(엽))

(내가가거나그이가오지요)

아이에게잘니쎠써쓰면(ㅅ書(동서) 164頁(엽))

(아이에게잘일럿엇으면)

사람이야거긔에올쌰가기어렵디마는원숭이야녁녁히올쌰가갯디

(ㅅ書(동서) 193頁(엽))

(사람이야거기에올라가기어렵지마는원숭이야녁녁히올라가겟지)

코키리는코가기은쇼리처럼길다(要旨(요지) 192頁(엽))

(코끼리는코가긴꼬리처럼길다)

텬디(天地 천지)

뎡거댱(停車場 정거장)

댱〃군(장ㅅ군)

뎡셔방(鄭書房(정서방) 정서방)

여들재. 이밖에 ㄷ ㅈ ㅊ ㅌ ㅍ 의 바침을 씀은 우리들과 같은 점
이니, 다 從來(종래)의 慣例(관례)와는 같지 아니한 것이다.

(四(사))

以上(이상)를 總括(총괄)하여 보건대

1. 그는 歷史的(역사적) 根據(근거)─그의 所謂(소위) 古訓(고훈)─

를 소중히 녀기는 듯 하면서 其實(기실)은 그러치 아니하다. 이를테면 그가 우리들의 ㅎ바침을 攻擊(공격)하되 古訓(고훈)에 없음(其實(기실)은 잇다)으로써 하더니, 그가 ㅌ받침을 하는 것은 「古訓(고훈)」 어대에 根據(근거)하엿는가? 또 所謂(소위) 硬音符號(경음부호)「〃」과 激音符號(격음부호)「ㄱ」은 어떠한 古典(고전)에 잇던가? 또 「위」는 어대 잇던가?—要(요)컨대 이는 다 自家撞着(자가당착)의 無組織(무조직)한 主張(주장)일 따름이다.

2. 그는 一家(일가)의 偏見(편견)에 依(의)하야 산 말을 自由(자유)로 規律(규율)할랴 하니, 이는 文法家(문법가)의 正當(정당)한 本分(본분)을 모르는 越權的(월권적) 妄計(망계)이라 아니할 수 없다. 文法家(문법가)는 다만 事實(사실)의 말을 그 말 自體內(자체내)의 法則(법칙)을 發見(발견)하야서 整理說明(정리설명)할 따름이요, 決(결)코 實際(실제)의 말을 左右(좌우)하며 生殺(생살)하는 權限(권한)을 가진 것은 아니다.

3. 그의 記音法(기음법)에는 어떠한 一定(일정)한 見解(견해)가 서지 못하엿다. 天地(천지)를 「텬디」로 적는 따위는 古音(고음)에 依(의)함인듯 하지마는, 鄭(정)을 「뎡」으로, 趙(조)를 「됴」로, 적음은 무슨 標準(표준)에 依(의)한 것인가. 玉篇(옥편)에 依(의)하면 鄭(정) 趙(조)의 音(음)은 決(결)코 다行(행)이 아니라 자行(행)이다. 趙(조)를 됴, 鄭(정)을 「뎡」으로 적음은 亦是(역시) 日本(일본)말의 發音(발음)을 基礎(기초)로 삼고서, 輕便(경편)하게 推斷(추단)한 것이다.

또 그는 「됴ㄱ다」「하디 아니하고」와 같이 씬다. 이 「됴」와 「디」를 어떻게 發音(발음)하란 말인가. 그 本音(본음)대로 소리내란 말인가. 그렇다 면 그것은 오늘날의 標準語(표준어)가 아니다. 그렇잖으면 口蓋音化(구개음화)한 대로 (조, 지) 發音(발음)하게 하는가. 그렇다면 왜

숫재 「죠」「지」로 씨지 아니하고 「됴」「디」로 적는가? 그의 理由(이유)는 그러함이 古典的(고전적)이라 함에 잇는 것이다. 그렇다면 그의 朝鮮語音(조선어음)의 表記法(표기법)의 標準(표준)은 古典(고전)에 잇는 것이니, 이는 現代語(현대어)를 科學的(과학적)으로 整理(정리)하랴는 우리의 態度(태도)하고는 全然(전연)히 相反(상반)되는 것이다. 우리는 「글자는 제 本音價(본음가)대로 읽고, 말은 그 소리나는 대로 적자」하는 大原則(대원칙)을 主張(주장)한다. 그래서 (1)「좋다」「하지 아니한다」로 적으며, (2)「遲(지)더디다, 더뎌서」「撑(탱)버티다, 버텨서」로 적는다. 이것이 大體(대체) 우리의 朝鮮語整理(조선어정리)의 科學的(과학적) 態度(태도)이다. 「됴ㄱ다, 됴ㄱ디」로 적는 朴(박)님으로서는 「더디다, 더뎌서」와 「버티다, 버텨서」를 적어낼 수조차 없을 것이다.

要(요)컨대 그의 조선말 表記法(표기법)에는 一定(일정)한 科學的(과학적) 方法(방법)이 서지 몯하엿다.

4. 그가 文法的(문법적) 表記(표기)로써 말을 整理(정리)하려 함은 우리와 같은 점이다. 그러하것마는 어찌하야서 공연히 慣例(관례)를 尊重(존중)하는 척한 態度(태도)를 取(취)하야 舊勢力(구세력)의 觀心(관심)을 사랴함은 眞實(진실)한 科學者(과학자)의 取(취)할 바가 아니라 하노라

5. 以上(이상)의 實地檢討(실지검토)에 依(의)하면 朴(박)님의 主張(주장)이 通俗(통속)에 가까운 點(점)은 된시옷을 쓰자는 것 한가지뿐이다. 그러나 古今(고금)에 없는 라行(행)에까지, 쏘 그의 理論(이론)을 展開應用(전개응용)하면, 나行(행) 마行(행)에까지 된시옷을 쓰자함이 된다. 그러고보면 된시옷 問題(문제) 그 自體(자체)안에서 발서 平易(평이)와 怪雜(괴잡)이 並存(병존)하니, 通俗(통속)과 平易(평이)를

無條件(무조건)으로 歡迎(환영)하려는 俗見(속견)의 立脚地(입각지)에서도 決(결)코 滿足(만족)할만한 有利点(유리점)이라 할 수 없음이 分明(분명)하다. 그러고 그남아지의 여러 問題(문제)에서는 도모지 通俗(통속)에 가까운 點(점)은 하나도 없고 다만 獨斷(독단)과 奇怪(기괴)가 一般(일반)의 慣用(관용)을 더 어즈럽게 할 따름이니, 이러고도 오히려 朴氏(박씨)의 主張(주장)이 通俗尊重(통속존중)에다가 苦干(고간)의 理論(이론)(?)을 加味(가미)한 것이라 하야 萬(만)에 한 사람이라도 沒知覺(몰지각)하게 贊同(찬동)할 것인가? 널리 世上(세상) 有志人士(유지인사)의 一考(일고)를 바라노라.(1932, 11, 13)

-〈한글〉 1권 9호(1933)-

방언 조사의 방법

⑴ 시골말 연구

한자말로 "방언"은 원래 '한 지방의 말'을 뜻한다. 그러나, 또 어떤 때에는, 서울 아닌 어느 지방의 말로서 그것이 대중말(標準語)과 다른 말씨를 뜻하기도 한다. 그러나, 학문적으로 바른 뜻매김을 한다면, 역시 한 지방(시골)의 말로 봄이 좋겠다. 다시 말하면, 한 나라말이 그 쓰는 따갈피(地域)의 다름을 따라 그 소리남, 그 말수(語彙), 그 말본에 서로 다름이 생긴 얼마간의 말씨덩이(言語圈)로 갈라지나니, 그 갈라진 각 말씨덩이를 "방언" 또는 "시골말"이라 한다. 이렇게 넓게 잡은 시골말(방언)은 반드시 대중말과는 다른 말씨만을, 또는 서울 아닌 시골의 말만을 뜻하는 것이 아니라, 그 얼마의 말씨덩이로 갈라진 말씨(言語)는 대중말과 일치한 것도 포함하고 있을 것이오, 또 서울의 말씨도 일종의 시골말로 보아지는 것이다. 그러나, 시골말 캐기의 실제에 있어서는, 대중말과 일치한 것, 일반스런 것들은 제외하고, 그 시골(地方)에 특유한 것, 일반과는 다른 것들을 힘써 캐어야만 그 노력의 효과가 많은 것이 된다.

시골말 캐기(方言調査)의 목적은 무엇일까? 각 시골에 행하는 말씨 현상을 서로 비교하여 그 배경을 이루는 법칙을 발견하고, 나아가서는 그 유래를 설명하여, 시골말에 관한 조직스런 지식을 얻고자 함에 있나니, 이 목적을 도달하면 거기에는 시골말갈(方言學)이란 것이 성립되는 것이다. 혹은 말하리라. 그러면, 그 시골말갈이 성립하고 보면, 그것이 무슨 소용이 있는 것이냐고. 나는 여기에 대하여는 자세한 해답을 하려고 아니하고, 다만 모든 학문이란 것을 너무 그 실용 가치를 앞질러 문제삼을 것은 아니란 것만을 말하여 두려고 한다. 물론 이렇다고 그 실제적 가치를 무시한다는 말도 아니며, 또 시골말같이 아무런 실용스런 가치를 가지고 있지 않음을 증언하려는 것도 아님을 밝혀 둔다.

시골말 캐기는 말소리·말본·낱말의 세 가지 방면으로 갈라서 하는 것이 편리하다. 한 시골말의 현상을 완전히 기술하려면 이 세 방면에 걸쳐서 주도한 관찰을 하고 그 결과를 적을 것이다. 그 시골말의 특색의 기술에 관해서는 대중말 또는 이미 안 다른 시골말과 비교하여 그 같고 다름을 밝혀 그 틀린 점을 자세히 적는 것이 좋다.

따갈피를 금그어서 조사하는 경우에 그 따갈피에 넓고 좁음의 다름이 있다. 한 마을, 한 면의 시골말 캐기, 한 고을, 한 도(道)의 시골말 캐기 들로 그 따갈피가 넓어질수록, 그에 따라 그 노력은 많아지고, 그 연구의 결과는 매우 개괄적이오 추상적이 됨을 면하지 못한다.

한 시골의 말씨 현상을 조사하여 그 상태를 기술함뿐으로서는, 그 조사는 아직 진정한 연구라 할 수는 없다. 그 현상을 캐고 갈아, 그 현상의 원인 또는 유래를 설명함으로 말미암아, 그 연구는 철저하게 된다. 이 같은 계단에 나아가기 위하여는, 각 시골의 말씨와 이를 비교할 필요가 있는 것이다. 이 시골말의 비교는 어떤 소리 현상, 어떤 말본꼴(語法形式), 또는 어떠한 특수한 낱말만에 대하여 이를 행하기도 한다.

(2) 그 고장서 조사하기

어느 시골말을 캐기에 있어서 일반 말씨 연구에서와 같이, 적발(文獻)을 거리로 삼아서 하는 수도 있겠고, 또 그 시골을 떠나 와서 있는 사람의 입에서 듣고서 조사할 수도 있겠다. 그러나 이러한 경우에는 여러 가지의 제약이 있기 때문에 불확실한 결과에 떨어지기 쉽다. 그러므로 순수한 시골말을 알기 위하여는, 그 고장에 직접 가서, 그 고장 사람들과 접촉하면서 자연스럽게 캐어 모으는 것이 가장 좋다. 또 캐기는 될 수 있는 대로, 자연스런 몰골에서 하는 것이 이상적이니까, 그 고장 사람들끼리가 아무 기탄없이 지꺼려대는 것을 한 구석에서 속기할 수 있었으면 가장 좋을 것이다.

이러한 자연스런 캐기를 많이 모아서, 그 중에서 말소리·말본의 법칙을 귀납적으로 뭉그릴(包括) 수가 있고, 또 각 방면의 고장말(土語)도 모을 수가 있으면 가장 좋은 캐기(採集)가 될 것이다. 그러나, 이는 단시일의 여행으로써는 바라기 어려운 일인즉, 그 곳에 옮아 살거나 또는 거기에 꽤 오래 묵어야만 가능한 방법이다.

(3) 캐기의 준비

짧은 시일 안에 그 시골말의 테두리만이라도 알아보고 싶다고 생각하는 경우에는, 다음과 같은 편리한 방법으로 캘 수밖에 없는 것이다. 곧 캐는이(採集者)는 그 여행에 앞서서 조사의 준비를 한다.

① 그 시골이나 또 인접한 각 시골의 시골말 책을 잘 읽어서, 그 시골말의 대강을 짐작하는 동시에, 조사 사항, 질문 사항 들을 정리한다. 만약 이러한 거리(資料)가 전연 없는 경우에는 아무데나의 '시골말 책'을 읽어서 그 방법들을 배워야 한다.

② 얼마의 조사 지점을 골라잡아(選定하여), 그 여행의 일정을 정할 것이다. 이 지점을 정하기 어려운 경우에는, 그 시골의 사람에게 말씨의 중심지를 물어 볼 것이다. 고을살피, 도살피(道境界), 산천의 분포, 상태, 교통의 길줄(路線) 들이 그 참고 자료가 될 것이다.

③ 《시골말 캐기 잡책(方言採集手帖)》 같은 것을 가지고 가는 것이다. 이는 전국 소용으로 꾸며진 것이기 때문에, 어느 시골에는 반드시 딱 들어맞다고는 하기 어렵지마는, 전국적으로 달라짐이 많은 시골말을 많이 모은 것이라, 처음으로 하는 사람에게는 참고가 될 것이다.

(4) 이야기꾼(話者) 골라잡기

인제 그 고장에 가서 알맞은 이야기할 맞편(相對者)을 구하는 것인데, 이 골라잡기는 매우 곤란한 것이다. 지식 계급이 아닌 하층의 사람일수록 순수한 시골말을 사용하는 터이로되, 이런 사람들에게 대번에 《캐기 잡책》을 내어대는 것은 수고는 많고 소득은 적다. 그보다는, 어촌이면 고기잡이 이야기, 양잠 곳이면 누에치기에 관한 이야기와 같은, 이야기꾼의 잘 아는 일을 제목으로 삼든지 이야기꾼의 신변에 있는 연모·농구·입성(衣類)·집들의 각 부분의 시골말을 실물을 가리키면서 묻든지, 그 철의 행사·민속(풍속, 습관)을 이야기하게 하는 것이 좋다. 이도 캐는이가 썩 무관하게 덤비지 아니하면 좀처럼 이야기해 주지 않는다. 이야기 시키는 재주가 없으면 어렵다. 이것은 아주 기술이다.

늙은이도 좋은 이야기맞편(談話相對者)이다. 그러나, 일반으로 이야기꾼의 말하는 것을 낱낱이 그대로 믿어서는 안 되는 것이지마는, 이야기맞편이 늙은이일 적에는 더욱 그러하다. 악의는 없더라도 잊어버렸다고 하기 싫어하는 심사도 있으며, 또 기억의 틀림도 없지 않은 것이다.

여자도 좋은 이야기맞편이지마는, 여학생이나 여관의 시중꾼은 새말의 소유자라, 여기의 이야기맞편이 될 감목(資格)은 없다. 또 여자는 일반으로 수줍어하기 때문에, 수많은 동성들과 함께가 아니면 말하지 아니하는 경우가 많다.

《캐기 잡책》과 질문 일조목(事項)에서 답을 얻기 위하여는, 국민학교 교원이 가장 좋은 이야기꾼이다. 국민학교 교사는 그 시골내기(出生産)이며, 국어에 관한 지식도 있으며, 때로는 시골말에 관한 흥미를 가지고 있는 사람도 적지 않다. 따라 훌륭한 이야기 동무라 할 수 있다. 이런 사람들에게는, 시골말 연구의 흥미와 필요를 풀이하여, 그 협력을 얻을 수도 있다. 일반으로 시골말에 관심을 가진 사람을 발견할 수 있었다면 캐는이의 대단한 다행이다. 이런 사람으로부터는 뜻하잖은 많은 재료를 공급 받고, 귀중한 사실을 가르침 받을 경우가 있다.

캐는이는 허심으로 이들 이야기꾼의 말하는 것을 듣고, 충실하게 이를 기록할 것이지마는, 동시에 그 이야기꾼의 시골말은 그 이야기꾼의 시골말에 그치는 것임도 또한 주의하지 않으면 안 된다. 한 마을에 서이(三人)의 이야기꾼이 있어, 그 말하는 것에 모순이 있더라도, 괴이히 여길 것이 없다. 각 사람의 말씨 경험은 서로 다른 법이니까, ㄱ의 알지 못하는 것을 ㄴ이 알며, ㄴ이 알지 못하는 바를 ㄷ이 안다 함과 같은 일은 얼마든지 있다. 이런 이유에서 이야기꾼은 많을수록 좋다. 사범학교의 학생을 이용함은 주도한 주의 밑에 행할 것 같으면, 좋은 결과를 얻는다.

'그렇게는 말하지 않는다' 하는 소극적인 대답보다는 '그리 말한다'고 하는 적극적인 대답을 취하는 편이 좋다.

(5) 질문 사항

질문 사항은 구체적인 것을 뽑고, 추상적인 법칙적인 것을 피할 필요가 있다. 말본의 소양이 있는 이야기꾼은 걸핏하면 법칙적인 사실을 가르쳐 주는 경우가 많은데 이는 다만 참고 정도로 들어둘 것이다. 이야기꾼이 너무 학문이 있으면, 말씨 법칙을 독단적으로 세워서 이를 고집하는 폐가 없지 않다.

이야기맞편의 가려뽑기는 이렇게 곤란하다. 이로 하여금 자유스럽게 순수한 시골말을 말하게 하는 것은 더욱 곤란하며, 이를 여실히 기록하는 일은 더욱 곤란하다.

짧은 시일의 시골말 캐기를 성공으로 인도하기 위하여서는, 잘 가려잡힌 지점에서, 잘 가려잡힌 이야기꾼에게, 잘 뽑힌 질문 사항을, 자유스럽게 대답하게 하여 이를 정확히 표기하는 것이 필요한 조건이다. 지점, 이야기맞편, 질문 사항의 가려뽑기와 적기(표기법)의 바름과 틀림이, 그 조사의 운명을 결정하는 것이다.

고장조사(臨地調査)에 말미암지 않고 글월조사(通信調査)로써 그 희망을 구하는 경우에노 이 네 가지 조건은 그 조사의 성공과 실패를 결정한다.

조사 지점은 그 시골의 각 작은 시골말의 중심지와 그 밖에 교통 길줄에 따라서 잡고(정하고) 싶다. 그 밖에 또 도살피 부근은 특히 알뜰히 조사할 필요가 있다. 외딴섬은 꼭 빼서는 안 된다.

이야기맞편에는 국민학교 교사와 면사무소 직원을 가리면 괜찮겠다. 이는 달리 독지가가 따로 있는 경우에는 다르다.

질문 사항은 전국 일제히 조사할 일반스런 조사 사항과, 그 지점에 적절한 특수한 조사 사항과의 두 부분으로 되는 것이 좋겠다. 모든 추상적인 말문답은 부당하며, 복잡한 물음도 또한 좋지 못하다.

(6) 적기 글자

시골말을 적기에 사용하는 글자는 온누리 소리표(國際音聲記號)를 쓰면 정확하겠으나, 우리 한글로 적어도 괜찮을 것이다. 다만 어떤 경우에는 한글에다가 적당한 부호를 사용할 수도 있고, 어떤 경우에는 옛글자를 사용할 수도 있고, 어떤 경우에는 한글에 독특한 조건을 붙여서 사용하기도 할 것이다.

(7) 캐는이(採集者)

시골말의 이상한 점에 대하여 누구든지 흥미를 느낄 수 있으며,

또 그 흥미에 따라 캐기도 하여 볼 수 있을 것이다. 그러나 말씨 문화에 관하여 전문적 지식이 없이는 그 흥미, 그 캐기가 값있는 좋은 성과를 내기는 어려운 것이다. 시골말 캐기의 과학적 성과를 거두려면 소리갈(音聲學)·말본갈(語法學)에 대한 대강의 지식이 필요하다. 이러한 지식이 기초가 되고 그 위에 또 민속학의 지식을 가짐도 매우 좋은 보조가 될 것이다. 시골말 연구는 일종의 말씨 연구인즉, 국어학, 언어학(말씨갈)의 지식이 필요하며, 또 방언에 관한 제도·문물의 변천과 교통 관계를 알기 위하여 역사학·지리학도 중요한 보조학문이 된다. 물론, 말씨(言語)를 캐는 것이니까, 넓은 지식의 소유자일수록 정밀한 관찰이 될 것이다. 천체에 관한 시골말을 캐기에는 천문학 지식이 있는 사람이 좋고, 동·식물의 시골말을 캐기에는 박물학의 지식이 있는 사람이면 더욱 좋다. 그러나 이러한 지식은 있으면 있을수록 좋겠지마는, 없으면 없어도 견딜 수 있는 것이다.

그러나 소리갈·말본갈의 지식을 가지지 않은 사람의 캐기는 말씨 조사로서는 가치가 적다. 이를 식물 캐기(植物採集)에 비유해보건대, 재미로 식물을 캐어 모으는 사람의 캐기와 식물학자의 캐기와는 서로 같지 아니하다. 전문가는 전국의 식물 분포에 통달하여, 모을 것과 모으지 않을 것과의 구별을 알고 있고, 그 모으는 방법도 알고 있다. 그런데, 한 시골의 좁은 범위만으로, 다른 시골과의 비교를 알지 못하는 사람은 수고하여 가치가 적은 것을 모으고, 간혹 귀중한 표본을 캐었더라도 이를 보존·정리하기에 유감스런 점이 많다. 이 때문에 10년간 캐기에 종사한 재미꾼(好事家)의 캐기가 수일간의 전문가의 캐기에도 떨어지는 결과가 생긴다. 물론, 한 시골의 말씨의 기록은, 마치 한 시골의 식물의 목록과 같이, 이상을 말한다면 모든 말씨를 다 망라할 것이다. 그러나 그 중에는 특히 연구할 말한 것과 그렇잖은 것이 있다. 이를 감별하기 위하여는 과학스런 전문지식, 적어도 분포에 관한 지식이 필요하다.

한 시골의 말씨 현상을 빠짐없이 적으려는 일은 그 시골의 사람이 아니고는 완전한 조사는 바라기 어렵다. 어떠한 언어학자라도 얼마 되잖은 적은 날짜를 가지고는 한 시골의 말씨 현상을 가늘게 관찰할 수는 없다. 그 시골에 나서, 여러 해 동안 거기에 살아서, 그 시골의 자연과 인사에 통하여 있는 시골 사람이야말로 완전한 캐기를 할 수 있는 것이다. 이 경우에서도 말씨에 대한 상당한 소양이 필요함은 앞에 이미 말한 바와 같다.

한 시골의 완전한 식물 목록이 그 땅에 사는 식물학자로 말미암아 완성되는 것처럼, 한 시골의 시골말 기록은 그 땅에 살고 있는 시골말 공부꾼(學者)의 손으로 말미암아 비로소 완전한 것이 된다. 시골말갈(方言學)이 완성하기 위하여는 각 곳에 이 전문적 지식을 가진 캐기꾼(採集家)이 나타남이 가장 바라는 바이다. 곧 시골말 캐기의 흥미와 그 바른 방법의 보급이 첫째의 문제이다.

국민학교 학생이 풀통을 메고, 들밖에 나가서 잡초를 모으는 것도 식물 캐기의 첫 계단이다. 캐기의 취미와 방법은 이렇게 해서 차차 몸겪어 알게 된다. 한 권의 시골말 캐기 잡책과 한 자루의 연필과에 의지한 시골말 캐기도, 이런 뜻에서 웃을 것은 아니다. 첫번의 캐기에서는 값없는 잡초로 차 있더라도, 뛰어난 식물학자가 이렇게 하여 양성되어 가는 것이기 때문이다.

식물학자 가운데는, 한 지방의 식물 목록의 완성에 주력하는 사람도 있으며, 또는 이끼 따위(苔類)라든가 버섯 따위(菌類)라든가를 전문을 삼아, 그것만을 전국적으로 조사하는 사람도 있을 것이다. 시골말의 연구에도 아마 이 뒤에는 이 같은 분업이 행하여서 진보하여 가는 것으로 생각한다. 현재 박물학자 중에는 어떤 것에 한하여 전국적으로 그의 시골말을 모으는 이도 있다. 시골말의 온들(全野)을 한 사람으로 연구한다는 것은 곤란한 일이니까, 각 시골의 유지는 그 고장의 조사를 갈라 맡아, 소리갈꾼(音聲學者)은 말소리를, 말본갈꾼(語法學者)은 말본을, 낱말 같은 것(물고기, 새 따위, 곤충, …)은 그 전문 전문을 따라 조사하도록 할 것 같으면, 시골말갈(方言學)은 현저히 진보할 것으로 생각된다.

식물을 채집할 적에 표본을 캐어 모으고, 그 이름을 알고, 잎말리기를 하면, 그로써 만족하는 이가 적잖다. 그와 마찬가지로 시골말 연구자에도 시골말 모음책이나 엮으면 할 일은 다 되었다고 생각하는 이가 적잖다. 한 걸음 나아가, 그 분포의 조사가 되면 가장 잘된 것으로 치는 이도 있다. 그러나 분류학이 식물학의 입문인 것처럼, 시골말 모음책의 작성은 시골말 연구의 첫 계단의 준비 행위에 지나지 않는다. 식물의 형태와 생리의 학문이 있는 것처럼 시골말에는 그 살음몰골(生態)을 연구하는 것이 가장 흥미 있는 일이다. 시골말 모음책을 엮고 시골말 지도를 그리는 것은 그 기초를 짓는 데에 불과한 것이다. 말씨 지도(言語地圖)가 되었다 하더라도 이를 읽기에 통하지 않을 것 같으면 그 지도를 만든 보람이 없는 것이 되고 만다. 다만, 지도의 그리기는 누구나 할 수 있는 일이지마는, 이를 읽게 되면 그 연구자의 천분(天分)과 학문의 유무가 큰 차이를 가져오게 된다. 지식이 좁고 통찰력이 없는 이의 읽기는 한갓 독단이 되며 '혼자 좋다'로 되기 쉬운즉, 이는 경계하잖으면 안 된다.

이상은 캐는이의 종류를 중심삼아, 캐기 방법을 베풀어 왔는데, 이를 줄여 뭉그리면 다음과 같다. 캐기에는 글발(文獻)에 말미암는 것과 듣기(聽取)에 말미암는 것과의 두 가지가 있다. 하나를 '눈의캐기'라 하면 다른 하나를 '귀의 캐기'라 할 수 있다. 눈의 캐기는 될 수 있는 내로 이를 빌할 것이오, 부득이 한 경우에는 이를 귀의 캐기로써 바로잡을 필요가 있는 것이다.

귀의 캐기에도 나그네와 옮아온이(移住者)와 토박이와의 구별이 있다. 나그네의 캐기는 옅고, 토박이의 캐기는 깊다. 어떤이는 이 토박이의 캐기를 '마음의 캐기'라 하기도 한다. 옳은 말이다. 참된 시골말 연구는 소양있는 토박이의 손을 거치지 않으면 완성의 소망이 없는 것이다. 배달말을 참으로 이해하는 사람은 오직 배달겨레인 것과 같이, 시골말을 올바로 이해할 수 있는 이는 오직 그 시골 사람뿐이다. 나그네는 비교적 빨리 다른 시골의 말씨의 특색을 지적하기에 재빠른 것은 사실이니, 이는 귀에 서툰 말씨에 얼른 그 기이감을 가지게 되는 때문이다. 그 외형스런 특색은 잡기 쉬워하지마는 그 말씨의 핵심에 대지르기(接觸하기)는 또 나그네에게는 허락되지 않는 바이다. 이 말씨의 넋을 잡아쥐는 것이 토박이의 장처이기는 하지마는, 소양없는 토박이는 비교로 말미암아 욕설을 변별하는 수단을 알지 못한다. 여기에 나그네와 토박이와의 중간에 있는 옮살이인(移住者)의 지위가 있다. 옮살이인의 손에서 '시골말 모음'의 책자가 흔히 엮어짐을 보는 것은 이러한 사정에 터잡은 것이다. 그렇지마는 끝장은 뛰어난 토박이의 캐기야말로 가장 기대할 만한 것이다.

얼러보기(참고)

최 현배:《시골말 캐기 잡책〔方言採集受牒〕》.
石 宙明:《濟州島 方言集》.
李 崇寧:《濟州島 方言의 形態論的 硏究》, 東方學志 第三輯.

小倉 進平:《朝鮮語 方言の 研究》上·下.

河野 六郎:《朝鮮 方言學 試攷》.

東條 操:《方言と 方言學》.

橘 正一:《方言 讀本》.

柳田 國男:《方言 覺書》.

(4291. 6. 23.)

-〈사조(思潮)〉(1958. 8.)-

方言探集(시골말 캐기)에
對하야(방언채집에 대하야)

一(일). 方言(방언/시골말)의 뜻

方言(방언)이란 地方言語(지방언어)의 略(략)이니, 곧 어떠한 地方 (지방)(시골)을 물론하고 그 地方(지방)의 말을 이름이다. 이러한 原義 (원의)에 있어서는, 方言(방언)은 저 대중말(標準語)에 대한 사투리(訛 語)와는 서로 같지 아니한 것이다. 그러나 한 번 서울말로써 그 나라 의 대중말을 삼아 놓고 보면, 그 밖의 地方(지방)(시골)의 말의 그 地 方(지방)에만 局限(국한)되어 쓰이는 것은 곧 사투리가 되나니, 이래 서 方言(방언)(시골말)이 곧 사투리(訛語)를 뜻하게 되는것이다. 이는 마치 地方(지방)이란 말이 원래 서울 밖의 地方(지방)말을 뜻하는것 이 아니었마는, 따라 서울도 한낱의 地方(지방)이었지마는, 차차 用 例的(용례적)으로 局限(국한)되어서는 서울 밖의 地方(지방) 곧 「시 골」말을 뜻하게 됨과 마찬가지이다. 그러나 原義(원의)에 있어서는, 方言(방언)(시골말)은 地方言語(지방언어)이니, 사투리(訛語)보다는 그 뜻이 넓으니라.

二(이). 方言採集의 必要(방언채집의 필요)

말은 時間(시간)을 따라 變遷發達(변천발달)하는 同時(동시)에 또 地方(지방)을 따라 差異(차이)가 생기는것이다. 그러므로 方言(방언)은 그 地方(지방)의 鄕土文化(향토문화)의 現象(현상)의 하나이다. 우리는 純然(순연)한 智的慾求(지적욕구), 科學的 研究(과학적 연구)의 立場(입장)으로 方言(방언)을 캐어 모아서, 이를 調查研究(조사연구)하는 일이 있다. 이리하야 方言採集(방언채집)은 그 方言(방언)이 使用(사용)되는 地方(지방)의 鄕土史(향토사) 研究(연구)와 民俗學(민속학) 또는 土俗學(토속학) 研究(연구)의 좋은 材料(재료)가 되는것이다. 물론, 이러한 採集(채집)은 實習(실습)이 아니요, 探究(탐구)인따름이다.

다음에 우리는 標準語 制定(표준어 제정)의 準備(준비)로서 方言(방언)을 캐어 모을 必要(필요)가 있는 것이다. 가령 甲地方(갑지방)의 말로써 標準語(표준어)를 삼는다 하더라도 甲地方(갑지방)의 말이면 다 의례이 대중말이 되는것이 아니요, 甲地方(갑지방) 以外(이외)의 地方言語(지방언어)라고 다 의례이 사투리가 되는 것이 아니다. 다만 標準語 制定(표준어 제정)의 規範意議(규범의의)에 비춰 보아서, 不當(부당)한것이 비록 甲地方(갑지방)의 말이라도 사투리가 될 수 있는것이요, 합당한 것은 비록 他地方(타지방)의 말이라도 대중말이 될수 있는 것이다. 또 어떤 경우에는 甲地方(갑지방)의 말의 부족한 것을 他地方(타지방) 말로써 補充(보충)하는 일도 없지 아니할 것이다.

이제 朝鮮(조선)은 比較的 方言(비교적 방언)의 나라가 아니다. 다만 淸州島(청주도) 固有(고유)의 方言(방언) 以外(이외)에는 그리 顯著(현저)한 他地方(타지방) 差異(차이)가 있지 아니하다. 그러나 部分的

(부분적)으로 자세히 본다면, 역시 方言(방언)이 상당히 있다. 이것을 캐어 모아서 잘 硏究(연구)하고 整理(정리)함은 우리의 文化活動(문화 활동)의 한 중요한 部面(부면)이 되는 것이다.

三(삼). 方言採集의 內容(방언채집의 내용)

方言採集(방언채집)(시골말 캐기)의 內容(내용)은 대략 세 가지로 가르나니, 語彙(어휘), 音韻(음운), 文法(문법)이다. 첫재, 御諱말수)의 採集(채집)은 단순한 單語(단어)의 地方的 差異(지방적 차이)를 캐는 것이니, 이를테면, 蘿蔔(나복)(萊菔 菁根)을 地方(지방)을 따라 무우, 무, 무수, 무시, 무귀, 무끼 等(등)으로 씀을 캐는 것과 같은 것이다.

둘재, 소리캐기(音韻採集)는 地方(지방)을 따라 말의 소리의 다름을 캐는 것이니, 이를테면, 豆(두)를 地方(지방)을 따라 팣, 팥, 팟, 퐅, 폿 等(등)으로 내며, 「뎌 됴 듀 디」를 本音價(본음가)대로 내는 데도 있으며, 「더 도 두 디」로 내는대도 있으며, 또 「저 조 주 지」로 내는 데도 있음을 캐는 것과 같은 것이다.

셋재로, 말본(語法) 캐기란 것은 地方(지방)을 따라 풀이씨(用言)의 끝바꿈(活用)을 달리하는 것을 캐는것을 이름이니, 이를테면, 聞(문)은 「들으니」라 하는 데도 있으며, 「듣으니」라 하는 데도 있으며, 載(재)를 「싣고」라 하는데도 있고, 「실고」라 하는데도 있음을 캐는 따위이다.

四(사). 方言採集의 方法(방언채집의 방법)

前人(전인) 또는 他人(타인)의 記錄(기록)에 依(의)하야, 方言(방언)을 캐는 方法(방법)도 있겠으나, 이는 正確性(정확성)이 적어서 믿을 수 없는 것이다. 그러므로 될 수 있는 대로 實地(실지)에 나아가서 캐는것이 좋다.

方言(방언)의 實地採集(실지채집)의 統一(통일)있는 理想的 方法(이상적 방법)은 어떠한 天分(천분)이 넉넉한 한 사람이 充分(충분)한 素養(소양)을 가지고 同一(동일)한 方針(방침) 아래에서 同一(동일)한 눈과 귀와 손으로써 企圖(기도) 各地方(각지방)을 巡回(순경)하면서 着實(착실)히 採集(채집)하는 일일 것이다. 이러하면, 그 成績(성적)은 統一(통일)이 있으며, 또 正確(정확)을 期(기)할 수가 있을 것이다. 그러나 한 사람이 이러한 일을 能(능)히 할수 없는 것이다. 서령 한 地方(지방)에 한 열흘 동안 머물러서 그 地方(지방)의 方言(방언)을 캔다고 치더라도 日數(일수)도 여간 많은 것이 아니지마는, 그 採集內容(채집내용) 自體(자체)도 그리 正確周到(정확주도)하다 할 수 없을 것이다. 왜 그러냐 하면, 約(약) 十日(십일)의 時日(시일)로써는 그 地方語(지방어)의 眞髓(진수)를 다 알았다 할 수 없을 것이다. 그러므로, 한 사람의 採集範圍(채집범위)는 자연히 약간의 地域(지역)에 한하게 될 수밖에 없으며, 또 제 地方(지방)말을 제가 몸소 캐는 것이 가장 유리한 것이다.

이와 같이, 한 사람이 능히 全國(전국) 方言(방언)을 혼자 다 캐지 못하는 以上(이상), 言語學(언어학), 音聲學(음성학) 一般(일반)의 知識(지식)에 통한 方言研究(방언연구)의 同志(동지)를 惠成(혜성)하는 것이 필요하다. 그래서 이 同志(동지)들은 각각 다음과 같은 條件(조

건)을 修得具備(수득구비)하여야 한다. 곧

1, 音聲學(음성학)의 實地(실지) 演習(연습)의 功(공)이 필요하다. 곧 첫재 朝鮮語音一般(조선어음일반)에 관한 知識(지식)을 닦을 것이요, 그래서 적어도 面鏡(면경)을 사용하야 자기의 發音(발음)을 記述(기술)하는 經驗(경험)을 쌓아아 한다.

2, 조선말의 말본 一般(일반)에 관한 知識(지식)을 닦아야 할 것이요.

3, 될수있으면 대중말(標準語)의 發音(발음)에 精通(정통)하는 것이 좋을 것이요.

4, 朝鮮語音(조선어음)의 記法(기법)에 能通(능통)함이 필요하다.

이러한 資格(자격)을 갖훈 同志(동지)들이 同一(동일)한 方針(방침)을 세워가지고, 각각 갈라맡은 地方(지방)으로 가서 實地採集(실지채집)에 착수할 것이다.

그런데, 이 實地 採集(실지 채집)에도 여러가지의 方法(방법)이 있겠다. 어떠한 事件(사건)을 中心(중심)하여서 採集(채집)하는 방법이니, 이를테면 광대놀음, 모내기, 가을하기(秋收), 고기잡이 等(등)을 中心(중심)하여서 그에 관한 말을 캐어 모두는 것과 같은 것이다.

또 農家(농가)나 漁家(어가)에 들어가서, 그 집에 散在(산재)한 器具(기구) 等(등)을 물어 적는 것도 한 방법이 될 것이요, 또 그네들의 生活(생활)에서 자연으로 나오는 語彙(어휘), 發音法(발음법) 等(등)을 주의하야 摘記(적기)함도 한 방법이다.

以上(이상)은 아무 豫定案(예정안)이 없이 되는 대로 닥치는 대로 캐는 無案法(무안법)이라 할 수 있을 것이다. 이에 對(대)하야 어떠한 豫定案(예정안)을 가지고 캐는 制限法(제한법)이라 할 만한 것이 있다. 無案法(무안법)은 多數人(다수인)의 採集報告(채집보고)가 매우 複雜多端(복잡다단)하야 그 整理(정리)가 여간 어려운 것이 아니다.

그래서 모처럼 한 採集(채집)이 虛勢(허세)로 돌아가는 일이 없지 아니하다. 그런데, 制限法(제한법)은 미리 一定(일정)한 內容(내용)을 정하여가지고 그 각각의 內容(내용)에 該當(해당)한 記號(기호)(곧 漢字(한자)로써 함)를 적고, 다시 거기에 標準語(표준어) 또는 有力(유력)한 方言(방언)들을 붙여 적어서, 그것에 該當(해당)한 方言(방언)을 캐는 것이니, 그 採集報告(채집보고)는 整理(정리)하기에 썩 편리한 利點(이점)이 있다. (그 각 單語(단어)에다가 번호를 記入(기입)하면 더욱 편리할 것이다) 이 制限法(제한법)은 方言採集(방언채집)의 初步(초보)로서, 그 方法(방법)의 學習(학습)이 되며, 또 時間的(시간적) 經濟的(경제적)으로 매우 有用(유용)한 것이다. 그러나 方言採集(방언채집)의 大成(대성)은 도저히 이 制限法(제한법)만으로는 期待(기대)하기 어려운 것도 얼른 짐작할 수 있는 일이다.

다시 方言採集(방언채집)에 관하야 주의하여야 할 것은 될 수 있는 대로 그 地方(지방)사람의 입으로 無心(무심)히 自然(자연)히 나오는 말을 銳敏(예민)한 聽覺(청각)으로써 들어 캐기를 힘쓸 일이다. 만약 採集者(채집자)가 輕率(경솔)하게 스스로 發音(발음)하면서 이렇게 하느냐 저렇게 하느냐고 물으면, 그 正確(정확)한 言語學的 識見(언어학적 식견)이 없는 시골 사람들은 흔히는 이렇게도 하고, 저렇게도 말한다고 대답하거나, 혹은 이렇게 한다고 判斷(판단)해 준다 할지라도, 도저히 眞正(진정)한 方言(방언)을 캘 수가 없다. 이제 制限法(제한법)으로써 採集(채집)하는 경우에 나의 알고저 하는 말이 自然的 生活(자연적 생활)에서 그 地方人(지방인)의 입에서 나오기를 기다리기는 썩 어렵고 가깝한 일이다. 그런 경우에 그 方言(방언)을 들으려면, 들어 보기는 하여야 할 것이지마는, 될 수 있는 대로 그 말을 直接的(직접적)으로 들어 묻지 말고, 그 말이 그 말가운대서 자연스럽게 섞이어 나오도록 다른 일을 묻는 것이 賢策(현책)이 되는 것이다. 만약 內容(내용)을 舉示(거시)하야 直接(직접)으로 물을 것 같으면, 그 對者(대자)가 일부러 그 말을 바루 하려고 힘쓰기 때문에, 혹은 無定見(무정견)하게, 혹은 語源的 偏見(어원적 편견)에서, 혹은 英字音(영자음)에 대한 先入見(선입견)에서, 그 답을 左右(좌우)하는 일이 적지 아니하다. 이는 나의 實地(실지)에 겪은 일이다.

五(오). 方言採集의 整理方法(방언채집의 정리방법)

採集(채집)한 方言(방언)은 한 冊子(책자)에 收入記錄(수입기록)하야 整理(정리)함이 필요하다. 그리하야 끝장에는 方言大辭典(방언대사전)이 되게 함이 좋을 것이다. 그러고 語彙(어휘), 語法(어법), 音韻(음운) 等(등) 각각으로 方言分布圖(방언분포도)를 作成(작성)하야 一目瞭然(일목요연)하게 함은 더욱 바랄 만한 일이다.

×   ×

시골말캐기는 오늘의 朝鮮(조선)에 있어서 매우 필요한 일이다. 新文化(신문화)의 澎湃(팽배)한 壓力(압력)에 依(의)하야 점점 後退(후퇴)하여가는 각 地方(지방)의 文化(문화)의 遺業(유업)을 保存(보존)하는 것도 매우 뜻 깊은 좋은 일이요, 朝鮮語文(조선어문)의 硏究(연구) 및 統一(통일)의 氣運(기운)이 바야흐로 熾烈(치열)한 오늘에 있어서 그 公平(공평)한 正路(정로)를 보이는 것도 매우 有助(유조)한 일이니, 이러한 意味(의미)에서 方言採集(방언채집)은 참 필요한 일이다. 그러나 시골말캐기는 다만 朝鮮語文硏究(조선어문연구)의 專門家(전문가)에게만 필요한 일이 아니라, 널리 一般人(일반인)에게 다 필요한 일이니, 누구든지 한 興味事(흥미사)로서 이 方言(방언)을 探集(채집)하여서, 上記(상기)의 朝鮮語文(조선어문)의 保存(보존) 及(급) 發達(발달)에 一臂(일비)의 寄與(기여)를 함도 또한 즐거운 일이 되리라 하노라.

-〈한글〉 4권 6호(1936)-

사전에서의 울림말의 차례 잡기
-한글 본문의 개선을 제안함-

들어가기

  한글 맞춤법에 제정되어, 한글 자수 24과 그 이름이 결정된 뒤에, 편찬 발행된 "큰 사전"을 보면, 여섯 권이 다된 뒤에, 그 맨 끝에 다가, 비로소 아차, 잊었다 하는 듯이, 한글 24자 중 홀소리 ㅏㅑㅓㅕㅗㅛㅜㅠㅡㅣ의 열 자를 차례로 들어 놓았다. 그러나, 그에 딸린 낱말은 찾지 못하고, 겨우 "ㆅ다, ㅎ다, ㅣ(토), ㅣ다(잡)"를 들었을 뿐이다.

—이것이 어찌 이상스럽지 아니한가? 한글의 약½ 더구나 발음상으로 우위에 있는 홀소리 전부가 여섯 권의 사전이 다 끝나도록 아무 소용이 없었을가? 이는 세계 어느 나라말의 사전에서도 찾아볼 수 없는 기현상이 아닐 수 없다. 곧 여기에 무슨 잘못된 점이 있지나 아니할가?

또 한 가지, 홀소릿줄 "아야어여오요우유으이"가 닿소리 표준의 배열인 한글 본문 14줄의 중간에 끼어 있음은 무슨 까닭일가? 여기에 무슨 미비한 점이 있지나 아니할가?

이 두 가지 의문점을 가지고 볼 적에, 우리는 우리말 사전의 울림말 벌림에서 무슨 덜 정리된 점이 있는 것 같은 느낌을 누구나 가질 것이다.

그런데, 현재 울림말의 벌림차례는 단순히 한결로 한글 24자의 차례에만 기대지 않고, 24자로써 만든 낱내틀 곧 "한글 본문"의 차례에 기댄 것인즉, 여기 울림말의 벌림차례 문제는 절로 "한글 본문" 그것의 벌림 문제가 되는 것이다. 그래서, 나는 여기에 "한글 본문" 개정안을 내걸고 그 풀이를 해볼려는 것이다.

(一(일)) 한글 낱자의 차례 잡기의 역사적 변천

(1) 훈민정음에서의 차례

훈민정음에서는 한글 스물 여덜 자의 차례는

ㄱㅋㆁ　ㄷㅌㄴ　ㅂㅍㅁ　ㅈㅊㅅ　ㆆㅎㅇ　ㄹ　△

牙音　舌音　脣音　齒音　喉音　半舌音　半齒音

ㆍㅡㅣㅗㅏㅜㅓㅛㅑㅠㅕ

로 되어 있다. 곧 닿소리를 먼저 하고, 홀소리를 나중하였다. 왜 그랬을가?

"훈민 정음 해례"의 "제자해"에 기대면, 천지의 도가 음양(陰陽) 뿐이다. 따라, 사람의 음성도 다 음양의 이치를 가졌다. 정음의 지음도 이 음양의 이치에 맞춰 지은 것이라 하였다. 그리고, 홀소리의 풀이를 보면, "ㆍ"는 하늘의 둥글음을 본뜨고, "ㅡ"는 땅의 평탄함을 본뜨고, "ㅣ"는 사람의 섬을 본떴다. 곧, "ㆍㅡㅣ" 석 자가 천·지·인 삼재(天地人 三才)를 본떠 지었다. 삼재(三才)가 만물의 비롯임과 같이, ㆍㅡㅣ 석 자가 다른 모든 홀소리 자의 비롯이 된다고 하여, 그 교합음양의 이치에 따라, ㅗㅏㅜㅓ가 생기고, 다시 한 번 더하여, ㅛㅑㅠㅕ가 생겼다고 풀이하였다. —제자해의 첫머리의 근본원리에 관한 풀이와 홀소리 11자의 제자해가 한가지로 동양 철학 사상에 기대어 되었는 이만큼, 그 첫머리 말에 잇대어서 먼저 홀소리의 제자해를 풀이함이, 그 내용으로 보나, 그 추상적 원리스런 설명 방식으로 보나, 긴밀히 어울리는 것이다. 그런데, "제자해"에서 첫머리의 대원리 다음에 곧 달아서 닿소리 17자가 그 소리내는 기관의 꼴을 본떠 만들었음을 말하고, 그런 다음에야 겨우 홀소리의 제자 풀이를 하였다. 곧 홀소리를 먼저 세움이 그 제자해의 원리적 설명으로 보아 당연한 것이어늘, 사실은 그렇지 아니하여, 정음의 본문에서나, 그 제자해에서나, 닿소리를 먼저하고 홀소리를 나중하였다. 이는 과연 무슨 까닭이었을가?

한자(漢字) 음운학에서, 모든 자음은 初中終(초중종) 삼성으로 되었는데, 초성이 소리나는 처음이니, 처음이 있으므로 해서, 그 나머지 소리가 달아날 수 있는 것이라 하여, 초성을 韻書(운서)에서 자모(字母)라 하나니, 모든 음성이 이로부터 나는 까닭에 모(母)라 한다. 곧

正音初聲(정음초성), 卽韻書之字母也(즉운서지자모야), 聲音由屯而生(성음유둔이생), 故曰母(고왈모).

고 하였다. 여기에서 우리는 훈민 정음에서, 닿소리를 홀소리 앞에 세운 소이연을 알 수 있다.

그러나, 오늘의 언어과학으로 볼 적에, 닿소리가 홀소리보다 앞에 가야 할 객관 타당성은 있다고 할 수 없다고 나는 생각한다.

(2) 훈몽자회에서는 먼저 초성 종성에 통용하는 8자를 들고, 다음에 초성에만 쓰이는 8자를 들었는데, 각각 아·설·순·치·후(牙舌脣齒喉)의 순서로 벌리었다. (그러나, ㆁ을 후음 자리에 둔 것은 틀림이다.). 그리고 나서, 중성에만 쓰히는 11자를 들었다. 곧 한글 27자(28자에서 ㆆ자가 없어졌음)의 벌림차례는

ㄱㄴㄷㄹㅁㅂㅅㆁㅋㅌㅍㅈㅊㅿㅇㅎ

ㅏㅑㅓㅕㅗㅛㅜㅠㅡㅣ·

로 되었다.

그 홀소리 차례가 훈민 정음의 그것하고는 딴판으로 다른데, 그 차례잡기의 근거가 무엇인지는 도무지 알 수 없으며, 또 그것이 최세진 스스로가 하였는지, 또는 다른이가 그런 차례를 마련함이 있었음에 기댄 것인지는 알 수 없다. 그러나, 이를 홀소리 세모꼴에 채워 놓으면, 실로 정연한 순서임을 일견에 깨칠 수 있다. 잘 되었다 할

만하다. 그리고 초중성을 합해서 만든 글자의 보기로,

　가갸거겨고교구규그기ㄱ

를 들고, 다음에 초·중·종 세 소리가 합해서 지은 글자의 보기로,

　간肝(간) 갇笠(립) 갈刀(도) 감柿(시) 갑甲(갑) 갓皮(피) 강江(강)

을 들었다. 그리고, ㄱ 이하의 각 소리로 초성을 삼고, ㅏ 이하의
각 소리로 중성을 삼아 글자를 지으면, 176자가 된다(16×11=176)
고 하였은즉, 최 세진에 있어서는, "아야어여오요우유으이ㅇ"줄과
"아야어여오요우유으이"줄이 각각 따로 있었다. 그리고서, 또 최 세
진은 "ㆁ"자의 소리는 코를 울려서 소리내고 "ㅇ"자의 소리는 목구멍
에서 나서 가볍고 허한 소리일 뿐이다. 그러므로, 처음엔 약간 서로
다르지만, 대체는 서로 비슷하다고 말하였을 뿐이다.

　(3) 세속의 "한글 본문"에서는,

　"가나다라마바사아자차카타파하"의 열 넉 줄(14×11=154)로 하고,
또 각줄마다 "과궈" 줄 두 자씩 더하여, 한 줄이 가갸거겨고교구규
그기ㄱ 과거의 13자로 되고(혹은 맨 끝 줄 뒤에 한꺼번에 붙여 쓰기도
함) 모두 182자(14×13=182)로 하였다.

　속간의 한글 본문이 저 최세진의 그것과 다른 점은.

　1. 사 줄 다음에 아 줄이 아주 없어졌으며,

　2. 초성에만 쓰히는 8 자 중에서 ㅿ가 없어지고, ㅇ가 ㆁ의 자리로
옮아 갔으며,

　3. ㆁ는 초성으로는 아예 쓰히지 않고, 다만 맨 앞 가줄 앞에 받침
으로 쓰히는 자로서, "ㄱㄴㄷㄹㅁㅂㅅㆁㅣ"에 남아 있을 뿐이다.

　4. 초성에만 쓰히는 6 자(8-2=6)의 차례가 무원칙스럽게 바뀌었
다. (ㅋㅌㅍㅈㅊㅿㅇㅎ→ㅈㅊㅋㅌㅍㅎ)

대체로, 이 속간의 한글 본문이 기초가 되어, 사전 울림말의 벌림
은 이 차례에 따라 하게 되었다.

(4) 우리말의 최초의 사전인, 프랑스 선교사의 편찬 "한불 ㅈ뎐"(韓
佛字典), 1880, Yokohama에서는 한글의 차례잡기를,

  아야ᄋ어여으이오요우유

  ㅎㄱㅅㅋㅁㄴㅇㅂㅺㅍㄹㅅㅆㄷㅼㅌㅌㅈㅆㅊ

로 하였다. 곧 홀소리 먼저, 닿소리 나중으로 하였다. 다시 그 홀소리
의 차례를 살펴보면,

  아애야ᄋᆡㅓㅔㅕㅖㅚㅡㅢ ㅣㅗㅘㅚㅛㅜㅞㅝㅟㅠ

로 되었다. 거기에 한 가지 주윗점은 딴이붙임(보기 가+ㅣ=개)이 닿소
리 받침보다 앞섰으며, 또 ㅏ 따위를 그 본형대로의 글자를 먼저 설
명하고, 곧 다음에는 ㅇ를 붙인 "아" 따위의 낱말을 풀이한 점이다.

  한 가지 의심나는 점은, 그 당시에는 그 한글 본문의 성립이 되지
않았던가? 만약 그것이 있었더라면, 구태여 이렇게 달리할 필요가
무엇이 있을가?

(5) 영인 선교사 께일(James S. Gale)의 편찬 "한영 자전" 1897.에서
의 한글 차례잡기도 앞의 "한불 자전"에서와 꼭 같다. 그러나, 그 수
정판인 재판 삼판 "한영 대사전" 1911, 1931.에서는 그 벌림차례를
닿소리:ㄱㄴㄷㄹㅁㅂㅅㅣㅇㅈㅊㅋㅌㅍㅎ, 홀소리:ㅏㅑㅓㅕㅗㅛㅜㅠㅡㅣ·
ㅘㅝ로 고치었다. 그 중에는 이해하기 어려운 점들이 있다. 마는, 여
기서 세론을 피한다.

(6) 일본인 편찬 조선 총독부의 "조선어 사전"에는 한글 벌림차례를

저 "한글 본문"의 그것에 따라 하였다. 다만 보기로 사 줄을 들건대,

사ᄉᆞ샤서소솨쇼수숴슈스시

로 하고, 이 각 자에 각종 받침하기, 딴이붙임을 하고서 각종 받침하기로 되어 있다.

이 사전에서 주목된 것은, (1) "ᄋᆞ"를 "아"에 흡수시켰으며, (2) "과 궈" 줄을 ㅗ와 ㅜ와에 갈라붙였으며, (3) 된소리 ㅺㅼㅽㅆㅾ는 독립한 줄을 인정하지 않고, 예사소리 ㄱㄷㅂㅅㅈ에 수시로 붙여내었다. 이를테면,

가짓부리, 가치, 싸치, 가치다

와 같이, 이것은 일어 사전에서 흘림소리 ガザダ를 다루는 방법 그대로이다.

(7) 한글 학회의 "한글 맞춤법 통일안", 1933.에서는 한글의 자수와 차례와 이름을

ㄱ ㄴ ㄷ ㄹ ㅁ ㅂ ㅅ ㅇ ㅈ ㅊ ㅋ ㅌ ㅍ ㅎ ㅏ ㅑ ㅓ ㅕ ㅗ ㅛ ㅜ ㅠ ㅡ ㅣ

기 니 디 리 미 비 시 이 지 치 키 티 피 히 아 야 어 여 오 요 우 유 으 이

역 은 귿 을 음 읍 옷 응

로 하였다. 곧 이 안에서는, 속간에서 사용하던, "·"와 "ㆁ"마저 없이하고, 한글의 자수를 24자로 하였다.

여기서 특히 주의해야 할 점은, "ㆁ"은 훈민정음의 엄닛소리 "ㆁ"이란 점이다. 그것의 확증은

1. 나 스스로 그 통일안 제정의 충성스런 한 사람으로서, 그렇게 믿어 조금도 의심하지 아니하며,

2. 작년(1966) 한글 학회 총회 석상에서, 이 문제를 의논할 적에, 훈민 정음의 欲字(욕자) 처음 펴아 나는 소리 "ㆁ"은 한글의 자수에서 제외된 것이라고, 고 이탁 님(그 역시 통일안 제정 위원이었음)이 증언하였으며, 또 그 증언에 대한 반대도 하나도 없었으며,

3. 24자 중의 "ㆁ"자의 이름을 "이응"이라 하였음은 곧 훈몽 자회에서 구별된 이름 "ㅇ"는 "伊", "ㆁ"은 "異凝"을 그대로 취한 것이 확실하다. 만약 "ㆁ"이 받침으로는 "ㆁ"(이응)이 되고, 첫소리로는 "이"가 되는 것으로 인정하였다면, 그 이름 "이응"에 대하여 무슨 주석이 필요하였을 것이 아닌가.

4. 이를 굳이 증명 대는 것은, 그 통일안 다음에 사정한 "조선어 표준말 모음", 1936.에서 "아야어여……"를 가로풀어적기에서 다만 "ㅏㅑㅓㅕ"로 적은 사실이다.

5. "ㆁ" 한 자로써 두 가지 소리값을 인정한다는 것은 한글의 글자갈에서의 과학성을 모독하는 속인의 비과학적 편의주의스런 입론이다.

(8) 한글 학회의 "큰 사전"에서는, 물론 첫째로 "통일안"의 차례잡기에 따랐고, 또 다른 쪽에서는 속간의 "한글 본문"에 따라 편찬하였다. 그런데도 그간에 아무런 부디침(撞着(당착))이 있음을 느끼지 아니한 것은, "ㆁ"(이응)의 소리값을 받침에서와 첫소리에서의 다름을 인정하였기 때문이다. 그러나, 이 인정은 그릇된 일정으로서, 앞에 "통일안"에서 풀이한 바와 같은, 당시 통일안 제정 과정의 사실과 이론을 잘못 안 때문이요, 그 그릇된 인식의 탄로는, 이 글 맨 첫머리에서 말한 바와 같은, 책 끝의 ㅏㅑㅓㅕ……의 풀이에서 밝아졌다.

"큰 사전"은 또 한쪽으론 일인의 "조선어 사전"을 본떴기 때문에, "과궈" 줄을 ㅗ와 ㅜ와의 갈라붙인 것은 좋았지마는, 된소리 ㄲㄸ

ㅃ……를 독립 줄로 하지 않고 그저 예사소리 ㄱㄷㅂ……에 수시로 붙여낸 셈은 부당한 것이었다.

(9) 그래서 한글 학회의 "중사전" 1958, "소사전" 1960, "새 한글 사전" 1965에서는 이를 바로잡아, 된소리 ㄲㄸㅃ……을 각각 딴 줄로 잡아, 각기 예사소리 다음에 세웠다. 그러나, 여기서도 아직 ㅏㅑㅓㅕ……는 그 책 끝에 붙이는 잘못을 바로잡지 못하였으며, 세간의 여러 사전들도 다 이 잘못을 따랐을 뿐이다.

(10) 남광우님의 "고어 사전" 1960과 유창돈님의 "이조어 사전" 1964과에서는, 각각 초성차례, 중성차례, 종성차례의 세 갈래로 벌렸는데, 그 세 갈래에서도 서로 일치함이 없다.

ㄱ. 고어 사전:

초성의 차례

ㄱㄲㅲㅴㅺㄴㅥㄷㄸㅳㅵㅼㄹㅁㅱㅂㅃㅽㅸㅅㅄㅆㅿㅇㆀㆆㆁㅈㅶㅾㅉ
ㅊㅋㅌㅷㅍㆄㅎㆅ(39)

중성의 차례

ㅏㆍㅐㆎㅑㅒㅓㅔㅕㅖㅗㅘㅙㅚㅛㆉㅜㅝㅞㅟㅠㆌㅡㅢㅣ(25)

종성의 차례

ㄱㄳㄴㅧㅨㄵㄶㄷㄹㄺㅩㄻㄼㄹㅸㄽㅬㄾㄿㅭㅀㅁㅍㅯㅂㅸㅄㅅㅺㅼ
ㅿㆁ(ㅇ)ㅈㅊㅌㅍㅎ(37)

ㄴ. 이조어 사전:

초성 차례

ㄱㄲㅺㅴㅲㄴㅥㅻㄷㄸㅼㅵㅳㄹㅁㅱㅂㅃㅽㅸㅅㅆㅄㅿㅇㆀㆁㆆㅈㅉㅾ
ㅶㅊㅋㅌㅷㅍㅎㆅ(39)

중성 차례

·ㅣㅏㅐㅑㅒㅓㅔㅕㅖㅗㅘㅙㅚㅛㆉㅜㅝㅞㅟㅠㆌㅡㅢㅣ(25)

종성 차례

ㄱ ㄳ ㄴ ㄵ ㄶ ㄷ ㄹ ㄺ ㄻ ㄼ ㄽ ㄾ ㄿ ㅀ ㅁ ㅄ ㅻ ㅂ ㅄ ㅅ ㅆ ㅿ

ㆁ ㅈ ㅊ ㅋ ㅌ ㅍ ㅎ(36)(고어 사전에서 37)

이제, 이 두 책에서의 차이에 대하여 자세한 비평을 할 겨를이 없거니와 초중종 세 가지에서 한 가지도 그 차례가 일치함이 없다. 한 말로 해서, 차례잡기의 기준이 확립되지 못하고, 임시 임시로 그 편의를 따라, 더러는 말을 대종하고, 더러는 글자를 대종하였기 때문이다. 요컨대, 낱말의 벌림차례를 잡기에 과학적 기준을 확립하지 못한 탓이라 하겠다.

(二(이)) 한글 낱자의 차례잡기의 개선안=한글 본문의 개선안

나는 이상에서 한글 차례잡기의 변천의 대강을 들었다. 5백 년이 지나도록 아직 그 차례가 합리적으로 정리되지 못하고 있음은 심히 부끄러운 일이 아닐 수 없다. 더구나, 이제 한글 학회의 "큰 사전"의 수정 증보의 일을 맡고 있는 나로서는 더욱 그 책임의 중함과 함께 그 합리스런 개선의 필요를 절실히 느끼는 바이다.

나는 우리말 사전에서의 낱말(울림말)의 벌림차례에 관하여, 끊이잖는 관심과 연구를 하여 왔으며, 이제까지에 이미 세 차례의 제안을 한 일이 있다.

1. 1936년 4월 펴낸 "한글" 통권 36호에 "조선어 사전에서의 허

위 배열의 순서 문제"

2. 1959년 4월 펴낸 "한글" 통권 124호에 "한글 스물 넉 자의 차례잡기에 관하여 제안함"

3. 1961년 5월 펴낸 소책자 "국어 말본을 가르치는 이들에게 붙임"에서 "말광에서의 낱말의 벌림차례"란 제목으로.

번번이 나의 소견은 조금씩의 진보가 있었음을 자인하는 동시에, 금번 네째번의 발표는 나의 7십 평생의 부단 연구의 최후의 안이 될 수밖에 없겠다. 독자 여러분은 깊이 통찬하시기를 바란다. 이에 나는 제안한다. "새로운 한글 차례"의 세 가지 방안

첫째, 나는 한글 24자의 차례를 홀소리 먼저, 닿소리 나중으로 하고, 닿소리 ㅇ자는 맨 끝으로 하여,

(一(일)) ㅏㅑㅓㅕㅗㅛㅜㅠㅡㅣㄱㄴㄷㄹㅁㅂㅅㅈㅊㅋㅌㅍㅎㅇ

으로 한다. 그러나, 기본 글자 24자 만으로써는 그 차례가 여러 가지로 동요할 수 있으며, 또 실제로 있음을 우에서 이미 살핀 바인즉, 이를 요지부동하게 확정하기 위하여, 다음과 같이,

(二(이)) ㅏㅐㅑㅒㅓㅔㅕㅖㅗㅘㅙㅚㅛㆉㅜㅝㅞㅟㅠㆌㅡㅢㅣㆍㆎㄱㄲ ㄳ ㄴᄓㅥㅧㅨㄵㄶㄷㄸㄹㄺㅩㄻㄼㄽㅬㄾㄿㅀㅭㅁᄆᄀㅰㅯㅂㅳㅃㅄㅴㅵㅶㅷㅸㅅㅺㅼㅽㅆㅾㅿㅈㅊㅋㅌㅍㅎㆅㆁㅇㆀㆆ(홀소리 25+닿소리 54=79)

로 하였다. 이것은 이적말이거나 옛 말이거나를 물론하고 모든 우리말의 낱말은 다 일정하게 벌릴 수 있도록 한, 가위 완전한 차례잡기라 할 만하다고 생각한다.

그러나, 현재의 모아쓰기 맞춤에서는, 우의 낱자의 차례만 가지고는, 그 벌림차례가 아직도 미분명함을 면ㅎ지 못한다. 왜냐하면, 순전한 풀어쓴 가로글씨 같으면, 24자의 순서만 가지고도, 그 벌림차례는 일정불변이 될 수 있겠지마는, 현재의 모아쓰기에서는 낱자가

기준이 아니고, 낱내가 기준이 되기 때문이다. 그래서, 오늘의 모아쓰기(낱내 기준)에서의 벌림차례를 확정 하려면 모름지기 기본스런 낱내틀(音節表(음절표)) 곧 "한글 본문"을 들지 않으면 안된다.

(三(삼)) 새 차례의 한글 본문

ㅏ (ㅐ) ㅑ (ㅒ) ㅓ (ㅔ) ㅕ (ㅖ) ㅗ (ㅘ ㅙ ㅚ) ㅛ (ㅚ) ㅜ (ㅝ ㅞ ㅟ) ㅠ (ㅟ) ㅡ (ㅢ) ㅣ

	아	애	야	얘	어	에	여	예	오	와	왜	외	요	외	우	워	웨	위	유	위	으	의	이
ㄱ	가	개	갸	걔	거	게	겨	계	고	과	괘	괴	교	괴	구	궈	궤	귀	규	귀	그	긔	기
ㄴ	나	내	냐	냬	너	네	녀	녜	노	놔	놰	뇌	뇨	뇌	누	눠	눼	뉘	뉴	뉘	느	늬	니
ㄷ	다	대	댜	댸	더	데	뎌	뎨	도	돠	돼	되	됴	되	두	둬	뒈	뒤	듀	뒤	드	듸	디
ㄹ	라	래	랴	럐	러	레	려	례	로	롸	뢔	뢰	료	뢰	루	뤄	뤠	뤼	류	뤼	르	릐	리
ㅁ	마	매	먀	먜	머	메	며	몌	모	뫄	뫠	뫼	묘	뫼	무	뭐	뭬	뮈	뮤	뮈	므	믜	미
ㅂ	바	배	뱌	뱨	버	베	벼	볘	보	봐	봬	뵈	뵤	뵈	부	붜	붸	뷔	뷰	뷔	브	븨	비
ㅅ	사	새	샤	섀	서	세	셔	셰	소	솨	쇄	쇠	쇼	쇠	수	숴	쉐	쉬	슈	쉬	스	싀	시
ㅈ	자	재	쟈	쟤	저	제	져	졔	조	좌	좨	죄	죠	죄	주	줘	줴	쥐	쥬	쥐	즈	즤	지
ㅊ	차	채	챠	챼	처	체	쳐	쳬	초	촤	쵀	최	쵸	최	추	춰	췌	취	츄	취	츠	츼	치
ㅋ	카	캐	캬	컈	커	케	켜	켸	코	콰	쾌	쾨	쿄	쾨	쿠	쿼	퀘	퀴	큐	퀴	크	킈	키
ㅌ	타	태	탸	턔	터	테	텨	톄	토	톼	퇘	퇴	툐	퇴	투	퉈	퉤	튀	튜	튀	트	틔	티
ㅍ	파	패	퍄	퍠	퍼	페	펴	폐	포	퐈	퐤	푀	표	푀	푸	풔	풰	퓌	퓨	퓌	프	픠	피
ㅎ ㅇ	하	해	햐	햬	허	헤	혀	혜	호	화	홰	회	효	회	후	훠	훼	휘	휴	휘	흐	희	히

이 새 한글 본문에 대한 잡이를 붙이면, 다음과 같다.

1. 홀소리 ㅏㅑㅓㅕ……를 아야어여……로 적은 것은 모아쓰기 맞춤에서의 종래의 버릇을 존중하여, 소리값도 없고, 글자도 아닌 "ㅇ"를 초성 자리에 채운 것이다.

2. 된소리는 각각 그 예사소리의 다음 줄로 한다. 보기:

가줄 다음에 까줄

다줄 다음에 따줄

3. 그 나머지 소리, 보기로 ㅅ, ㅄ 따위도 첫소리로서 낱내를 이룰 적에는 두째 표(二(이))의 한글 차례에 따라 벌인다.

4. "ㅇ"(엄닛소리, 이응)은 첫소리로서 낱내를 이루지 않음이 예사이므로 ㅗ 자리를 맨 끝에 잡았다. 만약 옛말 적기에서 "ㆁ"이 첫소리로 쓰일 적에는, 하줄 다음에 ㅏ줄을 세울 것이다.

5. 이 새 한글 본문에서는 종래 속간의 것의 "과궈"줄을 각각 제소리 다음에 자리 잡았디. 곧 "고과" "구궈"식으로.

6. 모든 낱내에 "딴이붙임"을 해서 그 차례를 보이었다. 따라, 이 한글 본문에다가 가능한 모든 닿소리 받침만 하면 우리말에서의 낱내의 셈이 될 것이다.

7. 이 본문은 규칙스럽게 벌렸기 때문에, 말의 실제에는 쓰히지 않는 낱내가 꽤 많다. 그런 것들은 다만 네모꼴(□)로써 그 자리를 채웠을 뿐이다.

(三(삼)) "새 한글 본문"에 대한 비평

첫째, 그 개선된 내용의 개황

1. 이 낱내들은 종래의 버릇을 존중하여, 닿소리의 차례를 무슨 까닭을 붙여서 달리 옮기지 아니하였다.

2. 다만 종해의 사줄과 자줄 사이에 끼어 있던 "아줄"을 맨 앞으로 옮기었고, 닿소리 이응(ㅇ)은 첫소리로서 낱내를 이루는 일이 예사론 없기 때문에 맨 끝에 자리 잡았을 뿐이다.

3. 세계 각국의 국문이 "ㅏ"소리로써 첫 자를 삼는 것이 많다. 로오마자히브리 글자, 일본의 가나 들이 다 그러하다.

4. 일본 가나 50소리틀에서, 낱내를 이루지 못하는 "ソ"은 맨 끝에다가 붙였다. 이제 우리의 "ㅇ"자도 첫소리로서 낱내를 이루지 아

니하기 때문에, 낱내들의 맨 끝에 자리하였다. 이는 자연스런 처리이라 하겠다.

5. "과궈"줄을 옮긴 것과 모든 낱내에 딴이붙임을 베푼 것은, 약간 버릇과 틀린 것이지마는, 글자들의 당연한 차례이기 때문에, 그 벌림이 자연스럽고 또 이해에도 아무런 지장이 없을 것으로 믿는다.

6. 한글 24자의 자리가 외곽이 되고 그 아낙(內部(내부))에 홀소리의 차례와 닿소리의 차례에 따라 합한 낱내들이 질서 정연하게 벌려졌으니, 그 정리가 완성되었다 해도 과언이 아니라고 생각한다.

두째, 이론상의 문제

훈민 정음에서 목소리로서 "ㅇ"(민동글)를 인정한 것은, ㅏㅑㅓㅕ……만으로는 소리가 나지 못하고 반드시 목소리 "ㅇ"와 어울러야만 소리 난다(凡字必合而成音(범자필합이성음))고 하였다. 이는 홀소리 ㅏㅑㅓㅕ……는 다만 소리내고자 하는 입꼴(口形(구형))만을 보인 것이요, 제 홀로 소리나지 않는다고 본 때문이다. 그러므로, "아야"로 적어야 하지, "ㅏㅑ"로 적어서는 안 된다. 따라, "아야…"의 "ㅇ"도 글자로 인정해야 한다고 이론을 캐는 이가 없지 아니할 것이다.

이 이론은 한 차례 그리 여길 만도 하다. 마는, 그러한 훈민정음에서의 소리봄(言聲觀을 어디까지나 밀고 나갈 수는 없다고 본다. 이를테면, "가"의 ㄱ도 제 홀로는 소리나지 못하고, ㅏ도 제 홀로는 소리 나지 못한다면, 그 소리나지 못하는 둘이 어우른다고 어디서 소리 나는 능력이 생길 수 는 없지 아니한가? 또 설령 둘이 합한 "가"가 소리난다고 치더가도, "가"를 길게 내면, ㄱ은 첫머리엣 짧게 소리나아 버리고 ㅏ만 길어진다. 그러면, ㅏ만으로도 소리가 길게 나는 것이 되고 마다. 따라, ㅑㅕ…는 다만 입꼴만 보이고 제 홀로 소리나지 못한다는 이론을 고집할 수 없지 아니한가? 만약 그런 이론을 고집한다면, "가"는 "ㄱ야"로 적어야 마땅할 것이다. — 그러한즉, 우리는 한글의 홀소리 ㅏㅑㅓㅕ…도, 세계 다른 나라들에서 인정하는 바와 같이, 제 홀로 소리나는 것으로 인정하지 않으면 안 된다고 나는 세운다. 그래서 한글의 ㅏㅑ 따위를 "아야"로 적는 낱내를 네모꼴이 되도록 한다는 모아쓰기 맞춤의 원칙(버릇)을 그대로 인정한 것이니, "아야"의 ㅇ은 글자가 아니요, 다만 네모꼴을 만들기 위한 "쓸데없는 소용물"에 지나지 않는 것이라고밖에 달리 말할 수는 없는 것이다. 이것이 한글 맞춤법 통일안에서 한글의 자수를 24자로 잡고, 동글꼴(圓形(원형))의 글자는 다만 하나만 세운 소이연이다.

이미 민동글 "ㅇ"("伊(이)")를 글자로 치지 아니하였은즉, 또 빈데(空間) 채우는 동글은 언제나 첫소리 자리에만 필요하고, 소리값 있는 꼭지동글 ㆁ(이응)은 언제나 받침으로 사용하는 것이기 때문에, 둘의 꼴을 특히 구별하지 않더라도 절로 밝아서, 아무런 혼란이 생길 우려가 없기 때문에, 다만 그 자리잡음으로써 구별하게 되고, 그 자체의 꼴로서의 구별은 필요하지 않게 되었다. 그래서 민동글 "ㅇ"과 꼭지동글 "ㆁ"과의 자꼴스런 구별은 저절로 없어지고 만 것이다.

통일안에서 이렇게 확정된 사실은 앞에서 이미 증거대어 말하였다. 따라 "아야…"의 ㅇ를 글자로 인정하려면, "한글 24자"란 규정을 "25자"로 고쳐야 할 것이다.

또 어떤 이는 ㅇ 한 자가 받침으로는 "ŋ" 소리값이 되고, 첫소리로서는 공이 된다고 하면 안 되느냐고 할는지 모른다. 그러나, 한 자로써 두 가지 소리값을 인정하여, 이렇게도 저렇게도 읽게 하자는 것은 훈민정음의 과학성을 모독하는 처리인 즉, 도저히 용허할 수 없는 일이며, 또 그러한 처리는 통일안의 규정에도 위반되는 것이므로, 도저히 인정할 수 없다.

세째, 습관상의 문제

이 "새 한글 본문"은 비록 크지는 않지마는, 종래의 것에 약간의 변경을 가져온 것은 사실이다. 따라, 이러한 변경이 과거의 버릇에 젖은 사람의 심리에 어떻게 일할가? 이도 한번 생각해 보는 것은 필요한 일이라 하겠다.

이제 다시 그 변경된 점을 요약하자면,

1. 먼저 24자의 낱자 차례에서 홀소리가 앞에 오고 그 다음에 닿소리가 왔으며,

2. 닿소리 중에서도 ㅇ이 맨 끝으로 왔으며,

다음에 "본문" 차례에서

1. "아"줄에 맨 앞에 왔으며.

2. 14줄마다의 차례에서, "오" 다음에 "와"가 , "우" 다음에 "워"가 왔으며,

3. 모든 홀소리에 "딴이붙임"을 하였으며,

4. ㅇ(이웅)은 첫소리가 되어서 낱내를 이루지 않음이 분명히 나타나아 있다.

이만한 변경이 글자심리에 큰 변동을 가져와서, 글자사용에 지장이 오리라고는 생각되지 않는다. 시방 서울 시에는 종래 수백 년 동안 익혀 온 굽은 길이 하루아침에 곧바른 큰길로 변한 것이 한두 군데가 아니다. 물론 처음에는 좀 서먹서먹한 이상한 느낌이 없지 않지마는, 몇 번 지나다녀 보면, 그 다음에는 아무렇지도 않고 도리어 편리함만 누리게 될 뿐임을 우리 시민은 누구나 다 경험하고 있다. 이와 같이, 모든 불합리, 부자연, 불편리한 제도 문물들이 합리적으로 편리하게 바로잡히는 것은 결코 사람을 괴롭히는 것이 아니요 오히려, 사람의 생활을 더 쉽고 더 좋게 만드는 것이니, 여기에 생활의

향상이 있고 문화의 발달이 있는 것이다. 이러한 당연한 개혁마저 꺼리고 싫어한다면, 그 백성은 진취성없는 나약한 백성으로서, 생존 경쟁장에서 자기보존·생존번영을 이룰 수 없을 것이다.

"한글 본문"에서, 우리는 이미 일본인의 합리적 정리인 "과궈"줄의 자리 옮김을 아무 잉팀 없이 받아들였으며, 받침으로 안 쓰던, ㅈㅊㅋㅌㅍㅎ도 받침으로 쓰고 있으며, 엿가락같이 달아쓰던 글줄도 대체 낱말 본위로 띄어 쓰고 있으며, 더구나 내리만 쓰던 글줄을 가로줄로 쓰고 있다. 그러함으로써, 불편은 커녕 편리를 누리고 있다.

종래의 한글 본문에서 "아"줄이 14줄의 중간에 끼어 있기 때문에, 수많은 카아드 정리에 불편이 많았다는 사실은, 문교부의 "우리말 쓰기의 잦기 조사"를 사오년간 주관한 이 승화 님이 체험담을 학회 총회 공석상에서 말한 일이 있었다. 무엇때문에 홀소리줄이 닿소리줄들 중간에 끼어야 하느냐는, 이론적으로 도저히 생각할 수 없고, 실제로서는 질들이기 어려운 것이 사실이 아니겠는가? 그렇기 때문에, 불편을 느꼈은 즉, 그를 정리함으로써, 낱말차례의 돌음이 훨씬 편리하게 되어, 수십만 카아듯장도 다루기 편리할 것은 뻔한 사실이라 하겠다. — 우리는 내일의 광명을 위하여, 낡은 족쇄를 벗어 버리는 것이 나아가는 국민의 자세가 아닌가?

네째, 교육상의 문제

오늘날의 국어 교수 방법은 옛날과 달라, "한글 본문"에 기대지 않고, 바로 쉬운 말부터 비롯하여, 그 글자의 꼴과 소리와 뜻과를 한꺼번에 배우게 한다. 그리하여서, 아무런 지장 없이, 글과 말을 배우게 된다. 만약, 아이들이 책읽기만으로 만족한다면, 글자의 차례 곧 낱내를 "한글 본문"을 몰라도 별 지장이 없을 것이다.

그렇지마는 어린이들도 오륙 학년이면 사전을 찾아야 하겠고, 중학교부터는 누구든지 국어 말광을 찾지 않으면 안 된다. 말광을 찾으려면 반드시 그 울림말의 벌림차례를 미리 알고 있잖으면 안 된다.

그러면, 새 한글 본문을 배우는 것이 묵은 한글 본문을 배우기에 견주어, 어느 것이 배우기에 더 쉽겠는가가 문제일 것이다. 공평하게 말해서, 이미 한글을 다 깨친 어린이가 다만 배우기만 하는 데에는, 새것이나 묵은 것이나 그리 큰 차이가 있다 할 것이 없겠다. 그러나, 그네들에게 그 벌림차례를 이해시키기에는 묵은 것보다는 새것이 훨씬 효과스러울 것임이 틀림 없다고 생각한다.

곧, 먼저 홀소리를 다 배우고, 다음에 각 닿소리가 한 줄의 홀소리하고 어울려서 이룬 낱내를 익히는 것이 훨씬 합리스럽고, 따라 더 쉽고 보람 있는 것이 된다. 그리고 맨 끝으로 이응자(ㅇ)는 첫소리로서 낱내를 이루는 일이 없음(옛글 이외에는)을 깨치게 될 것이다.

내가 근일에 알아본 바에 기대면, 연세대학교 한국어 학당에서는 한국에가지 온 외국인들에게 우리말을 가르치는데, 수년의 경험 끝에, 맨 먼저 "아야어여"줄을 가르치고, 그 다음엔 하루 "가나다" 석 줄씩 가르치는 것이 가장 효과적임을 발견하고서, 이런 방법을 내리 쓰고 있다 한다. 나의 새 안은 결코 결코 나 개인의 이론적 구성에 그친 것이 아니라, 뜻밖에도 한국어 학당에서 한국어 교육의 실제적 경험이 자발적으로 그러한 새 한글 본문을 창안한 것이니, 얼마나 믿음직한 일인가?

맺음말: 나는 이상에서 한글 낱자차례의 역사적 변천을 살피고서, 그것이 오늘날까리 합리적으로 잘 정리되지 못함을 발견하고서, 나의 새로운 제안을 하였다. 이것은 나의 70평생 한글의 연구

에서의 "부단 노력"의 최종의 결과로서, 감히 그 "쓸만함"을 믿어 의심하지 아니한다. 더구나, 이제 한글 학회의 "큰 사전"을 수정 증보하여, 우리 나라 사전 문화의 갱일층의 진보를 꾀함으로써, 한글 학회의 국어 문화에서의 지도적 구실을 충실히 하려는 이때에 울림말의 벌림차례를 앞에 제안한 "새 한글 본문"에 따라 하는 일이 반드시 있어야 할 것을 세우는 바이다. (1967. 7. 31.)

-〈한글〉140호(1967)-

씨갈래(Wortarten 品詞(품사))

    우리말의 씨갈래(獨逸語(독일어) Wortarten, Redeteile, 英語(영어) Part of Speech, 語(어)의 品類(품류), 品詞(품사))를 어떻게 잡는가? 이것은 누구든지 알고 싶은 문제이다.

    주시경(周時經) 스승님은 그 지은 문법책에 우리말의 씨를

      임, 엇, 움, 겻, 잇, 언, 억, 늘, 끗

의 아홉 갈래로 가르었고, 다음에 『말의 소리』에서는 이를 좀 변경하여서

      임, 엇, 움, 겻, 잇, 굿

의 여섯 갈래로 잡으셨다.

    그뒤에 김두봉(金枓奉)님은 그 지은 『조선말본』에서 씨갈래를

      임, 언, 움, 겻, 잇, 맺, 언, 억, 늦

의 아홉 갈래로 잡으셨다.

    이제 이 두분의 가름에 대하여 장황히 말할 겨를이 없은 즉, 다만 나의 가름을 간단히 소개하고저 한다.

    나는 우리말의 씨갈래를

이름씨(名詞(명사))	대이름씨(代名詞(대명사))
셈씨(數詞(수사))	움즉씨(動詞(동사))

어떻씨(形容詞(형용사))　　　잡음씨(指定詞(지정사))

어떤씨(冠形詞(관형사))　　　어찌씨(副詞(부사))

느낌씨(感動詞(감동사))　　　토씨(助詞(조사))

의 열가지로 잡노니, 그 가름의 차례를 표시하면 다음과 같으니라.

이제 이 각씨갈래의 보기를 들면 다음과 같다.

　　이름씨―사람, 나무, 일, 공부, 놀음

　　대이름씨―나, 너, 자네, 그대, 그

　　셈씨―하나, 둘, 첫재, 열재

　　움즉씨―가다, 놀다, 흐르다, 피다

　　어떻씨―히다, 검다, 단단하다, 춥다

　　잡음씨―이다, 아니다

　　어떤씨―이, 그, 저, 새, 외

　　어찌씨―잘, 못, 자주, 빨리, 급히

　　느낌씨―하, 아, 아뿔사, 후유

　　토씨―가, 이, 은, 을, 에, 도, 까지

이제 간단한 월을 몇 들어 그 씨갈래를 가리키면 다음과 같다.

(이) (토) (잡 (이) (토) (이) (토) (어) (이) (토) 어떤) (이)

풀 도 아닌 것 이 사시 에 푸른 것 은 저 대

(이) (잡) (대) (토) (어떤 (이) (토) (움)

뿐 이요……그것 은 온갖 곳 에 쓰힌다.

(느) (이) (토) (어찌) (움) (셈) (토) (움) (셈)(토) (움) (움)

참, 공부 를 잘 하는구나. 하나 를 보면 열 을 깨친다 오.

-〈한글〉2권 5호(1934)-

씨끝바꿈(語尾活用(어미활용))

첫재 끝바꿈의 법

(一(일)) 풀이씨(用言)는 줄기(語幹)와 씨끝(語尾)의 두 조각으로 되었다.

줄기(語幹(어간))는 그 말의 실질적(實質的) 뜻을 나타내는 것이니 고정(固定)하여 바꾸이지 아니하는 조각이요, 씨끝(語尾)은 그 말의 형식적(形式的) 뜻을 나타내는 것이니, 문법적(文法的) 관계를 드러내기 위하여 여러가지로 바꾸이는 조각이니라. 보기를 들면

줄기	씨끝
기다리	다
사랑하	다
바라	다
먹	다

와 같으니라.

(이(二)) 풀이씨의 씨끝이 문법적 관계를 드러내기 위하여 여러가지로 그 꼴을 바꾸는 것을 씨끝바꿈 또는 줄여서 끝바꿈(活用)이라 일컫나니라. 이를테면 『먹다』가

줄기	씨끝
먹	다
먹	어
먹	은
먹	고
먹	기

로 됨과 같으니라.

끝바꿈(活用(활용))은 풀이씨에만 있고, 다른 갈래의 씨에는 없나니라.

(三(삼)) 풀이씨의 줄기는 단일한 중심관념(中心觀念)으로 되는 것이 그 으뜸꼴(原形)이지마는, 그 뜻을 더 가늘게 매기기 위하여 줄기에 붙어서 그것을 돕는것이 있나니 이런것들을 도움줄기(補助語幹)라 일컫나니라. 이를테면

『잡으시다』의『으시』

『잡히다』의『히』

『잡았다』의『았』

『잡겠다』의『겠』

과 같은 따위니라.

도움줄기(補助語幹)는 원줄기에 싸여 들어가서 한낱의 줄기가 된다. 따라 그것이 씨끝바꿈으로 말미암아 바꾸이지 아니하고 고정적 형태를 지니나니, 이를테면

줄기	씨끝	줄기	씨끝
잡히	다	잡히시었	다
잡히	고	잡히시었	고
잡히	어	잡히시었	어
잡히	기	잡히시었	기
잡히	니	잡히시었	으니

에서와 같으니라.

그러므로 풀이씨는 간단한 것이나 복잡한 것이나 다 마찬가지로 한 줄기와 한 씨끝과의 두 조각으로 되었나니라.

(四(사)) 씨끝바꿈(活用(활용))에는 크게 보아 세 가지 법이 있나니 마침법(終止法(종지법)) 껌목법(資格法(자격법)) 이음법(接續法(접속법)) 이 그것이니라.

첫재 마침법(終止法(종지법))은 월을 풀이하여서 그 월을 끝맺는 법을 이름이니

막다 먹는다	베풂꼴(敍述形(서술형))
막느냐	물음꼴(疑問形(의문형))
막아라	시킴꼴(命令形(명령형))
막자	꾀임꼴(勸誘形(권유형))
막구나	느낌꼴(感歎形(감탄형))

와 같은 것이니라.

둘재 껌목법(資格法(자격법))은 풀이씨가 더러는 독립적으로 더러는 월의 풀이(陳述)가 되면서 그 껌목(資格)을 바꾸어서, 더러는 어찌씨(副詞(부사)) 같이 되고, 더러는 어떤씨(冠形詞(관형사))같이 되고, 더러는 이름씨(名詞(명사)) 같이 되는 것을 이름이니

막아 막게 막지 ……………… 어찌꼴(副詞形(부사형))

막는 막은 막을 ……………… 어떤꼴(冠形詞形(관형사형))

막음 막기 ………………… 이름꼴(名詞形(명사형))

과 같은것들이니라.

셋재 이음법(接續法(접속법))은 풀이씨가 월의 풀이가 되어서 그 월을 끝맺지 아니하고, 다시 다른 풀이씨나 월에 잇는법을 이름이니, 이를테면

먹으니, 먹으면, 먹고, 먹어도

와 같은것들이니라.

둘재 벗어난 끝바꿈 풀이씨 또는 벗어난 풀이씨(變格活用用言(변격활용용언) 又(우)는 變格用言(변격용언))

다음과 같은 벗어난 끝바꿈풀이씨(變格活用用言(변격활용용언))를 인정하고, 그것들이 각각 제 특유한 변칙에 의지하여 일반의 법칙과는 달리 씨끝(語尾(어미))이 바꿈을 인정하고 그 바뀐대로 적기로 한다.

(一(일)) 줄기(語幹(어간))가 원칙에 벗어난 것.

(ㄱ) 줄기의 끝소리가 줄어진 것.

(1) ㄹ벗어난 풀이씨(ㄹ變格用言(변격용언))

(2) ㅅ벗어난 풀이씨(ㅅ變格用言(변격용언))

(3) 으벗어난 풀이씨(으變格用言(변격용언))

(4) ㅎ벗어난 풀이씨(ㅎ變格用言(변격용언))

(ㄴ) 줄기의 끝소리가 다른 소리로 바뀌는 것

(5) ㄷ벗어난 풀이씨(ㄷ變格用言(변격용언))

(6) ㅂ벗어난 풀이씨(ㅂ變格用言(변격용언))

(二(이)) 씨끝(語尾(어미))이 원칙에 벗어난것

(7) 여벗어난 풀이씨(여變格用言(변격용언))

(8) 러벗어난 풀이씨(러變格用言(변격용언))

(三(삼)) 줄기와 씨끝이 함께 원칙에 벗어난 것.

(9) 르벗어난풀이씨(르變格用言(변격용언))

(1) 르벗어난풀이씨(줄기의 끝소리가 ㄹ인 풀이씨를 총칭)는 ㄴ ㅅ ㅂ과 특히 홀소리 「오」의 우에서는 그 줄기의 끝 ㄹ이 줄어지는 변칙에 따라서 ㄹ이 줄어진 대로 적는다.

으뜸꼴	주는 것
울다(鳴(명))	우나, 우니, 웁니다, 우오
길다(長(장))	기나, 기니, 깁니다, 기오

[주의] ㄷ ㅈ 우에서는 줄기의 끝 ㄹ이 줄어지는 일이 있지마는 안 줄어짐으로써 정칙을 삼으며, 또 ㅅ ㄹ 우에서 ㄹ이 줄어지지 않는 일이 있기도 하지마는, 주는것으로써 정칙을 삼는다.

(2) ㅅ벗어난 풀이씨(ㅅ으로 끝진 줄기를 가진 풀이씨의 약간)은 홀소리 우에서는 줄기의 끝 ㅅ이 줄어지는 변칙대로 적는다.

으뜸꼴	주는 것
잇다(續)	이어, 이으니
낫다(癒)	나아, 나으니
짓다(作)	지어, 지으니

(3) 『으』 벗어난 풀이씨(줄기가 홀소리 『으』로 끝진 움즉씨 가운대 『러』 벗어난풀이씨와 『르』 벗어난 풀이씨와를 제한 남아지를 총칭)는 『어』 우에 서는 그 끝소리 『으』가 줄어지는 변칙에 의지하여 줄기와 씨끝을 합 하여 적는다.

으뜸꼴	주는 것
쓰다(書)	써서, 썼다
크다(大)	커서, 컸다
건느다(渡)	건너서, 건넜다
고프다(飢)	고파서, 고팠다
깃브다(喜)	기뻐서, 기뻤다
아프다(痛)	아파서, 아팠다
슬프다(悲)	슬퍼서, 슬펐다

(4) ㅎ벗어난 풀이씨(ㅎ으로 끝진 줄기를 가진 어떻씨의 약간)는 그 특별한 변칙에 의지하야 ㅎ이 줄어지는것은 그 줄어진 대로 적는다.

으뜸꼴	주는 것
하얗다	하야니, 하얀, 하야면
높다랗다	높다라니, 높다란, 높다라면

(5) ㄷ벗어난 풀이씨(기본형에서 ㄷ으로 끝진 줄기를 가진 풀이씨의 일부)는 홀소리 우에서 ㄹ로 바뀌는 변칙대로 적는다.

으뜸꼴	주는 것
묻다(問)	물어, 물으니
듣다(聞)	들어, 들으니
일컫다(稱)	일컬어, 일컬으니

(6) ㅂ벗어난 풀이씨(ㅂ으로 끝진 줄기를 가진 풀이씨의 약간)가 그 변칙에 의지하여 (홀소리들 우에서) 그 말끝 ㅂ이 『우』로 바뀌는 것은 그 실제의 발음대로 적는다.

으뜸꼴	주는 것
눕다(臥(와))	누우니, 누워
덥다(暑(서))	더우니, 더워
몹다(姸(연))	고우니, 고(위)와
돕다(助(조))	도우니, 도(위)와

줄기의 홀소리가 ㅜ ㅗ 인 말에서는 『가』는 문자관례(文字慣例)에 의지하야 『와』로 적음. 또 『도우니』를 『도으니』로, 『도움』을 『도음』으로 쓰기도 하지마는 이는 표준어로 인정하지 않음.

(7) 『여』 벗어난 풀이씨는 그 변칙에 의지하여 『아』가 『여』로 바꾸임을 인정하고 그대로 적기로 한다.

보기 하여, 하여도, 하여야, 하였다, 하였으니, 하였으면

(붙이) 『하야』(하야도, 하야야 따위는 말고) 하나만은 허용(許容)함.

[잡이] 『ㅐ ㅔ ㅚ ㅟ』 알에 『어』를 혹 『여』로 내는 일이 없지 않으나 (사실은 일용회화에서는 『어』가 짜르고 불분명하게 날 뿐이요, 『여』로 나는 일은 거이 없음) 이는 『여』 변격으로 인정하지 않는다.

(8) 『러』 벗어난 풀이씨는 특별한 그 변칙에 의지하여 씨끝 『어』가 『러』로 됨을 인정하고 그대로 적기로 한다.

으뜸꼴	주는 것
이르다(至(지))	이르러, 이르렀다
푸르다(靑(청))	푸르러, 푸르렀다
누르다(黃(황))	누르러, 누르렀다

(9) 『르』 벗어난 풀이씨 끝이 음절 『르』로 끝진 풀이씨의 그 말 끝 『으』가 줄어지는 동시에 그 씨끝 『어』가 『러』로 바뀜을 인정하고 그 대로 적기로 한다.

으뜸꼴	주는 것
흐르다(流(류))	흘러, 흘렀다
너르다(廣(광))	널러, 널렀다
오르다(登(등))	올라, 올랐다
빠르다(速(속))	빨라, 빨랐다

-〈한글〉 2권 5호(1934)-

안갖은 움직씨 "닥다"에 대하여
"닥아"와 "다가"의 변

一 (일)

"닥다"는 안갖은 움직씨로서, 그 끝바꿈이 매우 불비하여, 겨우 마침법으로서는

    베풂꼴······닥으오.

    시킴꼴······닥으오, 닥아라.

감목법(資格法(자격법))으로서는

    어찌꼴······닥아.

이음법으로서는(있을 수 있는 것으로)

    매는꼴······닥으니, 닥으면

따위가 쓰일 뿐이다.

이와 같이, "닥다"의 끝바꿈이 매우 갖지 못하지마는, 그렇다고 해서 그 독자적 존립성은 도저히 무시할 수 없는 중요한 한 낱말인 것이다.

안갖은 움직씨란 원래가 이렇게 그 끝바꿈꼴이 불비한 것인 즉, 그 꼴의 불비함으로써 그 말 자체의 독립성 내지 가치를 경시할 것은 못 된다고 생각한다. 원래 어떤 풀이씨의 끝바꿈이 여러 가지로

잘 갖지 못함은 사람이 그 말을 아직 안 쓰거나 또는 편파하게(치우 치게) 씀으로 말미암아 그 꼴이 쭈그러진 것이니, 가령 달다(與(여))- 달라, 다오(다고)의 "달다"는 단 시킴꼴 두 가지만 쓰일 뿐인데, 그 중에도 "다오"의 "-오"는 예사 높임이 아니요, 아주 낮춤이 됨과 같 다. 그러므로, 이러한 안움근 풀이씨도, 그것이 널리 많이 씀으로 말미암아, 차차 그 움근 모습(形態)을 도로 가질 수가 있을 것이라 생각한다.

"닥다"의 끝바꿈이 불비하기는 하지마는, 누구든지 이 말을 안 쓰 는 사람은 한 이(一人)도 없다. 위에 든 꼴 가운데에서도 "집에 닥아", "닥아서오"의 경우와 같은 것이 가장 흔히 쓰이고 있다. 이제 다시 생각하건대,

"이리로 닥으오"

"닥아 서오"

의 "닥다"(닥으오, 닥아)는 으뜸 움직씨(제움직씨)이요,

"집어 닥아"

"받아 닥아"

의 "닥다"(닥아)는 도움 움직씨임이 틀림없다.

그러나, 보통 사람들은 이 "닥아"를 "가다라, 먹다가, 놓다가"의 씨끝 "-다가"(그침꼴)와 구별하여 명확히 인식하지 못하고 있다. 따 라, 그네들의 언어 의식에서는, "닥아"의 독립적 존재는 매우 희미한 가운데에 있다고 하여도 과언이 아니겠다. 그리하여, "집어다가, 가 져다가"로 하지 않고, "집어 닥아, 가져 닥아"로 함을 매우 이상스럽 고 번잡한 것으로 생각하는 일조차 없지 아니하다. 그러나, 이것이 국어의 말수(어휘)에 관한 정확한 인식인 이상, 그것("닥아"로 씀)이 결코 공연한 번잡이 아니라, 새로운 소득으로서의 증가된 정신적 재

산인 것이다. 이러한 새로 발견된 정신적 재산에 대하여, 아무런 흥미도 느끼지 못히는 사람은 나만 그것을 번잡한 것으로, 귀찮게 생각한다. 이는 국어에 대한 존중의 정신이 부족하고 겨레의 말씨문화(言語文化)에 대한 자각이 모자란 잘못이라 아니 할 수 없다. 프랑스의 아카데미(학술원)에서는 그 편찬인 사전에 한 낱말의 증감에 관하여, 여러 해를 두고 연구한다고 한다. 우리는 과거 역사에서 남의 한문을 숭상하고 제 나라의 말과 글을 천시, 무시한 결과로, 조상 전래의 말씨를 잊어버림(忘却)의 구렁으로 잃어버린 것이 부지기수이다. 이 "닥다"도 이미 여러 가지의 말본스런 노릇을 잃어버리고서, 방재 잊어버림의 구렁으로 떨어지려고 하는 위태한 순간에 있는 낱말이다. 이를 집어올려서 그 뜻과 꼴과 노릇을 풀이하여, 이를 유의적으로 쓰는 것은, 말씨문화의 창조는 아닐망정, 확실히 그 만회(挽回)는 되는 것으로, 우리 말씨의 장래의 발전을 위하여, 우리의 마땅히 하지 아니하면 안 될 것이라 생각한다.

二(이)

어떤 이는 이 말의 으뜸꼴이 "닥다"가 아니요, "다그다"이다. "다그다"는 "으 벗어난 끝바꿈"을 하는 것인 즉, 그 어찌꼴은 "닥아"가 아니라, "다가"이라야 한다고 한다.

그러면, 그 으뜸꼴이 "다그다"이란 근거는 무엇이냐 하면, "다그치다"란 말이 있는데, 이는 "다그다"에 힘줌도움줄기 "치"가 더하여서 된 것이다 함에 있다(참고 : "한글" 제○호, 정 인승님의 한글 질의 응답─ "한글" 전부를 왜놈에게 다 빼앗기었기 때문에 이제 쉽게 상고하지 못함은 유감이다).

이 설이 과연 바른 것일까? 대관절 "다그치다"란 말이 있는가? 나의 아는 범위에는 이런 말은 없다. 그러나, 나의 지식만으로 만사를 판단할 수는 없다. 그래서, 나는 육십, 칠십이 넘은 서울말의 권위자라 할 만한 정 인서님, 장 지영님, 김 윤경님 세 분에게 묻고, 또 우리 학교 학생에게 물어 보았더니, 서울말에는 그런 말이 없다 하였으며, 다만 전라 남도의 학생 한 이가 그런 말이 있다고 하였을 뿐이다.

이미 "다그치다"가 없은 즉, 그것을 근거삼아서 내세운 "다그다"가 제대로 주장될 수 없음은 절로 환한 사리이다. 그러ㅎ거늘, "큰 사전"에는 "다그다, 다그치다, 다그뜨리다, 다그트리다……"를 다 올림말(登錄語)로 삼아 있으니, 이것은 과연 무엇을 뜻함인가? 전라 도 말씨인가? 그렇쟎으면, "다그다, 다가"를 세우기 위한 공허한 유추에 의한 허장인가? 그렇쟎으면, 일부분은 문 세영님 사전의 맹종인가? "다그치다"란 말이 있는가 하는 나의 물음에 대답한 이(위에 든)는 다 가로되, "다그치다"는 없으나, "닥아치다, 닥어치다"는 있다고 한다. 만약 "다그치다"가 사실로 있다면, 그 뜻은 "닥아치다"와 어떠한 차이가 있을까? 있다고 가상된 "다그치다"는 역시 가상된 "다그다"에 힘줌도움줄기 "치"를 더한 것인 즉,

접다 — 접치다. 밀다 — 밀치다.

닫다 — 닫치다. 받다 — 받치다.

가 각각 서로 한 뜻임과 같이, "다그치다"도 "다그다"로 더불어, 다만 그 표현의 세참이 다르고, 그 주된 뜻은 아무 다름이 없을 것이다.

그리고, "닥아치다"는 "닥다"(接近, 逼接)와 "치다"(經, 處理)와의 겹친 말이니, 그 겹씨로서의 말뜻은 (ㄱ) 날짜가 아직 먼 일을 미리 당겨들여서 치다, (ㄴ) 일의 종조리판에 그 일을 매우 맹렬하게 "죄어치

다"의 두 가지가 있다.

그런데, "다그치다"는 없고, 나난 "닥지다"만이 쓰인다. 원래 힘줌 도움줄기 "치"는 으뜸도움줄기에 바로 붙는 것이요, 그 사이에 "으" 와 같은 고름소리의 끼어듦을 소용하지 아니한다. 그러므로, 우리는 가장 널리 쓰이는 힘줌말 "닥치다"에 의하여, 원말은 "닥다"임을 확인할 수 있는 것이다. 그리고, "닥치다"가 제움직씨인 즉, "닥다"도 제움직씨일 것은 분명한 사실이다. 이를테면,

날짜가 닥치다.

위험이 닥치다.

의 "닥치다"가 제움직씨인 즉,

닥치다 − −치− =닥다.

의 "닥다"도 또한 제움직씨이다. 그리하여,

이리 좀 닥으오.

저리 좀 닥아 서어라.

그것을 가져 닥아, 여기에 두어라.

의 "닥으오, 닥아"가 제움직씨로 쓰이었다.

이밖에, "닥다"는 또 남움직씨로 쓰이기도 한다. 보기하면,

날짜를 좀 닥아라.

이 책상을 저리로 닥으시오.

의 "닥다"는 분명히 부림말(날짜를, 책상을) 지배하는 남움직씨인 것이다. 또, "닥다"는 으뜸움직씨도 되고, 도움움직씨도 되나니 :

이리 좀 닥으오.

닥아 앉으오.

의 "닥다"는 으뜸움직씨이요,

잡아 닥아.

집어 닥아.

의 "닥아"는 도움움직씨임과 같다. 도움움직씨로서의 "닥다"는 "가까이 가지고 오다", "가까이 가지고 가다"의 뜻을 나타낸다.

"닥아"와 "다가"는 다르다. "닥아"는 움직씨인 한 낱말이요, "-다가"는 다만 한 씨끝인 것이다. 어떤 경우에는, "닥아"가 줄어져서 "다"로만 쓰이기도 한다. "집어 다"에서와 같다. 씨끝 "-다가"도 "-다"로 줄어지는 일이 있으니, "밥을 먹다(먹다가) 왔다"에서의 "-다"와 같다.

앞에 말한 바와 같이, "닥아 서다, 닥아 앉다, ……"의 "닥아"는 으뜸움직씨인즉, 겹씨로 삼아 "닥아서다, 닥아앉다, ……"와 같이 할 수도, 있을 것이다.

"닥치다"와 비슷한 말에, "닥뜨리다"가 있다. 그 뜻은 (ㄱ) 꼭같이 쓰이나니 :

저애들이 닥치면(닥뜨리면) 싸움이다.

에서와 같다. (ㄴ) 서로 다소 다름이 있이 쓰이기도 하나니 :

하여튼, 한번 닥뜨려 보아야 알지. 에서, 그 "닥뜨리다" 대신에 "닥치다"로 갈아넣기는 어려움과 같다. 원래 "-뜨리다"는 유의적, 능동적, 적극적 동작을 나타내는 분수가 "-치다"보다 더 강하다. 보기로,

깨다 – 깨치다 – 깨뜨리다.

밀다 – 밀치다 – 밀뜨리다.

자빠지다 – 자빠치다 – 자빠뜨리다.

에서, "○○치다"와 "○○뜨리다"와가 서로 비슷하면서도, "○○뜨리다"가 더셈과 같다. 그리하여, "닥뜨리다"는 "닥치다"보다 더 적극적으로 자진하여 "닥아 드는"(대어드는) 뜻을 가지게 된다.

이 김에, "-뜨리다"의 쓰임을 좀 살펴보건대 :

깨뜨리다, 밀뜨리다.

닥뜨리다, 치뜨리다.

와 같이, 줄기에 바로 붙기도 하고,

넘어뜨리다, 떨어뜨리다.

와 같이, 풀이씨의 첫째 어찌꼴(-어)에 붙기도 하며,

무너뜨리다, 터뜨리다.

부스러뜨리다, 자빠뜨리다.

헤뜨리다, 빠뜨리다.

와 같이, 이제는 실제에 쓰이지 않는 밑말(原語)의 어찌꼴(통틀어 "뿌리"라 할 수 있음)에 붙기도 한다.

-〈한글〉 118호(1956)-

言語學上(언어학상)으로 본 朝鮮語(조선어) (1)

　우리 조선말이 世界(세계) 言語(언어) 가온대에 어떠한 地位(지위)를 가지고 있는가 이것을 알랴면 먼저 言語學上(언어학상)에서 世界(세계) 各種(각종)의 言語(언어)를 어떠케 分類(분류)하는가를 보고 그 담에 우리말이 그 分類(분류)에서 어떠한 地位(지위)를 차지하는가를 보아야 할것이다.

　이 地球上(지구상)에서 우리 人類(인류)가 가지고 있는 말은 참 千差萬別(천차만별)이다. 其中(기중)에서 極(극)히 不完全(불완전)한 것은 셋 以上(이상)의 數(수)를 表示(표시)하는 말이 없는 것(아쯰리가。의 다마라스人(인) 말과 같은 것)도 있으며 투―르스人(인)은 赤牛(적우) 黑牛(흑우) 茶牛(다우) 等(등) 낯々의 이름은 알면서 「소」라는 槪念(개념)을 들어내는 말이 없으며 北米(북미) 아라보스의 蠻人(만인)은 항상 몸짓으로서 思想(사상)을 바꾸는 故(고)로 말이 甚(심)히 不完全(불완전)하야 낮에는 이약이가 되지마는 밤이되면 그만 이약이를 할 수가 없다. 그래서 달밤에는 매우 깃뷔하며 몸짓을 하지마는 어두운 밤에는 가만히 음쳐 있다 한다.

　米國(미국)의 까리―나敎授(교수)는 動物園(동물원)에서 원숭이의 말을 硏究(연구)하여 이름을 낸 사람인데 그이는 모든 원숭이하고 이약이를 할수 있게까지 연구를 하엿다. 그이의 말에 依(의)하면 원숭이 말은 일곱낯의 原音(원음)으로 成立(성립)되었다 한다. 그러나 佛蘭西(불란서)의 人類學者(인류학자)가 아쓰리가 內地(내지)에서 類人猿(유인원) 卽(즉) 꼬리똬((大猩猩(대성성)) 짐반지―((黑猩猩(흑성성)) 들에 對(대)한 硏究(연구)의 報告(보고)에 依(의)하면 말이 꽤 發達(발달)되어서 文法(문법)까지라도 지을 수가 있다 한다.

하엿든 類人猿(유인원)보다도 오히려 못한 말을 가지고 있는 野蠻人(야만인)의 말로부터 우리 文明人(문명인)이 가지고 있는 말까지를 세보자면 참 끔직은 많을것이다. 大綱(대강) 一千(일천) 가지쯤이나 된다 한다. 이 一千(일천) 가지나 되는 말을 여러가지의 見地(견지)에서 分類(분류)할수가 있는데 그 가온대에서 우리들이 가장 알아둘 만한 것은 語族關係(어족관계)로 본 系統的(계통적) 分類(분류)와 語法關係(어법관계)로 본 形態的(형태적) 分類(분류)의 두 가지이다.

第一(제일), 系統的(계통적) 分類(분류)

이 世界(세계) 言語(언어) 中(중)에서 어떤 것과 어떤 것 사이에는 親族的(친족적) 關係(관계)를 가지고 있나니 이것을 言語學上(언어학상)에서 語族(어족)이라 한다. 同一(동일)한 語族(어족)은 一定(일정)한 系統(계통)을 일우어서 地球上(지구상)에 一定(일정)한 分布(분포)를 일우어 있는 故(고)로 이 語族(어족)으로 본 系統的(계통적) 分類(분류)는 곧 世界(세계) 言語(언어)의 分布(분포)를 說明(설명)함도 되나니라.

系統的(계통적) 分類(분류)에 依(의)한 重要(중요)한 語族(어족)의 大

綱(대강)은 담의 열가지이다.

(一·(일)) 印度歐羅巴(인도구라파) 語族(어족)(Indo-Europian Family). 印度(인도)와 歐羅巴(구라파)와의 모든말을 總括(총괄)한 이름. 或(혹)은 또 아리아人(인)의 말이란 뜻으로 아리아 語族(어족)(Arian F.)이라 하며 또 인도껠만 語族(어족)이라고도 함. 여기에는 다시 담의 여러 가지의 語族(어족)을 細分(세분)함.

(1) 印度(인도) 語族(어족)
산스그린語(어)(梵語(범어)) 부라그린語(어)
바—리—語(어)(以上(이상) 死語(사어))
現今(현금)의 印度(인도)는 標準語(표준어)로 英語(영어)를 使用(사용)하고 印度(인도) 固有(고유)의 말은 十五(십오) 種(종)의 方言(방언)으로 分別(분별)되었는데 그 중에서 힌디語(어) 힌드스단語(어)가 가장 廣行(광행)됨. 이밖에 南印度(남인도)에는 別種(별종) 語族(어족)이 있음.

(2) 이란 語族(어족)(Iranian Family)
波斯語(파사어) 구루드語(어) 아쑥깐語(어) 等(등)

(3) 아루메니아 語族(어족)
아루메니아 地方(지방)의 말

(4) 겔트 語族(어족)
겔트 人種(인종)의 쓰는 말이란 뜻.

웨—르스 地方語(지방어) 부레돈語(어) 스곧란드語(어) 아이란드語(어) 等(등).

(5) 껠만 語族(어족)

꼬—트語(어)(死語(사어)) 떠이취語(어) 안글로삭손語(어)(死語(사어)) 英語(영어) 호란드語(어) 쉐덴語(어) 노루웨語(어) 덴막語(어) 아이스란드語(어) 等(등).

(6) 헬렌 語族(어족)

古(고)헬라스말은 西歐(서구) 文學上(문학상)에 有名(유명)한것. 新(신)끄리시아말은 現今(현금)의 끄리시아 밖에 小(소)애시아 南岸(남안) 一部(일부)에도 行(행)함.

(7) 이리아 語族(어족)

애비로스 地方(지방)의 알바니아語(어).

(8) 이탈리 語族(어족)(一名(일명) 로—만스 語族(어족))

롸틴語(어) 움부리아語(어) 오스간語(어) (以上(이상) 死語(사어)) 西班牙語(서반아어) 葡萄牙語(포도아어) 伊太利語(이태리어) 佛蘭西語(불란서어) 루—마니아語(어) 等(등)

(9) 빨틱 語族(어족)(스롸브페틱語(어))

빨틱海(해) 附近(부근)의 말이란뜻.

퍼시아말 뽈가리아말 셀비아말 폴란드말 古(고)부로시아말(死語(사어)) 췍슬로왹말 等(등).

(二(이)) 우랄알다익 語族(어족)(Ural-Altaic Family). 우랄알다이山脈(산맥) 附近(부근) 地方(지방)에 行(행)하는 語族(어족)이란 뜻.

(1) 삔노, 우구리아 語族(어족)

歐洲(구주) 東部(동부)와 亞細亞(아세아) 北部(북부)에 퍼진 말이니 핀란드語(어) 우구리아語(어)가 그 主要(주요)한 것

(3) 사모예―드 語族(어족)

삔조, 우구리아語(어)의 行(행)하는 地方(지방)의 北(북)과 東北(동북)에 行(행)하는 말.

(3) 土耳其(토이기) 語族(어족)

歐洲(구주) 土耳其(토이기)에서 레나에 이르는 사이에 行(행)하는 말이니 土耳其語(토이기어) 回鶻語(회골어) 等(등) 十(십) 種(종).

(4) 蒙古(몽고) 語族(어족)

蒙古語(몽고어) 갈묵語(어) 불리옌語(어) 等(등).

(5) 滿洲(만주) 語族(어족)(一名(일명) 퉁구―스 語族(어족))

퉁구―스語(어) 滿洲語(만주어) 朝鮮語(조선어) 日本語(일본어) 아이누語(어) 等(등).

(三(삼)) 單綴(단철) 語族(어족)(Monosillabic Family) 一音節(일음절)이 곳 一語(일어)를 일운 말이니 支那(지나) 語族(어족)(北京官話(북경관화) 廣東語(광동어)로 大別(대별)할수 있으나 細分(세분)하면 十餘(십

여) 種(종)으로 됨) 安南(안남) 語族(어족) 暹羅(섬라) 語族(어족) 緬甸(면
선) 語族(어족) 西藏(서장) 語族(어족) 히마라야 語族(어족) 等(등).

(四(사)) 마라이, 보뢰네시아 語族(어족)(Malays-Polynesian Family)

(1) 마라이 語族(어족)

馬來語(마래어) 比律賓語(비율빈어) 臺灣語(대만어) 其他(기타) 馬
來(마래) 諸島(제도) 阿弗利加(아불리가) 東方(동방) 마다가스갈島(도)
等(등)의 語(어).

(2) 보뢰네시아 語族(어족)

이 語族(어족)은 母音(모음)이 甚(심)히 많고 文法(문법)이 甚(심)히
不完全(불완전)한 말이니 뉴—지란드 우니온 諸島(제도) 사모아돈가
다히티 諸島(제도) 布哇島(포와도)에 行(행)하는 말.

(五(오)) 뜨라예다 語族(어족)(Dravidian Family)

南印度(남인도)에 行(행)하는 말이니 이 말의 特徵(특징)은 語根(어
근)이 語尾(어미)에 있는것이다. 이 語族(어족) 中(중)에 가장 勢力(세
력) 잇는 말은 다밀語(어)이다. 卽(즉) 印度(인도)의 北部(북부)는 印歐
(인구) 語族(어족)에 屬(속)하고 南部(남부)는 뜨라예다 語族(어족)에
屬(속)함.

(六(육)) 반투 語族(어족)(Bantu Family)

아쁘리가의 南部(남부)(極端(극단)을 除(제)함)에 行(행)하는 말이니
이 말의 特徵(특징)은 語尾(어미)의 變化(변화)에 많은 規定(규정)이

있음. 이에도 十餘(십여) 種(종)의 細分(세분)이 있음.

(七(칠)) 하미틱 語族(어족)(Hamitic Family) 北(북)아쁘리가(沿岸(연안)) 地方(지방)을 除(제)함)에 行(행)하는 말이다. 古代(고대) 埃及語(애급 어)(死語(사어)) 리비아語(어) 等(등) 十餘(십여) 種(종)이 있음.

(八(팔)) 세미틱 語族(어족)(Semitic Family) 北(북)아쁘리가 沿岸(연안) 地方(지방)과 아라비아 等地(등지)에 行(행)하는 말.

(1) 北部語(북부어)

楔形文字(계형문자)에 關係(관계)있는 말. 卽(즉) 앗시리아語(어) 빠 비로니아語(어) 헤부류語(어) 쪠니기아語(어) 갈데아語(어) 시리아語 (어)(以上(이상) 皆(개) 死語(사어))

(2) 南部語(남부어)

아라비아語(어) 힘야—ㄹ語(어)(死語(사어)) 암하리語(어) 티그리나 語(어) 等(등).

(九(구)) 아메리가 語族(어족)(American Family) 아메리가 固有(고유) 의 土語(토어)를 總括(총괄)한 名稱(명칭). 이 語族(어족)은 큰 方言(방 언)이 實(실)로 四百(사백) 以上(이상)이나 된다. 이 語族(어족)의 全體 (전체)의 特徵(특징)은 全體(전체)의 文章(문장)이 動詞(동사)가 되어버 리는것이다.

(十(십)) 濠洲(호주) 語族(어족)(Australian Family) 오—스트랄리아에

行(행)하는 土人(토인)의 말. 數詞(수사)는 三四(삼사) 以上(이상)은 없는 極(극)히 不完(불완)한 野蠻語(야만어).

　以上(이상) 十(십) 種(종)의 語族(어족)의 區別(구별)은 참 大綱(대강)을 말함에 不過(불과)한것이니 이 밖에도 아즉 所屬(소속) 不明(불명)의 말이 많다. 그러나 그것은 다 여기에는 그만두기로 한다. 또 어떠한 學者(학자)는 北極(북극) 語族(어족)이란것을 세우는이도 있다. 또 우에 적은 分類(분류)도 學者(학자)를 딸아 다름이 있나니라. (此節終(차절종))

-〈한글〉1권 2호(동)(1927)-

言語學上(언어학상)으로 본 朝鮮語(조선어) (2)

第二(제이), 言語(언어)의 形態的(형태적) 分類(분류)

　前(전) 節(절)에서 列記(열기)한 語族(어족)의 分類(분류)는 다만 便宜上(편의상) 分類(분류)이오 科學的(과학적) 分類(분류)는 되지 못한다. 即(즉) 어떤 것은 處所(쳐소)를 딸으고 어떤 것은 人種(인종)의 古名(고명)을 딸아서 한 것이다. 그중 우랄알타이 語族(어족) 같은 것은 地理上(지리상) 區分(구분)을 딸은 것이로되 그 範圍(범위)가 明瞭(명료)ㅎ지 못한 것도 있다. 要(요)ㅎ건대 世界(세계) 言語(언어)의 分布(분포)를 族屬的(족속적)으로 分類(분류)하는것은 매우 複雜(복잡)한 일이므로 이것을 아홉이나 여남은으로 가르랴고 하면 어쩔 수 없이 便宜(편의) 分類(분류)를 하게 된다. 그리고 그것을 가늘게 똑똑이 가르랴고 하면 거의 한정이 없을 만큼 많아질 것이다. 이에 오늘의 言語學者(언어학자)는 世界(세계) 言語(언어)를 그 形態上(형태상)으로 觀察(관찰)하여 그 語法的(어법적) 構造(구조)를 標準(표준)을 삼아서 그를 分類(분류)하나니 이를 言語(언어)의 形態的(형태적) 分類(분류)이라 한다.

　形態的(형태적) 分類(분류)의 가장 普通(보통)인 것은 담의 三大(삼대) 區別(구별)이다.

一(일), 孤立語(고립어) 또는 單音節語(단음절어)(Isolating Language of Monosyllabic L.)

二(이), 添加語(첨가어) 또는 膠着語(교착어)(Agglutinative Language)

三(삼), 屈曲語(굴곡어) 또는 曲眉語(곡미어)(Inflectional Language)

이제 各類(각류)의 特質(특질)을 說明(설명)하건대

一(일), 孤立語(고립어). 孤立語(고립어)는 그 낱낱의 말이 語尾(어미)의 變化(변화)가 없고 各々(각각) 孤立(고립)하여서 獨立(독립)한 뜻을 나타내며 그 낱말의 文法上(문법상) 여러가지의 關係(관계)는 다만 그 位置(위치)만으로 작정되는 말을 이름이니 이 말은 한 낱말이 原則的(원칙적)으로 한 音節(음절)(낱내)로 되었기 때문에 또 單音節語(단음절어)라고 하나니라. 아시아 東方(동방)과 東南方(동남방)의 말 卽(즉) 支那語(지나어) 西藏語(서장어) 暹羅語(섬라어) 緬甸語(면전어)들이 이에 붙나니라.

孤立語(고립어)는 마치 돌담과 같아서 그 사이에 서로 붙이는 세멘트가 없고 각각 獨立(독립)한 뜻을 가지고 있는데 그 文法上(문법상) 關係(관계)는 다만 上下(상하)의 位置(위치)를 딸아서 들어나나니 이를터면 「我打爾(아타이)」와 「爾打我(이타아)」에서 보는 바와 같음.

孤立語(고립어)는 말말이 다 한 音節(음절)로 되는 때문에 語彙(어휘)를 많게하야 實用上(실용상) 아무 不便(불편)이 없게 하랴면 同一(동일)한 音節(음절)이 여러가지의 말이 되어야 할 것이다. 支那語(지나어)에 이른바 四聲(사성)의 別(별)이 있음이 이때문인데 四聲(사성)

도 不足(부족)하여서 地方(지방)을 딸아서는 八聲(팔성) 以上(이상)이 있다 하며 同一(동일)한 音節(음절)이 數十(수십) 種(종)의 말이 되는 것이 있다 한다.

또 孤立語(고립어)는 單音節(단음절)이오 語尾(어미)의 變化(변화)가 없는 때문에 낱말의 分類(분류)는 文章上(문장상)에서 안이면 잘 할수가 없다. 同一(동일)한 字形(자형)이 文章上(문장상)의 位置(위치)를 딸아서 여러가지의 品詞(품사)로 區別(구별)되나니 假令(가령) 漢字(한자)의 大(대)가 그자리를 딸아서 名詞(명사)(큰것, 큰놈, 크기……)로되며 副詞(부사)(크게, 아주)도 되며 形容詞(형용사)(크다)도 되며 冠形詞(관형사)(큰)도되는 것과 같으니라.

二(이), 添加語(첨가어). 孤立語(고립어)는 그 낱낱의 말이 각각 獨立(독립)한 位置(위치)를 지니고서 並立(병립)하지마는 이 添加語(첨가어)란 것은 獨立(독립)한 價値(가치)를 가지는 觀念(관념)있는 말 卽(즉) 觀念語(관념어)(實辭(실사)) 밖에 觀念(관념)있는 말 卽(즉) 토(虛辭(허사))가 發達(발달)되어서 觀念語(관념어)에 從屬的(종속적)으로 添加(첨가)하여서 그 뜻을 더 똑똑하게 하며 그 關係(관계)를 들어내는 말을 이름이니 이 말은 여러 音節(음절)로 된 單語(단어)가 많은 고로 複音節語(복음절어)라고도 할 만하니라. 이 種類(종류)에는 土耳其語(토이기어), 蒙古語(몽고어), 滿洲語(만주어), 朝鮮語(조선어), 日本語(일본어) 等(등) 이른바 우랄알타이 語族(어족)과 마롸이보뢰미시아 語族(어족)과 印度(인도) 南部(남부)의 뜨라비다語(어)가 붙나니라.

孤立語(고립어)의 單語(단어)는 아모 세멘트나 풀이 없는 돌맹이에 지나지 아니하였지마는 添加語(첨가어)는 세멘트의 用(용)을 하는 語尾(어미) 或(혹)은 토가 있어서 文法上(문법상)의 여러가지의 關係(관계)를 들어내기 때문에 設令(설령) 位置(위치)를 바꾸어 놓을지라도

文章(문장)의 原意(원의)가 딸아지지 아니하나니라. 假令(가령) 「내가 너를 친다」를 「너를 내가친다」로 바꾸어 놓는 境遇(경우)에서와 같음. 「소가, 소의, 소에게 소를, 소는, 소도…」 「잡으시었더니」 「가읍 소서」에서 보는바와 같이 한 觀念語(관념어)(생각씨)에 여러 토나 語尾部(어미부)가 붙는 形相(형상)을 딸아서 添加語(첨가어)를 또 膠着語(교착어) 粘着語(점착어)라고도 함.

이 말의 添加(첨가), 膠着(교착)의 特質(특질)은 저 담에 말할 屈曲語(굴곡어) 모양으로 따로 뗄 수 없는 것이 안이오 뗄랴면 넉넉이 맘대로 뗄 수가 있나니라.

三(삼), 屈曲語(굴곡어). 屈曲語(굴곡어)란 것은 名詞(명사), 動詞(동사), 形容詞(형용사)…들의 語尾(어미)가 여러가지로 變化(변화)하여서 여러가지의 文法上(문법상) 關係(관계)를 들어내는 말을 이름이니 卽(즉) 그 語尾(어미)가 屈曲(굴곡)한다 하야 屈曲語(굴곡어) 또는 曲眉語(곡미어)라 하나니라. 例(예)를 들면 英語(영어)의 I(내가) my(나의) me(나를) 獨逸語(독일어)의 Ich(내가) meiner(나의) mir(나에게) mich(나를) das Buch(책이) des Buches(책의) dem Buche(책에) das Buch(책을)에서와 같이 文法上(문법상) 形式(형식)을 그 語尾(어미)의 變化(변화)로써 나타냄. 이러한 名詞(명사)의 語尾(어미)의 變化(변화)는 조선말에는 없는것이니라. 이 屈曲語(굴곡어)에 屬(속)하는 말은 英語(영어), 獨語(독어) 其他(기타) 歐洲諸國語(구주제국어)와 印度語(인도어) 즉 印度歐羅巴(인도구라파) 語族(어족)이니라.

屈曲語(굴곡어)의 語尾(어미)는 그 起源(기원)을 찾아 보면 添加語(첨가어)의 從屬的(종속적) 部分(부분) 모양으로 獨立(독립)한 뜻을 가진것이지마는 그것이 語幹(어간)과 融合(융합)하야 一體(일체)가 되여 버린것이 저 添加語(첨가어)와 다른 特質(특질)이니라.

屈曲語(굴곡어)에는 根母音(근모음) 變化(변화)(gradation)의 現像(현상)이 顯著(현저)히 들어나나니 根母音(근모음) 變化(변화)란것은 한낱의 名詞(명사)나 動詞(동사)가 뜻을 조곰 닳이하기 爲(위)하야 그 母音(모음)이 變化(변화)함을 이름이다. 보기를 들면 英語(영어)의 名詞(명사) man, tooth(單數(단수))가 men, teeth(複數(복수))로 變(변)하며 動詞(동사)가 write, wrote, written으로 變化(변화)하는 것과 같은 것. 獨逸語(독일어)의 動詞(동사)에 bitten, bat, bate, gebeten의 變化(변화) 같은 것이니라. 西洋學者(서양학자) 가온대는 이 現像(현상)으로써 言語(언어) 內部(내부)에 있는 優秀(우수)한 機能(기능)의 表現(표현)이라 하야 印度歐羅巴語(인도구라파어)로써 有機語(유기어)(Organic L.)라 하고 다른 모든 語族(어족)을 無機語(무기어)(Inorganic L.)이라 한 사람이 있지마는 이는 畢竟(필경) 自己(자기)네의 말을 優秀(우수)하다고 보는 偏頗心(편파심)에 지나지 아니하니라.

以上(이상) 孤立語(고립어), 添加語(첨가어), 屈曲語(굴곡어)의 三(삼) 種(종)의 分類(분류)는 가장 그 大體(대체)에 對(대)해서의 이름이니 어느 國語(국어)든지 絶對的(절대적)으로 한가지에 專屬(전속)하지 아니하고 어느 程度(정도)까지는 三(삼) 種(종)의 性質(성질)이 섰기어 있다. 첫재 支那(지나)말은 孤立語(고립어)이지마는 녯적부터 也(야), 焉(언), 乎(호), 哉(재) 等(등)의 虛字(허자)가 있으며 또 近世(근세)의 支那語(지나어)는 複音節(복음절)로 되는 말이 많이 있나니 이런 點(점)으로 보면 그것이 孤立語(고립어)에서 添加語(첨가어)로 性質(성질)이 變化(변화)하는 모양이 있다 할만하다. 그러나 大體(대체)에 있어서는 일향 孤立語(고립어)임이 틀림없다.

둘재 英語(영어)는 大體(대체)로 屈曲語(굴곡어)이지마는 그 名詞(명사)는 屈曲語(굴곡어)의 條件(조건)을 갖호지 못한 고로 그 자리를 박구면 그 걸힘(關係(관계))도 닳아진다. 보기를 들면 Man strikes dog. Dog strikes man.(冠詞(관사)는 莫論(막론)하고라도)와 같음. 英語(영어)는 中世紀(중세기)에서는 複雜(복잡)한 屈曲語(굴곡어)이던 것이 近世(근세)에 이를어서 꽤 孤立語(고립어)으로 變(변)하였다. 이뿐 아니라 英語(영어)에는 漸次(점차) 添加語(첨가어)의 性質(성질)로 變(변)해 온 形跡(형적)이 있다. 卽(즉) 산스그릿語(어)에는 八(팔) 格(격)(Case)이던것이 그릭, 랴틴을 거쳐 오는동안에 漸次(점차) 格(격)의 數(수)가 줄어져서 英(영)(佛(불))語(어)에 이를어서는 거의 없어졌다 할 만하게 되었다. 그리하야 of, by, to들의 토가 代(대)로 생겨서 文法上(문법상) 關係(관계)를 보이게 되였다.

셋재로 조선말이나 일본말은 大体(대체)로 添加語(첨가어)이지마는 그것도 亦是(역시) 孤立語(고립어) 모양으로 單音節(단음절)로 된 말이 많으며 또 屈曲語(굴곡어) 모양으로 語幹(어간)에 密着(밀착)하야 거의 分離(분리)하는것이 돌오 不自然(부자연)한 것이 있다. 이를 터면 그건(그것은) 그게(그것이) 그걸(그것을)과 같은 것, 함(名詞(명사)) 할(名詞(명사))를 修飾(수식)할 적) 한(上仝(상동))…들과 같은 것들이다. 日本語(일본어)의 보기를 들면 コリャ(コレハ) コリョ(コレキ) 같은 것이며 또 アニ, アネ는 男女性(남녀성)에 依(의)한 語尾(어미)의 變化(변화)라고도 할 만하다.

이것으로 어느 國語(국어)든지 우의 어느 分類(분류)에 絶對的(절대적)으로 專屬(전속)하지 아니함을 알겠다. 또 孤立語(고립어), 添加語(첨가어), 屈曲語(굴곡어)의 세 가지가 어느것이 言語(언어) 發達上(발달상) 最高(최고) 階段(계단)에 있다고도 못할 것이 分明(분명)하다. 卽(즉) 孤立語(고립어)가 添加語(첨가어)로, 添加語(첨가어)가 屈曲語(굴곡어)로 變性(변성)하는 傾向(경향)이 있음은 孤立語(고립어)가 가장 原始的(원시적)이오 屈曲語(굴곡어)가 가장 發達(발달)한 것 같아 보이지마는 다른 편으로는 또 屈曲語(굴곡어)가 添加語(첨가어) 또는 孤立語(고립어)로 變性(변성)하는 傾向(경향)은 正(정)히 그 反對(반대)로 屈曲語(굴곡어)가 가장 未開(미개)한 것임을 보이는 것이라고 할 만하다. 學者(학자)들 중에는 더러는 屈曲語(굴곡어)의 優越(우월)을 主張(주장)하고 더러는 孤立語(고립어) 添加語(첨가어)의 優越(우월)을 主張(주장)하나 이는 決(결)코 學理的(학리적)으로 乃至(내지) 實際的(실제적)으로 解決(해결)될 問題(문제)가 안이다. 要(요)는 各種(각종)의 말은 제대로 제 特質(특질) 그대로 或(혹)은 多少(다소)의 變化(변화)를 하여가면서 發達(발달)하여 갈 것이다.

以上(이상) 孤立語(고립어) 添加語(첨가어) 屈曲語(굴곡어)의 三(삼) 分類(분류)는 가장 많이 通用(통용)되는 떠이취 사람 슐리이헬의 分類(분류)이다. 이밖에 또 融合語(융합어)란 것을 一種(일종)으로 세우기도 한다. 融合語(융합어)(緝合語(집합어))란것은 낱낱의 單語(단어)가 모히어서 한 월(文(문))을 일우지 아니하고 各種(각종) 品詞(품사)가 融合(융합)하여서 한 덩어리의 생각을 表示(표시)하는 월이 된 말을 이름이니 아메리카 土語(토어)가 이에 屬(속)한다. 이를터면 에스기모語(어)애「저 사람은 급히 가서 작고 글씨더라」를 Aglekkigiarto-rasnanipok라 함과 같은 것들이니 이런것은 到底(도저)히 品詞(품사)로 난흘 수 없는 말이니라.

이 融合語(융합어)로써 볼 것 같으면 사람의 말이 그 發達上(발달상) 單語(단어)가 먼저인지 文(문)(월)이 먼저인지 참 얼른 判斷(판단)하기 어렵은 問題(문제)가 있다 하겠다.

또 어떤 學者(학자)는 이 融合語(융합어)(Polysynthetic Language)에 對(대)하여 抱合語(포합어)(Incarporating Language)란 것을 따로 세우

는 이가 있다. 이 말은 單語(단어)를 따로따로 連結(연결)하여서 한 월을 일우지 아니하고 全體(전체)가 合一(합일)되어서 한월로 들어 나는 것은 저 融合語(융합어)와 다름이 없지마는 그러면서도 자세히 보면 獨立(독립)한 單語(단어)로 分折(분절)할수 있는 目的格語(목적 격어)가 動詞(동사)에 抱合(포합)되어 있는 말이다. 멕시고말이 그 例(예)이다. 이를터면 nikka(ni=내가, k=그것을, ka=먹는다)의 目的格(목적 격) k가 主格(주격)과 動詞(동사)의 사이에 抱合(포합)되어서 nikka란 월로 되어서 使用(사용)되는(分離(분리)하지 아니하고) 것이다. 이러한 抱合的(포합적) 性質(성질)은 멕시고 뿐안이라 바스그말 홍가리말에 도 있다 한다.

이 밖에도 여러가지의 分類(분류)가 있으니 綜合語(종합어)와 分折 語(분절어)의 分類(분류), 有機語(유기어)와 無機語(무기어)의 分類(분 류), 標準語(표준어) 標準以下語(표준이하어) 標準以上語(표준이상어) 의 分類(분류), 家族時代語(가족시대어) 遊牧時代語(유목시대어) 國家 組織時代語(국가조직시대어)의 分類(분류)와 같은 것들이다.

-〈한글〉1권 3호(동)(1927)-

言語學上(언어학상)으로 본 朝鮮語(조선어) ⑶

第三節(제삼절) 우리말의 系統(계통)

　우리 조선말이 形態的(형태적) 分類(분류)로는 添加語(첨가어)에 붙고 系統的(계통적) 分類(분류)로는 우랄알다이 語族(어족)에 붙는것은 우에 이미 말한 바이다. 그런데 形態的(형태적)으로 添加語(첨가어)에 붙는 것은 別(별) 問題(문제)가 없지마는 系統的(계통적)으로 우랄알다이 語族(어족)에 붙는 것은 言語學者(언어학자) 間(간)에 相當(상당)한 硏究(연구) 問題(문제)가 되는 것이다. 이는 言語學(언어학)이란 學問(학문)이 西洋(서양)에서 發達(발달)되었기 때문에 東洋(동양)의 諸(제) 語族(어족)이 아즉 充分(충분)히 硏究(연구) 闡明(천명)되지 못한 탓이다. 그러한데 우리 조선말이 저 일본말과 같이 우랄알다이 語族(어족)에 붙는다는 것이 學界(학계)의 結論(결론)으로 되는 모양이다.

　元來(원래) 한 말이 어떠한 系統(계통)에 붙겠느냐를 査定(사정)하랴면 첫재는 音韻上(음운상) 法則(법칙)의 一致(일치), 둘재는 語法上(어법상) 法則(법칙)의 一致(일치), 셋재는 單語(단어) 그중에도 天地人身体(천지인신체) 各部(각부)의 이름 또는 家畜(가축)의 이름 數詞(수

사) 代名詞(대명사)의 一致(일치)가 있나없나를 보아야 한다. 그런데 이제 우리말의 붙는 語族(어족)이라는 우랄알다이 語族(어족)에는 어떠한 法則(법칙)이 있으며 또 어느 程度(정도)까지 單語(단어) 一致(일치)가 있는지?

첫재, 音韻上(음운상) 法則(법칙). 우랄알다이 語族(어족)의 音韻上(음운상)의 特質(특질)은 (一(일)) 母音調和(모음조화) (二(이)) 子音(자음)의 法則(법칙) (三(삼)) 頭音法則(두음법칙) (四(사)) 末音法則(말음법칙)이다.

(一(일)) 母音調和(모음조화)(Vouel Harmony)란 것은 말(語幹(어간)) 속에 있는 母音(모음)이 그 담에 몸 오는 말(토)의 母音(모음)을 제와 한 가지 혹은 같은 갈래의 소리에 들도록 하는 것이니 이 現象(현상)이 가장 들나게 들어나는 말은 土耳其(토이기)말이다. 이제 우리말에도 이러한 現象(현상)이있는 것은 確實(확실)하다. 그런데 우리말에서는 ㅏ ㅗ가 한 類音(유음)(陽音(양음)이라도 할 만함)이오 ㅓ ㅜ ㅡ ㅣ가 한 類音(유음)(陰音(음음)이라고도 할 만함)이다. 그리하야 이 類音(유음)을 끄는 現象(현상)이 퍽 많다. 假令(가령), 動詞(동사)나 形容詞(형용사)의 語幹母音(어간모음)이 ㅏ나 ㅗ나 일적에는 그 담에 ㅏ가 오고 ㅓ ㅜ ㅡ ㅣ일 적에는 그 담에 ㅓ가 온다(보아, 막아, 먹어, 부어, 들어, 찍어, …… 오았다, 막았다, 적었다, 그리었다, 되었다, …). 또 擬聲語(의성어), 形容語(형용어)에 쿵덕쿵덕, 콩닥콩닥, 출렁출렁, 촐랑촐랑, 번적번쩍, 반짝반짝, 솔솔, 술술, 벌벌, 발발, 껄껄, 깔깔, 얼룩얼룩, 아롱아롱……들과 같은 것은 亦是(역시) 母音調和(모음조화)로 볼 수 있다.

(二(이)) 子音(자음)의 法則(법칙). 예 담의 것이 그 重要(중요)한 것이다.

(1) 原則(원칙)으로는 子音(자음)은 恒常(항상) 母音(모음)과 結合(결

합)하야 서로 둘 以上(이상)의 子音(자음)이 連合(연합)하야 쓰히는 것은 後世(후세)에 發達(발달)한 것이다.

우리말의 歷史的(역사적) 變遷(변천)은 여기에 얼른 쉽게 말하기 어렵지마는 우리말에 單子音的(단자음적)인 것이 複子音的(복자음적)인 것에 比(비)하야 많은 것은 事實(사실)이다. 그러나 우리말에서는 複子音(복자음)이 相當(상당)히 많이 發達(발달)되어 使用(사용)되지마는 日本(일본)말에서는 거의 複子音(복자음)이 不可能(불가능)한 狀態(상태)에 있다.

(2) 元來(원래)는 淸音(청음)뿐이오 濁音(탁음)은 後世(후세)의 發達(발달)에 屬(속)한 것이다.

「조선말에는 濁音(탁음)이 없다」하는 이가 있다. 그러나 濁音(탁음)이 아조 없는 것은 아니다. 「진지의」 ㅈ, 「비가 온다」의 ㄱ, ㄷ은 確實(확실)히 濁音(탁음)으로 낸다. 그렇지마는 이것을 濁音(탁음)인 줄은 一般(일반)이 自覺(자각)과 識別(식별)이 없으며 또 그 ㅈ ㄱ ㄷ를 濁音(탁음)으로 表示(표시)하는 文字(문자)를 따로 짓지 아니하였다. 그러나 世人(세인)이 흔히 「조선 글자에는 濁音字(탁음자)가 없다」한다. 그러나 이것은 過言(과언)이다. 우리 한글(正音(정음))에도 녜전에는 ㅿ(ㅅ의 흐린소리) 같은 흐린소리가 있었다. 그러나 이것은 元來(원래) 漢音(한음)을 적기 爲(위)하야 지은 것이기 때문에 (勿論(물론) 우리말에도 쓰히었지마는) 畢竟(필경)에 廢止(폐지)되었다. 이것은 그만두고라도 나의 얕은 硏究(연구)에 依(의)하면 우리글의 짝닿소리 중 ㄲ ㄸ ㅃ ㅉ은 濁音(탁음)이다. 要(요)컨대 우리 조선말에 濁音(탁음)이 아조 없는 바 아니오 조선글에 濁音字(탁음자)가 아조 없는 것은 아니로되 하였든 濁音(탁음)의 發達(발달)이 充分(충분)ㅎ지 못하며 濁音(탁음)의 存在(존재)가 微弱(미약)함은 事實(사실)이다. 그러므로 우리가 外國語(외국어)를 배홀 적에 늘 이 濁音(탁음)의 練習(연습)에 많은 困難(곤란)과 不便(불편)을 늣기는 것은 이 때문이다.

(三(삼)) 頭音法則(두음법칙). 頭音(두음)이란 것은 낱말의 첫 머리에 오는 소리를 이름이니 이 첫소리에 關(관)한 우랄알다이 語族(어족)의 特質(특질)의 主要(주요)한 것은 담과 같다.

(1) 頭音(두음)에 濁音(탁음)이 오는 것을 꺼린다.

어떤 나라말은 아조 濁音(탁음)을 排斥(배근)하고 어떤 나라말은 一部(일부)는 許(허)하고 其他(기타)의 濁音(탁음)은 許(허)한다. 日本語(일본어)에는 濁音(탁음)이 많이 쓰히지마는 그 純粹(순수)한 것에서는 濁音(탁음)이 첫머리에 오는 것이 참 적다.

우리말에서는 南部(남부)에서는 特(특)히 ㄲ ㄸ ㅃ ㅉ의 짝소리 卽(즉) 흐린소리를 많이 쓰지마는 北部(북부)에서는 이련 것을 꺼린다.

(2) 語頭(어두)에 二(이) 個(개) 以上(이상)의 子音(자음)의 連用(연용)을 꺼린다.

리말에서는 짝소리는 어느 程度(정도)까지 쓰며 또 섞김거듭소리 ㅊ ㅋ ㅌ ㅍ는 훑이 쓰지마는 ㅊ ㅋ ㅌ ㅍ는 거의 거듭소리로 녀기지 아니한다. 그러고 다른 덧거듭소리는 決(결)ㅎ코 쓰지 아니한다.

(3) 語頭(어두)에 ㄹ音(음)이 오는 것을 꺼린다.

우리말에는 ㄹ音(음)이 오는 첫소리로 오는 것은 絶對(절대)로 없으며 漢字(한자)로 된 ㄹ 첫소리 가진 말이라도 ㄴ로 내거나 혹은 아조 아니 내거나 한다. 그러나 다른 말과 連續(연속)하야 中間(중간)에서 나게 될 적에는 바로 나는 수가 있나니라.

(四(사)) 終聲規則(종성규칙). 原則(원칙)으로는 語尾(어미)가 母音(모음) 또는 單子音(단자음)으로 되고 複子音(복자음)으로 되는 것은 極(극)히 적다.

그런데 우리말에는 둘바침이 말의 끝에 가는 것이 적지 아니하다.

둘재 文(문)의 構造上(구조상)의 法則(법칙).

(一(일)) 文(문)의 構造(구조)가 粘着的(점착적) 性質(성질)을 띄는 것

(二(이)) 主語(주어)가 最初(최초)에 오고, 客語(객어)가 그담에 오고, 述語(술어)가 最後(최후)에 오는 것.

(三(삼)) 限定(한정)의 語句(어구)는 限定(한정)될 語句(어구)의 우에 오는 것.

(四(사)) 冠詞(관사)(Article) 關係代名詞(관계대명사). 詞(사)의 性(성)(Gender)이 없는 것.

이러한 條件(조건)에 우리말은 다른 알타이 語族(어족)과 一致(일치)한다.

셋재 單語(단어)의 比較(비교).

우리말의 낱말이 다른 우랄알다이 語族(어족)하고 서로 얼마나 같은가? 이 比較研究(비교연구)를 가장 먼저 한 이는 아스돈(一八七九年(1879년)에 「日韓兩語比較(일한양어비교)」를 지었다)이오, 이 일을 거의 大成(대성)한 이는 金澤庄三郞(가나자와 쇼사부로)氏(씨)의 「日韓両國語同系論(일한양국어동계론)」「日本文法新編(일본문법신편)」等(등)이다. 이것들은 다 우리말과 일본말과의 比較研究(비교연구)이어니와 우리말을 저 北方(북방) 우랄알타이 語族(어족)들과 比較研究(비교연구)한 이는 白鳥庫吉(시라토리 구라키치)氏(씨)이다. 氏(씨)는 史學雜志(사학잡지) 第四(제사), 五(오), 六(육) 卷(권)에서 數百(수백) 頁(엽)에 互(호)하야 五百九十五(오백구십오)의 語根(어근)을 比較研究(비교연구)하였는데 그는 갈오대 日本語(일본어)는 아즉 모르지마는 朝鮮語(조선어)가 우랄알타이 語族(어족)에 屬(속)한 것이 거의 疑心(의심) 없는 일이라 하였다. 우리는 勿論(물론) 그의 比較(비교)를 全部(전부)

首肯(수긍)하기는 어렵은 것도 있지마는 또한 많은 功績(공적)을 認定(인정)하지 아니할수 없다.

이제 나는 여기저기에서 이러한 比較(비교)를 한아둘 끄어오면 牛(우)는

퉁구스,	차
몽고,	자, 제,
토이기(突厥(돌궐))	시에, 시우, 시,
사모옐,	시, 서,
예노우골(回紇(회홀))	사우, 수, 세, 사가
조선	소, 쇠,
일본	우시(우는 衍音(연음))

鷄(계)는

퉁구스,	초코, 더오가
몽고,	다갸
토이기,	다갸, 다각, 다국
예노우골,	고국, 딕, 댝, 다왁
조선	닭, 달, 닥
일본	도리

父(부)는

퉁구스,	아바
몽고,	아바
토이기,	아비
예노우골,	업, 어읍, 읍
사모옐,	아바, 아파
조선,	아바, 아부지, 아비, 아버지

母(모)는

퉁구스,	에미뤼
몽고,	에메(女(여))
토이기,	에매(老女(노녀))
쎄노우골,	에미새(妻(처)) 엠쎄(妻(처))
조선,	어미, 에미, 에미네
일본,	오모

水(수)는

퉁구스,	무
몽고,	물, 무루
토이기,	뭇(水(수))
쎄노우골,	밒
조선,	물
일본,	미수(△와 ㄹ은 相通(상통)함)

위선 이런 例(예)로써만이라도 넉넉히 그 系統(계통)이 서로 잇긴 것(連絡(연락)된 것)이 상당한 問題(문제)가 많이 있어 學者(학자)로 하여곰 그리 쉽게 安心(안심) 하기를 許諾(허락)지 아니한다. 數詞(수사)의 不一致(불일치) 같은 것은 그 한아이다. 그러나 그런 細論(세론)은 그만두고 우리는 여기에서는 다만 槪括的(개괄적) 結論(결론)으로 조선말이 우랄알타이 語族(어족)에 屬(속)한 것만 말해두고자 한다.

(一九二七, 四, 四(1927. 4. 4))

-〈한글〉 1권 4호(동)(1927)-

옛글의 말본

머리말

옛글은 옛사람이 적어 놓은 글자말이다.

《속판》
첫째 매 소리뭇갈(正韻論(정음론))
들어가기 소리와 글자
첫째 가름 닿소리
둘째 가름 홀소리
셋째 가름 소리의 달라짐
넷째 가름 소리의 쓰힘
둘째 매 씨갈(品詞論(품사론))

이 글은 외솔 선생께서 "옛글의 말본"을 초고하시다가, 끝맺지 못하고 남기신 글이다.
그 차례로 미루건대, 1. 소리뭇갈 2. 씨갈 3. 월갈의 세 부분으로 나누어 쓰실 예정이셨던 것 같으나, 1. 소리뭇갈 대목만 거의 끝내시고 만 것이다.
이에 편집자는 그 초고에 더하고 덜함이 없이 그대로 이 기념호에 옮겨 싣는다.

첫째 매 소리뭇갈(正韻論(정음론))

들어가기 소리와 글자

〔1〕 "훈민정음"은 세종대왕이 그 직위 25 년에 다 이루어서 28년 9월 상순(약력 10월 9일 한글날)에 반포한 책의 이름이기도 하고, 또 그 내용인 우리 글의 이름(시방은 한글이라 함)이기도 하다. 이 "훈민정음"은 그 당시의 배달말의 소리뭇(音韻(음운))을 28로 분석하여, 한 소리뭇에 한 자씩 모도 28 자를 지어내었다.

> ㄱㅋㆁ ㄷㅌㄴ ㅂㅍㅁ ㅈㅊㅅ ㆆㅎㅇ ㄹㅿ(17자)
>
> · ㅡ ㅣㅗ ㅏ ㅜ ㅓ ㅛ ㅑ ㅠ ㅕ(11자)

이 스물 여덟자 밖에 또 실제에 쓰힌 소리가 있으니,

> ㄲ ㄸ ㅃ ㅉ ㅆ ㆅ ㅸ

의 일곱 자는 훈민정음 본문에서 그렇게 쓴다고 이미 풀이하여 놓은 것이요.

> ㅐ ㅒ ㅔ ㅖ ㅘ ㅙ ㅚ ㆄ ㆊ ㅞ ㅟ ㆋ ㆌ ㆎ

의 열 넉 자는 그 "해례"에서 그렇게 쓴다고 규정하였다.

이 밖에 "ㅇㅇ"자를 우리말 적기에 더러 쓴 일이 있는데, 이는 아무 데에도 풀이된 일도 없으며, 또 "ㅱ, ㅹ"자는 한자음 적기에 더러 쓰히였다.

〔2〕이 글자들은 각각 일정한 소리(소리뭇)를 나타낸 것이기는 하지마는 제 홀로써는 실제의 글자밀에 쓰히시 못하고, 닿소리와 홀소리와가 서로 어울러야만 낱내(音節(음절))를 이룬다고 규정되었다. 그리고 소리 어우름의 글씨의 방식은 다음과 같다.

(1) 닿소리(初聲(초성) : 첫소리)끼리는 나란히 갈바씬다(並書(병서)한다). 보기 :

ㄲ ㄸ ㅃ ㅉ ㅆ ㅄ ㅳ ㅴ 따위

(2) 홀소리(中聲(중성) : 가온소리)끼리의 어우름도 또한 서로 갈바씬다. 보기 :

ㅐ ㅒ ㅔ ㅖ ㅘ ㅙ ㅚ ㅝ ㅞ ㅟ ㅠ ㅢ ㅣ

(3) 닿소리와 홀소리가 어우름에는

(ㄱ) 홀소리 ·ㅡㅗㅛㅜㅠ는 닿소리의 아래에 씬다. 그 보기 :

ㄱ 그 고 교 구 규

(ㄴ) 홀소리 ㅣㅏㅓㅑㅕ는 닿소리의 오른쪽(右方(우방))에 붙여 씬다. 그 보기 :

리 라 러 랴 려

(ㄷ) 홀소리도 제 홀로는 쓰히지 못하고 반드시 닿소리 "ㅇ"하고 어

울러야만 쓰히게 된다. 그 보기 :

　아 야 어 여 오 요 유 으 이 ᄋᆞ
　애 얘 에 예 와 왜 외 왼 워 웨 위 위 의 의

　이러한 규정이 낱낱의 소리글자를 그 소리나는 순서대로 한결로
벌려 적지 않고, 우와 같이 여러 가지로 한 것은 그 모양이 한자(漢
字)처럼 네모꼴이 되게 하고자 함에 그 의도가 있었던 것이다.

　(ㄹ) 낱내글자의 네모꼴짓기의 의도는 받침 있는 낱내에서 더 똑똑
히 나타난다. 그 보기 :

　벌, 벒, 갑, 값, 울, 욻, 뜸(隙(극)), 듦빼

　한글 스물 여덟자 는 낱낱의 소리뭇을 나타낸 것이로되, 실제의
글에서는 닿소리와 홀소리와의 어우른 소리를 한 낱덩이(單位(단위))
로 삼아 썼다. 곧 낱소리(뭇) 글자가 실제에서는 낱내글자(音節文字
(음절문자))처럼 쓰히었다.

　(4) 이렇게 규정한 결과로, 한글의 맞춤은 다음과 같은 20 가지의
차례로 된 꼴이 이루어 졌다.

12(가), 123(네), 1234(때), $\frac{1}{2}$(고), $\frac{1}{\frac{2}{3}}$(굴), $\frac{1}{2}$3(과), $\frac{12}{3}$(각), $\frac{123}{4}$(댁),

$\frac{1}{\frac{2}{\frac{3}{4}}}$(됨), $\frac{12}{3}$4(꾀), $\frac{1}{2}$34(쾌), $\frac{12}{34}$(닭), $\frac{123}{45}$(깎), $\frac{1}{\frac{2}{34}}$(읗), $\frac{12}{\frac{3}{45}}$(끊)

$\frac{1234}{5}$(땜), $\frac{12}{\frac{3}{5}}$4(꽝), $\frac{12}{3}$45(패), $\frac{12}{\frac{3}{6}}$45(꿴), $\frac{1}{\frac{2}{56}}$34(웽),

소리는 반드시 차례차례로 순서스럽게 나는 것인데, 글자꼴을 이렇게도 복잡하고 다양스럽게 만든 것은 오로지 그 온 꼴이 네모꼴 '□'을 이루게 함에 그 뜻함이 있은 것이었다. 이렇게 마련한 때문에 우리의 글은 인쇄상으로 큰 불편과 불리를 입게 된 것이다.

첫째 가름 닿소리

〔3〕 "훈민정음"에서의 닿소리의 체계는 다음과 같이 이해하게 되고, 그 셈은 23 낱이 된다.

바탈 자리	맑은 全淸 (전청)	거센 次淸 (차청)	된 全濁 (전탁)	맑도되도않은 不淸不濁 (불청불탁)	맑은 全淸 (전청)	된 全濁 (전탁)	자 리
엄닛소리 牙 音 (아음)	ㄱ	ㅋ	ㄲ	ㆁ			혓뿌리소리
혓소리 舌 音 (설음)	ㄷ	ㅌ	ㄸ	ㄴ			혀끝소리

바탈 자리	맑은 全淸 (전청)	거센 次淸 (차청)	된 全濁 (전탁)	맑도되도않은 不淸不濁 (불청불탁)	맑은 全淸 (전청)	된 全濁 (전탁)	자 리
입술소리 脣音 (순음)	ㅂ	ㅍ	ㅃ	ㅁ			두입술소리
닛소리 齒音 (치음)	ㅈ	ㅊ	ㅉ		ㅅ	ㅆ	혓바닥소리
목소리 喉音 (후음)	ᅙ	ㅎ	ㆅ	ㅇ			목청소리
반혓소리 半舌音 (반설음)				ㄹ			
반닛소리 半齒音 (반치음)				△			

닿소리를 그 나는 자리를 따라 엄닛소리(牙音), 혓소리(舌音), 입술소리(脣音), 닛소리(齒音), 목소리(喉音)의 다섯으로 가름(=五音)은 중국의 소리뭇갈(音韻論)의 본을 뜬 것이다. 이 다섯 가지의 소리 갈래가 오늘의 그것과는 그 이름이 꼭 일치하지는 않지마는 그 다섯의 마디집(調音點)의 자리를 가리킴에 있어서는 대게 서로 일치함을 보겠다. 곧 닿소리는 입굴에서 우의 다섯 군데의 마딧점에서 막음을 입어서 규칙 없는 소릿결을 일으켜 가지고 나오게 되는 것을 밝게 보인 것이다.

닿소리의 성질을 따라 맑은소리(全淸), 거센소리(次淸), 된소리(全濁)로 가름도 오늘과 같으되, 다만 ㆁ ㄴ ㅁ ㅇ ㄹ △를 맑도흐리도않은소리(不淸不濁音)라 함은 얼른 이해하기 어려운 것이다.

‘ㅅ’이 “맑도흐리도않은” 자리를 벗어나아 맑은 소리로서 따로섬과 ‘ㅆ’이 된소리로서 따로섬과는 특별한 것이다.

〔4〕 위에 든 23 닿소리 글자는 각각 일정한 소리 값을 나타낸 것이었다.

그 가운데 “ㅇ”만은 오늘날에서는 소리값이 없는 빈탕으로 생각되어 “아, 어, ……”의 소리값은 홀소리 “ㅏ, ㅓ ……”로 나타내고, “ㅇ”는 다만 그 닿소리 자리의 빔을 채워서 네모꼴 이룸의 자꼴 본새를 만들 뿐이라고 해석된다. 그러나, 세종대왕 “훈민정음”의 소리갈에서는 홀소리는 다만 그 날 적의 입꼴(口形)만을 나타내고, 목소리 “ㅇ”은 목청의 떪을 나타내는 실질스런 것이라고 본 것이다. 그리하여 모든 홀소리는 반드시 닿소리를 더불어야만 비로소 소리(낱내)를 이룬다고 하였다. 보기 :

ㅇ+ ·, ㅡ, ㅣ, ㅗ, ㅏ, ㅜ, ㅓ
  = ᄋᆞ, 으, 이, 오, 아, 우, 어

중국의 한자음(漢字音)의 적기에 있어서, 우리로서는 받침이 없는 것도 “ㅇ”를 받쳤나니 :

| 之
(지) | 첫소리 ㅈ
가온소리 ㅣ
끝소리 ㅇ | 징. | 語
(어) | 첫소리 ㅇ
가온소리 ㅓ
끝소리 ㅇ | 엉. | 家
(가) | 첫소리 ㄱ
가온소리 ㅏ
끝소리 ㅇ | 강 |

와 같다. 한자음은 반드시 초·중·종의 세 소리로 되었다는 견해에 기댄 것이었으나, 오래 가지 못하여 그 “ㅇ”가 끝소리로 쓰히는 일은 없어졌다.

〔5〕 혓뿌리소리 ‘ㆁ(이응)’은 ‘ㅇ(이)’와는 달라 바탕스런 소리값을

지니고 있다. 그래서, 다른 모든 닿소리처럼 첫소리와 끝소리에 두루
쓰히었다.

業
(업)
- 첫소리 ㆁ
- 가온소리 ㅓ
- 끝소리 ㅂ
→ 업
- 러울(獺, 너구리)
- 스스이(師가)
- 서에(流澌)

'ㆁ'이 첫소리로 적히는 일은 얼마 안가서 없어졌다. 그래서, 이른
바 목소리 ㅇ는 첫소리로만 쓰히고, 혓뿌리소리 ㆁ은 끝소리(받침)로
만 쓰히게 되었다. 그리하여 ㆁ과 ㅇ는 그 자리로써 구별될 뿐이 되
고, 그 꼴은 구별 없이 하나(ㅇ)로 되었다.

〔잡이〕 오늘 한글 24자 중의 ㅇ(이응)은 "훈민정음"의 ㆁ(엄닛소리)
이요, ㅇ(목소리)는 아니다. 곧 자꼴로서는 ㅇ이 살았고, 소리값으로
서는 ㆁ이 살았는 것이다. 그런데 글자는 그 내용(소리값)이 첫째인
즉, 소리값을 지니지 않는 ㅇ이 글자가 될 수 없음은 당연한 것이다.
우리가 오늘의 ㅇ를 "이응"이라 이름하는데, 이는 "훈몽자회"에서
"ㆁ伊(이)". "ㆁ異凝(이응)"으로 구별한 이름의 "이응"을 그대로 사용
하는 것이다. "이응"자가 또 "이"자로 쓰히어 두 가지 노릇을 한다고
봄은 틀림이다. 한 소리 한 글자, 한 글자 한 소리의 과학성에 어긋난
생각이다. "아 어 오 우 으 이"는 "ㅏ ㅓ ㅗ ㅜ ㅡ ㅣ"와 조금도 다름
이 없으나 다만 낱내 단위의 맞춤에서의 종래의 쓰기버릇에 따라 ㅇ
(圓(원) : 동글)을 덧붙여 놓은 것에 지나지 아니한다.

〔6〕 ㆆ(여린히읗)은 우리말에서 제 홀로는 첫소리로도 가온소리도
쓰히지 아니하고, 다만 두 낱말이(혹은 두 자가) 서로 이을 적에 그 사
이에서 웃소리를 끊어 아랫소리에 얼하지(影響(영향)하지) 못하게 하

는 구실(사이소리)을 하였을 뿐이다.

1. 那(나)ㆆ字(자)(낭ㆆ쭝), 彌(미)ㆆ字(자)(밍ㆆ쭝), 閭(려)ㆆ字(자)
   (령ㆆ쭝), 先考(선고)ㆆ쁟.
2. 앓거시라(知(지), 알것이라), 갏저긔(갈적에), 하ᄂᆞᇙ쁘디시니(天心
   (천심)), 드릃사룸(聞人(문인)).

【잡이】 ㆆ의 소리값은 목청터짐소리(2)이니, 그 웃소리를 딱 끊어
막기 때문에 그 아랫소리를 된소리 되게 하는 바탈이 있다. 그래서
뒷날에 ㅀ의 ㆆ가 떨어져 나갔으나, 그 갈음에 그 아랫소리가 된소
리로 적히기도 하였다. 그 보기 :

훓가(爲(위)))할까, 갏적긔〉갈쩌긔, 서너둟자히〉서너달째

이것은 사이소리(ㆆ)가 웃소리를 끊어 막기 때문에, 그 아랫소리와
합치어서 된소리로 바뀜과 같다.

톳기(兔(토)))토끼,   것그니〉꺾으니
世尊(세존)ㅅ긔〉世尊(세존)께,   부텻긔〉부텨께

그러므로, 오늘날에 사이시옷 대신에 ㆆ 자를 쓰자는 의견도 있
다. 왜냐하면, 시옷(ㅅ)은 본래 닫침소리가 아니기 때문이다.
[7] ㅿ(흐릿시옷)은 ㅅ에 한 획을 더하여 만든 자로서 그 소리값은
ㅅ의 흐린소리이다. 그 쓰힌 경우를 들면 다음과 같다.
(1) 홀소리와 홀소리와의 사이에,

ᄀᆞᅀᆞᆯ(秋(추)), 아ᅀᆞ(第(제)), ᄌᆞᅀᆞ(種子(종자)), 마ᅀᆞᆫ(四十(사십)), 처섬(初(초)), 브ᅀᅥᆸ(竈(조)), 사ᅀᆞᆷ(鹿(록)), 나ᅀᅡ가다(進(진))

(2) ㄴ, ㅁ, ㄹ같은 흐린닿소리 뒤에

한숨(歎息(탄식)), 손소(손소, 손수, 몸소)

이따위 낱말들은 그 뒷날에는 그 ㅿ이 소리가 바뀌어 더러는 ㅇ로 되기도 하고, 더러는 ㅅ으로 되기도 하여, 지방을 따라, 또는 말을 따라 한쪽으로만 쓰히기도 하고, 또 양쪽으로 다 쓰히기도 한다. 그 보기 :

ᄀᆞᅀᆞᆯ〉가을(서울)~가슬(시골)
마ᅀᆞᆯ〉마을(서울)~마슬(시골)

그러나 소리를 가지고 본다면, 애초에 ㅿ이 있어 그것이 ㅅ과 ㅇ의 두 갈래로 달라졌다 하기 보다는, ㅅ이 흐린소리 사이 또는 뒤에서 그 얼을 입어 흐린소리(ㅿ)로 되었다가, 다시 더 여려져서 아주 소리없음(ㅇ)으로 되었다 함이 합리스럽다 하겠다. 그러나 이것은 완전히 증명됨에 미치지는 못하였으니, 다음과 같은 보기도 없지 않다.

ㅅ〉ㅿ :
게살이 (買蟹者(매해자)) !〉궤알이 ! (서울 거리에서 게파는 이의 외침)

따라, 다음의 그림꼴 (ㄱ)보다는 (ㄴ)이 합리스런 변천이라 할 만하다.

(ㄱ) △ { △〉ㅇ
          △〉ㅅ

(ㄴ) ㅅ〉ㅅ〉ㅅ〉ㅅ

    └, ㅅ〉△〉ㅇ

［8］ㅸ(가벼운비읍)은 가벼운입술소리(脣輕音(순경음))이니, ㅂ의 흐
린소리요, 여린소리이다. 곧 두 입술은 터뜨리는 소리가 아니요, 두
입술을 갈아내는 흐린 소리(β)이다. 그 쓰힘은 △과 같다.

(1) 홀소리와 홀소리와의 사이에 :

ᄀᆞ볼(郡(군)), 더ᄫᅵ(暑(서)), 놀카ᄫᅡ(날카로와)

(2) ㄹ 아래에 :

글발(글월, 文(문)), 셜ᄫᅳᆫ(섧다), 불ᄫᅡ(밟아)

ㅸ은 낱말의 첫소리나 끝소리로 쓰히지 않으며(항상 흐린소리 사이
에 쓰힌다), 다만 언해 훈민정음에 사이소리로 쓰힌 일이 있다.

漂(표)ㅸ字(자)(푤ㅸᄍᆞᆼ), 斗(두)ㅸ字(자)(둘ㅸᄍᆞᆼ)

ㅸ의 소리값은 두 입술을 갈아 내는 부드럽고 흐린 소리이니 [β]
로 나타낼 만하다. 그 바뀜은,

ㅂ〉ㅸ〉오~우

와 같되, 우리말에서 밝은 홀소리 'ㅏ ㅗ ·'와 만나면 "오"로 스히고, 어두운 홀소리 'ㅓ ㅜ ㅡ' 및 'ㅣ'와 만나면 "우"로 쓰힌다. 그 보기 :

(ㄱ) 곱다〉고봐〉고와 (봐〉와)
  곱다〉고블〉고옴〉고움(봄〉오〉우)
  곱다〉고봉니〉고오니〉고우니 (봉〉오〉우)
  곱다〉고븨〉고외~위〉고이 (븨〉외~위〉이)
(ㄴ) 덥다〉더벼〉더워 (벼〉워)
  덥다〉더븜〉더움 (봄〉우)
  덥다〉더브니〉더우니 (브〉우)
  덥다〉더븨〉더위 (븨〉위)

봉이 그 자꼴에서 보인 바와 같이, 그 소리값도 ㅂ이 흐린소리를 닮아서 흐리게 되는 동시에 그 소리 바탕이 여려진 것이다.

이적말의 풀이씨의 줄기의 끝소리 ㅂ이 서울말에서는 "오"나 "우"로 바뀌는 것이 있으니, 이는 'ㅂ〉봉〉ㅗ~ㅜ'의 걸음을 지내온 것(1)이라 할 것이요 ; 시골말에서는 ㅂ이 달리 바뀌는 일이 없어 한결로 ㅂ으로만 나느니 ; 이는 그 낱말이 옛적부터 도모지 변한 일 없이 그대로만 내려온 것(2)이거나, 그렇잖으면, 한번 ㅂ으로 변했다가 다시 본래의 ㅂ으로 되돌아간 것(3)이라 할 수 있겠다. 그런데 "넓다"(踏(답)) 같은 말은 옛글에서는 ㅂ벗어난 끝바꿈을 하였는데 (넓다─볼봐─불봉며), 이적말에서는 도무지 봉으로 변하는 일이 없으니, 이는 ㅂ〉봉〉ㅂ의 길걸음을 거친 것이라 하겠다.

ㅂ〉봉〉ㅗ~ㅜ (1)

ㅂ〉ㅸ〉ㅂ〉ㅂ (2)

ㅁ〉ㅸ〉ㅂ〉ㅂ (3)

〔9〕 한자갈바씨기 'ㄲ ㄸ ㅃ ㅆ ㅉ'의 소리값은 오늘의 각기 된소리와 같은 것이다.

ㄲ의 보기 : 아ᅀᆞᆸ불까, 뾺꺼슬, 오실낄ᄒᆞ로

ㄸ의 보기 : 흘ᄯᅵ니라, 갈ᄯᅵᆸ업서, 올똘아ᄅᆞ시고

ㅃ의 보기 : 쓸빼, 定(졍)홇빼업서

ㅆ의 보기 : ᄀᆞᄅᆞ칠씨오, 말ᄊᆞ미라, 홇 씨, 갈밝쓰면

ㅉ의 보기 : 여듧번짜히ᅀᅡ, 諸天(졔쳔)이조쭙고, 마쯔ᄫᅵᆯ예

옛말에는 된소리가 적었다. 더구나, 낱말의 첫소리에서는 매우 드물었다. 그런 때문에, 갈바씨기 글자들은 한자음을 적기 위한 특별한 소리값의 글자이라고 보는 이가 없지 아니하나, 그런 것은 아니다. 또 한자의 음을 쌍자로 적은 것이 많으나, 그것은 당시의 우리 음이 아니요, 중국의 본음을 바로 적기 위해서 한 것이다. 그렇기 때문에 그 자음은 오늘의 우리 발음과 매우 먼 것이 되었다.

〔10〕 ㅥ(짝히읗)은 ㅎ의 된소리인데, 그 쓰힌 보기를 들면 다음과 같다.

혀다(引(인), 點火(졈화)〉〉켜다, 써다

도ᄅᆞ혀(反(반)〉〉도로혀, 도리켜

치혀다〉치켜다〉치키다

ㆅ자는 얼마 아니 가서 쓰히지 아니하고, 말을 따라, 또는 지방을 따라, ㅋ이나 ㅆ으로 바뀌었다. 보기로, "ㅕㅕ다"가

나무를 켜다.   나무를 써다.
불을 켜다.   불을 써다.

이렇게 두 가지로 쓰히는 것도 있고, 도 그 한가지로만 쓰히는 말도 있다.
   그 보기 :

썰물(引潮(인조))   엿을 써다.
불을 켜다.   도리켜

【붙임】 이적에도 ㆅ를 살려 쓰는 것이 우리말의 표현력을 더하게 하는 거이 된다고 할 수 있다. 보기 하면,
   감다−깜다.   붉다−뿕다.
  처럼
   희다−ㅎ희다.   하양다−ㅎ하양다.
  와 같이 할 수 있겠다.

〔11〕 ㅇㅇ(짝이)는 훈민정음에서 풀이한 바가 도모지 엇건마는, 실제의 적발에는 더러 쓰히었다. ㅇ가 목청을 떨어내는 울음소리라면, ㅇㅇ는 그 된 소리라 하겠다.
  이 ㅇㅇ자는 흔히 하임과 입음을 나타내는 경우에 쓰히었으니, 이는 대개 하임 특히 입음의 경우에는 그 소리냄이 힘들임이 진함을 나타

내기 위함이다.

보기 :

ᄒᆞᅇᅧ(ᄒᆞ이어), 쥐ᅇᅧ(쥐히어), 얽ᄆᆡᅇᅧ(얽매히어), 얽ᄆᆡᅇᅲ미(얽매히움이)

〔12〕 딴자갈바씨기 (1) ㅲ, ㅄ, ㅶ, ㅷ, ㅴ, (2) ㅺ, ㅼ, ㅽ의 소리값은 각 자의 소리의 연달음일 것이다. 왜냐하면 "훈민정음"에서도 이 따위 갈바씨기 경우에 ㅅ, ㅂ의 소리값이 달라지다는 풀이가 없고, 다만 첫소리(닿소리)를 합해 쓰려면(合用(합용)) 갈바씨라고만 규정하여 있을 뿐이기도 하다.

ㅲ : ᄠᅡ먹고, ᄠᆞ로(特殊(특수)히) ᄠᆡ(垢(구))무든, ᄠᅥ러디옛거거늘(落(낙)), ᄠᅳ들(意(의)), ᄠᅳᆯ헤(庭(정))

ㅄ : ᄡᆞᆯ, ᄡᅥᄒᆞ논, ᄡᅳ샤(用(용)), ᄡᅳ러ᄇᆞ리다, ᄡᅵ(種(종))

ㅶ : ᄧᆞᆫ(織(직)), ᄧᅡᆨ, ᄧᆡ다(裂(열)), ᄧᅵ니(曝(폭)), ᄧᅵ져ᄇᆞ리고

ㅷ : ᄩᆞ고(彈(탄)), ᄩᅥ디며, ᄩᅱ놋다(跳(도)), ᄩᅳ다(龜裂(균열))

ㅴ : ᄢᅳ(時(시)), ᄢᅵ(時(시)가), ᄢᅴ(時(시)에), ᄢᅮ다(借(차)), ᄢᅢ디다, 알ᄢᅡ다

ㅵ : 넘ᄣᅵ며(顚(전)), ᄣᅳ리다(打破(타파))

ㅺ : ᄭᅡᆺ다, ᄭᅵ다, ᄭᅵᄃᆞᆮ다, ᄭᅵ디다, ᄭᅵ리다, ᄭᅮᆷ, ᄭᅬᆼ, 부텻ᄭᅴ

ㅼ : ᄯᅡ(地(지)), ᄯᆞ롬, ᄯᆞᆯ(女(녀), 源(원)), ᄯᅩ, ᄯᅩᆼ, 으ᄯᅳᆷ

ㅽ : ᄡᅡᅘᅧ다(빼내다), ᄲᆞᄅᆞ다, ᄲᅧᆯ리, ᄲᅧ, ᄲᅮᆫ, ᄡᅳᆯ(用(용))

이 따위 보기말의 앞선 ㅅ, ㅂ이 제 본 소리값으로 나는 것임을, 한글이 생기기 전의 신라, 고려의 말에서 증명할 수 있을 뿐 아니라,

이적의 말에서도 능히 그 깊은 그루터기를 찾아볼 수가 있다. 보기 하면 다음과 같다.

(1) 시더구(심마니의말)〉쩍

　　시동(일본 방언)〉쫑

　　시도미(일본말 苫(점))〉씀

(2) 조 + 뿔〉조ㅂ쌀

　　외 + 씨〉외ㅂ씨

　　손 + 씌〉솜씨

　　휘 + 쓸다〉휩쓸다

　　저 + 씌〉저ㅂ때

그러나, 뒷날에 와서는 이러한 ㅅ, ㅂ이 다만 된소리표같이 되었음도 또한 사실이라 하겠다. 그러나 ㅅ, ㅂ은 본래 된소리의 표로 규정된 일이 없고, 다만 제 특유의 소리값을 가진 글자로만 만들어진 글자이므로, 이적에는 된소리는 다만 한자갈바씨기로써 나타내어 적기로 되어있다.

둘째 가름 홀소리

〔13〕 "훈민정음"의 홀소리 체계는 다음과 같다.

(1) 홑홀소리

　밝은홀소리 (陽性母音(양성모음)) · ㅗ ㅏ

　어두운홀소리 (陰性母音(음성모음)) ─ ㅜ ㅓ

　가온갈홀소리 (中性母音(중성모음)) ㅣ

(2) 겹홀소리

짧은이겹 ㅛ, ㅑ ; ㅠ, ㅕ

딴이겹 ㅓ ㅚ ㅐ ; ㅢ, ㅟ, ㅖ

【잡이】 이적말에서는 딴이겹홀소리 "ㅓ, ㅢ ; ㅚ, ㅟ ; ㅐ, ㅖ" 여섯 가운데 "ㅐ, ㅖ, ㅚ" 셋은 홑홀소리로 되었고, "ㅢ, ㅟ"들은 겹홀소리로 되어 있지마는, 옛적말에서는 딴이겹홀소리는 모두 앞뒤가 다른 겹홀소리였다. "ㅚ, ㅐ, ㅖ"가 홀소리로 바뀐 것은 그것이 적당한 소리벌(音域(음역))을 차지한 때문이요, "ㅢ·ㅟ"는 적당한 소리벌을 차지하지 못한 때문이라 할 만하다.

〔14〕 이 밝은홀소리와 어두운홀소리는 한쌍씩 서로 안팎이 되어 맞섬 관계를 가지고 있음이 그 글자꼴에서도 잘 나타나 있다. 곧 다음과 같다 :

· 와 ㅡ, ㅗ와 ㅜ, ㅏ와 ㅓ

ㅛ와 ㅠ, ㅑ와 ㅕ

〔15〕 이러한 맞섬 관계는 그 소리로 된 낱말과 낱말과의 뜻을 가르며, 또는 그 말맛을 가르기도 한다.

(1) "ㅇ~으"의 맞섬

┌ 놀근(古(고)) 푸르다(碧(벽)) 조수(씨)
└ 늘근(老(로)) 프르다(靑(청)) 즈싀(찌꺼기)

(2) "오~우"의 맞섬

　골(谷(곡)), 고랑(疇(주)), 곧다(直(직)), 노기다(融(융)), 보드라운
　(軟(연))
　굴(隆(추)), 구렁(壑(학)), 굳다(堅(견)), 누기다(弛(이)), 부드러운
　(柔(유))

(3) "ㅏ~ㅓ"의 맞섬

　가죽(皮(피)), 갓(皮(피)), 갓가(刻(각)), 남다(餘(여)), 마리(首(수)), 밧
　다(脫(탈)), 할다(訴(소))
　거죽(被面(피면)), 것(表(표)), 것거(折(절)), 넘다(溢(일)), 머리(頭(두)),
　벗다(避(피)), 헐다(毁(훼))

그러나 가온갈소리(中性音(중성음)) "ㅣ"는 그 짝이 없는 동시에 다른 것과 맞섬 관계를 나타내는 구실을 함도 없다. 곧, 보기말 :

　ㅣ+·) 而(이)는, 齒(치)는 ; 人(인)은 + 은, 信(신)은, 心(심)을, 民(민)
　을 ; 이롤, 비롤, 피롤 ; 心(심)으로, 人(인)으로
　(ㅣ+ㅡ) 始(시)는, 之(지)는, 治(치)는 ; 人(인)은, 親(친)은, 伸(신)은, 心
　(심)을, 臣(신)을 ; 이를, 理(이)를, 들기를 ; 心(심)으로, 民(민)으로

에서, ㅣ가 밝은 소리로 된 토 "눈, 은, 울 룰, 으로"에 쓰히고, 또 어두운 소리로 된 토 "는, 은, 을, 를, 으로"에도 쓰히었아니, 이는 옛적 말의 "ㅣ"ㄱ 가온갈홀소리(중성모음)임을 보힘이다.

그러나 이적말에 와서는 "ㅣ"는 어두운 소리 편에 서게 되었으니, 다음의 홀소리 어울림을 보라.

〔16〕 겹홀소리도 다음과 같이 맞섬 관계를 가진다.

　이~의, 외~위, 애~에

이 맞섬의 보기말은 여기서 줄이기로 하거니와, 앞에 든 보기말에서 본 바와 같이 그 맞섬 관계의 두 낱말끼리는 서로 다르면서 서로 같고, 서로 같으면서 서로 다르다 할 만함을 알겠으니, 이것이 실로 그 맞섬 관계의 참스런 뜻이다.

〔17〕 낱내가 서로 이어 낱말을 이룰을 적에, 밝은홀소리와 어두운홀소리와는 서로 어울리지 아니하고, 밝은홀소리는 밝은홀소리끼리 어두운홀소리는 어두운홀소리끼리 잘 어울리니, 이를 홀소리 어울림 또는 고룸이라 한다.

이 홀소리 고룸은 배달말에서 많이 누그러졌으나, 시늉말에서와 풀이씨에서의 임자말과 토씨와의 잇맺음에서는 아직 이것이 규칙스럽게 지켜지고 있다.

(1) 낱말(이름씨)에서의 홀소리고룸

　가로-그르(〉그루), 나모(木(목))-너무(過(과)히), 사룸-녀름(夏(하))
　ᄀᆞ로(粉(분))-구룸(雲(운)), 아ᅀᆞ(弟(제))-여스(狐(호))

〔벗어남〕 벼로(硯(연)), 벼록(蚤(조)), 절고공이(杵(저)), 너고리(獺(달))

(2) 풀이씨의 줄기와 씨끝과의 잇맺음에서,

곱다 －고분 －고븜 －고븐니

더럽다－더러븐－더러븜－더러브니

막다－마가－마ㄱ니－마ㄱ며

먹다－머거－머ㄱ니－머ㄱ며

(3) 임자씨와 토씨와의 잇맺음에서,

곳(花(화))　　　　　굳(坑(갱))

곳＋올＝고졸　　　　굳＋을＝구들

곳＋온＝고존　　　　굳＋은＝구든

곳＋이＝고지　　　　굳＋에＝구데

곳(串(곶))＋애＝고재

(4) 가온갈홀소리(中性母音(중성모음))는 밝은과 어두운과 두루 어
울린다.

밀(小麥(소맥))　　　　밀(小麥(소맥))

밀＋홀＝밀홀　　　　밀＋흘＝밀흘

밀＋혼＝밀혼　　　　밀＋흔＝밀흔

　　　　　　　　　밀＋흐로＝밀흐로

　이 홀소리고룸의 현상은 뒷 세상으로 내려옴에 따라, 점점 풀어져
와서, 현재는 겨우 풀이씨의 끝바꿈의 경우와 시늉말에만 이를 유
지하고 있는 형편이다.

【반대 현상】 몬져〉먼져〉먼저, 보션〉버션〉버선, 볼쎠〉벌쎠〉벌써

【홀소리 체계의 풀이】 밝은홀소리 ㆍ ㅗ ㅏ와 어두운홀소리 ㅡ ㅜ
ㅓ가 각기 저희끼리만 어울리고 ; 이편과 저편이 ㆍ~ㅡ, ㅗ~ㅜ, ㅏ~
ㅓ의 짝을 지어 서로 맞섬 관계를 가지고 있다. 곧 밝은홀소리와 어
두운홀소리가 서로 어울지 아니함은 그 소리 바탈이 서로 다르기
때문이요, 밝은홀소리와 어두운홀소리의 하나씩 서로 더불어 맞섬
관계를 가지고 있는 것은 그 다름 가운데에서도 둘이 서로 가까운
점이 있기 때문이다. 다시 말하면, 이러한 맞섬 관계의 두 소리끼리
는 밝음과 어둠, 가벼움과 무거움, 안과 밖의 대조를 가지고 서로 가
까운 자리에서 나는 것임을 보임이다. 이를 형식스런 그림으로 다음
과 같이 나타낼 수 있다. 이 그림에서 보는 바와 같이 ㆍ와 ㅡ, ㅗ와
ㅜ, ㅏ와 ㅓ는 각각 서로 다불어 가까운 자리에서 나서, 서로 가까운
소리이면서도 서로 달라 맞섬 관계를 가지고 있다.

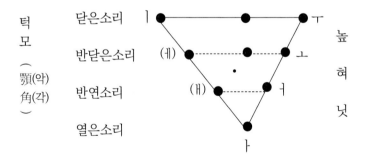

각 짝에서 앞 것 ㆍ ㅗ ㅏ는 밝은 바탈을 가지고, 뒷것 ㅡ ㅜ ㅓ는
어두운 바탈을 가지고 있다. 각 짝(ㆍ~ㅡ, ㅗ~ㅜ, ㅏ~ㅓ)에서 밝은소리
와 어두운소리의 자리는 서로 우 아래로 벌어어 있으며, 그 입열기

는 밝은소리가 어두운소리보다 크다(이래서 서로 다르다). 그러나, 그 자리잡음이 한줄에 있으며, 또 서로 끼리 가깝고, 그 입여는 모양도 서로 끼리 가깝다. 그래서 그 한 짝의 소리는 서로 다르면서 서로 가깝다.

	다름		비슷함		
	자리	입열기	입여는 모양	자리줄	뜨기
밝은소리 :	· ㅗ ㅏ	아래	크다	비슷함	한줄	서로 가까움
어두운소리 :	ㅡ ㅜ ㅓ	우	작다			

그리하여, 그 각 짝의 밝은소리와 어두운소리가 말맛과 말뜻을 가르기도 하지마는 서로 대치할(갈아댈) 수가 있는 가까운 것이어서, 뒷세상 홀소리고룹의 누그러짐에 따라, · 대신에 ㅡ를, ㅗ 대신에 ㅜ를, ㅏ 대신에 ㅓ를 갈아댄 보기가 얼마든지 있다.

보기하면,

"온" 대신에 "은"이 완전히 갈아 들었고, "가로" 대신에 "가루"가, "받아"대신에 "받어"가 갈아드는 일이 흔히 있음.

과 같다. 이러한 관계를 비유해 말한다면, 이마와 뒷통수, 가슴과 등, 손바닥과 손등이 각각 서로 안팎의 다름이 있으면서, 서로 가깝기 때문에, 혹 서로 대신하여 어떤 일을 할 수가 있음과 같다 할 만하다.

만약, 밝은홀소리는 저희끼리, 또 어두운홀소리는 저희끼리 고룹

(어울림)을 이루는 이유를 다만 밝은홀소리는 모두 서로 가까운 자리에서 나고, 어두운홀소리는 모두 서로 가까운 자리에서 나기 때문이라 하다면 ㅓ의 자리잡음은 ·를 넘어서, · 웃쪽에 있게 되어, 다음 그림과 같게 될 것이니, 이렇게 된다면,

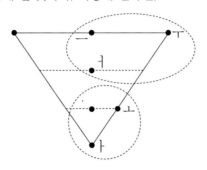

(1) 앞의 보기에서와 같이 일반적으로 세 맞섬짝에서 밝은홀소리 대신에 어두운홀소리가 갈아듦—더 정확히는 서로 넘나듦(相通(상통))—을 풀이할 수 없으며,

(2) 더구나, · 대신에 ㅡ, ㅏ 대신에 ㅓ가 갈아듦을 풀이할 도리가 없을 것이다.

〔18〕 "·"는 모든 홀소리의 복판홀소리로서, 그 소리가 분명하지 않으며 모나지 않아, 그 꼴과 같이 둥그럽다. 곧 그 소리됨의 성격이 불분명하다. 우의 홀소리 세모그림에서 본 바와 같이, ㅣ는 앞혓소리요, ㅡ · ㅏ는 가온혓소리이요, ㅜ ㅗ ㅡ는 뒤혓소리이다. 그 중 "·"는 모든 홀소리의 한복판에 자리 잡았기 때문에, 그 소리가 다른 소리로 더불어 상통하는 일이 많다. 특히 "·~ㅡ", "·~ㅏ"의 상통은 한글 창제시의 글발에서 이미 많이 나타냈음을 본다.

(1) ·~ㅡ의 상통

용비어천가에서 :

  힌므지게(白虹(백홍))~흰바희(白巖(백암))

선종영가집에서 :

  니르다(曰(왈))~니르샤디(曰(왈))

두시언해 원간본에서 :

  힌ᄆᆞᆯ(白馬(백마)올)~흰ᄆᆞ디(素節(소절))

  그듸~그듸(君(군))

  고븨~고븨(曲(곡))

  븟다~붓다(紛碎(분쇄))

  흐르ᄂᆞ다(流(류))~흐르ᄂᆞ수를(涓涓酒(연연주))~찬ᄆᆞ리흐르고(流寒

  水(류한수))

  푸른싀미(壁泉(벽천))~프른시내해(碧澗(벽간))

  서늘ᄒᆞᆫ(涼(량))~서늘ᄒᆞᆫ(涼(량))

훈몽자회에서 :

  마ᄉᆞᆯ(署(서), 曹(조))~마ᅀᆞᆯ부(府(부))

훈몽자회와 사성통해에서 :

  고싀(芫(원))~고싀(芫(원))

  여ᅀᅮ(狐(호))~여스(狐(호))

동국정운과 사성통해에서 :

  근(根(근))~근(根(근))

용비어천가와 훈몽자회에서 :

  기르마(鞍(안))~기르마(鞍(안))

(2) ·~ㅏ의 상통

용비어천가에서 :

  학ᄃᆞ리(鶴橋(학교)), ᄃᆞ리예(橋(교))~힌다리(白橋(백교))

사성통해와 훈몽자회에서 :

손 ·ᄀ락(指(지)) ·· 숫기락(指(지))

[19] 이와 같이, ·는 15세기에 이미 ㅡ, ㅏ로 더불어 상통하였고, 그 뒤로 때의 내려옴을 따라 ㅏ나 ㅡ로 아주 바뀌어버린 것이 많다.

(1) 낱말의 첫 낱내에서는 "·"가 "ㅏ"로 바뀜이 많고, 한자음에서는 "·"는 온통 "ㅏ"로 바뀌었다.

◎ᄀᆞ(邊(변))〉갓, ᄀᆞᆯ(葦(위))〉갈, ᄂᆞᆯ(鋒(봉)), 緯(위), 斤(근))〉날, ᄂᆞᆾ(面(면))〉낯, ᄃᆞᆯ(月(월))〉달, ᄃᆞᆰ(鷄(계))〉닭, ᄀᆞ애(剪(전))〉가새, ᄀᆞ장(最(최))〉가장, ᄂᆞᆯ개(翼(익))〉날개, ᄀᆞᄅᆞᆷ(江(강))〉가람, ᄇᆞᄅᆞᆷ(風(풍))〉바람
◎字(자)쫑〉자, 使(사)ᄉᆞᆼ〉사, 呑(탄)톤〉탄, 四(사)ᄉᆞᆼ〉사, 事(사)ᄊᆞᆼ〉사

(2) 첫낱내에서, 또 더 많이 두째 이하의 낱내에서 "·"가 "ㅡ"로 바뀜이 많고, 특히 토씨와 씨끝에서는 "·"는 모두 "ㅡ"로 바뀌었다.

◎ᄒᆞᆰ(土(토))〉흙, ᄀᆞ독(滿(만))〉그득~가득, ᄀᆞ놀(陰(음))〉그늘
◎토씨

ᄋᆞᆫ		ᄋᆞᆯ		ᄂᆞᆫ		ᄅᆞᆯ	
ᄋᆞᆫ	〉은,	ᄋᆞᆯ	〉을,	ᄂᆞᆫ	〉는,	ᄅᆞᆯ	〉를,

씨끝

-ᄋᆞᆫ		-ᄋᆞᆯ		-ᄂᆞᆫ	
-ᄋᆞᆫ	〉-은,	-ᄋᆞᆯ	〉-을,	-ᄂᆞᆫ	〉-는,

우와 같이, 한글 창제 당시에 ·~ㅡ의 상통이 가장 많음은 "·"가 그 상관짝 "ㅡ"와 가장 가까움을 뜻하고, 뒤로 내려올수록 ·〉ㅏ의

바뀜이 더 많음은 말 소리를 밝게 더 똑똑하게 나타내려는 의욕이 시대적 요구임에 말미암은 것이다. 요컨대, ·는 ㅡ와 ㅏ로 더불어 가장 가까운 자리에 있는 소리이다.

〔20〕 시절의 내려음을 따라, "·"는 또 ㅗ ㅚ ㅜ로 바뀌었다.

(1) ·〉ㅗ의 옮음

놈(他(타))〉놈(함경도)~넘

(서ᄅ)〉서르〉서로

보ᄅ(直(직))〉바로

모ᄅ(宗(종))〉마로〉마루

호ᄅ(一日(일일))〉하로〉하루

ᄌᆞᄅ(柄(병))〉자로〉자루

ᄀᆞᄅ(粉(분))〉가로〉가루

ᄂᆞᄅ(津(진))〉나로〉나루

이 밖에 소리 둘레에 따라 ㅗ로 바뀐 것도 많다.

(2) ·〉ㅓ의 옮음

ᄐᆞᆨ(頤(이))〉턱

ᄇᆞᆫ(件(건))〉번

ᄇᆞᆯ써(早是(조시))〉벌써~발써

다ᄉᆞᆺ(五)〉다섯

도ᄌᆞᆨ(盜(도))〉도적

(3) 이 밖에 ·〉ㅜ, ·〉ㅣ도 더러 있기는 하나, 이 따위는 대개 이차적 옮음으로서, 그 가까움을 보이는 것이 되지 못한다.

바놀(針(침)))〉바늘〉바눌

아ᅀᆞ(弟(제)))〉아ᅌᆞ〉아오〉아우

이상과 같이 "·"는 다른 여러 소리로 옮아가다가, 드디어 제 스스로의 존재를 잃어버리고 말았다.

[21] ᅵ, ᅴ, ᅬ, ᅢ, ᅱ, ᅰ는 15세기에서는 글자의 짜힘과 같이 겹홀소리이었다. 겹홀소리라 함은 두 소리가 각기 제 소리값대로 앞뒤로 달아나되, 두 낱내가 되지 않고 한 낱내를 이루는 것을 이른다.

그중 ᅴ, ᅱ는 오늘에도 겹홀소리임이 대종(標準(표준))이 되어 있지마는, ᅬ, ᅢ, ᅰ, (ᅵ는 쓰히지 않으니, 제외한다)는 홑홀소리로 되어 있다. 그러나, 그 옛적에는 ᅬ, ᅢ, ᅰ도 한가지로 겹홀소리이었다. 그러한즉, 그 옛적에는 앞혀홀소리엔 단 하나뿐이었고, ᅰ, ᅢ의 자리는 비었다 함이 좀 이상스럽게 생각되기는 하지마는, 학자들의 연구에 기대면, 그때의 ᅢ, ᅰ, ᅬ는 오늘의 ᅱ, ᅴ처럼 겹홀소리임이 틀림없다 하겠다. 그 까닭 :

(1) 훈민정음(해례)에 "合音(합음)"을 말하였는데, "가, 거, 고 구"도 합음이요, "ㅺ, ㅄ…"도 합음이라 하였는데, "ᅵ, ᅥ, ᅬ, ᅢ, ᅱ"도 마찬가지로 합음이라 하였을 뿐이요, 아무 다른 차이를 말하지 아니하였다. 그런즉, "ㅺ, ㅄ" 따위가 두 소리의 잇달아남임과 같이, ᅵ, ᅴ, ᅬ, ᅢ, ᅱ, ᅰ,"도 두 소리의 잇달아남임이 틀림없겠다.

孟子(맹자)ᅵ→밍지

叟(수)ᅵ→쉬

(2) 그 중에서 "ㅢ, ㅟ"는 오늘에도 겹소리로 남아 있을 뿐 아니라, 이 두 소리도 ㅚ, ㅐ, ㅔ"처럼 홀소리로 나는 일도 있다. 또 ㅚ, ㅐ, ㅔ"는 홀소리임을 대종삼았지마는, 이것들도 지방을 따라서는 겹소리로 내고 있다 할 수 있다.

개(犬(견))~가이,   새(鳥(조))~사이
외(瓜(과))~오이,   괴다(溜(류))~고이다
게(蟹(해))~거이,   에미((어미)~어이미(송아지를 부르는 말)

이러한 현상은 "ㅚ, ㅐ, ㅔ"가 홀소리 된 지(17세기 끝)가 오래지 아니함과 "ㅢ, ㅟ"도 홀소리 되려는 길걸음에 있음을 보임이라 할 만하다.

(3) 옛글에 "ㆍ, ㅡ, ㅚ, ㅐ, ㅟ, ㅔ"의 뒤에는 임자토 "이"가 생략되었다. 이는 같은 소리 밑에서 이의 소리 효과가 날 수 없기 때문이었겠다.

◎홀소리 "ㅣ" 밑에서 "ㅣ"가 줄음. 보기 :

和條吉(화조길)은 머리(이) 하다 ㅎ 눈 마리오(임자토)

此(차)는 이(이)라 (잡음씨의 줄기)

根은 불휘(이)라 (잡음씨의 줄기)

◎겹소리 "ㅣ" 밑에서도 "ㅣ"(임자토씨)가 줄음. 보기 :

비(이) 업거늘

씌(이) 하건마른

세째 가름 소리의 달라짐

(一) 절로 달라짐(자발적 변화)

[22] 옛말의 예사소리 ㄱ, ㄷ, ㅂ, ㅅ, ㅈ이 뒷뉘(後世(후세))에 내려 옴을 따라 흔히 된소리, ㄲ ㄸ ㅃ ㅆ ㅉ으로 바뀐 것이 있다.

(1) ㄱ〉ㄲ

　　가마괴〉까마귀, 것그니(折(절))〉꺾으니, 곳(花)〉꽃, 곳고리(鶯(앵))〉
　　꾀꼬리, 구짖다(叱(질))〉꾸짖다, 글우려(解(해))〉끄르려, 긋긋ᄒ다
　　(淨(정))〉끼끗하다, 곳다(挿(삽))〉꽂다

(2) ㄷ〉ㄸ

　　덧덧ᄒ다〉떳떳하다, 다ᄫᅵ(如(여))〈(다위)〉따위, 디흘〉뜰

(3) ㅂ〉ㅃ

　　불휘(根(근))〉뿌리, 빅빅ᄒ다〉빽빽하다(蜜(밀)), 보도롯(癤(절))〉뽀
　　도라지(뽀로지)

(4) ㅅ〉ㅆ

　　석다(腐(부))〉썩다, 싯다(洗(세))〉씻다, 삵다(積(적))〉쌓다, 스다(書
　　(서))〉쓰다, 숟다(覆物(복물))〉쏟다, 소다(射(사))〉쏘다

(5) ㅈ〉ㅉ

　　좇다〉쫓다, 족박〉쪽박, 줏그리다〉쭈그리다, 슬지다〉슬찌다

[23] 예사소리 ㄱ, ㄷ, ㅂ, ㅈ이 거센소리 ㅋ, ㅌ, ㅍ, ㅊ으로 바뀐 것이 있다.

(1) ㄱ〉ㅋ

　　고(鼻(비))〉코, 굴(刀)〉칼

(2) ㄷ〉ㅌ

　　닷(때문)〉탓, 디(힘)〉티, 듣글(塵(진))〉티끌, 낟다(現(현))〉낱다

(3) ㅂ〉ㅍ

볼(臂(비))〉풀〉팔, 불무(冶(야))〉풀무, 벌〉뻘~펄, 복(福(복))〉폭

(4) ㅈ〉ㅊ

곶(花)〉꽂~꽃, 재(그대로)〉째~채, 호은자〉호온차, 바지(匠人(장인))〉바치

[24] 닿소리의 줄어짐

(1) ㄹ〉ㅇ(떨어짐, 脫落(탈락))의 보기 :

◎ 누리(世(세))〉뉘

(모리)(山)〉뫼〉메

◎ 이를다(至(지))〉이르다, 이르러

우를다, 우르럿다(鳴(명), 吼(후))〉우르다〉울다

◎ 바룰(海(해))〉바르〉바다, 겨를(暇(가))〉겨르, 가롤(岐(파), 派(파))〉가르

◎ 앒희(前(전))〉앞에

알프다(病(병))〉알프다〉아프다

【잡이】 ㄹ이 덧생기는 일도 없지 아니하다. 보기 :

늘그니져므니며 貴(귀)ᄒᆞ니 놀아ᄫᆞᆯ니며(老者少者(노자소자)며, 貴人賤人年(귀인천인년)며)

져머〉졀머〉젊어

(1) ㅇ〉ㅇ의 보기 :

이어긔〉이어긔〉여긔〉여기

그어긔〉그어긔〉거긔〉거기

–니이다〉–니이다〉–니다(올ᄆ니이다)

종용(從容)〉조용, 모양히(貌樣)〉모야히, 생강(生薑)〉새양, 평양(平
壤)〉펴양, 형울(蛻(태))〉허울, 복셩화(桃(도))〉복쇼아

(3) ㅎ〉ㅇ의 보기 :

◎ 막다히〉막대, 가히(犬(견))〉가이〉개

즉자히(卽時(즉시))〉즉재~즉저~즉제

자히다(尺(척))〉자이다〉재다

◎ 나라히〉나라가, 나라해〉나라에, 둘콰〉둘과

(4) ㄱ,ㅂ〉ㅇ의 보기 :

◎ 목욕(沐浴)〉모욕, 육월(六月)〉유월, 녹용(鹿茸)〉노용, 십월(十
月)〉시월, 갑오(甲午)〉가오

◎ 물와(〈물과), 울고(〈울오)

홀소리 아래에서 줄어버린 ㄱ은 그 준 대로 고정되었고, ㄹ 다음
의 ㄱ이 떨어진 것은 도로 살아났다. 곧, "ㄱ〉ㅇ〉ㄱ"

보기 : (놀고(遊(유))〉놀오〉놀고

(과실과)〉과실와〉과실과

[25] 홀소리의 줄어짐

(1) 홀소리〉ㅇ의 보기 :

(거우룰(鑑(감))〉거우루〉거울, 드르(野(야))〉들, 사오나온(猛(맹))〉
사나온〉사나운

(2) 두 홀소리를 합쳐서 그 낱내를 줄이는 보기 :

가히(犬(견))〉개, 자히다(尺度(척도))〉재다, 버히다(斬(참))〉베다, 개야미〉개미

[26] 낱말의 끝소리 "ㆍ, ㅡ"는 "오"를 거쳐 "우"로 옮아간 것이 많다.

아ᅀᆞ(弟(제))〉아ᅌᆞ〉아으〉아오〉아우

여ᅀᆞ(狐(호))〉여ᅌᆞ〉여으〉여오〉여우

ᄀᆞᄅᆞ(粉(분))〉ᄀᆞ로〉가루

[27] 두째 낱내의 "ㅗ"는 많이 "ㅜ"로 바뀐다. 보기 :

(1) ㅗ〈ㅜ

자조〉자주, 나모(木(목))〉나무, 도로〉두루, 모도(總(총))〉모두, 매오〉매우, 기동(柱(주))〉기둥, 마초다〉마추다, 곡도(傀儡(괴뢰))〉꼭두, 도도다〉도두다

(2) 옴〉음

소곰(鹽(염))〉소금, 보롬(望(망))〉보름, 고솜돋(蝟(위))〉고슴도치, 모로매(須(수))〉모름지기, ᄒᆞ여곰(使(사))〉하여곰〉하여금, 다시곰(復(복))〉다시금

[28] 끝소리 "ㅚ"는 "ㅟ"로 바뀌는 것이 많다.

가마괴(烏(오))〉가마귀, 바회(岩(암))〉바위, 자최(跡(적))〉자취

(二) 달라짐(조건 변화)

〔29〕한 소리가 다른 이웃 소리를 닮아서 그와 같이 되는 것이 있다.

(ㄱ) 앞의 소리가 뒤의 소리를 닮음(뒤닮음)의 보기 :
　　◎ 걷나다(渡(도))〉건나다.
　　　 돋니다(走行(주행))〉돈니다.
　　　 묻노라(問(문))〉문노라.
　　　 졓노라(恐(공))〉젼노다.
　　　 손삐〉손삐〉솜삐(〉솜씨)
　　　 흗삐〉홈삐〉홈끠(〉함께, 항께)
　　◎ (볼쎠(旣(긔))〉)벌쎠〉벌써
　　　 몬져(先(션))〉먼져〉먼저
(ㄴ) 뒤의 소리가 앞의 소리를 닮음(앞닮음)의 보기 :
　　도로혀〉도로혀, 사름〉사람, 스ᄀ볼(鄕(향))〉스고올〉싀고올〉시골

〔30〕혹은 닿소리가 홀소리를 닮아서, 혹은 홀소리가 닿소리를 닮아서 이붕소리되기 또는 입술소리되기의 현상이 17세기에 나타난다.

(1) 닿소리가 뒤의 홀소리를 닮음(뒤닮음)
　　ㄷ+ㅣ〉ㅈ+ㅣ = 디〉지(이붕소리되기)
　　뎔(寺(사))〉졀, 딥(藁(고))〉집(〉짚), 디새(瓦(와))〉지새〉지애(기와〉지와), 디다(落(낙))〉지다, 디니다(持(지))〉지니다, 모딜다(猛(맹))〉모질다, 들디〉들지, 티다(押(압))〉치다.
　　ㅎ+ㅣ〉ㅅ+ㅣ = 히〉시(이붕소리되기)
　　힘힘하다〉심심하다, 힘〉심, 혜다〉셰다〉세다, 혁(轡(비))〉셗〉섟
　　ㄱ+ㅣ〉ㅈ+ㅣ = 기〉지(이붕소리되기)

깉다(遺(유))〉짙다, 깃다(棲(서), 茂(무))〉짓다.

(2) 홀소리가 앞의 닿소리를 닮음(앞닮음)

ㅅ, ㅈ, ㅊ + ㅡ = 스, 즈, 츠〉시, 지 치(이붕소리되기)

가슴(胸(흉))〉가슴〉가심, 즛(貌(모))〉짓, 즞다(吠(폐))〉짓다, 츩(葛
(갈))〉칡

아춤〉아츰〉아침

ㅁ, ㅂ, ㅍ + ㅡ = 므, 브, 프 〉무, 부 푸(입술소리되기)

믈(水(수))〉물, 믈다(唧咬(함교))〉물다, 므르다〉무르다, 므리(衆
(중))〉무리, 블(火(화))〉불, 븟다(注(주))〉붓다, 브터(附(부))〉부터, 플
(草(초))〉풀, 플다(解(해))〉풀다

※ 15세기에 이미 이 이붕소리되기 현상이 있었다고 한다.

진딧(眞(진))〉진짓 (月印(월인))杜初(두초))

(三) 심리로 달라짐(異化(이화), 轉位(전위), 類推(유추))

〔31〕 같거나 비슷한 두 소리가 서로 가까이 있기를 비끼어, 하나
가 다른 것으로 변하는 일이 있으니, 이를 "엇남"(dissimilation, 異化
(이화))이라 한다. 보기 :

붑(鼓(고))〉북, 거붑(龜(귀))〉거북

부섭(竈(조))〉부억, 고봄(瘧(학))〉고곰

처섬(初(초))〉처엄〉처음, 소곰(鹽(염))〉소금

〔32〕 듣는 이 또는 말하는 이의 잘못으로 말미암아, 두 소리가 서

로 자리를 바꾼 것이 그만 그대로 익어버린 말이 있으니, 이런 일을 자리바꿈(metathesis, transposition, 轉位(전위))이라 한다. 보기 :

빗복(臍(제))〉빗곱, 하야로비(鷺(로))〉해오라비〉해오라비,
아야로시(纚(재))〉애야로시〉애오라지,
ᄒᆞ더시니〉ᄒᆞ시더니, 하거시ᄂᆞᆯ〉ᄒᆞ시거늘

[33] 비슷하게 되기 위하여 제가 달라지는 이른바 "비슷달라짐"(類推變化(유추변화))이 있다. 보기 :

◎ 움직씨의 끝바꿈의 꾀임꼴 "―자"에 등달아서 그림씨의 끝바꿈에 꼬임꼴 "―자"를 쓰는 것 :
일하자, 운동하자 ― 깨끗하자, 부지런하자
◎ 또 움직씨의 시킴꼴에 등달아서 그림씨에 꾀임꼴을 쓰는 것 :
일하여라, 운동하여라 ― 깨끗하여라, 부지런하여라.
◎ 어찌씨 "자조, ᄀᆞ초, 글오"에 비슷하게 되기 위하여 어찌씨 "바ᄅᆞ, 사ᄅᆞ"가 "바로, 서로"로 되는 일.
◎ 붚(鼓(고))〉북, 거붚(龜(귀))〉거북, 브섭(厨(주))〉부억은 두 ㅂ의 이웃함을 비키는 엇남 현상인데 "솝(裏(리))〉속"은 앞의 엇남과 비슷하게 되고자 하는 달라짐, 곧 "비슷달라짐"(類推變化(유추변화))이다.

【풀이】 이 우에서 풀이한 소리의 달라짐을 가름하면, 절로달라짐(自發變化(자발변화))과 매개달라짐(條件變化(조건변화))의 두가지이다. 된소리되기, 기센소리되기, 떨어져나감 같은 것들은 절로달라짐이

요, 끝홀소리의 달라짐, 두째홀소리의 달라짐, 이붕소리도기, 닮음, 엇남 자리바꿈 같은 것들은 매개달라짐에 붙는다.

절로달라짐과 매개달라짐은 다 소리 이치로 그리 되는 것이어니와, 이밖에 또 소리이치는 아니로되, 사람의 심리로 말미암는 달라짐이 있으니, 한 낱말이 그와 관련있는 뜻을 가진 낱말떼의 말꼴에 등달아 그 낱말떼와 같은 꼴로 되기 위하여 달라짐이니, 이를 비슷함(analogy, 유사(類似(유사), 類推(유추))이라 한다.

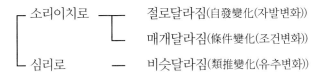

소리이치로 ── 절로달라짐(自發變化(자발변화))

매개달라짐(條件變化(조건변화))

심리로 ── 비슷달라짐(類推變化(유추변화))

네째 가름 소리의 쓰힘

(一) 첫소리로

〔34〕 옛글에서는 ㄴ이 ㅣ, ㅑ, ㅕ, ㅛ, ㅠ의 첫소리로 쓰이었다. 그 보기 :

녀름(夏(하)), 녀다(行(행)), 녀기다(여기다), 녑(옆), 니기다(익히다), 니르다(謂(위)), 니블(이불), 니(齒(치))

〔35〕 ㄹ이 ㅏ ㅓ ㅗ ㅜ의 첫소리로서 낱말의 첫머리에 쓰이었다. 그 보기 :

러울(獺(달)), 라귀(驢(려)), 롱담(戲(희))

〔36〕 ㄷ, ㅌ이 ㅏ ㅓ ㅗ ㅜ ㅡ뿐 아니라, ㅑ, ㅕ, ㅛ, ㅠ, ㅣ의 첫소리
로도 쓰히었다. 그 보기 :

　멸(寺(사)) － 져(著(저)) － 뎌(笛(적)), 뎌(彼(피)) － 제(自己), 제(여)
　곰, 제금(各自(각자)) 고티(繭(견)), 고티다(改(개))

〔37〕 ㆁ, ㅿ, ㅸ 세 소리는 낱내의 첫소리로는 스히기도 했으나, 낱
말의 머리소리로는 쓰히지 않았다. 그 보기 :

　러울(獺(달)), 서에(流澌(유시))
　아ᅀᆞ(弟(제)), 너시(鴇(보)), 사ᄉᆞᆷ(鹿(록))
　사비(蝦(하)), 드븨(瓠(호))

〔38〕 ㆆ는 훈미정음의 첫소리 풀이에서 "흡(挹(읍))"자의 처음 나
는 소리와 같다고 하였을 뿐이요, 그 뒤에는 낱내의 첫소리로도, 낱
말의 머리소리로도 쓰힌 일이 없고, 다만 (ㄱ) ㄹ 받침의 입성 한자
음을 입성답게 적기 위하여 ㆆ를 더 보태 썼으며(以影補來(이영보래)),
(ㄴ) 또는 두 임자씨 사이의 사이소리로, (ㄷ) 매김꼴과 임자씨 사이의
사이소리로, 또는 겹받침의 사이소리로 쓰히었을 뿐이다.
　그 보기 :

　(ㄱ) 彆(별)병, 物(물)뭁, 質(질)짎, 必(필)빓
　(ㄴ) 快(쾌)ㆆ字初發聲(자초발성), 步(보)ㆆ字初發聲(자초발성), 彌
　　　(미)ㆆ字初發聲(자초발성), 慈(자)ㆆ字初發聲(자초발성)
　(ㄷ) 도라옳 軍士(군사), 몯 미듏 것, 迦葉(가엽)의 옮돌 아르샤, 經

(경) 디닗 사르미, 길넗 사람, 홇배이셔도, 홇싸르미라

"ㆆ"는 훈민정음에서의 첫소리 벌림의 차례로 보나, 그 밖의 여러 가지 점으로 보아, 극히 맑고 빠른 목터짐소리라 하겠으며, 만국 소리표 "2"에 맞는다 하겠다. "ㆆ"이 매김꼴의 "ㄹ"과 함께 쓰히지 않는 경우에는 그 다음의 임자씨의 첫소리가 된소리(ㄲ, ㄸ, ㅃ, ㅆ, ㅉ)로 된다. 보기 :

입시울쏘리, 求(구)홀 싸람, 갈쩌긔, 몯홀꺼시라

【잡이】이로써 보건대, "ㆆ"가 맑은목닫침소리*로서, 일반적으로 사이소리 표로 쓰기에 가장 알맞는 소리라 할 수 있다. 두 낱말이 서로 어울 적에 웃소리의 "남은 김"(餘勢(여세))이 그 다음 소리에 영향을 미침을 막기 위하여 웃소리를 딱 끊는 노릇을 하기에 "ㆆ"이 가장 알맞다 할 만하다.

갈ㆆ사람, 또는 갌사람
강ㆆ가(江邊(강변)), 장ㆆ독, 일ㆆ군, 장ㆆ군

사이소리의 표기는 훈민정음 이래 심히 어지러운 문제인데, 이 "ㆆ"를 쓴다면 모든 그에 관한 문제가 해소된다.

〔39〕낱말의 첫소리로 쓰힌 딴자갈바씨기(異字並書(이자병서))의 닿소리를 보면 대략 다음과 같다. 그 보기 :

(1) ㅅㄱ : 꼴(牧草(목초)), 꿩(雉(치)), 실다(布(포))

(2) ㅅㄴ : 싸히(男子(남자))

(3) ㅅㄷ : 따해(地(지)에), 쩍(餠(병)), 쩍소(餡(도))

(4) ㅅㅂ : 쓸(角(각)), 쌀다(吮(연)), 싸혀다(拔(발))

(5) ㅉ : 그 보기를 찾지 못함.

(6) ㅂㄱ : 뎌끠(往者(왕자)) 그쁴(其時(기시))

(7) ㅂㄷ : 뜯(精(정)), 뻐러디고(落(낙)), 뜰(庭(정))

(8) ㅂㅅ : 쓰다(用(용)), 꿈(苦(고)), 뿔(米(미)), 씨(種(종))

(9) ㅂㅈ : 찡긔다(皺(추)), 찍다, 블찍다(爥(핍)), 짝(隻(척))

(10) ㅂㅌ : 발다(彈(탄)), 똑뻐디다.

(11) ㅂㅅㄱ : 씀(隙(극)), 쯰(時(시)), 이쯰(此時(차시))

(12) ㅂㅅㄷ : 째(時(시)), 찌르다(觝(저)), 쁘리다(破(파))

[40] 한자갈바씨기(同字並書(동자병서))로 된 닿소리는 낱말의 첫소리로 쓰힌 것은 많지 못하고 대개는 매김말 다음에 잇는 말의 첫머리에 쓰힘이 예사이다. 그 보기 :

(1) 낱말의 첫 머리에 쓰힌 것 :

　ㅃ : 비쁘리고(雨飛(우비)), 싸히다~빠히다(拔(발))

　ㅆ : 쓰다(書(서)), 쏘다(射(사)), 사흠~싸흠(戰(전))

　ㆅ : 혀다(引(인))

(2) 씨끝과 뒷가지와 매김말 다음에 오는 말(특히 안옹근 이름씨)과에 쓰힌 것 :

　ㄲ : 오실낄호로(道(도)로), 아수볼까(識乎(식호)), 쓸꺼슬

ㄸ : 홀띠니라, 올 똘 아르시고, 갈띠 업서

ㅃ : 行(행)ᄒ실 ᄲᅦ니라.

ㅆ : 言(언)은 니를 씨라. 혀쏘리(舌音(설음)), 말씀(語(어)), 다쌋날
(五日(오일))

ㆀ : 히ᅅᅧ(使(사)), 매ᅅᅧ(被縛(피박)), 괴ᅅᅧ(受愛(수애))

ㅉ : 온뉘짜히(百世(백세)째), 마쯥다(迎(영)), 들찌비(居家(거가))

ㆅ : ᄲᅡ혀다(拔(발)), 도르혀

(二) 받침소리로

[41] 모든 닿소리는 다 받침으로 쓰힘이 옳다고 훈민정음 본문에
규정하여 있다. 그 보기 :

(1) 홑받침

ㄱ : 그력(雁(안)), 비육(雞雛(계추))

ㄴ : 논(水田(수전)), 쥬련(幅(폭))

ㄷ : 긋돋는소리(終閉音(종폐음)), 몯누의(姉(자)), 곧ᄒ며(如(여)), 낟
(鎌(기)), 붇(筆(필)), 긷(柱(주)), 갇(笠(립))

ㄹ : 골(蘆(로)), 널(板(판)), 돌(月(월))

ㅁ : 감(柿(시)), 부얌(蛇(사)), 고욤(梬(영))

ㅂ : 납(猿(원)), 브섭(竈(조)), 슈룹(雨繖(우산))

ㅅ : 붓아디니라, 붓아ᄇ리ᄂ니라, 깃(巢(소)), 쟛(海松(해송)), 못(池
(지))

ㅈ : 빗곶(梨花(이화)), (흙빛다)흙비즐소(塑(소))

ㅊ : 엿의 갗(狐皮(호피))

ㅋ :

ㅌ : 브텨쓰고(附書(부서))

ㅍ : 노픈소리

ㆆ : 따해(地(지)에), ㅡ은 ㅎ나히라

ㆁ : 콩(大豆(대두)), 남샹(龜(귀))

ㅇ : (漢字音(한자음)에만 쓰힘) 之징, 故공, 多당

ㅿ : 엿의갗(狐皮(호피))

ㆆ :

(2) 겹받침

ㄳ : 낛(釣(조)), 낛(구실, 稅(세)), 낛다, 낛밥, 낛줄

ㄺ : 물곤(澄(징)), 붉쥐(蝙蝠(편복)), (붉다)불근돌(明月(명월)), 흙(土),
흙고개

ㄼ : (넓다, 踏(답))〉불밦〉불와〉밟아

ㄿ : 넓다〉불밦(踏(답))

ㄳ : 돐쓸(石角(석각)), 돐비늘(雲母(운모)), 밝드으(足背(족배))

ㄸ : ᄆᆳ골(舍音洞(사음동))

ㅄ : 값(價(가)), 업슬(無할)

ㅅ : (밨) 밨기라(外也(외야))

ㄾ :

ㅀ : 잃(一(일)), 오싏제

[42] 그러나 여덟받침만 써도 넉넉하다고 "해례"에 규정하여 있
다. 곧 ㅇㅈㅊㅋㅌㅍㅿㆆ자는 쓰지 않아도 좋다 하고, 다만 ㄱㄴㄷㄹ
ㅁㅂㅅㆁ 8자만을 받침으로 쓰는 일의 문을 터 놓았다.

이 여덟받침의 규정을 가지고 보면, 옛날에서도 거의 이적말에서

와 같이 받침에서는 터짐소리 ㄱ, ㅋ, ; ㄷ, ㅌ, ; ㅂ, ㅍ 이 각각 그 닫침만 있고 터짐이 나타나지 아니하며, 갈이소리 ㅅ이 닫침소리에 가까왔으며, 터짐갈이 소리 ㅈ, ㅊ이 또한 닫침만 있고 그 터짐갈이는 나타나지 아니한 것이라 하겠다. 그래서,

ㄱ, ㅋ 받침은 한가지로 ㄱ 받침으로 되고,

ㄷ, ㅌ 받침은 한가지로 ㄷ 받침으로 되고,

ㅂ, ㅍ 받침은 한가지로 ㅂ 받침으로 되고,

ㅈ, ㅊ 받침은 한가지로 ㄷ 받침으로 되고,

ㅅ 받침은 ㄷ 받침에 비슷하게 되었고,

ㅿ 받침은 ㅅ 받침과 같이 다뤄졌다.

그리고, 이러한 받침들이 그 아래에 홀소리로 비롯한 토씨 같은 매힌골이 올 적에는 도로 제 본 소리가 들어나는 것이었다고 본다.

【잡이】 최 세진의 훈몽자회에 이르러서는, 이 여덜받침이 아주 굳어지고 또 널리 퍼지었다. 그런데 또 그 뒤에는 ㅅ받침이 ㄷ받침까지를 겸하게 되어, ㄷ받침은 아주 쓰히지 않게 되었다.

(三) 가온 소리로

〔43〕 “·”는 “ㅏ”로 더불어 서로 뜻을 가르는 분명한 하나의 소리뭇(音韻(음운))이었다. 그 보기 :

　　ᄀᆞᆯ(葦(위)) – 갈(刀(도))　　　ᄆᆞᆮ(伯(백), 兄(형), 첫) – 맛(味(미))

　　ᄀᆞᆺ(邊(변), 機(기)) – 갓(妻(처)), 皮(피))　　ᄆᆡ(野(야)) – 매(鷹(응), 맷돌의 매)

놀(日(일)) ― 날(刃(인))　　　 볼(臂(비)) ― 발(足(족),　　簾(렴))

드리(橋(교)) ― 다리(股(고))　　 슬(肌(기)) ― 살(矢(시))

아리(前日(전일)) ― 아래(下(하))　 혼(一(일)) ― 한(大(대))

몰(馬(마)) ― 말(言(언), 斗(두))　 ᄒᆞ다(爲(위)) ― 하다(多(다), 大(대))

〔44〕 "ㅣ"와 "ㅐ"도 서로 뜻을 가르는 딴 소리뭇이었다.

니(煙(연)) ― 내(臭(취))

디(所(소)) ― 대(竹(죽))

미(野(야)) ― 매(鷹(응))

비다(孕胎(잉태)) ― 배다(亡(망))

시(束(속)) ― 새(禽(금), 新(신), 茅(모))

시다(漏(루)) ― 새다(曙(서))

지(灰(회)) ― 재(嶺(령))

히(太陽(태양)) ― 해(多(다), 大(대))

-〈한글〉146호(1970)-

우리나라 말소리와 다른 나라 말소리와의 比較(비교)

　나는 本誌(본지) 前號(전호)에서 우리말에도 흐린소리가 있음을 討究(토구)하는 同時(동시)에 그 精確(정확)한 表記法(표기법)에 言及(언급)하였다. 이제 다시 나아가 우리 말소리와 다른 나라 말소리와를 比較(비교)하여 될 수 있는 대로 그 精確(정확)한 討照(토조)를 해보고 싶어 한다. 그러나 이것도 決(결)코 容易(용이)한 일이 안이다. 웨 그러냐 하면 外國(외국) 말도 地域(지역)을 딸아서 얼마콤 니름이 있을 뿐 안이라 元來(원래) 사람의 말소리를 各國(각국)에서 各各(각각) 몇 가지씩 난우어 區別(구별)하는 것은 무슨 絶對(절대) 普通(보통)의 原則(원칙)이 있는 것이 아니오 다만 그 나라 그 나라의 言語(언어) 表記上(표기상) 便宜(편의)를 딸아서 區別(구별)함에 지나지 못한 것이기 때문이다. 그럼으로 甲國語(갑국어)의 A音(음)이 乙國語(을국어)의 A音(음)과 絶對的(절대적)으로 같다고 保証(보증)하기 어렵은 것이다. 假令(가령) 한 가지 母音(모음)「L」라도 英語(영어)의 그것과 佛語(불어)의 그것과는 서로 틀힘이 있으며 엇떤 이는 말하기를 그 發音(발음)대로만 씬다. 하면 N은 二十一(이십일) 個(개)의 文字(문자)를 要(요)할 것이며 R은 十四(십사) 個(개)의 文字(문자)를 要(요)할 것이라 하였다. 要(요)커대 文字(문자)와 言語(언어)와는 妥協的(타협적)이다.

文字(문자)를 가지고 낱낱의 소리를 그 如實(여실)한 差別(차별)을 적어 낼 수는 到底(도저)히 없는 것이다. 우리가 이 点(점)은 미리 잘 짐작해 두어야 할 것이다. 그러한 즉 이 元來(원래)가 妥協的(타협적)인 文字(문자)를 가지고 그 各國(각국)의 固有(고유)의 音(음)을 如實(여실)히 對照(대조)한다는 것을 學問的(학문적)으로 보아 썩 어렵은 일이라 안니할 수 없다.

　(一(일)_ 英語(영어)의 子音(자음)(닿소리)과 조선말의 그것과의 對照(대조)

　이것을 나는 담과 같이 적는 것이 좋겠다고 생각한다.

b	ㅃ ㅂ
c	ㅅ ㄱ
ch	쥐 ㅈ
d	ㄸ ㄷ
f	ㅍ
g	ㄲ ㄱ ㅈ
h	ㅎ
j	ㅉ ㅊ
k	ㄱ
l	ㄹㄹ
m	ㅁ
n	ㄴ
ng	ㅇ
p	ㅂ
q	ㄱ
r	ㄹ

s	ㅅ
sh	쉬
t	ㄷ
th	퉁
th=th의 흐린소리	둥
v	병
w	수(子字(자자)) ㅜ(母字(모자))
x	ㄲ
y	ㅅㅣ(子字(자자)) ㅣ(母音(모음))
z	△
zh=sh의 흐린소리	쉬

이와 같이 서로 對照(대조)함에 關(관)하여는 여러 가지로 辨明(변명)하여 두어야 할 것이 있다.

첫재로. 오늘날 世上(세상) 사람들의 普通的(보통적) 使用(사용)에 依(의)하면

b	ㅃ ㅂ
p	ㅍ
d	ㄸ ㄷ
t	ㅌ
g	ㄲ ㄱ
k	ㅋ
j	ㅉ ㅈ
ch	취 ㅊ

로 하나, 이는 다 잘못이니라. 웨 그러냐 하면 英語(영어)의 b, d, g, j, 는 다 흐린소리(濁音(탁음))인데, 우리의 ㅂ, ㄱ, ㅈ, 은 흐린소리가 아

니오 맑은소리인 것이 原則(원칙)이다. 그러하고 또 英語(영어)의 p, t, k, ch는 다만 터짐소리(破裂音(파열음))의 맑은소리일 뿐이오 목청을 가는 갈이소리(摩擦音(마찰음))는 아니인데 우리의 ㅍ, ㅌ, ㅋ, ㅊ는 터짐소리에다가 목청을 갈아 내는 갈이소리「ㅎ」를 더하여 된 것인즉 서로 같지 아니하다. 그럼으로 p는 ㅂ, t는 ㄷ, k는 ㄱ, ch는 ㅈ로 맞히는 것이 옳으니라. 世上(세상)에서 흖이 이것을 똑똑이 생각하지 아니하고 英語(영어)에서 내는 法(법)과 나는 자리의 近似(근사)한 소리에 b와 p, d와 t, g와 k(j와 ch의 關係(관계)는 조곰 다름)의 區別(구별)이 있음으로 하여 넘어도 單純(단순)하게 생각하여서 곧 b=ㅂ, p=ㅍ, d=ㄷ, t=ㅌ, g=ㄱ, k=ㄱ, 으로 얼른 작정해 버리지마는 이는 決(결)코 옳지 못하니라. 이렇게 그릇 생각하는 이는 p=ㅂ, t=e, k=ㄱ, ch=ㅈ라 할 것 같으면 p=ㅍ, t=ㅌ, k=ㅋ, ch=ㅊ의 先入(선입)의 偏見(편견)이 있기 때문에 이를 얼른 首肯(수긍)하지 아니하겠지마는 이는 決(결)코 그렇지 안너하니라. 이제 다른 理致(이치)는 다 그만두고라도 우리가 實地(실지) 내토는 普通(보통)의 ㅂ, ㄱ, ㄷ, ㅈ의 소리를 西洋(서양) 사람에게 들어 적으라 하면 반듯이 ㅂ=p, ㄱ=k, ㄷ=t, ㅈ=ch로 적나니 이는 우에 말한 바와 같은 先入見(선입견)을 가진 우리로써는 좀 不當(부당)한듯 하게 생각하지만은 實相(실상)인 즉 그것이 맞는 것이니라.

동아일보(東亞日報)를 Dong A Ilbo라 하는 d와 b는 잘못이오 동아잉크를 Tong A Ink라 하며 시대일보(時代日報)를 Shitai Ilpo라 적는 것은 올은 것이다. 世上(세상)에는 p=ㅍ를 主張(주장)하면서 박(朴) Pak으로 적는 니가 많으니 自家撞着(자가당착)이 아니고 무엇이냐.

여기에 무름(質問(질문))이 하나 일어날 것이다. 「그러면 우리의 ㅍ, ㅋ, ㅌ, ㅊ는 로마글자로써는 어떻게 적어야 할꼬?」 ㅍ, ㅋ, ㅌ, ㅊ는 우리가 벌서 이미 깨튼 바와 같이 ㅂㄱㄷㅈ에 各各(각각) ㅎ를 더하여 된소리이니 (이것을 다시 詳論(상론)할 機會(기회)가 있겠음) 西洋(서양) 말에는 普通(보통)으로는 이러한 소리가 없으며 딸아 이러한 소리를 낳아 내는 글씨도 없나니라. 그럼으로 로마자(羅馬字(라마자))로써 우리 말소리를 낳아낼 적에는 옛적 끄리시아(希臘(희랍))에서 쓰던 갈이소리 표(摩擦音標(마찰음표))「ㄴ」를 글자 우에 붙여서 씔 수밖에 없나니라. 곳

ㅍ=p, ㅋ=k, ㅌ=t, ㅊ=ch와 같음.

둘재로. ch, sh, zh, th, f, v들은 본대붙어 우리말에 없는 소리인 때문에 이를 우리글로써 지어 내기에는 不便(불편)을 늣기지 안이할 수 없다. 그러하여 ch=쥐, sh=쉬, zh=쉬들은 子音(자음)에다가 母字(모자)를 붙여서 적었스나 이는 다만 그러한 母音(모음)(홀소리)을 낼 적에 입꼴(口形(구형))을 하여서 그 子音(자음)(닿소리)을 내라는 뜻일 뿐이요 決(결)코 그 로마자에 우리의 母音(모음)에 맞은(當(당))한 소리가 들어있다는 것은 안이다. 그럼으로 이렇게 적을 적에 母音(모음)은 決(결)코 길게 내여서는 안 되나니라.

또 f=픙, v=븽, th=틍, th=틍로 적은 것도 마지못한 짓이지 決(결)코 우리 글자가 當然(당연)히 그리 된다는 것은 아니다.

셋재로. 우리말의 닿소리는 제 홀로는 소리나지 못하고 반듯이 다른 홀소리하고 어우르어야만 소리나는 것이 예사의 익금이 되였는대 西洋(서양) 말에서는 c, d, f, g, k, s, t, z(Clear, band, draft, glad, klar(獨文(독문)), Fast, buzz의 그것들에서 보는 바와 같이)들은 제 홀로도 소리나는 바이 예사이니 이런 경위에 우리글자로 그것을 적을 적에는 홀소리 「ㅡ」 혹은 「ㅜ」를 더하여 적을 것이니라. 이를터면

Draft   쯘라쯔드

Glad	ㅠ� ㄹ ㅐ ㄹ
Buzz	ㅃㅓ스
Klar	그롸ㅡㄹ
Vegetable	붸쳬다
Gas	ㅠ ㅐ스
Fast	퐈스드

와 같음

(二(이)) 담에 英語(영어)의 홀소리(母音(모음))와 우리 홀소리와의 對照(대조). (소리표는 많이 Wepsters New International Dictionary를 딿은 日本(일본)의 模範英和辭典(모범영화사전)에 依據(의거)함)

ā (face의 a와 같음)	ㅔㅣ
ă̇ (preface) (ā의 짜른 것)	ㅐ(ㅣ)
a̤ (all)	ㅗㅓ(長(장))
ȧ=ŏ (was)	ㅓ
ä (far)	ㅏ(長(장))
ȧ (ask)	ㅏ
â (care)	ㅐㅏ
ă (man)	ㅐ
🯅 (about)	ㅐ(短(단))
ē=ï (see)	ㅣ(長(장))
e̲=ā (eight)	ㅔㅣ
ê=â (there)	ㅐㅏ
ẽ=ĩ=û (her)	ㅓ(長(장))
ĕ (ten)	ㅔ
ę (moment)	ㅔ(短(단))

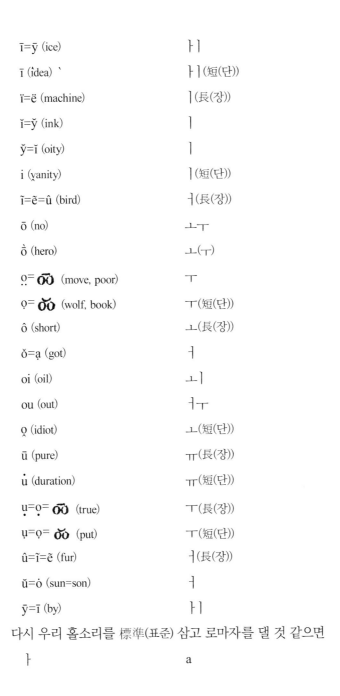

ī=ȳ (ice)	ㅏㅣ
ī (ìdea) `	ㅏㅣ(短(단))
ï=ë (machine)	ㅣ(長(장))
ĭ=y̆ (ink)	ㅣ
y̆=ĭ (oity)	ㅣ
i (ɣanity)	ㅣ(短(단))
ĩ=ẽ=û (bird)	ㅓ(長(장))
ō (no)	ㅗㅜ
ȯ (hero)	ㅗ(ㅜ)
ọ= o͞o (move, poor)	ㅜ
ǫ= o͝o (wolf, book)	ㅜ(短(단))
ô (short)	ㅗ(長(장))
ŏ=ạ (got)	ㅓ
oi (oil)	ㅗㅣ
ou (out)	ㅓㅜ
o̦ (idiot)	ㅗ(短(단))
ū (pure)	ㅠ(長(장))
u̇ (duration)	ㅠ(短(단))
u̦=ọ= o͞o (true)	ㅜ(長(장))
u̦=ǫ= o͝o (put)	ㅜ(短(단))
û=ĩ=ẽ (fur)	ㅓ(長(장))
ŭ=ȯ (sun=son)	ㅓ
ȳ=ī (by)	ㅏㅣ

다시 우리 홀소리를 標準(표준) 삼고 로마자를 댈 것 같으면

ㅏ	a

ㅑ	ya
ㅓ	u
ㅕ	yu
ㅗ	o
ㅛ	yo
ㅜ	oo
ㅠ	yoo
ㅡ	eu
ㅣ	i
ㅐ	ă
ㅔ	e
ㅖ	ye
ㅚ	oi
ㅟ	wi
ㅢ	eui
ㅘ	oa
ㅝ	wu
ㅙ	oă
ㅞ	we

들과 같이 함이 좋을 듯하다.

(三(삼)) 맞으막에 日本(일본)에 假名(가명) 文字(문자)하고 우리 한 글하고를 맞오 대면

カ行(행)	가기구게고
ガ行(행)	가기구게고
サ行(행)	사시수세소

ザ行(행)	ᅀᅡᅀᅵ수ᅀᅦ소
タ行(행)	다지쓰데도
ダ行(행)	다치쯔데도
ハ行(행)	하히후헤호
バ行(행)	바비부베보
パ行(행)	바비부베보

와 같음.

日本(일본)의 ウ는 우리의 ㅜ와 ㅡ의 가온대 소리이니 이를 純全(순전)히 ㅜ로 내는 것은 그른 것임을 注意(주의)해야 한다.

【以上(이상)의 對照(대조) 中(중)에 잘못이 적지 아니할 줄로 안다. 識者(식자)의 叱正(질정)을 주시면 幸甚幸甚(행심행심)이겠음.

우리말본의 기역니은
(朝鮮語法(조선어법)의 初步(초보))

　나의 사랑하는 訓民正音(훈민정음)의 아들 「한글」이 다시 살아낫
다. 이 사랑스러운 동무를 잃은 지도 꽤 오래다. 서로 갈려서 못 보
는 동안에, 「한글」 저도 스스로 많이 자랏으려니와, 나의 우리말 공
부도 무던히 늘엇다고 할 만하다. 그 간에는 이 동무가 없기 때문에,
하고 싶은 말도 하지 못하고 외치고 싶은 소리도 외치지 못하여서,
이 가슴 속에는 많은 회포와 생각이 서리어 잇음을 깨달앗드니, 이
제 오래만에 이 정다운 친구를 맞나고보니, 하고 싶은 말이 서로 밀
어 소용도리를 친다. 그리하여, 여러 가지 말의 첫머리로서 금번은
『우리말본의 기역니은』 곳 조선 문법의 入門(입문)을 간단히 몇 마디
하려고 한다. 우리말본의 기역니은은 씨가름(品詞 分類)이다. 그러므
로, 나는 아주 간단하게 우리말의 씨가름을 말하려고 한다.

　우리 사람의 부하(肺)에서 나오는 노 흐름(空氣)이 목청(聲帶)과 입
안의 여러 군대와 코안들로 말미암아 여러 가지 모양으로 고루어진
것을 <u>소리</u>(音聲)라 하며, 소리로 말미암아 사람의 생각과 느낌을 나
타낸 것을 <u>말</u>(言語)이라 한다.

　소리를 적은 정한 符號(부호)를 소리글자(音標 文字)라 하고, 생각
을 바루 적은—뜻을 보이는 정한 符號(부호)를 <u>뜻글자</u>(意義 文字)라

하며, 이 두 가지를 합하여서 글자(文字)라 일컫느니라. 조선의 한글은 소리글자의 하나이요, 中華民國(중화민국)의 漢字(한자)는 뜻글자의 하나이니라.

글자를 가지고 사람의 생각과 느낌을 적어 낸 것을 글(文)이라 하느니라.

사람의 한 뭉둥거려진 생각과 느낌을 글자로 적어 낸 것을 글월(文章)이라 하며, 소리로 드러낸 것을 말월(語句)이라 하며, 글월과 말월을 두루 불러서 월(Sentence, 文)이라 하느니라.

말에는 정한 본(법)이 잇어서, 우리가 말을 함에는 반드시 그 본을 따라야 하느니, 그 본을 말본(語法)이라 일컫느니라.

우리가 바른 말과 글로 말미암아 제(自己(자기))의 생각과 느낌을 마음대로 나타내며, 남의 생각과 느낌을 바루 깨치고저 할진대, 반드시 이 말본을 잘 배워야 하느니라.

말은 여러 날의 적은 뜻을 나타낸 것으로 되엇느니,

그 아이 가 책 을 잘 읽는다.

봄 이 오니 들 이 푸르다.

란 말이 여러 날의 도막도막의 뜻으로 되엇음과 같다. 이러한 도막도막의 생각과 느낌을 드러낸 낱낱의 말을 낱말(單語)이라 이르느니라.

낱말을 그 뜻과 꼴(形式)을 따라 몇 갈래로 갈라 놓은 것을 씨(品詞)라 이르느니, 우리말의 씨에는

이름씨. 대이름씨. 셈씨.

움즉씨. 어떻씨. 잡음씨.

어떤씨. 어찌씨. 느낌씨.

토씨.

의 열 가지가 잇느니라.

이름씨(名詞) 아이 책 봄 들 풀 나무 노래 기쁨 백두산 수시경 들과 같이 일이나 몬의 이름을 들어내는 낱말을 이름이다.

대이름씨(代名詞) 나 너 저 그 누구 아무 이것 저것 여기 저기 거기 들과 같이 일이나 몬의 이름 대신에 그것을 가리키는 낱말을 이름이다.

셈씨(數詞) 하나 둘 셋 열 수물 설흔 마흔 쉰 첫재 둘재 셋재 백재 들과 같이 일과 몬의 셈을 드러내는 낱말을 이름이다.

◎ 이름씨 대이름씨 셈씨는 월의 임자가 되는 것이니, 이따위를 어울러서 임자씨(主詞, 體言)라 하느니라.

움즉씨(動詞) 읽다 오다 흐르다 일하다 불다 쓰다(用) 쓰다(書) 들과 같이 일과 몬의 움즉임을 드러내는 낱말을 이름이다.

어떻씨(形容詞) 푸르다 검다 하다 따뜻하다 길다 높다 아름답다 바르다 잇다 없다 들과 같이 일과 몬의 성질과 모양과 잇음의 어떠함을 드러내는 낱말을 이름이다.

잡음씨(指定詞) 이다 아니다 와 같이 일과 몬이 무엇이라고 잡는(指定하는) 낱말을 이름이다.

◎ 움즉씨 어떻씨 잡음씨는 월의 풀이(陳述)가 되느니 이 따위를 어울려서 풀이씨(述詞, 體言)라 하느니라.

어떤씨(冠形詞) 이 그 저 새 헌 모든 한 두 세 여러 들과 같이 일과 몬이 어떠한 것이라고 금하는(限定하는) 낱말을 이름이다.

어찌씨(副司(부사)) 매우 조금 자주 빨리 반드시 훨신 꼭 들과 같이 주장으로 풀이씨의 우에 붙어서 그것이 어떠하게(어찌) 한다고 그 뜻을 금하는 낱말을 이름이다.

느낌씨(感動詞) 아아 어어 아차 어뿔사 에구 에끄나 하하 여보 녜

그레 들과 같이 무엇에 느끼어서 소리내는 낱말을 이름이다.

◎ 어떤씨 어찌씨 느낌씨는 다른 말을 꾸미는 씨이니, 이 따위를 어울러서 꾸밈씨(修飾詞)라 하느니라.

토씨(助辭)『오늘 은 비 가 온다.』『나비 가 꽃 에 붙엇다가 또 담 넘어로 날아 가오.』『저이들 이 책 을 본다.』의 은 가 에 로 이 을 들 과 같이 주장으로 임자씨(體言) 아레 붙어 그 아레 말과의 關係(관계)를 드러내는 낱말을 이름이다.

◎ 『비가 온다, 오겟네, 오면, 오니, 오게 되엇다.』의 다 네 면 니 게 따위는 토씨가 아니요, 움즉씨의 한 조각인데, 씨끝(語尾)이라 하는 것이니라.

◎ 풀이씨는 그 쓰임(用法)에 따라, 그 꼴(形)이 달라지느니, 보기를 들건대

1. 움즉씨

밥 을 먹다. 밥 을 먹으니. 밥 을 먹어 본다.

2. 어떻씨

꽃 이 붉다. 꽃 이 붉으니. 꽃 이 붉어 진다.

3. 잡음씨

이것 이 붓 이다. 이것 이 붓 이니. 이것 이 붓 이기 쉽다.

와 같다. 이 풀이씨의 달라지는 조각을 씨끝(語尾)이라 하며, 그 달라지지 아니하는 조각을 씨줄기(語幹)라 하며 그 씨끝이 달라지는 일을 씨끝바꿈 줄여서 끝바꿈(活用)이라 일컫느니라.

◎ 풀이씨의 줄기와 씨끝과의 사이에 들어가아서 무슨 뜻을 더하는 조각이 또 잇느니, 보기를 들면

가앗다, 가앗으니, 가앗어, 가앗음, 가시다, 가시니, 가시어, 가시ㅁ,

의 앗 시의 따위이다. 이 따위는 그 풀이씨의 쓰힘을 따라 달라지지 아니하는 것이므로 이를 줄기의 한 조각으로 보아 도움줄기(補助語幹)라 일컫느니라. 그러한즉 모든 풀이씨는 반드시 줄기와 씨끝과의 두 조각으로 되엇는데, 그 줄기는 홑진(單純한) 것도 잇으며 도움줄기의 도움을 입은 겹진(複雜한) 것도 잇느니라.

나는 우에서 간단히 우리말의 씨가름(品詞 分類)을 말하엿다. 이제 그 가름에 依(의)하야 다음에 한 글을 적고, 그것을 씨로 나누고, 그 이름을 붙이고저 하노니, 文法(문법)에 留意(유의)하시는 분은 자세히 보시면 參考(참고)가 많이 될 줄로 안다. 그러나, 이와 같이, 한 마리의 글을 씨가름하는 것은, 決(결)코 容易(용이)한 일이 아니다. 그 간에 統一(통일)이 잇고, 體系(체계)가 잇이 하려면, 쉽고도 어려운 問題(문제)가 複雜多端(복잡다단)하다. 그러므로, 씨가름은 말본(文法)의 入門(입문)인 同時(동시)에, 또 終点(종점)이라고도 할 만한 것이다. 그러므로 다음의 씨가름의 理論(이론)을 詳細(상세)히 展開(전개)하기는, 그리 簡單(간단)한 일이 아니다. 그러므로, 그 理論(이론)은 다음의 機會(기회)를 따라, 차차 그 깊은 대, 높은 대로 들어가기로 하고, 여기서는, 다만 그 씨가름의 實際(실제)만 보이고저 한다. 보시는 여러분은, 많은 疑問(의문)을 가지게 되시거든 그것을 機會(기회)로 삼아서, 더욱 硏究(연구)해 보시기를 바랍니다.

昨年(작년)	九月(구월)	滿洲(만주)	事變(사변)	으로	敗殘兵(패잔병)
이름씨	이름씨	이름씨	이름씨	토씨	이름씨

에게	쫏겨	나아	남북	三(삼)	千(천)	里(리)	를
토씨	움즉씨	움즉씨	이름씨	셈씨	셈씨	이름씨	토씨

더듬어
움즉씨

귀국한	남편	,	안해	,	딸	세	식구	의
움즉씨	이름씨		이름씨		이름씨	이름씨	이름씨	토씨

설은	사정	.
어떻씨	이름씨	

남편	은	본적	을	경상북도	淸道(청도)	에	두고
이름씨	토씨	이름씨	토씨	이름씨	이름씨	토씨	움즉씨

黑龍江省(흑룡강성)	泰來縣(태래현)	西人洞(서인동)	에서	농사
이름씨	이름씨	이름씨	토씨	이름씨

짓던	崔翰玉(최한옥)	인데	나이	는	三十(삼십)	二(이)
움즉씨	이름씨	잡음씨	이름씨	토씨	셈씨	셈씨

歲(세)	이요	,	안해	는	二十(이십)	五(오)	歲(세)	이요,
이름씨	잡음씨	이름씨	토씨	셈씨	셈씨	이름씨	잡음씨	

딸	은	六(육)	歲(세)	이다	.	그들	은	오늘
이름씨	토씨	셈씨	이름씨	잡음씨		대이름씨	토씨	이름씨

아침	에	본사	를	찾아	와	오늘	아침
이름씨	토씨	이름씨	토씨	움즉씨	움즉씨	이름씨	이름씨

부터	굶은	뜻	을	말하엿다	.	의복	은	남편
토씨	움즉씨	이름씨	토씨	움즉씨		이름씨	토씨	이름씨

과	딸	은	중복	안해	는	조선	옷
토씨	이름씨	토씨	이름씨	이름씨	토씨	이름씨	이름씨

에	수건	을	썻다	. 정직하고	순실해	보이는	그들
토씨	이름씨	토씨	움즉씨	어떻씨	어떻씨	움즉씨	대이름씨

이다	. 아래	는	남편	의	말	—
잡음씨	이름씨	토씨	이름씨	토씨	이름씨	

『제	가	고향	을	떠난	것	은	十(십)
대이름씨	토씨	이름씨	토씨	움즉씨	이름씨	토씨	셈씨

六(육)	歲(세)	때	요	, 처음	에는	懷仁縣(회인현)
셈씨	이름씨	이름씨	잡음씨	이름씨	토씨	이름씨

엘	갓음데다	. 거기	서	한	七(칠)	年(년)	동안
토씨	움즉씨	대이름씨	토씨	어떤씨	셈씨	이름씨	이름씨

머슴	을	살아서	돈	을	좀	벌어서	장가
이름씨	토씨	움즉씨	이름씨	토씨	어찌씨	움즉씨	이름씨

를	들어	가지고	, 흑룡강	이	농사해	먹기	가
토씨	움즉씨	움즉씨	이름씨	토씨	움즉씨	움즉씨	토씨

좋다	고	하기로	, 어디	는	되놈	의	땅
어떻씨	토씨	움즉씨	대이름씨	토씨	이름씨	토씨	이름씨

이	아닌가	. 돈	만	벌면	좋지 !
토씨	잡음씨	이름씨	토씨	움즉씨	어떻씨

하고	, 집사람	을	더불고	泰來縣(태래현)	에를	가고
움즉씨	이름씨	토씨	움즉씨	이름씨	토씨	움즉씨

보니	, 돈	이	다	없어겻읍데다	. 西人洞(서인동)	이라
움즉씨	이름씨	토씨	어찌씨	움즉씨	이름씨	잡음씨

는	곧	에	가서	되사람	의	초판	(	풀난
움즉씨	이름씨	토씨	움즉씨	이름씨	토씨	이름씨		움즉씨

땅	)	을	얻어서	삼	년	동안	에	열	일해
이름씨		토씨	움즉씨	셈씨	이름씨	이름씨	토씨	셈씨	이름씨

갈이	논	을	풀엇소	.	땅	은	참	좋읍데다.
이름씨	이름씨	토씨	움즉씨		이름씨	토씨	어찌씨	어떻씨

벼	가	이렇게	자라더라	니오	.	첫해	에는	캐황(개
이름씨	토씨	어찌씨	움즉씨	움즉씨		이름씨	토씨	

간)하노라	고	씨	를	늦게	넣어서	,	벼	가
움즉씨	토씨	이름씨	토씨	어 씨	움즉씨		이름씨	토씨

익기	도	전에	북풍	에	다	말라	버렷읍데다.
움즉씨	토씨	토씨	이름씨	토씨	어찌씨	움즉씨	움즉씨

그	놈	의	대	가	몇	千(천)	里(리)
어떤씨	이름씨	토씨	이름씨	토씨	셈씨	셈씨	이름

인지	모를	벌판	이	되어서	그런지	가슬	이
잡음씨	움즉씨	이름씨	토씨	움즉씨	어떻씨	이름씨	토씨

되면	북풍	이	무섭게	붑니다	.
움즉씨	이름씨	토씨	어떻씨	움즉씨	

『그래	그	해	에는	벼	를	석	단
어찌씨	어떤씨	이름씨	토씨	이름씨	토씨	어떤씨	이름씨

밖에	못하고	보니	,	농량	이나	됩니까	.	호인	의
토씨	움즉씨	움즉씨		이름씨	토씨	움즉씨		이름씨	토씨

농량	을	꾸어	먹엇지요	.	종자	도	꾸고	—	봄
이름씨	토씨	움즉씨	움즉씨		이름씨	토씨	움즉씨		이름씨

에(토씨) 종자(이름씨) 한(어떤씨) 단(이름씨) 을(토씨) 꾸면(움즉씨) 가슬(이름씨) 에(토씨)

벼(이름씨) 두(어떤씨) 단(이름씨) 을(토씨) 주고(움즉씨) , 봄(이름씨) 에(토씨) 조(이름씨)

한(어떤씨) 단(이름씨) 을(토씨) 먹으면(움즉씨) 가슬(이름씨) 에(토씨) 벼(이름씨) 두(어떤씨)

을(토씨) 줍니다(움즉씨) .

그래도(어찌씨) 다암(어떤씨) 해(이름씨) 부터는(토씨) 농사(이름씨) 를(토씨) 잘(어찌씨) 지어서(움즉씨)

빗갚고(움즉씨) 도(토씨) 돈(이름씨) 이(토씨) 남아서(움즉씨) 집(이름씨) 도(토씨) 한(어떤씨) 간(이름씨)

짓고(움즉씨) , 남부럽지(어떻씨) 않게(어떻씨) 되엇읍데다(움즉씨) .

『작년(이름씨) 구월(이름씨) 에도(토씨) 벼(이름씨) 가(토씨) 잘(어찌씨) 되어서(움즉씨) 한(어떤씨)

七十(칠십)(셈씨) 단(이름씨) 불엇지요(움즉씨) . 하로(이름씨) 는(토씨) 『장마자』(이름씨) 라고(토씨)

하는(움즉씨) 장수(이름씨) 가(토씨) 군사(이름씨) 를(토씨) 거느리고 —(움즉씨) 얼마(셈씨) 인지(잡음씨)

그(어떤씨) 수효(이름씨) 를(토씨) 모르겠읍데다 .(움즉씨) — 가더니만(움즉씨) , 갈(움즉씨) 때(이름씨)

에는(토씨) 괜찮앗는데(어떻씨) , 싸움(이름씨) 이(토씨) 지고(움즉씨) 쫓겨(움즉씨) 올(움즉씨) 적(이름씨)

에는	동네	에	들어와서	물건	막	뺏고 ,	고운
토씨	이름씨	토씨	움즉씨	이름씨	어찌씨	움즉씨	어떻씨

계집아이들	은	잡아	가고 ,	젊은	아낙네들	은	겁탈
이름씨	토씨	움즉씨	움즉씨	어떻씨	이름씨	토씨	움즉

하고 ,	사람	막	죽이고 , ―	그런다	고	해서 ,	그
씨	이름씨	어찌씨	움즉씨	움즉씨	토씨	움즉씨	어떤씨

놈들	이	온다	는	못	제	가	사는
이름씨	토씨	움즉씨	움즉씨	이름씨	대이름씨	토씨	움즉씨

서인동	에서도	조선사람 ,	호인	할	것	없이	다
이름씨	토씨	이름씨	이름씨	움즉씨	이름씨	어떻씨	어찌씨

피난	을	갓웁데다 . ―	벌판	으로	우는	아이들	은
이름씨	토씨	움즉씨	이름씨	토씨	움즉씨	이름씨	토씨

못	더리고	오게	합데다	그래서	저	도	네
어찌씨	움즉씨	움즉씨	움즉씨	어찌씨	대이름씨	토씨	어떻씨

살	먹은	것	을	집	에다	혼자	두고
이름씨	움즉씨	이름씨	토씨	이름씨	토씨	어찌씨	움즉씨

갓다가 ,	이튿날	아침	에	돌아와	보니	그	놈들
움즉씨	이름씨	이름씨	토씨	움즉씨	움즉씨	어떤씨	이름씨

이	밟앗는	게	라	요	한	二十(이십)	日(일)
토씨	움즉씨	이름씨	잡음씨	토씨	어찌씨	셈씨	이름씨

이나	앓다가	죽웁데다 . ―	어린	소생	하나	잃어
토씨	움즉씨	움즉씨	어떻씨	이름씨	셈씨	움즉씨

버렷웁니다 .
움즉씨

『의복 도 가져가고 , 도야지 우리 북대기 밑에 감추어
이름씨 토씨 움즉씨 이름씨 이름씨 이름씨 토씨 움즉씨

두엇던 의복 넣은 고리짝 도 어떻게 찾아 내엇는지
움즉씨 이름씨 움즉씨 이름씨 토씨 어찌씨 움즉씨 움즉씨

다 가져갓읍데다 .
어찌씨 움즉씨

그 후 에도 몇 번 이나 밥 에
어떤씨 이름씨 토씨 셈씨 이름씨 토씨 이름씨 토씨

군사들 도 오고 도적놈들 도 와서 조선사람 , 되사람
이름씨 토씨 움즉씨 이름씨 토씨 움즉씨 이름씨 이름씨

할 것 없이 다 못 살게 되엇읍니다 . 계집
움즉씨 이름씨 어떻씨 어찌씨 어찌씨 움즉씨 움즉씨 이름

아이들 다 잃어 버리고 요 .
이름씨 어찌씨 움즉씨 움즉씨 토씨

그래서 살 수 가 없어서 벼 도 몰
어찌씨 움즉씨 이름씨 토씨 어떻씨 이름씨 토씨 어찌씨

팔고 꼭꼭 싸 두엇던 , 아우 가 꾸어 달래도
움즉씨 어찌씨 움즉씨 움즉씨 이름씨 토씨 움즉씨 움즉씨

주지 않고 두엇던 돈 삼 백 량 을
움즉씨 움즉씨 움즉씨 이름씨 셈씨 셈씨 이름씨 토씨

가지고 세 식구 가 목숨 이나 부지하자 고
움즉씨 어떻씨 이름씨 토씨 이름씨 토씨 움즉씨 토씨

떠낫읍니다 . 조남(洮南) 을 가면 日本(일본) 領事舘(영사관)
움즉씨 움즉씨 토씨 움즉씨 이름씨 이름씨

서	먹여	준다	길래	그리	로	갓읍지요	.』
토씨	움즉씨	움즉씨	움즉씨	대이름씨	토씨	움즉씨	

최씨	는	조남	서	한	달	에	五(오)
이름씨	토씨	이름씨	토씨	어떻씨	이름씨	토씨	셈씨

圓(원)	七十(칠십)	錢(전)	의	구제금	을	받아	호구하
이름씨	셈씨	이름씨	토씨	이름씨	토씨	움즉씨	움즉씨

면서	정미소	에	일군	이	되어	돈	을	벌어서
	이름씨	토씨	이름씨	토씨	움즉씨	이름씨	토씨	움즉씨

『이불	하나	사고	,	이	사람	(안해	를	가리키면서)
이름씨	셈씨	움즉씨		어떻씨	이름씨	이름씨	토씨	움즉씨

치마	가	없어서	치마	하나	사	주엇읍니다	.』
이름씨	토씨	어떻씨	이름씨	셈씨	움즉씨	움즉씨	

하며	말	을	마치엇다	.
움즉씨	이름씨	토씨	움즉씨	

(東亞日報(동아일보) 三月(삼월) 二十一日(이십일일) 號(호)에서)亞日報(동아일보) 三月(삼월) 二十一日(이십일일) 號(호)에서)

-〈한글〉 1권 1호(1932)-

이름씨(名詞)의 細說(세설) (上(상))

◎이름씨(名詞)란 것은 일이나 몬(物)의 이름을 나타내는 말이란 뜻이니, 곧 일과 몬(物)의 槪念(개념)을 바로(直接으로) 代表(대표)하여 잇는 임자씨(體言)이니라.

이름이란 것은 구태여 사람이나 땅의 이름만을 가리키는 것은 아니다. 무엇이든지 그것을 가리켜 부르는 말은 죄다 이름(名)이다. 곧 有形(유형)한 것이나 無形(무형)한 것이나에 對(대)하여 우리가 가지는 槪念(개념)을 나타내는 말이 곧 이름씨이다. 그러므로, 이름씨의 範圍(범위)는 매우 넓은 것이다.

◎이름씨는 그 쓰이는 事物(사물)의 範圍(범위)(얼안)의 局限性(국한성)의 다름을 따라, 두루이름씨(普通名詞)와 홀로이름씨(固有名詞)의 두 가지로 나누나니라.

두루이름씨(普通名詞(보통명사) 又(우)는 通稱名詞(통칭명사))란 것은 한 가지의 일이나 몬(物)에 두루 쓰이는 이름씨를 일컬음이니,

1. 사람, 개, 나무, 돌, 곧, 하늘, 땅,

2. 집, 배, 기차, 책, 먹, 붓,

3. 밤, 낮, 봄, 가을,

4. 뜻, 맘, 생각, 기쁨, 슬픔, 걱정,

5. 일, 울음, 노래, 싸움,

들과 같은 것이니라.

홀로이름씨(固有名詞(고유명사) 又(우)는 特稱名詞(특칭명사))란 것은 어떠한 特定(특정)한 일과 몬(物)에만 쓰이는 이름씨를 일컬음이니,

1. 단군(壇君), 신지(神誌), 세종대왕(世宗大王), 이순신(李舜臣), 주시경(周時經),

2. 조선, 고구려(高句麗), 신라(新羅), 백재(百濟),

3. 평양(平壤), 한양(漢陽), 런던, 와싱톤,

4. 가마메(白頭山), 얄누가람(鴨綠江), 배물(浿水), 금강산,

5. 백산이(狗名), 論語(논어), 孟子(맹자)(書名),

들과 같은 것이니라.

우에와 같이 말하고 만다면 두루이름씨와 홀로이름씨와의 區別(구별)은 劃然(획연)하여, 아무 疑点(의점)이 없는 것 같아 보일 것이다. 그러나, 다시 더 깊이 들어가아 생각해 본다면, 거기에 많은 疑点(의점)을 發見(발견)할 수 잇다.

첫재로, 홀로이름씨 가운대도 사람의 性(성)이나 이름이 特定(특정)한 한 사람에만 限(한)하지 아니하고, 여러 사람에게 두루쓰이는 일이 잇으며, 또 그와 거꿀로 두루이름씨 가운대도 「해, 달」 같은 것은 그 스스로가 아예 하나밖에 없은 즉, 그 말의 쓰이는 範圍(범위)도 저절로 하나에 限(한)하게 될 수 밖에 없는 것도 잇다. 이러한 따위는 도대체 무엇이라고 說明(설명)하여야 할 것인가? 이에 辯明的(변명적)으로 대답한다면, 이러케 말할 수가 잇을 것이다.―元來(원래) 홀로이름씨는 特殊(특수)한 것인즉, 비록 사람의 姓(성)과 이름이 여러 사람에게 두루 쓰이는 일이 잇다 할지라도, 그것은 亦是(역시) 홀로이름씨가 될 것이요, 두루이름씨는 그 本體(본체)가 본래 一般

的(일반적)인 것이기 때문에 어떠한 것은 그에 適應(적응)할 몬이 하나씩밖에 없다 할지라도 그것을 特殊的(특수적)으로 일컬지 아니하고 一般的(일반적)으로 일컬으면, 그 말은 亦是(역시) 두루이름씨가 될 것이다. 이를테면, 해와 달의 實物(실물)은 各各(각각) 하나밖에 없지마는, 그를 부르는 말(이름씨)은 一般的(일반적)으로 되엇기 때문에, 그와 같은 것이 또 생겨날 것 같으면, 다 같이 한 이름으로 부를 터인즉, 亦是(역시) 두루이름씨이니라.

둘재로, 두루이름씨는 一般的(일반적)이요, 홀로이름씨는 特殊的(특수적)이라 하여 서로 區別(구별)하지마는, 그 「一般的(일반적)」과 「特殊的(특수적)」은 元來(원래) 階段的(계단적) 比較(비교)이기 때문에, 모든 이름씨를 一般的(일반적)인 두루이름씨와 特殊的(특수적)인 홀로이름씨와의 二大(이대) 區分(구분)으로 하기가 어려운 点(점)이 많다. 이를테면,

1. 사람—산애—學者(학자)—科學者(과학자)—自然科學者(자연과학자)—天文學者(천문학자)—고베르니구스.

2. 天體(천체)—땅덩이(地球(지구))—山(산)—金剛山(금강산)—外金剛(외금강)—萬物相(만물상)—玉女峯(옥녀봉)—天仙台(천선태).

3. 嗜好物(기호물)—刺戟物(자극물)—담배—卷煙草(권연초)—両切卷煙(양절권연)—비죤—個個(개개)의 비죤 卷煙(권연).

에서 앞의 말(이름씨)은 뒤의 것에 對(대)하여 一般的(일반적)이요, 뒤의 것은 앞의 게에 對(대)하연 特殊的(특수적)이지마는 그 뒤의 것에 對(대)하연 도리어 一般的(일반적)이 되느니, 곧 모든 말은 그 앞의 것에 對(대)하여는 特殊的(특수적)이지마는, 그 뒤의 것에 對(대)하여는 一般的(일반적)이 되는 關係(관계)에서 한 系列(계열)을 이루어 잇다. 이 따위의 系列語(계열어)에서 무엇을 標準(표준)으로 삼고서 그것을

一般的(일반적)인 두루이름씨와 特殊的(특수적)인 홀로이름씨와의 二大(이대) 種類(종류)로 가를 수 잇을가? 이 둘재 물음(疑問(의문))에 對(대)하여는 도모지 아무 理論的(이론적) 辨明(변명)을 할 수가 없을 것이다.

그러한 즉, 두루이름씨와 홀로이름씨와의 가름(分類(분류), 區別(구별))은, 要(요)컨대 理論的(이론적)의 것이라 하기보다 차라리 實際的(실제적) 便宜(편의)를 爲(위)하여서 만든 것이라 함이 가장 妥當(타당)한 說明(설명)이라 하겟다. 그러므로, 먼저 든 세 가지, 의 系列語(계열어)에서 보건대, (1)에서는 天文學者(천문학자)까지는 두루이름씨이요, 다만 「고베르니그스」만이 홀로이름씨가 되며, (2)에서는 「金剛山(금강산), 外金剛(외금강), 萬物相(만물상), 玉女峯(옥녀봉), 天仙台(천선태)」가 다 홀로이름씨가 되며, (3)에서는 特(특)히 「비죤」만이 홀로이름씨가 되어 잇나니, 이는 다 實際的(실제적) 便宜(편의)에서 나온 것이라 할 수밖에 다른 길이 없나니라.

셋재로, 理論的(이론적)으로 생각하면 홀로이름씨는 元來(원래) 特定(특정)한 個體的(개체적)의 것인즉, 冠詞(관사)(Article)를 붙이지 아니함과 複數(복수)를 만들지 아니함이 그 特色(특색)이 될듯하지마는 事實(사실)은 그러치도 아니하다. 이제 英語(영어)에서 홀로이름씨에 冠詞(관사)를 쓰는 보기를 들건대,

不定冠詞(부정관사)를 쓰는 것

A Mr, Brown. (미스터 뿌라운이란 사람).

An Edison. (에디슨 같은 사람).

定冠詞(정관사)를 쓰는 것. (河(하), 海(해), 大洋(대양), 山脈(산맥), 群島(군도)……우에)

The mississippi.　　The Red Sea　　The pacific Ocean.

The alps.   The Philippins   The London Times

와 같은 따위이다. 또 우리말에서나 英語(영어)에서나 홀로이름씨에
複數(복수)를 쓰는 보기도 흔한 것이다. 이를테면,

The Browns are good peaple. (뿌라운家(가)의 사람들⋯⋯).

I hope Korea will produce many Edisons. (多數(다수)의 에디슨 같은
人物(인물)들).

이 마을에는 김가들이 많이 산다 와 같은 것이다.

넷재로, 두루이름씨가 홀로이름씨로 되기도 하며, 꺼꾸로 홀로이
름씨가 두루이름씨로 되는 수도 없지 아니하다.

다섯재로, 어떠케 생각하면, 두루이름씨는 사람들 따라서 그 內
容(내용)의 差異(차이)가 없다고 볼만한 槪念(개념)을 代表(대표)한 말
이요, 홀로이름씨는 그 特定(특정)한 事物(사물)에 몸소 接(접)해 본
사람을 따라 그 內容(내용)이 均一(균일)치 못한 特定(특정)의 槪念
(개념)을 代表(대표)한 말인 것 같다. 그러나, 이것도 그 區別(구별)의
確實(확실)한 点(점)의 하나가 될 수는 없다. 槪念(개념)에 關(관)한 知
識(지식)도 우리의 經驗(경험)을 따라 자꾸 나아가는 것이다.

이와 같이 홀로이름씨와 두루이름씨는 質的(질적)으로 區別(구별)
이 잇다 하기보다 量的(양적)으로 差異(차이)가 잇을 따름이요, 論理
的(논리적)으로 區別(구별)이 잇다 하기보다 實際的(실제적)으로, 慣
用的(관용적)으로 區別(구별)하는 것이라 할 것이다.

이제 나는 그 理論的(이론적) 根據(근거)가 充分(충분)하지 못함에
도 상관하지 않고, 世人(세인)의 普通(보통)의 慣例(관례)에 依(의)하
야 이름씨를 두루이름씨와 홀로이름씨와의 두 가지로 가르는 뜻은
홀로이름씨는 特(특)히 큰 글자(大字)로 쓰기(書하기) 시작하자 하는
법을 말법에 規定(규정)하여 두고저 함에 잇나니, 이러함이 그 글을

읽기에 많은 便益(편익)을 주기 때문이니라. 그러나, 여기에서 홀로이름씨의 첫 글자는 큰 글자로 비롯하자 는 것은 우리 한글을 理想的(이상적)인 가로글씨(橫書)로 만들 적에 그러하자 함이니, 오늘과 같은 내리글씨(縱書)에서는 그 옆에 검은 줄 같은 것을 그어서라도 區別(구별)함이 매우 좋으니라. 오늘의 예수교 聖經(성경)에는 곳의 홀로이름씨는 두 줄, 사람의 홀로이름씨는 한 줄을 그 옆에 그어 썻기 때문에 그 글을 읽기에 많은 도움이 되나니라.

漢字(한자) 翻譯(번역)에 對(대)하녀 한 말을 하건대, 英語(영어)의 Proper Noun을 漢譯(한역)하여서 固有名詞(고유명사)라 함이 예사이다. 그러나, 이 譯名(역명)은 誤解(오해)가 胚胎(배태)되어 잇다. 여기에서는 Proper가 決(결)코 固有(고유)를 뜻하는 것은 아니다. 假名(가명) 人名(인명)을 가지고 본다면, 누가 제 이름을 固有(고유)하여 가지고 잇는가. Proper는 特定(특정)한 事物(사물)에만 쓰이는 것임을 뜻하는 것이다. 그러므로, 이것은 特稱名詞(특칭명사)로, Common Noun은 通稱名詞(통칭명사)로 譯(역)함이 옳을 것이다.

◎이름씨는 이밖에 다시 남의 하는 區別(구별)을 ──(일일)이 숭내낼 必要(필요)가 없나니라.

英語(영어)에서는 이밖에 集合名詞(집합명사)(Collective Noun), 物質名詞(물질명사)(Material Noun), 抽象名詞(추상명사)(Abstract Noun)의 가름을 한다. 이러한 가름은 決(결)코 論理的(논리적)으로 必要(필요)한 것이 아니요, 다만 그 나라 말법을 說明(설명)하는 대에 이러한 가름이 必要(필요)할 따름이다. 그러나, 우리 조선 말법에서는 그러한 법이 없은즉, 그러한 가름을 내어세울 必要(필요)도 없나니라.

또 꼴잇는이름씨(有形名詞:─사람, 들, 나무, 물……)와 꼴없는이름씨(無形名詞:─마암, 힘, 뜻……)와를 가르는 수가 잇으나, 이는 말법을 푸는 대에는 아무 必要(필요)가 없는 것이니라.

◎조선말의 이름씨에서는 말법에서의 性(성)(Gender)과 數(수)의 가름을 할 必要(필요)가 없나니라.

西洋(서양) 말법에서는 모든 이름씨를 그 性(성)의 다름을 따라, 여러가지의 말법에서의 規定(규정)이 잇다. 곧 有生物(유생물)은 勿論(물론)이요, 山川(산천) 木石(목석)으로부터 自然(자연)의 現象(현상), 無形(무형)한 人事(인사), 抽象的(추상적) 槪念(개념)에 이르기까지 모든 事物(사물)의 이름에 各各(각각) 男性(남성), 女性(여성), 中性(중성)의 하나를 주어서 가른다. 그런데, 이 性(성)의 가름은 常識(상식)으로 보아 자못 不合理(불합리)한 것이 적지 아니하다. 이를테면,

英語(영어)에서

해Sun은 男性(남성), 달Moon은 女性(여성)인데,

또이취말에서는

해Die Sonne는 女性(여성), 달Der Mond는 男性(남성)임

과 같다. 이와 같이 같은 內容(내용)의 말이 英語(영어)에서와 獨語(독어)에서가 그 性(성)의 가름이 서로 다르다. 또 도이취말에서 한두 가지의 보기를 들건대, 같은 계집이란 말이면서 女性(여성)인 것도 잇고, 中性(중성)인 것도 잇다. 곧

Die Frau 계집 婦(부) 女性(여성)

Das weib 계집 妻(처) 中性(중성)

의 따위이다. 또 사람이란 말은 男女(남녀) 두 편에 다 맞는 말인즉, 中性(중성)인가 하면 그러치 않고 男性(남성)이다. 곧

Der Mensch 사람 男性(남성)

이다.

그러한즉, 文法(문법)의 性(성)은 自然(자연)의 性(성)을 意味(의미)

하는 것이 아니다. 文法(문법)의 性(성)이 自然(자연)의 性(성)과 一致(일치)하는 것도 잇겟지마는 一致(일치)하지 아니하는 것도 적지 아니하다. 그러하여, 自然的(자연적)으로는 男女(남녀) 両性(양성)의 가름을 할 수 없는 말(例(예) 마암, 일, 기쁨……)은 죄다 中性(중성)이냐 하면, 그러치 아니하고 男女中性(남녀중성)이 말을 따라 決定(결정)되어 잇다.

그러면서도 文法(문법)에서 이와 같이 性(성)을 가름은 무슨 必要(필요)로 囚(인)함인가? 그는 대이름씨(代名詞)에 關(관)한 것이 가장 重要(중요)한 것이니, 이름씨의 性(성)을 따라서, 그 이름씨 대신하는 대이름씨의 性(성)을 決定(결정)하는 것이다. 더구나 特(특)히 또이췀말로 말하면, 이름씨의 性(성)의 다름을 따라서 씨의 꼴(形(형))이 달라지며, 대이름씨는 勿論(물론)이요, 冠詞(관사), 形容詞(형용사)까지도 그에 應(응)하야 相當(상당)한 語形(어형)의 變形(변형)을 하여야만되게 되어 잇다. 그러한즉, 西洋(서양)에서 이름씨의 性(성)을 가르는 것은 決(결)코 理論的(이론적) 작난이 아니라, 實(실)로 實際的(실제적) 必要(필요)에 基因(기인)한 것이라 할 것이다. 그리하여, 性(성)의 갈래로 보드라도 各國(각국)이 서로 一定(일정)하지 아니하나니, 프랑스말, 덴맑말, 노르뤠말, 들은 두가지로 가르고, 잉글쉬말, 또이췀말, 롸딘말, 헬라스말에서는 세가지로 가른다. 만약 性(성)의 가름이 精密(정밀)한 것으로써 그 나라의 文明(문명)의 한 표적이라 할진대, 아프리가의 반투우말 같은 것은 열두 가지 넘어나 性(성)을 가른다하니, 이는 무엇이라 말할 것이냐? 그러한즉, 말법에서의 性(성) 가름이 잇고 없음과 또 많고 적음은 그 말의 文野(문야)에 아무 關係(관계)가 없는 것이라 할 것이니라.

우리 조선말에도 性(성)을 들어내는 말이 아주 없는 것은 아니다.

이를테면,

　　암소, 암개, 암은행나무……女性(여성)(암갈)

　　숫소, 숫개, 숫은행나무……男性(남성)(숫갈)

과 같이 「암, 숫」의 머리가지(接頭辭)를 더하여 만드는 것도 잇으며,

　　아버지, 오라버니, 산애, 쟁끼……男性(남성)(숫갈)

　　어머니, 누의, 계집, 까투리……女性(여성)(암갈)

과 같이 이름씨 그것이 본대부터 각각 딴판으로 되어 잇는 것도 잇다. 그러나, 이 따위는 다 自然(자연)의 性(성)을 들어낸 말이요, 그 말의 가진 文法上(문법상)의 性(성)은 아니다. 設令(설령) 그것이 말법에서의 性(성)이라 한다 할지라도, 그것이 어떤씨(冠形容), 어떻씨(形容詞), 乃至(내지) 대이름씨(代名詞)에 아무 影響(영향)은 미치는 일이 없은즉, 그 가름을 세울 必要(필요)가 조금도 없다. 만약 세운다 하면, 그는 아주 말법밖에서의 일이 되고 말 따름이다.

　다음에, 조선말에서는 이름씨에 말법으로의 셈(數)을 가르지 아니한다.

　西洋(서양) 말법에서 이름씨에 셈(數 Number)을 가르는 것은, 그것이 冠詞(관사), 動詞(동사)에 影響(영향)을 미치는 깊은 關係(관계)가 잇는 때문이다. 그러나, 우리말에서는 이러한 일이 없으니, 말법으로 보아서는 셈을 가를 必要(필요)가 조금도 없다.

　우리말에 특히 그 셈의 많음을 들어내고저 할 적에는 짝씨(疊語)로 하거나, 혹은 수많음을 들어내는 발가지(接尾辭)를 더하나니,

　　사람사람, 집집, 포기포기,

　　사람들, 집들, 포기들,

과 같은 따위이니라.

　[잡이] 「들」에는 두가지가 잇다. 하나는 발가지(接尾辭)로의 「들」이

니 우의 보기와 같이 이름씨의 씨몸(語軀(구))에 붙이여 쓰이고 獨立(독립)한 씨의 資格(자격)을 가지지 못하는 것이요, 또 하나는 完全(완전)한 씨의 資格(자격)을 가진 것이니, 이는 英語(영어)의 etc, 일본말의 など에 相當(상당)한 것인데, 다른 씨의 씨몸(語軀(구))에 붙이어서 쓰이지 아니하고 獨立的(독립적)으로 쓰이나니라. 보기를 들면,

　　사람들, 새들, 아이들

의 「들」은 발가지이니, 그것이 붙은 이름씨의 複數(복수)임을 나타내는 것이요,

　　개, 소, 말, 들.

의 「들」은 獨立(독립)한 씨이니, 그 남아지를 낱낱이 列擧(열거)하지 아니하고, 다만 이 따위 것들이 더 잇음을 보이는 것이니라.

　그러나, 어떤 境遇(경우)에는 이 「들」이 그 앞에 적힌 여러 가지의 事物(사물)을 도루 가리키는 일이 없지 아니하지마는, 이러한 境遇(경우)에는 「들」을 쓰지 아니함이 좋으니라. 곧

　　甲(갑) 乙(을) 丙(병) 들이 잇더라

에 對(대)하야 보건대, 만약 거기 잇는 사람이 甲乙丙(갑을병)뿐이거든, 「들」을 쓰지 아니하는 것이 옳고, 만약 甲乙丙(갑을병)밖에 또 다른 사람들이 잇거든 「들」을 써서, 그밖에 또 사람들이 잇음을 나타내는 것이 옳으니라. ―(이음)―

-〈한글〉 1권 4호(1932)-

불완전한 이름씨에 對(대)하여
-이름씨의 細說(세설) (下(하))-

◀이름씨는 그 運用上(운용상) 獨立性(독립성)의 잇고 없음을 따라서, 완전한 이름씨(完全名詞)와 불완전한 이름씨(不完全名詞)와의 두 가지로 가르나니라.

완전한 이름씨란 것은 完全(완전)한 獨立性(독립성)을 가지고 쓰히는―곧 제 홀로 임자말(主語)이 될 수 잇는 이름씨를 이름이니 이름씨의 大部分(대부분)은 이에 붙나니라.

불완전한 이름씨란 것은 完全(완전)한 獨立性(독립성)을 가지지 몯한―굳 제 홀로는 쓰히지 몯하고 항상 어떤씨(冠形詞)나 풀이씨의 어떤꼴(冠形詞形, 又(우)는 連体形(연체형))이나 어떤씨 노릇을 하는 이름씨 알에 붙어 쓰히는 이름씨를 이름이니, 보기를 들면,

나의 좋아하는 것은 글 읽기와 고기 낚기이다.

새 것이 헌 것보다 도리어 몯하다.

갈 바를 모른다.

의 「것」 「바」와 같은 것들이다.

◀불완전한 이름씨는 그 뜻과 쓰임으로 보아 「어찌씨 같은 불완전한 이름씨」(副詞性(부사성) 不完全名詞(불완전명사))와 「연의 불완전한 이름씨」(普通(보통) 不完全名詞(불완전명사))와의 두가지로 가르나니라.

(ㄱ) 어찌씨같은 불완전한 이름씨(副詞性 不完全名詞)란 것은 그 形式(형식)은 이름씨이로되, 그 機能(기능)이 不完全(불완전)하야 다른 이름 모양으로 횟두루 쓰히지 몯하고, 항상 다른 씨알에 붙어서 그것과 합하여 어찌씨같은 뜻을 가지는 불완전한 이름씨를 이름이니, 이에는 그 쓰힘으로 보아 다시 두 갈래가 잇나니, 곧

(1). 풀이씨의 어떤꼴알에만 쓰히는 것,―

양, 척, 체, 듯, 둥,

(2). 풀이씨의 어떤꼴알에와 이름씨 알에 쓰히는 것,―

대로, 채,

의 따위이니라.

그 쓰힘의 보기를 들면, 다음과 같으니라.

(1). 풀이씨의 어떤꼴 알에만 쓰히는 것,―

양,―저는 아는 양은 하지마는 기실은 저도 몰라.

척,―나는 모른 척을 하고 잇엇지요.

채,―무엇이든지 아는 체를 하지 말라.

듯,―내일은 비가 올 듯도 하지마는 꼭이야 알 수 잇나.

둥,―나는 본 둥 만 둥을 햇지요.

(잡이) 이따위는 다 「하다」와 합하여 더러는 도움움즉씨(輔助動詞)가 되고, 더러는 도움어떻씨(補助形容詞)가 되나니라. 곧

도움움즉씨(輔助動詞)가 된 것,―

양하다, 척하다, 체하다,

도움어떻씨(補助形容詞)가 된 것,―

듯하다, 둥하다,

그러나, 이 도움움즉씨와 도움어떻씨에 關(관)하여서 다음의 機會(기회)에 말하기로 하고 여기서는 위선 이러한 따위를 그러케 부른

다고만 알아둠이 좋으니라.

(2). (ㅏ)풀이씨의 어떤 꼴과 (ㅑ)이름씨와의 말에 쓰히는 것,―

　　대로―(ㅏ) 되는 대로 하시오,

　　　　　　네가 본 대로 말하여라.

　　　　(ㅑ) 너는 너대로 가거라,

　　　　　　내 생각대로는 안 됩니다.

　　채―(ㅏ) 밤이 달린 채 가지를 꺾어 주오,

　　　　　　그 책상을 책이 얹힌 채 가져 오너라.

　　　　(ㅑ) 꽃나무를 뿌리 채 뽑아 갓네.

　　　　　　사과는 껍질 채로 먹는 것이 몸에 좋다 합니다.

　(잡이) 여기 말한 「대로, 채」와 비슷한 것에 「수록」이 잇으나, 이는 이름씨로 보지 아니하고 「을수록」을 한 씨끝(語尾)으로 보앗노니, 이는 그 性質(성질)이 「대로」만큼 이름씨 될 말한 點(점)이 없기 때문이니라.

　(ㄴ) 연의 불완전한 이름씨(普通 不完全名詞)란 것은 그것이 獨立性(독립성)이 없어서 불완전하기는 하지마는, 그 쓰힘이 대체로 연의 이름씨 비슷한 것을 이름이니, 이에는 그 쓰히는 範圍(범위)의 크고 적음을 따라 세 가지로 가르나니, 곧

　(1). 월의 임자자리(主格)과 또 다른 여러 가지 자리(格)에 自由(자유)롭게 다른 완전한 이름씨와 같이 두루 쓰히는 것,―

　　것, 바, 줄, 이(人), 대(處),

　(2). 풀이씨인 잡음씨(指定辭)의 깁움자리(補格)로만 되고, 다른 것―임자자리 같은 것은 되지 몯하는 것,―

　　터, 따름, 나흔, 발, 때문,

　(3). 꾸밈자리(修飾格)에만 쓰히는 것,―

이(것, 事物), 때문(여기에도 쓰힘)

의 따위가 잇나니라.

그 쓰힘의 보기를 들면, 다음과 같다.

(1). 두루 쓰히는 것,—

것—저기 보히는 것이 무엇이오? (꾸밈자리)

새것이 헌 것보다 낫다. (꾸밈자리)

이것이 내 것이다. (깁음자리)

바—우리의 할 바가 무엇이냐? (임자자리)

그는 할 바를 모르고…… (부림자리)

이것은 우리의 마땅히 할 바이다.…… (깁음자리)

줄—님 향한 一丹心(일단심)이야 가실 줄이 잇으랴…… (임자)

너는 술 먹을 줄을 아느냐, (부림) (깁음자리는 되지 아니하는 모
양이다)

이—나무재조 잘하는 이는 낡에서 떨어진다.……(임자)

나는 저기 서어 잇는 이에게 길을 물어 왔다.…… (꾸밈)

하늘은 스스로 돕는 이를 돕는다.…… (부림)

늙어서 고생하는 이는 젊어서 방탕하던 이이라……(깁음)

대—돈 나는 대가 죽는 대이다.……(임자, 깁음)

그대를 두고 내가 먼 대로 가랴 하노라……(꾸밈)

나는 그의 잇는 대를 모른다……(부림)

(2). 잡음씨의 깁음자리(補格(보격))로만 되는 것,—

터—나는 거기 갈 터이다.

너는 어떠케 갈 터이냐?

따름—그래야 남에게 좋은 일만 할 따름이다.

애만 쓸 따름이다.

나를−사람도 사람 나름이다.

　일도 일 나름이지.

뿐−나는 돈이 삼전 뿐이다.

　넓은 천지에 날 알아 주는 이는 자네 뿐일세

때문−내가 고생하는 것은 누구의 때문이냐.

　「때문」은 꾸밈자리에도 쓰히나니,−그는 나 때문에 손해를
　보앗다)

(3). 꾸밈자리(修飾格)에만 쓰히는 것,−

　이(것)−애를 쓰는 이만치 보람이 낫다오,

　앉아서 걱정만 하는 이보다 나가서 보는 편이 낫잖소?

(잡이1), 이 따위 「이, 것, 바……」를 金枓奉(김두봉)님은 그 조선말
본에서 매힘넛임(關係代名詞)이라고 하엿다. 이에 對(대)하여, 어떤
이는 우랄알다이 語族(어족)에는 關係代名詞(관계대명사)가 없는 것
이 通則(통칙)인데, 이것을 모르고 우리말에 이러한 分類目(분류목)
을 세우는 것은 可笑(가소)로운 無知(무지)라고 非難(비난)하엿다. 나
는 이 비난의 見地(견지)에 對(대)하여는 同感(동감)하지 아니한다.
왜 그러냐하면, 첫재, 우랄알타이 語族(어족)에는 關係代名詞(관계
대명사)가 없다는 通則(통칙)을 세운 사람들이 얼마나 우리말의 법을
잘 알앗던가 하는 疑問(의문)을 가질 수 잇스며, 둘재로는 그 通則
(통칙)과 같이 우리말에는 西洋(서양)말에서와 같은 關係代名詞(관계
대명사)가 없다 할지라도, 우리 말 법에서 특별한 用法(용법)이 잇는
것에 對(대)하여는 매힘넛임(關係代名)이란 이름을 붙일 수가 잇는
것이기 때문이다.

　그러나, 나는 金(김)님의 說(설)을 辯護(변호)하는 것은 아니다. 나

는 어떤 이와는 다른 볼자리(見地(견지))에서 金(김)님의 說(설)에 反對(반대)하는 것이다. 곧 나는 金(김)님이 「이, 것, 바……」를 關係代名詞(관계대명사)라 하는 「關係(관계)」에 對(대)하여서 보다 더욱 代名詞(대명사)라는 대에 對(대)하여, 反對(반대)를 하고저 한다. 만약 代名詞(대명사)란 것을 다만 이름 대신에 쓰는 말이라고만 解釋(해석)할 것 같으면, 「이, 것, 바」들이 代名詞(대명사)라고 할 만하다. 따라 그뿐아니라. 사람의 이름 대신에 부르는 詩號(시호), 堂號(당호), 別號(별호) 같은 것도 代名詞(대명사)가 될 것이요, 또 「사람」이 이름씨인 以上(이상)에는 「사람」에 關(관)한 말 이를터면 先生(선생), 生徒(생도), 農夫(농부), 漁夫(어부), 大木(대목), 아버지, 어머니들이 다 代名詞(대명사)가 될 것이다. 그러치마는, 代名詞(대명사)라는 것이 果然(과연) 다만 이름의 대신에 부르는 말일가 하면, 그러치 아니하다. 대이름씨란 것은 다음에도 말할 것과 같이 다만 이름의 대신에 부르는 말일 뿐만 아니요, 말하는 이(話者), 글 쓰는 이(書者)가 저(自身)를 標準(표준) 삼아 다른 사람이나 일몬(事物)이 나를 가리켜 부르는 말이다. 그런데, 「것, 바……」의 따위는 그러한 性質(성질)의 것이 아닌즉, 그것들은 대이름씨라 할 것이 아니다. 그것들은 分明(분명)코 이름씨의 一種(일종)인데, 다만 불완전한 이름씨일 따름이다,

(잡이) 여기서 나는 「이, 것, 바……」들을 대이름씨가 아니요, 이름씨의 특별한 것이라 하여, 한낱의 獨立(독립)한 씨의 資格(자격)을 주어서 다루(取扱하)엇다. 그러나, 또 이것들을 씨(品詞)로 보지 아니하고 발가지로 보고 풀 수도 잇다. 그러치마는, 여기에서 나는 그리하는 것보다 이리하는 것이 좋겟다고 생각하는 고로 우에와 같이 한 것이다. 나는 이와같이 獨立(독립)한 씨로 다루면서도 어떤 境遇(경우)에는 그것을 발가지로 보아서 그우의 말과 合(합)하여서 한 딴 말

이 되는 것으로 보는 것이 便利(편리)한 줄로 생각한다. 이를터면,

지은이(作者(작자), 著者(저자))

노는이(遊軍(유군), 遊食人(유식인))

이것, 저것, 그것(이때 비로소 대이름씨가 된다)

과 같으니라. (끝)

-〈한글〉 1권 5호(1932)-

일본 말본갈의 진보
=日本 文法學의 進步(일본 문법학의 진보)=

一(일). 에도 시대 전기(江戶時代 前期(강호시대 전기))
(1603-1867 =265년간)

일본은, 역사 있은 지 이 천 년에, 얼마 전까지는 국내적으로 또는
국제적으로 모진 전란을 겪은 일이 있었기 때문에, 그 국어에 관한
고전이 잘 보관되어 왔다. "萬葉集(만엽집)", "古事記(고사기)"는 그
가장 대표적인 것들이다.

萬葉集(만엽집) 20권은 서기 750년 경에 奈良朝(나라)의 歌人
(가인) 大伴諸兄(오토모노 야카모치)이 고대 근 오백 년 동안의 노래
4496수를 모아 엮은 것이니, 일본 최고의 노래 모음(歌集(가집))이
요: 古事記(고사기)는 서기 712년에 편찬된 일본 최고의 역사책이다.

일본에서의 그 국어 연구는 이 고대의 말로 적힌 옛 책들을 읽기
위하여 행해 진 것인데, 그리 하기에 바친 국학자들의 고심은 대단
하였다. 橋(교) 千蔭(천음)은 "萬葉集略解(만엽집약해)" 30책을 완성
하였고, 本居宣長(모토오리 노리나가)(서기 1730-1801)은 古事記(고사
기)의 주석서 "古事記傳(고사기전)" 48권을 35년의 세월을 허비하여
완성하였다.

모또오리(本居(본거)) 江戸時代(강호시대)의 국학자로서, 말본 연구에 손대었는데, 특히 토씨(テニラハ)의 연구에 진력하였다. 그의 토씨에 대한 생각은 그의 지음 "詞(사), 玉緒(옥서)"란 책 이름에 잘 나타나아 있다. 그 "詞(사)"는 "體(체), 詞(사), 形狀(형상) '詞(사) 作用(작용)' 詞(사)" 곧 이름씨, 그림씨, 움직씨를 가리키는 것인데, 토는 이 "詞(사)"를 꿰는 끈 곧 꿰미같은 것으로 보았다. 모또오리에 따르면, 구슬 꿰미(玉緒(옥서))는 구슬을 꿰는 끈이다. 아무리 아름다운 구슬도 이를 꿰는 끈으로 말미암아 비로소 그 아름다움을 지닐 수가 있다. "詞(사)" 곧 낱말(생각씨)도 그와 같아, 이를 꿰는 끈 곧 토로 말미암아, 흩히지 않고, 끊어지지 않고, 온전히 지닐 수가 있다. 곧 그는 토를 씨스런 것으로 보지 않고 오로지 말본스런 것으로만 보았다 하겠다.

후지다니(富士谷 成章)는 모또오리와 동시대에, 그러나 모또오리와는 딴 설자리에서 토(テニラハ)의 연구를 하였다. 그래서, 그는 노래 공부(歌學(가학))의 계단으로서, 먼저 월(文)을 분석하여, 오늘의 낱말 비슷한 것을 뽑아내기에서 비롯한다. 그 목적은 분석된 말을 다시 결합함에 당하여, 거기에 일정한 법칙을 찾아내려는 것인데 이 낱말의 분석 종합으로써, 후지다니의 화가(和歌) 작법을 목적하는 말본 연구는 성립하는 것이다. 그러나, 그가 분석한 말의 가지는 겨우 이름(名), 갓(揷頭), 옷차림(裝), 감발(脚結)의 넷이니, "이름"은 體言(체언), "갓"은 앞가지 같은 것, 옷차림은 用言(용언), 감발은 助詞(조사)를 가리키는 것으로, 모또오리의 "玉緒(옥서)"와 같이, 비유적으로 사용한 것이었다. 그래서, 그의 지음 "脚結抄(각결초)"에서, 토의 접속법, 겹친토 틀을 밝히었다.

모또오리의 걸음과 맺음(保結), 멈훔과 끊음을 주제로 삼는 토 연구, 후지다니의 월의 쪼가름이 말미암는 말의 접속의 연구, 이 두 연구는 후세의 토 연구의 선구가 되었다. 이 양파의 서로 다른 연구는 모또오리 분하의 스스끼(鈴木䏚)로 말미암아 통일되었다. 곧 노부나가(本居宣長)의 월의 맥락, 총지의 영구와 시게아야(富士谷成章)의 낱말의 접속이 합체되어, 풀이씨를 주체로 하는 단속(脚結)의 연구가 성립된 것이다.

모또오리 슌메이(本居宣長)는 스스끼의 연구를 계승하여 풀이씨 끝바꿈(用言活用)에서 1. 四段活用(사단활용). 2. 上二段活用(상이단활용). 3. 下二段活用(하이단활용). 4. 上一段活用(상일단활용). 5. カ行變格活用(カ행변격활용). 6. サ行變格活用(サ행변격활용). 7. ナ行變格活用(ナ행변격활용)의 일곱 가지를 발견하였다. 그러나, 아직 下一段活用(하일단활용)을 발견하지는 못하였다.

중 기몽(僧 義門(승 의문))은 슌메이의 활용 연구를 계승하여 이를 대성하였다. 그는 풀이씨의 끝바꿈꼴(用言(용언)의 活用形(활용형))을 발견 확정하여, 形(형)을 言(언)이라 하여, 將然言(장연언), 連用言(연용언), 裁斷言(재단언), 連體言(연체언), 己然言(기연언) 다섯 가지의 꼴을 정립하였다.

또 기몽은 스스끼의 낱말의 네 가지 가름을 이어, 낱말의 분류 체계를 세웠다. 곧 낱말을

言(언)(오늘의 體言(체언)), 詞(사)(오늘의 庸言(용언)), 辭(사)로 삼분하고, 다시 言(언) 곧 體言(체언)을 그 성질에 따라,

形言(형언)(유형한 것의 형을 가리키는 體言(체언))과

樣言(양언)(무형한 것의 형을 가리키는 體言(체언))

의 두 가지로 가르고 詞(사) 곧 庸言(용언)을 그 성질에 따라 대별하여,

說動用言(설동·용언)(이적의 動詞(동사))

說容體詞(설용체사)(이적의 形容詞(형용사))

의 두 가지로 하고, 또 辭(사)는

靜辭(정사)(이적의 助詞(조사))

動辭(동사)(이적의 助動詞(조동사))

의 두 가지로 가르고, 다시 이것들을 세분하였다.

二(이). 에또시대 말기(江戸時代 末期(강호시대 말기)

江戸(강호) 말기에 이르러, 종래 백 년 간이나 읽기를 금해 오던 서양의 책이 읽기를 금해 오던 서양의 책이 읽기를 허락됨에 미치어, 화란(和蘭)의 글월, 책 들을 읽기가 비롯되어, 이를 蘭學(난학)이라 일커더니, 다음에 영국과 프랑스의 어학도 비롯되어, 외국어를 연구하는 일이 일반의 풍조를 이뤄, 드디어, 일본말을 규율함에 서양 말본의 법식으로써 하는 것이 나타났다. 그 첫머리를 한 이는 쯔루미네(鶴峯戊申)의 "語學新書(어학신서)"이었다.

"語學新書(어학신서) 二券(이권)은 서기 1833년에 간행되기 전에, 和蘭(화란) 말본을 공부하여 지은 책들이 있었다. 그 중요한 것은

藤林泰介(등림태개): 和蘭語法解(화란어법해)　三券(삼권)

馬場佐十郎(마장좌십랑): 訂正蘭語九品集(정정난어구품집)　一冊 (일책)

인데, 이 세 책들이 다 낱말을 아홉갈래(九品)로 갈라 있음은, 당시 화란의 말본이 아홉 씨갈래로 갈라 있었음에 터잡은 것임이 분명하다. 그러나, 그 이름은 서로 일치하지 아니한다. 이에 그것을 비교하

면 다음과 같다.

語學新書 (어학신서)	語法解 (어법해)		九品集 (구품집)		(이적의 뒤침말)
	性言 (성언)		發聲詞 (발성사)		(冠詞) (관사)
(實體言) (실체언) (虛體言) (허체언)	(自主名言) (자주명언) (附屬名言) (부속명언)	} 名言 (명언)	(實靜詞) (실정사) (虛靜詞) (허정사)	} 靜詞 (정사)	(名詞) (명사)
代名言 (대명언)	代言 (대언)		代名詞 (대명사)		(代名詞) (대명사)
活用言 (활용언)	活言 (활언)		動詞 (동사)		(動詞) (동사)
連體言 (연체언)	分言 (분언)		動靜詞 (동정사)		(分詞) (분사)
形容言 (형용언)	添息言 (첨식언)		形動詞 (형동사)		(副詞) (부사)
接續言 (접속언)	接言 (접언)		連續詞 (연속사)		(接續詞) (접속사)
指示言 (지시언)	上言 (상언)		所在詞 (소재사)		(前置詞) (전치사)
感動言 (감동언)	感動言 (감동언)		歎息詞 (탄식사)		(間投詞) (간투사)

쯔루미네의 쓴 아홉 씨갈래의 이름은 代名詞(대명사)(代言), 活用言 (대명언)(活言), 接續言(접속언)(接言), 感動言(감동언)(感言)과 같이, 和 蘭語法解(화란어법해)의 이름에 터잡아, 그 두 자를 석 자로 한 것이 있으며, 또 連體言(연체언)과 같은 종래에 쓰던 것을 취한 것도 있으 며, 또 實體言(실체언), 虛體言(허체언), 形容言(형용언)처럼 새로 지은

것도 있다. 그러면, 그 아홉 씨갈래는 과연 일본말의 실제에 맞느냐 하면, 그 實體言은(실체언)은 이적의 名詞(명사)에 맞고, 活用言(활용언)은 이적의 動詞(동사)에 맞는 것 같지마는, 일본말에서는 活用(활용)을 가진 말이 動詞(동사)에 한하지 아니한다. 또 連體言(연체언)이라 하는 것은 저 이른바 分詞(분사)의 직역이겠는데, 일본말에서 그것은 動詞(동사)의 用法(용법)의 한 현상에 불과한 것인 즉, 이를 한 갈래의 씨로 한 것은 불합리하다. 또 虛體言(허체언)이란 것은 이적의 이른바 形容言(형용언)인데, 그에게 있어서는 명사와 같은 것이 되었으며, 이를 體言(체언)이라 한 것은 부조리한 일이다. 또 形容言(형용언)이란 것은 이적의 이른바 副詞(부사)인데, 그 이름지음은 반드시 좋지 못하다 할 것은 없으나, 그 실례를 풀어 놓은 것을 보면, 극히 잡박한 것으로 들어말할 것조차 없다.

요컨대, 쯔루미네의 語學新書(어학신서)는 일본 국어학 역사상 파천황의 기발한 시험이기는 하나, 그 풀이하는 바는 화란 말본을 무리하게 본받은 것 뿐이요, 일본말의 학문으로서는 아주 실패로 끝났다 하겠다. 그가 막연히 외국 말본을 직역적으로 일본말에 맞추어 쓰는 것은 도리어 일본말의 지식을 혼란시켰을 따름이었다. 그러나, 서양식으로 낱말의 씨가름을 하는 것이 일본 어학계에 새로운 문제로 제기되었음과, 그 아홉 씨의 이름 가운데 代名言(대명언), 形容言(형용언), 接續言(접속언), 感動言(감동언)이란 것은 "言(언)"이 "詞(사)"로 바뀌고 또 그 내용 실질에도 변경이 생기기는 했지마는, 이제도 쓰히고 있는 이름인즉, 의 그 영향이 전연 없다고 말할 수는 없을 것이다.

三(삼). 明治維新(명치유신)(1868) 이후

쯔루미네의 語學新書(어학신서)가 나온 뒤 얼마 동안은 서양 말본을 본뜬 일어 말본이 나오지 않더니, 명치유신 뒤, 세상이 차차 조용해 짐에 따라, 이에 다시 서양 말본을 본뜬 책들이 잇달아 나왔다. 서양 각국이 그 말본을 가짐과 같이, 일본도 독립 국가로서 제스스로의 말본을 가지지 않으면 안 된다고 생각하였고, 또 말본은 목수가 먹줄을 가짐과 같다. 말본이 바르면 글월도 또한 바르다고 하였다. 또 명치 초년에는 일본의 국자 국어의 개량 문제와 관련하여, 말본으로 말미암아, 당시 혼란한 국어를 정리하려는 의도가 있었던 것이다. 당시 많이 벼름된 말본 편찬은, 한쪽에서는 독립국, 독립국어의 체면상, 또 한쪽에서는 말씨의 실용적 척도로서, 그 필요가 부르짖어졌다. 그래서, 당시 발표된 말본은, 그 조직을 혹은 서양 말본에 기대고, 혹은 재태의 일어 연구의 조직을 받아쓰고, 혹 두 가지를 절충하여 편찬하였을 뿐이요, 말본 조직의 근본 원리에 대해서 깊이 생각하는 데까지는 미치지 못하였다.

명치 연대에 첫번으로 출판된 나까가네(中金正衡)의 "大倭語學手引(대왜어학수인)" 두 권, 상권에 재래의 국어학의 대강을 풀이하고, 하권에서는, 서양 말본의 직역식의 말본을 풀이하였다, 그 씨가름은

實名詞(실명사), 形容詞(형용사), 代名詞(대명사), 動詞(동사), 分詞(분사), 副詞(부사), 接續詞(접속사), 感歎詞(감탄사).

의 여덟으로 하였다. 이것은 語學新書(어학신서)의 指示言(지시언)을 덜고, 그 밖은 그 이름을 갈았을 뿐인데, 그 이름은, 이 책이 비롯한 것이 아니라, 그 때에 이미 이렇게 고쳐진 것이었음은, 그보다 조금 앞에 나온 "和蘭文典字類(화란문전자류)"(安政三年(안정삼년)), "英

吉利文典字類(영길리문전자류)"(慶應二年(경응이년))에서 이를 증거 댈 수 있다.

다음에 明治(명치) 7년에 간행된 다나까(田中義康)의 "小學日本文典(소학일본문전)"(三卷(삼권))에서는 씨가름을

名詞(명사), 形容詞(형용사), 代名詞(대명사), 動詞(동사), 副詞(부사), 接續詞(접속사), 感詞(감사).

의 일곱으로 하였다. 여기에는 分詞(분사)를 덜어버린 것은 한 진보라고 할 수 있겠지마는, 아직도 일어의 본성에 맞지 않는 점이 많았다.

보기하면, 여기서 이른바 形容詞(형용사)는 서양말의 形容詞(형용사)(adjective)의 직역으로, "暖春(난춘)" "大ナル家(대ナル가)"의 "暖(난)", "大ナル(대ナル)"와 같은 것, 모든 體言(체언)을 꾸미는 것 일체를 가리키고 있으니까, 일어로서는 짬없는 것이다. 그리고, 또 한쪽에서는 이제 말한 形容詞(형용사)의 連用形(연용형)으로써 副詞(부사)라 하고, 그 連體形(연체형)을 形容詞(형용사)라 하고, 그리고서 그 終止形(종지형)에 대해서는 아무런 처리 방법은 말하지 아니하였다. 그리고 助詞(조사)는 각 씨갈래에 부속물로서 갈라붙였다.

한 해에 나온 후지사와(藤澤親之)의 "日本消息文典(일본소식문전)"에서는 씨가름과 그 순서를

實名詞(실명사), 代名詞(대명사), 形容詞(형용사), 動詞(동사), 副詞(부사), 後置詞(후치사), 接續詞(접속사), 間投詞(간투사)

의 여덟으로, 代名詞(대명사)의 자리를 形容詞(형용사)의 앞, 實名詞(실명사) 의 다음에 두었다. 助詞(조사)를 한 씨갈래로 잡은 것은 한 진보라고 할 수 있다.

明治(명치) 9年(년)에 나온 나까네(中根淑)의 "日本文典(일본문전)"

은 말본의 조직으로서는 제법 완비된 것으로, 한 10년 동안 성히 행하였다. 그 씨가름은 앞의 日本消息文典(일본소식문전)과 거의 일치한 것인데, 다만 後置詞(후치사)를 後詞(후사)로 하고, 間投詞(간투사)를 感嘆詞(감탄사)로 한 점이 틀린다. 그러나, 이도 또한 실패한 것이니, 보기하면, 일어의 "クッキ"活用(활용)의 각 活用形(활용형)을 분해하여, 그 連用形(연용형)을 副詞(부사)로 하고, 連體形(연체형)을 形容詞(형용사)로 하고, 그 終止形(종지형)을 動詞(동사)로 하여 세 가지 活用形(활용형)을 세 가지 씨갈래로 갈랐음은 부조리의 심한 것이라 아니할 수 없다. 이는 일어의 形容詞(형용사)가 動詞(동사)와 한 가지로 用言(용언)의 한 가지임과 또 活用形(활용형)은 그 으뜸꼴의 한 변형에 불과한 것임을 분명히 깨치지 못한 때문이라 하겠다.

이상 쯔루미네에서 나까네에 이르기까지 서양 말본을 일어에다 더하려는 벼름(企圖)은 다 실패에 돌아갔다. 그러나, 실패는 실패이었지마는, 천천히 진보하여, 점차로, 일어의 법칙과 서양말의 법칙과의 사이에 있는 같다름(異同)을 인식시키어, 그 사이의 난관이 어데에 있는가를 밝게 보이게 되었다. 그 난관이란 것은 많겠지마는, 그 중에도 가장 현저한 것은 形容詞(형용사)와 助詞(조사)와의 둘에 있음이 밝아져서, 이를 적절하게 처리하지 못하고는, 결코 성공한 것이 되지 못함을 보이었다.

明治(명치) 23年(년)(1890)에 나온 오찌아이(落合直文), 고나까무라(小中村義象)의 "中學敎育 日本文典(중학교육 일본문전)"(一冊(일책))에서는 낱말을 먼저, 體言(체언), 用言(용언), 助辭(조사)의 셋으로 대별하고

體言(체언)은

名詞(명사), 代名詞(대명사), 副詞(부사), 接續詞(접속사), 嘆詞(탄사)

의 다섯으로,

用言(용언)은

作用言(작용언)(이적의 動詞(동사)), 形狀言(형상어)(이적의 形容詞(형용사))의 둘로,

助辭(조사)는 그 꼴에서

動助詞(동조사)(이적의 助動詞(조동사)), 靜助辭(정조사)(이적의 助詞(조사))의 둘로 가르었다. 이러하여, 아홉가지 씨로 하였다. 이 책에는 지은이의 창견이란 것은 별로 없지마는, 예부터의 연구의 요점을 망라하고, 한 책으로써 일어의 법칙 전체에 걸쳐 풀이하여, 그 소견이 중점을 얻고, 그 보기말들도 온당한 것이어서, 세간에 환영받아 널리 행하여 일어 연구의 열을 높인 것은 명치시대 첫째가는 것이라 할 만하다.

오오쯔끼(大槻文彦)의 "廣日本文典(광일본문전)"이 명치 30년 (1897)에 간행되었다. 그 근본은 그의 엮은 "言海(언해)"(명치 20년)의 첫머리에 실린 "語法指南(어법지남)"을 수정 증보한 것인데, 그 씨가름은 여덟 씨(八品詞(팔품사))로 하였다.

名詞(명사), 動詞(동사), 形容詞(형용사), テニラハ(助詞(조사)), 助動詞(조동사), 副詞(부사), 接續詞(접속사), 感動詞(감동사)

이 여덟 가지 씨로 한 것은 서양 말본에서의 여덟 씨의 전통에 따른 것으로서, "名詞(명사)" 속에 代名詞(대명사), 數詞(수사)를 머금기에 있다. 그러나, 사전의 올림말에 붙인 씨갈래 이름은 代名詞(대명사), 數詞(수사)도 하나의 씨갈래로 다른 여덟 가지와 동등하게 적혀 있음은 "大言海(대언해)"에도 다름없다. 그러니, 오오쯔끼의 씨가름은 열로 한 것으로 볼 것이다. 이 씨이름 같은 것은 서양 말본에 터잡은 것이 많기는 하지마는, 그 실질은 일어의 특성을 깨뜨리지 않

고, 종래의 연구의 요점을 다하여 조직한 공은 실로 크다 할 것이다. 오오쓰기의 "廣日本文典(광일본문전)"은 그의 "言海(언해)"-"大言海(대언해)"와 함께 일본 어학계의 썩잖을 업적으로 길이 기념될 것이다. 돌아보건대, 쓰루미네 이래 서양 말본의 조직에 눈을 아히어 모방을 일삼고 절충을 시험해 온 지, 이제 60여 년만에, 비로소 일어의 본성을 해치지 않는 절충 말본을 얻었다 할 만하다. "廣日本文典(광일본문전)"은 절충 말본으로서 큰 세력을 가지고 행하여, 일어학사에서 한 시기를 그었다고 보겠다.

오오쓰끼의 "語法指南(어법지남)" "廣日本文典(광일본문전)"이 나온 뒤로 약 40년 동안은 이것이 표준이 되어 일본의 말본은 안정ㄱ에 들어, 큰 이론의 대립이 없이, 학교의 말본 교육이 행해 오떠니, 1935년에 하시모또(橋本進吉)가 그 말본 체계를 발표한 "國語法要說(국어법요설)"(國語科講座(국어과강좌), 明治(명치) 9년)이 나오고, 다음에 중등 학교 교과서 "新文典(신문전)" 및 그 "新文典別記(신문전별기)"가 간행되고, 그 학설이 일본의 패전 전후에 국정 교과서 "中學文法(중학문법)"에 크게 채용되었기 때문에 널리 유포되었다. 그런데, 그보다는 훨씬 전에 야마다(山田孝雄)가 1908년에 "日本文法論(일본문법론)"(明治(명치) 41년)을 내어 그의 말본 체계를 베풀고, 뒤이어 "日本文法學槪論(일본문법학개론)" "日本文法原論(일본문법원론)" "日本文法講義(일본문법강의)" "日本國語法講義(일본국어법강의)"들의 체계론이 간행되고, 중등 학교 교과서도 간행되었다. 또 최근에 도끼에다(時枝誠記)가 1942년에 "國語學原論(국어학원론)"을 내어, 말본 체계를 논하고, 그 뒤에 "日本文法 國語篇(일본문법 국어편)" "同 文法篇(동 문법편)"을 내어, 자기의 체계를 구진하고, 또 중등 학교 교과서도 내었다.—이리하여, 이 세 학설이 현재 일본 말본갈 계의 세 주류를 이루고 있다.(이밖에 柄本大三郞(병본대삼랑)의 "改撰標準日本文法(개찬표준일본문법)"이 1928년에 나온 것이 있으나, 그 낱말 규정이 너무나 동떨어지게 다르기 때문인지, 널리 행하지 않았다)

　이러한 학설의 체계가 다른 이만큼, 그의 지은 말본 교과서도 여러 가지로 구구하여 통일이 없어, "中等文法異說對照表(중등문법이설대조표)" 같은 것이 나와서, 사람들에게 귀중함을 받고 있는 형편이다. 그래서, 京都大學(경도대학) 교수 사까구라(阪倉篤義)는 다음과 같이 말함을 본다. "중등 학교의 초보적인 계단에서는, 될 수 있으면, 이해하기 쉬운 하나의 것으로 뭉뚱그려짐이 좋을 것은 말할 필요가 없겠다. 그러나, 조금 나아간 계단에서, 젊은이들은 그만 그것만으로써는 만족하지 않는다. 너무 획일적인 사고방식을 강요하는 것은 도리어 말씨에 대한 연구심을 저해하기 쉬우니, 도리어 반발을 느끼게 한다면, 말본 교육은 결국 역효과를 가져올 우려도 없지 않다. 생각하게 만드는 학과로서의 말본과에서 여러 가지의 학설의 교과서가 행하고 있다는 것은—그것이 단순한 혼란으로서 받아들여져 따라, 아무렇게라도 말할 수 있는 인상을 주는 일만 경계한다면—결코 홀로 근심할 만한 것은 아니라고 생각한다"고.

　야마다(山田孝雄)의 말본 연구-명치 초년 이래의 말본 연구가, 무자각한 조직 고치기에 골몰하고 있는 때에, 말본의 무엇임을 생각하고, 말본 범주에 적확한 근거를 주려고 노력한 이는 야마다 다까오(山田孝雄)이었다. 그의 말본갈은 종래의 말본 조직의 근거를, 서양 및 일본의 연구에 대하여 검토하여, 그 모순을 지적하고, 서양의 심리학, 논리학을 참작하여, 그 우에다가 자가의 학설을 건설하고자 하였다. 말씨의 구성 요소인 사상의 방면을 중시하여, 그에 기대의 말본 체계를 조직하려고 한 것이 들어나게 주목된다. 그러므로, 이를 내용

주의의 말본 연구라고 할 수가 있겠다. 야마다에 이르러 말본은 종래의 실용적 견지를 떠나서, 말본갈(文法學)은 사상에 응하여 운용하는 법칙을 연구하는 것이라고 뜻매김 되게 되었다.

말본갈의 단위로서는 월과 낱말을 인정하고, 또 월이란 "통작작용(統覺作用)으로 말미암아 통합된 사상의 말씨라는 형식으로 말미암아 표현된 것"을 이르며, 낱말이란 "말씨에서의 더 가를 수 없는 맨 끝의 사상의 단원로서, 독립해서 무슨 사상을 대표하는 것"이라고 뜻매김하였다. 그리고 씨가름은,

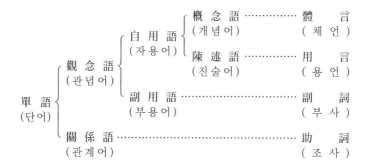

의 네 가지 큰 갈래를 가르고, 다시 아랫길 가름으로서,

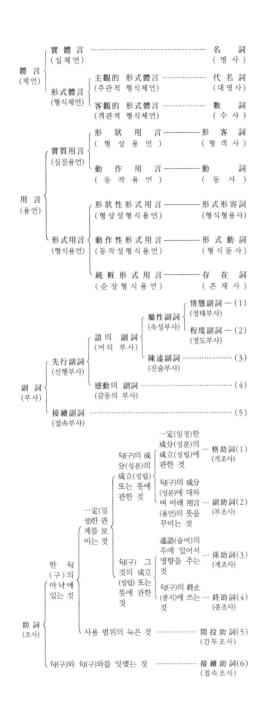

와 같이 하였다. 야마다의 말본갈의 특징은

1. 유가름(分類)의 방침이 논리적인 두 갈래 법(二分法)(A와 B와로 갈라 가는 방법)에 따른 것.

2. 이른바 助動詞(조동사)를 씨로 인정하지 않고, 풀이씨의 씨끝이 복잡하게 발달된 것으로 하여, 이를 複語尾(복어미)라 일컫는 것.

3. 풀이씨의 한 갈래로 "存在詞(존재사)"를 둔 것.

4. 副詞(부사)를 情態(정태), 程道(정도), 陳述(진술), 感動(감동), 接續(접속)의 다섯 가지로 가르고, 이른바 感動詞(감동사)와 接續詞(접속사)도 副詞(부사)에 머금기었음.

5. 助詞(조사)를 여섯 가지(格(격), 副(부), 係(계), 終(종), 間投(간투), 接續(접속))로 가른 것

들이다.

하시모또(橋本進吉)의 말본 연구-하시모또의 말본갈은 야마다의 내용 주의에 대하여, 말씨의 겉꼴인 말소리에 중점을 두어 체계를 세우려고 하는 것인즉, 이를 형식주의의 말본갈이라 할 수 있다. "ケサフサガオガサキシタ"와 같은 월을 하나의 단위로 인정하고, 다시 이를 도막지어 발음하여, 이 이상 잘게 가르면 뜻을 이루지 못하게 되는 단위로서, 보기하면, "ケサ" "フサガオガ" "サキシタ"와 같은간 덩어리를 각각 "월조각(文節(문절))"이라 하였다. 그리고 다시 모든 낱말을 둘로 나누어, 그것만으로 월조각을 이룰 수 있는 낱말을 "詞(사)"(또는 獨立語(독립어))라 하고, 그것만으로써는 월조각을 꼴이룰 수 없고, 반드시 다른 말에 붙어서 비로소 월조각을 꼴이룰 수 있는 낱말을 "辭(사)"(또는 付屬語(부속어))라 하였다. 그 이하의 유가름은 다음과 같다.

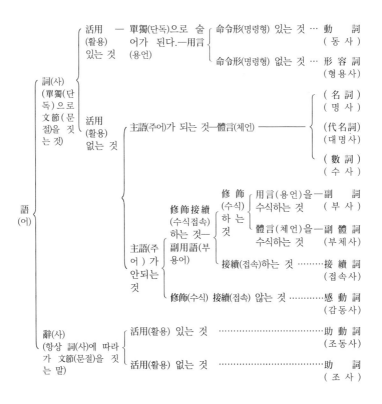

하시모또의 말본갈의 최초의 말본인 "國語法要說(국어법요설)"에는 體言(체언)을 名詞(명사), 代名詞(대명사), 數詞(수사)로 세분하지 않고, 말본 교과서 "新文典(신문전)"에는 體言(체언)을 名詞(명사)와 代名詞(대명사)로만 가르고, "新文典別記(신문전별기)"에서는 體言(체언)을 다시 名詞(명사), 代名詞(대명사)로 가르는 것은 말본상 필요 없다고 하였다. "副體詞(부체사)"는 "要說(요설)"에서는 들었으나, "新文典(신문전)"에는 들지 않았고, 또 "別記(별기)"에는 당연히 한 씨로 세워야 한다고 하였다.(그 이름도 "連體詞(연체사)"로 하여 있다)

이로써 본다면, "新文典(신문전)"은 교과서로서 종래의 학설과 타협한 것임을 알 수 있다.

形容動詞(형용동사)는 "新文典(신문전)" "別記(별기)"의 본문에서는 풀이하였으나, 씨가름틀에는 들지 않았다. 결국 그의 씨가름은.

動詞(동사), 形容詞(형용사), 名詞(명사), 代名詞(대명사), 副詞(부사), 接續詞(접속사), 感動詞(감동사), 助動詞(조동사), 助詞(조사)

의 아홉 가지로 한 셈이다.

일본 문부성에서 엮어 낸 "中等文法(중등문법)"(국정이기는 하나, 그 채용 여부는 각 교사의 자유로 하였음)은 하시모또의 학설을 거의 전적으로 채용하였는데, 그 씨가름은 다음과 같이 열 가지 씨를 세웠다.

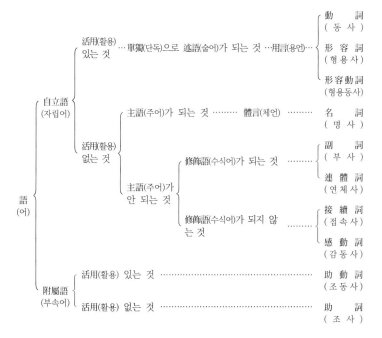

이 "중등 문법"에서 連體詞(연체사), 形容動詞(형용동사)가 또렷한 씨로 벌여졌음을 보겠다.

體言(체언)(名詞(명사)) 가운데의 세분으로서, 固有名詞(고유명사),

普通名詞(보통명사), 數詞(수사), 代名詞(대명사)의 네 가지로 하였다.

"中等文法(중등문법)"에서는 助詞(조사)를 다음의 네 가지로 가른다:

第一類(제일류)(格助詞(격조사)) 主(주)로 體言(체언)에 붙어서, 그 體言(체언)이 같은 월 가운데의 다른 말에 대하여 어떠한 관계에 서는가를 보이는 것.

第二類(제이류)(接續助詞(접속조사)) 用言(용언)과 助動詞(조동사)에 붙어서, 우의 말의 뜻을, 接續詞(접속사)처럼, 아래의 用言(용언) 또는 用言(용언)에 준하는 것에 잇는 것.

第三類(제삼류)(副助詞(부조사)) 대개 體言(체언)과 用言(용언), 그 밖의 여러 가지 말에 붙어서, 副詞(부사)처럼 아래의 말에 걸어가는 것.

第四類(제사류)(終助詞(종조사)) 體言(체언)과 用言(용언), 그 밖의 여러 가지 말에 붙어서, 월의 끝에서 疑問(의문), 禁止(금지), 詠嘆(영탄), 感動(감동) 들을 나타내는 것.

助詞(조사)의 가름에 대하여, 더붙여 말하건대: 야마다 말본(山田文法(산전문법))에서 이미 훌륭한 가름을 하였다: 格助詞(격조사), 接續助詞(접속조사), 係助詞(계조사), 副助詞(부조사), 終助詞(종조사), 間投助詞(간투조사)의 여섯 가지로 하였음에 대하여, 하시모또 말본(橋本文法(교본문법))에서는 이 여섯 가지 밖에 또 並立 助詞(병립 조사), 準體助詞(준체조사), 準副體助詞(준부체조사), 準副助詞(준부조사)의 네 가지를 설정한다. 이 네 가지는 야마다의 여섯 가지 중의 어느 것에 들어가는 것인데, 특히 그 독자의 용법에 기대어 각각 따로 세운 것이다.

도끼애다(時枝誠記)의 말본 연구- 도끼애다(時枝誠記)의 말본은, 그의 주장한 말씨의 이론인 "言語過程說(언어과정설)"에 터잡은 것이다. 종래의 말씨 이론에서는, 말씨를 개념과 청각영상과의 결합체인 일종의 실재, 조직체로서, 말씨사회를 구성해 있는 각인의 뇌 속에 저장되어 있다고 생각하지마는, 말씨 과정설은 이에 반대한다. 말씨는 말씨 임자가 표현하고 이해하는 행위 그것이니, 바꿔 말하면 표현, 이해의 과정이 바로 곧 말씨이란 것이다.이 말씨이론에 기대어, 말본갈의 독특한 이론을 펼친다.

먼저, 낱말의 유가름의 기준에 대하야, 말씨 과정설에서는, 말씨는 과정(科程) 그것이니까, 그 과정의 내부 구조의 검토, 분류에서 시작된다. 말씨의 표현 과정은, 일반적으로는,

事物(사물)(또는 表象(표상))→檢念(검념)→聽覺映像(청각영상)→音聲(음성)(또는 글자)→……(空間傳達(공간전달))……→音聲(음성)(또는 글자)→聽覺映像(청각영상)→槪念(개념)→事物(사물)(또는 表象(표상))

과 같은 도식으로 말미암아 설명되는데, 낱말에 따라서는, 이 가운데 "槪念(개념)"의 과정을 뺀(缺(결)한) 것이 있다. 이 점에 터잡아, 槪念過程(개념과정)을 거치는 것을 "詞(사)", 거치잖는 것을 "辭(사)"라 하여 크게 구별한다.

또, 한쪽 낱말의 인정에 관하여, "言語過程說(언어과정설)"에서는, 앞의 도식에서, 한 번의 과정을 거치는 것을 한 낱말로 인정한다. 보기하면, "テメガエ(梅(매) 枝(지))"라는 말이, 한 번의 과정이냐, 또는 세 번의 과정이냐는, 그 표현자, 수용자의 "주체적 의식"으로 말미암아 결정되는 것이며, 표현자, 수용자가 다름에 따라(엄밀히 말하면, 한 개인이라도 경우경우의 주체 의식의 다름에 따라) 다른 것이다. 표현자, 수용자가 한 번의 과정으로 인정한다는 것은, 하나의 뭉그림(統括)으로서의 의식을 가진다는 것이다.

일반의 말본갈에서는, 이러한 주체적 의식은 생각하지 않고, 말본

갈꾼의 설자리에 터잡아, 그것이 하나의 월조각(文節(문절))을 이루는 데 어떠한 구실을 하는가? 혹은 그것이 가지고 있는 의미가 단위를 이루느냐 않느냐, 들어 기대어, "단위"의 범위를 정하고 있어, 보통으로 낱말은 그중에 다시 낱말을 머금고 있음을 인정하지 않지마는, 도끼에다 말본갈에서는, 주체의식이 하나의 뭉그림이라고 인정하는 껏(限) 낱말이라고 보는 설 자리이다. 따라, 보통으로 복합어(겹씨)라고 하는 낱말들은, 그것이 낱말인 동시에, 그 낱말의 내부 구성 요소도 각각 하나의 뭉그려진 요소로서, 말씨 주체에게 인신되는 껏, 역시 한 낱말이며, 앞가지, 뒷가지 같은 것들도 또한 한 낱말이 될 수가 있다. 보기하면, "東京驛長(동경역장)"은 한 낱말인데, "東京驛(동경역)" "長(장)"가 각각 한 낱말이며, 다시 "東京(동경)" "驛(역)"가 한 낱말이다.

또 꾸밈이 기능(노릇)만으로써는 씨갈래 설정의 기준(基準(기준))을 삼지 않기 때문에, "副詞(부사)" "連體詞(연체사)" 따위는 독립한 씨로서의 지위를 가지지 않고, "體言(체언)"의 한 가지라고 할 따름이다.

"形容動詞(형용동사)"(보기: 靜カナワ(정カナワ), 確乎タリ(대호タリ), キレイタ)는 한 낱말로 보지 않고, "體言(체언)"(體言(체언)중에서도 특히 "所謂形容動詞(소위형용동사)의 語幹(어간)"으로 해서 세운다)에 指定助詞(지정조사) "ナリ" "タリ" "タ"가 붙은 것이라 한다.

이른바, "助動詞(조동사)" 가운데도 "ル, ラル, ス, サス, ツム, マホツ, タツ" 및 "レル, ラレル, セル, サセル, タイ"늦 이를 助動詞(조동사)로 하지 않고 接尾語(접미어)로 한다.

陳述副詞(진술부사), 接續詞(접속사), 感動詞(감동사)는 이를 "辭(사)"에 넣는다. 대체로 보건대: 도끼에다의 학설은 말하는 사람의 심리 현상에 치중하기 때문에, 조직체로서의 말씨가 스스로 가지고 있는 여러 면을 완전히 이해하기에 부족한 점이 없지 않겠나 하는 생각이 난다. 그래서, 그의 설은 다른 이들의 것과 비교해서, 실제적으로 너무나 다른 점이 많아 보통 사람들에게 이해하기에 쉽지 않다는 느낌을 준다.

四(사). 패전 전후기의 말본갈의 진보

두째 번 세계 대전의 종말 전후에 이르러, 일본의 말본갈은 한층의 진보를 가져왔으니,: 씨가름에서, 連體詞(연체사)를 세우고, 또 動詞(동사) 속에 補助動詞(보조동사)를 풀이하게 된 것이 그 중요한 것이라 하겠다.

連體詞(연체사)는 副體詞(부체사)한 이름으로, 1924년에 쯔루다(鶴田常吉)(나의 광도 고사 등급 학우)가 "日本口語法(일본구어법)"에서, 같은 해에 마쯔시따(松下大三郎)는 "形容詞(형용사)"란 이름으로 "標準 日本文法(표준 일본문법)"(그 뒤 1928년의 "改撰 標準 日本文法(개찬 표준 일본문법)"에서는 副體詞(부체사)란 이름으로)에서 풀이한 바 있었으나, 널리 일반에게 인식됨에 이르지 못하여, 종래의 일어사전(廣辭林(광사림), 辭苑(사원))에서 "アラユル, イワユル"같은 올림말은 副詞(부사)로 다루어 지고 "コノ, アノ, ソノ" 같은 말은 올림말에 찾아볼 수 없었더니, 대전 후 1954년에 나온 金田一京助(금전일경조)의 "辭海(사해)"에서 ㄹ처음으로 "アラユル, イワユル"가 "連體詞(연체사)"로 되어 있으며 "アノ, コノ, ソノ, ドノ" 들이 올림말로 되는 동시에, "連(연)"으로 씨를 표하여 있다. 추측하대, 이러한 변화 진보는 대전 말기에 득세하게 된 하시모또 말본의 영향으로 인하여, 문부성의 "中等文

法(중등문법)"에서 "連體詞(연체사)"를 하나의 씨로 다룬 데에 말미암은 것인 듯하다.

連體詞(연체사)를 한 씨로 세움에 대하여, 아직 다른 생각들이 없지 않을 뿐더러, 連體詞(연체사)에 딸린다고 보는 낱말들에 대하여도, 학자들 사이에 소견의 차이가 없지 아니하다. 그러나, 이는 차차 귀착될 것으로 생각하며, 이를 한 갈래의 씨로 잡은 것은 확실히 일본 말본갈의 하나의 진보한 현상으로 본다.

動詞(동사)의 한 가지로 補助動詞(보조동사)를 세움은 훌륭한 하나의 진보한 현상이다. 일본 학자들 가운데 이를 창도한 이가 누구인지, 나는 알 수 없으나, 1933년에 발표한 하시모또의 "新文典別記(신문전별기)"에 "補助用言(보조용언)"을 세웠다 한다.

일본말에서도 배달말에서와 똑같이, 예사와 움직씨로서 경우를 따라 補助動詞(보조동사)로 쓰히는 것이 상당히 많다. 보기하면,

"食(식)ベテ, 見(견)ル, 飮(음)ソテ, 見(견)ル, 聞(문)イテ, 見(견)ル, 見(견)テ, 見(견)ル"

"食(식)ベテ, クレ, 飮(음)ソテ, クレ, 聞(문)イテ, クレ, 見(견)テ, クレ"

의 "見(견)ル"와 "クレ"가 예사의 으뜸 움직씨로서의 그것들과는 달라, 그 자체가 독립적인 뜻을 가진 것이 아니요, 다만 우의 풀이씨에 붙어서 그 풀이씨의 풀이 내용을 독특한 의미로 돕는 것이니, 예사 움직씨로서의 "見(견)ル" "クレル"와 도움움직씨로서의 "見(견)ル" "クレル"가 각각 사전의 올림말로 되어, 그 뜻을 매김하지 않으면 안 된다. 그러나, 일본의 말본에서는 아직 이를 풀이하지 않았고, 따라 종래의 일어 사전은 물론, 최근의 곤다이찌의 "辭海(사해)"에도 이를딴 올림말로 들지—따라 인정하지 않고 있다. 한즉, 이점에서는 아직 일본 말본갈의 더 한층의 진보를 기다리지 않으면 안 된다.

形容動詞(형용동사)를 用言(용언)의 한 가지로 세운 것도 한 가지 진보 현상이다. 배달말에는 일어의 形容動詞(형용동사)에 맞는 말들은 대개 떳떳한 그림씨(形容詞(형용사))로 되어 있으니, 별문제가 없지마는, 일어에서는 形容動詞(형용동사)라는, 일종의 특수 用言(용언)을 두지 않고는 실제의 언어 사용을 학습함에 있어 불완전한 것(말본)임을 면할 수 없다.

이를 하나의 씨갈래로 세움에 대하여, 아직도 학자간에 의견이 일치가 없으며, 또 그 주장들 사이에서도 그에 딸린 말수와 그 운용에 대하여, 이설이 여럿으로 갈려있기는 하지마는, 구체스런 생활 말씨를 설명함에 있어서는 形容動詞(형용동사)를 설정하지 않을 수 없다고 나는 본다.

이상은 일본 말본에서 連體詞(연체사)를 세우고, 補助用言(보조용언)을 풀이하기 비롯한 것은 대전 종말기에서의 한 진보임을 말하였다. 東京堂(동경당) 간행 "國語學辭典(국어학사전)"에서는 이 씨는 일찌기(1908) 미야(三矢重松)가 "高等日本文法(고등일본문법)"에서 처음으로 논하였다 하였으나, 나의 조사에 기대면, 大正(대정) 15년 增刊版(증간판)에서는 씨가름을,

名詞(명사), 代名詞(대명사), 動詞(동사), 形容詞(형용사), 副詞(부사), 接續詞(접속사), 感動詞(감동사), 助動詞(조동사)(動助辭(동조사)), テニラハ(幹助辭(간조사)).

의 아홉으로 갈랐을 뿐이요, 連體詞(연체사)에 대한 입론은 아예 없으며, 다만 副詞(부사)의 용법에서 "副詞(부사)ハ 'ノ' ナルラ ソヘテ 連體詞(연체사)ト ナル(보기: 不斷(부단)ノ着物(착물), 尤(우)ナル 道理(도리), ……)"라 한 것이 있으나, 이는 다만 월의 성분으로서의 連體語(연체어)를 가리킬 뿐이요, 결코 씨갈래로서의 "連體詞(연체사)"를 가

리킨 것이 아니다. 이는 공연히 連體詞(연체사) 학설의 연원을 일찍 잡으려는 심산에서 저지른 학문상 과오가 아닌가 생각된다. 1924년에 쯔루다가 "日本口語法(일본구어법)"에서 처음으로 連體詞(연체사)를 입설하였다 하나, 나는 그 책을 얻어 보지 못하였고, 그의 지은 "標準 日本語文法(표준 일본어문법)"에는 분명히 副詞(부사)와 나란하여, "連體詞(연체사)"를 풀이하였음을 보았다. 마쯔시따(松下大三郎)도 1924년에 이를 "形容詞(형용사)"란 이름으로 논하였다 하나, 나는 그 초간본은 못 보고, 그 "改撰 標準 日本文法(개찬 표준 일본문법)"에서는 분명히 "副體詞(부체사)"를 하나의 씨갈래로 들어 풀이하여 있다.

최근엔(1935) 하시모또(橋本進吉)가 차렸다고 하였다. 그래서, 보통은 쯔두다, 마쯔시따의 副體詞(부체사)로써 連體詞(연체사) 유래의 起源(기원)을 삼는 모양이며, 明治書院(명치서원)의 "日本文法辭典(일본문법사전)"에서는, 다만 "連體詞(연체사)가 씨의 한 가지로서 독립한 존재를 인정받게 된 것은, 비교적 최근의 일이라"고만 하였으니, 이는 대전 말기의 하시모또 말본의 출현 이후를 가리킴이겠다.

그런데, 우리 한국에서는 주시경 스승이 융희 2년(1908)에 간행된 "國語文法(국어문법)"에서 씨가름을,

임(이름씨), 엇(그림씨), 움(움직씨), 겻(토씨), 잇(이음토씨), 언(매김씨), 억(어찌씨), 놀(느낌씨), 끗(풀이씨 마침 씨끝)

의 아홉 갈래로 하였는데, 그 "언"이 곧 일본의 連體詞(연체사)이다. 주 스승의 "國語文法(국어문법)"(융희 2년)이 일본이 미야의 "高等 日本文法(고등 일본문법)"(명치 41년)과 한 해(1908)이기는 하나, "高等 日本文法(고등 일본문법)"에는 連體詞(연체사)의 입설이 없고, 또 주 스승의 "國語文法(국어문법)"은 그 머리말에 기대면, 그 자음의 완성은 그보다 9해 전인 "무술"(1898)이었다 하니, 그 창전의 비롯이 우

리에게 있었음이 더욱 분명하며, 더구나, 일본 말본에서는 미야 이후 대전 종말기까지 連體詞(연체사)의 존재가 적確하여 널리 들림이 었음에 대하여, 우리말의 말본에서는 융희 2년 이전부터 주 스승이 이를 가르쳐 왔을 뿐 아니라, 그 뒤를 이은 김○○의 "조선 말본"과 최현배의 "우리 말본"에서 이를 더욱 주장 교수하였으며, 더구나, 최의 "우리 말본"은 1925년부터 일본 나라현 천리 외국어 학교에서 교재로 사용되어 왔으며, 또 東京大學(동경대학)에서도 교과서로 사용되어 왔다. 그러면, 일본 말본의 진보의 연유를 오로지 미야나 마쯔시따에만 국한한다는 것은 좀 편협의 흠이 없지 아니하다고 생각된다. 하물며, 그 최근의 인정(認定)이 東京大學(동경대학) 교수 하시모또의 주장에 기인하였다 함은 더욱 그 편협한 자가옹호에 한 점의 의운(疑雲)을 던져주기도 한다.

補助用言(보조용언)(補助動詞(보조동사), 補助形容詞(보조형용사))의 비롯은 하시모또의 "新文典別記(신문전별기)"(1935)에 있을 뿐이다. 우리 나라에서는 나의 "우리 말본"(1935, 5)에서 이를 구체적으로 풀이하였을 뿐더러, 그 창안은 그보다 약 십년 전부터 "연희 전문 학교"에서 가르쳐 온 것이며; 그보다 앞서서(1934) 나의 "중등 조선 말본"은 중등 학교 교과서로서 널리 행하였으며; "큰 사전"부터 이를 사전 올림말로서 풀이하여 왔다. 補助用言(보조용언)이 일본에서 겨우 그 존재를 풀이하기 비롯함에 견준다면, 한국의 국어 말본갈은 훨씬 선진의 지에 있다 하겠다. 일본 학자들은, 東京大學(동경대학) 言語學科(언어학과)에서와 奈良(나라)의 天理 外國語大學(천리 외국어대학)에서의 교과서 "우리 말본"과 과거 "朝鮮(조선)" 및 만주에서 널리 행한 나의 "중등 조선 말본"에 대해서 아주 담을 쌓고만 지났던 모양인가? 어찌 한국의 말본에 대하여는 한 말도 언급함이 없는가?

더구나, 자가의 補助用言說(보조용언설)의 기원에 대하여는 한 말의 미침조차 없는가? 그 까닭을 알 수 없다.

[붙임] 이상으로써, 나는 일본의 말본갈의 진보를 약술하였다. 그 최후의 갱일층의 진보는 극히 최근에 이뤄진 것으로 아직도 그 연구 천명이 완성되지 못하고 있는 듯하다.

여기에 우리가 주의해야 할 바는, 일본의 말본이 명치서 꼭 백년이 되는 오늘날까지도 아직 통일이 없다는 점이다. 아무리 친숙한 제나라 말일지라도, 이를 연구 정리하는 말본갈이란 학문은 그리 용이한 일이 아니다. 명치 이후의 일본의 모든 학술의 끔찍한 진보를 생각한다면, 말본의 기계적 통일을 서두르지 않는 일본 학자들의 학문 존경의 큼직한 태도를 우리는 배워야 할 것이다. 획책적으로 회의를 꾸며서 한두 표의 차이로써 학문의 진리를 좌우하려는 어린애 같은 좁은 심리를 우리는 스스로 경계해야 하며, 동시에 학문의 진보에는 "자유"와 학적 양심의 존재가 절대 필요함을 알아야 하겠다. 더구나, 학교 말본은 학문이 아니라는 괴변을 농함은 더욱 엉뚱스럽다 아니할 수 없다. 학문이 아닌 것을 왜 가르쳐야 하는가? 아무리 초보적 교과라도 심원한 학문 진리의 기초 우에 서야 하는 것인 때문에, 초등 교육을 세계 각국이 다같이 중시하는 것이 아닌가? 학교의 말본 교수는 마땅히 학생으로 하여금 생각하게 하는 학과가 되어야 할 것이요, 결코 "학문이 아닌 즉, 아무렇게나 통일적으로 한가지로만 가르쳐서, 학생으로 하여금 기계적으로 외게만 하면 된다"고 해서는 안 된다. 모름지기 학적 양심으로써 생각하고 연구하여, 그 진리의 소재에 좇아가기에 용감스러운 태도를 가져야 한다.(1966. 8.~1967. 2.)

-〈한글〉 139호(1967)-

잡음씨의 세움
-이론적, 사실적 및 비교 언어학적 논증-

속판

【一】잡음씨를 세우는 이론

(첫째) "이다"는 풀이 힘을 가지고 있다

(둘째) "이다"는 끝바꿈을 한다

(세째) "이다"는 때매김의 표현을 한다

【二】이 설의 반박에 대한 변호

(첫째) "이다"의 몰골

(둘째) "이다"의 "이"의 말본스런 노릇

【三】이 설에 대한 나의 비평

(첫째) "체언의 활용"이란 무엇을 뜻함인가?

(둘째) "임자씨+이다=풀이씨"는 가능한가?

(세째) 비교 언어학적 고찰

　　1. 굽치는 말씨: -영어, 라띤말

　　2. 덧붙는 말씨: -핀란드말, 튈끼예말, 몽고말, 만주말, 일본말

　　3. 떨어지는 말씨: -중국말

(네째) 우리말 안에서의 고찰

　　1. 임자씨 + % = 풀이씨

2. "임자씨+다=풀이씨"는 있으나, "임자씨+이다=풀이씨"
　　는 없다

3. "먹다" "○○+이다의" 풀이힘의 소재.

4. 이 설 [임자씨+이다=풀이씨]의 형태적 파탄

【一(일)】 잡음씨를 씨갈래의 하나로 세우는 근거

　　그가 착한 사람이다.

　　저것이 소나무(이)다.

의 "이다"를 씨가름(品詞分類)에서 어떻게 다룰 것인가? 이에 관하여, 가능한 여러 가지의 다룸질 방식(처리 방식)이 있을 것이다. 이러한 다룸질 방식을, 그것이 나타난 시간적 순서에 따라, 벌려 들면 다음과 같다.

1. 씨의 한 갈래로 다루기: —주 시경 스승은 이를 끗씨(맺음씨)의 하나로 보았다. (융희 4년, 4243년)

2. 한 갈래의 풀이씨로 다루기:—최 현배의 "우리 말본" 박 승빈의 "조선어학 강의 요지"(1929년, 4262년)

3. 그 앞의 임자씨와 합하여서 풀이씨와 같은 성질을 띠게 한다고 보기:—이 희승: "초급 국어 문법"(4282). 이 숭녕: "고등 국어 문법"(4289).

이 희승님은 그의 "국어학 개설"에서, 이 숭녕님은 그의 "고등 말본"에서, "이다"를 잡음씨로 보는 것은 부당하다고 극력 논난하였다.

　나는 남의 세움을 비평하기 전에, 먼저 나 스스로의 견해를 풀이하고자 한다.

(첫째) "이다"는 풀이힘을 가지고 있다

우리 배달말에서는, 월이 세 가지의 틀(型)로 되어 있다.

1. 무엇이 어찌한다.

2. 무엇이 어떠하다.

3. 무엇이 무엇이다.

우리들이 말하는 천 가지 만 가지의 월은 다 이 세 가지 꼴을 벗어나지 못하는 것이다. 이에 대하여 인도 유우럽 말씨(言語)에서는, 월의 꼴이 다음과 같은 세 가지로 되어 있다.

1. He comes. (그이가 온다)

2. He is young. (그이가 젊다)

3. He is a scholar. (그이가 학자이다)

이제, 우리 배달말의 월꼴(文型)과 영어의 그것과를 견주어 보건대, 배달말의 그림씨 "젊다"는 성질을 나타내는 내용과 함께 월의 임자말에 대하여 풀이하는 힘(풀이힘)을 가졌기 때문에, 그 월꼴이 1의 그것 곧 움직씨의 경우와 아무런 다름이 없지마는, 영어에서는 그 Adjective("그림씨"라기보다 "매김씨"라 함이 마땅함)는 다만 성질을 나타내는 내용만 가지고 있을 뿐이요, 아주 풀이힘을 가지고 있지 못하기 때문에, 그것(보기:young)이 단독으로는 풀이말이 되지 못하고, 반드시 풀이힘을 가진 움직씨 "be"를 더불고서야 비로소 풀이말이 될 수 있게 되는 것이다. 세째 곧 "He is a scholar"(그이가 학자이다)에서는, "is"가 우리말의 "이다"에 해당함을 명백히 보이고 있다.

하여튼, 배달말이나 영어가 한가지로 세 가지의 월꼴이 근본이 되어 있음은 사실이다. 그러나, 이를 다시 살펴보건대 그간에 차이가 없지 아니함을 보잡겠다(看取하겠다). 곧 배달말에서는 세 가지 월꼴의 풀이말이 각각 서로 다르지마는 영어의 풀이말(predicate)은 세 가

지가 다 한 가지로 Verb(움직씨) 하나씩을 가지고 있음이 그 특징이
다. 그리고, 영어의 한 월은 만드시 한 Verb(움식씨)를 가지고 있어야
하는 동시에, 또 하나 이상을 가지고 있어서는 안 된다고 규정되어
있다. 다시 말하면, 영어에서는 풀이힘을 가진 씨갈래가 오직 움직
씨 하나뿐임에 대하여, 배달말에서는 풀이힘을 가지고 능히 풀이말
이 될 수 있는 씨갈래(品詞)는 움직씨, 그림씨, 및 잡음씨("이다" 또는
"아니다")이다.

이제, 방면을 조금 달리하여, 우리 사람의 말이 나타내고자 하는
"생각함"(Denken, Thinking, 思考)을 다루는 학문인 논리학(論理學)에
서는 이를 어떻게 다루는가를 한 번 살펴볼 필요가 있다. 말본에서
는, 월꼴을 세 가지(무엇이 어찌한다. 무엇이 어떠하다. 무엇이 무엇이다.)
로 갈라보지마는, 논리학에서는 판단의 꼴(型)을 다만 "무엇이 무엇
이다"의 한 가지로만 보아 다룬다. 그리하여,

　　"무엇이 어찌한다"는

　　"무엇이 어찌하는 것이다"로,

　　"무엇이 어떠하다"는

　　"무엇이 어떠한 것이다"로,

　　보아 다룬다. 다시 말하면, 모든 판단(생각하기는 곧 판단하기이다)은
임자개념(主槪念, Subject)과 풀이개념(賓槪念, Predicate)과의 관계를 잡
는 데에서 성립하는 것이다. 그 관계가 적극적임과 소극적임을 따라,

　　(ㄱ) S is P. (긍정 판단)

　　(ㄴ) S is not P. (부정 판단)

의 두 가지 판단이 성립하고, 다시 그 임자개념 S가 전부냐 부분이
냐를 따라,

　　(ㄱ) all S is P. (모든 S는 P이다)

all S is not P. (모든 S는 P 아니다)

(ㄴ) Some S is P. (약간의 S는 P이다)

Some S is not P. (약간의 S는 P 아니다)

의 네 가지 꼴의 판단이 된다. 우리는 앞에서, 배달말의 "무엇이 어떠하다" 곧 "그가 젊다"가 영어로, "He is young"으로 됨에서 우리의 그림씨(내용과 풀이힘을 함께 가진) "젊다"가 영어에서 내용만 가진 Adjective(매김씨) "young"과 풀이힘말을 가진 Verb(움직씨—차라리 잡음씨) "is"와의 두 가지로 갈라진 것을 인정하였거니와; 이제 논리학에서는, 배달말과 영어에서 한가지로, 내용과 풀이힘을 갖춘 움직씨(오다), Verb인 comes조차 그 내용과 풀이힘과의 꼴로 나누이어,

그가 오는 것이다.

(He is coming one.)

으로 됨을 인정하게 되었다. 그리하여, 모든 판단 (따라 모든 월)은

S is P.

의 한 가지 꼴로만 된다.

그러면, 임자개념(S)과 풀이개념(P)만이 있으면, 판단이 성립되느냐 하면 그렇지 못하다. 아무리 임자와 풀이의 두 개념이 있더라도, 그 두 개념을 이어 맺는 맺음말(Copula 繫詞(계사)) be(이다) 들지 아니하면, 판단이 되지 못한다. 그리하여, 맺음말(Copula)은 판단 성립에 빠질 수 없는 구실을 하는 것이니, 이것이 곧 말본에서의 잡음씨(이다), Verb (영어의 be)인 것이다.

영어 말본에서는 월은 그것이 아무리 간단한 것이라도, 반드시 하나의 Verb(움직씨)를 가져야 한다고 본다.

월이 성립된다 함은 곧 풀이말이 성립된다는 것이요, 풀이말의 성립에는 반드시 하나의 Verb(움직씨)를 소용하는 것이다. 그런데, 이

Verb이란 것은 결국은 be(이다)이라고 할 수 있다.

영어 움직씨 be에는 크게 세 가지의 쓰임이 있나니: 첫째는 Copulative Verb(맺는 움직씨)로는 바로 우리의 잡음씨(이다)에 맞으며 (보기: The girl is my sister), 둘째는 Substantve Verb(바탕스런 움직씨)로, 그것은 우리말의 "있다"에 맞으며 (The book is on the desk), 세째는 Auxiliary Verb(도움움직씨)로, 그것은 우리의 "받다", "지다", "-히-"에 맞는다(보기: They will be punished). ─그러하고 보면, 배달말의 "이다"는 바로 영어의 Copulative Verb로서의 "be"에 맞는 것이어서, 그것(이다)이 말본에서의 풀이말임이 틀림없는 것이라 하겠다. (잡음씨=Copulative Verb). 다시 말하면, Copulative Verb는 Substantive Verb에 맞서는 Verb로서, 그것은 바탕(내용)은 없고, 다만 꼴(형식)로써 Verb의 노릇(곧 풀이하기)을 함과 같이, 우리말의 잡음씨도 바탕은 없는 꼴풀이씨(形式用言)로서, 임자말에 대하여 풀이하는 힘을 가지고서 풀이말이 되며, 그 빈 내용은 기움말 임자씨로써 기워 채우는 것이다.

(둘째) "이다"는 끝바꿈(活用(활용))을 가지고 있다

"이다"의 "이"는 줄기, "다"는 씨끝이니. 이 씨끝이 마침법, 감목법(資格法(자격법)), 이음법의 세 가지 법을 따라, 여러 가지의 꼴로 끝바꿈함은 저 움직씨, 그림씨와 큰 다름이 없다. 곧

마침법

　그가 대학생이다.　　─이로구나.

　그가 대학생이냐?　　─인가?

감목법

　이것이 고래임을 자네는 모르는가?

　신라의 장수인 김 유신은 삼국 통일의 공을 세웠다.

이음법

이것이 만약 금강석이면 좋겠다.

밥은 밥인데 못 먹는 밥이 무엇이냐?

이와 같은 끝바꿈을 함은 그것이 곧 풀이씨의 한 갈래임을 스스로 증명하는 바이다.

(세째) "이다"는 시간적 표현을 가지고 있다

월이 때매김(時制)을 가지고 나타남은 움직씨로써 그 풀이말을 삼는 경우임이 원칙이니, 왜냐하면 움직임은 때의 흐름 속에서 그 때의 나아감을 따라서 되는 것이기 때문이다. 그러므로, 또이취 말본에서는 임자씨의 끝바꿈을 Deklination이라 함에 대하여, 움직씨의 끝바꿈을 Konjugierung이라 하나니, konjugierung은 치우(주장, 주로) 시간적 표현을 가리킴이다. 문교부의 갈말를(術語表)에 Conjugation을 "때바꿈"이라고 번역되어 있음도 이 까닭에서이다.

이와 같이, 때매김은 원래 움직씨 특유의 노릇이다. 오직 움직씨만으로 월의 풀이말을 삼는 서양말에서는, 한 월이 때매김을 나타내는 것은 오로지 그 풀이말인 움직씨의 노릇이요, 다른 씨갈래는 절대로 때매김을 나타내지 아니한다. 그런데, 이에 움직씨 밖의 씨갈래 그림씨, 잡음씨로써 풀이말을 삼는 배달말에서는 그림씨, 잡음씨에도 비록 움직씨처럼 갖지는 못할망정 약간의 때매김을 나타내나니: 이는 잡음씨, 그림씨가 풀이힘을 가지고 있으므로 그 풀이됨의 때를 나타낼 수 있는 때문이다. 보기로,

그가 이 학교의 선생이었다.

에서, 지난적(過去時)에 그가, 이 학교의 선생임을 나타냄과 같다. 곧 "이다"의 줄기 "이"가 선생임을 잡는 노릇을 하는 것인데, 그 "이"의 잡는 노릇(指定的 機能)을 함에 시간이 관계된 것이다. 만약 "선생"이

란 이름씨로써 풀이말을 삼는다면, 이름씨에는 도저히 시간적 표현이 있을 수 없을 것이다.

(4)위에서 풀이하여 온 바와 같이, "이다"는 첫째 풀이힘을 가졌으며, 둘째 끝바꿈을 하며, 세째 때매김(時制)을 한다. 이러한 바탈(性質)은, "이다"가 그림씨, 움직씨로 더불어 한가지 또리(部類)에 붙는 말, 곧 풀이씨임을 나타내는 것이라고, 우리는 기술 언어학적 견지에서 단정할 수 있다.

따라, 혹이 "이다"를 토씨의 한 갈래로 잡는 것은, 다만 바탕씨(實詞)가 아니라는 한쪽만을 보고서 다른 그보다 더 큰 바탕(그 꼴과 노릇의)은 보놓친(看過, 看失) 것이라 하겠다.

그러나, "이다"는 그 자체가 어떠한 적극적인 내용(속살)을 가지고 있지는 아니하고, 다만 임자씨와 임자씨와 관계를 나타내어, 그 하나(임자개념)가 다른 하나(풀이개념)의 아랫자리 개념(下位槪念), 곧 씨개념(種槪念)임을 보이는 것이다. 보기로,

소가 젖먹이 동물이다.

에서, "젖먹이 동물"이 웃자리 개념(또리 개념)이요, "소"가 아랫자리 개념(씨 개념)이니, "소"가 "젖먹이 동물"의 한 가지임을 나타내는 것임과 같다. (특별한 경우에는 이 두 개념의 물체가 서로 일치하여 맞떨어지는 수가 있다). 다시 말하면, "이다"는 바탕은 없고 다만 풀이힘만을 가진 꼴풀이씨이니, 그것이 두 임자씨의 관계를 잡는(定하는) 노릇을 함으로써, 이를 "잡음씨"(指定詞)라 이름한다.

나의 씨가름틀

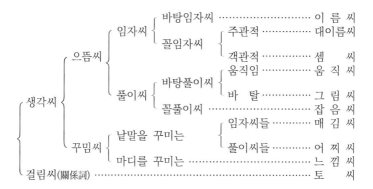

에서, 잡음씨는 생각씨의 으뜸씨의 풀이씨의 꼴풀이씨로서 그 자리를 잡았다.

이 씨가름틀에서 보는 바와 같이, 제 스스로가 나타내는 적극적 내용은 없는 말들이 한 갈래의 씨를 이룬 것이 비단 잡음씨뿐이 아니다. 셈씨와 대이름씨가 그러하며, 이름씨 가운데에서도, "것, 바, 줄, ……"과 같은 안옹근 이름씨는 구체적 내용이 없을 뿐 아니라, 그 홀로서는 힘조차 없는 것들이다.─그러므로, 잡음씨 "이다"가 적극적 구체적 내용이 없고 독립성이 여리다 하여 이를 부인하려 드는 이가 있다면, 나는 그에게 향하여, 잡음씨를 부인하기 전에, 먼저 꼴임자씨인 대이름씨, 셈씨를 부인하며, 또 안옹근 이름씨를 부인하며, 나아가아서는, 영어의 "be" as Copulative Verb를 부인하라 하겠다.

【二(이)】 이설의 반박에 대한 변호

(첫째) "이다"의 몰골(形態)에 대하여

나는 앞에서 잡음씨 "이다"가 끝풀이씨임을 밝히었다. 이제 나아

가, "이다"의 몰골(形態)에 관하여, 변명을 더하고자 한다. "이다"가

　　김 유신은 신라의 장수(이)다.

　　지은은 신라의 효녀(이)다.

에서와 같이, 홀소리 뒤에서는 줄어지는 일이 있다. 이에 대하여, 이
희승님은, 그 지은 "국어학 개설"에서 다음과 같이 조목적으로 이를
반박하였다.

　(1) "옛적에는 "이다"가 받침있는 말에나 없는 말에나 다 같이 쓰
이었으나' 현대의 말씨에는 받침없는 말에는 "다"만으로 넉넉하다.
만일, 받침없는 말 뒤에도 억지로 "이다"를 쓴다면, "이것은 벌써 생
명이 약동하는 현대어를 떠나서, 형식을 갖추기 위한 고형(古形)을
묵수하는 일, 곧 산 언어를 어떠한 규범으로 구속하는 일이 된다.
현대의 언어학자는 이와 같은 일을 극력 배격하고, 생동하는 현대어
를 기반으로 삼아 가지고, 거기에서 귀납적으로 어떠한 법칙을 뽑아
내기에 힘쓴다. 만일 이것을 무시한다면, 그것은 고어의 문법은 될지
언정, 현대의 문법은 도저히 될 수 없다." (1)고 말하였다.

　그러면, 이제 우리는, 잡음씨 "이다"가 역사적으로 어떻게 쓰이어
왔나를 살펴보기로 하자.

　1. 받침있는 말 뒤에는 "이"가 주는 일이 없이, 항상 "이다"로 쓰이
었음은 오늘과 다름이 없다.

　2. 받침이 없는 말 뒤에도 항상 "이"가 쓰이었으니, 그 보기는 다
음과 같다

　ㅏ 뒤에:

　　狐(호)와 狸(리)와 織(직)한 皮(피)괘로다. (誓(서), 堯典(요전))

　　九州(구주)ㅣ同(동)혼 배니四隩(사오)ㅣ임의宅(택)후도다. (同(동))

　　陽島(양도)의居(거)혼 배로다. (同(동))

傳不習乎(전불습호)애니라. (論語(논어), 學而篇(학이편))

傳(전)코習(습)디못혼개니라. (同(동))

萬乘(만승)ㅅ國(국)애그君(군)을弑(시)ᄒᆞᄂᆞᆫ者(자)ᄂᆞᆫ반ᄃᆞ시千乘(천승)ㅅ家(가)ㅣ오, 千乘(천승)ㅅ國(국)에그君(군)을弑(시)ᄒᆞᄂᆞᆫ者(자)ᄂᆞᆫ반ᄃᆞ시百乘(백승)ㅅ家(가)ㅣ니…… (孟子(맹자), 梁惠王上(양혜왕상))

ㅑ 뒤에:

無友不如己(무우불여기)者(쟈)ㅣ오. (論語(논어), 學而篇(학이편))

告諸往而知來(고제왕이지래)者(쟈)ㅣ온여. (同(동))

不以禮節之(불이예절지)면亦不可行也(야)ㅣ니라. (同(동))

ㅗ 뒤에:

謙受益(겸수익)이時乃天(시내천)道(도)ㅣ니이다. (誓(서), 堯典(요전))

厥篚(궐비)ᄂᆞᆫ玄纖(현직)縞(호)ㅣ로다. (同(동))

學則不(학즉불)固(고)ㅣ니라. (論語(논어), 學而篇(학이편))

仲尼曰始作俑者(중니왈시작용자)ㅣ其無後乎(기무후호)ㅣ뎌ᄒᆞ시니. (孟子(맹자), 梁惠王(양혜왕))

고 뒤에:

先生(선생)을饌(찬)홈이일즉이를뻐孝(효)ㅣ라ᄒᆞ랴. (論語(논어), 學而篇(학이편))

謂其沼曰靈(위기소왈영)沼(쇼)ㅣ라ᄒᆞ야, (孟子(맹자), 梁惠王(양혜왕))

· 뒤에:

玆用不犯于有(자용불범우유)詞(ᄉᆞ)ㅣ니이다. (書傳(서전), 堯典(요전))

有酒(유주)食(ᄉᆞ)ㅣ어든先生饌(선생찬)이曾是以爲孝乎(증시이위효호)아……(論語(논어), 學而篇(학이편))

其爭也(기쟁야)ㅣ君(군)子(ᄌᆞ)ㅣ니라. (同(동))

察鄰國之政(찰린국지정)혼딘無如寡人之用心(무여과인지용심)者

(ㅈ)ㅣ로디 (孟子(맹자), 梁惠王(양혜왕))

ㅓ 뒤에:

陽鳥(양조)의攸(유)居(거)ㅣ로다. (書傳(서전), 堯典(요전))

緣木求魚(연목구어)눈雖不得(수불득)漁(어)ㅣ나…… (孟子(맹자), 梁惠王(양혜왕))

ㅕ 뒤에:

孝弟也者(효제야자)눈基爲仁之本(기위인지본)與(여)ㄴ뎌. (論語(논어), 學而篇(학이편))

ㅜ 뒤에:

三百里(삼백리)눈諸(제)候(후)ㅣ니라. (書傳(서전), 堯典(요전))

父母(부모)눈唯其疾之(유기질지)憂(우)ㅣ시니라. (論語(논어), 學而篇(학이편))

ㅠ 뒤에:

惟乃之(유내지)休(휴)ㅣ니라. (書傳(서전), 堯典(요전))

曾子(증자)ㅣ曰(왈)唯(유)ㅣ라. (論語(논어), 學而篇(학이편))

海垈(해대)애惟靑(유청)州(쥐)라. (書傳(서전), 堯典(요전))(特例(특례))

3. "ㅣ"나 "ㅣ"붙임된 자(ㅐ, ㅚ, ㅓ, ㅔ, ㅖ, ㅟ, ㅢ) 뒤에는 "이다"의 "이"가 아주 줄어버림이 예사이니, 보기하면, 다음과 같다.

ㅣ 뒤에:

否則威(부즉위)之(지)니라. (書傳(서전), 堯典(요전))

少者(소자)를懷(회)之(지)니라. (論語(논어), 學而篇(학이편))

直如世俗之樂(직여세속지락)耳(이)로이다. (孟子(맹자), 梁惠王(양혜왕))

ㅐ 뒤에:

異端(이단)을攻(공)ᄒ면이害(해)니라. (論語(논어), 學而篇(학이편))

ㅓ 뒤에:

過則勿憚(과즉물탄)改(기)니라. (論語(논어), 學而篇(학이편))

帝曰吁(제왈우)ㅣ라臣哉鄰(신재린)哉(징)며鄰哉臣(린재신)哉(징)니라禹曰兪(우왈유)ㅣ라. (書傳(서전), 堯典(요전))

ㅢ 뒤에:

民德(민덕)이瑞厚(서후)矣(의)리라. (論語(논어), 學而篇(학이편))

王(왕)은亦曰仁義而已(역왈인의이이)矣(의)시니何必曰利(하필왈리)잇고……(孟子(맹자), 梁惠王上(양혜왕상))

特例(특례)로 "의"뒤에도 "ㅣ"를 쓴 것이 있다:—

曰再(왈재)ㅣ斯可(사가)矣(의)ㅣ니라. (論語(논어), 學而篇(학이편))

이상의 옛글에서의 보기를 개괄하건대, "이다"가 "이"가 붙은 그대로로써, 닿소리로 끝진 말이나 홀소리로 끝진 말이나의 뒤에 두루 쓰이었음이 분명하다. 다만 "이" 또는 "이"붙은 겹소리 "ㅐ, ㅔ, ㅚ, ㅟ, ㅢ"의 아래에서 "이다"의 "이"가 줄어질 따름이니, 이는 같은 소리가 이어나기 때문에 그 하나는 잘 드러나지 않기 때문에 글씨로서 줄인 것일 따름이니, 이것으로써 "이다"의 "이"가 다만 소리고루기 위하여 들어가던 것이라고는 말할 수 없을 것이다. 만약 그 구실이 소리고루는 데에 있었다면, "ㅏ, ㅓ, ㅗ, ㅜ, ㅡ" 뒤에는 무슨 소리고룰 필요가 있었다 할 것인가? — 이를 방증하는 것은 오늘날 예사로 쓰이는 풀이씨의 첫째 어찌를 "—아, —어"가 같은 소리 뒤에서는 줄어지는 것이 예사이니, —"가아 보다"가 "가 보다"로, "서어 있다"가 "서 있다"로 쓰임과 같이—이로써 그것이 어찌꼴 "—아, —어"의 줄어진 것이 아니요 "가", 또는 "서"가 본형이라 할 수 있을 것인가?

옛말에서 "이다"가 그대로 두루 쓰이었음에 대하여는, 이 희승 님도 아무 이의가 없다. 다만 이젯말에서는 그렇잖아서, "이다"의 "이"는 다만 닿소리 뒤에서 그 소리를 고루기 위하여 쓰일(보기: 붓이다, 물이다……) 따름이요, 홀소리 뒤에서는 도무지 쓰이지 아니한다(소다, 개다……)고 하는 것이다. 과연 그러할까? "이다"의 세움(주장)은 과연 현재의 언어 사실을 무시한 비과학스런 말본의 소작일 뿐일가?

이에 대하여, 이 인모님은 일찍 그의 "이다의 用言(용언) 是非論(시비론)"(2)에 현하의 한국 문학자들이 다 홀소리 아래에서도 "이다"를 쓰고 있다고 주장하고, 그 실례로 金 東里(김동리), 金 容浩(김용호), 金 起林(김기림), 趙 演鉉(조연현), 李 軒求(이헌구), 金 晋燮(김진섭), 田 榮澤(전영택), 崔 獨鵑(최독견), 廉 想涉(염상섭), 金 光洙(김광수), 洪 九範(홍구범), 張 德祚(장덕조), 黃 順元(황순원), 崔 仁旭(최인욱), 安 壽吉(안수길), 李 石薰(이석훈), 薛 昌洙(설창수), 具 常(구상), 靑 馬(청마), 月 灘(월탄), 白 鐵(백철), 李 光洙(이광수), 閔 泰瑗(민태원), 朴 鍾和(박종화), 吳 相淳(오상순), 金 基鎭(김기진), 月 灘(월탄), 稻 香(도향), 崔 南善(최남선), 方 鍾鉉(방종현), 申 瑛澈(신영철), 池 憲英(지헌영), 梁 柱東(양주동), 趙 潤濟(조윤제), 李 崇寧(이숭녕), 高 晶玉(고정옥), 石 宙明(석주명), 김 원조, 신 동엽, 성 경린, 정 태진, 李 鐸(이탁), 金 亨奎(김형규), 李 浩盛(이호성), 周 王山(주왕산), 韓 永錫(한영양), 金 泰午(김태오), 金 思燁(김사엽), 金 大均(김대균), 李 載壎(이재훈), 金 貞煥(김정환), 安 浩相(안호상), 金 俊燮(김준섭), 車 相瓚(차상찬), 여러분의 글(저서, 논문, 잡지, ……)에서 홀소리 뒤에서도 "이다" 그대로 사용한 것을 들어, 이것이 오늘의 "언어 사실"임을 밝히었다.

그러한 즉, 나는 여기서 새삼스리 다시 여러 사람들의 쓴 보기를 들추어낼 필요조차 없겠다. 그리고, 다만 "이다"의 홀소리 아래에의 사용을 극력 부인하는 이 희승님 자신의 저서—더구나, 그것을 부인하는 저서 바로 그것에서, 그의 주장과는 정 반대의 용례가 뜻밖에도 하고많음을 찾아냄으로써, 말씨의 진실한 모습을 보고자 한다.

이 희승: 國語學 概說(국어학 개설)에서

言語(언어)이어야 할 것 (開卷(개권) 첫머리 "目次(목차)" 첫 쪽 및 5쪽)

一種(일종)의 具體的(구체적) 言語(언어)이어야 할 것 (同上(동상), ㅉ 9)

늘어 갈 터이요. (ㅉ 8)

……것은 상당한 연수를 올라가서일 것이다. (ㅉ 12)

古代(고대) 國語(국어)가 "波衣(파의)" 또는 "波兮(파혜)"이었던 것
이다. (ㅉ 21)

이와 같은 狀態(상태)이므로, (ㅉ 30)

實力(실력)을 갖추었을 터이므로써다. (ㅉ 30)

豫想(예상)하는 터인데, (ㅉ 30)

偉大(위대)한 結果(결과)임이 틀림없을 것이다. (ㅉ 31)

이러한 狀態(상태)이므로. (ㅉ 40)

自然(자연)의 勢(세)였으리라. (ㅉ 42)

日本語(일본어)와는 同系(동계)인지 아닌지, (ㅉ 60).

이 이상 더 찾아낼 것 없겠다. 이만하면, 그의 실제 사용의 말씨가 자설을 자과하고 있음을 넉넉히 증거대고 있음을 확인하겠다.

그뿐 아니라, 이님의 이러한 말씨는 다만 우연히 그리 된 것일가? 곧 그렇게 "이"를 넣지 않아도 좋은 것을 어쩌다가 그만 세상 사람에 덩달아서 쓴 것일가? 아니다. 그리하지 않을 수 없기 때문에 그리 된 것이다. 보기로 그의 "국어학개설"의 목차에서 나오는 것

言語(언어)이어야 할 것 (목자 ㅉ 1, 본문 ㅉ 5)

古代(고대) 國語(국어)가 "波衣(파의)" 또는 "波兮(파혜)"이었던 것
이다. (ㅉ 30)

偉大(위대)한 結果(결과)임이 틀림없을 것이다. (ㅉ 31)

自然(자연)의 勢(세)였으리라. (ㅉ 42)

에서, "이"를 빼어버릴 수가 있을가? 아무리 "이"를 부정하고자 하더라도 이러한 언어 사실을 말살 부정할 수가 없어서 이렇게 스스로 쓴 것이라고 나는 단언하고자 한다. 곧 그의 표면에 동하고 있는 부정의 의도와 이론의 뒤와 밑에 숨어서 그의 말씨 생활을 영도하고 있는 아낙 언어 의식(內都 言語 意識)이 자신도 모르게 가장 자연스럽게 (따라 이론스럽게) 그리 쓰게 만든 것임이 틀림없겠다.

(2) 나는 풀이한다. "이다"의 "이"는 줄기이요, "다"는 씨끝이다. 씨끝은, 경우를 따라, "다, 어, 게, 지, 면, 니, ……"로 끝바꿈을 한다. 그런데, 홀소리 아래에서는, "소다"와 같이, "이다"의 줄기 "이"가 줄어지고 씨끝 "다"만이 남는다고.

이에 대하여, 이 희승님은 "그러나, 모든 약어(준말)의 경우를 살펴보면, 그 말의 주요 부분(뜻조각)보다 형식 부분(꼴조각)이 생략되는 것이 가장 보편스런 현상이어늘, "이다"의 "이"가 생략된다 하면, 줄기의 전체가 그 모습을 감추고 씨끝만이 남아서 자립한다는 결론에 도달하게 되니, 이것은 국어 내지 언어의 일반스런 법칙에 위반되는 일이라 할 수 밖에 없다. 그러므로, "이다"는 독립한 씨갈래(品詞)로 보기 어렵다"(3)고 비판하였다.

주요 부분보다 주요하지 않은 부분이 생략되는 것이 일반스런 원칙이라 함은 그럴 듯한 이론이다. 그렇지마는, 그렇다고 해서 "이다"의 줄기 "이"가 줄어지는 것은 그 "이"가 줄기가 아니기 때문이라고는 못 할 것이다. 머리로 생각하는, 경편한 일반적 이론보다는, 말씨의 사실에 나아가아 살펴볼 필요가 있다. 이론보다 실증이다. ―"그가 간단다. 그도 간다오. 그도 간다면 어찌하오?……"에서 "한다, 하오, 하면, ……"의 "하" 곧 "하다"의 줄기 "하"가 생략되었음은 분명한 사실이다. 잡음씨 "이다"보다 더 그 내용이 적극적인 움직씨 "하다"의 줄기가 줄어지는 일은 나날의 말씨 생활에 삼척동자도 다 익게 경험하는 바이다. "이다"의 줄기 "이"를 부인하려면, 모름지기 먼저 "하다"의 "하"부터 먼저 부인하여야 할 것이라고 생각한다.

그뿐 아니라, 저 영어의 도움움직씨 will, would, wouldst, wilt에서도 어느 조각이 줄기이며, 어느 조각이 씨끝이라 하기는 어렵지마는, 그 낱말 자체로서는 그 첫 소리 w가 항상 부동의 요소가 되어 있다고 할 만한데 I'll(I will), you'll(you will), I'd(I would), you'd(you would) 들에서 그 앞쪽 부분 wi woul가 줄었음을 보겠다. 또 다음의 문장

Will you play baseball?

Yes, I will.

의 답에서 yes, I will pley baseball의 play baseball이 줄었음을 보겠다.

그런데 이 play baseball이 그 말 자체가 형식적이요 주요하지 아니한 말이기 때문에 줄어진 것이 아니라, 실질적 내용을 가졌을 뿐 아니라, 또 그 경우에 그 대답의 실질적 내용을 이루는 것이다. 여기에서 우리가 깨쳐야 할 것을 말에서 생략되는 것은 그 말 자체가 주요하지 않기 때문에가 아니요, 다만 그 경우에 그것을 생략해도 이해하기에 구애가 없는 것이면, 노력의 경제, 시간의 경제를 위하여 생략하는 것이란 사실—이것이야 말로 일반 언어 사실인 것이다.

우리의 나날의 말씨살이(言語生活)에서, 글자만에서보다 소리말에서 말의 생략이 많이 일어남은 사실이니, 이는 글자말에서는 그 말을 주고받는, 사람들이 처하여 있는 형편이 눈앞에 나타나아 있지 않기 때문에 그 말을 마구 생략해 버리면 그 뜻이 잘 통하지 못하게 되지 때문에 생략하는 일이 덜 생기지마는, 두 사람이 마주 대하여 대화를 하는 경우를 말하면, 그 말을 주고 받는 사람의 처하여 있

는 형편이 눈앞에 다 나타나아 환하게 알려져 있을 뿐 아니라 그 말하는 사람의 태도, 안색, 음성이 생생하게 나타나아 직접적으로 의사 전달의 능력을 돕고 있기 때문에, 그 입으로 소리내어 말하는 내용은 극히 간단하여도 능히 그 뜻을 전달하여, 노력과 시간을 경제하게 되고 따라 말씨살이를 더욱 간편하고 경쾌하게 하는 효과가 있게 된다. —이렇기 때문에, 대화에서는 말의 생략이 더욱 많이 생기는 것이다. 따라, 일상의 회화에서 어느 말(낱말, 이은말, 마디 따위)이나 어느 말의 한 부분이 줄어지는 것은 그 말이나 그 말 부분이 그 자체가 말로서 주요하지 않기 때문에 줄어지는 것이 아니라, 다만 회화에서 그 경우에 그것을 줄여도 맞편(對者)이 이를 이해하기에 불편이 없기 때문에 줄이는 것일 따름이다. 여기 말씨살이의 묘미가 있는 것이다. 그러므로 이설인은 흔히 "이다"의 "이"가 옛말에서는 또 오늘의 글자말에서는 흔히 줄지 않고 쓰이지마는, 입으로 하는 소리말에서는 흔히 줄어짐을 탓하여, 그 존재를 부인하고자 함은 정당한 근거가 없는 것이다. 더구나, 소리말에서도 언제든지 "이"가 주는 것도 아니요, 어떤 줄어도 괜찮은 경우에만 주는 것이요, 닿소리 아래서는 물론, 홀소리 아래에서도 줄어서는 안 되는 경우에는 줄지 못하는 것이 확연한 말씨 사실이니,

ㄱ. 사람이다. 돌이다.

ㄴ. 나무(이)다. 소(이)다.

ㄷ. 나무였다(−이었다).

　소(이)다. −소였다. −소임을 어찌하랴.

　소일진대.

　이 세 가지 경우 가운데 (ㄴ) 의 경우 하나를 가지고서 그 전체를 부인하려 함은 도저히 성립할 수 없는 억설이라 아니 할 수 없다. 저

프랑스말에서의 얹음씨(article) "le, la, les"가 닿소리 소리없는 h나 모든 홀소리로 비롯한 임자씨와 그림씨 앞에서는 그 e, a, s,가 줄어지고, 다만 l(l'로 적음)로 되지마는, 이 탓으로써 "-e, -a, -es"의 존재를 부인하지도 아니하며, 또 le, la, les의 낱말로서의 독립성도 부인하지 아니하는 사실을 우리도 살펴보아야 한다. 우리말의 "이다"의 "이"가 설령 소리말에서는 전연히 준다고 하더라도, 그것이 글자말의 경우에는 줄지 아니하는 다음에는, 그것을 말본으로서 적당한 다름을 하여야 하겠는데, 우리가 오늘날의 우리말을 글자말과 소리말과의 두 갈래로 갈라서 그 말본을 딴 체계로써 설명하지 아니하는 터에, 그 사실을 말본에서 인정하는 동시에 올바른 풀이를 하여야 할 것이 아닌가? — 한 말로 하면, 아무리 양보해서 생각하더라도, "이다"는 엄연한 말씨 사실에서의 존재이다.

김에 [by the way ツイデニ], 한 마디 붙이거니와: 잡음씨 "이다"의 씨끝 "-다, -라, 요…" 내지 "이다" 전체가 줄어지는 일도 혹 있나니:

　　빛일세면 다홍빛이(요).

　　　　아니어든 초록빛이(라).

　　소리어든 우렛소리(이요),

　　　　아니어든 바닷소리(이라).

　　그러나, 겨울 눈 여름 비를

　　　　의다 아니 하리라. [李 光洙(이광수)]

에서, 초장의 두 "이"가 곧 "이다"의 줄기인데, 그 끝 "요, 라, …"는 줄어진 것이며, 중장의 앞뒤 마디에는 잡음씨 "이요" "이라" 따위가 온통 생략되었다고 봄이 옳겠다고 생각한다.

　(3) 이 희승님은 "이다"가 독립성이 없고 반드시 그 위의 이름씨를 받들고 쓰이어서, 그 이름씨에 덧붙어 종속적 지위에 있는 데 불과

하니, 풀이씨의 한 갈래로 될 수 없다 한다.

원래 말이란 것은 한 연속된 소래(音韻)의 줄달이(系列)이기 때문에, 그것을 갈라떼어 놓은 낱말이란 것에는 절대적 독립성은 없는 법이다. 그리하여, 각 갈래의 낱말 특히 앞토씨(Preposition) 같은 것들도 마찬가지로 그 독립성이 거의 없는 것이다. "이다"의 독립성 없음을 탓하는 이 님이 어찌하여 "것, 바, 들" 같은 이름씨와 토씨 내지 서양말의 얹음씨(article) 같은 것의 독립성 없는 것은 한 갈래의 씨로 인정하면서, 무슨 까닭으로 "이다"만에 대하여는 이를 부인하려는가?

(4) 월을 짜 이루는 요소의 단위로서, 낱말보다 웃자리 개념(上位概念)이 되 는 뜻의 한 덩어리가 대개

　　뜻조각+꼴조각

의 형식을 취하는 것이 통례로 되어 있는데, 만일 임자씨에 "이다"가 덧붙는 형식을 나타낸다면,

　　뜻조각+꼴조각+꼴조각 (사람+이+다)이 되거나, 혹은

　　뜻조각+뜻조각+꼴조각 (사람+이+다)이 되지 아니하면 안 된다.

그러나, "이다"는 독립성이 없은즉, 뒤의 형식은 인정할 수 없는 까닭으로, 하나의 뜻조각에 두겹의 꼴조각이 덧붙는다는 결론이 되고, 이러한 입론은 도저히 언어 사실로서 있을 수 없다. 만약, 이것을 인정한다면, 말본스런 노릇만을 표시하는 꼴조각이 다시 꼴조각을 데리고서 말본스런 노릇을 한다는 기현상을 지어 내게 된다. (4)—이렇게 이님은 반박한다.

세계의 말씨가 뜻조각과 꼴조각으로 되어 있음은 사실이다. 그러나, 꼴조각은 형태가 있는 것이 예사이지마는, 어떤 경우에는 꼴조각이 형태적으로는 있지 아니하고, 다만 낱말의 위치로 인하여 그 꼴조각의 노릇을 나타내기로 한다. (중국말에서와 같이). 또 뜻조각

과 꼴조각과의 연결은 다만 낱말보다 웃자리 개념(上位概念: 임자말, 풀이말, 꾸밈말, ……)에서만이 아니라. 한 낱말 속에서도 뜻조각과 꼴조각이 있기도 하다 ("먹다"의 "먹"은 뜻조각, "다"는 꼴조각임과 같이). 또 뜻조각과 뜻조각이, 또는 꼴조각과 꼴조각이 서로 이어서는 안 된다는 이치도 있지 아니하다. 이를테면, 토씨와 토씨와의 겹침 곧 꼴조각끼리의 덧붙음이요, 여러 가지의 도움줄기가 서로 이어 원 줄기와 씨끝 사이에 들어가는 것은 꼴조각의 두 겹 세 겹 여러 겹의 잇달음이라 할 수 있는 것이다(사람+으로서+의; 그+에게+만+이 아니다; 잡+으시+었+다 에서와 같이).

그러므로,

사람이다

가 설령

뜻조각+꼴조각+꼴조각

이 되었다고 해서, 또 이님의 말과 같이 꼴조각이 꼴조각을 데리고서 말본스런 노릇을 한다고 해서, 무슨 잘못이 있으며, 무슨 "기이한 현상"이 될 것인가?

나는 선생<u>으로서</u>가 아니라, 일반 사회인으로서 하는 말이다.

에서 "으로서"란 꼴조각이 다시 "가"란 꼴조각을 데리고서 말본스런 노릇을 발휘하는 것이 아니고 무엇인가? 그래도, 만약 납득이 안 간다면, 다시 끌어대거니와,

之ハ人ナリ

It is my book.

의 "ナリ"와 "is"(Copulative verb)가 꼴조각으로서 다른 풀이씨와 마찬가지의 끝바꿈을 하여서 온갖, 말본스런 노릇을 함을 무엇으로 부인하려는가? 이라하여, 나는 철두철미 이 님의 비판에서 아무것도

배움을 발견하지 못하겠도다.

(둘째) "이다"의 "이"의 말본스런 노릇에 대하여

또 이 숭녕 님은 그의 "고등 국어 문법"에서 잡음씨 "이다"를 부인하고자 세 차례나 많은 말을 허비하였다. 옛날에는 "-이다, -이라"의 "이"에는 문법적 구실은 없고, 오직 발음의 조절을 위하여 쓰일 따름이다.

　　1. 윗줄기의 끝소리가 닿소리면⋯⋯-이다. -이라.

　　2. 윗줄기의 끝소리가

　　　"아, 오, 으, 어, 우, 오"면⋯⋯⋯⋯⋯⋯⋯⋯⋯⋯-ㅣ다. -ㅣ라.

　　3. 윗줄기의 끝소리가

　　　"이"나

　　　"애, 의, 이, 에, 위, 의"면⋯⋯⋯⋯⋯⋯⋯⋯⋯⋯⋯-다. -라.

여기서, "-이다, -이라"의 "이"의 구실이 문법적인 것이 아님을 알 수 있다.

오늘날은 이러한 구별이 괴로와서 윗말에 받침이 있거나 없거나 마구 "-이다"로 써서, "비(雨)이다". "지리(地理)이다", "신시(新詩)이다"로 쓰나 이것은 방편상의 행동이다. (5)

-그는 "이다"를 이렇게 본다.

⑴ 이 숭녕님이 들어 놓은 위의 세 가지 경우를 가지고 보자. 과연 거기에는 "이다"의 "이"에 말본스런 구실은 없고 다만 소리를 순편하게 고루는 일만을 하는 것일가?

"이다"의 말본스런 구실에 관하여는, 앞에 이미 풀이하였은즉, 여기에 다시 되풀이할 필요가 없겠다. 그러면, "이"가 과연 소리고루기 위하여 끼어드는 "고룸소리"일가? 우리말에는 고룸소리가 더러 쓰이는 것은 사실이다. 그런데,

(1) 떡이나 대추나 배나 먹어라.

　　대패로 나무를 깎아, 붓으로 글을 쓴다.

(2) 너는 보러 가느냐, 먹으러 가느냐?

　　내가 가면 좋을가, 있으면 나쁘르가?

에서와 같이,

(1) 임자씨 아래에 붙는 토씨에서는, 받침있는 것 아래에서는 고
룸소리 "이" 또는 "으"가 쓰이고("물로"와 같은 ㄹ받침은 특별함), 받
침없는 것 곧 홀소리 아래에는 고룸소리가 쓰이지 아니하며,

(2) 풀이씨의 줄기 아래에 붙는 씨끝에서는, 받침으로 끝진 줄기
아래에는 고룸소리 "으"가 쓰이고, 홀소리로 끝진 줄기 아래에는
고룸소리가 쓰이지 아니한다.

　고룸소리의 쓰임의 규칙은 이와 같이 지극히 간단한 것이다. 그
러한데, 앞에 이 님이 늘어놓은 옛말에서의 쓰임은 이와는 달라,
ㅏ, ㅓ, ㅗ, ㅜ, ㅡ, ㆍ 홀소리 아래에서도 모두 "이"가 쓰이었고, 다
만 "이" 아래서만 "이"가 생략되어 있다. 이것으로써 "이"가 다만 소
리고루는 구실을 하는 것이라고, 판단할 수가 있을가? 이것으로써
"이"가 고룸소리라 한다면, 그것은 위에 적은 바와 같은 우리말에
서의 고룸소리 규칙과 일치하지 아니할 뿐 아니라, 그것이 소리고루
는 일을 한다면, 그것은 다만 "같은 소리 아래에서는 쓰이지 아니한
다"는 싱거운 제한밖에 없게 된다. 그보다는, 우리의 보는 바와 같
이, "이다"가 독자적 존재로서 닿소리 아래거나 홀소리 아래거나 두
루쓰이는 것인데, 다만 홀소리 아래에서는 그 "이"가 줄어지는 일이
있다. 앞에 든 바와 같은 옛법에서는, 홀소리 (ㅏ, ㅓ, ㅗ, ㅜ, ㅡ, ㆍ)에서
도 "이"가 쓰이었으며, (옛글에 ㅏ, ㅓ, ㅗ, ㅜ, ㅡ, ㆍ 아래서는 "이"로 적지
않고 "ㅣ"로 적었으니, 이는 아마도 그 위의 홀소리로 더불어 겹소리되어 읽

히는 것을 나타냄이라 하겠다.), 다만 예와 같은 홀소리 (ㅣ, ㅐ, ㅔ, ㅚ, ㅟ, ㅢ, ㆎ) 아래에서만 생략되었다고 설명함이 훨씬 타당한 풀이가 아닐까? 사실로, 우리 배달말에서는, 홀소리 아래에 그와 같은 홀소리가 오면, 그 하나는 잘 드러나지 아니하기 때문에, 입말이나 글말에서 그 같은 소리 하나를 생략함은 보통스런 흔한 사례이다. 보기하면,

나아 간다 〉 나 간다(=나간다).

가아 보겠다 〉 가 보겠다.

서어 있다 〉 서 있다.

에서와 같다. 이제

비이다. 지리이다. 신시이다.

에서는, 이 숭녕 님이 인정한 바와 같이, 그 "이"가 잘 드러나지 않기 때문에, 노력경제의 원리에 따라, "이"가 줄어진 것이라 함은 자연 또 당연한 설명이라 하겠다.

⑶ 이 숭녕 님은 말하되; 정식으로 말한다면,

"-다"……나다, 개다, 비다, 지리다, 신시다.

"-이다"……밥이다, 떡이다, 콩이다.

로 할 것이로되, 오늘날은 이러한 구별이 괴로와서 윗말에 받침이 있거나 없거나 마구 "-이다"로 써서,

나이다, 개이다, 비이다, 지리이다, 신시이다.

로 적으니, 이는 편함을 탐하는 "방편상의 행동"이라고 하였다.

과연 그러할가? 나의 생각하는 바에 따른다면, 받침의 있고 없음을 따라 "이"를 더하고 빼고 하는 일은 결코 어려운 일이 아니다. 우리의 나날의 말씨에서 이런 구별은 털끝만큼의 수고도 없이 자연스럽게 행해 지고 있는 터이요 차라리 이 님도 말하듯이 "그리 적힌 대로 발음될 수 없는" "이"를 끼어 넣어서 수고스럽게,

비이다, 지리이다, 신시이다.

로 적는다는 것은 편리를 탐하는 심리에서가 아니라, 차라리 다른 심리에서이라라 함이 그 진곡을 맞힌 것이 아닐가?

그러면, 그 다른 심리란 대체 무엇일가? 그것은 현대 과학적 사고와 발표의 교육을 받은 사람의 속깊은 논리적 명확성의 요구에서 생긴 현상이다. 홀소리 아래에서는 "이"의 "이다"를 생략하여도 되기는 하지마는, 어쩐지 "이"를 줄여 놓고 보면, 그 표현이 명확성이 결여한 듯한 느낌이 있기 때문에, 홀소리 아래에서도 또박또박 "이다, 이라, 이로다……"로 적는 것이다. 실례로,

그는……엉뚱한 주장을 한 데서부터였다. (이 해남, 경향 춘추)

그는 학생으로서가 아니라, 한 사회인으로서이다.

깊이 반성할 바이다. (○○신문)

요행을 바라는 끝 마음에서인지도 모른다. (洪 九範(홍구범); 小說 公論(소설공론))

두번째 물은 것은 점원에게이었다. (金 東里(김동리); 중등 국어 (문 교부) (1~1) ㅉ 58)

에서의 "이다"의 쓰임이, 홀소리 아래에서는 "이다"를 안 쓰고 "다"만을 쓰는 것임을 몰라서가 아니다. 또 "이다"가 "다"보다 사용상 편해서가 아니라, 논리상 명확성을 가지고자 하는 마음에서임이 분명한 사실이라 하겠다.

(4) 이 희승 님이 홀소리 아래에 "이다"를 사용하는 것은 옛적에는 있었으나, 현재에는 언어 사실이 아닌 다만 말본군(文法家)의 한 조작인 것처럼 봄에 뒤치어, 이 숭녕 님은 옛날에는 홀소리 아래에 안 쓰던 것(그 실은 썼음은 그의 열거한 보기들이 반증하는 바이다)을 오늘날 사람들이 그 구별하기가 괴로와서 홀소리 아래에도 마구 "이다"의

"이"를 사용한다고 인정하고, 또 그 "이다"가 근대에 와서는 크게 발달하여 한 체계같이 되어서 폭을 넓혔다(6)고 말하였다. 곧 한 분은 옛적에는 있었으나, 이제는 없다 하고, 다른 한 분은 옛적에는 없었으나, 이제는 있다 한다. ─이러한 입언(말세움)은 다만 자기의 편파한 이론을 세우기 위하여, 남의 학설을 헐기에 열중하여, 언어의 참 사실의 전반을 보지 못한 것이다. 이제 우리로서 본다면, 그것은 옛적에도 있었고, 이적에도 있음이 틀림없는 사실이다. 다만, 그 소리 남이 잘 드러나지 아니하는, 제와 가까운 소리 (홀소리) , 제 비슷한 소리(ㅐ, ㅔ, ㅚ, ㅟ, ㅢ, ㅢ, ㅣ) , 득히 제와 같은 소리 (ㅣ) 아래에서 노력 경제의 원칙에서 생략되는 일이 고금을 통하여 있을 따름이다.

　(5) 이 숭녕 님은 이 "'이다, 다'가 원칙적으로서 품사일 수는 없다. 그러나, 후세에 복잡한 발달을 한 것으로, 한 체계같이 되었다"(7)고 하였다.

　그가 말하는 "복잡한 발달", "체계같이 되었다"가 구체적으로 무엇을 뜻하는 것인지는 명백하지 아니하지마는, 만약, 그 뜻이 오늘날의 "이다"의 여러 경우에의 쓰임이 다른 풀이씨의 그것과 별다름이 없다 하는 데에 있다면, 그 "원칙"은 어디 갔든지 간에, 오늘의 발달된 사실을 싫더라도 인정하여야 할 것이 아닌가? 사실로, "이다"의 끝바꿈법(活用法)이 다른 풀이씨와 큰 차이가 없음이 분명한 사실이 아닌가?

【三(삼)】 이설에 대한 나의 비평

　나는 앞에서, 먼저 "이다"가 풀이씨의 한 갈래임을 세우고, 다음에 이에 대한 다른 사람의 비평과 부정에 대답 반박하였다. 인제는 그 다른 이들의 근본주장 그것을 나로서 비평하고자 한다.

<u>이 희승</u> 님은, 그 지음 "초급 국어 문법"에, "체언 (體言) 의 활용"이란 제목을 걸고서 다음과 같이 말하고 있다:(8)

　(1) 체언은 그 아래에 조사(토씨)가 붙어서 격(格, 자리)을 표시한다.

　(2) 체언이 서술어(敍述語)로 쓰일, 경우에는 조사가 붙지 않고, 어미가 붙어서 활용한다.

$$
개 \begin{cases} 다 \\ 냐 \\ 로구나 \end{cases} \qquad 닭 \begin{cases} 이다 \\ 이냐 \\ 이로구나 \end{cases}
$$

이 체언(임자씨) "개"와 "닭"은 어간(줄기)이 되고, "다", "이다", "냐", "이냐", "로구나", "이로구나"는 각각 어미(씨끝)들이다.

또 <u>이 숭녕</u> 님도 그의 "고등 국어 문법"에서

　(1) 체언, 용언을 가리지 않고, 모든 서술어는 활용한다.

　(2) 체언(임자씨)이 서술어(풀이말)의 자리에 쓰이게 되면, 이에 따라 체언도 활용한다.

　(3) 체언의 활용은 체언의 어미(씨끝)의 모든 부분이 활용하는 것이 아니라, 그 서술격(敍述格)만이 활용하고, 그 밖의 모든 어미는 격변화를 한다.(9)

고 말하였다.

이 두 분의 말본이 토씨 다루기에서 서로 다툼이 있음은 사실이지마는, 임자씨에 우리의 세우는 잡음씨 "이다"가 붙어서, 체언의 활용(體言의 活用)을 함을 풀이하는 점은 한가지며, 따라, "이다"의 "이"는 다만 소리고루는 것으로 봄도 또한 서로 같다.

(첫째) 그러면, "체언이 활용한다"? 이 말세움(立言(입언))이 과연 바른 것일가?

(1) "활용"(끝바꿈)은 서양말 Conjugatino의 옮김이다. Webster의 사전에 기대건대, 끝바꿈(Conjugatino)이란 움직씨가 그 힘(Voice), 법(mood), 때매김, 셈, 가리킴(Person)의 꼴들을 취하는 변화(곧 굽치는 것, Inflecting)를 이른다 하였다. 이에 대하여, Declension(끝바꿈)이란 것은 이름씨, 매김씨(adjective) 따위가 그 자리(Case, 格)에 따라 그 말들이 달라짐 (곧 굽침 Inflection)을 이른다 하였다. 이를 개괄하여 말을 바꿔하면, 인도유우럽 말씨(言語)의 낱말의 꼴의 달라짐(變形)을 일반으로 굽침(Inflection 屈折)이라 하는데, 임자씨 및 매김씨(adjective)의 굽침을 꼴바꿈(declension)이라 하고, 움직씨의 굽침을 끝바꿈(Conjugation)이라 한다는 것이다. 이에 따른다면 끝바꿈(활용)은 곧 움직씨에만 한하여 있는 현상이다. ─그런데, 인유 말씨에서는, 풀이말이 될 수 있는 씨는 오직 움직씨뿐이므로, 끝바꿈이 움직씨에 한한다는 것은 곧 풀이씨에 한하여 있다는 것과 한가지다.

말씨의 얼거리(構造)는 그 말겨레의 다름을 따라 또한 같지 아니한즉, 풀이씨의 끝바꿈(Conjugation)의 꼴은 물론, 그 내용도 또한 같지 아니함이 당연의 현상이라 하겠다. 그러므로 우리말의 끝바꿈의 내용이 아까 영어 사전에서 규정한 내용과 꼭 일치하지 않은 것이 있나니, 곧 우리말의 풀이씨의 끝바꿈에서는 그 셈, 가리킴에 맞따르는(應하는) 것이 없음과 같다. 그러나, 법(mood)과 때매김(tense)을 그 내용으로 하고 있음만은 공통한 것이라 하겠다. (물론 그 사이에서도 다소의 다름이 있음은 면ㅎ지 못함). 그러한데, 보기로

나라의 보배이다. ─보배인 (이적)
나라의 보배이겠다. ─보배일 (올적)

나라의 보배이었다. —보배이던 (지난적)

에서, "보배"란 임자씨가 끝바꿈함으로 말미암아 때매김을 나타내었다고 그는 보는 것이다. —자, 그러면, 도대체 임자씨(체언)가 때매김을 나타내었다는 것이 무엇을 뜻하는 것인가? 이 세계에 임자씨(sutstansive: noun, pronaun, numeral)에 때매김이 있다는 말씨(言語)가 과연 또 어디 있는가? 넓지 못한 이 사람의 본 바에는 그런 말씨는 절대로 없다고 생각된다. 있거든 그 참 보기를 들어서 보여 주기를 바란다.

(2), "체언(體言)"이란 말뜻은 어떠한가? 우리나라 사람들이 흔히 쓰며 있는 "體言(체언)"이니, "用言(용언)"이니, "活用(활용)"이니 하는 말들은 다 일본 말본의 갈말을 그대로 배워 얻은 것이다. 일본말에서는, "用言(용언)"은 곧 "活用言(활용언)"의 준말이니, 活用(활용)하는 말이란 뜻이요, "體言(체언)"은 "用(용)"에 대한 "體(체)"이니, 곧 活用(활용)하지 않는 말이란 뜻이다. 그러므로 "體言(체언)"과 "活用(활용)"은 서로 어긋난 개념(disparate Conscept)이다. 따라, 체언이 활용한다는 것은 자가모순(自家矛盾, self-contradictory의)의 말씨(言語使用)이다. 만약, 이를 인정한다면, 모든 개념이 혼돈의 경계에 헤맴을 면ㅎ지 못한다 할 수밖에 없겠다.

(둘째) 임자씨(體言)에 "이다"를 더하면, 하나의 풀이씨(用言)가 될 수 있을가?

이 희승 님은 "임자씨(體言)로서 풀이말(敍述語)로 쓰일 경우에는, 그 이름씨 혹은 대이름씨 되는 성질을 변하여, 풀이씨(用言)의 성질로 바뀐다. 곧 임자씨가 끝바꿈하기 위하여, 씨끝(語尾)을 가지게 된다"고 (10) 하고, 그 보기로서,

"청년""개"는 임자씨(體言)이요,

"청년이다", "개다"는 풀이씨(用言)이라

고 하였다. 이를 풀어 말하자면,

　　청년은 인생의 꽃이다.

　　개가 집을 지킨다.

에서의 "청년", "개"는 임자씨이지마는,

　　저이가 청년이다.

　　저것이 개다.

에서의 "청년이다", "개다"는 풀이씨이라 한다.

　이제, 우리로서 보선대, 이러한 "청년이다", "개다"가 월의 풀이말(敍述語)이 되는 것은 사실이지마는, 그렇다고 해서, 그것들이 과연 각각 하나의 풀이씨(用言)가 되느냐? 문제의 핵심은 여기에 있다 하겠다.

　위에 든 월은 일자 개념(씨개념, 種概念)의 또리 개념(類概念)을 결정하는 사고 판단의 표현이니, 이런 판단이 명제(월)로 나타날 적에는, 반드시 그 임자개념과 풀이개념과를 잇맺는 말 이른바 맺음(Copula)이 들게 되어 있음은 논리학에서의 통칙임은, 내가 앞에서 이미 풀이한 바이다.

(세째) 비교 언어학적 고찰

　그리고, 이제는 잠깐 논리적 고찰을 떠나서, 비교 언어학적 견지에서, 과연 이러한 풀이말(敍述語)이 하나의 풀이씨(개=줄기, 다=끝, 말=줄기, 이다=끝)로 되어 있는 말씨(言語)가 세계 어느 곳에 있는가를 살펴보기로 하자.

　세계의 말씨를 그 얼거리로 보아,

　　1. 떨어지는 말(Isolating language. 孤立語)

　　2. 덧붙는 말(Agglutinative language. 添加語)

3. 굽치는 말(Inflectional language. 屈曲語)

　　　　또는 제풀말(Autonomic language. 自律語)

의 세 가지로 대별한다.

　첫째, 굽치는 말은 곧 인도유우럽 말겨레이니, 영어, 또이취말, 프랑스말, 로시아말 들이 그 대표적인 것이라 하겠다. 이 굽치는 말은 제 스스로가 말본스런 관계를 나타낸다는 의미에서 특히 제풀말(自律語)의 별명까지 가지고 있는 말이건마는, 보기로

　　　This is a dog. (이것이 개이다)

에서와 같이, 임자개념 "This"와 풀이개념 "dog"과를 맺어 한 판단을 나타내는 월을 이루기 위하여는, 반드시 맺음(Copula)을 소용한다. 곧 "is a dog"이 하나의 풀이씨로 되어 있지 아니하다. "to be something"이 절대로 하나의 씨가 될 수 없는 것이다. 이는 인유말(印歐語)의 가지가지의 말씨에서의 공통의 사실이다.

　이제, 그 가지가지의 인유말의 살피기는 그만두고 고대 말씨에서 근대 말씨로 넘어오는 고개이며, 근세 서양에서 학문 기타 모든 문화 생활에서의 가장 권위 있는 말씨 라띤말(Latin) 하나만 더 살펴보기로 하자.

　라띤말에서의 be에 맞는 낱말은 sum이니, 그 쓰임도 be와 꼭 같다.

　　ㄱ. "있다"로 쓰임:

　　　Amicus est in schola. (ㅉ 90)

　　　동무는 학교에 있다.

　　　Ubi sunt ranae?

　　　개구리는 어디 있느냐?

　　ㄴ. 그림씨의 합하여 쓰임;

　　　Aqua levior est quam terra, gravior quam aer.

물(은) 더가볍다 보다 흙, 더무겁다 보다 공기

(물은 흙보다 더 가볍고 공기보다 더 무겁다)

In silvis copia herbarum est.(숲속에는 풀이 많다) (ㅉ 89)

안에 숲 풀(이) 많다.

ㄷ. "이다"로 쓰임.

Historia est magistra vitae. (역사는 생활의 선생이다). (ㅉ 89).

역사 이다 선생 생활의

Corea est peninsula Asiae. (한국은 아시아의 반도이다) (ㅉ 90)

한국(은) 이다 반도 아시아의

둘째로, 덧붙는 말은 곧 우랄알따이 말겨레이니, 핀란드말, 튈끼에말(土耳其語), 몽고말, 퉁구스말, 및 아마도 배달말, 일본말들이다.

(1) 핀란드말에서 영어 be 움직씨에 맞는 말이 olla인데, 이것의 쓰임이 영어의 be와 꼭 같으며, 그것이 가리킴, 셈, 법, 힘(voice), 때매김 따위를 따라, 그 끝바꿈(conjugation)이 "be"보다 더 복잡하되, 그 쓰임은 꼭 서로 같다. 보기 월.

① Poika on koulussa. (소년이 학교에 있다)

(Boy is school in)

② Poika on pieni. (소년이 작다)

(Boy is small)

③ Varpunen on lintu. (참새는 새이다)

(Sparrow is bird)

에서, ③의 맺음(copula) "on"이 그 풀이개념 "lintu"와 독립한 씨로 되어 있음 (12)을 보겠다.

다시 말하면, 핀란드말에서는 임자씨의 자리바꿈 (declension of cases, 格變化)을 15 또는 16 내지 17가지(13)나 하지마는, "○○이다"

를 한 낱말로 잡아 자리바꿈 곧 풀이자리(predicative case)로 보지 아니하였다.

더 훨씬 양보하여 생각한다면, "○○이다"가 풀이말임은 틀림없는 것인즉, "이다"가 임자씨 "○○"의 자리(格)를 보이는 것 곧 풀이자리를 나타내는 것이라 할 수는 있을 것이다. 이러한 방법을 취하는 이 숭녕 님에 있어서는, "이다"는 다른 모든 토씨로 더불어 함께 독립의 낱말의 감독(자격)을 잃어버리고, 다만 한가지로 임자씨의 "어미"(씨끝)를 자리씨끝(格語尾)이 되어 있다. 그러면, 다같은 자리씨끝으로서 그 바꿈, 더 가늘게는 굽침(Inflection)이 저렇듯 현저한 차이를 나타내어, 하나 (모든 토씨)는 고정하여 움직이지 않고, 다른 하나("이다")는 저렇듯 복잡한 변화―다른 풀이씨와 꼭 같은 끝바꿈을 일으키는 것을 설명할 원리를 찾아낼 수 없을 것이 아닌가? 고 생각된다.

(2) 오늘의 튈끼예말(土耳其語)에서는 배달말 "이다", 영어의 "be"에 맞는 말이 "dir"이니, 이것이 소리고룸의 법칙에 따라,

dir, dır, dür, dur;

tir, tır, tür, tur.

로 변하며, 또 가리킴 (人稱), 셈, 틀을 따라,

im, iz, sin, sinis,

dir, dir, (ler, lar)……

들의 여러 가지로 달라진다. 그런데, 그 쓰임은 영어의 be처럼, 핀란드말의 olla처럼 세 가지 경우가 있다. (14) 보기 월;

① Istanbul   nerededir?
            | | |

이스딴불 어데에 있는가?

Türkiyededir. (土耳其(토이기)에 있다.)

튈끼에 에 있다.

② Ne kurmızıdir? (무엇이 붉으냐?)

(What red is)

Abajur kurmızıdir. (람쁘 그림자가 붉다)

(lampshade red is)

③ Bu nedir? (이것이 무엇이냐?)

(This what is?)

Bu bir gazetedir? (이것이 한 신문이다)

(This one newspaper is)

④ Su bir kitap midir. (저것이 한 책이냐?)

(That one book? is)

Hayir, kitap değildir (아니, 책 아니다)

(No, book not is)

에서, "dir"(be)이 ① "있다", ② 매김씨+dir = 어떠하다(be+adjective), ③"이다"의 세 가지 구실을 하는데, 그것(dir)이, 우리글에서와 같이, 여김월(肯定文)에서는 임자씨에 붙여 쓰이지마는, 물음월(疑問文)에서는 물음대이름씨 "ne"와 또는 물음작씨(疑問小辭) "mi"와 합하여 쓰이고, 또 지움월(否定文)에서는 지움작씨(否定小辭) "değil"과 합하여 쓰임을 보겠다. 그러나, 홀로이름씨는 가짐표(apostrophe)로써 "dir"움직씨와 가르기도 한다. 보기월.

Ben Izzet'im. (내가 Izzet이다)

(I Izzet am)

Sen Ahmet'sin. (네가 Ahmet이다)

(You Ahmet are)

O Mehmet'tir. (그가 Mehmet이다)

（He Mehmet is）

에서와 같다. 한 낱말이냐 아니냐의 문제는 그것을 붙이고 띄는 맞춤법에 따라 결정될 것이 아니다. 예스뻴센이 이른 바와 같이, 맞춤법에서의 붙이고 띔은 다만 그 말무리(言衆)의 버릇과 편의와 전통에 매인 것이기 때문에, 더구나 소리고룸의 법칙의 영향이 지배적인 튈끼예말 적기(土耳其語 記寫)(거기서는 한가지 홀소리로 조화되는 말떼를 한 낱말처럼 다루고 있다)에서의 그 붙이고 띔은 더구나 편의적의 것임을 알겠다. 개괄적으로 말하면 튈끼예말의 “dir”이 영어에서의 “be”와 똑같은 뜻(“있다”와 “이다”)과 노릇 (풀이힘을 가지고서 풀이말됨)을 하는 독자적인 존재임이 확실하다 하겠다.

(3) 몽고말(蒙古語)(현대말)에서는(15) 영어의 “be”에 맞는 말이 “baina”[bai(줄기)+na(씨끝)]이다. baina의 쓰임은 꼭 be의 그것과 같다.

(ㄱ) 바탕 움직씨로서 일 몬의 있음을 나타내는 일;

Malagai ende baina (모자가 여기에 있다). (137 쯔)

모자　여기 있다.

Manju-du Naran čeregüt baina. (30 쯔)

만주　에 日本(일본) 군인(들)이 있다.

Cima da axa du-ner bainu? (쯔 33)

너 에게 형 아우(들) 있느냐?

Gurban axa bolôt nigen dü baina. (쯔 33)

세　　형 과　한　아우(가) 있다.

(ㄴ) 그림씨와 합하여 월의 풀이말이 되는 일;

Ene čiöik saixan baina. (29 쯔)

이 꽃(이) 아름답게 있다(아름답다).

ûla ündür baina. (137 쯔)

산(이) 높게 있다(높다).

(ㄷ) 어떤 것의 종개념을 풀이하는 일. 곧잡음씨 "이다"에 맞는 일;

Tere bül sain Xün <u>baina</u>. (29 ㅉ)

그 는 좋은 사람 이다

Xalxa Mongol bolabala tusagar ulus <u>baina</u>. (43 ㅉ)

칼카 몽고   는   독립 국 이다.

(ㄹ) 도움움직씨로서 움직임의 이적이음의 때매김을 나타내는 일;

Bi mongol biöik üjiji <u>baina</u>. (ㅉ 29, 137)

나 몽고   책 보고 있다.

Xûr tataji <u>baina</u>. (ㅉ 137)

검은고(를) 타고 있다.

잡음씨로서의 baina 대신에 mün 또는 müne 라는 말을 쓰기도 한
다. 보기;

Bir müne. (붓이다)

Jere müne. (저이이다)

다음에, 고전 몽고말(Classical Mongolian) (16)
에서는 be에 맞는 말이 buyu, bui이다.

(ㄱ) buyu가 "있다"로 쓰인 보기;

yeke aɣula <u>bülüge</u>.   ICM P20

큰   산이 있었다.

tere qaɣan u ɣurban köbeglin bülüge. −ICM P 21

그 임금 의 세 아들(이) 있었다.

(ㄴ) buyu가 "있다"로 쓰힌 보기;

Tegün ü köbegün tegüs ujeskülengtu qaɣan buyu. −A. T. p1

−M.C. p35 line 11−12

그 의 아들(은) 완전하고 훌륭한   임금   이다.

Köbegün ü eke ber qatun bülüge. −ICM p21.

아들   의 어머니 는 왕후 이었다.

čin-u kereg yaγun bülüge. −GWM p157.

너의 것(은) 무엇 이었느냐?

(ㄱ) bui가 "있다"로 쓰인 보기;

nigen baγa noqai na−dur bui.

한   작은   개(가) 나에게 있다.

bars bui bars üge i. −ICM p52.

범(이) 있다. 범(이) 없다.

(ㄴ) bui가 "이다"로 쓰인 보기:

ene ken bui.

이 누구 이냐?

nigen köbegün xulaγayiči bülüge. −W.I.C P12, line2.

한   아들(이)   도적   이었다.

(4) 만주말(滿洲語)에서는 영어 be에 맞는 말이 "비"이니, "비"도 be
와 같이 "있다"와 "이다"의 두 가지 쓰임이 있으며, 그 끝바꿈은(17).

비⋯⋯⋯ 있다, 이다.	비키니 ⋯ 있을 것이다, 있으어 있으라.
비치 ⋯⋯ 있으면, 이면.	빔비 ⋯⋯ 있다.
비치비 ⋯ 일지라도.	범비머 ⋯ 있어서.
비더러 ⋯ 이겠다.	비머 ⋯⋯ 있어, 이며, 인데.
비허 ⋯⋯ 이었다, 있었다.	비오 ⋯⋯ 있느냐, 이냐.
비허비 ⋯ 이었었다, 있어왔다.	비시러 ⋯ 있는데의, 있는.

| 비시러아쿠⋯있는데 없는 | 비수 ⋯ 있어라. |
| 비시러렁거⋯무릇 있는 것. | ⋯⋯⋯⋯⋯⋯⋯⋯⋯⋯⋯(|

들이 있다. 이제 "비"의 쓰인 보기를 "三譯總解(삼역총해)"에서 살피
건대, (18)

(ㄱ) "있다"의 뜻으로 쓰인 것:

비 돈지치 신더 어무 살간 쥐 비. (三譯(삼역), 第一(제일), 三(삼)의 一(일))

[내 들으니 네게 한 딸 자식(이)있으니]

니너허 기순 버 애푸하 도로 비오.(三譯(삼역) 第二(제이), 十二(십이)
의 一(일))

[전(前) 말 을 져바릴 리(理) 있으리오]

황개 헌두머 얄간이 어러 구닌 비캐(三譯(삼역) 제오(第五), 이십오
(二十五)의 일(一))

[黃盖(황개) 이로되 분명히 이 생각(이) 있노라]

(ㄴ) "이다"의 뜻으로 쓰인 것:

앞에 든 滿和辭典(만화사전)에는 "비"의 뜻매김을 분명히 "있다"와
"이다"의 두 가지로 하여 있건마는, 내가 찾고 있는 책 "八歲兒(팔세
아)", "小兒論(소아론)", "三譯總解(삼역총해)"에서는 이 "이다"의 "비"
는 거의 다 생략되어 있다, 이를테면,

子(자) 시 애나하 날마 ( ) 간　　　쟈부더 비 쟝간 ( )

[공(은) 네 어떤 사람(이냐?) 幹(간)(이) 대답호되 내 蔣幹(장간)(이다)]

(三譯(삼역) 第七(제칠) 十(십)의 一(일)

삭다 날마 아라머 미 하라 후( ) 거부화 ( )⋯⋯⋯⋯⋯

[늙은 사람(이) 아뢰되 내 성(은) 胡(호) 이름(은)華(화)(1 라)]

(三譯(삼역) 第二(제이), 二十二(이십이)의 二(이))

에서와 같다. 간혹 "이다"의 자리에 "캐"를 쓴 데가 있으니,

효슌 아쿵거 캐　一(일)(三譯(삼역) 第十(제십), 十四(십사)의 一(일))

[효도 아닌 것 이라]

팡퉁 헌두머 우넝기 얼더뭉거 쟝줜 캐　一(일)(三譯(삼역) 第七(제
칠), 十三(십삼)의 二(이))

[龐統(방통)(이)이로되 진실로 재조읫 쟝쉬로다]

에서와 같다. 그러나, "이"캐는 滿和辭典(만화사전)에 "語尾(어미)에
붙어서 동작의 끝났음이 확실함을 나타내는 말"(業己完口氣)이라
하여, "하였다, 한 것이라, 확실히하였다, 하였다요"로 옮기었으니,
"캐"가 곧 "이다"에 맞는 것이라 하기 어려우며, 또 그것이 다른 움직
씨에 붙어 쓰이기로 함을 본다. 그리고, 三譯總解(삼역총해)에서 다
만 "이다"로 쓰인 "비"를 한 군데 찾았으니, 곧

샨승 니 어러 샌 보도혼 아쿠 비치　一(일)(三譯(삼역) 第七(제칠),
十九(십구)의 二(이), 400)

[선생 의 이 좋은 헤아림(謀) 아니 이면]

이다 하여튼 만주말의 "비"도 "있다"와 "이다"의 두 가지로 쓰이는
것만은 확인할 수 있다고 생각한다.

　마침, 묄렌돌프의 만주 말본에서 "비"의 "있다", "이다"의 보기를
찾았다;(91)

Gisun bici uttai gisure.

말　있으면 즉 말하라.

(If there are words, then say = Pray say what you have got to say)

Mungga ede aibi. 어려운 것이 무엇이냐?

〈difficult so what is

〈What is your difficult?〉

곧 앞의 "비치"는 "있으면"이요, 뒤의 "애비"는 "무엇이냐"이다.

(5) 일본말에서는 "be"에 맞는 말이, 배달말에서와 같이 "アリ"(있다)와 "ナリ"(〈ニアリ), デス(〈デアリマス), タ(〈デアル)(이다)와의 두 가지로 분화되어, "ナリ", "デス", "タ"가 다 각각 독립한 씨(助動詞(조동사))로서, 임자씨 아래서, 일몬을 지정하거나 풀이하는 데에 쓰이고 있다. 보기월

(ㄱ) コレハ 本<u>ナリ</u>. (이것은 책이다)

本<u>ナラン</u>, 本<u>ナラバ</u>, 本<u>ナルカ</u>.

(ㄴ) アレハ 虎<u>デス</u>, (저것은 범이다)

虎<u>デセウ</u>. 虎<u>デシタ</u>

(ㄷ) 君ハ馬鹿<u>タ</u>. (그대는 바보이다)

馬鹿<u>ダラウ</u>. 馬鹿<u>ダッタ</u>.

에서와 같이. "ナリ, "デス"의 줄기 "ナ", "デ"는 가만 있고, 그 씨끝 "リ", "ス"만이 여러 모양으로 끝바꿈을 함을 보겠다. 다만 "タ"만은 그 성립과 및 끝바꿈이 특수하여, 규칙스런 끝바꿈은 없으나, 역시 끝바꿈을 하는 것임은 분명하다.

이상에서 본 바에 기대건대, 배달말 "이다"에 맞는 말이, 우랄알따이 말겨레 (그것은 배달말과 가장 가까운 관계에 있어, 아마도 틀림없이, 배달말이 그 것의 한 갈래일 것임) 에서, 핀란드의 "olla", 튈끼예의 "dir", 몽고의 "baina"(現代語), "buyu, bui"(古典), 만주의 "비", 일본의 "ナリ"로서, 각각 독자적 존재성을 가지고 있어, 결코 그 앞의 임자씨와 합하여 낱말을 이루는 것, 더구나, 그래서 단순한 한 씨끝임에 그치는 것이 없음을 알겠다.

그뿐아니라. 이러한 낱말들이 모두 각각 바탕풀이씨로서의 "있다"와 꼴풀이씨로서의 "이다"와를 겸하여 있음은 우리가 앞에서 이미 본 바이다. 일본말의 "ナリ"는 치우 "이다"의 구실을 하지마는, 때로는 그 말밑대로 "ニアリ" (에 있다)의 뜻으로 쓰이기도 한다. 보기로,

　　京都, 附近ナリ 瑟琶湖.

　　(京都 부근에 있는 瑟琶湖)

에서와 같다. 또 일본말에 "アル" 로써 우리말의 "이다"의 구실을 하는 경우도 있으니,

　　幅ガ三尺アル. (폭이 석 자이다.)

와 같다. (일본 목수에게 배운 우리나라 목수들이 흔히 "폭이 석 자 있다 무게가 다섯 관 있다"고 말함을 흔히 듣는다.)

　　다시 한 걸음 나아가아 생각하건대, 인유말에서나 우랄알따이말에서나 모든 말씨들이 한가지로 바탕풀이씨로서의 "있다"와 꼴풀이씨로서의 "이다"와가 한가지 낱말로 되어 있는데, 유독 우리의 배달말만이 "있다"와 "이다"와의 두 가지로 갈라져 (分化되어) 있다. 이에 우리의 "이다"의 말밑을 한 번 캐어볼 필요가 있는 것이라고 생각된다. 나는 아직 그런 연구는 미처 하지 못 하였으므로, 여기서 무어라고 단정하기는 어렵지마는, 혹시나 "이다"가 "있다"의 준말이 아닌가 싶다. 바탕있는 "있다"에서 바탕없는 "이다"가 갈라져 나왔다 함은 꽤 흥미있는 힌트 라 할 만하다.

　　끝으로, 떨어지는 말(孤立語)은 곧 중국말을 가리키는 것이니, 중국말은 원래 홑낱내말로서 말본스런 모든 관계는 그 낱말과 낱말과의 자리잡기에 따라 나타내는 것이므로, 다른 말씨에서와 같이 잡음씨의 소용됨이 적다 할 만하다. (설령 있다 하더라도, 홑낱내 말이기 때문에, 그를 줄기와 씨끝과를 가를 수 없음.) 그러나, 이에 맞는 말이 아

주 없지 아니하니, "也"가 그것이다. 보기월:

仁者人也(인자인야). 親親爲大義者宜也(친친위대의자의야). 尊賢爲
大(존현위대). (中庸(중용))

晋之乘楚之檮杌魯之春秋一也(진지승초지도올노지춘추일야). (孟子
(맹자))

大人者不失其赤子之心者也(대인자불실기적자지심자야). (孟子(맹자))

에서의 "也"와 같다. 일본에서는 이 "也"를 "ナリ"로 옮긴다. 중국의
말본에서는 이를 역시 토씨 (助辭)로 다루어 "決定詞(결정사)"라 이름
하고 있다.

맺음:—이상으로써, 나는 세계 말씨의 대표적인 것을 가지고, 우
리말 "이다"에 맞는 말이 어떻게 되어 있으며, 또 어떻게 다루어지고
있나를 대강 살펴보았다. 사람의 말씨란 극히 복잡다양의 것이며,
이상으로써 그 낱낱을 빠짐없이 다하였다 하기는 물론 어렵겠지마
는, 대체로 전 세계 문명 겨레의 말씨에서의 이 방면의 형편을 살폈
다고 할 수 있으리라고 믿는다. 이 비교 언어학적 고찰의 결과는, 우
리의 "이다"에 맞는 말 (영어의 be 같은 것들)이 임자씨와 합하여 하나
의 낱말을 이루는 실례는 하나도 없다는 것이 밝아졌다. 다시 말하
면, "(이)다"가 임자씨와 합하여 하나의 낱말을 이룬다고 보는 것은
극히 비논리적인 우악스런 (暴力的) 처리일 뿐아니라, 또 세계 말씨의
비교적 고찰의 사실과도 어울리지 않는 일이라 할 수 밖에 없다.

이제, 이러한 비교 언어학적 고찰을 하고 나서, 우리말의 "이다"를
살펴보면, 과연 어떻게 다룸이 바를가가 환해진다고 믿는다, 곧

다른 말씨에서와 같이, 우리의 말본에서도, "이다"는 마땅히 독자
적 존재인 풀이씨의 한 가지로 다룰 것이요, 결코 다른 임자씨에 붙
어서 한 낱말을 이루는 씨끝이라 할 수는 없다고 본다.

핀란드의 알따이 언어학자, 이숭녕님이 "世界(세계) 最高(최고) 水準(수준)의 學者(학자)"라는 G. I. Ramstedt는 (20) 배달말의 움직씨를 행동·움직씨와 성질 움직씨와의 두 가지로 가르어, 우리의 그림씨와 잡음씨를 뒷것으로 잡았다. 그의 큰 보기월:(한글 번짐은 내가 함)

Patčhi phuṇida. (밭이 푸르다)

horaṇi ga musẹpta (호랑이가 무섭다.)

kịga mar ida. (그가 말이다)

iga namu-da. (〈namu ida) (이가 나무다〈나무이다.)

여기에서, 그가 "이다"를 독립적 존재로 인정하였음과 "다"가 "이다"의 준 것임을 명확히 인정하고 있음을 보겠다.

비단, 람스텔 님 뿐 아니라, 그 이전에 배달말의 말본을 지은 동서양 외국인들이 "이다"를 임자씨의 씨끝 (termination, 語尾)으로 보아 다룬 이는 한 이도 없었다. 이 님이 전하는 바와 같이. "이다"를 풀이자리 씨끝으로 잡는 학자가 새로 생겨났다고 하더라도 이 말씨사실을 만만히 비틀지는 못할 것이라고 본다.

(네째) 우리말 안에서의 고찰

여태까지, 나는 임자씨에 "이다"를 더하여, 하나의 풀이씨로 만든 실례가 세계 말씨 가운데 찾지 못함을 그 말씨 사실로써 증명하였다. 이제는 우리말 자체 안에서 그러한 것이 가능할 것인가를 살피기로 하겠다.

(1) 임자씨 + x = 풀이씨

임자씨에 뒷가지를 더하여 풀이씨로 된 것에는 여러 가지가 있는데, 그 중에도

○○+스럽다 = 그림씨: 사랑스럽다.

○○+하다 = 그림씨: 명백하다.

○○+하다 = 움직씨: 가을하다.

위 꼴(型)이 가장 대표스런 것이겠다. 그러나, 이런 따위는 나 한가지로 임자씨 그것이 그 된 풀이씨의 줄기가 되지 못하고 다만 씨뿌리로서 그 풀이씨의 줄기의 일부분을 이룰 따름이다. 그러므로, 이 따위의 씨몸바꿈은 여기에서는 문제가 되지 아니한다. 여기에서 문제인 "○○+이다=풀이씨"의 임자씨는 그대로 곧 줄기가 되고 거기 덧붙은 "이다"는 그대로 곧 씨끝이 된다는것이다, 그러면, 과연 그러한 것이 우리말의 실제에 있을가?

　(2) "임자씨+다=풀이씨"는 있으나 "임자씨+이다=풀이씨"는 없다

　　배달말에서는 "임자씨+이다=풀이씨"는 없고 다만 "임자씨+다=움직씨"가 있을 뿐이니, 그 임자씨의 끝소리가 닿소리이건 홀소리이건 언제나 "-다"이요, 결코 소리고루는 "이"가 소용되지 아니한다. 이를테면,

　　빗=梳(소). 빗+다=빗다 (ㅜ) 梳髮(소발)

　　누비=斜縫(봉)의 一種(일종). 누비+다=누비다, (ㅜ)

　　신=履(리). 신+다=신다 (ㅜ) 履之(리지)

　　가물=旱(한). 가물+다=가물다 (ㅜ) 旱(한)

　　띠=帶(대). 띠+다=띠다 (ㅜ) 帶之(대지)

　　생각=思(사). 생각+다=생각다 (ㅜ) 思之(사지)

　　돌=週年(주년). 돌+다=돌다 (ㅜ) 廻(회)

들은 다 이름씨가 곧 줄기가 되고, 거기에 붙은 뒷가지 "다"는 곧 씨끝이 되어 끝바꿈법에 따라 풀이씨의 끝바꿈을 한다.

　<u>인유말</u> 보기로 영어에서는, 이름씨가 그대로 곧 움직씨로 몸바꿈하는 것이 많다. 이를테면 다음과 같다.

　　back (ㅣ) 등, 뒤 - (ㅜ) 뒤로 물러가다.

face (ㅣ) 얼굴 — (ㅜ) 얼굴을 맞대다. 면하다.

eye (ㅣ) 눈 — (ㅜ) 보다. 노려보다.

mind (ㅣ) 기억, 생각, 마음 — (ㅜ) 기억하게 하다, 주의하다.

rain (ㅣ) 비 — (ㅜ) 비오다.

snow (ㅣ) 눈 — (ㅜ) 눈오다.

house (ㅣ) 집 — (ㅜ) 유숙하다, 살다(居).

horse (ㅣ) 말, 목마, 기병 — (ㅜ) 말타다, (말을)타다.

우리말에서거나 영어에서거나 마찬가지로, 이름씨가 그대로 움직씨 엄밀히는 움직씨줄기) 노릇을 하는 말들은, 다 그 이름씨가 나타내는 일몬의 구실을 하는 (또는 사용하는) 뜻을 나타냄이 일반적 원칙이요, 결코 그 이름씨의 개념을 가리켜잡아 다른 개념(곧 임자개념)의 또리개념(類槪念)을 삼는 일 (보기 = 빗이다. 신이다. 집이다. ……)을 하는 것은 아니다. —바꿔 말하면, 어떤 개념을 가리켜잡는 뜻으로 된 말 (개념 + Copula : 빗이다. 집이다. ……)이 절대로 하나의 풀이씨로 되는 일은 없는 것이다.

요컨대, "빗"이다"(梳也)와 "빗다(梳之)", "신이다(履也)"와 "신다(履之)"와는 그 짜힘이 서로 판이하여, 도저히 한 가지로 하나의 풀이씨가 될 수 없는 것이다. "빗다", "신다"는 하나의 풀이씨이지마는, "빗이다", "신이다"는 각각 두 낱말로 된것이다. 이 두 가지를 같은 것으로 비론 (比論)하는 것은 너무도 우악스런 억지이다.

(3) "먹다", "○○+이다"의 풀이힘의 소재

이 숭녕 님은 "이다"의 "이"가 어간이고 의미부(뜻조각)이라면, 여기 지정사의 뜻이 있어야 할 것인데, 그 구실은 "다"에 있지, "이"에 있는 것은 아니다. ("먹다"의 "다"가 서술어의 구실을 하는 것임을 알아야 한다)고 하였다. 이를 바꿔 말하면, 이 말은, "먹다"의 "다"가 풀이말의 구실을 하는 것처럼, "이다"의 "다"가 풀이말의 구실을 하는 것이다. 따라, "먹다"의 "다"가 씨끝인 것처럼, "집이다, 개다"의 "이다, 다"는 단순한 씨끝에 불과한 것이다. 함이 된다. 여기에 문제는

1, "먹다"가 풀이말이 됨은 그 구실하는 힘이 과연 "다"에 있는 것일가?

2, "집이다", "개다(犬也)"의 풀이말 구실을 하는 힘이 다만 "다"에 있을 뿐이요, "이"에는 아무러한 뜻도 구실도 없는 것일가?

3, 만약, "개다"의 "다"가 "먹다"의 "다"와 꼭 같은 것이라면 "빗이다"와 "빗디", "신이다"와 "신다"가 꼭 같은 것이 되어야 하셌는데, 과연 그러할가?

이에 대한 나의 견해는 다음과 같다.

첫째, "먹다"가 풀이말의 구실을 함은 그 힘이 "먹다" 전체에 있다. 만약, 줄기 "먹"과 끝 "다"와를 구분하여, 그 구실의 소재를 가리킨다면, 그 구실의 중심은 "넉"에 있고, "-다"에 있지 아니하다. 보기로,

아이가 밥을 <u>먹다</u>.

아이가 밥을 <u>먹어</u>.

아이가 밥을 <u>먹으면</u>.

아이가 밥을 <u>먹고</u>.

에서, 씨끝은 "-다, 어, 으면, 고, ……"로 변하겠지마는, 부림말 "밥을" 지배하여, 임자말 "아이가"에 대한 풀이말 됨에는 아무런 변함이 없음은 그 힘이 치우(主로) "먹다"의 "먹"에 있는 때문이다. 만약 그 "먹"을 "듣(聞)"으로 바꾼다면, "듣다, 듣고, 듣으면……"은 "밥을" 지배하여 그 월의 풀이말 노릇을 못할 것이다, 부림말 "밥을"을 지배하는 힘이 "먹다"의 "먹"에 있음과 같이 "아이가"에 대한 풀이말 되는 구실도 그 중심은 "먹다"의 "먹"에 있는 것이다. 그리고, 씨끝 "-

다, -고, -으면, ……"은 다만 그 월의 성격(베풂, 물음, 마침, 이음, 가정, 사실……)을 나타내는 것이다. 영어의

If you read this book, I will…….

네가 이 책을 읽으면, 내가…….

에서, 임자말 "네가"에 대한 "서술어의 구실"이 읽으면"의 "으면"에 있다면, 영어 If you read this book, 의 "서술어의 구실"은 "If"에 있다 하여야 할 것인가? 물론 "If"는 이음씨이요, "-으면"은 씨끝이며, 그 자격이 서로 같지 아니하지마는, 두 가지가 다 어떠한 베풂(敍述)의 가정 또는 조건을 나타냄은 한가지다. 다시 말하면, "-으면"은 풀이의 조건을 나타냄에 그 구실이 있고, 그것이 풀이 그것을 나타내는 데에 구실이 있는 것은 아니다. 만약, 씨끝이 풀이말의 구실을 하는 것이라면, 영어에서

ㄱ. Boys played.

ㄴ. Boys play.

에서, ㄱ에서 씨끝 "-ed"가 풀이말 구실을 한 것이 되겠지마는, ㄴ에서는 씨끝이 없은즉, 무엇이 그 구실을 할 것이라 하겠는가? 물론, 영어와 배달말과는 그 조직이 딴판인즉, 그것으로써 이것을 규율할 것은 못 된다 하겠지마는 "줄기"와 "씨끝"의 개념에 있어서는 별 차이가 없는 것으로, 씨끝은 다만 그 풀이말의 조건, 때매김 감목(資格) 태도………따위 부수적 상대를 규정하는 것임은 일반인 것이다.

둘째 문제에 관하여는 어떠한가?

이 님은 "먹다"의 "서술어 구실"이 "다"에 있는 것 처럼, "집이다", "개다"의 "서술어 구실"이 "다"에 있다고 하였다. 나로서 추찰하게 한다면, 이는 차라리 거꾸로 "개다"의 "다"가 풀이말됨의 구실을 하는 것처럼, "먹다"의 "다"가 역시 풀이말 됨의 구실을 하는 것이라고 본

것이라 하겠다. 왜냐하면 "먹다"의 "다"가 풀이하는 구실을 하는 것이 아님은 앞에 말한 바와 같은데, "개다"의 "다"가 풀이말의 구실을 함은 정확한 사실이기 때문이다. 그러나, "개다"의 "다"가 풀이말의 구실을 함은, 그것이 "개"의 씨끝이기 때문이 아니요, "이다"의 준말이기 때문이다. 그리고, "이다"의 짜임은 "이"가 줄기, "다"가 씨끝임은 앞에 말한 바인즉, 그 각각의 구실도 또한 이미 밝힌 바와 같다.

세째 문제에 관하여는 "빗이다"와 "빗다", "신이다"와 "신다"가 각각 서로 같지 아니함과 같이, "개(이)다"의 "다"와 "먹다"의 "다"가 서로 같지 아니함도 절로 환한 일이다.

⑷, "○○+이다=풀이씨"의 형태적 파탄

이와 같이, "개(이)다, 집이다"가 "먹다"와는 아주 다른 조직의 말이어늘, 이를 우악스럽게 억지로 하나의 풀이씨로 잡아 다루는 것은, 일찍 이 인모님이 지적한 바와 (22) 같이, 아물굴수없는 파탄 (破綻)을 불러 일으키게 된다. 이를테면.

㈀ 어느 때 <u>부터</u> 인지 몰라요.

에서는, 줄기(때)와 씨끝(인지)와의 사이에 토씨(부터)가 끼어 들었으며:

㈁ 마음을 정리하고 생각을 돌려 볼 심사 <u>에서 였 다</u>.

에서는, 줄기(심사)와 씨끝(다)과의 사이에 토씨(에서)가 들어가고, 토씨와 씨끝과의 사이에 도움줄기(였)가 끼어들어, 도움줄기가 토씨의 다음에 붙었으며:

㈂ 자리에 누운 것은 두 시가 <u>지나 서 였다</u>.

에서는, 줄기(지나)의 다음에 씨끝이 붙고, 거기에 또 다시 도움줄기(였)가 오고, 끝으로 또 씨끝이 오게 되었다. ―이렇듯 무질서, 비합리스런 현상을 무엇으로 설명할 수가 있을가?

이러한 보기월에 대한 합리스런 설명은 "이다"를 잡음씨로 하여

독자적 존재를 인정하고서의 길 밖에는 없을 것이다. 이러한 선자리에서, 위의 보기월의 형태를 풀이하건대:

　(ㄱ) 어느 때부터 인지 몰라요.

에서, 토씨 "부터"는 이름씨 "때" 아래에 붙고, 잡음씨 "인지"는 "때부터"를 임시적으로 하나의 임자씨같이 보고서 그 아래에 쓰히어서 잡음씨 본래의 구실(곧 맺음노릇, Copulative Function)을 하였으며;

　(ㄴ) 마음을 정리하고 생각을 들어 볼 심사에서 였다.

에서도, 마찬가지로, 토씨 "에서"가 임자씨 "심사"아래에 붙고, 그 붙은 전체(심사에서)를 하나의 임자씨 같이 보고서 거기에 잡음씨 "였다"(이었다)가 쓰이었으며;

　(ㄷ) 자리에 누운 것은 두 시가 지나서 였다.

에서는, 움직씨 "지나서" (줄기+끝)를 하나의 임자씨같이 보고서 그 아래에 잡음씨 "였다"(이었다)가 쓰이었다. ―이렇게 풀이하면, 거기에 아무런 불합리와 어긋남이 없이, 순당하게 우리말 잇맺음(連結)의 몰골(形態)이 설명되는 것임을 확인할 수 있다.

　나는 앞에서, "이다"의 "이"를 단순한 소리고루는 요소로만 보아 버리는 일이 성립되지 못함을 밝혔거니와, 여기에 이르러서는, "이다", "다"를 단순한 씨끝으로 다루는 일이 마찬가지로 성립되지 못함을 밝혔다고 생각한다. 이리하여, 잡음씨의 문제는 무던히 해명되었다고 스스로 생각하는 바이다. (4289. 8. 15)

[발잡이](Foot note, 足註(족주); 脚註(각주))

(1) 이희승: 국어학 개설, ㅉ390

(2) 月刊(월간) 國學(국학) 第四號(제사호) 24-32

(3) 이 희승: 앞에 든 책 ㅉ 3□□

(4) 〃   ㅉ

(5) 이 숭녕: 고등 국어 문법 ㅉ 186-187

(6) 한 책

(7) 한 책 ㅉ 77, 79

(8) 이 희승: 앞에 든 책 ㅉ 58

(9) 이 숭녕: 앞에 든 책 ㅉ 118

(10) 이 희승: 앞에 든 책

(11) 趙仁元 : Grammatica Languae Latinae.

(12) 尾崎義: フィンランド語四週間 ㅉ 57. 278. 388

(13) 한 책 ㅉ 380

　　　泉井久之助: 言語ノ構造 ㅉ84-86

(14) Izzet H mit Ün Jurkish of today.

　　　(Istanbul 1854) W 7. 8

(15) 山村良一 著(저) 蒙古語四週間 ㅉ29. 137

　　　竹内幾之助

(16) (ㄱ) Altan ToPči, (A.T.) (A Brief History of the Mongols)

Harvard yenching Institute. 1952. P3 line 4

　(ㄴ) Kaare Grønbech and John R. Krueger:

An Introduction to classical (literary).

Mongolian(I C M)

　　　The Central Asian Institute.

　　　University of Copenhagen.

　　　Printed in Germany. 1954

　(ㄷ) Nicholas Poppe

Grammar of written Mongolian. (G W M

Far East and Russian institute.

University of washington, Seattle.

Printed in Germany 1954.

(ㄹ) W. Irving Crowley. Introduction to literary Mongolian grammar

(W. I. C)

(17) 羽田 亨編 滿和辭典 "B"목 전부에서 뽑아 모음.

(18) 三譯總解(삼역총해) 延禧大學校(연희대학교) 東方學硏究所(동방학연구소) 刊行(간행) 國故叢刊(국고총간) 第九(제구), "八歲兒(팔세아), 小兒論(소아론), 三譯總解(삼역총해), 同文類解(동문류해)"

(19) P. G. Möllendorff: A Manchu Grammar

(Shanhai 1892) P. 17.

(20) 揚振常 : 國文文典 上海 ㅉ 178

(21) G. I. Ramstedt: A Korean Grammar.

(Helsingki 1937) W 80. 81

(22) 이 숭녕: 앞에 든 책 ㅉ 118

(23) 이 인모: 앞에 든 글(月刊(월간) 國學(국학) 第四號(제사호) 24-32. 49)

이 글의 원고 가운데서 독특한 맞춤법 따위 몇 가지를 한글 맞춤법 통일안의 규정과 큰 사전에 따라 같게 고치었습니다. 가령, "쓰히다"를 "쓰이다"로, "맞훔법"을 "맞춤법"으로, "두째"를 "둘째"로 고친 것과 같은 따위입니다. 삼가 필자에게 용서를 빕니다. (편집 위원)

-〈한글〉120호(1957)-

朝鮮語辭典(조선어사전)에서의
語彙排列(어휘배열)의 順序問題(순서문제)

朝鮮語辭典(조선어사전)에서 그 낱낱의 말을 어떠한 順序(순서)로 排列(배열)할 것인가? 이것은 年來(연래)로 우리의 關心(관심)을 끌어오던 問題(문제)이었지마는, 이제 朝鮮語學會(조선어학회)에서 엮는 중에 있는 朝鮮語辭典(조선어사전)이 차차 完成(완성)의 지경으로 가까와가는 이 때에 있어서는 더욱 切實(절실)히 그 解決(해결)을 要(요)하는 問題(문제)이다. 나는 이에 나의 愚見(우견)을 陳(진)하야 社會大方(사회대방)의 硏究(연구) 叱正(질정)을 기다리고저 한다.

이 問題(문제)는 크게 보면 대략 두 가지의 方式(방식)으로 나누인다. 하나는 한글 二十(이십) 四字(사자)의 字母分解式(자모분해식)에 依(의)하는 것이요, 또 하나는 從來(종래)의 「本文(본문)」(反切(반절)) 順序(순서)에 依(의)한 音節式(음절식)으로 하는 것이다. 이제 이 問題(문제)의 硏究考察(연구고찰)을 쉽게 하기 爲(위)하야 먼저 音節式(음절식) 排列(배열)부터 말하기로 한다. (이밖에 語源式(어원식) 排列(배열)과 純音式(순음식) 排列(배열)의 問題(문제)도 있으나, 이는 거의 討論(토론)할 必要(필요)도 없을 만큼 純音式(순음식) 排列(배열)이 낫다고 본다)

第一(제일) 「本文(본문)」에 依(의)한 音節式(음절식) 排列(배열) 順序(순서)

音節式(음절식) 排列(배열)의 順序(순서)의 根據(근거)는 在來(재래)의 所謂(소위) 「本文(본문)」(反切(반절))에 있음은 더 말할 것 없다. 이 「本文(본문)」이란 音節(음절) 組織(조직)은 언제 누가 創始(창시)한 것인지 모르겠으나(이의 研究(연구)는 他日(타일)로 밀운다) 古來(고래)로 조선사람이 조선글을 배우는 基本(기본)이 되어 왔으니 그것은 다음과 같다.

本文(본문)(反切(반절))

ㄱㄴㄷㄹㅁㅂㅅㅇㅡ

가갸거겨고교구규그기(ㄱ)

나냐너녀노뇨누뉴느니(ㄴ)

다댜더뎌도됴두듀드디(ㄷ)

라랴러려로료루류르리(ㄹ)

마먀머며모묘무뮤므미(ㅁ)

바뱌버벼보뵤부뷰브비(ㅂ)

사샤서셔소쇼수슈스시(ㅅ)

아야어여오요우유으이(ㅇ)

자쟈저져조죠주쥬즈지(ㅈ)

차챠처쳐초쵸추츄츠치(ㅊ)

카캬커켜코쿄쿠큐크키(ㅋ)

타탸터텨토툐투튜트티(ㅌ)

파퍄퍼펴포표푸퓨프피(ㅍ)

하햐허혀호효후휴흐히(ㅎ)

이것이 世宗大王(세종대왕)의 訓民正音(훈민정음)의 二十(이십) 八字(팔자)를 基礎(기초)로 한 것이로되, 거기에 若干(약간)의 變更(변경)을 더하였다. 곧 十四行(십사행)의 닿소리(初聲)의 順序(순서)와 十一字(십일자)의 홀소리(中聲)의 順序(순서)를 變更(변경)하였으며, 바침으로 쓰이는 닿소리를 上記(상기) ㄱㄴㄹㄷㅁㅂㅅㅇ의 八字(팔자)에 限(한)하였다. 그리하야 上記(상기) 十四行(십사행) 一百(일백) 五十(오십) 四(사) 音節(음절)(낱내)을 基本으로 삼고 거기에다가 ㄱㄴㄷㄹㅁㅂㅅㅇ의 八字(팔자)를 바침하는 것으로써 그 選用(선용)의 全部(전부)를 삼았는데, 다만 두 母音字(모음자)가 거듭하여서 쓰이는 것을 補充(보충)하기 誘(위)하야 八字(팔자)의 바침과 同列(동열)하여서 「ㅣ」(땡이, 딴이, 때, 웨, 외 等(등)의 名稱(명칭)이 있음)를 더하고 또는 「ㅗㅏ」「ㅜㅓ」의 거듭을 補充(보충)하기 爲(위)하야 各行(각행) 아래에 「ㅘㅝ」를 添加(첨가)하기도 하고 「과궈, 놔눠, 돠둬, 롸뤄, 뫄뭐, 봐붜, 솨숴, 와워, 좌줘, 촤춰, 콰쿼, 톼퉈, 퐈풔, 화휘」를 十四行(십사행)의 뒤에 붙이기도 하였다.

그러나 만약 上記(상기) 在來(재래)의 本文(본문)이 그 條理(조리)와 音數(음수)가 具備(구비)한 것일 것 같으면, 音節式(음절식)의 排列順序(배열순서)는 比較的(비교적) 簡單(간단)한 것이 될 것이다. 그렇지마는 事實(사실)은 그렇지 못하다 곧 그것은

(ㄱ) 된소리의 位置(위치)를 規定(규정)하여 配定(배정)하지 아니하였기 때문에 初聲(초성) 全般(전반)의 順序(순서)가 決定(결정)되지 못하였으며,

(ㄴ) 홀소리 ㅏㅑㅓㅕㅗㅛㅜㅠㅡ(·는 略(약)함. 以下(이하) 倣此(방차))가 ㅣ와 거듭하여서 쓰이는 것에 對(대)하야 正當(정당)한 地位(지위)를 決定(결정)하지 못하고 다만 ㅣ를 다른 바침 닿소리와 同一視(동

일시)한 것은 不合理(불합리)할뿐 아니라, 또 順序決定上(순서결정상)으로 매우 不完全(불완전)한 것이다. 그리고 「ㅢㅝ」의 位置(위치)도 正當(정당)하게 決定(결정)되지 못하였다. —그리하야 홀소리 全般(전반)의 排列順序(배열순서)가 不合理(불합리)하고 또 未備(미비)하다.

(ㄷ) 바침으로 쓰이는 닿소리는 다만 여덟字(자)에만 限(한)하였기 때문에 바침 全般(전반)의 規定(규정)이 되지 못하였다.

이와 같은 세가지의 缺陷(결함)을 在來(재래)의 本文(본문)(反切)이 가지고 있기 때문에 절로 다음의 세 가지의 큰 問題가 생긴다. (ㄱ) 初聲(초성)(첫소리)으로 쓰이는 닿소리의 排列順序(배열순서) 問題(문제) (ㄴ) 홀소리의 排列順序(배열순서) 問題(문제) (ㄷ) 바침으로 쓰이는 닿소리의 排列順序(배열순서) 問題(문제)가 생긴다.

(ㄱ) 初聲(초성)의 順序(순서)

初聲(초성)의 順序(순서)에는 大略(대략) 네 가지의 方式(방식)(재)이 可能(가능)하다.

第一式(제일식) (첫째 재)은 된소리를 그 예사소리의 다음 줄(行(행))로 삼는것이니, 곧 다음과 같이 十四行(십사행)이 된다.

가갸거겨고교구규그기
까꺄꺼껴꼬꾜꾸뀨끄끼
나냐너녀노뇨누뉴느니
다댜더뎌도됴두듀드디
따땨떠뗘또뚀뚜뜌뜨띠
라랴러려로료루류르리
마먀머며모묘무뮤므미
바뱌버벼보뵤부뷰브비

빠빠뻬뼤뽀뾰뿌쀼쁘삐

사샤서셔소쇼수슈스시

싸쌰써쎠쏘쑈쑤쓔쓰씨

아야어여오요우유으이

자쟈저져조죠주쥬즈지

짜쨔쩌쪄쪼쬬쭈쮸쯔찌

차챠처쳐초쵸추츄츠치

카캬커켜코쿄쿠큐크키

타탸터텨토툐투튜트디

파퍄퍼펴포표푸퓨프피

하햐허혀호효후휴흐히

　第二式(제이식) (둘째 재)은 된소리의 줄을 在來(재래)의 十四行(십사행)의 끝으로 붙이는 것이니, 다음과 같이 된다.

가갸거겨고교구규그기

나냐너녀노뇨누뉴느니

다댜더뎌도됴두듀드디

라랴러려로료루류르리

마먀머며모묘무뮤므미

바뱌버벼보뵤부뷰브비

사샤서셔소쇼수슈스시

아야어여오요우유으이

자쟈저져조죠주쥬즈지

차챠처쳐초쵸추츄츠치

카캬커켜코쿄쿠큐크키

타탸터텨토툐투튜트티

파퍄퍼펴포표푸퓨프피

하햐허혀호효후휴흐히

까꺄꺼껴꼬꾜꾸뀨끄끼

따땨떠뗘또뚀뚜뜌뜨띠

빠빠뻐뼈뽀뾰뿌쀼쁘삐

싸쌰써쎠쏘쑈쑤쓔쓰씨

짜쨔쩌쪄쪼쬬쭈쮸쯔찌

　第三式(제삼식) (셋째 재)은 된소리를 딴 줄로 잡지 아니하고 그 예사소리의 줄 속에 包含(포함)시키되 同一(동일)한 홀소리 안에서 된소리를 그 예사소리의 次位(차위)에 두는 것이니, 다음 같이 된다.

가까갸꺄거꺼겨껴고꼬교꾜구꾸규뀨그끄기끼

나　냐　너　녀　노　뇨　누　뉴　느　니

다따댜땨더떠뎌뗘도또됴뚀두뚜듀뜌드뜨디띠

라　랴　러　려　로　료　루　류　르　리

마　먀　머　며　모　묘　무　뮤　므　미

바빠뱌빠버뻐벼뼈보뽀뵤뾰부뿌뷰쀼브쁘비삐

사싸샤쌰서써셔쎠소쏘쇼쑈수쑤슈쓔스쓰시씨

아　야　어　여　오　요　우　유　으　이

자짜쟈쨔저쩌져쪄조쪼죠쬬주쭈쥬쮸즈쯔지찌

차　챠　처　쳐　초　쵸　추　츄　츠　치

카　캬　커　켜　코　쿄　쿠　큐　크　키

타　탸　터　텨　토　툐　투　튜　트　티

파　퍄　퍼　펴　포　표　푸　퓨　프　피

하　햐　허　혀　호　효　후　휴　흐　히

　第四式(제사식) (넷째 재)은 셋째 재와 같이, 同一(동일)한 홀소리

속에서 된소리의 位置(위치)를 그 예사소리의 다음에다가 獨立的(독립적)으로 認定(인정)하지 아니하고, 그 예사소리에 全然(전연)히 包含(포함)시켜 버리는 것이니, 다음과 같이 된다.

가(까)갸(꺄)거(꺼)겨(껴)고(꼬)교(꾜)구(꾸)규(뀨)그(끄)기(끼)

나 냐 너 녀 노 뇨 누 뉴 느 니

다(따)댜(땨)더(떠)뎌(뗘)도(또)됴(뚀)두(뚜)듀(뜌)드(뜨)디(띠)

라 랴 러 려 로 료 루 류 르 리

마 먀 머 며 모 묘 무 뮤 므 미

바(빠)뱌(뺘)버(뻐)벼(뼈)보(뽀)뵤(뾰)부(뿌)뷰(쀼)브(쁘)비(삐)

사(싸)샤(쌰)서(써)셔(쎠)소(쏘)쇼(쑈)수(쑤)슈(쓔)스(쓰)시(씨)

아 야 어 여 오 요 우 유 으 이

자(짜)쟈(쨔)저(쩌)져(쪄)조(쪼)죠(쬬)주(쭈)쥬(쮸)즈(쯔)지(찌)

차 챠 처 쳐 초 쵸 추 츄 츠 치

카 캬 커 켜 코 쿄 쿠 큐 크 키

타 탸 터 텨 토 툐 투 튜 트 티

파 퍄 퍼 펴 포 표 푸 퓨 프 피

하 햐 허 혀 호 효 후 휴 흐 히

이 第四式(제사식)은 第三式(제삼식)과 비슷하기는 하지마는, 그 辭典(사전)에서의 實際(실제)의 語彙排列(어휘배열)의 順序(순서)는 달라지나니, 이를테면

셋째 재에 依(의)할 것 같으면

가, 가가……간………강의, 강흐리……까다, 까불다……깡둥깡둥……꺼지다

와 같이 가頭(두) 語彙(어휘)가 다 나온 뒤에 까頭(두) 語彙(어휘)가 나오게 된 것이요,

넷째 재(方式(방식))에 依(의)할 것 같으면

　　가, 까……가가, 가깝다……간, 깐……강둥하다, 깡뚱하다……

　　고이다, 꼬이다, 고인돌, 고임

과 같이, 가頭(두) 語彙(어휘)의 속에 까頭(두) 語彙(어휘)가 包含(포함)되어 間間(간간)이 나타나게 된다. 곧 된소리의 獨立性(독립성)을 認定(인정)하지 아니하고 그 예사소리의 한 變形(변형)으로 보아 極(극)히 그 存在(존재)를 輕視(경시)한 것이니, 朝鮮總督府(조선총독부) 編纂(편찬)인 朝鮮語辭典(조선어사전) (略號(약호) 「朝典(조전)」 以下(이하) 倣此(방차))과 께일님의 韓英大辭典(한영대사전)(略號(약호)「韓典(한전)」)은 이 第四式(제사식)을 取(취)하였다.

(ㄴ) 홀소리의 차례

홀소리(母音(모음))에는 訓民正音(훈민정음)에서 보인 ㅏㅑㅓㅕㅗㅛㅜㅠㅡㅣ·밖에 또 그것들에 ㅣ를 거듭하여 쓰는것(ㅐㅒㅔㅖㅚㅟㅓㅣ)이 있으며, 또 ㅗㅏ의 거듭 ㅜㅓ의 거듭이 있다. 그래서 問題(문제)는 ㅘㅝ의 位置(위치) 問題(문제)와 ㅐㅒ……의 位置(위치) 問題(문제)의 두가지로 나누인다.

먼저 ㅘㅝ의 位置(위치)는 다음의 세 가지로 잡을 수가 있다.

第一方(제일방)(便宜上(편의상) 이러한 이름을 붙임) ㅘㅝ를 本文(본문)의 끝에 붙이는 법이니, 이는 前朝鮮的(전조선적)으로 一般(일반)으로 쓰여오던 것이다.

　　가갸거겨고교구규그기

　　나냐너녀노뇨누뉴느니

　　다댜더뎌도됴두듀드디

　　라랴러려로료루류르리

마먀머며모묘무뮤므미

바뱌버벼보뵤부뷰브비

사샤서셔소쇼수슈스시

아야어여오요우유으이

자쟈저져조죠주쥬즈지

차챠처쳐초쵸추츄츠치

카캬커켜코쿄쿠큐크키

타탸터텨토툐투튜트티

파퍄퍼펴포표푸퓨프피

하햐허혀호효후휴흐히

과궈놔눠돠둬롸뤄뫄뭐봐붜솨숴

와워좌줘촤춰콰쿼톼퉈퐈풔화훠

　第二方(제이방). 나눠를 各行(각행)의 아래에 붙이는것이니, 慶尙道(경상도) 地方(지방)에서 이렇게 行(행)한다.

가갸거겨고교구규그기과궈

나냐너녀노뇨누뉴느니놔눠

다댜더뎌도됴두듀드디돠둬

라랴러려로료루류르리롸뤄

마먀머며모묘무뮤므미뫄뭐

바뱌버벼보뵤부뷰브비봐붜

사샤서셔소쇼수슈스시솨숴

아야어여오요우유으이와워

자쟈저져조죠주쥬즈지좌줘

차챠처쳐초쵸추츄츠치촤춰

카캬커켜코쿄쿠큐크키콰쿼

타탸터텨토툐투튜트티탸퉈

파퍄퍼펴포표푸퓨프피퐈풔

하햐허혀호효후휴흐히화훠

第三方(제삼방) ㅘ는 ㅗ에 붙이고, ㅝ는 ㅜ에 붙이는 것이니, 「朝典(조전)」이 이것을 取(취)하였다.

가갸거겨고과교구궈규그기

나냐너녀노놔뇨누눠뉴느니

다댜더뎌도돠됴두둬듀드디

라랴러려로롸료루뤄류르리

마먀머며모뫄묘무뭐뮤므미

바뱌버벼보봐뵤부붜뷰브비

사샤서셔소솨쇼수숴슈스시

아야어여오와요우워유으이

자쟈저져조좌죠주줘쥬즈지

차챠처쳐초촤쵸추춰츄츠치

카캬커켜코콰쿄쿠쿼큐크키

타탸터텨토톼툐투퉈튜트티

파퍄퍼펴포퐈표푸풔퓨프피

하햐허혀호화효후훠휴흐히

다음에 ㅣ 뒤 거듭소리의 位置(위치)에 關(관)하여는 다음의 네 가지의 式(식)이 成立(성립)된다. 그러고 그 各式(각식)에는 먼저의 세 가지의 方(방)이 있어, 都合(도합) 十二(십이) 方式(방식)이 成立(성립)된다.

第一式(제일식). ㅣ거듭소리(ㅐㅒㅔㅖㅚ……)를 그 本音(본음)의 次行(차행)으로 잡는것이니, 이에는 다시 다음의 세 方(방)이 있다.

第一式(제일식)의 第一方(제일방)

가갸거겨고교구규그기

개걔게계괴괴귀귀긔

나냐너녀노뇨누뉴느니

내냬네녜뇌뇌뉘뉘늬

다댜더뎌도됴두듀드디

대댸데뎨되되뒤뒤듸

라랴러려로료루류르리

래럐레례뢰뢰뤼뤼릐

마먀머며모묘무뮤므미

매먜메몌뫼뫼뮈뮈믜

바뱌버벼보뵤부뷰브비

배뱨베볘뵈뵈뷔뷔븨

사샤서셔소쇼수슈스시

새섀세셰쇠쇠쉬쉬싀

아야어여오요우유으이

애얘에예외외위위의

자쟈저져조죠주쥬즈지

재쟤제졔죄죄쥐쥐즤

차챠처쳐초쵸추츄츠치

채챼체쳬최최취취츼

카캬커켜코쿄쿠큐크키

캐컈케켸쾨쾨퀴퀴킈

타탸터텨토툐투튜트티

태턔테톄퇴퇴튀튀틔

파퍄퍼펴포표푸퓨프피

패패페페푀피퓌퓨픠

하햐허혀호효후휴흐히

해햬헤혜회회휘휘희

과궈놔눠돠둬롸뤄뫄뭐

괘궤놰눼돼뒈뢔뤠뫠뭬

第一式(제일식)의 第二方(제이방)

가갸거겨고교구규그기과궈

개걔게계과괴귀귀그기괘궤

나냐너녀노뇨누뉴느니놔눠

내냬네녜뇌뇌뉘뉘늬니놰눼

다댜더뎌도됴두듀드디돠둬

대대데뎨되뒤뒤뒤듸데돼뒈

라랴러려로료루류르리롸뤄

래럐레례뢰뢰뤼뤼릐리뢔뤠

마먀머며모묘무뮤므미뫄뭐

매먜메몌뫼뫼뮈뮤믜미뫠뭬

바뱌버벼보뵤부뷰브비봐붜

배뱨베볘뵈뵈뷔뷔븨비봬붸

사샤서셔소쇼수슈스시솨숴

새섀세셰쇠쇠쉬쉬싀시쇄쉐

아야어여오요우유으이와워

애얘에예외외위위의이왜웨

자쟈저져조죠주쥬즈지좌줘

재쟤제졔죄죄쥐쥐즤지좨줴

차쟈쳐쳐초쵸추츄츠치촤춰

채쟤쳬쳬최쵀취췌츼치쵀쵀

카캬커켜코쿄쿠큐크키콰쿼

캐캐케켸쾨쾌쿼퀘큐키쾌쿼

타탸터텨토툐투튜트티톼퉈

태턔테톄퇴퇘퉤튀튀티퇘퉤

파퍄퍼펴포표푸퓨프피퐈풔

패퍠페폐푀퐤풔퓌퓌피퐤풰

하햐허혀호효후휴흐히화훠

해햬혜혜회홰휘휘희혜홰훼

第一式(제일식)의 第三方(제삼방)

가갸거겨고과교구궈규그기

개걔게계괴괘괴귀궤귀긔

나냐너녀노놔뇨누뉘뉴느니

내냬네녜뇌놰뇌뉘눼뉘늬

다댜더뎌도돠됴두둬듀드디

대댸데뎨되돼되뒈뒤듸

라랴러려로롸료루뤄류르리

래럐레례뢰뢔뢰뤼뤠뤼릐

마먀머며모뫄묘무뭐뮤므미

매먜메몌뫼뫠뫼뮈뭬뮈믜

바뱌버벼보봐뵤부붜뷰브비

배뱨베볘뵈봬뵈뷔붸뷔븨

사샤서셔소솨쇼수숴슈스시

새섀세셰쇠쇄쇠쉬쉐쉬싀

아야어여오와요우워유으이

애얘에예외왜외위웨위의

자쟈저져조좌죠주줘쥬즈지

재쟤제계죄좨죄쥐줴쥐직

차챠처쳐초좌쵸추춰츄츠치

채챼체쳬최좨최취췌취칙

카캬커켜코콰쿄쿠쿼큐크키

캐컈케켸쾨쾌쾨퀴퀘퀴킈

타탸터텨토톼툐투퉈튜트티

태턔테톄퇴퇘퇴튀퉤튀틔

파퍄퍼펴포퐈표푸풔퓨프피

패퍠페폐푀퐤푀퓌풰퓌픠

하햐허혀호화효후훠휴흐히

해햬헤혜회홰회휘훼휘희

第二式(제이식) ㅣ거듭소리를 十四行(십사행)의 本文(본문) 끝에 붙이는것이니 이에도 세 가지의 方(방)이 있다.

第二式(제이식)의 第一方(제일방)

가갸거겨고교구규그기

나냐너녀노뇨누뉴느니

다댜더뎌도됴두듀드디

라랴러려로료루류르리

마먀머며모묘무뮤므미

바뱌버벼보뵤부뷰브비

사샤서셔소쇼수슈스시

아야어여오요우유으이

자쟈저져조죠주쥬즈지

차챠처쳐초쵸추츄츠치

카캬커켜코쿄쿠큐크키

타탸터텨토툐투튜트티

파퍄퍼펴포표푸퓨프피

하햐허혀호효후휴흐히

과궈놔눠돠둬롸뤄마뭐봐붜솨쉬……

개걔게계괴괴귀귀긔

내냬네녜뇌뇌뉘뉘늬

대댸데뎨되되뒤뒤듸

래럐레례뢰뢰뤼뤼릐

매먜메몌뫼뫼뮈뮈믜

배뱨베볘뵈뵈뷔뷔븨

새섀세셰쇠쇠쉬쉬싀

애얘에예외외위위의

재쟤제졔죄죄쥐쥐즤

채챼체쳬최최취취츼

캐컈케켸쾨쾨퀴퀴킈

태턔테톄퇴퇴튀튀틔

패퍠페폐푀푀퓌퓌픠

해햬헤혜회회휘휘희

괘궤놰눼돼뒈뢔뤠뫠뭬…….

第二式(제이식)의 第二方(제이방)

가갸거겨고교구규그기과궈

나냐너녀노뇨누뉴느니놔눠

다댜더뎌도됴두듀드디돠둬

라랴러려로료루류르리롸뤄

마먀머며모묘무뮤므미뫄뭐

바뱌버벼보뵤부뷰브비봐붜

사샤서셔소쇼수슈스시솨숴

아야어여오요우유으이와워

자쟈저져조죠주쥬즈지좌줘

차챠처쳐초쵸추츄츠치촤춰

카캬커켜코쿄쿠큐크키콰쿼

타탸터텨토툐투튜트티톼퉈

파퍄퍼펴포표푸퓨프피퐈풔

하햐허혀호효후휴흐히화휘

개걔계계과괴귀귀긔괘궤

내냬네녜뇌뇌뉘뉘늬놰눼

대댸데뎨되되뒤뒤듸돼뒈

래럐레례뢰뢰뤼뤼릐뢔뤠

매먜메몌뫼뫼뮈뮈믜뫠뭬

배뱨베볘뵈뵈뷔뷔븨봬붸

새섀세셰쇠쇠쉬쉬싀쇄쉐

애얘에예외외위위의왜웨

재쟤제졔죄죄쥐쥐즤좨줴

채챼체쳬최최취취츼쵀췌

캐컈케켸쾨쾨퀴퀴킈쾌퀘

태턔테톄퇴퇴튀튀틔퇘퉤

패퍠페폐푀푀퓌퓌픠퐤풰

해햬헤혜회회휘휘희해훼

第二式(제이식)의 第三方(제삼방)

가갸거겨고과교구궈규그기

나냐너녀노놔뇨누눠뉴느니

다댜더뎌도돠됴두둬듀드디

라랴러려로롸료루뤄류르리

마먀머며모뫄묘무뭐뮤므미

바뱌버벼보봐뵤부붜뷰브비

사샤서셔소솨쇼수숴슈스시

아야어여오와요우워유으이

자쟈저져조좌죠주줘쥬즈지

차챠처쳐초촤쵸추춰츄츠치

카캬커켜코콰쿄쿠쿼큐크키

나냐더뎌토톼툐투퉈튜트티

파퍄퍼펴포퐈표푸풔퓨프피

하햐허혀호화효후훠휴흐히

개걔게계괴괘괴귀궤귀그

내냬네녜뇌놰뇌뉘눼뉘늬

대댸데뎨되돼뇌뒤뒈뒤듸

래럐레례뢰뢔뢰뤼뤠뤼릐

매먜메몌뫼뫠뫼뮈뭬뮈믜

배뱨베볘뵈봬뵈뷔붸뷔븨

새섀세셰쇠쇄쇠쉬쉐쉬싀

애얘에예외왜외위웨위의

재쟤제졔죄좨죄쥐줴쥐즤

채채체쳬최쵀쵔취췌취츼

캐캐케켸쾨쾌쿄퀴퀘퀴킈

태태테톄퇴퇘툐튀튀튜틔

패패페폐푀퐤표퓌풰퓌픠

해햬혜혜회홰회휘훼휘희

第三式(제삼식). 이는 ㅣ거듭소리를 그 본소리字(자)의 다음마다에 그 獨立的 位置(독립적 위치)를 認定(인정)하는 것이니, 이에도 다음의 세 가지의 方(방)이 可能(가능)하다.

第三式(제삼식)의 第一方(제일방)

가개갸걔거게겨계고괴교교구귀규궈그긔기

나내냐냬너네녀녜노뇌뇨뇌누뉘뉴뉘느늬니

다대댜댸더데뎌뎨도되됴되두뒤듀뒤드듸디

라래랴럐러레려례로뢰료뢰루뤼류뤼르릐리

마매먀먜머메며몌모뫼묘뫼무뮈뮤뮈므믜미

바배뱌뱨버베벼볘보뵈뵤뵈부뷔뷰뷔브븨비

사새샤섀서세셔셰소쇠쇼쇠수쉬슈쉬스싀시

아애야얘어에여예오외요외우위유위으의이

자재쟈쟤저제져졔조죄죠죄주쥐쥬쥐즈즤지

차채챠챼처체쳐쳬초최쵸최추취츄취츠츼치

카캐캬컈커케켜켸코쾨쿄쾨쿠퀴큐퀴크킈키

타태탸턔터테텨톄토퇴툐퇴투튀튜튀트틔티

파패퍄퍠퍼페펴폐포푀표푀푸퓌퓨퓌프픠피

하해햐햬허헤혀혜호회효회후휘휴휘흐희히

과괘궈궤놔놰눠눼…………

第三式(제삼식)의 第二方(제이방)

가개거게겨계고괴교괴구귀규궤그긔기과괘궈궤
나내너네녀녜노뇌뇨뇌누뉘뉴눼느늬니놔놰눠눼
다대더데뎌뎨도되됴뙤두뒤듀뒤드듸디돠돼둬뒈
라래러레려례로뢰료뢰루뤼류뤼르릐리롸뢔뤄뢰
마매머메며몌모뫼묘뫼무뮈뮤뮈므믜미뫄뫠뭐뭬
바배버베벼볘보뵈뵤뵈부뷔뷰뷔브븨비봐봬붜붸
사새서세셔셰소쇠쇼쇠수쉬슈쉬스싀시솨쇄숴쉐
아애어에여예오외요왹우위유위으의이와왜워웨
자재저제져졔조죄죠죄주쥐쥬쥐즈즤지좌좨줘줴
차채처체쳐쳬초최쵸쵀추취츄취츠츼치촤쵀춰췌
카캐커케켜켸코쾨쿄쾩쿠퀴큐퀴크킈키콰쾌쿼퀘
타태터테텨톄토퇴툐퇴투튀튜튀트틔티톼퇘퉈퉤
파패퍼페펴폐포푀표푀푸퓌퓨퓌프픠피퐈퐤풔풰
하해허헤혀혜호회효횐후휘휴휘흐희히화홰훠훼
第三式(제삼식)의 第三方(제삼방)
가개거게겨계고괴과괘구귀궈궤규귀그긔기
나내너네녀녜노뇌놔놰누뉘눠눼뉴뉘느늬니
다대더데뎌뎨도되돠돼두뒤둬뒈듀뒤드듸디
라래러레려례로뢰롸뢔루뤼뤄뤠류뤼르릐리
마매머메며몌모뫼뫄뫠무뮈뭐뭬뮤뮈므믜미
바배버베벼볘보뵈봐봬부뷔붜붸뷰뷔브븨비
사새서세셔셰소쇠솨쇄수쉬숴쉐슈쉬스싀시
아애어에여예오외와왜우위워웨유위으의이
자재저제져졔조죄좌좨주쥐줘줴쥬쥐즈즤지
차채처체쳐쳬초최촤쵀추취춰췌츄취츠츼치

카캐커케켜켸코쾨콰쾌쿠퀴쿼퀘큐퀴크킈키

타태터테텨톄토퇴톼퇘투튀튀퉤튜퉤트틔티

파패퍼페펴폐포푀퐈퐤푸퓌풔풰퓨풰프픠피

하해허헤혀혜호회화홰후휘훠훼휴훼흐희히

第四式(제사식). 이는 第三式(제삼식)에서와 같이, ㅣ거듭소리의 位置(위치)를 그 本音(본음)의 다음마다에 獨立的(독립적)으로 認定(인정)하지 아니하고, 다만 그 本音(본음) 속에 包含(포함)시켜버리는 것이니, 이는 마치 初聲(초성)의 第四式(제사식)과 同一(동일)의 方式(방식)이니라. 그래서 이에도 세 가지의 方(방)이 있다.

第四式(제사식)의 第一方(제일방)—이는 第三式(제삼식)의 第一方(제일방)의 ㅣ거듭소리를 括弧(괄호) 안에 집어넣은 것이 되나니, 이에는 다만 한두 줄의 보기만 들면 다음과 같다.

가(개)갸(걔)거(게)겨(계)고(괴)교(괴)구(귀)규(귀)그(긔)기

나(내)냐(냬)너(네)녀(녜)노(뇌)뇨(뇌)누(뉘)뉴(뉘)느(늬)니

다(대)댜(대)더(데)뎌(뎨)도(되)됴(되)두(뒤)듀(뒤)드(듸)디

라(래)랴(럐)러(레)려(례)로(뢰)료(뢰)루(뤼)류(뤼)르(릐)리

第四式(제사식)의 第二方(제이방)—이것은 第三式(제삼식)의 第二方(제이방)에 비슷함이 앞의 것에서와 같다.

가(개)갸(걔)거(게)겨(계)고(괴)교(괴)구(귀)규(귀)그(긔)기과(괘)궈(궤)

나(내)냐(냬)너(네)녀(녜)노(뇌)뇨(뇌)누(뉘)뉴(뉘)느(늬)니놔(놰)눠(눼)

다(대)댜(대)더(데)뎌(뎨)도(되)됴(되)두(뒤)듀(뒤)드(듸)디돠(돼)둬(뒈)

라(래)랴(럐)러(레)려(례)로(뢰)료(뢰)루(뤼)류(뤼)르(릐)리롸(뢔)뤄(뤠)

第四式(제사식)의 第三方(제삼방)—이는 第三式(제삼식)의 第三方(제삼방)의 ㅣ거듭소리를 括弧(괄호) 안에 넣은 것과 같다.

가(개)갸(걔)거(게)겨(계)고(괴)과(괘)교(괴)구(귀)궈(궤)규(귀)그(긔)기

나(내)냐(냬)녀(녜)녀(녜)뎨(녜)노(뇌)놔(놰)뇨(뇌)누(뉘)눠(눼)뉴(뉘)느(늬)니
다(대)댜(댸)더(데)뎌(뎨)뎨(뎨)도(되)돠(돼)됴(되)두(뒤)둬(뒈)듀(뒤)드(듸)디
라(래)랴(럐)러(레)려(례)례(례)로(뢰)롸(뢔)료(뢰)루(뤼)뤄(뤠)류(뤼)르(릐)리

이 第三式(제삼식)과 第四式(제사식)은 거의 같은것 같이 보이지마
는, 그 實際(실제)의 語彙排列(어휘배열)에 있어서 매우 달라짐이 있
음은 앞의 初聲(초성)의 경우에서와 같다.

(ㄷ) 바침의 順序(순서)

바침의 順序(순서)는 初聲(초성)의 順序(순서)와 같이하면 그만이
라 할는지 모르지마는, 바침에는 初聲(초성)에는 없던 異音並書(이음
병서)의 것이 있기 때문에 그리 簡單(간단)히 一言(일언)으로 處理(처
리)하기 어려운 點(점)이 있다.

먼저 同字並書(동자병서)(곧 된소리)와 異字並書(이자병서)(ㄳㄻ······
따위)와의 位置關係(위치관계)가 두 가지가 있다.

第一方(제일방)—同字並書(동자병서)를 다 든 뒤에 異字並書(이자병
서)를 벌리는 것.

ㄲㅆㄳㄵㅀㄻㄼㄺㄽㄾㄿㅀㅄ

第二方(제이방)—同字並書(동자병서)의 다음의 그 單字(단자)로 머
리를 삼은 다른 덧거듭소리를 벌리는 것.

ㄲㄳㄵㄶㄺㄻㄼㄽㄾㄿㅀㅄㅆ

다음에 이 並書(병서)(同字並書(동자병서)와 異字並書(이자병서)를
並稱(병칭)함)와 單字(단자)와의 位置關係(위치관계)로 말미암아, 大
略(대략) 다음의 세가지의 式(식)이 成立(성립)한다.

第一式(제일식)—이는 單字(단자)를 다 벌린 뒤에 並書字(병서자)를
벌리는 것이니, 이에 다시두 가지의 方(방)이 있다.

第一式(제일식)의 第一方(제일방)

ㄱㄴㄷㄹㅁㅂㅅㅇㅈㅊㅋㅌㅍㅎㄲㅆㄳㄵㄶㄺㄻㄽㄾㄿㅀㅄ

第一式(제일식)의 第二方(제이방)

ㄱㄴㄷㄹㅁㅂㅅㅇㅈㅊㅋㅌㅍㅎㄲㄳㄵㄶㄺㄻㄽ ㄾㄿㅀㅄㅆ

第二式(제이식)—이는 並書字(병서자)를 單字(단자)의 다음에 獨立法位置(독립법위치)를 認定(인정)하는 것이니, 이에도 두 가지의 方(방)이 있다.

第二式(제이식)의 第一方(제일방)

ㄱㄲㄴㄷㄹㅁㅂㅅㅆㅇㅈㅊㅋㅌㅍㅎㄳㄵㄶㄺㄻㄽㄾㄿㅀㅄ

第二式(제이식)의 第二方(제이방)

ㄱㄲㄳㄴㄵㄶㄷㄹㄺㄻㄽㄾㄿㅀㅁㅂㅄㅅㅆㅇㅈㅊㅋㅌㅍㅎ

第三式(제삼식)—이는 並書字(병서자)를 각각 單字(단자)의 다음에 두되, 그 獨立的(독립적) 位置(위치)를 認定(인정)하지 아니하고, 그 單字(단자)의 속에 包含(포함)시켜 버리는 것이니, 이에는 第一方(제일방)은 成立(성립)되지 않고, 다만 第三方(제삼방)만 成立(성립)한다.

ㄱ(ㄲ, ㄳ)ㄴ(ㄵ, ㄶ)ㄷㄹ(ㄺ, ㄻ, ㄽㄾㄿㅀ)ㅁㅂ(ㅄ)ㅅ(ㅆ)ㅇㅈㅊㅋㅌㅍㅎ

(ㄹ) 音節式(음절식)의 槪括(개괄)

以上(이상)에 初聲(초성), 中聲(중성)(홀소리), 終聲(종성)(바침)의 세 部類(부류)에 分(분)하야, 그 順序決定(순서결정)의 可能(가능)한 方式(방식)을 略說(약설)하였다. 그런데 그 順序決定(순서결정)의 方式(방식)이 初聲(초성)에서 넷이요. 中聲(중성)에서 열둘이요, 終聲(종성)에서 다섯이나 된다. 그러나, 이는 결코 可能(가능)한 方式(방식)을 일부러 꾸며 든 것은 아니다. 만약 일부러 여러가지로 꾸미기로 한다면, 그 方式(방식)의 수효는 實(실)로 數十(수십)가지가 될 것이다.

그렇게까지 하지 않더라도, 만약 初聲(초성) 順序(순서)에서 저 普通學校(보통학교) 敎科書(교과서)에서 하는 아行(행)을 첫줄로 삼는 方式(방식)을 더하고, 바침의 順序(순서)를 좀 더 類別(유별)하기만 하더라도, 그 方式(방식)의 수가 相當(상당)히 불을 것이다.

이제 다만 以上(이상)에서 試驗(시험)해온 方式(방식)에만 依(의)하더라도, 初聲(초성)(넷), 中聲(중성)(열둘), 終聲(종성)(다섯)을 合(합)하야 모두 二十一(이십일) 方式(방식)이나 된다. 그뿐 아니라 이제 만약 (實際的(실제적)으로는 그리 안할 수가 없는 것이다). 이 세 가지를 서로 組合(조합)한다면, 初聲(초성)과 中聲(중성)에 結合方式(결합방식)이 4×12=48 곧 마흔 여덟이요, 이에 바침까지 結合(결합)시킨다면 48×5=240 곧 二百(이백) 四十(사십)이나 된다. 참 어지러운 일이 아니고 무엇인가.

그러면 다음에 字母式(자모식)에 依(의)한 順序(순서)는 어떠한가. 우리는 考察(고찰)의 눈을 그리로 굴리기로 하자.

第二(제이), 字母式(자모식) 排列順序(배열순서)

字母式(자모식)으로 語彙(어휘)를 排列(배열)함에 있어서는, 첫째 問題(문제)가 될것은 字母(자모)(○○)의 數(수)와 順序(순서)를 어떻게 할 것인가이다. 그러나 우리는 이 問題(문제)를 간단히 處理(처리)할 수가 있다. 곧 朝鮮語學會(조선어학회)에서 한글 마춤법 통일안에서 決定(결정)한바를 좇으면 그만이다. 곧 한글의 字母(자모)의 數(수)는 二十(이십) 四字(사자)로 하고, 그 順序(순서)는 다음과 같이 定(정)하였다.

ㄱㄴㄷㄹㅁㅂㅅㅇㅈㅊㅋㅌㅍㅎㅏㅑㅓㅕㅗㅛㅜㅠㅡㅣ

이 밖에 ㄲㄸㅃㅆㅉㅐㅔㅚㅟㅒㅖㅘㅝㅙㅞㅢ 따위는 다 한낱의 字母(자모)로 認定(인정)하지 아니하고, 單一(단일)한 字母(자모)의 어울러서 된 것으로 보았다.

이제 이 二十(이십) 四(사) 字母(자모)의 順序(순서)에 依(의)하야, 辭典(사전)에 말수(語彙(어휘))를 별리는 方法(방법)은 저 英(영), 獨(독), 佛(불) 等(등)의 辭典(사전)에서 二十(이십) 六(육) 字母(자모)에 依(의)하는 方法(방법)과 꼭 한 가지다.

곧 한낱 말의 構成(구성) 字母(자모)의 數(수)가 다섯이라 하면, 그 字母(자모)의 차지하는 자리도 다섯이 된다. 그 낱낱의 자리마다 그 全(전) 字母順(자모순)에서 가장 앞서는 字母(자모)가 오는 낱말이 앞에 가게 된다. 그래서 그 第一位(제일위)에 ㄱ이 오는 말이 가장 먼저 올 것이요, 그 第二位(제이위)에도 ㄱ이 오는 말이 가장 앞설 것이되, 만약 ㄱ이 오는 말이 없는 경우에는 ㄱㄴㄷㄹ……의 順序(순서)에 依(의)하야 앞선 字母(자모)를 가진 말이 놓일 것이다. 第二位(제이위), 第四位(제사위), 第五位(제오위)도 第二位(제이위)에서와 같이 된다. 그리하여 第一位(제일위)에서 서로 같은 數字(숫자)의 말은 그 第二位(제이위)에서 先後(선후)의 順序(순서)가 決定(결정)되고, 그 第二位(제이위)까지 같은 數字(숫자)의 말은 다시 第三位(제삼위)에서 先後(선후)의 順序(순서)가 決定(결정)되고, 以下(이하) 같은 方法(방법)에 依(의)하야 모든 말수가 다 각각 제자리를 獲得(획득)하게 된다. 이를테면 다음과 같다. (소리 없는 ㅇ은 없는 것으로 봄)

ㄱ	(ㄱ)	가관	(ㄱㅏㄱㅗㅏㄴ)
ㄲ	(ㄲ)	가구리	(ㄱㅏㄱㅜㄹㅣ)
깍깍	(ㅋㅏㄱㅋㅏㄱ)	가권	(ㄱㅏㄱㅜㅓㄴ)
깎기다	(ㅋㅏㄱㄲㅣㄷㅏ)	간간	(ㄱㅏㄴㄱㅏㄴ)
깎다	(ㅋㅏㄲㄷㅏ)	간나희	(ㄱㅏㄴㄴㅏㅎㅡㅣ)
까뀌	(ㅋㅏㄲㅟ)	간달	(ㄱㅏㄴㄷㅏㄹ)
깍다귀	(ㅋㅏㄱㄷㅏㄱㅟ)	간살	(ㄱㅏㄴㅅㅏㄹ)
깍둑이	(ㅋㅏㄱㄷㅜㄱㅣ)	간장	(ㄱㅏㄴㅈㅏㅇ)
깍쟁이	(ㅋㅏㄱㅈㅐㅇㅣ)	간하다	(ㄱㅏㄴㅎㅏㄷㅏ)
깍지	(ㅋㅏㄱㅈㅣ)	가다듬다	(ㄱㅏㄷㅏㄷㅡㅁㄷㅏ)
깐	(ㅋㅏㄴ)	가락	(ㄱㅏㄹㅏㄱ)
깐보다	(ㅋㅏㄴㅂㅗㄷㅏ)	감	(ㄱㅏㅁ)
깐작거리다	(ㅋㅏㄴㅈㅏㄱㄱㅓㄹㅣㄷㅏ)	감기	(ㄱㅏㅁㄱㅣ)
까딱하면	(ㅋㅏㄸㅏㄱㅎㅏㅁㅕㄴ)	감농	(ㄱㅏㅁㄴㅗㅇ)
까다	(ㅋㅏㄷㅏ)	감당	(ㄱㅏㅁㄷㅏㅇ)
까다롭다	(ㅋㅏㄷㅏㄹㅗㅂㄷㅏ)	감발	(ㄱㅏㅁㅂㅏㄹ)
까드락	(ㅋㅏㄷㅡㄹㅏㄱ)	감사	(ㄱㅏㅁㅅㅏ)
깔깔	(ㅋㅏㄹㄲㅏㄹ)	감창	(ㄱㅏㅁㅊㅏㅇ)
깔땅이	(ㅋㅏㄹㄸㅏㅇㅣ)	감투	(ㄱㅏㅁㅌㅜ)
깔다	(ㅋㅏㄹㄷㅏ)	가마	(ㄱㅏㅁㅏ)
깔보다	(ㅋㅏㄹㅂㅗㄷㅏ)	가망	(ㄱㅏㅁㅏㅇ)
깔색	(ㅋㅏㄹㅅㅐㄱ)	가물	(ㄱㅏㅁㅜㄹ)
깔쭉	(ㅋㅏㄹㅉㅜㄱ)	가미	(ㄱㅏㅁㅣ)
까막까치	(ㅋㅏㅁㅏㄱㄲㅏㅊㅣ)	갑	(ㄱㅏㅂ)
까마잡이	(ㅋㅏㅁㅏㅈㅏㅂㅣ)	갓	(ㄱㅏㅅ)
까마종이	(ㅋㅏㅁㅏㅈㅗㅇㅣ)	가소	(ㄱㅏㅅㅗ)
까마귀	(ㅋㅏㅁㅏㄱㅟ)	강	(ㄱㅏㅇ)
깜앙다	(ㅋㅏㅁㅏㅎㄷㅏ)	갓다	(ㄱㅏㅈㄷㅏ)
``	(```)	가치	(ㄱㅏㅊㅣ)
``	(```)	가하다	(ㄱㅏㅎㅏㄷㅏ)

까투리	(ㄲㅏㅌㅜㄹㅣ)	개	(ㄱㅐ)
까풀	(ㄲㅏㅍㅜㄹ)	객군	(ㄱㅐㄱㄱㅜㄴ)
깨	(ㄲㅐ)	객담	(ㄱㅐㄱㄷㅏㅁ)
깨닫다	(ㄲㅐㄷㅏㄷㅏ)	객지	(ㄱㅐㄱㅈㅣ)
깨치다	(ㄲㅐㅊㅣㄷㅏ)	개가	(ㄱㅐㄱㅏ)
깨트리다	(ㄲㅐㅌㅡㄹㅣㄷㅏ)	개똥버레	(ㄱㅐㄸㅗㅇㅂㅓㄹㅔ)
깨어지다	(ㄲㅐㅇㅓㅈㅣㄷㅏ)	개미	(ㄱㅐㅁㅣ)
깨우다	(ㄲㅐㅜㄷㅏ)	개시	(ㄱㅐㅅㅣ)
``	(```)	갱소년	(ㄱㅐㅇㅅㅗㄴㅕㄴ)
``	(```)	개축	(ㄱㅐㅊㅜㄱ)
가	(ㄱㅏ)	개와	(ㄱㅐㅘ)
각각	(ㄱㅏㄱㄱㅏㄱ)	개우다	(ㄱㅐㅜㄷㅏ)
가깝증	(ㄱㅏㄲㅏㅂㅈㅡㅇ)	개인	(ㄱㅐㅇㅣㄴ)
가까스로	(ㄱㅏㄲㅏㅅㅡㄹㅗ)	```	(```)
각거	(ㄱㅏㄱㄱㅓ)	갸륵하다	(ㄱㅑㄹㅡㄱㅎㅏㄷ)
각금	(ㄱㅏㄲㅡㅁ)	걱정	(ㄱㅓㄱㅈㅓㅇ)
각기	(ㄱㅏㄲㅣ)	게	(ㄱㅔ)
각다귀	(ㄱㅏㄱㄷㅏㄱㅜㅣ)	고기	(ㄱㅗㄱㅣ)
각방	(ㄱㅏㄱㅂㅏㅇ)	구름	(ㄱㅜㄹㅡㅁ)
각씨	(ㄱㅏㄱㅆㅣ)	극진하다	(ㄱㅡㄱㅈㅣㄴㅎㅏㄷㅏ)
각침	(ㄱㅏㄱㅊㅣㅁ)	기름	(ㄱㅣㄹㅡㅁ)
가가	(ㄱㅏㄱㅏ)	```	(```)
가게	(ㄱㅏㄱㅔ)	나	(ㄴㅏ)
가고	(ㄱㅏㄱㅗ)	낚시	(ㄴㅏㄲㅅㅣ)

　또 스물 넉자의 차례에서, 홀소리를 닿소리의 앞에 두자 할수도 있다. 이는 동일안대로 닿소리를 앞에 두면, 辭典(사전)의 첫머리에 된소리로 된 말이 예사소리로 된 말보다 먼저 나타나는것이 보기싫다는것과 바침 없는 말이 바침 있는 말보다 먼저 나타나게 된다는것이 그 利點(이점)이란 理由(이유)에서 하는 말이다. 그러나, 그에 對

(대)하야, 그렇게 하면, (1)각 닿소리가 初聲(초성)으로 쓰임보다 바침으로 쓰임이 넌서 나타나게 되며, (2)각 홀소리에 ㅣ가 거듭하여서 된 거듭 소리(ㅐㅔㅚ…)로 된 말이 그 본디의 字母(자모)(ㅏㅓㅗ…)로 된 말보다 많이 앞에 나타나게 되며, (3)그뿐아니라, 그것은 訓民正音(훈민정음)과 통일안의 차례(닿소리 앞서고 홀소리 뒤서기)에도 어그러지며, (4)「낫 놓고 ㄱ자도 모른다」는 格言(격언)이 一般的(일반적) 常識(상식)과도 틀리게 된다. 그래서 特別(특별)히 그리할 必要(필요)를 認定(인정)하지 아니한다.

第三(제삼), 音節式(음절식)과 字母式(자모식)의 比較(비교)

이제 音節式(음절식)과 字母式(자모식)과의 差異(차이)와 優劣(우열)을 比較(비교)하면 내략 다음과 같다.

(1) 첫째 音節式(음절식)은 在來(재래)의 本文(본문)(反切)에 依(의)한이만큼, 本文(본문)에 依(의)하야 조선글을 배운 舊式人(구식인)의 귀에 親近(친근) 又(우)는 當然(당연)의 感(감)을 줄 것이다. 그러고 바침까지 같은 音節(음절)(낱내)의 文字(문자)가 나란히 벌리어 있는 것은 整齊(정제)의 感(감)을 줄 것이다. 이것이 音節式(음절식)의 特色(특색)인 同時(동시)에, 唯一(유일)의 長處(장처)이라 하겠다. (그러나 初聲(초성)의 順序(순서)를 그 第四式(제사식)에 依(의)한 辭典(사전)「朝典(조전)」과 「朝典(조전)」에서 꼭 그렇게 되지 못한 점이 있다)

이에 對(대)하야 字母式(자모식)은 音節(음절)을 分解(분해)한 字母(자모)에 依(의)한 것이기 때문에, 分解(분해)되지 아니한 音節式(음절식) 文字(문자)를 如前(여전)히 쓰면서 그 順序(순서)만은 分解的(분해적)으로 모아야 함이 거북한 느낌을 주며, 또 外形上(외형상)으로 보아 바침 없는 音節(음절)과 바침 있는 音節(음절)이 서로 섞여 가면서 나란히 벌리어 있는것은 音節(음절)을 한 單位文字(단위문자)로 보는 眼目(안목)에 서투른 感(감)을 줄 것이다.

이 比較(비교)의 第一點(제일점)에서는, 얼른 보면, 音節式(음절식)이 字母式(자모식)보다 나은 듯하다. 그러나 이는 詳略(상략)히 考察(고찰)하면 결코 眞正(진정)한 優點(우점)이 되지 못한다. 音節式(음절식)의 利點(이점)으로 생각되는 親近(친근)과 整齊(정제)는, 다음의 比較(비교)에서 차차 밝아지는 바와 같이, 다만 一見(일견)의 外樣(외양)에 그치는 것이요, 探索上(탐색상)의 無正道(무정도) 混亂性(혼란성)은 그 外見上(외견상)의 利點(이점)을 壓倒(압도)하고 말 것이다.

字母式(자모식)의 서투름과 不整齊(불정제)는 新敎育(신교육)을 받아 英語辭典(영어사전)이나 찾을 줄을 아는 사람에게는—아니 그보다 그리 整理(정리)된 辭典(사전)에 依(의)하야 조선말을 공부하게 될 未來(미래)의 조선사람에게는 결코 問題(문제)가 되지 않을 뿐 아니라, 아무리 音節(음절)에 依(의)한 學習(학습)을 한 舊式人(구식인)일지라도 조선글자를 쓸 적에 그것을 分析(분석)하지 아니하는 사람이 없으며, 또 分析(분석)하기에 큰 苦痛(고통)를 느낄 사람은 없을 것이다. 더구나 이러한 分析(분석)을 번번히 해야만 할 것도 아니요, 서령 다소의 수고가 있다 할지라도 그 些少(사소)의 수고가 幾百(기백)의 수고를 節約(절약)할 수 있을 것은 確定(확정)한 일인 즉, 그 分析的(분석적) 檢索(검색)의 수고는 결코 그리 대단한 不利點(불리점)이 되지 아니한다고 생각한다.

(2) 音節式(음절식)은, 우에서 이미 본바와 같이, 初(초) 中(중) 終(종) 三部(삼부)으로 갈라 보아도 部合(부합) 二十(이십) 一(일) 方式(방

식)이 있어, 매우 繁多(번다)함에 對(대)하야, 字母式(자모식)은 다만 한낱의 式(식)이 있어 매우 簡明(간명)하다.

나는 앞의 (1)의 比較(비교)에서 音節式(음절식)에는 親近感(친근감)을 주는 利點(이점)이 있다고 하였다. 그러면 이제 이 二十(이십) 一(일) 方式(방식) 가운데에 어느 方式(방식)이 가장 親近(친근)하고 容易(용이)한 것인가. 그 사이에는 결코 顯著(현저)한 差異(차이)가 있다고 말하기 어려울 것이다. 二十(이십) 一(일) 方式(방식)이 다 親近(친근)하다 할 것 같으면, 그 親近(친근)에 依(의)한 선택이 一義的(일의적)으로 明確(명확)히 決定(결정)되지 아니하기 때문에 實際(실제)의 檢索(검색)에 있어서는 더욱 不利(불리)하야 그 親近(친근)할 듯하던 外樣(외양)이 親近(친근)하지 못한 實情(실정)으로 變(변)하고 말것이다. 그 뿐아니라, 그 어느 方式(방식) 한 가지씩을 選定(선정)한다 할지라도, 그 方式(방식)의 組織(조직)이 浩繁(호번)하야 容易(용이)히 記憶(기억)하기노 어렵다. 만약 文字敎育(문자교육)을 그러한 浩繁(호번)한 音節文字的(음절문자적) 方式(방식)에 依(의)한다면 좀 낫겠지마는, 이와 같은 文字敎育(문자교육)은 오늘의 進步(진보)된 文字(문자) 及(급) 言語敎育(언어교육)의 方法論(방법론)에 비추어보아 一分(일분)의 價値(가치)가 없는것이다. (이 敎授法問題(교수법문제)에 關(관)하여는 여기서 더 들어가지 아니하기로 함)

이에 對(대)하야, 字母式(자모식)은 서령 親近(친근)하지 못하다 할지라도, 그것이 確定不變(확정불변)의 唯一(유일)의 順序(순서)에 依(의)한 것이기 때문에, 얼마아니하여서 親近(친근)해질 것도 또한 當然(당연)의 勢(세)라 하겠다.

(3) 사람이 제 머리속에 떠오르는 말을 辭典(사전)에서 찾아내기가 音節式(음절식) 排列(배열)보다 字母式(자모식) 排列(배열)이 數倍

(수배)나 便利(편리)하다.

이것은 以上(이상)의 敍述(서술)로써 넉넉히 首肯(수긍)할 일이다. 이제 다시 繁雜(번잡)한 理論(이론)을 開陳(개진)하는 것보다 손쉽게 한두 實例(실례)로써 이를 比較(비교)하면 환할 것이다.

이를테면 「없다」(無(무))를 머리속에 생각하고 (마춤법까지 一定(일정)한 것이 되지는 못하고 다만 말로만 「없다」를 생각함이 一般人(일반인)에게 예사이다), 그것을 말광에서 찾기로 하자. 그 사람이 「업다」에 가서 보면 그러한 뜻(無(무))을 말하지 아니하였을 터이니, 그는 그만 先望(선망)하든지, 그렇잖으면 다시 「없다」를 찾을 것이다. 이것을 이제 音節式(음절식)에 依(의)한 「朝典(조전)」과 「韓典(한전)」에서 보건대, 「없다」는 「업다」에서 第百(제백)인 「엉터리」의 다음에 있거나 (그 책이 두자 바침을 採用(채용)하되, 旣述(기술)의 第一式(제일식)의 第一方(제일방)이나 第二方(제이방), 第二式(제이식)의 第一方(제일방)에 依(의)하였다고 가정하는 경우), 또는 第二十(제이십) 五(오)인 「업히다」의 다음에 오거나(旣述(기술)의 第二式(제이식) 第二方(제이방)에 依(의)하였다고 가정하는 경우) 한다. 이에 對(대)하야 만약 字母式(자모식)에 依(의)하야 그 책에 「없다」를 揷入(삽입)하였다고 가정할 것 같으면, 「없다」를 「업다」에서 겨우 第六位(제육위)인 「업박잡박」의 다음에서 찾아낼 수가 있을 것이다. (다만 音節式排列(음절식배열)에서도 만약 바침의 順序(순서)를 그 第二式(제이식) 第二方(제이방)이나 第三式(제삼식)에 依(의)하는 경우에만 字母式(자모식)에서와 같은 자리에 있게 된다)

그러나, 이와 가은 풀이씨(用言)의 줄기(語幹)의 끝의 바침에서의 兩式(양식)의 差異(차이)는 그리 대단한 것이 아니라 할 수 있다. 音節式(음절식)의 不便(불편)은 其他(기타)의 바침에서 顯著(현저)히 나타나는 것이다. 이를테면 「가리마」(머리털을 가르는 자리)란 말을 찾자

면 音節式排列(음절식배열)에서는

　1. 가리마 2. 갈이마 3. 가림아 4. 갈임아

의 네 군데(口處(口처))에나 가서 찾아야 할 것이지마는, 字母式 排列 (자모식 배열)에서는 그 사람이 綴字法(철자법)은 네 가지 中(중)에 어느 것으로 생각하든지간에 한 번 찾아가면 一定(일정)한 자리에 없을 것 같으면 그 말이 그 辭典(사전)에 실리지 아니한 것으로 斷定(단정)할수 있게 된다. 그러나, 音節式(음절식)에서는 設令(설령) 앞의 네 가지의 자리에 가서 찾아 보아도 없는 경우에는 그 缺落(결락)을 斷定(단정)하기 어려워 다시 他處(타처)를 再檢(재검) 三檢(삼검)하게 되여, 한 말을 찾기에 實(실)로 不少(불소)한 時間(시간)과 莫大(막대)한 煩惱(번뇌)를 느끼게 될 것이다. 事實上(사실상) 우리 朝鮮語學會員 中(조선어학회원중) 가장 많이 辭典(사전)을 親(친)하는 분으로서 이 『가리마』를 『朝典(조전)』서 能(능)히 찾아내지 못하였다는 事例(사례)까지 있다. 이는 「가리마」가 아니요 「갈이마」로 찾아야 할 것을 想及(상급)하지 못한 때문이었다 한다. (「朝典(조전)」에서는 「가리마」에서 「갈이마」까지에 十頁(십혈)이 隔(격)하였고 「韓典(한전)」에서는 二十(이십) 五頁(오혈)이 隔(격)하여 있다)

　그래도 이 「가리마」와 같이, 三(삼) 音節(음절) 單語(단어)에서는 그 경우가 간단하지마는, 만약 四(사) 音節(음절)의 單語(단어)(나부락이)가 된다면, 그 경우가

　1. 나부라기 2. 납우라기 3. 나불아기 4. 나부락이 5. 납울아기 6. 나불악이 7. 납울악이

等(등)으로 될 것이니, 辭典編纂者(사전편찬자)의 中心(중심)을 알아 맞히기 外(외)에는, 또는 僥幸(요행)히 偶發得中(우발득중)을 하기 外(외)에는 참 千辛萬苦(천신만고)를 할 것이다.

要(요)컨대, 音節式(음절식)은 좀 쉬운 듯하되 그 實(실)은 극히 어려우며, 字母式(자모식)은 좀 서투른 듯하되 그 實(실)은 극히 쉽다. 이를 □해 말하자면, 盜難物(도난물)을 찾기에 있어서 路傍卜者(노방복자)의 점괘에 依(의)하야 之東之西(지동지서)하는것은 音節式(음절식)이요, 紙上(지상)에 남은 盜賊(도적)의 指紋(지문)으로 말미암아 그 正體(정체)를 잡고 그가 숨어 있는 그 本籍地(본적지)로 찾아가는 것은 字母式(자모식)이라 하겠다.

第四(제사). 結論(결론)

우리는 위에서 그 어수선하고 複雜(복잡)한 音節式(음절식)에 比(비)하야 簡單明瞭(간단명료)한 字母式(자모식)이 그 順序(순서)의 一定不變(일정불변)함과 檢索(검색)의 正確容易(정확용이)함을 깨달았다. 이에 나는 우리 조선말의 辭典(사전)에서의 語彙(어휘)의 排列順序(배열순서)는 字母式(자모식)을 採用(채용)함이 可(가)하다는 結論(결론)을 내리는 것이 그리 妄斷(망단)이 아닐 줄을 믿는다.

이 結論(결론)은 다만 上來(상래)의 說明(설명)과 比較(비교)로 보아서 正當(정당)할 뿐 아니라, 다시 나아가아 한글에 對(대)한 根本的(근본적) 見解(견해)로 보아 더욱 合理的(합리적)임을 斷言(단언)할 수 있다. 우리의 한글은 결코 저 孤陋(고루)한 管見者(관견자)가 主張(주장)하는바와 같이, 音節文字(음절문자)(낱내글자)가 아니요, 우리 사람뿐 아니라, 한번 조선의 글과 말을 硏究(연구)해본 世界(세계)의 모든 學者(학자)들이 異口同聲(이구동성)으로 稱頌(칭송)하는 바와 같이, 世界文字中(세계문자중)에서도 가장 新式(신식)이요 가장 進步的

(진보적)인 알파벳式(식) 文字(문자)(字母文字)이다. 이렇듯 世界(세계) 共認(공인)의 字母文字(자모문자)인 한글은 그 本質(본질)에 適應(적응)한 字母式(자모식) 排列(배열)로 말미암아서만 비로소 그 二十(이십) 四字(사자)의 靈妙(영묘)한 機能(기능)이 自由(자유)스럽게 離合的(이합적) 運用(운용)을 하게 되어, 數十萬(수십만) 數百萬(수백만)의 語彙(어휘)가 一絲不亂(일사불란)하게 一目瞭然(일목요연)하게 整頓(정돈)될 것이다. 그러므로, 字母式排列(자모식배열)은 다만 便宜的으로만이 아니라, 本質的으로 合當한것이라 아니할 수 없다. 만약 이러한 한글을 音節式(음절식)으로 整理(정리)한다면 이는 마치 千里馬(천리마)로써 荷車(하차)를 끌게 하고서 滿足(만족)함과 다름이 없는 얼빠진 짓일 것이다.

그뿐 아니라, 이 至簡至妙(지간지묘)한 二十(이십) 四字(사자)의 한글의 性能(성능)은 멀지 않은 將來(장래)의 橫書式(횡서식)으로—純然(순연)한 字母式綴字法(자모식철자법)으로까지 發展(발전)하고야 말 것이다. (그 理論的(이론적) 根據(근거)는 여기서는 言及(언급)하지 아니하기로 함) 그리하여 將來(장래)의 朝鮮文化(조선문화)의 躍進(약진)에 至要(지요)한 구실(役割)을 할 것이다. 그러한 즉, 字母式(자모식) 排列(배열)은 한글의 本質的(본질적) 發展(발전)의 理想(이상)과도 一到(일도)하야, 오늘에 한 번 確定(확정)하면, 後日(후일)에 如何(여하)한 飛躍的(비약적) 發展(발전)이 생기더라도 결코 다시 그칠 必要(필요)가 없을 것이다.

다시 要約(요약)하노니, 語彙排列(어휘배열)의 順序(순서)를 字母式(자모식)으로 함은 다만 오늘의 實用上(실용상) 便宜(편의)에 有利(유리)할뿐 아니라, 그 靈妙(영묘)한 本質(본질)에 適合(적합)한 萬代不變(만대불변)의 基礎(기초)를 닦는 가장 科學的(과학적) 方法(방법)이다.

-〈한글〉 4권 7호(1936)-

표준말과 시골말

나는 여기에서 표준말과 시골말과의 뜻을 밝히려 한다.

사람의 말은 반드시 어떠한 地域(지역)에서 쓰이는것이다. 이 事實的(사실적)으로 있는 言語(언어)를 다만 地域的(지역적) 事實的(사실적) 見地(견지)에서 觀察(관찰)하여, 두루말(共通語, 一般語)과 시골말(方言)의 두 가지로 가른다. 두루말(一般語)은 그 言語 體系(언어 체계)가 쓰이는 地域(지역) 一般(일반)의 見地(견지)에서 그 全(전) 地域(지역)에 두루 쓰이는 말을 가리켜 부르는 것이요, 시골말(方言)이란 것은 그 言語 體系(언어 체계)가 쓰이는 全(전) 地域(지역) 中(중) 어떤 한 시골(地方)의 局限的(국한적) 見地(견지)에서 그 地方(지방)에 쓰이는 말을 가리켜 부르는 것이다.

시골말(方言)은 그 시골(地方)에 쓰이는 말 온통(全體)을 가리키는 것이니, 시골말 속에는 시골(地方)에만 局限(국한)하여 쓰이는 말도 있을 것이요, 그 言語 體系(언어 체계)가 쓰이는 다른 시골에도 두루 쓰이는 말(두루말)도 있을 것이다.

시골말은 이와 같이 그 시골에 行(행)하는 말 전체를 가리켜 이름하는 말임이 그 原意(원의)이로되, 이것이 저 全(전) 地域(지역)에 두루 쓰이는 두루말과 對立(대립)함으로 말미암아, 저절로 두루말과

一致(일치)하는 點(점)은 看過(간과)되어버리고, 그 시골에만 있는 特殊(특수)의 言語 現象(언어 현상)만을 置重(치중)하여 부르는 말로 뜻 잡히게 되었다. 元來(원래) 어떤 시골에만 特有(특유)하고 다른 시골에는 없는 말이 없다면 두루말에 對(대)하여 시골말이라는 말이 생기지도 아니하였을는지도 모르는 것인 즉, 시골말이 그 시골 特有(특유)의 言語 現象(언어 현상)을 가리키는 狹義(협의)로 쓰이게 되는 것도 一面(일면)으로 보면 自然(자연)의 形勢(형세)라 하겠다.

옛적 漢(한)나라 揚雄(양웅)이 方言(방언)이란 책을 지은 것이 있다. 그 序文(서문)에 "巡遊萬國(순유만국), 采覽異言(변람이언)"의 句(구)가 있고 그 本文(본문)에서는 秦(진)·晉(진)·宋(송)·楚(초)·趙(조)·魏(위) 等(등)의 서로 다른 말을 들어 놓았으니, 이는 곧 各(각) 地方(지방) 特異(특이)의 말을 方言(방언)으로 본 것이다. 이는 오늘날의 "어떤 시골(地方)에만 限(한)하여 쓰이고, 온 나라 안에 두루 쓰이지 아니하는, 곧 그 쓰임의 얼안(範圍)이 局限(국한)된 말을 시골말(方言)이라 한다"는 通俗的 觀念(통속적 관념)과 一致(일치)한 생각이다.

그러나, 言語學的(언어학적)으로 考察(고찰)한다면, 시골말이란 그 시골에 쓰이는 말의 온통(全體)을 가리킴이니, 그 속에는 다른 시골과 두루 통하는 두루말도 있을 것이요, 그 시골에만 局限(국한)하여 쓰이는 말도 들어 있을 것이라고 봄이 옳을 것이다. 왜 그러냐 하면 이를테면, ㄱ이란 시골의 사람이 긴 한 마디(월)의 말을 하였을 적에, 그 중에서 다른 시골에는 없는 一部分(일부분)의 몇낱의 말만이 그 시골말이요, 다른 것은 그 시골말이 아니라 함은 너무도 좁은 解釋(해석)이라 아니할 수 없기 때문이다. 그러나, 元來(원래) 各(각) 시골말 사이에 아무 差異(차이)가 없다면 시골말(方言)이란 말이 아예 생겨나지도 아니 하였을 것인 즉, 아무리 廣義的(광의적) 解釋(해석)을

取(취)한다 할지라도 시골말(方言)이란 槪念(개념) 속에는 그 言語(언어) 體系(체계) 全體(전체)로서는 반드시 다른 시골말과 部分的(부분적)이나마 差異(차이)가 있음을 豫想(예상)하는 것임은 틀림 없는 事實(사실)이라 하겠다.

다음에 말을 그 事實的(사실적) 地域的(지역적) 見地(견지)를 떠나서 價値的(가치적) 規範的(규범적) 見地(견지)에서 보아 표준말(標準語)과 사투리(不定語(부정어), 訛語(와어))의 두 가지로 가른다. 표준말은 그 言語 體系(언어 체계)가 쓰이는 同(동) 地域(지역)에서 표준으로 삼는 말을 이름이요, 사투리는 표준말이 되지 못한다고 보는 말을 이름이다.

표준말을 작정함에는 그 말이 쓰이는 範圍(범위)의 廣狹(광협)과 같은 地域的(지역적) 考慮(고려)도 들기는 하지마는, 이것만이 그 작정의 重大 要件(중대 요건)이 되는 것은 아니다. 표준말을 작정함에는 그 말의 쓰임의 範圍(범위)와 品位(품위)와 區別性(구별성) 等(등)을 標準(표준)하여 한다. 그러므로, 全國的(전국적)으로 두루 쓰는 말(두루말)이라도 地域的(지역적) 範圍(범위) 外(외)의 다른 標準(표준)에 맞지 못한 때문으로 표준말이 되지 못한 것도 있을 것이요, 그 나라 首府(수부)(그 首府(수부)의 말을 대체로 표준말을 삼는 경우에서)의 말이라도 표준말이 될수 없는것도 있을 것이다. 다시 말하면 표준말 속에는

1. 全國的 共通語(전국적 공통어)⋯⋯⋯⋯⋯⋯⋯⋯⋯⋯ 두루말
2. 標準 中心地(표준 중심지)(例(예) 서울)의 말 ⎤
3. 其他 多數(기타 다수)의 시골에서 쓰이는 말 ⎦ ⋯ 시골말

이 있을 것이다.

사투리는 다만 표준말이 될수 없는 말을 다 이룸이니, 그 말의 쓰이는 範圍(범위)가 全國的(전국적)이거나, 局地的(국지적)이거나를 勿論(물론)하고 표준말을 장적하는 표준에 맞지 못한 말은 다 사투리라 한다. 다시 말하면 사투리에도 앞의 표준말에서와 같이

1. 全國的 共通語(전국적 공통어)······························ 두루말
2. 標準 中心地(표준 중심지)(例(예) 서울)의 말 ⎫
3. 其他 多數(기타 다수)의 시골에서 쓰이는 말 ⎭ ··· 시골말

이 머금기어 있다.

위와 같이 적고 본즉, 두루말에도 표준말과 사투리가 있을 것이요, 시골말에도 표준말과 사투리가 있을 것이다.

위에 말하여 온 地域的(지역적) 事實的(사실적) 分類(분류)(두루말, 시골말)와 規範的(규범적) 價値的(가치적) 分類(분류)(표준말, 사투리)와의 瓦相關聯(와상관련)을 表(표)로 보이면 다음과 같다.

두루말 〈 표준말 시골말 〈 표준말
　　　　　 사투리　　　　　　　 사투리

표준말 〈 두루말 사투리 〈 두루말
　　　　　 시골말　　　　　　　 시골말

이 表(표)(보기를)에 依(의)하여, (一) 두루말이 곧 표준말이 아니며, 표준말이 곧 두루말이 아님을 알것이며, (二)시골말이 곧 사투리가 아니며, 사투리가 곧 시골말이 아님을 알 것이다.

(一) 그 言語 體系(언어 체계)가 所屬(소속)한 地域 全體(지역 전체)

에 두루 쓰이는 두루말이 표준말이 될 可能性(가능성)이 가장 많음은 틀림 없는 事實(사실)이다. 元來(원래) 말이란 것은 先驗的(선험적)의 것이 아니므로 그 소리와 뜻과의 사이에는 아무 必然的(필연적) 結合(결합) 關係(관계)가 있는 것이 아니다. 다만 後天的(후천적)으로 便宜的(편의적) 約束的(약속적) 因襲的(인습적)으로 그 社會(사회)의 사람들이 決定(결정)하는 것이다. 그러므로, 두루 쓰이는 事實(사실)은 바른 말, 표준말이 되기에 가장 가까운 말이다. 그러나, 그렇다고 두루말이 반드시 표준말이 되는 것은 아니다. 이를테면

　　"봉선화"와 "봉숭아꽃"과 "봉사꽃"

　　"숯"과 "숱"

　　"거의"와 "거진"과 "거위"

가 다 같이 두루 쓰이는 두루말이지마는, 우리는 그 가운데서 반드시 한낱의 표준말을 가려잡아야 함과 같은것이다.

　또 앞에서 말한바와 같이 시골말도 표준말이 될수 있은 즉, 표준말이 곧 두루말임이 아님을 알 것이다. 그러나, 이는 다만 事實問題(사실문제)일 따름이요, 價値問題(가치문제)로서는 표준말은 반드시 두루말 되기를 要求(요구)하는 것이다. 다시 말하면 어떠한 시골에만 쓰이는 말이라도 한번 意識的(의식적)으로 표준말로 決定(결정)되고 볼 것 같으면, 그것이 모든 地方(지방)에 두루 쓰이기를 要求(요구)되는것이된다. 그뿐 아니라, 事實的(사실적)으로 보더라도, 표준말은 모든 各 시골 사람에게 最善(최선)에 다음가는 말이 되는 것이다. 곧 各 시골 사람에게 가장 잘 들리는 말은 그 시골말일 것이요, 그 다음에 잘 들리는 말은 표준말이다.

　要(요)ㅎ건대 , 事實的(사실적) 概念(개념)인 두루말과 價値的(가치적) 概念(개념)인 표준말과를 混同(혼동)할 것은 아니다.

(二) 세상에는 흔히 시골말(方言)과 사투리(訛語)를 同一視(동일시)하는 일이 없지 아니하니, 이는 그 槪念(개념)이 아직 論理的(논리적) 分析(분석)에 到達(도달)하지 못한 탓이라 하겠다. 이제, 그 混同(혼동)하는 誤謬(오류)의 緣由(연유)를 생각하면 다음과 같다. 곧 그것은 표준말을 서울말(標準 中心地(표준 중심지)의 言語事實(언어사실))과 同一視(동일시)하고 시골말을 서울 밖의 다른 시골의 말과 同一視(동일시)한 때문이다.

그러나, 이는 그렇지 아니하다. 이를테면, 작년에 發布(발포)한 "사정한 조선어 표준말"은 "大體(대체)로 現在(현재) 中流(중류) 社會(사회)에서 쓰는 서울말"로 基準(표준)을 삼기는 하였으나, 그 査定(사정)한 標準語彙(표준어휘) 全部(전부)가 서울 말이 아니며, 또 서울말 全部(전부)가 표준말이 된 것도 아니다. 이를테면, 서울 말에서

"돈 오전"을 "둔 우전"으로,

"호랑이"를 "후랑이"로,

"절로"를 "절루"로,

"돌배"를 "똘배"로,

말하는 일이 많으나, 이따위는 서울말 "둔 우전" "후랑이" "절루" "똘배"로써 표준말을 삼을 수는 없다. 이는 그 말들이 가지고 있는 品位(품위)나 語感(어감)이 高尙(고상)하지 못한 까닭이다. 또 品位(품위)나 語感(어감)에는 無關(무관)할지라도, 다만 서울에만 局限(국한)되어 쓰이는 말따위도 亦是(역시) 표준말로 잡지 아니하였나니, 이를테면, 서울 말에서

"초"(醋(초))를 "단것"이라 하며,

"푸주"(庖廚(푸주))를 "관"이라

하는 것이 예사이지마는, 이따위 말은 다른 시골(地方)에서는 아주

없는 말인 즉, 이것으로써 到底(도저)히 표준말을 삼을 수 없는 까닭이다. ─이러므로, 서울 말 곧 표준말로 봄은 잘못이다.

시골이 오늘날 흔히 서울 밖의 地方(지방)(시골)을 뜻함이 예사이다. 이는 마치 漢字語(한자어) "地方(지방)"(시골)이란 말이 本來(본래) 京鄕(경향)의 區別(구별) 없이 西北地方(서북지방), 嶺南地方(영남지방), 畿湖地方(기호지방), 京城地方(경성지방) 等(등)으로 쓰이는 것이로되, 나중에는 地方(지방)(시골)이라 하면 (例(예), 地方(지방) 人士(인사), 地方(지방) 消息(소식), 地方版(지방판)) 依例(의례)로 京城(경성)(서울) 以外(이외)의 地方(지방)을 가리키게 되었음과 같다. 그래서 시골말(方言())이라면 依例(의례)로 서울 以外(이외)의 시골(地方)의 特有(특유)한 말을 가리키게 된 것이다. 그러나, 原義(원의)로 보아 시골말이 반드시 서울 밖의 시골의 말이 아님은 앞에 이미 말하였다. 그뿐 아니라, 設令(설령) 시골말이 서울 밖의 시골의 말로 解釋(해석)됨이 正當(정당)하다 할지라도, 시골말과 사투리와를 同一視(동일시)함은 잘못이다. 이를테면 앞에 든 서울말 "똘배" "단것" "관" 대신에 시골말 "돌배" "초" "푸주" 로써 표준을 삼았음과 같다.

要(요)ㅎ건대, 시골말과 사투리와를 同一視(동일시)함은 틀린 것이다. 事實的(사실적) 槪念(개념)인 시골말과 價値的(가치적) 槪念(개념)인 사투리와가 서로 一致하는 일이 있기는 하겠지마는, 이는 다만 事實上(사실상) 可能(가능)일 따름이요, 決(결)코 論理的(논리적) 必然性(필연성)은 없는 것이다.

끝으로 (一) 사투리의 표준말에 對(대)한 關係(관계)와, (二) 시골말의 두루말에 對(대)한 關係(관계)를 考察(고찰)하겠다.

(一) 사투리에는 표준말과 그 由來(유래)가 같은 것과 다른 것과의

두 가지가 있다.

(ㄱ) 그 由來(유래)가 표준말과 같은 것에는

(1) 꼴(形)이 달라진 것 :

  "절로"(自然히)를 "절루"라 하는 것 (서울)

  "고름"(膿)을 "고릉"이라 하는 것 (慶尙(경상))

  "버들"(柳)을 "뻐들"이라 하는 것 (慶南(경남))

(2) 뜻이 달라진것 :

  "부억"(廚 → "부엌"(焚口(분구)) (慶尙(경상))

(3) 꼴과 뜻이 함께 달라진 것 :

  "굳다"(堅) → "구덥다"(確實(확실)) (慶尙(경상))

(ㄴ) 표준말과 그 由來(유래)가 다른 것 :

(1) 표준말에 쓰지 않는 古語(고어)의 殘影(잔영)

  "하마"(旣) → "하마"(期待中(기대중) 旣然(개념)) (慶尙(경상))

(2) 外國(외국) 말에서 온 것 :

  "비누"(石鹼) → "사분" (慶尙(경상))

(3) 그 시골 特有(특유)의 말 :

  "일부러"(故(고)) → "우정" (平安(평안))

  "미리"(豫(예)) → "아저니" (平安(평안))

(二) 시골말의 두루말에 對(대) 한 關係(관계)도 大略(대략) 위와 같은 方法(방법)으로 갈라 볼 수가 있다.

(甲) 두루말과 같은 것.

(乙) 두루말과 다른 것.

(ㄱ) 두루말과 그 由來(유래)가 서로 같은 것 :

  (1) 꼴이 달라진 것.

  (2) 뜻이 달라진 것.

(3) 꼴과 뜻이 함께 달라진 것.

(ㄴ) 두루말과 그 由來(유래)가 다른 것 :

(1) 두루말에 쓰지 않는 古語(고어)의 殘影(잔영).

(2) 外國語(외국어)에서 온 것.

(3) 그 시골 特有(특유)의 말.

이러한 分類的(분류적) 考察(고찰)의 實例(실례)는 紙面上(지면상) 關係(관계)와 또 갑짝이 짓는 關係(관계)로 不充分(불충분)하게 되었사오니, 補充(보충)해 보시기를 바란다.

위에 풀이한 바에 依(의)하여 보건대, 표준말에 對立(대립)할 것은 시골말이 아니라 사투리이며, 시골말은 저 두루말에 對立(대립)할 것이라 함이 옳음을 알겠다.

그러나, 이제 표준말을 시골말과의 關聯(관련)에서 생각하여 보자. 元來(원래) 표준말은 어느 시골(地方)(혹은 標準(표준) 中心地(중심지) 一個(일동) 處(처)의, 혹 多數(다수)의, 혹은 全般(전반)의) 의 말로 된 것이다. 그러나, 여러가지의 原理(원리)에서 決定(결정)된 표준말은 어떤 시골말 그대로가 아니요, 그 地方的(지방적) 色彩(색채)가 磨滅(마멸)된 말이다. 예스벨센님의 말과 같이, 표준말은 綜合寫眞(종합사진)에 比(비)할 수 있는 것이다. 綜合寫眞(종합사진)이란 것은 몇 사람(同一 人種(동일 인종) 乃至(내지) 類似 人種(유사 인종)의)의 寫眞(사진)을 同一(동일) 乾板(건판) 위에 포개어서 사진박으면, 본대것과의 잔 相異點(상이점)은 다 없어지고, 典型(전형)만이 純粹(순수)히 나타게 된다. 이렇게 해서 된 肖像(초상)은 顯著(현저)히 훌륭한 것이 된다. 이 모양으로 사투리를 말끔 떨어버린 말(표준말)은 一種(일종)의 理想的(이상적)의 말이요, 實際(실제)의 말은 다 이에 가깝게 될 수 있을 따름이다. 이러므로, 예스벨센님은 표준말을 定義하여, 그 發音으로 말미암아 어떤 시골(地方)의 사람임을 분별할수 없는 사람의 말이라 하였다. 그런데, 사람은 누구를 勿論(물론)하고 다 完全(완전)히 言語上(언어상) 地方的(지방적) 色彩(색채)를 完全(완전)히 떨어버리기가 至極(지극)히 어려운 일인 즉, 完全(완전)한 표준말의 實行(실행)은 如何(여하)한 文明國(문명국)의 사람을 勿論(물론)하고 到達(도달)하기 어려운 일이다. 표준말은 다만 사람의 規範 意識(규범 의식)이 그 實現(실현)을 要求(요구)하는 理想的 言語(이상적 언어)이다.

-⟨한글⟩ 5권 7호(1937)-

풀이씨의 끝바꿈에 關(관)한 論(논)
(用語(용어)의 活用論(활용론))

1. 序論(서론)—分析(분석)에서 綜合(종합)으로.
2. 本論(본론)—우리말의 풀이씨의 끝바꿈.
3. 異說(이설)批評(비평)—朴勝彬(박승빈)님의 段活用說(단활용설)
을 駁(박)함.

弟一(제일). 床論(상론)—分析(분석)에서 綜合(종합)으로

(一(일)) 朝鮮(조선)말의 文法的(문법적) 發展(발전)의 階段(계단)

조선말이 배달겨레(朝鮮民族)의 입으로 말미암아 아름다운 소리
와 그 신기려운(神妙한) 구실(職能)을 비롯은 지는 아득한 太古(태고)
의 일일 것이다. 줄잡아도 朝鮮(조선)에 歷史(역사) 잇은 지 半萬年
(반만년)의 長久(장구)한 歲月(세월)에 조선말은 수없는 사람으로 말
미암아 자꾸자꾸 자라낫으며 피어낫다. 그러치마는 이 조선말이란
良田沃土(양전옥토)에는 五穀(오곡)이 豐登(풍등)하고 百果(백과)가 이
들이들 하것마는, 無心(무심)한 사람들은 이 沃土(옥토)를 等閑視(등

한시)하야, 이것을 뒤지며, 갈며, 매어서 그 眞價靈能(진가영능)를 發揮(발휘)시킬 생각을 하지 아니하엿엇다. 그래서 조선말은 거의 自然(자연)의 荒蕪(황무) 그대로 放置(방치)되어 잇엇다.

朝鮮(조선) 初葉(초엽)에 이르러 世宗大王(세종대왕)께서 한글을 지어 내심으로 해서, 조선말이 그 굴러갈 바퀴를 얻엇으며, 날아 갈 날개를 얻은 것이엇다. 그러치마는 人心(인심)이 아즉도 文化的(문화적) 自覺(자각)이 不足(부족)하야서, 이 바퀴와 날개로써 이 말을 운전하지 못하엿다.

이미 靈妙(영묘)한 機能(기능)을 안에 감춰 잇고, 또 精利(정리)한 연장—한글—을 갖훈 조선말이 그대로 荒野(황야)에 永久(영구)히 等棄(등기)되어버리고 말 것이 아니엇다. 開拓者(개척자)의 손은 드디어 이 沃土(옥토)에 버리고 말엇나니, 그는 곳 한힘샘 스승님이다. 이 數千(수천) 年(년)의 荒蕪(황무)를 開拓(개척)하랴 하매, 그의 일은 저저로 광이로 파고, 가래로 뒤지고, 독맹이를 골라 내고, 흙덩이를 부수는 것이엇다. 다시 말하면 周先生(주선생)의 하신 일은 조선말의 分析的(분석적) 硏究(연구)엿다. 이제 조선말을 그 文法的(문법적) 方面(방면)으로 보아 大略(대략) 네 時期(시기)로 가를 수 잇나니

第一期(제일기). 壇朝(단조)도부터 高麗末(고려말)까지는 形成發育時期(형성발육시기)니, 이 時期(시기)에는 우리말을 완전히 적어 낼만한 글자가 發明(발명)되지 아니하야 조선말은 아즉 쓰인말(書面言語)이 되지 못하고, 다만 소리말(口頭言語)이 되어, 입에서 귀로 겨우 日常(일상)의 必要(필요)한 用務(용무)를 분멸하는 구실을 한 따름이엇다. 이 동안에 無數(무수)한 가운대에 끊임없이 말의 법이 形成(형성)되며 發育(발육)되어 온 것이다. 이 時期(시기)에 잇어서 古代(고대) 文字(문자)는 아득하여 지금 考證(고증)할 實跡(실적)이 없고, 新羅

(신라) 以來(이래) 吏讀文字(이두문자)로 쓰인 鄕歌(향가) 文學(문학)은 조선말이 소리말에서 쓰인말(書面言語)로 건너 가랴는 準備(준비)가 始作(시작)되니 것이라 할 것이다.

第二期(제이기). 朝鮮(조선) 初葉(초엽) 世宗大王(세종대왕)께서 한 글을 지어 낸 때로부터 甲午更張(갑오경장) 以前(이전)까지의 約(약) 四百(사백) 五十(오십) 年(년) 동안은 長成確立時期(장성확립시기)니, 이 時期(시기)에 조선말이 비로소 제에게 가장 適合(적합)한 表記(표기) 手段(수단)을 얻어서, 소리말에서 쓰인말에까지 發展(발전)하야, 말로서는 內外(내외) 兩面(양면)의 形態(형태)를 갖후게 된 것이다. 그러나 이 동안에도 아즉 民族的(민족적) 自覺(자각)이 도저하지 못하고, 漢字(한자)의 勢力(세력) 때문에 조선말은 소리말에서나 쓰인말에서나 다 自由(자유)로운 發達(발달)을 大成(대성)하지 못한 것은 큰 遺憾(유감)되는 事實(사실)이다. 그러키는 하지마는 조선말이 잘 되엇던, 몯 되엇던 이 時期(시기)에 쓰인 말로 長成確立(장성확립)한 것만은 否認(부인)할 수 없을 것이다.

第三期(제삼기). 甲午更張(갑오경장)으로부터 最近(최근) 即(즉) 一九二〇年代(1920년대) 末(말)(代(대)는 길)까지 大略(대략) 四十年間(사십년간)은 分析的(분석적) 硏究時期(연구시기)니, 이 時期(시기)에 들어서 조선말이 비로소 쓰인 말로서의 實社會(실사회)의 多方面(다방면)의 文化的(문화적) 任務(임무)를 遂行(수행)하게 됨에 따라, 말을 적는 사람은 大體(대체)로 多少間(다소간) 조선말의 分析的(분석적) 硏究(연구)에 致意(치의)하엿을 것이다. 그러나 이 時期(시기)의 가장 卓越(탁월)한 代表者(대표자)는 앞에도 말한 周時經(주시경) 先生(선생)이다. 先生(선생)의 平生(평생) 勞作(노작)은 한 말로 하면 조선말본의 分析的(분석적) 硏究(연구)와 그 敎育(교육)에 잇엇다 할 것이요, 그의 가르침을 받은 여러 사람들의 오늘날까지 既成(기성) 業蹟(업적)은 亦是(역시) 이 分析的(분석적) 理論(이론)에 不過(불과)하다고 概言(개언)할 수 잇을 것이다.

第四期(제사기). 오늘날 卽(즉) 大略(대략) 一九二〇年代(1920년대)로부터는 조선말본의 綜合的(종합적) 硏究(연구) 及(급) 整理(정리) 時期(시기)니, 이 時期(시기)의 特徵(특징)은 前期(전기)에 쓰든 分析的(분석적) 硏究方法(연구방법) 대신에 綜合的(종합적) 硏究方法(연구방법)을 採用(채용)하야, 조선말의 綜合的(종합적) 本質(본질)을 밝혀내어, 조선말본의 綜合的(종합적) 理論(이론)을 세워, 조선말을 綜合的(종합적)으로 整理(정리)한 任務(임무)를 가진 것이라 하노라. 「分析(분석)에서 綜合(종합)으로」! 이는 바루 오늘날의 외침(슬로간, 몯도)이다.

(二(이)) 分析的(분석적) 方法(방법)의 缺陷(결함)

分析的(분석적) 方法(방법)과 綜合的(종합적) 方法(방법)은 어떠한 對象(대상)의 學問(학문)에서든지 다 應用(응용)될 수 잇는 二種(이종)의 方法(방법)이다. 그런데 語學硏究(어학연구)에서는 낱말을 語源的(어원적)으로 分析(분석)하며 또 品詞的(품사적)으로 分析(분석)하는 것으로 들어난다. 어느 程度(정도)의 分析(분석)은 반드시 없을 수 없는 것이다. 그러나 分析(분석)의 過度(과도)는 그 本然(본연)의 綜合的(종합적) 性質(성질)을 正當(정당)히 理解(이해)할 수 없게 된다. 이를 테면 물을 水素(수소) 둘과 酸素(산소) 하나로 쪼갈러(分析해)놓으면 물 本然(본연)의 性質(성질)을 理解(이해)할 수 없게 되나니, 곳 水素(수소)와 酸素(산소)는 다 可燃性(가연성)의 것인데, 이 可能性(가능성)

의 元素(원소) 두가지가 合(합)하여 된 물은 타기는 커녕 타는 불을 끄는 性質(성질)을 가진 것이니, 물의 性質(성질)을 저 可燃性(가연성) 의 水素(수소) 酸素(산소)로써는 到底(도저)히 說明(설명)할 수가 없다. 그러타고 해서 물을 水素(수소)와 酸素(산소)로 쪼가르는 것은 아모 뜻이 없다는 것은 아니지마는, 적어도 물 그것의 本然(본연)의 綜合 的(종합적) 性質(성질)를 理解(이해)하야, 혹은 불을 끄기에 쓰며, 혹 은 먹으며, 혹은 田畓(전답)의 穀物(곡물)을 기르며, 혹은 배를 뜨이 며, 혹은 電氣(전기)를 이르키랴 할진대, 모름지기 물 그대로 觀察(관찰)하며 實驗(실험)하며 硏究(연구)하며 利用(이용)할 方途(방도)를 생각하여야 할 것이다.

이러케 말함은 決(결)코 言語硏究(언어연구)에 語源的(어원적) 및 品詞的(품사적) 分析(분석)이 全然(전연) 必要(필요)가 없다 하는 것은 아니다. 그러나 말 그것의 本然(본연)의 綜合的(종합적) 性質(성질)을 正當(정당)히 理解(이해)하야 그 便益(편익)한 利用(이용)과 圓滿(원만)한 發達(발달)을 꾀하랴면, 語源(어원)으로 가르며 品詞(품사)로 가르는 것도 그 本性(본성)을 害傷(해상)하지 아니하는 程度(정도)에 그쳐야 한다. 元來(원래) 말이란 것은 사람의 思想感情(사상감정)을 發表(발표)하는 것인데, 그 發表方法(발표방법)이 分析的(분석적)임 보다 綜合的(종합적)이다. 낱말(單語)보다 월(文)이 먼저 생겻다 하는 實證的(실증적) 事實(사실)은 곧 이를 傍證(방증)하는 것이라 할 수 잇다.

이제 分析的(분석적) 方法(방법)을 우리말의 硏究(연구)와 整理(정리)에 應用(응용)할 것 같으면

첫재는 語源(어원)을 徹底(철저)하게 表記(표기)하랴는 綴字法(철자법)이 되나니, 이를터면

「고프다」(飢)를 「곯브다」로,

「아프다」(痛)를 「앓브다」로,

「슬프다」(悲)를 「슳브다」로,

「올개미」를 「옭앰이」로,

「가리마」를 「갈이마」로,

적자 하는 따위와 같다.

둘재로는 品詞分類(품사분류)의 單元(단원)을 너무 적게 잡아서 퍽 言語(언어)의 實感(실감)을 떠난 細分(세분)을 하게 되나니, 이를터면

먹다, 먹어, 먹게, 먹고,

의 「먹」과 「다, 어, 게, 고」 따위는 우리의 言語生活(언어생활)에서 決(결)코 截然(절연)히 分立(분립)되어 獨立的(독립적)으로 理解(이해)되는 일이 決(결)코 없건마는, 그 사이에 얼마큼의 可分性(가분성)이 잇다 해서, 그것을 다 各各(각각) 獨立(독립)한 씨(品詞)로 가르게 되며, 그 程度(정도)가 甚(심)하게 되어서는

잡히시겟더라

먹이시엇겟다

의 各(각) 音節(음절)(낱내)이 다 各各(각각) 獨立(독립)의 品詞(품사)의 資格(자격)을 얻어, 이를 씨를 單位(단위)로 하는 글을 적을 것 같으면

잡 히 시 겟 더 라

먹 이 시 엇 겟 다

로 되나니, 이것이 우리의 言語生活(언어생활)의 實感(실감)에 어글어진 노릇이 되는 것은 말할 것도 없다. 그리하여 이 分析的(분석적) 方法(방법)으로 나아가면, 제 單獨(단독)으로는 發音(발음)도 할 수 없는 한낱의 닿소리(子音)에까지 獨立(독립)한 씨(品詞)의 資格(자격)을 주게 되나니, 이를터면

ㄴ(「가ㄴ 사람」의 ㄴ)

ㄹ(「가ㄹ 사람」의 ㄹ)

ㅁ(「싸우ㅁ」의 ㅁ)

의 따위에까지 씨의 資格(자격)을 주엇다. 이 分析的(분석적) 方法(방법)은 周時經(주시경) 先生(선생)이 비롯하엿고, 金科奉(김두봉)님은 얼마큼 綜合(종합)으로 나아가랴다가 이루지 못하고, 朴勝彬(박승빈)님은 입으로는 매양 「周說(주설)」을 反對(반대)하지마는, 그 實際(실제)에 잇어서는 一個(일개) 單純(단순)한 周先生(주선생)의 門徒(문도)로서 그 分析的(분석적) 方法(방법)을 徹底(철저)히 施行(시행)하엿다. 그의 朝鮮語體系一覽(조선어체계일람)과 朝鮮語學講義要旨(조선어학강의요지)를 보면 「周說(주설)」에 잇어서는 아즉 씨(品詞)의 資格(자격)을 얻지 못하엿든 앞에든 보기로 말하면

「히」「시」「겟」 따위와 「ㅁ」

따위가 다 各各(각각) 獨立(독립)한 씨(品詞)가 되어 「助用詞(조용사)」란 이름을 얻엇다.

이와 같음은 다 分析的(분석적) 方法(방법)을 應用(응용)한 結果(결과)니, 이리하여서는 到底(도저)히 우리말의 本然(본연)의 綜合的(종합적) 性質(성질)을 理解(이해)하며 把握(파악)할 수 없는 것이다. 따라 우리는 이 分析的(분석적) 說明(설명)에 도저히 滿足(만족)할 수 없는 것이다. 「分析(분석)에서 綜合(종합)으로」 가야 할 것이다.

第二(제이). 本論(본론)—풀이씨의 끝바꿈(用言(용언)의 活用(활용))

(一(일)) 풀이씨의 構成(구성)

綜合的(종합적) 方法(방법)은 말의 어떠한 部分(부분)에서도 適用(적용)될 수 잇는 것이지마는, 그것이 가장 顯著(현저)한 구실과 結果(결과)를 나타내는 部分(부분)은 풀이씨(用言)다. 그래서 이제 나는 우리말의 풀이씨의 끝바꿈(活用)을 論(논)함에 當(당)하여, 이 綜合的(종합적) 方法(방법)을 쓰엇노라. 그런데 풀이씨(用言)에는 움즉씨(動詞), 어떻씨(形容詞), 잡음씨(指定詞)의 세 가지가 잇지마는, 여기에서는 그 보기로 움즉씨 하나만을 가지고, 끝바꿈(活用)을 풀이하고자 하노라.

앞에서 말한 바와 같이 分析的(분석적) 方法(방법)을 取(취)한 이들은 「먹다」를 「먹」과 「다」의 두 씨(品詞)로 잡고, 甚至於(심지어) 「먹이시엇다」를 「먹」 「이」 「시」 「엇」 「다」의 다섯 씨로 잡는다. 그러나 이같이 함은 分析的(분석적) 理論(이론)에는 滿足(만족)을 줄는지 알수 없지마는, 現實(현실) 言語生活(언어생활)의 實感(실감)하고는 아즉먼 理論(이론)이 되는 것이다. 그것들 사이에는 얼마큼 分析(분석)할 수 잇는 性質(성질)이 잇음은 事實(사실)이겟지마는, 그러타고 우리가 實際(실제)로 그것을 分析的(분석적)으로 使用(사용)하며 分析的(분석적)으로 理解(이해)하는 것은 아니다. 다만 한덩이로 쓰며 아는 것이다. 그러므로 우리는 「먹다」 「먹고」 「먹어」 「먹으니」 따위와 「먹이시엇다」 따위를 다 各各(각각) 한 낱의 말곳 한 씨(品詞)로 잡는다.

그러나 우리도 그 한 씨의 안에서도 部分(부분)과 部分(부분)이 서로 分離(분리)할수잇는 狀態(상태)에 잇음을 認(인)하야 「먹」은 씨줄기 또는 줄여서 줄기(語幹 Stem, Stamm)라 하고, 「다」「고」「어」「으니」따위는 씨끝(語尾 Termination, Eordu g)이라 한다. 이것을 定義的(정의적)으로 말하자면 줄기(語幹)는 풀이씨(用言)의 實質的(실질적) 意義(의의)를 나타내는 것이니, 變動(변동)이 없는 因定部分(인정부분)이요, 씨끝(語尾)은 풀이씨의 形成的(형성적) 意義(의의)를 나타내는 것이니, 여러 가지의 文法的(문법적) 關係(관계)를 나타내기 爲(위)하야 여러 가지 形成(형성)으로 바뀌는 活用部分(활용부분)이다. 그런데 풀이씨는 아모리 간단하드라도 반드시 이 줄기와 씨끝의 두 조각은 갖훠야 한다.

줄기는 單一(단일)한 中心槪念(중심개념)으로 되는 것이 풀이씨의 原形(원형)이지마는, 그 詳細(상세)한 意義(의의)를 表示(표시)키 爲(위)하야 줄기에 붙어서 그것을 돕는 것이 잇나니, 이런 것을 도움줄기(補助語幹)라 하나니라. 그리하여 원줄기는 풀이씨의 中心槪念(중심개념)을 나타내고, 도움줄기는 그 中心槪念(중심개념)에다가 힘(Voice. 卽(즉) 시김과 입음) 때매김(Tence 時制), 높임, 낮훔 따위의 뜻을 더 가늘게 規定(규정)하는 일을 하나니, 이것이 우리말이 添加語(첨가어)인 性質(성질)을 表示(표시)하는 것이 되나니라. 이를테면

「먹이다」의 「이」,
「가시다」의 「시」,
「먹엇다」의 「엇」,
「먹사오니」의 「사오」,

의 따위가 곧 도움줄기다. 이 도움줄기는 그 必要(필요)를 따라 하나만이 쓰이기도 하고, 또 둘이나 셋이나 넷이나 다섯이나 한꺼번에 쓰이기도 하나니, 이를테면

「먹 이 시 엇 사오니」

에서와 같은 따위니라.

도움줄기는 원줄기에 攝取(섭취)되어서 원줄기와 함께 한 낱의 줄기를 일워서, 靜的(정적) 狀態(상태)를 取(취)하는 것이 된다. 이를테면

먹이시다

     〃 게

     〃 기

     〃 니

     〃 고

먹이시엇다

     〃 게

     〃 기

     〃 니

     〃 고

와 같다.

그러므로 풀이씨는 그 짜임(構成)이 簡單(간단)하거나 複雜(복잡)하거나 한가지로 반드시 줄기와 씨끝의 두 조각으로 되나니, 줄기와 씨끝은 풀이씨의 뺄수없는 基礎要素(기초요소)니라. 바꿔 말하면, 풀이씨의 뺄수없는 基礎要素(기초요소)는 줄기와 씨끝이니, 이 두 조각이 具備(구비)되어야 비로소 그 뜻을 잡을 수가 잇다. 그러므로 이 두 조각은 아주 딴 씨(品詞)로 가를 수는 없는 것이니라.

(二.(이)) 풀이씨의 끝바꿈의 법

나는 綜合的(종합적) 方法(방법)을 取(취)하야 풀이씨의 끝바꿈(活用)을 풀이한다. 大體(대체) 끝바꿈(活用)이란 무엇이냐? 우리는 그

뜻부터 매겨 놓아야 한다. 그 뜻매김(定義)은 이러하다.

풀이씨가 월(文)에서 그 語法的(어법적) 職能(직능)을 다하기 爲(위)하야 그 語形(어형)의 끝의 部分(부분) 곧 씨끝(語尾)이 여러 가지로 바꾸는 것을 씨끝바꿈 줄여서 끝바꿈(活用)이라 일컫나니라. 이를테면

　　　범을 잡다(베풂―敍述(서술))

　　　　〃　　잡느냐(물음―疑問(의문))

　　　　〃　　잡자(꾀임―勸誘(권유))

　　　　〃　　잡아라(시킴―命令(명령))

　　　　〃　　잡구나(느낌―感動(감동))

의 잡다 잡느냐 잡자 잡아라 잡구나는 풀이(說明, 陳述)가 되어서 월(文)을 끝맺는 것이요,

　　　범을 잡을 사람(어떤꼴―冠形詞形(관형사형))

　　　　〃　　잡은 사람(　〃　　　〃　　　　　　)

　　　　〃　　잡는 사람(　〃　　　〃　　　　　　)

의 잡을, 잡은, 잡는은 다른 임자씨(體言) 우에서 그것을 꾸미는 어떤씨(冠形詞) 같은 일을 하는 것이요,

　　　범을 잡게 되엇다.(어찌꼴―副詞形(부사형))

　　　범을 잡아 본다. (　〃　　　〃　　　　　)

의 잡게 잡아는 월의 풀이가 되는 동시에 그 말에 오는 풀이씨를 꾸미는 어찌씨(副詞) 같은 일을 하는 것이요,

　　　범을 잡기가 쉽지 아니하다.(이름꼴―名詞形(명사형))

　　　범을 잡음이 어떠하냐　　(　〃　　〃　　　　)

의 잡기 잡음은 그 우의 말에 對(대)하야는 풀이(陳述)가 되는 동시에 그 全體(전체)를 한 이름씨(名詞) 같이 만들어서 그 앒의 말에 對(대)하야는 원의 임자(主格) 노릇을 하는 것이요,

범을 잡고, 도라왓다.

범을 잡으니, 맘이 시원하다.

범을 잡으면, 좋겟다.

의 잡고, 잡으니, 잡으면 따위는 월의 풀이가 되어서 그 월을 끝내지
아니하고 다시 다른 말에 잇는 것임과 같으니라.

끝바꿈(活用, Konjugation)은 우에 말한 바와 같이 풀이씨(用言)에만
잇는 것이요, 임자씨(體言)에는 잇지 아니하니, 이는 모든 나라말이
다 그러하니라. 勿論(물론) 임자씨(體言)가 文法的(문법적) 關係(관계)
를 表示(표시)하기 爲(위)하야 그 語形(어형)을 變(변)하는 일이 잇는
나라말이 잇기는 하지마는(우리말은 그러치 아니함) 그것은 끝바꿈(活
用)이라고는 하지 아니하고, 區別(구별)하야서 꼴달라짐(變形 Dekli-
nation)이라 일컫나니라.

끝바꿈(活用)에는 세 가지의 법이 잇나니, 마침법(終止法), 껌목법
(資格法), 이음법(接續法)이 그것이다.

마침법(終止法)은 월의 풀이(說明, 陳述)가 되어서 그 월을 마치는
법이요,

껌목법(資格法)은 풀이씨가 월의 풀이가 되는 동시에(혹은 獨立法)
으로, 풀이가 되지 않고서) 그 껌목(資格)을 바꾸어서 혹은 이름씨
(名詞)로, 혹은 어찌씨(副詞)로, 혹은 어떤씨(冠形詞)로 되는 법을 이
름이요,

이음법(接續法)은 풀이씨가 월의 풀이가 되어서 끝맺지도 아니하
고, 또는 껌목(資格)을 바꾸지도 아니하고, 다른 월이나 풀이말(說明
語, 陳述語)에 잇는 接續(접속)하는 법을 이름이니라.

이 세 가지 법의 낱낱의 境遇(경우)를 들어 풀이함은 容易(용이)한
일이 아닌즉, 到底(도저)히 簡單(간단)한 이 論文(논문)의 能(능)히 다

할 바 안 된다. 그러므로 그것은 나의 짓는 中(중)에 잇는 「우리말본」 둘재 매에 밀우고, 여기에서는 다만 그 一覽表(일람표)만을 들어 놓겟으니, 읽는 이들은 參考(참고)하시기를 바란다.

(一(일)), 마침법(終止法)

(1). 베품꼴(敍述形)

  1. 해라(아주낮훔, 極單稱(극단칭)); -다, -(으)니라, -(더)라, (으)마, -느니라, -나니라, -노라.

  2. 하게(낮훔, 單稱(단칭)); -네, -(으)ㅁ세, -데

  3. 하오(높힘, 單稱(단칭)); -(으)오, -소(닿소리씨끝), -지요, -아요(-어요).

  4. 합쇼(아주높힘, 極單稱(극단칭)); -니다, -느(나)이다, -이다

  5. 반말(等外(등외)); -아(어), -지, -(으)ㅁ.

(2). 물음꼴(疑問形)

  1. 해라(아주낮훔);…-느냐, -(더)냐.

  2. 하게(낮훔);…-(는)가, -(으)ㄹ가, -(던)가.

  3. 하오(높임);…-(으)오, -소(닿소리씨끝), -아요(어요), -(지요).

  4. 합쇼(아주높임);…-니가, -느(나)이가, -(오)이가.

  5. 반말(等外(등외));…-아(어), -지.

(3). 시김꼴(命令形)

  1. 해라(아주낮훔)…-(으)라, -아라(-어라), -여라, -너라, -거라.

  2. 하게(낮훔)…-게.

  3. 하오(높임)…-(으)오, -소(두루씨끝), -아요(어요), -지요.

  4. 합쇼(아주높임)…-(으)소서, -읍시사

  5. 반말(等外(등외))…-아(어), -지.

(4). 꾀임꼴(勸誘形(권유형))

1. 해라(아주낮훔)…-자, -려무나.

2. 하게(낮훔)…-세(-자오).

3. 하오(높임)…-(읍)시다.

4. 합쇼(아주높임)…-(십)시다.

5. 반말(等外)…-아(어), -지.

(5). 느낌꼴(感嘆形)…-구나(고나), …도다.

(二(이)). 껌목법(資格法)

(1). 어찌꼴(副詞形(형))

1. 첫재어찌꼴(一般)…-아(어).

2. 둘재어찌꼴(모양)…-게.

3. 셋재어찌꼴(지움)…-지.

4. 넷재어찌꼴(바람, 나아감, 수)…-고.

(2). 어떤꼴(冠形詞形)

1. 이제…-(으)ㄹ.

2. 이제이음…-는.

3. 올적…-(으)ㄹ.

4. 지난적…-(으)ㄴ.

(3). 이름꼴(名詞形)

1. 첫재이름꼴(가리킴)…-(으)ㅁ.

2. 둘재이름꼴(나아감)…-기.

(三(삼)). 이음법(接續法)

(1). 매는꼴(拘束形(구속형)

1. 假定的(가정적)…-(으)면, -(으)ㄹ것같으면, -(으)ㄹ진대(댄), -거든, -(으)ㄹ지라.

2. 事實的(사실적)····-(으)ㄴ즉, -(으)매, -(으)므로, -거늘, -(으)ㄴ지라. -는지라, -기에, -(으)니, -나니, (으)니까.

3. 必要的(필요적)····-아야(어야), -아야만(어야만)

(2). 안매는꼴(不拘形)

1. 假定的(가정적)····-더라도, -(으)ㄹ지라도, -(으)ㄴ들,(反語接續(반어접속))

2. 讓步的(양보적)····-(으)ㄹ망정, -(으)ㄹ지언정.

3. 事實的(사실적)····-지마는, -것마는, -거니와, -아도(어도), -(으)나, -(으)나마, -(으)되.

4. 推測的(추측적)····-(으)려니와, -(으)련마는.

(3). 벌림꼴(羅列形)

1. 때버림(時間羅列(시간나열))

한때벌림····-(으)면서, -(으)며.

차례벌림····-고, -고서.

2. 얼안벌림(空間羅列)····-(으)며, -고.

(4). 풀이꼴(說明形)····-는데(는바, 은바), -(으)ㄹ세.

(5). 가림꼴(選擇形)····-거나, -든지, -(으)나.

(6). 하럄꼴(意圖形)····-(으)랴, -(으)려, -고자(고저)

(7). 목적꼴(目的形)····-(으)려.

(8). 미침꼴(到達形)····-도록.

(9). 그침꼴(中止形)····-다가.

(10). 되풀이꼴(反復形)····-락-락.

(11). 잇달음꼴(連發形)····-자

(12). 견줌꼴(比況形)····-거든, -거온.

(13). *끄*어옴꼴(引用形)····-되, -기를.

(14). 더보탬꼴(添加形)…-(으)ㄹ뿐더러.

(15). 더해감꼴(益甚形)…-(으)ㄹ스록.

(16). 뒤집음꼴(過去假翻形)…-던들.

이밖에 벗어난 끝바꿈움즉씨(變格活用動詞(변격활용동사))를 따로 말하여야 하겠지마는 그것은 다음 機會(기회)로 밀우고 여기에는 덜어버렷노라.

우에 벌려든 움즉씨의 씨끝(및 앞에든 도움줄기)은 벗어난 풀이씨(變格用言)의 씨끝 밖에 것은 모든 움즉씨의 줄기에 그대로 붙어 쓰임이 原理(원리)다.(끄어옴꼴과 같은, 그 自體(자체)의 本質上(본질상) 轉定(전정)한 움즉씨 알에만 쓰일 것은 勿論(물론) 말고). 그 가운데 다만 두 가지의 달라지는 까닭이 잇다.

(1). 첫재 하나는 그 우의 움즉씨의 끝낱내(末音節)가 홀소리로 끝짐과 닿소리로 끝짐을 따라서 씨끝(語尾)이나 도움줄기(補助語幹)에 달라짐이 생기는것과 안생기는것의 두가지의 다름이 생기나니; 그 달라짐이 생기는 것을 가름씨끝(區別語尾), 가름도움줄기(區別輔助語幹)이라 하고, 그 달라짐이 생기지 아니하는 것을 두루씨끝(共通語尾), 두루도움줄기(共通輔助語幹)라 한다. 이를테면, 씨끝 「다」「거든」의 따위는

　가다, 먹다

　가거든, 먹거든

과 같이 홀소리알에나 닿소리알에나 두루쓰이는 두루씨끝(共通語尾)이요, 「니」「으니」는 그 뜻인즉 꼭 한가지지마는 그 우의 소리를 따라서 各各(각각) 쓰임이 다를 뿐이니, 곳 홀소리 알에는 「니」가 쓰이고, 닿소리알에는 「으니」가 쓰인다. ─이러한 것이 곳 가름씨끝(區別語尾)이다. 그런데 홀소리알에 쓰이는 것을 홀소리씨끝(母音語尾),

닿소리알에 쓰히는 것을 닿소리씨끝(子音語尾)이라 일컫나니, 닿소리 씨끝은 곧 홀소리씨끝 우에다가 소리고루는 「으」를 얹어서 된 것이 니라. 이제 그 보기을 表示(표시)하면 다음과 같다.

모음줄기;─

1. 가름도움줄기 { 홀소리도움줄기…시
                 닿소리도움줄기…으시

2. 두루도움줄기 ·····························겟, 앗, 엇…

씨끝.

1. 가름씨끝 { 홀소리씨끝…니, 면, 마, 오
             닿소리씨끝…으니, 으면, 으마, 으오.

2. 두루씨끝 ······················거든, 다, 도다, 자.

(2). 둘재는 줄기의 끝낱내(末音節)가 밝은 홀소리(陽性母音)인가 어두운 홀소리(陰性母音)인가를 따라서, 한 가지의 뜻을 가진 도움줄기나 씨끝이 홀소리고룸(母音調和)의 法則(법칙)에 依(의)하야 그 꼴을 달리하는(곧 밝은 홀소리 알에는 밝은 홀소리의 첫소리(이, 앗)가 쓰이고, 어두운 홀소리 알에는 어두운 홀소리의 첫소리(어, 엇)가 쓰이는)법이 잇나니, 이를테면

막아, 막아라, 막앗다,

먹어, 먹어라, 먹엇다,

와 같으니라. 도움줄기의 밝은 홀소리알에 쓰이는 것을 밝은도움줄기(陽性補助語幹), 어두운 홀소리알에 쓰이는 것을 어두운도움줄기(陰性補助語幹)라 하며, 씨끝에도 이와 같이 밝은씨끝(陰性語尾), 어

두운씨끝(陰性語尾)이라 하나니라.

(三(삼)) 綜合的(종합적) 理論(이론)의 利点(이점)

나는 以上(이상)에서 綜合的(종합적) 方法(방법)에 依(의)하야 우리 말의 풀이씨(用言)의 끝바꿈(活用)을 풀이하엿다. 이러한 綜合的(종합적) 說明(설명)은 저 分析的(분석적) 說明(설명)에 比(비)하야 어떠한 다름 곳 優点(우점)이 잇는가. 나는 이제 이에 關(관)하야 簡單(간단)한 풀이를 붙이고자 한다

(1). 綜合的(종합적) 理論(이론)은 말의 綜合的(종합적) 本然(본연)의 性質(성질)에 맞는 整齊(정제)한 說明(설명)이 成立(성립)된다. 우리는 말을 쓸 적에 綜合的(종합적)으로 쓰는 것이지, 決(결)코 分析的(분석적)으로 쓰는 것이 아니다. 말은 사람에게 分析(분석)을 要求(요구)하는 것이 아니라 綜合(종합)을 要求(요구)하나니, 이는 말 그것이 本來(본래) 綜合的(종합적) 性質(성질)을 가졋기 때문이다. 이를테면 「먹다」는 한낱의 씨(品詞)지, 決(결)코 두낱의 씨로는 서지 아니한다.

(2). 이러한 綜合的(종합적) 理論(이론)은 言語(언어)의 綜合性(종합성)과 一致(일치)되는 同時(동시)에, 말을 하는 사람의 思想(사상)과 關聯(관련)을 가지게 된다. 그러므로 이러한 綜合的(종합적) 文法(문법)은, 말의 主人(주인)이요 또 생각의 主人(주인)인 사람이 배우기에 쉬우며, 또 그 배운 知識(지식)을 實際(실제)의 言語生活(언어생활)에 應用(응용)하기 便利(편리)하다. 다시 말하면 이러한 말본(文法)이라야 교육적 效果(효과)를 낼 수 잇을 것이다.

(3). 綜合的(종합적) 理論(이론)은 그 文法的(문법적) 法則(법칙)을 理解(이해)하기에 便利(편리)할뿐 아니라, 말과 글 그것을 理解(이해)하기에 有利(유리)하다. 이를테면

『어떠하 ㄴ 때 에 다르 ㄴ 것 우에 쓰 이 ㄹ 지 라 도 그 것 은 좋

지 못 하 오』

와 같은 分析的(분석적) 記法(기법)보다

　　『어떠한 때에 다른 것 우에 쓰일지라도 그것은 좋지 못하오』

와 같은 綜合的(종합적) 理論(이론)에 基(기)한 記法(기법)이 훨신 읽기와 깨치기에 便利(편리)함은 누구든지 얼른 알 수 잇는 것이다.

　(4). 綜合的(종합적) 理論(이론)은 말의 發達(발달)에 有利(유리)하다. 말의 發達(발달)에는 한 가지의 말이 꼴은 그냥 지니고 다만 그 뜻이 여러 가지로 번지는 일도 잇으며, 또 말이 그 꼴을 조금 바꾸어서 또는 다른 말과 어울러서 딴 말을 이루는 일도 잇다. 그러한데 分析的(분석적) 說明(설명)에만 따를 것 같으면 말이 外形上(외형상)으로(따라 內容上(내용상)으로도) 複雜(복잡)해진 發達(발달)을 이룬 것들도 모루 다 語源的(어원적)으로 分析(분석)해 써야만 할 것이니, 이리해서는 말의 綜合的(종합적) 發達(발달)을 助長(조장)하기는커녕 阻害(조해)함이 많을 것이다.(이러한 形式(형식) (따라 內容(내용)의 綜合的(종합적) 發達(발달)의 顯著(현저)한 例(예)는 우리가 저 또이취말에서 볼 수 잇다), 만약 嚴密(엄밀)히 首尾整齊(수미정제)하게 分析的(분석적) 理論(이론)을 지킬진대, 이를테면

　　「다른」(他)을 「다르」(異)와 「ㄴ」으로,

　　「가즌」(百種, 온갖)을 「갖」(具)과 「은」으로,

　　「모든」(諸)을 「몯」(集)과 「은」으로,

　　「어름」(水)을 「얼」(凍)과 「음」으로,

　　「조금」(少)을 「족」(少)과 「음」으로,

와 같이 각각 두 單語(단어)로 分析(분석)하여 써야 할 것이니, 이것이 얼마나 귀찮은 分析(분석)인가! 또 얼마나 有利(유리)한 分析(분석)인가!

(5). 도움움즉씨(輔助動詞)를 풀이함에 綜合的(종합적) 說明的(설명적)이 퍽 有利(유리)하다. 앞사람들은 우리말본에서 아직 도모지 도움움즉씨(輔助動詞)를 풀이하지 아니하엿기 때문에 그 硏究(연구)가 아직 우리말의 全野(전야)에 미치지 못하고, 따라 우리말의 綜合的(종합적) 有精的(유정적) 關聯(관련)에서의 運用法(운용법)을 說明(설명)하지 못한 点(점)이 많다. 이제 나는 앞사람이 아직 開拓(개척)하지 못한 이 쪽(方面)의 묵밭을 뒤지고저한다.(그러나 이 實際(실제)는 이 論文(논문)에서는 到底(도저)히 論及(논급)할 餘裕(여유)가 없다.) 그러함에는 꼭 綜合的(종합적) 說明法(설명법)을 取(취)하여야 한다. (未完(미완))

-〈한글〉1권 7호(1933)-

풀이씨의 끝바꿈에 關(관)한 論(논)(承前(승전))
(用語(용어)의 活用論(활용론))

弟三(제삼). 異說批評(이설비평)―朴勝彬(박승빈)님의 段活用說(단활용설)를 駁(박)함

一(일). 段活用說(단활용설)의 要旨(요지)

먼저 朴勝彬(박승빈)님의 段活用說(단활용설)을 그 著書(저서)에 依(의)하야 紹介(소개)하면 이러하다.

(1). 語幹(어간)과 語尾(어미).―用言(용언)의 끝 音節(음절)을 語尾(어미)라고 이름. 語尾(어미)보다 우에 잇는 音(음) 全部(전부)를 語幹(어간)이라고 이름.

例(예).	語幹(어간)	語尾(어미)
	번적거	리(閃)
	기다	리(待)
	바	라(望)
	머	그(食)
		가(去)

單音節(단음절)인 用言(용언)에는 그 音節(음절)은 單語(단어)의 全體(전체)이며, 語尾(어미)로 되는 것임. 即(즉)「가」(去)는 語幹(어간)은 없고 語尾(어미)로만 된 것이다.

(2). 語尾(어미)의 變動(변동).—語尾(어미)에는 原段(원단)과 變動段(변동단)이 잇음. 原段(원단)은 用言(용언)의 原形(원형)(root)인 音(음)이요, 變動段(변동단)은 原段(원단)으로부터 變動(변동)된 音(음)임.

原段(원단)에는 原音(원음)과 略音(약음)이 잇으니, 略音(약음)은 原音(원음)을 促急(촉급)히 하는 慣習(관습)에 依(의)하야 境遇(경우)에 따라서 略音(약음)으로 發(발)한 것이다.

例 (예).			食(식)	來(래)	爲(위)	成(성)	是 (시)
原段 (원단)	{	原音 (원음)	머그,	오,	하,	되,	이
		略音 (약음)	먹,				
變動段音 (변동단음)			머거,	와,	하야,	되야,	이야

(3). 語尾變動(어미변동)의 趣意(취의).—音(음)이 變動(변동)될 뿐이요, 意義(의의)에는 關係(관계)가 없음. 即(즉) 段活用(단활용)이란 것은 語義(어의)에는 아무 關係(관계)가 없고, 다만 소리가 變(변)할 따름의 것이다.

以上(이상)은 朴(박)님의 段活用說(단활용설)의 大旨(대지)의 全部(전부)이니, 그 著(저) 朝鮮語學講義要旨(조선어학강의요지) 108頁(엽)에서 113頁(엽)까지에서 大槪(대개) 말 그대로 끄어온 것이다.

二(이). 段活用(단활용)의 無意義(무의의)

　사람의 말은 그 思想(사상)을 들어내는 것이요, 文法(말본)은 말의 법을 整理(정리)하여 밝히는 것인즉, 그 말본(文法(문법))의 法則(법칙)은 그 말의 表現(표현)하는 사람의 思想(사상)하고 무슨 關聯(관련)이 잇어야 할 것은 많은 말을 할 것 없이 明白(명백)한 것이다. 그런데 이제 朴(박)님의 段活用說(단활용설)은 思想(사상)과는 아무 關聯(관련)이 없고, 다만 소리의 變動(변동)을 論(논)할 따름이다. (前揭書(전게서) 111頁(엽)). 곧 「머그」가 「먹」으로 되고, 또는 「머거」로 되기는 하지마는, 그리 되는 것이 意義(의의)에는 아무 關係(관계)가 없는 것이다. 그러면 도대체 이러한 思想(사상)과는 아무 關聯(관련)이 없는 文法學說(문법학설)이 말의 法則(법칙)을 세우는 데에 무슨 必要(필요)가 잇을가? 우리는 이 朴(박)님의 獨特(독특)한 段活用說(단활용설)의 根本的(근본적) 意義(의의)를 疑心(의심)하지 아니할 수 없다. 全世界(전세계) 어느 나라의 文法書(문법서)를 보든지 그 文法上(문법상)의 諸般(제반) 法則(법칙), 따라 用言(용언)의 活用(활용)은 다 그 思想(사상)과 關聯(관련)이 잇는 것인데, 唯獨(유독) 조선말의 끝바꿈(活用)만이 思想(사상)과는 아무 關聯(관련) 없이 된 것이라 함은 너무도 言語學(언어학) 一般(일반)의 基礎(기초)가 없는 獨斷(독단)이라 아니할 수 없도다.

　朴(박)님의 說(설)에 依(의)하면, 씨끝(語尾)은 풀이씨(用言)의 끝을 이름이요, 줄기(語幹)는 씨끝 우의 部分(부분)을 가리킬 따름이다. 即(즉) 그래도 씨끝(語尾)은 소리가 變(변)하는 것(뜻에 아무 相關(상관)이 없이)이란 뜻이나 조금 잇지마는, 줄기(語幹)는 그러한 뜻조차도 없이 다만 指稱(지칭)할 必要(필요)가 잇을가 하여서 語幹(어간)(남들이 文法(문법)에서 語幹(어간)이라는 말을 쓰니까)이라고 이름에 지나지 아니한 것이다. 이렇개도 無意味(무의미)한 語幹(어간)과 語尾(어미)를 文法上(문법상) 術語(술어)로 쓰는 데가 이 世界(세계)에 朴(박)님 한 분 빼어 놓고는 다시는 없을 것이다. 더구나 奇怪(기괴)한 것은 單音節(단음절)로 된 用言(용언)—例(예)가 가(去), 오(來)—은 語尾(어미)만 잇고, 語幹(어간)은 없다는 것이다.

이러한 無意(무의)한 音(음)의 變化(변화)를 活用(활용)이라 할 것 같으면, 活用(활용)은 풀이씨(用言)에만 限(한)하야 잇을 것이 아니라, 임자씨(體言)에도 잇을 것이다. 이를테면 鴈(안)이란 말은

原段 (원단)	{	原音 (원음)	기러기
		略音 (약음)	기럭아범 ——
變動段音 (변동단음)			기러가

와 같이 活用(활용)한다 할 수 잇을 뿐만 아니라, 도리어 朴(박)님의 用言(용언)의 活用(활용)보다 훨신 뜻이 잇는 活用(활용)이 될 것이니, 어찌 怪異(괴이)하지 아니한가?

다시 한 번 살펴 보건대, 朴(박)님의 段活用說(단활용설)은 日本(일본)文法(문법)의 活用說(활용설)을 誤解(오해)함에서 基因(기인)한 것이다. 곧 日本(일본)文法(문법)에서 用言(용언)의 活用(활용)의 代表的(대표적)인 四段活用(사단활용)이란 것은 한 줄(行)에서 語尾(뜻)가 變化(뜻)하는 것이다.

```
        그                          크
   ┌───┴───┐                   ┌────┴────┐
   カ キ ク ケ                   マ ミ ム メ
```

　그것을 보고서 朴(박)님은 옳지! 活用(활용)이란 것은 同一(동일) 行(행)에서의 末音(말음)의 變化(변화)라고만 速斷(속단)하고, 이것을 模倣(모방)하여서 조선말의 段活用(단활용)을 唱說(창설)하는 것이다. 그런데 그가 原段(원단) 變動段(변동단)을 세우게 된 發明(발명)의 心理過程(심리과정)을 살펴보면, 이러할 것 같다. 이를테면 「먹다」의 「먹」은 가行(행) 活用(활용)인데, 그 活用(활용)되는 것은

```
                    머
      ┌─────────────┴─────────────┐
   가갸거겨고교구규그기 ̆
```

에서와 같이 「머그」「머거」 두 가지 밖에 안 되니, 「머그」는 原段(원단)이요, 「머거」는 變動段(변동단)이라 하엿다. 그러나 그는 이 두 가지 中(중)에서 「머그」를 原段(원단)이라 하고 「머거」를 變動段(변동단)이라 한 까닭은 特(특)히 說明(설명)을 하지 아니하엿으나, 大概(대개) 토 「다」에 잇는 것이(머그다―먹다) 原形(원형)이라고 漠然(막연)히 생각한 모양 같다.

　그러나 우리로서 본다면 日本(일본) 文法(문법)의 用言(용언)의 活用(활용)은 決(결)코 單純(단순)한 音(음)의 變化(변화)만이 아니요, 거기에는 반드시 文法的(문법적) 意義(의의)가 잇는 것임은 識者(식자)의 다 아는 바이다. 그러므로 日本(일본) 文法(문법)의 活用(활용)은 決(결)코 한 낱의 末音(말음)(朴(박)님의 語尾(어미))만이 同一(동일) 行(행)에서 變化(변화)하는 것만은 아니다. 가령 形容詞(형용사)의 活用(활용)은

$$タカ \begin{cases} シ \\ キ \\ ク \\ ケレ \end{cases} \qquad ウツク \begin{cases} シ \\ シキ \\ シク \\ シケレ \end{cases}$$

와 같이 딴 줄에서 혹은 한 낱의 末音(말음)이, 혹은 두낱, 세낱의 末音(말음)이 變化(변화)하는 것이다. 이는 日本(일본)文法(문법)의 用言(용언)의 活用(활용)이 音(음)의 變化(변화)인 동시에, 뜻의 變化(변화)인 때문에, 한 낱의 끝소리가 한 줄에서만 바꾸힌다 는 形式的(형식적) 法則(법칙)에 抱碍(포애)될 수 없는 까닭이다. 곧 語尾(어미)는 一音(일음)으로 된 것도 잇지마는, 二音(이음), 三音(삼음)으로 된 것도 잇음을 認定(인정)한 것이다.

더구나 로마字(자)가 日本(일본)에 使用(사용)되는 今日(금일)에 와서는 語尾(어미) 따라 活用(활용)의 說明(설명)方式(방식)이 進步(진보)된 点(점)이 잇다. 곧 「ユク」는 「ユカ, ユキ, ユク, ユケ」와 같이 語尾(어미)가 カ行(행)에서 活用(활용)한다 는 것을 버리고, 語幹(어간)은 「Yuk」이 「a, i, u, e」로 活用(활용)한다고 풀게 되엇다. 이렇게 풀면 カ行(행) 四段活用(사단활용), タ行(행) 四段活用(사단활용) 따위의 名稱(명칭)은 없어지고, 모든 活用(활용)은 四段(사단), 二段(이단)……으로만 되는 것이다. 日本(일본)의 假名(가명)은 本是(본시) 音節文(음절문)이기 때문에 예전에는 カ行活用(カ행활용) サ行活用(サ행활용)……로 풀지 않을 수 없엇다가, 오늘날 字母文字(자모문자)인 로마字(자) ABC가 들어온 뒤로는 語法硏究(어법연구)에 우에 말한 바와 같은 光明(광명)을 던져 준 것이다. 그런데 우리 조선은 大聖(대성) 世宗大王(세종대왕)께서 지어 기치신, 世界(세계)에서도 훌륭한, 字母文字(자모문자) 한글을 가지고 잇으면서, 무엇이 괴로와서 저 日本(일본)

文法(문법)의 舊態(구태)를 흉내낼 必要(필요)가 잇으리오.

그러므로 朴(박)님이 만약 日本(일본)文法(문법)의 舊式(구식)을 完全(완전)히 正當(정당)히 본떳다 할지라도, 우리는 거기에 贊成(찬성)할 수 없겟거든, 하물며 이것이나마 誤解(오해)에 基因(기인)한 畫龍得蛇(화룡득사)의 模倣(모방)에 不過(불과)함에랴!

내가 우에서 朴(박)님의 日本(일본)文法(문법)의 不正模倣(부정모방)을 말함은 單純(단순)한 憶測(억측)은 아니다. 그는 일즉 六法全書(육법전서)를 지엇을 적에 그 적는 법을 日本文記法(일본문기법)과 같이 하자 하야

　讀(독)그니(읽으니)

　食(식)거(먹어)

와 같이 적은 일이 잇엇으며, 「啓明(계명)」에서도 이를 主唱(주창)한 일이 잇엇으며, 上記(상기)의 「朝鮮語學講義要旨(조선어학강의요지)」에서도 「머그다」가 「먹다」로 되는 것을 다른 理論的(이론적) 根據(근거)는 조금도 말하지 아니하고, 다만 일본말에서 「ガクコウ」를 「각고」로 發音(발음)한다는 것을 引證(인증)하엿음에 비취어 보아서, 그의 朝鮮語硏究(조선어연구)의 根本動力(근본동력)을 알 수 잇다. 따라 段活用說(단활용설)이 意識的(의식적)이건 無意識的(무의식적)이건 日本(일본)文法(문법)의 模倣(모방)—잘못된 模倣(모방)임은 틀림없는 心理的(심리적) 事實(사실)이다 하노라. 나는 턱없이 模倣(모방) 그것을 排斥(배척)하는 사람이 아니다. 다만 不當(부당)한 模倣(모방)으로 해서 조선말본의 大道(대도)를 그릇잡은 것을 指摘(지적)할 따름이로다.

　三(삼). 原段(원단)(原段原音)을 잘못 잡앗다

나는 우에서 「먹다」의 「먹」을 줄기(語幹)로 잡고 「먹으시다」의 「으

시」는 도움줄기(補助語幹(보조어간))로, 「먹으니」의 「으니」는 씨끝(語尾)으로 잡앗다.

이에 對(대)하야 朴(박)님은 「머그니」 「머그시다」의 「머그」를 原段(원단)(우리의 「줄기」에 該當(해당)함)으로 잡고, 「먹다」의 「먹」은 原段原音(원단원음)의 略(약)된 것, 卽(즉) 原段略音(원단약음)이라 하엿다.

이것은 結局(결국) 바침아래 소리고루는(Euphonic) 구실을 하는 「으」를 그우의 씨줄기에 붙여 풀이할 것인가? 또는 달리 풀이할 것인가? 하는 問題(문제)로 되는 것이다.

나는 朴(박)님의 原段(원단)을 批判(비판)하기 보다 차라리 一般(일반)의 見地(견지)에서 이 問題(문제)에 關(관)한 모든 見解(견해)를 풀어 批評(비평)하고저 하노라.

씨끝이나 도움줄기가 닿소리로 끝난 줄기 아래 쓰일 적에 그 머리에 얹게 되는, 소리고루는 「으」에 關(관)하야, 다음과 같은 여러 가지의 處理(처리)와 說明(설명)이 잇을 수 잇다. 곧

(1) 「으」를 獨立(독립)한 한낱의 도움줄기로 보는 법.

(2) 「으」를 그 우의 줄기의 한 조각(一部分)으로 보는 법.—여기에는 또 두가지가 잇나니, 이제 說明(설명)의 便利(편리)를 爲(위)하야 보기로 「먹다」란 말을 가지고 말하건대,

　(ㄱ)「머그」를 줄기의 根本形(근본형)으로 보는 법이니, 이 說(설)의 近似(근사)한 代表者(대표자)를 찾으면 朴勝彬(박승빈)님이라(그러나 朴(박)님에 잇어서는 아직 活用(활용)의 意義(의의), 따라 語聲(어성)과 語尾(어미)의 文法的(문법적) 意義(의의)가 正當(정당)히 서지 아니 하엿은즉, 決(결)코 이 見解(견해)의 正當(정당)한 代表者(대표자)가 될 수는 없다.)

　(ㄴ)「먹」을 줄기의 根本形(근본형)으로 잡고, 「먹으니」의 「머그」를

그것의 늘어진 꼴로 보는 법이니, 이는 獨逸人(독일인) 「엑캄트」님의 主張(주장)하는 것이다.(Eckardt, Koreanische Konversations-Grammatik. 1932)

(3) 「으」를 그 아래의 씨끝이나 도움줄기에다가 얹어서 하나로 보는 법. 이는 周時經(주시경) 스승님이 主唱(주창)하시든 것이다.

우에 든 네 가지의 풀이법은 各各(각각) 相當(상당)한 理由(이유)와 特長(특장)이 잇다. 그러나 우리는 맨 끝의 법 곧 「으」를 한 낱의 獨立(독립)한 도움줄기로 오지도 아니하고, 또 줄기의 한 조각으로도 보지 아니하고, 다만 씨끝으로 도움줄기의 한 조각으로 보는 법을 取(취)하노니, 그 까닭은 먼저 우에 든 여러 가지의 見解(견해)를 批評(비평)함에서 저로 밝아질 것이다.

(1) 첫재 법의 長處(장처)는 「으」自體(자체)가 얼마곰 遊離性(유리성)을 가져서, 들어가기도 하고, 없어지기도 하는 것인즉, 이것을 한 獨立(독립)한 도움줄기로 보면, 그 다룸질(取扱方)에 얼마곰 便利(편리)가 잇다 할 만한 点(점)이다. 그러나 元來(원래) 아무 實質的(실질적) 뜻이 없는 소리에다가 한 獨立(독립)한 도움줄기의 資格(자격)을 許與(허여)함은 도움줄기의 原義(원의)에 어그러지는 것이다. 設令(설령) 도움줄기의 原義(원의)를 넓게 잡아서 이 따위까지를 그 가운데 包含(포함)할 수 잇도록 할 수 잇다 하더라도, 「으」에 獨立(독립)한 도움줄기의 資格(자격)을 許與(허여)함은 너무 分析的(분석적) 遊戲(유희) 같은 弊害(폐해)를 免(면)치 못할 것이다.

(2) 둘재 풀이법(곧 「머그」를 줄기의 으뜸줄로, 「먹」은 그 줄어진 꼴로 보는 법)의 첫재 것에는 다음과 같은 까닭이 잇을 수 잇다. (朴勝彬(박승빈)님은 이 主張(주장)을 하기는 하지마는, 이러한 까닭, 곧 그 主張(주장)의 根據(근거)를 說明(설명)함은 直接(직접)으로나 間接(간접)으

로나 도모지 보지도 듣지도 못하엿다. 그러므로 내가 여기에 이러한 根據(근거)를 발함은 마치 敵(적)에게 武器(무기)를 提供(제공)하는 것 같은 危險(위험)이 없지 아니하다. 그러나 나는 眞正(진정)한 批判主義的(비판주의적) 立場(입장)에서 그 批判(비판)을 徹底(철저)히 價値(가치) 잇게 하기 爲(위)하야, 먼저 批判(비판)하고저 하는 學說(학설)에 可能(가능)한 根據(근거)를 힘껏 찾아 주어 놓고서, 다음에 이 것을 嚴正(엄정)히 批判(비판)하야, 그 妥當性(타당성)의 잇고 없음을 決定(결정)할 생각으로, 이를 發表(발표)하기를 決(결)하엿다. 그리하 므로 이것이 이 說(설)을 支持(지지)하는 사람에게 客觀的(객관적)으 로 有力(유력)한 武器(무기)는 못된 것이다.) 곧 우랄알타이 語族(어 족)의 通性(통성)에 依(의)하야 조선말에서도 받침소리는 나종에 생 겨난 것이요, 그 처음은 다 홀소리(母音(모음))로 끝지엇든 것이다. 그 렇든 것이 뒤에 차차 받침소리가 생겨난 것이다. 그러한즉 「머그」를 줄기의 으뜸꼴(根本形)로 보고, 「먹」은 그 줄어진 꼴로 봄이 옳다고.

그러나 과연 그러할가? 批判(비판)의 칼날을 여기에 던져 보자.

(ㄱ) 이 까닭은 꾀 자미스러운, 그럴듯한, 것이다. 오늘날 地方(지 방) 사투리에서도 받침이 아직 完全(완전)히 굳어지지 못한 現象(현 상)을 풀이씨에나(例(예) 같아―가트다, 깊다―기프다, 싫다―시프다…) 임 자씨에서나(例(예). 咸鏡道(함경도)의 「바부」(食), 慶尙道(경상도)의 「사라 무는」(사람은)의 따위) 볼 수 잇다. 그러나 그것을 가지고 全體(전체)를 規律(규율)할 수는 없나니, 假令(가령) 「부르러, 부르다, 부르고」 따위 는 잘 쓰이면서 「머그다, 머그지, 머그고」와 「우르다, 우르지, 우르 고」(泣(읍)) 따위는 왜 도모지 쓰히지 아니하는가? 이것을 完全(완전) 히 說明(설명)할 수 없으며, 또 우리말의 語族的(어족적) 關係(관계) 도 完全(완전)히 闡明(천명)되지 못한 오늘날에 잇어서, 그저 語族的

(어족적) 通性(통성)만을 가지고 想像的(상상적)으로 說明(설명)方式(방식)을 決定(결정)함은 科學的(과학적) 態度(태도)라 할 수 없다. 그뿐 아니라 設令(설령) 우리 조선말의 받침이 나종에 생겨난 것임이 確實(확실)한 事實(사실)임을 넉넉이 考證(고증)할 수 잇다 할지라도, 그 事實(사실)은 다만 歷史的(역사적) 語源學的(어원학적) 事實(사실)일 따름이요, 決(결)코 現在(현재)의 語法的(어법적) 事實(사실) 그것은 아니다. 조선말본을 닦는이가 다만 그 標準(표준)을 그 想像(상상)에 不過(불과)한, 不定(부정)한, 어느, 古代(고대)에다가 들어서 그 古代(고대)의 말본을 말한다면 모르겟지마는, 만약 그렇지 않고, 그 標準(표준)을 오늘날의 現實(현실)의 조선말에 두어서 오늘날의 조선말의 본(法)을 말한다면, 決(결)코 그 考證(고증)되엇다고 想定(상정)한 考古學的(고고학적) 事實(사실) 그대로에 따를 수 없을 것이다. 더구나 現代(현대)의 말에는 도모지 없는(設令) 그 餘孽(여얼)이라고 볼 만한 것이 地方的(지방적)으로 혹 어떤 고비에 남아 잇는 듯하더라도 그것이 決(결)코 오늘날 표준 조선말은 될수 없다. 오늘날의 조선말로서는 「머그다, 머그고, 머그지」가 「먹다, 먹고, 먹지」의 原形(원형)이라고 생각하는 實際(실제) 語感(어감)을 가진 사람은 二千三百萬(이천삼백만) 朝鮮(조선)사람 가운데 한 사람 밖에 또 잇지 아니하다. 朴(박)님은 「머그다」를 열 번만 連發(연발)하면 「먹다」가 된다 하지마는, 우리들의 생각에는 열 번은커녕 百(백) 번을 連發(연발)하더라도 「먹다」로 안 될 것이요, 設令(설령) 어찌하다 그리 된다 하더라도 이는 다만 發音上(발음상)의 變性(변성)이 잇음을 말한 것일뿐이요, 그것이 決(결)코 實際(실제)로 그리한다는 事實(사실)을 指摘(지적)함은 되지 못한다. 事實(사실)에 잇어서 「머그다」를 열 번이고 다섯 번이고 해보고 「먹다」로 말하는 사람이 잇으리오, 「머그다」는 決(결)코

오늘날의 標準(표준) 語感(어감)이 될 수 없다. 그러한즉 標準語(표준어)의 본을 다루는 말본에서 그것을 標準(표준) 삼아 법세우지 못할 것이다.) 形式(형식)을 다만 그 假想(가상)된 古代(고대)語法(어법)을 가지고 規律(규율)하야 이를 實際化(실제화)하려 함과 같은 일이 잇다면, 이는 도모지 철없는 작란이라고 할 수밖에 없을 것이다.

(ㄴ) 그리고 또 만약 풀이씨의 줄기를 이와 같이 想像的(상상적)인 古法(고법)에 依(의)하야 決(결)한다면, 다른 이름씨(名詞(명사)) 같은 것도 이와 같이 그 법을 마련하여야 할 것이다. 이를테면 끝낱내(末音節)에 받침없는 이름씨 「배(梨), 대추(棗)」가 토와 맞나서 「배나, 대추나, 배로, 대추로」로 됨에 對(대)하여, 그 끝낱내에 받침잇는 이름씨 「감(柿), 떡(餠)」은 그와 같은 뜻의 토를 맞나서, 「감이나, 떡이나, 감으로, 떡으로」로 되나니, 이러한 경우에서도 「가미, 떠기, 가므, 떠그」로써 이 이름씨의 으뜸꼴(基本形)로 잡고, 「감, 떡」은 그 줄어진 꼴로 잡아야 할 것인가? 만약 그렇게 한다면 무엇보다도 첫재 한 가지의 이름씨가 그 으뜸꼴과 줄어진 꼴이 合(합)하야 또박또박 셋씩(例(예). 柿(시)가미, 므가, 감 餠(병)떠기, 떠그떡)으로 될 것이니, 이것이 너무나 不合理(불합리)한 臆說(억설)이라 아니할 수 없다. 語源學(어원학)이 곧 現代(현대)의 文法學(문법학)이 될 수는 없는 것이다.

(ㄷ) 이러한 說明法(설명법)은 歷史的(역사적)으로 自然(자연)히 發達(발달)되어 온 朝鮮(조선)말의 語感(어감)과 記法(기법)에 違反(위반)된다.

訓民正音(훈민정음)에서 한글이 처음으로 소리글로 생겨 난 것이다. 그러므로 訓民正音(훈민정음)에서는 이 한글로써 純然(순연)히 말의 소리만을 적어 보게 되엇다. 그래서

사르미(人이)

말싸미(語가)

이셔도(有하여도)

머거(食(식)하여)−(이것만은 類推作例(유추작례))

의 式(식)으로 적엇으나,

月印千江之曲(월인천강지곡)에서는 발서 文法的(문법적) 意識(의식)
이 들어나게 되어서 卽(즉), 글이란 것은 말의 소리만 적는 것이 아니
라 말의 뜻도 아울러 적는 것이란 생각이 생기게 되어서,

사룸이

말씀이

잇어도

먹어

의 式(식)으로 적게 始作(시작)하엿다. 그래서 거기에는 「값」(價)(그 책
第八卷(제팔권) 九十四張(구십사장))이란 記法(기법)까지 생기게 되엇다.

그러다가 儒敎(유교)의 經書諺解(경서언해)에서나 基督敎(기독교)
의 聖經(성경)에서나 다 大體(대체)로 單語獨立(단어독립) 主義(주의)
와 語幹(어간)과 語尾(어미)와의 分離主義(분리주의)에 依(의)하야 조
선글을 적엇음은 一般(일반)의 다 아는 바이다.

그리하야 오늘날에 와서는 조선글을 적는 법이 이 두 가지 主義
(주의)가 確立(확립)된 것은 到底(도저)히 否認(부인)할 수 없는 바이
다. 이를테면

사람이, 사람은, 사람도,

먹어, 먹으니, 먹다,

읽어, 읽으니, 읽다

로 적는 적은 누구를 勿論(물론)하고 다 實行(실행)하는 것이다.

이와 같이 쓰게 된 것은 實(실)로 조선말 및 조선글의 歷史的(역사

적) 自然的(자연적) 發達(발달)이요, 決(결)코 周時經(주시경)이란 最近(최근)의 一個(일개) 學者(학자)의 唱導(창도)로 말미암아서 그리 된 것은 아니다.

그러한데 이제 朴(박)님은 「머그니, 머거, 먹다」의 記法(기법)을 主張(주장)하는 모양이니, 이는 도모지 上記(상기)와 같은 朝鮮語(조선어) 및 朝鮮文(조선문)의 歷史的(역사적) 自然的(자연적) 發達(발달)에 對(대)한 無知(무지)의 逆行(역행)이라 아니할 수 없다.

(ㄹ) 그뿐 아니라 우리말에는 받침잇는 말과 없는 말이 自然的(자연적)으로 分化(분화)되어서 文法上(문법상) 特殊(특수) 形式(형식)을 取(취)하게 되엇다. 卽(즉) 이름씨(名詞)에는 받침 잇는 말에 붙은 토와 받침 없는 말에 붙는 토가 各各(각각) 다르게 된 것이 많으니, 이를테면

이름씨	토 씨
새	가, 는, 를, 와, 로,
범	이, 은, 을, 과, 으로,

와 같으며,

풀이씨(用言)에서는 줄기의 끝낱내(末音節)가 받침이 잇고 없음을 따라서, 그에 붙는 도움줄기(補助語幹)와 씨끝(語尾)이 서로 달라지게 分化(분화)되엇나니, 이를테면

움즉씨의 줄기		도움줄기	씨끝
받침없는	가	시	니, 면
받 침	막	으시	으니, 으면
잇 는	읽	으시	으니, 으면

에서와 같다.

이러한 이름씨와 풀이씨에 共通的(공통적)으로 分化(분화)된 文法上(문법상) 特殊(특수)形式(형식)을 設覺(설각)하고서,「머그니, 머거, 일그니, 일거」로 적어「머그, 일그」로써 그 으뜸꼴(基本形(기본형))을 삼고저 함은 너무도 無法(무법)한 獨斷(독단)의 擧措(거조)라 아니할 수 없도다. 만약 그렇게 한다면 이름씨도 앞에 말한 바와 같이

　　「사라므, 사라마, 사라미, 사람도」

　　「떠그, 떠가, 떠기, 떡도」

와 같이 써야만 그 文法(문법)의 體系(체계)가 잇게 될 것이 아닐가? 그러나 이것이 어찌 웃업지 아니한가?

(3) 둘재 풀이법의 둘재것(곧「잡」을 줄기의 基本形(기본형)으로 잡고, 「잡으」는 그의 늘어진 꼴로 보는 법)에는 이러한 까닭를 붙일 수 잇다.(이것을 세우는「엑칼트」님이 이 까닭을 말함은 아니다.)—말의 歷史的(역사적) 變遷(변천)의 事實(사실)은 어떻든지간에, 오늘날의 말을 標準(표준)삼아 볼 것 같으면,「먹다, 잡다」따위가 그 으뜸꼴인즉, 따라「먹」이 그 줄기의 으뜸꼴이다. 그런데 이것이 경우를 따라서 늘어져서「먹으」로 된 것인즉,「먹으」또는「머그」로써 늘어진 줄기(Eweceiterte stamm.)로 봄이 옳겟다고—. 그러나 이 理論(이론)이 現代(현대) 말을 標準(표준)삼는 것인 이만치 時代錯誤(시대착오)의 批評(비평)을 免(면)할 수 잇겟지마는, 그 남아지의 批評(비평)은 그대로 받을 것이다. 그리하여 우리는 이것도 取(취)할 수 없겟노라.

(4) 우에 들어 온 모든 법을 다 버리고 나니, 남은 것은 곧 셋재 풀이법 곧「먹, 잡」을 줄기로 보고,「으」를 그 앞의 것에 붙여서「으시, 으니」를 도움줄기, 씨끝으로 보는 법 하나 뿐이다. 우리는 이 셋재 풀이법을 取(취)하노니, 그 까닭은 이러하다.

(ㄱ) 오늘날의 말로써 보면, 앞에 든 보기말 「먹다」의 줄기의 으뜸꼴이 「먹임」이 分明(분명)한 事實(사실)이다. 이는 인제 幾個(기개)의 文法家(문법가)가 새로 立說(입설)하는 바가 아니라, 一般(일반)의 言語意識(언어의식)에 비취어 보더라도 그러함을 알지니, 곧 누구를 勿論(물론)하고 識者(식자)는 반드시 「먹다, 먹어, 먹으니」로 적는 것은 그 一般的(일반적) 言語意識(언어의식)이 「먹」는 줄기로 잡고 「으니」를 한 씨끝으로 잡는 的確(적확)한 證據(증거)이다. 이제 그 줄기의 으뜸꼴이 「머그」임을 主張(주장)하여, 그 맞훔법을 「먹다, 머거, 머그니」로 적어야 한다 함은 現代(현대)의 一般(일반) 言語意識(언어의식)에 違反(위반)된 理論(이론)이라 아니할 수 없다.

(ㄴ) 앞에도 말한 바와 같이 우리 말에는 받침 잇는 말과 받침 없는 말이 그 앞에 다른 말을 붙일 적에 文法的(문법적)으로 特殊(특수)한 形式(형식)을 取(취)하게 되여 잇다. 그러 한즉 이제 이와 같이 「먹다」의 줄기를 「먹」으로 잡고, 그 씨끝에 「어」와 「으니」의 따위가 잇음을 풀이함은 저 이름씨의 「먹」(墨), 「집」(家)에 「이나」와 「으로」 따위의 토가 붙음을 풀리함과 서로 符合(부합)하는 體系的(체계적) 說明法(설명법)이 된다.

上記(상기)와 같은 一般的(일반적) 周到(주도)한 見解(견해) 아래에서 우리는 朴(박)님의 所謂(소위) 原段原音說(원단원음설)이 取(취)할 것 없는 생각임을 徹底(철저)히 밝혓다고 생각한다.

四(사). 奇怪(기괴)한 原段音(원단음)의 種別(종별)

朴(박)님은 原段音(원단음)을 左記(좌기) 七種(칠종)으로만 區別(구별)하엿다.(朝鮮語學講義要旨(조선어학강의요지) 111頁(엽))

1. 아段(단)……去(거)가, 望(망)바라

2. 어段(단)……立(립)서 (이 單語뿐)

3. 여段(단)……鉅(거)켜, 敷(부)퍼

4. 오段(단)……來(래)오, 學(학)배호

5. 우段(단) (ㄱ) 普通(보통)……借(차)꾸, 收(수)거두

      (ㄴ) 特殊(특수)……易(이)쉬우, 助(조)도우

6. 으段(단)……大(대)크, 深(심)기프

7. 이段(단)……負(부)지, 腥(성)비리

이것만으로는 아무 怪異(괴이)한 것도 없다. 그러나 이밖에는 도모지 所謂(소위) 原段音(원단음)이란 것이 없다고 獨斷(독단)하고서, 實際(실제)의 말을 自家(자가)의 偏僻(편벽)한 獨斷的(독단적) 理論(이론)에 依(의)하야 마음대로 그 改造(개조)를 敢行(감행)함은 너무도 無知(무지)의 大勇(대용)이라 아니할 수 없다. 곧 原段音(원단음)을 上記(상기) 七種(칠종)에만 限(한)한 朴(박)님의 見解(견해)에 依(의)하면

    개다(晴), 깨다(目星), 굳세다(强), 메다(荷), 되다(成升), 쥐다(把),

    뛰다(跳走), 여의다(死別)

란 말은 없다 한다. 그래서 그는 다음과 같이 적는다;—(括弧(괄호) 內(내)는 우리들이 적는 법이니 서로 對照(대조)해 보라)

    날이 가이다(晴)

    니불이 잘 가이켯소(朝鮮語學要旨(조선어학요지) 150頁(엽)) (잘 개켯소)

    宋氏(송씨)에게 보나이오 (要旨(요지) 168頁(엽)) (보내오)

    굳서이다(强) (要旨(요지) 頁(엽)) (굳세다)

    총을 머어라(荷) (要旨(요지) 152頁(엽)) (메다)

    사람이 도이다(爲) (되다)

    쌀을 도이다(升) (되다)

칼을 주이다(把) (要旨(요지) 150 類例(유례))

꽃이 푸이오(要旨(요지) 193頁(엽)) (피오)

콩이 투이다(跳躍) (튀오)

부모를 여으이다(死別) (여의다)

朴(박)님 얼마나 大膽(대담)스러운 文法學者(문법학자)입니까? 우리 생각에 依(의)하면—아니, 世界(세계) 文法學者(문법학자)의 見解(견해)에 依(의)하면 文法(문법)이란 것은 事實(사실)에 잇는 말의 법을 그 말에 基因(기인)하여서 찾아 整理(정리)하는 것이요, 決(결)코 事實(사실)에는 도모지 없는 法(법)을 創作(창작)한다든지, 또는 自家(자가)의 獨斷(독단)으로 事實的(사실적) 言語(언어)를 제마음대로 生殺(생살) 左右(좌우)하는 機能(기능)은 가진 것은 아니다. 그러한데 이제 우리 조선의 文法學者(문법학자) 朴(박)님은 自家(자가)의 獨斷(독단)에 依(의)하야 우리말을 마음대로 生殺改造(생살개조)를 恣行(자행)하니, 이는 越權(월권)이 아니면 無識(무식)이요, 無識(무식)이 아니면 大膽(대담)이라 할 수 밖에 없다.

이제 물러가아 가만히 朴(박)님이 原段(원단)을 上記(상기) 七種(칠종)에 限(한)한 心理過程(심리과정)을 推案(추안)하여 보면 實(실)로 抱腹絶倒(포복절도)할 일이 잇음을 發見(발견)하겟다. 무엇이냐? 다름이 아니다. 日本(일본) 文法(문법)에서 段(단)의 名稱(명칭)을 그 五十音圖(오십음도)의 固定(고정)된 一行(일행)의 字音(자음)에 限(한)하야 「ア段(단), イ段(단), ウ段(단), エ段(단)」으로 부른다. 그리고 活用(활용)의 種別(종별)도 그 一行(일행) 字數(자수) 範圍(범위) 內(내)에서 「四段活用(사단활용)」이니 「二段活用(이단활용)」이니 부른다. 이는 日本(일본)의 말과 글이 그렇게 되엇기 때문에 그리하는 것인데, 말과 글이 그것과 다른 조선말에 다가 그것을 고대로 끄어다 쓴 것 같다. 곧 조선글에서 俗間(속간)에 쓰는 本文(본문)(反切)이라 하는 것에는 一行(일행)의 字數排列(자수배열)이

아야어여오요우유으이ㅇ

만이 잇고,

애얘에예외왜위의이

는 없다. 그래서 朴(박)님은 「아야어여오요우유으이ㅇ」에만 原段音(원단음)을 求得(구득)하고, 「애얘에예외왜위의」에서는 그 原段音(원단음)을 求(구)하려고 하지도 아니하엿다. 이러한 過速輕便(과속경편)한 模倣(모방)이 朴(박)님의 理論(이론)과 實際(실제)를 너무도 멀리 具全(구전)한 體系(체계)와 眞正(진정)한 事實性(사실성)에서 떠나게 한 것이다.

五(오). 原段略音(원단약음)의 說明(설명)이 非科學的(비과학적)이다

朴(박)님은 原段原音(원단원음)이 短促(단촉)히 發音(발음)되어서 略音(약음)이 생긴다 한다. 그런데 이 略音(약음)의 說明(설명)이 科學的(과학적) 見地(견지)로서는 到底(도저)히 承認(승인)할 수 없는 點(점)이 많다.

(1) 原音(원음)「으」가 줄어지고는 그 대신에 硬音調(경음조)가 생긴다 한다. 이를테면 (前書(전서) 116頁(혈)에서)

	原音(원음)	略音(약음)	便宜上(편의상) 略音(약음)의 發音(발음)을 表現(표현)함
(ㄱ)	抱(포) 아느고	안〃고,	안쏘
	植(식) 시므고	심〃고,	심쏘
	悲(비) 서르다	설〃다,	설싸
(ㄴ)	作(작) 지으며	지〃며,	지싸
	酌(작) 부으며	부〃다,	부싸

와 같은 이것이라 한다. 그러나 도대체 홀소리 「으」가 줄어지면 닿소리에 硬音調(경음조)가 생긴다 함은 무슨 理致(이치)인가? 이런 理致(이치)는 世界(세계) 聲音學(성음학)에 볼 수 없는 것이라 하노라.

그러나 말 그것으로 본다면 앞에 든 보기말에서 그 아래 닿소리가 되게 남은 事實(사실)이다. 그러나 이것은 決(결)코 朴(박)님의 主張(주장)과 같은 理由(이유)에서 그리 된 것은 아니라고 우리는 본다. 곧 上擧(상거) 例(예) 中(중)에서

(ㄱ)은 元來(원래) 「심고, 안고」 따위의 「고」가 코소리 「ㅁ」「ㄴ」 아래 그 影響(영향)을 받지 아니하려고 發音上(발음상) 절로 단단하게 된 것이요(地方(지방)을 따라서 그 「고, 다」를 도모지 되게 내지 아니하는 대가 잇음), 決(결)코 「으」가 줄어진 때문은 아니다. 만약 홀소리 「으」가 줄어지면 「硬音調(경음조)」가 생기는 音理(음리)가 잇으면, 어째서 朴(박)님의 말과 같이

「머그자」는 「먹〃자, 먹짜」로

「자브고」는 「잡〃고, 잡꼬」로

「아니네」는 「안〃네, 안쎄」로

되지 아니하는가.

(ㄴ)은 元來(원래)

「짓다─→짓다」의「ㅅ」이「지으며」에서,

「붓고─→붓고」의「ㅅ」이「부으며」에서,

곧 홀소리와 홀소리 사이에서 살아진 (不發된) 때문이지, 決(결)코 「지으며」의「지으」가 根本(근본)이 되고, 그것이 닿소리 ㄱ이나 ㄷ우에서「으」가 빠지는 대신에 硬音(경음)이 생겨서「지꼬, 지짜」가 된 것은 아니다.

(2) 原音(원음)「흐」가 줄어지고는「激音調(격음조)」가 생긴다 하야, 그 例(예)로 (前揭書(전게서) 116頁(엽))

노흐다─→노〃다(發音表記(발음표기) 노타)

可(가)하(ㅎ)다─→可(가)ㄱ다(　〃　가타)

만흐다─→만ㄱ다(　〃　만타)

을 든다. 그러나 朴(박)님은「激音調(격음조)」發生(발생)의 音理(음리)는 說明(설명)하려고도 아니하고, 다만「흐」가 全然(전연)히 省略(생략)되는 대신에 激音調(격음조)가 생긴다 하야, ㅎ과 ㄱ, ㄷ이 서로 合(합)하야 激音(격음) ㅋ, ㅌ 됨을 否認(부인)하니, 이는 정말 알 수 없는 音理說明(음리설명)이다. 우리의 생각에 依(의)할 것 같으면, 元來(원래)

「좋다」「많다」의 ㅎ과 ㄷ,

「可(가)하다」의 줄어진 形(형)「可(가)ㅎ다」의 ㅎ과 ㄷ,

이 서로 合(합)하야 激音(격음) ㅌ으로된 것이다. 이는 나의 私見(사견)이 아니라, 世界(세계) 聲音學(성음학)의 共認(공인)하는 眞理(진리)이다. 朴(박)님은 이것을 否認(부인)하고, 神秘的(신비적)으로「흐」가 全然(전연) 沒沒(몰몰)하는 대신에 激音調(격음조) ㅌ이 생겻다 하니, 이는 科學上(과학상)의 一種(일종)의 神秘主義(신비주의)라 할 수밖에 없다.

(3) 朴(박)님은 語尾音(어미음) 全體(전체)가 省畧(생략)되는 單語(단어)의 例(예)로 (前揭書(전게서) 115頁(엽))

업스며–업고(「스」가 全然(전연) 省畧(생략))

안즈며–안고(「즈」가 〃)

할트며–할고(「트」가 〃)

을 들고, 또

발브니–발고(「ㄹ」과 「으」가 各各(각각) 全然(전연) 省畧(생략))

일으니–익고(「ㄹ」과 「으」가 〃)

다쓰니–닥고(뒫시옷만이 〃)

를 말하고, 또

깃브니–깃브고

부르니–부르고

는 하나도 省畧(생략)되는 일이 도모지 없음을 認定(인정)한다.

이와 같이 어떤 것은 도모지 省畧(생략)되는 일이 없고, 어떤 것은 「ㄹ」과 「으」가 各各(각각) 同時(동시)에 全然(전연)히 省畧(생략)되고, 어떤 것은 「스, 즈, 트」가 全然(전연) 省畧(생략)되잇다 하니, 이것이 大體(대체) 어떠한 聲學上(성학상) 또는 文法學上(문법학상) 理致(이치)에 根據(근거)한 것인가. 우리는 朴(박)님의 文法(문법) 說明(설명)이 너무도 素朴的(소박적)이요, 非科學的(비과학적)임을 指摘(지적)하지 아니할 수 없도다. 우리의 생각에는 우리말이 안줄어지는 것과 줄어지는 것이 다 各各(각각) 相當(상당)한 理由(이유)가 잇이 되는 것이지, 決(결)코 朴(박)님의 說明(설명)과 같이 그렇게 無法(무법)하게 마구 줄어지는 것이 아니라 하노라.

六(육). 變動段(변동단)의 虛僞(허위)

(1) 조선사람의 實際的(실제적) 語義(어의)에 依(의)하면 이를테면

「먹어」의 「어」

가 저

「먹다」의 「다」

「먹으니」의 「으니」

와 對等(대등)의 씨끝(語尾(어미))이요 (設令 씨끝이란 생각을 한다더라도 「토」하고는 꼭 할 것임) 決(결)코 그 사이에 等級的(등급적) 種別的(종별적) 差異(차이)가 잇는 것은 아니다. 그런데 朴(박)님은 그 中(중)에서 特(특)히 「머거」만을 變動段(변동단)이라 하야, 그 一流(일류)의 無意味(무의미)의 語尾(어미)의 變化(변화)라 하야, 저 「먹다, 먹으니, 먹고」따위와 區別(구별)함은 도모지 實際(실제) 語感(어감)을 無視(무시)한 일본말본의 잘못된 模倣(모방)에서 생긴 結果(결과)라 하노라.

(2) 그리하여 朴(박)님은

보아, 주어, 기어

따위는 全(전)혀 없고, 다만

봐, 줘, 겨

만이 잇다 하니, 이는 온전히 偏見(편견)에 잡히어서 言語(언어)의 事實(사실)을 살피지 못한 獨斷(독단)이라 아니 할 수 없도다.

우리의 所見(소견)에 依(의)할 것 같으면, 이 두 가지가 다 잇는 말인데, 뒤의 것을 앞의 것을 速(속)히 말하고저 줄인 形(형)이다. 이것은 조선사람 쳐놓고는 누구든지 否認(부인)할 수 없는 事實的(사실적) 眞理(진리)다. 이것을 朴(박)님의 自家(자가)의 偏見(편견)을 세우기 爲(위)하야, 實際(실제)에 儼然(엄연)히 存在(존재)하는 말을 任意壟斷(임의농단)하려 하니, 이는 確實(확실)히 本分(본분)을 잊은 文法

家(문법가)의 僭越(참월)이 아님을 누가 辯護(변호)할 수 잇으랴!

(3) 그는 다른 말들은 그대로 억지로라도 自家(자가)의 所見(소견)대로 變動段(변동단)을 同一(동일) 行(행)에서의 變形(변형)이란 것을 만들어 내엇지마는,

하야, 되야(되어), 이야(이어)

에 이르러서는 到底(도저)히 自家(자가)의 偏見(편견)대로 料理(요리)할 수 없음을 發見(발견)하엿다. 그리하야 萬不得已(만부득이)의 窮策(궁책)으로 「特別(특별)한 規例(규례)로 語尾(어미)에 한 音(음)(야)이 添加(첨가)되어서 變動段(변동단)으로 되는 單語(단어)가 잇음」(前揭書(전게서) 113頁(엽))이라고 하고서 滿足(만족)하는 모양이니, 이런 대에서도 自己(자기)의 全體系(전체계)에 對(대)하야 反省(반성)을 加(가)하지 아니함은 實(실)로 愛惜(애석)한 일이다.

다시 나아가아 생각하건대, 朴(박)님은 上述(상술)과 같이 너무도 옅은 見解(견해)와 模倣(모방)에서 우리말의 「原段音(원단음)」이란 것을 諺文(언문) 本文圖(본문도)(反切)의 一行(일행)에만 限(한)한다고 速斷(속단)하여 놓고 보니까 그의 이른 「特(특)히 音添尾用言(음첨미용언)」이란 것이 겨우 「하야, 되야, 이야」 셋에 그쳣지, 만약 그렇지 아니하고 그가 正當(정당)하게 「애, 에, 예, 외, 위, 의」의 「原段音(원단음)」(卽 語聲末音)을 認定(인정)하엿든들, 그 스스로 세운 法(법)에 어글어지는 말이 맞는 말보다 더 많음을 發見(발견)하고서, 自家(자가)의 學說(학설)이 너무도 事實(사실)에 違反(위반)하는 獨斷(독단)임을 혹 깨쳣을는지도 모르겟다. 아! 한 걸음을 잘못 드려 놓앗음으로 해서, 두 걸음, 세 걸음, 자꾸, 잘못의 구렁으로 들여 놓게 되엇도다. 그러므로 學問(학문)에는 根本(근본) 方法(방법)과 方向(방향)의 指針(지침)이 무엇보다 먼저 必要(필요)한 것임을 우리는 새삼스럽게 깨치

지 않을 수 없다.

七(칠). 極度(극도)의 分析的(분석적) 品詞論(품사론)

앞에서도 말한 바와 같이 朴(박)님은 항상 입만 열면 「周說(주설)」을 反駁(반박)하기를 일삼지마는, 우리로서 보면 그는 그 學問(학문)의 方法(방법)에서는 全然(전연)히 周先生(주선생)의 分析的(분석적) 方法(방법)을 고대로, 아니 훨신 더하게, 繼承(계승)하고 잇다. 그래서 周先生(주선생)은 「먹엇다」를 「먹」(움즉씨)과 「엇다」(끝토)로 보앗고, 金枓奉(김두봉)님은 「먹엇」과 「다」로 보앗음에 對(대)하야, 朴(박)님은 「먹」(움즉씨) 「엇」(「助用詞」), 「다」(토)의 세 씨(品詞)로 보앗다. 그래서 助用詞(조용사)의 創始(창시)로써 큰 자랑을 삼는 모양이다. 이것은 分析(분석)을 爲主(위주)하는 態度(태도)에서 본다면 확실히 한 걸음 더 나아갓다 할 만한 것인즉(그러나 그의 나아간 것은 品詞(품사) 分類(분류)의 分析的(분석적) 態度(태도)뿐이요, 그 態度(태도)에 依(의)한 分析(분석) 自體(자체)는 아직 未及(미급)한 點(점)이 여간 많지 아니하다.), 자랑이라면 一方(일방)의 자랑이라 해도 좋겟다. 그러나 그 자랑이 科學的(과학적)으로 보아 普通妥當性(보통타당성)이 잇는 眞正(진정)한 자랑은 되지 못한다. 왜 그러냐하면 대개 分析的(분석적) 說明(설명)이란 것은 우리말의 綜合的(종합적) 性質(성질)을 正當(정당)히 알 수 없기 때문이다. 이제 朴(박)님의 極端(극단)의 分析的(분석적) 態度(태도)에 依(의)하야 본다면,

먹 이 시 엇 겟 습 더 이다

가 모두 여들 개의 낱말(單語)로 되어야 한다. (「습」 「더」를 分析(분석)함은 그의 未及(미급)에 對(대)한 나의 補充(보충)이다.) 이와 같음은 實際

(실제)의 語感(어감)과 一致(일치)되지 아니할 뿐아니라, 도대체 品詞(품사) 分類(분류)의 根本義(근본의)를 忘却(망각)한 것이 된다. 이러한 極極(극극)의 分析的(분석적) 分類(분류)에 依(의)하야 品詞(품사)를 獨立(독립)시긴다면, 조선글은 읽기와 깨치기에 말할 수 없는 不便(불편)과 不利(불리)를 입어, 그 結果(결과), 조선말은 到底(도저)히 西洋諸語(서양제어)에서와 같은 綜合的(종합적) 發達(발달)을 일울 수 없을 것이다.

「分析(분석)에서 綜合(종합)으로!」 이것은 今日(금일)의 言語學(언어학)의 한 眞理(진리)이다. 近者(근자)에 日本(일본)의 新進(신진) 文法家(문법가)들이 거의 다 이 綜合的(종합적) 方面(방면)으로 나아가고 잇음은 事實(사실)이다. 일본 경도제국대학 교수요 일본에서도 言語學(언어학)의 權威者(권위자)인 文學博士(문학박사) 新村 出(신무라 이즈루)님 같은 이도 日本語法書(일본어법서)가운데 最良書(최양서)는 英人(영인) Aston著(저) 日本語法(일본어법)과 Chamberlain著(저) 日本文法(일본문법)이라고 推薦(추천)하엿다. 이는 그네들의 著書(저서)가 品詞(품사) 分類(분류) 및 語法(어법)의 說明(설명)이 모두 大槻 文彦(오오츠키 후미히코)님式(식)의 分析法(분석법)을 버리고, 綜合性(종합성)을 取(취)한 때문이라 이것도 確實(확실)히 參考(참고)할 만한 말이요, 그 책도 우리에게도 좋은 參考書(참고서)일 것이다. 조선말본에 關(관)한 外人(외인)의 著(저)—特(특)히 Eckardt님의 著(저) 같은 것은 다 이 綜合的(종합적) 文法(문법)에 依(의)한 것이다.

八(팔). 用言(용언)과 承接語(승접어)

먼저 用言(용언)과 承接(승접)에 對(대)한 朴(박)님의 說明(설명)의

要旨(요지)를 적으면 이러하다.―

　(一(일)) 助詞(조사)의 承接(승접).

　　　(1) 用言(용언)의 原段原音(원단원음)에 承接(승접)하는 助詞(조사)(A一種助詞(일종조사))의 例(예).

　　　　ㄴ, ㄹ, ㅁ, ㄴ다.

　　　　오, 마, 며, 니.

　　　(2) 用言(용언)의 原段原音(원단원음)에 承接(승접)하는 助詞(조사)(A二種助詞(이종조사))의 例(예).

　　　　고, 게, 다, 자,

　　　(3) 變動段(변동단)에 承接(승접)하는 助詞(조사) (B種(종))의 例(예).

　　　　서, 야, 요, 라, 도.

그러한데 用言(용언)에 各種(각종) 助詞(조사)가 承接(승접)하는 例(예).

用言(용언)	助詞(조사)	用言(용언)	助詞(조사)
原段原音(원단원음)　植(식)　시므	며,	可(가)하	며
略　　音(약음)　　　　　　심	고,	可(가)ㄱ	고
變動段(변동단)　　　　시머	서,	可(가)하야	서

　(二(이)) 助用詞(조용사)의 承接(승접).

　　　(1) 用言(용언)의 原段原音(원단원음)에 承接(승접)하는 것에는 尊敬(존경)의 뜻을 나타내는 「시」가 잇고,

　　　(2) 用言(용언)의 原段原音(원단원음)과 略音(약음)없는 原段原音(원단원음)에 承接(승접)하는 助用詞(조용사)에는 時相(시상) 未來(미래)의 「개쓰」(「개쓰」가 무엇인가?차라리 「겟으」 또는 「계쓰」일 것이지)가 잇고,

(3) 用言(용언)의 變動段(변동단)과 變動段音(변동단음)이 따로 없는 用言(용언)의 原段原音(원단원음)에 使用(사용)되는 助用詞(조용사)에는 時相(시상) 過去(과거) **쓰**가 잇으며,

(4) 原段原音(원단원음)과 略音(약음)과 變動段(변동단)에 無法則(무법칙)하게 境遇(경우)를 따라서 承接(승접)하는 助詞(조사)에는 被動(피동) 「히」 「디」가 잇음,

그리하여 모든 助用詞(조용사)의 承接(승접)하는 例(예)를 보이면 다음과 같다.

用言(용언)				承接(승접)하는 助用詞(조용사)			
	去(거)	用(용)	執(집)	尊敬(존경)	未來(미래)	過去(과거)	被動(피동)
原段原音 (원단원음) {	가 쓰 자브			시 시 시	개쓰 개쓰	쓰	히
原段略音 (원단약음)		잡			개쓰		히
變動段 (변동단)		자바				쓰	디

以上(이상)은 「朴說(박설)」의 要旨(요지)이다. (要旨(요지) 119頁(엽)-122頁(엽)).

인제 우리는 簡單(간단)히 이것을 評(평)하여 보자.

(一(일)) 「朴說(박설)」의 用言(용언)과 承接語(승접어)와의 關係(관계)는 너무도 無意味(무의미)한 錯亂(착란)한 聲音接續(성음접속)의 諸(제) 境遇(경우)를 羅列(나열)하야 語法的(어법적) 理解(이해)를 攄得

(터득)하기 정말 極難(극난)하다.

(1) 앞에서 말한 바와 같이 朴(박)님은 아무 意味(의미) 關聯(관련)의 없는 이른 段活用(단활용)을 말하엿기 때문에 그 段活用(단활용)이 各(각) 形(형)에 分配(분배)된 承接語(승접어)의 承接關係(승접관계)도 何等(하등)의 法則的(법칙적) 意味(의미)를 일우지 못한다. 假令(가령) 助詞(조사)「며」는 原段原音(원단원음)에 붙어서「시므며」로,「고」는 原段略音(원단약음)에 붙어서「심고」로,「서」는 變動段(변동단)에 붙어서「시머서」로 된다 하니, 이것이 도대체 무엇때문에 그리 되는가? 朴(박)님은 이런 境遇(경우)에 기껏 말한다 하야「그것은 音(음)과 音(음)과의 接續上(접속상) 便否關係(편부관계)라」고만 한다. 그래서 그의 文法(문법)에서 모든 助詞(조사)를 何等(하등)의 語法的(어법적) 原理(원리)와 法則(법칙)이 없이 段活用(단활용)의 어느 段音(단음)에 붙는가에 依(의)하야 A1種(종), A2種(종), B種(종)의 三種(삼종)으로 가를 뿐이다. 그리하야 ──(일일)히 붙여 보아서 이것을 가르는 것이 그의 文法的(문법적) 體系(체계)의 中心作業(중심작업)이 되어 잇다. (그의 著(저) 朝鮮語體系 一覽(조선어체계일람)을 보면 이러한 無條理(무조리)한 羅列(나열)에 何等(하등)의 論理的(논리적) 理解(이해)를 할 수 없음에 놀라지 아니할 수 없다.) 그래서 文法論(문법론)의 講演(강연)을 들을 것 같으면 사람의 思想(사상)과 關聯(관련)잇는 語法(어법)이 아니요, 오로지 聲音接續(성음접속)의 無條理(무조리)한 演習(연습)에 不過(불과)함을 누구든지 發見(발견)하지 아니할 수 없다.

(2) 그러나 그의 規定(규정)대로나 다 될 것 같으면 그런 가운데서도 聲音的(성음적)(語法的(어법적)은 못되더라도) 法則(법칙)일망정 成立(성립)되겟지마는, 우리의 보는 바에 依(의)하면 그것조차 成立(성립)되지 아니한다. 이를테면 助辭(조사)「고」는 原段略音(원단약음)에 붙

는다(머그고—→먹고, 시므—→심고)하엿지마는, 「잠그고」(鑽)의 「고」는 그 이른 原段原音(원단원음)에만 붙고, 決(결)코 「잠고」와 같이 略音(약음)에는 붙지 아니 한다. 곧 「잠고」도 없고 「잠고」도 없다.

(3) 말이란 것은 소리와 뜻의 두 가지 감(要素)으로 되엇나니, 말에 關(관)한 研究(연구)는 이 두 方面(방면)이 잇다. 그래서 소리를 오로지 研究(연구)하는 것이 一個(일개)의 自然科學(자연과학)으로서의 聲音學(성음학)(Phonetics)이 잇고, 말본갈(Grammar語法學)은 말의 뜻의 方面(방면)을 研究(연구)하는 것인데, 낱낱의 낱말을 分類(분류)하여 研究(연구)하는 것이 씨갈(Etymology 品詞論)이요, 낱말이 모여서 된 一個(일개)의 完全(완전)한 思想(사상)을 表示(표시)한 월(文)을 研究(연구)하는 것이 월갈(Syntax 文章論)이다.

다시 말하면 말에는 소리와 뜻의 두 가지 方面(방면)이 잇으되, 그 뜻이 더 重要(중요)한 것이 된다. 우리가 普通(보통) 말이라 하면 곧 이 뜻의 方面(방면)을 가리킴이 된다. 假令(가령) 「내가 말을 잘못 하엿다」라 든지, 「나는 英語(영어)를 모른다」든지 할 적에는 決(결)코 그 소리를 가리키는 것이 아니라, 그 뜻을 가리킴이 되는 것은 우리의 日常(일상) 言語生活(언어생활)에서 共認(공인)하는 바이다. 말의 可感性(가감성)의 基礎(기초)는 勿論(물론) 소리이지마는, 그 소리가 말되는 所以緣(소이연)은 그 소리가 사람의 생각을 담아서 뜻을 가진 때문이다. 만약 이 뜻이란 內容(내용)이 없고, 다만 소리란 形成(형성)만 잇을것같으면, 그것은 혹은 훌륭한 音樂(음악)은 될지언정 決(결)코 말은 되지 못한다. 말이 말 됨은 그 뜻에 잇다.

그런데 앞에도 말한 바와 같이, 말의본(법)을 研究(연구)하는 말본갈(語法學)은 말을 그 뜻의 方面(방면)에서 그 모든 본(법)을 研究(연구)하는 것이다. 다만 소리갈의 知識(지식)은 말본갈의 基礎知識(기초지식)이 되어서, 말의 法則(법칙)을 硏究(연구)하는대의 補佐(보좌)가 될 말이다. 그러므로 말본에서의 모든 法則(법칙)은 첫재 사람의 생각과 關聯(관련)이 잇어야 할 것이다. 만약 語法學(어법학)의 說明(설명)이 그 말의 內容(내용)인 사람의 생각과는 아모 關聯(관련)이 없다 하면, 그것은 決(결)코 正當(정당)한 意味(의미)에서 말본갈 곧 語法學(어법학)이라 할 수 없을 것이다. 그것은 나 一個人(일개인)의 僻論(벽론)이 아니라, 試驗(시험)으로 世界(세계) 各國語(각국어)의 語法書(어법서)를 들쳐 보면, 누구든지 다 이 理致(이치)를 承認(승인)하지 아니치 못할 것이다. 그러한데 이제 우리 朴(박)님은 뜻과는 도리어 關聯(관련)없는 語法(어법)을 呶呶(노노)히 力說(역설)하야, 그 法則(법칙)이 모도지 意味(의미)와는 아무 相關(상관)없음을 도리어 한 特色(특색)으로 자랑을 삼는 모양이다. 우리도 朝鮮(조선)에서 世界(세계) 無類(무류)의 자랑거리가 發明(발명)되기를 바라는 사람의 하나이지마는, 이러한 獨創(독창)은 普通妥當性(보통타당성)을 要求(요구)하는 科學的(과학적) 立場(입장)에서 到底(도저)히 歡迎(환영)할 수가 없다 고 생각할 수 밖에 없음을 몯내 섬섬히 생각한다.

(二(이)) 朴(박)님의 段活用(단활용)은 그 承接語(승접어)와의 關係(관계)에서 보아, 二次(이차), 三次(삼차) 乃至(내지) 數次(수차)의 無意味(무의미)의 承接(승접)을 하여서 비로소 그 運用(운용)의 目的(목적)을 達(달)하는 것이 되니, 이는 비록 다른 點(점)에서는 十分(십분)한 理論(이론)이 된다 하더라도 言語(언어)의 運用(운용)의 法則(법칙)으로는 퍽 不便(불편)한 것임을 免(면)치 못한다. 이를테면

(1) 「먹」은 이미 「머그」의 段(단) 活用形(활용형)인데, 아직은 아무 뜻이 없다.

(2) 거기에다가 「助辭(조사)」 「다」기 붙어서 「먹나」가 되어야 비로

소 運用上(운용상)의 뜻을 일우게 되니, 이는 二次(이차)에서 그 形式(형식)을 完成(완성)하는 것이요,

(3) 만약 「먹」에다가 「助用詞(조용사)」인 「히」를 더 하여서는(「먹히」만으로서는) 아직 運用上(운용상)의 完形(완형)을 일우지 못하고,

(4) 거기에 다시 「助辭(조사)」인 「다」를 더하여야 비로소 한 定結(정결)된 運用形式(운용형식)을 일우게 된다. ―이리하야 數次(수차)의 承接(승접)을 달나 해야 비로소 그 運用上(운용상)의 한 形式(형식)으로 完成(완성)하게 된다.

우리의 보는 바에 依(의)하면, 世界(세계) 어느 나라말에서든지 풀이씨의 끝바꿈(活用)의 第一次(제일차)의 모든 形式(형식)은 各各(각각) 運用上(운용상)의 한 形式(형식)으로서의 구실을 하는 것이다. 假令(가령) 日本文法(일본문법)에서 四段活用(사단활용)의 例(예)로

$$\overbrace{\underbrace{マ \quad ミ \quad ム \quad メ}}^{ヨ}$$

가 各各(각각) 運用上(운용상)의 一定(일정)한 意義(의의)와 完結形(완결형)을 일움과 같은 것이다. 다만 그 가운데서 「ヨマ」가 完結(완결)이 되지 아니하엿기 때문에(勿論 그 뜻인즉 잇지마는) 全(전)혀 綜合的(종합적) 說明法(설명법)에 依(의)하는 學者(학자)는 이것을 助辭(조사)와 合(합)하야서 「ヨマバ」까지를 한 活用形(활용형)으로 푸는 이가 잇으며, 命令形(명령형)에서도 四段活用(사단활용) 以前(이전)에서는 助辭(조사)까지 合(합)하여서 한낱의 完結(완결)된 活用形(활용형)으로 푼다. 「あへこ, ウケヨ」와 같은 따위다. 英語(영어)에서도 다 그러하다. ―要(요)컨대 二次(이차) 三次(삼차)의 活用(활용)과 承接(승접)을 重複(중복)하여야 개우 意義(의의)잇는 完結(완결)된 한 形式(형식)을 일

운다 는 것은 너무도 거북한 說明(설명)이다.

九(구). 끝맺는 말

나는 우에서 朴勝彬(박승빈)님의 段活用說(단활용설)을 批評(비평)한 結果(결과), 그의 主張(주장)이 너무도 非科學的(비과학적) 獨斷(독단)임을 餘地(여지)없이 들어낫다고 생각한다. 그러하야 우리는 眞正(진정)한 科學的(과학적) 見地(견지)에서 그의 段活用說(단활용설)에서 한가지도 取(취)할 만한 것을 찾아 낼 수가 없음을 斷言(단언)하지 아니할 수가 없다. 그는 偏頗(편파)한 思想(사상)과 獨斷(독단)의 先入見(선입견)으로써 「周說(주설)」에 對(대)한 「朴說(박설)」을 세우기 爲(위)하야, 儼然(엄연)한 客觀的(객관적) 言語事實(언어사실)까지를 着色改造(착색개조)하여 가면서, 自說(자설)의 眞理(진리)(?)를 主張(주장)하엿다. 그러다가 그 偏見(편견)에 依(의)한 擅斷的(천단적) 改造(개조)에 儼然(엄연)히 抗爭(항쟁)하는 言語事實(언어사실)이 眼前(안전)에 나타날 적에도, 이에 對(대)하야 根本的(근본적) 自己反省(자기반성)을 더하지 아니하고, 다만 「特別(특별)」한 것으로만 보아 넘기고 滿足(만족)하엿다. 그 意氣(의기)인즉 壯(장)하지마는, 그 學問(학문)의 體系(체계)인즉 바르지 못하도다. 佛蘭西(불란서)의 學者(학자) 듈고一(Turgot)는 말하엿다. 「學者(학자)가 첫재 할 일은 自己(자기)의 體系(체계)의 創立(창립)할 것이요, 그 다음에 할 일은 이에 對(대)하야 倦厭(권염)의 情(정)을 품을 것이다.」 이 말은 내남 없이 學(학)에 뜻하는 이의 맞당히 服膺(복응)하여야 할 格言(격언)이라 하노라.(1932. 12. 3)

－〈한글〉1권 8호(1933)－

풀이씨의 으뜸꼴(原形(원형))에 대하야

〔一(일)〕

조선말의 연구가 아직 여러 방면으로 보아 모두 초보의 경계에 있는 오늘의 현상에서는 풀이씨(用言)의 으뜸꼴(原形)이 무엇일가? 하는 것이 문법상 한 중요한 문제이라 하겠다. 다시 말하면 움즉씨나 어떻씨의 으뜸되는 꼴이 무엇일가. 이를테면

(1) 서울로 간다, 가겠다, 갔다, 가더라, 가면, 가니, 가고, 갈 사람, 간 사람, 가서, 가도, 가다, 가기, 가게. ………

(2) 밥을 먹는다, 먹겠다, 먹었다, 먹더라, 먹으면, 먹으니, 먹고, 먹을 사람, 먹은 사람, 먹어서, 먹어도, 먹다, 먹기, 먹게. ………

의 두 가지의 움즉씨에서 각각 어느것이 그 으뜸꼴(原形)일가? 어느것이 기본형(基本形)이 되고, 다른것은 다 그것의 변형(變形)이 될가? 풀이씨의 으뜸꼴은 다른 모든 꼴의 기본이 되며, 따라 다른 모든 꼴들의 대표가 되는것이다. 그러므로 으뜸꼴이 다른 모든 꼴의 대표가 되어서 사전(辭典)에 오를 것이다. 그리하면 누구든지 사전에 있는 그 으뜸꼴을 기본으로 삼아서, 文法(문법)에서 규정한 일정한 문법적 규측에 의지하야 그 말의 운용을 해득할 것이다. 이와 같이 풀이

씨의 으뜸꼴이란 것은 그 의의가 중요한 것이다. 우리 조선말에서는 아직도 이렇듯 중요한 풀이씨의 으뜸꼴이 완전히 결정되지 못하였으니, 그것이 연구자의 머리에 문제로 나타나게 됨은 당연한 것이다.

〔二(이)〕

풀이씨의 으뜸꼴에 대하여 나타난 생각을 들어보면 (예로 먹다, 먹고………의 으뜸꼴을 가지고 말하자면)

    ⑴「먹」으로써 으뜸꼴을 잡는것,

    ⑵「머그」로써 으뜸꼴을 잡는것,

    ⑶「먹는다」를 가지고 으뜸꼴을 잡는것,

    ⑷「먹기」로써 으뜸꼴을 잡는것,

    ⑸「먹다」로써 으뜸꼴을 잡는것,

의 대략 다섯가지가 있다.

그런데 첫재것은 주시경 선생의 설이요, 둘재것은 박승빈씨의 설이니, 이는 다 단어성립의 원의가 정하지 못하야 「먹」이나 「머그」로써 한 단어로 잡은 그것부터가 우리는 동의할 수가 없다. 「먹」이나 「머그」는 한 단어의 줄기(幹)가 될지언정, 결코 그것에 한 독립한 단어가 될수는 없을것이다. 제 홀로는 우리에게 아무 독립적 관념을 주지 못하는 「먹」, 「머그」따위나 그 알에 붙는 토라는 「다, 고, 니」따위가 다 각각 한낱의 독립한 씨가 된다는 것은 너무도 분석에 지나친 설명법이라 할 수밖에 없다. 더구나 박승빈씨의 「머그」로써 으뜸꼴로 잡는 것의 잘못된 이론은 내가 이미 그의 소위 단활용설(段活用說)을 비평할적과 또 풀이씨의 줄기잡기의 문제를 論(논)할 적에

비교적 자세히 설파하였다고 생각하는 고로 여기에서는 반복하지
아니한다.

〔三(삼)〕

다음에 「먹기」로써 그 움즉씨의 으뜸꼴을 삼고자 하는 생각은 영
어의 infinitive(不定法)에서 온 듯하다. 영어의 infinitive는 그 표로
전치사(前置詞)를 그 앞에 가진 움즉씨(보기 to go, to study……)를 이
름이니, 이는 움즉씨와 이름씨의 성질을 다 가지고 인칭(人稱)과 수
(數)에 무관계하게 쓰이는 따위의 성질을 가진 것이다. 우리말의 움
즉씨의 이름꼴(名詞形)「○○기」가 움즉씨이면서 이름씨의 성질을 가
진 점에서 저 영어의 불정법(不定法)과 비슷하다. 그래서 「○○기」로
써 조선말의 움즉씨의 으뜸꼴이라 하는 생각인 듯하다.

그러나 이는 그렇지 아니하다. 위선 영어의 불정법의 용법이 우리
의 이름꼴 「○○기」하고 자세한 점에서 다른것이 많음은 이제 자세
히 말하지 아니하거니와, 다만 그 불정법의 불정법되는 소이를 고찰
하면, 그것이 이름씨같은 성질을 가진 것이 그 근본뜻이 아니요, 그
것이 인칭과 수를 따라서 그 형(形)에 변화가 일어나지 아니하는 점
에 그 근본뜻이 있는 것이다. 그러므로 불정법은 무한법(無限法)이라
고도 할수 있다. 다시 말하면, 그 소위 불정법은 인칭과 수를 따라서
그 형이 변화하지 아니하기 때문에 다른 모든 형—곧 인칭괴 수를
따라 변화하는 여러가지의 형에 비하여는 가장 기본적 형에 가까운
것이다. 이것이 영어의 불정법으로써 움즉씨의 으뜸꼴을 삼는 까닭
이다.

그러한데 이제 영어의 불정법을 직역적(直譯的)으로 해석하야 이름꼴 「〇〇기」로써 조선말의 움즉씨의 으뜸꼴을 삼고자함은 불정법의 원의(原義)를 버리고 그 지엽적(枝葉的) 용법을 취한 직역문법설(直譯文法說)이라 할 수밖에 없다고 생각한다.

〔四(사)〕

그러면 우리말에서 움즉씨의 어떠한 꼴이 正當(정당)히 으뜸꼴이 될수 있을가? 그것은 마땅히 시간이라든지 말하는 이의 의사라든지 또는 다른 여러가지의 제이차적 용법에 의지한 변형을 입지 아니한 꼴이라야 할 것이다. 그것이 어떠한것일가? 나는 생각한다. 풀이씨의 으뜸꼴은 그 줄기에 씨끝 「다」를 붙인 것이다. 앞의 보기말을 가지고 말한다면,

　　가다

　　먹다

가 으뜸꼴이다. 이것은 시간, 의사, 자격변경, 접속 등으로 말미암아 변화를 받지 아니한 꼴이니, 정히 으뜸꼴이 될만한 조건을 구비한 것이다.

그리하야 이것이 시간적 가미를 받아서는

　　먹다-먹었다, 먹겠다, 먹었었다‥‥‥‥

로 되고, 의사의 가미를 받아서는

　　먹다-먹겠다

로 되고, 그 자격을 바꾸어서는

　　먹다-먹은, 먹을, 먹는, (어떤씨같이)

─먹어, 먹게, (어찌씨 같이)

　　　─먹기, 먹음 (이름씨 같이)

로 되고, 알로 말을 이어서는

　　먹다─먹으면, 먹으니, 먹고‥‥‥‥

로 된다.

　그뿐아니라 「먹다」는 말을 하야 끝맺는 꼴이니, 끝맺는 것이 풀이 말의 本然(본연)의 性質(성질)이라 할 수 있으며, 또 「먹다」는 물음도 아니요, 시킴도 아니요, 느낌도 아니요, 꾀임도 아니요, 다만 베풀어 이르는 꼴이다. 풀이말의 本然(본연)의 職責(직책)은 베풀어 이르는 대에 있다 할 만하다. 따라 시킴꼴(먹어라), 물음꼴(먹느냐) 들보다는 이 베풂꼴(먹다)이 으뜸꼴 될만한 性質(성질)이 많음도 또한 지을수 없는 眞理(진리)이라 하겠다.

　나는 앞에서 으뜸꼴 「먹다」는 시간으로 말미암은 변형작용을 입지 아니하였다고 말하였다. 그러나 그렇다고 그것이 全然(전연)히 시간과 무관계하다고 함은 아니다. 「먹다」가 다른 꼴보다는 시간을 초월한 성질이 없지 아니하지마는, 전연히 시간을 초월하야서 시간과 무관계한것은 아니다. 거기에도 시간이 있다. 그것은 곧 시간의 현재의 순간을 가리키는 것이라고 나는 믿는다. 「먹다」는 곧 먹는 동작을 순간적으로 지적하는 것이다. 물론 그 먹는 동작은 상당한 시간을 계속하였을 것이요, 또 이렇게 말하는 시점(時點)에서 본다면, 아마도 과거, 현재, 미래의 어떠한 시간적 전후 동시의 관계를 가졌을것이다. 그렇지마는 이렇게 「먹다」로만 함은 그것들에는 싱관하지 않고, 다만 그 동작을 순간적으로 가리켜 말할 따름이다.

　그러나 이 동작을 순간적으로 가리키는 으뜸골은 보통의 행문에 서는 잘 쓰지 아니하고 흔히는 역사적 사실을 현재적으로 생생하게

기사할 적에, (이것이 역사적 현사법이 되는것이다) 쓰나니, 이를테면 역사서류에서

　九月(구월) 二十九日(이십구일)에 訓民正音(훈민정음)을 頒布(반포)하다.

　是日(시일)에 天(천)이 大雨(대우)하다.

　麗兵(여병)이 大擧侵入(대거침입)하다.

와 같이 쓰며, 또 일기장 같은 데에서

　오늘은 毘盧峯(비로봉)에 오르다.

　下午(하오) 八時(팔시)에 돌아오다.

　朝(조) 十時(십시)에 서울을 떠나다.

와 같이 쓴다. 그런데 이러한 역사적 사실이 과거에 속한 것임은 물론이어니와 일기에 오르는 일도 대개는 과거에 속한 일이 된다. 즉 대개는 그 동작을 하면서 일기를 적는 것이 아니요, 그 동작의 뒤에 그 동작을 적는 것이다. 그러므로 사람들은 흔히 이러한 형식을 과거시로 해석하려 함을 본다. 그러나 이는 잘못이다. 그 말의 나타내는 일이 과거에 속한 일이라고 해서, 그 말조차 반듯이 과거시라 할수는 없다. 일은 비록 과거에 속하였지마는, 그것을 생생하게 나타내기 위하야, 그 동작을 현재 순간적으로 가리킬 수가 있는것이다. 『下午(하오) 八時(팔시)에 돌아오다』라 하면, 그 시각에 돌아오는 동작 그것을 순간적으로 가리키는 것이요, 결코 「下午(하오) 八時(팔시)에 돌아왔다」라고 하는 것과 같은 표현, (같은 사실이기는 하지마는)은 아니다. 이 두가지의 표현이 서로 어떻게 다른가 함은 누구든지 넉넉이 음미(吟味)할수 있는 일이라고 생각한다.

〔五(오)〕

끝으로 「가ㄴ다」, 「먹는다」로써 으뜸꼴을 삼고저 하는 생각에 대하야 말하겠다. 이 꼴이 마침이요, 베풂이요 가장 많이 쓰이는 꼴임은 사실이다. 그러나 이것이 시간적으로 변형적 가공을 입은 것임이 분명하다. 받침이 있는 줄기 「먹」알에는 「는」이 붙고, 받침이 없는 줄기 「가」알에는 「ㄴ」이 붙어서, 이제이음(현재계속)의 뜻을 더한것이다. 우리 말에서 순간적으로 가리키는 이제(現在)는 잘 쓰지 아니하고, 그 대신에 일상 회화에서는 이제이음(現在繼續)을 쓴다. 그러나 많이 쓴다고 해서, 으뜸꼴이 될 것은 아니다. 어떻씨(形容詞)에는 이러한 「는」, 「ㄴ」따위가 붙지 아니하고 움즉씨에만 붙는 것인 즉 어떻씨의 으뜸꼴은 「크다」, 「붉다」와 같이 잡고, 움즉씨의 으뜸꼴은 「간다」, 「먹는다」와 같이 잡는 것이 좋겠다 하는 생각이 없지 아니하겠지마는, 이는 그렇지 아니하다. 이는 그 두가지 씨를 구별하는 데에 편리한 보람(特徵)의 하나가 될 수는 있을지언정, 그것이 그 으뜸꼴을 各異(각이)하게 하는 표준이 될 것은 아니라 하노라. 풀이씨는 다 같이 그 줄기에 씨끝 「다」를 붙이면 그 으뜸꼴이 되는 것이라 할 것이다.

　　잡음씨―이다.

　　어떻씨―크다, 적다.

　　움즉씨―가다, 먹다.

이렇게 이 꼴이 으뜸꼴로서 정당히 다른 모든 꼴들을 대표하여서 사전에 오를 것이다. (昭和(소화) 十年(십년) 六月(유월) 十五日(십오일))

　　　　　　　　　　　　　　　　　　　　　　　　 -〈한글〉 3권 6호(1935)-

외솔의 해적이

1894. 10. 19.	경남 울산군 하상면 동리 나심
1910.~1915.	관립 한성고등학교(경성고등보통학교) 입학, 졸업
1910.~1913.	스승 주시경의 조선어 강습원에서 한글과 말본을 배움
1915.~1919.	일본 히로시마고등사범학교 문과 제1부 입학, 졸업
1920.~1921.	경남 사립 동래고등보통학교 교원
1922.~1925.	일본 교토제국대학 문학부 철학과 입학, 졸업
1926.~1938.	연희전문학교 교수
1926.~1931.	이화여자전문학교 교수
1938.	흥업구락부 사건으로 강제 실직
1941.~1942.	연희전문학교 복직, 도서관에 근무
1942.~1945.	조선어학회 수난으로 옥고를 치름
1945.	조선어학회 상무이사
1945.~1948.	미군정청 문교부 편수국장
1949.~1950.	한글 전용 촉진회 위원장, 한글학회 이사장
1953.~1970.	한글학회 이사장.
1954.	학술원 회원
1954.~1961.	연희대학교 교수, 문과대학장, 부총장, 명예교수
1956.~1968.	세종대왕기념사업회 부회장 겸 이사
1962.	건국훈장 독립장 받음
1962.	한글 기계화 연구소 소장
1964.~1966.	동아대학교 교수
1969.	제2회 민족상 받음
1968.~1970.	세종대왕기념사업회 회장
1970.	국민회 이사
1970. 3. 23.	돌아가심

외솔의 주요 저서

1. 《조선민족갱생의 도》, 정음사(1926)

2. 《우리말본》(첫째매), 연희전문 출판부(1929)

3. 《중등조선말본》, 동광당(1934)

4. 《시골말 캐기 잡책》(1936)

5. 《중등교육 조선어법》, 동광당(1936)

6. 《우리말본》(온책), 연희전문 출판부(1937) / 정음사(깁고 고침 1955, 세 번째 고침 1961, 마지막 고침 1971)

7. 《한글의 바른길》, 조선어학회(1937)

8. 《한글갈》, 정음사(1942)

9. 《글자의 혁명》, 문교부 군정청(1947) / 정음문화사(1983)

10. 《중등말본 초급》, 정음사(1948)

11. 《참된 해방(배달 겨레의 제풀어 놓기)》(원고)(1950)

12. 《우리말 존중의 근본 뜻》, 정음사(1951)

13. 《민주주의와 국민도덕》, 정음사(1953)

14. 《한글의 투쟁》, 정음사(1954)

15. 《고등말본》, 정음사(1956)

16. 《중등말본》 I~III, 정음사(1956)

17. 《나라사랑의 길》, 정음사(1958)

18. 《고친 한글갈》, 정음사(1961)

19. 《나라 건지는 교육》, 정음사(1963)

20. 《한글 가로글씨 독본》, 정음사(1963)

21. 《배달말과 한글의 승리》, 정음사(1966)

22. 《외솔 고희 기념논문집》, 정음사(1968)

23. 《한글만 쓰기의 주장》(유고), 정음사(1970)

외솔 최현배의 문학·논술·논문 전집 4
- 논문 편

1판 1쇄 펴낸날 2019년 3월 19일

지은이 최현배
엮고옮긴이 외솔회(회장: 성낙수)

펴낸이 서채윤 펴낸곳 채륜
책만듦이 김미정 책꾸밈이 이한희

등록 2007년 6월 25일(제2009-11호)
주소 서울시 광진구 자양로 214, 2층(구의동)
대표전화 02-465-4650 팩스 02-6080-0707
E-mail book@chaeryun.com Homepage www.chaeryun.com

ⓒ 외솔회. 2019
ⓒ 채륜. 2019. published in Korea

책값은 뒤표지에 있습니다.
ISBN 979-11-86096-97-0 94800
ISBN 979-11-86096-93-2 (세트)

이 도서의 국립중앙도서관 출판예정도서목록(CIP)은 서지정보유통지원시스템 홈페이지(http://seoji.nl.go.kr)와 국가자료공동목록시스템(http://www.nl.go.kr/kolisnet)에서 이용하실 수 있습니다. (CIP제어번호 : CIP2019007948)

채륜서(인문), 앤길(사회), 띠움(예술)은 채륜(학술)에 뿌리를 두고 자란 가지입니다.
물과 햇빛이 되어주시면 편하게 쉴 수 있는 그늘을 만들어 드리겠습니다.